两宋词集的传播
与接受史研究

邓子勉◎著

华东师范大学出版社

此书得到江苏第二师范学院学术著作出版基金暨省重点
建设专业汉语言文学专业经费的资助

目　录

第七章　李濂对辛弃疾词的解读　　　　　　151

第八章　汲古阁汇刻的两宋人词集　　　　　159

绪　言

古代诗文集的传抄与编印,离不开收藏者、编印者、阅读者的关注和参与,作为其中的一员,词集也是如此。两宋时期,词成为文学艺苑中的一朵奇葩,引起了人们的兴趣,作为一种通俗的文学样式,得到了广泛的发展。

两宋时期传抄的词集,今未见有存本。宋人编印的词集,留传至今的也是凤毛麟角。属于明清以来的传抄本和刻印本,则为大宗。北宋时期,词被认为不登大雅之堂,词集的刻印并不多见;南宋时期,人们对词作的关注和收集不再采取轻视的态度,出版业也日益发展与繁荣,词集刻印的情况大为改观,种类和数量较以往而言都有了质的飞跃。

从传播与接受的角度来看,作家的作品只有被他人阅读评析,其价值才能够得以显现和确认。所谓读者层,所指的范围是广泛的,任何阶层、任何职业的人员,都可归属于此。古代文学作品的结集与出版,离不开藏书家的收藏、出版商的刊行以及喜好者的评注,从藏书家、出版商、评注者三方面探讨和分析两宋词集在宋至近代的传播与接受情况,则是本书力图要达到的目的。

两宋词集自宋代至近代的传播与接受,与历代藏书家是密不可分的。藏书家的相关活动,如对词集的收藏、传抄、批校和评析等,是词集赖以传承的基础。两宋词集得以大量地流传与保存至今,与藏书家的努力与贡献是密不可分的。

官方刻印的词集在两宋就已出现,但因词体卑下,这种情况并不多见。词集被编辑刻印,多属坊肆所为。词集大量地被刻印是在南宋,书商的运作,更多的是受射利目的的左右,也正是因为如此,两宋词集在南宋才得以形成规模化的刻印,尽管质量优秀的不多,却成为明清两宋词集传抄与刻印的主要依据。

注释评批本词集,在宋代就已经出现,注释属于客观的解说,而品评更多的是主观思想的表达。明清以来至近代,被刊印的注评本宋人词集并不多,而手批本两宋人词集却不少见,这类书以清及近代人的评批本居多,其中既有学者名流,也有普通的读者,批语中涉及的词人、词作、词学思想等方方面面,表达了一己的心得。

藏书家、出版商、评注者,这三者的身份在古代并不总是泾渭分明的,其中不少人的身份是三者兼而有之。因爱好而传抄与收藏词集,这属于接受的较低水平。校勘与评注词集,则是接受过程的较高级表现。至于编辑出版,更多的是适应前二者需求的一种商业化操作。三者互相依存,影响所至,不仅仅是词集的典藏与出版,也关系到词派的兴起、词学思潮的出现、词学的繁荣等。

第一章　两宋时期词集的传抄

唐五代时期就有了词的结集，至于刊刻情况，则无从稽考。已知北宋神宗元丰年间有冯延巳的《阳春集》刊行于世，属家刻本。尽管词为小道、词体卑下的观念根深蒂固，但出于对这一文体的喜好，还是有人搜集整理传抄的。名流的词作，作者本人未必在意。南宋时，随着词之观念的转变，作家本人对词作的结集也开始重视起来，由他人传抄和搜集的情况更常见了。考察前人文集的刻印传承等，参阅书目书志所载是主要的途径之一，朝代越早越是如此。大规模私家藏书的出现是唐以后的事，两宋便是如此，明顾起元《说略》卷十四"典述下"云：

> 士大夫家所藏，在前世如蔡邕有书万卷，尝载数车与王粲。粲亡后，粲子被诛，邕所与书悉入族子叶。张华载书三十车，杜兼至万卷，沈约藏书至十二万卷。唐吴兢《西斋书目》一万三千四百余卷，韦述《续七志》有二万卷，邺侯李繁插架三万卷，南唐冯贽序《云仙散录》言家藏书二万卷。宋南都戚氏、历阳沈氏、庐山李氏、九江陈氏、番阳陈氏、王文康、李文正、宋宣献、晁以道、刘壮舆，皆号藏书之富。邯郸李淑五十七类二万三千一百八十余卷，田镐三万卷，昭德晁氏二万四千五百卷，南都至四万三千余卷，而类书浩博，若《太平御览》等书不与焉。次如曾南丰及李氏山房，亦皆一二万卷，其后无不阨于兵火者。又如濮安懿王之子宗绰蓄书七万卷，其子仲糜进《目录》三卷。他如石林叶氏多至十万卷，齐斋倪氏、月河莫氏、竹斋沈氏、程氏、贺氏，皆号藏书之富，各不下数万余卷，亦皆散失无余。宋末惟直斋陈氏书最多，至五万一千八百余卷，且仿《读书志》作《解题》，极其精详，后亦散失于兵火。至于蜀中三李，

秀岩、东窗、凤山三族，号为史家，所藏僻书尤多，后亦无余。周公谨家三世积书，凡有四万二千余卷，及三代以来金石刻一千五百余种，后皆厄于火。又闻浦阳郑氏义门藏书极多，家有藏书楼若干间，其额是建文所书，擘窠大字"御书楼"三字，藏书有八万余卷，古名贤墨迹画刻亦不下五六百种，皆付煨烬。

书之难积而易散也如此。

其中所谈的主要是两宋藏书情况，两宋人编辑的书目书志今存者却寥寥无几，著录有词集的更是屈指可数。

第一节　抄稿本词集

据现存文献，两宋作家抄稿本词集不多见。依常理来说，任何一部著作都有其最初的形态，或称稿本，或为抄本，这在纸张成为主要的书写载体变得普及后，尤其如此。两宋是中国书籍印刷达到成熟鼎盛的时期，不过相对而言，很多书稿是没有资金来刻印的。作为刻印的主体，官方所刻印的主要还是佛经、道藏以及经史类书籍，集部是不多见的，尤其是本朝人的诗文集。这种情况到了南宋有所改观。宋释文莹《玉壶野史》序云："文莹收古今文章著述最多，自国初至熙宁间得文集二百余家，近数千卷。"序作于宋神宗元丰元年(1078)，知文莹个人收藏的宋建国后近一百二十年间的宋人文集就有二百多家，只是这些文集是以刻本为主，还是以抄本为主，并没有说明。据《琴川志》卷八"人物·宋朝"云："郑时，字是翁，县人……登宣和六年进士……天性嗜书，至老不倦，自《左氏》《史记》《东西汉》《三国志》《南北史》，以至韩、柳、杜樊川、东坡诸文集皆手抄编录，下至稗官小说，莫不经览焉。"又《嘉定镇江志》卷二十一"文事"云："苏丞相颂家藏书万卷，秘阁所传居多。颂自维扬拜中太一宫使，归乡里。是时叶梦得为丹徒尉，颇许其假借传写。梦得每对士大夫言亲炙之幸，其所传，遂为叶氏藏书之祖。《谭训》"知是以传抄为主，也就是说一般的士子还是以手抄为主，毕竟大量地购藏图书是要有经济实力的，至少北宋还是如此。词集更是等而下之，已知的词集刊印在北宋还是极个别的现象，至南宋时才出现了大规模刻印词集的活动。

两宋作家抄稿本词集的情况，见于著述的应该是不少，尤其是所谓的"藏于家"云云,多属于此类,只是语焉不详,也就无从知其底细了。

一、作者亲笔抄写的

记载作家词之手稿的,有两种情况,一指单篇零散的,一指成卷成书的。一般来说,后者可视为手稿词集,尽管其中或是阶段性词作的抄集。也有一些难以确认为何者,曾季狸《艇斋诗话》云:"东坡《贺新郎》,在杭州万顷寺作,寺有榴花树,故词中云石榴。又是日有歌者昼寝,故词中云'渐困倚孤眠清熟',其真本云'乳燕栖华屋',今本作'飞'字,非是。"又云:"东坡在徐州作长短句云'半依古柳卖黄瓜',今印本作'牛衣古柳卖黄瓜',非是。予尝见坡墨迹作'半依',乃知'牛'字误也。"所谓真本,或为词作手稿,未必是词集。此就涉及有"词集"含义的相关作家,列述于下。

(一) 晏几道

宋邵博《邵氏闻见后录》卷十九载:"晏叔原,临淄公晚子。监颍昌府许田镇,手写自作长短句上府帅韩少师,少师报书:'得新词盈卷,盖才有余而德不足者,愿郎君捐有余之才,补不足之德,不胜门下老吏之望云。'"韩少师即韩维,字持国。据夏承焘《二晏年谱》神宗元丰五年(1082)系年,韩维凡三知许州(即颍昌府),一是神宗熙宁六年四月,二是熙宁七年四月,三是元丰五年。而晏几道监许田镇是在韩氏第三次知许州时,这年晏几道已四十五岁,其所进呈的词作当以早年所撰写的为主。

(二) 黄庭坚

黄庭坚的词卷,在他所写的信函中多有提及。黄氏晚年贬谪黔州、戎州、宜州等地时,因党禁等原因,不便于作诗,写词就成了其贬谪时期抒写情志的一种主要文体。《山谷老人刀笔》卷九《答王观复》云:"某去国八年,重以得罪,来御魑魅。抱疾杜门,屏绝人事,虽邻州守官者,或不知姓字,如是者三年于兹矣。……承索鄙文,岂复有此?顷或作乐府长短句,遇胜日樽前,使善音者试歌之,或可千里对面,故往手抄一卷。"黄氏抄送与他人的词卷实不止此,同卷《答宋子茂殿直》云:"闲居亦强作文字,有乐府长短句数篇,后信写寄。"又卷八《答从圣使君》云:"数年来绝不作文字,犹时时作小记序及墓刻耳。……有数篇乐府谩录呈,新旧相半。彼营妓有可使歌者乎?此乃有三二人,亦可教,但病懒,又不饮,亦少味耳。"又《山谷集》卷十三《与赵都监帖》云:"所寄尺

5

六观音纸,欲书乐府,似大不韵。如此乐府卷子,须镇殿将军与大夫娘对引角盆,高揭《万年欢》,乃相当也,一噱。漫书一卷,大字去来。"知手抄词卷不少,既有旧曲,又有新作。黄庭坚于贬谪之地,绝不作诗文,词却成了他交际的主要工具,在谪居黔、戎二州时,写了不少词,或数篇,或成卷。这些词作,在北宋后期禁毁苏轼及苏门弟子文集的岁月里,即使流传,也是以手抄形式,其中有不少为追慕者辑录结集的。

(三) 秦观

明张丑《清河书画舫》卷九下载:"《少游诗余草稿》一卷,楷行妙绝,骎骎出黄豫章上。"清卞永誉《书画汇考》卷十作《秦少游诗余草稿》,均未言词作数目,其规模不详。

(四) 贺铸

宋叶梦得《石林居士建康集》卷八《贺铸传》云:"方回既自衰其平生所为歌词名《东山乐府》,致道为之序,略道其为人大概矣。"按程俱,字致道,著有《北山小集》,卷十五有《贺方回诗集序》,云:"戏为长短句,皆雍容妙丽,极幽闲思怨之情。"知全集中也存有词作。

(五) 周邦彦

宋董更《皇宋书录》卷中云:"周邦彦,字美成。谷中云:'周美成正、行皆善,有词稿藏张宫讲宓家。'"具体不详。

(六) 朱翌

宋陈鹄《西塘集耆旧续闻》卷一云:"待制公(指朱翌)十八岁时尝作乐府云:'流水泠泠,断桥斜路横枝亚。雪花飞下,全胜江南画。 白璧青钱,欲买春无价。归来也,风吹平野,一点香随马。'朱希真访司农公(指朱载上)不值,于几案间见此词,惊赏不已,遂书于扇而去。……今诸家词集及《渔隐丛话》皆以为孙和仲或朱希真所作,非也。正如咏叠迭扇词云:'宫纱蜂趁梅,宝扇鸾开翅。数折聚清风,一捻生秋意。摇摇云母轻,袅袅琼枝细。莫解玉连环,怕作飞花坠。'余尝亲见稿本于公家,今《于湖集》乃载此词,盖张安国尝为人题此词于扇故也。"知有手稿。

(七) 顾禧注东坡词

宋陈鹄《西塘集耆旧续闻》卷二有"赵右史家有顾禧景蕃《补注东坡长短句》真迹"云云,这是就傅干《注坡词》补注而言,知为稿本。

(八) 史达祖

宋张镃《梅溪词序》(嘉泰元年)云:"一日,闻剥啄声,园丁持谒入,视之,汴人史生邦卿也。迎坐竹阴下，郁然而秀整。俄起谓余曰：'某自冠时，闻约斋之号，今亦既有年矣。君身益湮晦，某以是来见，无他求。'袖出词一编，余惊笑而不答，生去，始取读之。"知为手稿。

（九）翁应星

宋刘克庄《后村先生大全集》卷九十七《翁应星乐府序》云："别去一甲子，不与君相闻，君忽贻书，抄所作长短句三十余阕寄余。其说亭鄣堡戍间事，如荆卿之歌、渐离之筑也；及为闺情春怨之语，如鲁女之啸、文姬之弹也；至于酒酣耳热、忧时愤世之作，又如阮籍、唐衢之哭也。近世惟辛、陆二公有此气魄，君其慕蔺者钦？然长短句，当使雪儿、啭春莺辈可歌，方是本色。"知为手稿，词风以传统见长。今无词作传世。

（十）吴文英

明赵琦美《赵氏铁网珊瑚》卷七载吴氏《新词稿》，有《瑞鹤仙》十六首，清卞永誉《书画汇考》卷十五作《吴梦窗词稿》，为手稿。原物存台北"中央图书馆"，见饶宗颐《词集考》别集类卷六。周密《草窗词》卷上有《玉漏迟·题吴梦窗〈霜花腴词集〉》，又张炎《山中白云词》卷三有《声声慢·题吴梦窗自度曲〈霜花腴卷〉后》"烟堤小坊"，卷五有《醉落魄·题赵霞谷所藏吴梦窗亲书词卷》"镂花镌叶"，《霜花腴词集》或为词之手稿。

（十一）张炎

元邓牧《伯牙琴》有《张叔夏词集序》，云："盖其父寄闲先生善词名世，君又得之家庭所传者。中间落落不偶，北上燕南，留宿海上，憔悴见颜色。至酒酣浩歌，不改王孙公子酝藉，身外穷达，诚不足动其心、馁其气与！岁庚子相遇东吴，示予词若干首，使为序云。"按庚子为元成宗大德四年（1300），当为手稿。

以上宋人词集手稿，较已知的二百余种两宋词集来说，是微不足道的，不过有不少序跋文说得较含混，其中或是手稿。又知手稿一则为词集全稿，一则为部分词作的抄集。均出自作者之手，也有已散出，成为他人藏物，较之藏于家，秘不示外，还是有益于传播的。

二、子孙后代编集的

这种情况占有较大的比重，毕竟是近水楼台，尤其是为子孙们所编辑的先人遗泽，其真实性、可靠性要强得多。如：

> 左与言，天台之名士大夫也，其孙裒其乐章，求为序其后云：……君之孙文本编次遗词若干首，名曰《筠翁长短句》，欲以刻行，求余为序。（王明清《玉照新志》卷四）

> 黄公铢，字子厚，富沙浦城人……黄之母笔力甚高，世南尝见黄亲录词稿。（张世南《游宦纪闻》卷八）

> （外祖鳙溪老人汪公）尤喜为小词，模写物态，染绘风光，意有所寓，笔下翩翩立就，其高处视张子野、晏叔原、秦少游分道并驱，未知孰先后也。……公没七年，某宦游自沔鄂来归，始见舅氏收拾残稿，既成编，恐览公之文者，谓其止于词藻清丽也，故叙其编首，概见公之隐德奥行云。（王炎《双溪类稿》卷二十四《鳙溪老人集序》）

按黄铢母孙氏，名道绚，号冲虚居士。子孙后代的编辑，一般多能传藏于后世，俟时能刊印出来，这是心愿所在。因为词多是应歌之作的，在传播的过程中就有可能产生变异。如元黄溍《金华黄先生文集》卷三《记居士公乐府》云：

> 右居士公和东坡《百字令》，见苕溪胡仔所编《草堂诗余》，评曰："东坡赤壁词语意高妙，真古今绝唱。近时有人和此词，题于邮亭壁间，不著姓氏，语虽粗豪，亦气概可喜。"溍以家集较之，不同者三十九字。家集盖近岁溍从族人访求编入，而苕溪则得于当时壁间所题，然亦间有舛误而不可通者，乃传刻之讹也，今悉以家集订定焉。

居士公指黄中辅，字槐卿，号细高居士。力学，尚气节，当秦桧柄国，士有议己者，辄捕杀。中辅奋然题《满庭芳》一词于太平楼上，有"磨剑欲斩佞臣头"之语。所和苏轼《百字令》（即《念奴娇》"大江东去"）存，而《满庭芳》仅残存此句。黄溍跋文所称"家集"，当指家藏手稿，以《念奴娇》百字计，世上流传的与家所藏不同的竟有三十九字，这个比例不谓不高。其窜易处，等同于重新创作。

三、门生故旧传录的

这类情况比较普遍，涉及的人员也较为复杂，有门人，有朋友，也有为后来人抄录成集的,还有一类人,就是歌妓,这将在下文作专题论述。关注题《石林词》(绍兴丁卯)云:"陈德昭始得之,喜甚,出以示余,挥汗而书,不知暑气之去也。"陈氏所得不知是刻本,还是手稿,关氏所书则为抄本。又刘埙《水云村集》卷四《词人吴用章传》云:

> 吴用章名康,南丰人。生宋绍兴间,敏博逸群。课举子业,擅能名,而试不利。乃留情乐府,以舒愤郁。当是时,去南渡未远,汴都正音,教坊遗曲,犹流播江南,用章博采精探,悟彻音律,单词短韵,字微协谐。性爱梅,为赋词,自"访梅"至"结实"凡十有二阕,自"红梅"至"蜡梅"凡六阕,又取古人梅咏可命题者,自"南枝先暖"至"粉薄香残"凡四十四阕,总为六十有二,乡寓公仙源赵学士师有为名之曰《雪香绝唱》……用章殁,词盛行于时,不惟伶工歌妓以为首唱,士大夫风流文雅者,酒酣兴发,辄歌之,由是与姜尧章之《暗香》《疏影》、李汉老之《汉宫春》、刘行简之《夜行船》并喧竞丽者,殆百十年。……词集久磨灭,惟余手抄一本幸存。

知为南宋初期时人,词集名《雪香绝唱》,有刻本问世,然毁于寇火,刘氏有抄本。今未见存词。据刘氏文,其词自南宋以来,百余年传唱不衰。

这类词集的编写,往往会是真赝杂陈,曾几《东莱诗集后序》云:"文集莫盛于唐,亦莫盛于本朝。唐则韩退之、柳子厚,本朝则欧阳文忠公,实为之冠,是数公固出类拔萃,巍巍乎不可尚。已编次而行于世,退之则李汉,子厚则梦得,文忠公则东坡先生。或其门人,或其故旧,又皆与数公深知。盖知之不深,则岁月先后,是非去取,往往颠倒错乱,不可以传。近世张文潜、秦少游之流,其遗文例遭此患,知与不知之异也。"这种现象,在今存的两宋人词集中是屡见不鲜的,反映了文学作品在传播接受中变异的现象。

第二节　歌妓侍妾与两宋词集的传抄

歌妓侍妾是词的演唱主体之一,出于应歌的需要,文士们往往会即席赋词,而这些词不仅大多为歌妓们熟记熟唱,而且也会被她们所传抄。这样就有了由歌妓侍妾们传抄编录的词集。其间,她们或对作品进行窜易,在词及词集的接受与传播过程中,经她们窜易的作品也就流传了下来。

一、"自扫其迹"与词集编辑的缺失

词最初是应歌之作,是在酒宴聚会上,应歌妓或家姬之请而创作的,这种情况在北宋还是较为普遍的。胡寅《向芗林〈酒边集〉后序》云:"然文章豪放之士鲜不寄意于此者,随亦自扫其迹,曰谑浪游戏而已也。"胡氏(1098—1156),徽宗宣和三年(1121)登进士甲科,南渡后官至徽猷阁直学士。也就是说,文豪名流们喜欢写词,也善于写词。就北宋而言,流传于后世的,多则上百首,如晏殊、欧阳修、苏轼、黄庭坚等;少者十数首或数首不等,如范仲淹、夏竦、王安石等,其中不乏风流蕴藉之作。由于词体卑下、其声淫靡,有亡国之音之叹,因此北宋时期对写词还是存有争议的。魏泰《东轩笔录》卷五载:

> 王安国性亮直,嫉恶太甚。王荆公初为参知政事,闲日,因阅读晏元献公小词而笑曰:"为宰相而作小词,可乎?"平甫曰:"彼亦偶然自喜而为尔,顾其事业,岂止如是耶?"时吕惠卿为馆职,亦在坐,遽曰:"为政,必先放郑声,况自为之乎?"平甫正色曰:"放郑声,不若远佞人也。"吕大以为议己,自是尤与平甫相失也。

至少说明了身居要职者,在词的创作这一问题上,是应该谨慎的。即使这些文豪名流们写了词,只要是涉及男女情事的(在应歌这一场合下,这是无法回避的),就有事后"自扫其迹"的举动。不外乎就是当事人不保留这些作品,或不承认为其所作。五代时和凝为宰相后,托人焚毁其词,或云嫁名于韩偓,未尝不对北宋名臣们有所警示。又如晏几道与蒲传正就晏殊词中所谓妇人语的论辩,以及两宋时对欧阳修词中所谓淫艳小词的争议,至少说明了艳情小词易于惹出是非,甚至于成为政敌们用来诬陷攻击的工具。

北宋中期,以苏轼及其门弟子等为代表,词的创作出现了一个高潮,其间对他们热衷于词的写作而产生的非难之声,也就没有停止过,彭百川《太平治迹统类》卷十八"宣仁垂殿圣政"云:

> 丁未,右司谏杨康国奏:臣僚弹奏尚书右丞苏辙不可为执政者,其事有六,陛下不以为过,此恐陛下以辙兄弟并有文学,所以眷奖之厚而用辙之坚也。陛下岂不知王安石、章惇、吕惠卿、蔡确亦有文学乎?而所为如此,若谓

苏辙兄弟无文学,则非也,蹈道,则未也。其学乃学为仪、秦者也,其文章务驰
骋,好作为纵横排阖,无安静理致,亦类其为人也。比王安石则不及,当与章
惇、蔡确、吕惠卿相上下。其为美丽浮歌、侈艳小词,则并过之,虽辙亦不逮其
兄矣。兄弟由此,故多得名于戚里中贵人之家,其学如此,安足为陛下谋主
体、断国论、与共熙绎天下之事哉?

因词体卑下,易于惹出男女间的暧昧之事,很容易为政客名流们抹黑,其中出于党派斗
争的需要,是主要因素之一。如黄庭坚、秦观,早年走的是柳永的路子,多写淫艳小词,
成为政敌们攻击的把柄,责以"轻翾浮艳,素无士行",或"素号狷薄"。[1]北宋名流们很
少会对自己的词作搜集编录,更不会把词收入他们的诗文全集中,这恐怕是主要原因
之一。而搜集传抄他们词作的,多为他人所为,歌妓侍妾有易得之便,有传唱之需,也
就成了接受和传播的主体之一。

二、歌妓侍妾的传抄

歌妓侍妾对词的抄集,与她们的职业需要有着密切的关联,另一方面,词这种富有
情感的文体,在某种程度上也会左右着歌妓们的情感世界,如同今世的追星族,她们会
倾心收藏和传抄心仪作家的词。就现存文献来看,北宋词集的抄集,多与歌妓侍妾
有关。

(一) 柳永词集

柳永是北宋俚俗词的代表性作家,他的词集,在北宋就有结集出版,黄裳《演山集》
卷三十五《书乐章集后》云:"予观柳氏《乐章》,喜其能道熙(当作嘉)祐中太平气象,如
观杜甫诗,典雅文华,无所不有。"黄裳(1043—1129),字冕仲,号演山,南平(今属福建)
人。神宗元丰五年(1082)进士第一。黄氏所见是刻本,还是抄本,已无从稽考,但北宋
很少有刊刻词集的记录,已知的也就是对欧阳修等极个别词集的刊印。柳永词的传
唱,上至皇帝大臣,下至普通文士百姓,这在宋人记载中多有记录,如陈师道《后山诗
话》云:"仁宗颇好其词,每对,必使侍从歌之再三。"张耒《明道杂志》有"韩少师持国每

---

① 见李焘《续资治通鉴长编》卷四五六、四八四等。

酒后好讴柳三变一曲"云云,韩少师即韩维。杨囷道《云庄四六余语》云王彦昭"好令人歌柳词"。释普济《五灯会元》卷十六"报本兰禅师法嗣"载邢州开元寺法明:"每大醉,唱柳词数阕,日以为常。"叶梦得《避暑录话》卷下云:"余仕丹徒,尝见一西夏归明官云:'凡有井水饮处,即能歌柳词。'言其传之广也。"其受欢迎的程度由此可见,柳永"作新乐府骫骳从俗,天下咏之"(《后山诗话》),故"教坊乐工每得新腔,必求永为辞,始行于世,于是声传一时。"(《避暑录话》卷下)

在这种背景下,歌妓对柳词的追捧也是重要的一环。现存宋人著述中未有歌妓明确地收集柳词的记载,而野史小说中却有类似的表述,如宋末元初罗烨《新编醉翁谈录·乙集》卷一"三妓挟歧(当作耆)卿作词"等就载有歌妓争索其词的事。以其词作在北宋广为传唱而言,歌妓们搜集抄录其词作可想而知。至于云柳永卒后,是由歌妓们出钱买葬,宋人也有提及,如陈元靓《岁时广记》卷十七引《古今词话》云云。

(二) 秦观词集

秦观是北宋继柳永后又一位颇具影响力的词作家,他的词,早年走的是柳永的路子,只是较柳词在抒情方面更为蕴藉。其词也是歌妓们喜欢演唱的作品之一,洪迈《夷坚志补》卷二载云:"义倡者,长沙人也,不知其姓氏,家世倡籍。善讴,尤喜秦少游乐府,得一篇,辄手笔口咏不置。"并云其抄有《秦学士词》一书,均为秦观词平日所习唱者。这是明确记录歌妓与文人词集的编辑有关系,尽管不知其藏抄的数量为几何,由其中"若何自得其词之多"云云,知此书所抄词不在少数。

(三) 陈师道词集

与秦观一样,陈师道也是苏门弟子。在当时,他也是艳情词创作的代表性作家之一,在这一点上,陈氏自己并不讳避。《后山居士文集》卷八《书旧词后》云:"余他文未能及人,独于词,自谓不减秦七黄九。而为乡掾三年,去而复还,又三年矣,乡妓无欲余之词者,独杜氏子勤恳不已,且云得诗词满箧,家多畜纸笔墨,有暇则学书,使不如言,其志亦可喜也,乃写以遗之。""秦七黄九"指秦观和黄庭坚,眉山公,即苏轼。作为北宋词体革新的领袖人物,苏轼不善于写艳情小词,这是公认的。而他的弟子们如黄庭坚、秦观及陈师道却是这方面的能手。陈师道现存的词作才五十一篇,而陈氏自许词作不减秦、黄,则其在数量上也应是相当可观的,并且这主要针对的是艳情小词而言的。①
不过就现存的五十余篇词作来说,男女情词不少,但很少有如秦观、黄庭坚作品那样露
骨猥亵的,陈氏词集名《语业》,可知其词本属于艳情一路的。序称乡妓杜氏于其诗词
情有独钟,传抄满箧。可知作为词的传播主体,歌妓们对词的抄集,是有贡献的,作家
的词,有不少就是这样赖以保存了下来的。

(四) 晏几道词集

晏几道为晏殊之子,在词的创作方面,走的也是传统的路子,以艳情小曲为主。
《小山词》自序云:"始时沈十二廉叔、陈十君龙家有莲、鸿、蘋、云,品清讴娱客,每得一
解,即以草授诸儿,吾三人持酒听之,为一笑乐而已。而君龙疾废卧家,廉叔下世。昔
之狂篇醉句,遂与两家歌儿酒使,俱流转于人间,自尔邮传滋多,积有窜易。七月己巳,
为高平公缀辑成编。"很清楚地说明了词作的应歌性,"自兹邮传滋多",也说明了歌妓
家姬在辑录与传抄词集方面的作用。所云高平公,其人待考。至于高氏所缀辑成编的
晏氏词集的来源,主要还是据歌妓们的传抄。

上述四家,说明了北宋时期词集的编成过程中,歌妓侍妾是重要的参与者之一。
至于其他作家,没有明确的记载,但相信也不少。如欧阳修,赵令畤《侯鲭录》卷一云:
"欧公闲居汝阴时,一妓甚韵,文公歌词尽记之,筵上戏约他年当来作守。"又陈师道《后
山谈丛》卷三载云:"文元贾公居守北都,欧阳永叔使北还,公预戒官妓办词以劝酒,妓
唯唯,复使都厅召而喻之,妓亦唯唯。公怪叹,以为山野。既燕,妓奉觞歌以为寿,永叔
把盏侧听,每为引满。公复怪之,召问,所歌皆其词也。"也从一个侧面说明了歌妓在词
作的传播方面的贡献,毕竟唱曲是她们看家的本事,而熟知熟记名流们的作品更是她
们赖以成名扬名的重要手段。到了南宋,关于这方面的记载就少了,这是因为南宋时,
人们对词体的看法有了转变,文人士大夫对所作的词不必回避扫迹,而且可以收入自
己的全集中。另外南宋中期以来,词集刻印大量地出现,人们得到词集不似北宋那么
困难,作为词之传播的重要主体——歌妓侍妾也就没有必要花工夫去收集、抄录、编辑
词作了。

---

① 参见拙文《解读"秦七黄九"》,载《江苏教育学院学报》2005 年 1 期。

三、题词于巾帕裙带等

在花前月下、宴席尊前，为歌妓家姬草作歌词，这是常见的一种风气，如苏轼为王定国家姬草写《定风波》、为定州歌妓草写《戚氏》、为侍妾朝云等所作诸词等，均记载颇详。一般来说，书写在纸上，这是一种形式。然而纵酒欢饮，是文人狭邪生活的体现，即使文豪名流也不免。除纸本外，常见的还有就是题写于巾帕裙带之类上的，见于宋人记载的就有不少，王明清《挥麈录·余话》卷一云：

> 沈睿达辽，文通之同胞，长于歌诗，尤工翰墨。王荆公、曾文肃学其笔法，荆公得其清劲，而文肃传其真楷。登科后，游京师，偶为人书裙带词，颇不典，流转鬻于相蓝，内侍买得之，达于九禁，近幸嫔御服之，遂尘乙览。时裕陵初嗣位，励精求治，一见不悦，遣监察御史王子韶察访两浙，临道之际，上喻之曰："近日士大夫全无顾藉，有沈辽者，为倡优书淫冶之辞于裙带，遂达朕听，如此等人岂可不治？"子韶抵浙中，适睿达为吴县令，子韶希旨，以它罪劾奏，时荆公当国，为申解之，上复伸前说，竟不能释疑，遂坐深文，削籍为民。其后卜居池阳之齐山，有集号《云巢编》，行于世。

裕陵，即宋神宗，盖出于一时严治所为，其后这种风气在两宋依然可见，题诗词于歌妓家姬的衣服饰物等上，宋以前就不稀见，入宋后也是常有的。题诗者，如周煇《清波杂志》卷二载于老尼处得东坡元祐间绫帕子上草书《薄命佳人》诗，李廌《济南集》卷四有《饮襄阳沈氏家醉题侍儿小莹裙带》，又《清波杂志》卷八和吴曾《能改斋漫录》卷五载何郯题诗歌妓项帕（即领巾）之事。题词者也不少见，录所知如下：

> 王安中履道任大名监仓日，喜营妓路莹，尝赠词，书泥金领巾上。后安中宣和间作燕山宣抚使，取途大名，路莹乃迎于道左，安中因作《玉楼春》云："飞鸿只解来等柱，终寄青楼书不去。手因春梦有携时，眼到花梢无着处。泥金小字回文句，翠袖红裙今在否？欲寻楚馆旧时云，看取高唐台畔路。"（马纯《陶朱新录》）

> 朱希真好作怪字，往往人多笑之，其小词有云："轻红写遍鸳鸯带，浓绿争倾翡翠卮。"其怪字似不宜写在鸳鸯带上，则"争倾翡翠卮"，恐未必然也。一

日偶于江阴侯守坐上及之,坐客无不大笑。(袁文《瓮牖闲评》卷五)

李端愿宫保,文和长子,治园池,延宾客,不替父风。每休沐,必置酒高会,延侍从馆阁,率以为例。至夜分寝阁,什物供帐皆不移具。元丰中,会佳客,坐中,忽召学士将锁院,孙巨源适当制,甚怏怏,不欲去。李饬侍妾取罗巾求长短句,巨源援笔欲书,从者告以将掩门矣,草草作数语云:"城头上有三冬鼓,何须抵死催人去?上马苦匆匆,琵琶曲未终。　　回头肠断处,却更廉纤雨。漫道玉为堂,玉堂今夜长。"李邦直在坐,颇以卒章非佳语。巨源是夕得疾,于玉堂后六日卒。(鲁纡《南游记旧》)

谢希孟在临安狎娼,陆氏象山责之曰:"士君子乃朝夕与贱娼女居,独不愧于名教乎?"希孟敬谢,请后不敢。……希孟一日在娼所,忽起归兴,遂不告而行。娼追送江浒,泣涕恋恋,希孟毅然,取领巾书一词与之,云:"双桨浪花平,夹岸青山锁。你自归家我自归,说着如何过。　　我断不思量,你莫思量我。将你从前与我心,付与旁人可。"(庞元英《谈薮》)

陆务观以史师垣荐赐第,孝宗一日内宴,史与曾觌皆预焉,酒酣,一内人以帕子从曾乞词,时德寿宫有内人与掌果子者交涉,方付有司治之,觌因谢不敢,曰:"独不闻德寿宫有公事乎?"遂已。(周密《齐东野语》卷十一)

沈梅娇,杭妓也,忽于京都见之。把酒相劳苦,犹能歌周清真《意难忘》、《台城路》二曲,因嘱余记其事。词成,以罗帕书之。(张炎《国香》"莺柳烟堤"序)

这种场合下,往往表现出文士们风流不羁的一面,此以苏轼及其门弟子为例说明之。

元袁桷《清容居士集》卷四十七《题李龙眠雅集图》云:

龙眠旧作《雅集图》,在元丰间,于时米元章、刘巨济诸贤皆预,盖宴于王晋卿都尉家所作也。嗣后诗祸兴,京师侯邸皆闭门谢客,都尉竟以忧死,不复有雅集矣。……此图盖作于元祐之初,龙眠在京后,预贡举。考斯时之集,则孰为之主欤?曰此安定郡王赵德麟之集也,德麟力慕王晋卿,侯鲭之盛,见于题咏。文潜嗜饮,樽罍满几者,其实也;少游凝然有思,其《小秦王》之意乎?鲁直每遇家妓,辄书裙带,今乃题卷,犹故态也。东坡公精神凌厉,见于笔墨。而待门下三客,盖未尝以此易彼。

王诜,字晋卿,为驸马都尉。与苏轼等交往密切,西园雅集,为文坛佳话,宋及其以后屡有提及。其间有苏轼及门弟子黄庭坚、秦观、张耒、晁补之,以及友朋王诜、赵令畤等,刘克庄《后村先生大全文集》卷一百四"题跋"《西园雅集图》云:

> 本朝戚畹惟李端愿、王晋卿二驸马好文喜士,有刘真长、王子敬之风。此图布置园林水石、人物姬女,小者仅如针芥,然比之龙眠墨本,居然有富贵态度,画固不可以不设色哉!二驸马既贤,而坐客皆天下士。世传孙巨源"三通鼓"、眉山公"金钗坠"之词,想见一时风流酝籍,为世道太平极盛之候。未几,而乌台鞫诗案矣,宾主俱谪,而啭春莺辈亦流落于他人矣。自是戚畹始不敢与士大夫交游,山谷诗云:"天网恢中夏,宾筵禁列侯。"深味此句,足以悲慨。

知苏轼、黄庭坚、秦观均赋有词,其他人也当有。所谓"鲁直每遇家妓,辄书裙带",当然不仅仅是黄庭坚一人有此雅好。苏轼有《殢人娇》,云:"白发苍颜,正是维摩境界。空方丈散花何碍?朱唇箸点,更髻鬟生彩。这些个、千生万生只在。　好事心肠,着人情,闲窗下敛云凝黛。明朝端午,待学纫兰为佩,寻一首好诗要书裙带。"传说此词为侍妾朝云所写。写在裙带、项帕、领巾,一方面作为歌妓们来说,可以借名流的笔墨,增重其身价,另一方面,也就有助于词的流传,因为她们不仅仅是视之为名流墨宝而收藏,也是作为看家的本领所需,又是炫耀的资本,名流所作,自然传播得快。除题于项帕罗巾等外,甚至有题于歌妓的臂膀与大腿上者,这是文人狎邪风气的极端表现。

四、词作的传播与窜易

歌妓侍妾得到的词作主要有两种途径,其一是作者亲自题写的,其二是歌妓侍妾传抄的。前文引王明清《挥麈录·余话》云沈辽题裙带词广为传播,市场有买,以至宫中"近幸嫔御服之",知是批量印在衣服上,这是商家射利所为。在传播中,就会有改易窜误。晏几道《小山词》自序云:"昔之狂篇醉句,遂与两家歌儿酒使,俱流转于人间,自尔邮传滋多,积有窜易。"说明了歌妓侍妾在传播方面的作用,可使词曲以较快的速度、较广的范围传开。

与此同时,也出现了窜易。应歌者之请,作家草写词作多在仓促之间,难免有用字用语用韵不妥之处。而歌妓们为了应歌的娱乐性,也会擅自更改。吴曾《能改斋漫录》

卷十六云：

> 杭之西湖有一倅闲唱少游《满庭芳》，偶然误举一韵云："画角声断斜阳。"妓琴操在侧云："'画角声断谯门'，非'斜阳'也。"倅因戏之曰："尔可改韵否？"琴即改作"阳"字韵云："山抹微云，天连衰草，画角声断斜阳。暂停征辔，聊共饮离觞。多少蓬莱旧侣，频回首、烟霭茫茫。孤村里，寒鸦万点，流水绕低墙。
>
> 魂伤，当此际，轻分罗带，暗解香囊。漫赢得青楼，薄幸名狂。此去何时见也，襟袖上、空有余香。伤心处，长城望断，灯火已昏黄。"东坡闻而称赏之。

这种改易，只改韵字，绝大部仍是秦词原句，而又别有一番意韵，显示了歌者的机敏之处。又皇都风月主人编的《绿窗新话》卷下引《古今词话》载云：

> 有时相，本寒生，及登位，尝以措大自负。遇生日，都下皆献寿。有一妓，易《朝中措》数字为寿，曰："屏山栏槛倚晴空，山色有无中。手种庭前桃李一作亭前杨柳，别来几度春风。　　文章宰相，挥毫万字，一饮千钟。行乐不须年少，日前看取仙翁。"时相不直怜其喜改易，又爱《朝中措》之名，厚赏之。以一妓之识，而能承意顺旨，而推赏如此。

这是改写欧阳修的《朝中措》词，按《古今词话》为杨湜所编，一般认为杨氏为南北宋间的人。在词的传唱中，歌妓侍女们改易原作事情的发生，时人本不当回事，而后人在搜集作家词作时，就有可能把经改易的作品收进去，而原作反倒不流行了。周必大《益公题跋》之《跋汪逵所藏东坡字》一文言得见汪氏所藏苏轼手写诗词一卷等，与当时集本、石刻等比较，彼此互有出入，有的是作者后来改定，有的则为他人所窜易，云："某每校前贤遗文，不敢专用手书及石刻，盖恐后来自改定也。"改易之举是文学创作中习见的现象，何况词为应歌之作，完成于仓促之间，在用字、用词、用韵、平仄等方面，都有可能出问题。

就词作而言，有流行之作异于原作的，宋人记载中常见有提及。如黄庭坚《山谷词》中两首《醉蓬莱》"对朝云叆叇"、《两同心》"一笑千金"和"秋水遥岑"、《玉楼春》"凌歊台上青青麦"和"翰林本是神仙谪"，后者都属于对前者的窜易，夏敬观手批《山谷词》，于后一首《醉蓬莱》"对朝云叆叇"批云："改易实不如前。"又于《玉楼春》"翰林本是神仙谪"谓："窜易者每不如前，怪极。"这种现象，窃以为不是作者本人所为。又夏敬观于手批《清真词》之《女冠子》"同云密布"云："此词语病甚多，如前云'楼台'，后又云'歌楼';前云'酒帘',后又云'酒旗'者,是无论周作、柳作,殆为歌者改窜,非原作也。"张炎《山中白云词》中标作"别本"的,有的或属于窜易之作。

歌妓侍妾们的传唱改窜应该是不少的,也就是说在词的传唱和流播中,常常会有歌妓侍女们改易原作的事情的发生,如第一节引黄溍《记居士公乐府》云胡仔所编《草堂诗余》载黄中辅词《百字令》(即《念奴娇》"炎精中否"一词),窜易多达三十九字,署名胡氏编的《草堂诗余》明代尚有著录。《苕溪渔隐丛话·前集》卷五十九载云:

> 苕溪渔隐曰:东坡"大江东去"赤壁词语意高妙,真古今绝唱。近时有人和此词,题于邮亭壁间,不著其名,语虽粗豪,亦气概可喜。今谩笔之。词曰:"炎精中否,叹人材委靡,都无英物。戎马长驱三犯阙,谁作连城坚壁?楚汉吞并,曹刘割据,白骨今如雪。书生钻破简编,说甚英杰。　　天意眷我中兴,吾君神武,小曾孙周发。海岳封疆俱效职,狂虏何劳追灭?翠羽南巡,叩阍无路,徒有冲冠发。孤忠耿耿,剑锋冷浸秋月。"

何士信《增修笺注妙选草堂诗余·后集》卷上于苏轼《念奴娇·赤壁怀古》"大江东去"引录了胡仔的话及和词,与《苕溪渔隐》所载字词差异有十余处。现知较早记录此事的是方勺的《泊宅编》,见卷九,与胡仔所录出入较大的是上阕后五句,《泊宅编》作:"万国奔腾,两宫幽陷,此恨何时雪? 草庐三顾,岂无高卧贤杰?"方勺(1066—?),字仁声,婺州(今浙江金华)人。宋神宗元丰六年(1083)入太学,后应试不第,遂无进仕意。徙居湖州之西溪泊宅村,寓居其间,自号泊宅翁,以肥遁终身。当卒于高宗朝。胡仔后,廖莹中《江行杂录》也载其事,文字与《泊宅编》所载同。元初,宋遗民徐大焯《烬余录·乙编》云此词为吴云公所作,云其"靖康国难后,披发佯狂,更号中兴野人,厌弃城市",所载词文字与《泊宅编》所载同。不过,以上诸家所录之词和黄溍所云与家集不同者达三十九字,还是不同的。至少知在流传中是屡经改窜的,笔者以为歌妓侍女窜易恐是常见的,只是多数后人是无法断定其是其非罢了。

第二章　宋代词集的编辑和刻印

　　两宋词集的刊印形式主要有三:一是词集丛编本,二是全集本,三是单行本。其中全集本编排的方式不一,或是附在诗文后独立成书成卷,或是与诗文混编在一起,成为其中的一卷,或是附在诗卷中,与诗歌混编在一起的。宋人诗文别集的大量刊印是在南宋时,词集的刊印也是如此。

第一节　词集编印概述

　　两宋词集的刊刻情况,笔者在《宋金元词籍文献研究》中有较为详细地汇编与考证,为了便于说明,此以词集丛编本和单行本为主作分析,编成下表,至于全集本,因情况较为复杂,酌情采录。

一、北宋词别集

作者	词集	版本或出处
潘阆	《逍遥词》	徽宗崇宁刻本、理宗绍定刻本
柳永	《乐章集》九卷	宋刻本、《百家词》本
宋白	《柳枝词》一卷	《宋史·艺文志》

作者	词集	版本或出处
裴湘	集本	刻本(《青箱杂记》卷十)
晏殊	集本 《珠玉集》一卷 《珠玉词》一卷	刘克庄跋 《百家词》本 宋刻本、影宋抄本
王观	词集 《冠柳集》一卷 《王逐客词》	《能改斋漫录》卷十七 《百家词》本 《遂初堂书目》
欧阳修	集本 词集 《平山集》四卷 《醉翁琴趣外编》六卷 《醉翁琴趣》二卷 《六一词》一卷	宁宗庆元刻本 北宋神宗元丰中刻本 刻本 宋刻本,今存。又影宋刻本 宋刻本(《传是楼宋元版书目》) 《百家词》本
晏几道	词卷 《乐府补亡》 《晏几道词》 《小山集》一卷 《小山琴趣外篇》	手稿(《邵氏闻见后录》卷十九) 《碧鸡漫志》卷二 《遂初堂书目》 《百家词》本 《永乐大典》卷二〇三五三
张先	《张子野词》一卷	《百家词》本
杜安世	《杜寿域词》一卷	《百家词》本
刘几	《戴花正音集》	刻本(《石林燕语》卷十)
刘敞	集本	刘攽序
韦骧	集本	孝宗乾道刻本
王安石	集本	高宗绍兴刻本
苏庠	《后湖词》一卷	《百家词》本
李之仪	《姑溪集》一卷	《百家词》本
赵令畤	《聊复集》一卷	《百家词》本
徐伸	《青山乐府》一卷	《唐宋诸贤绝妙词选》卷八

续　表

作者	词集	版本或出处
苏轼	张宾老编本 词集 《东坡词》二卷拾遗一卷 《东坡长短句》 《东坡词》 《东坡词》二卷 《东坡词乐府》三卷 《东坡乐府》二卷 词集	曾慥跋 蜀刻本 高宗绍兴刻本 刻本（《云麓漫抄》卷四） 《遂初堂书目》 《百家词》本 宋刻本（《李氏得月楼书目》） 宋刻本（《季沧苇藏书目》《传是楼宋元板书目》） 《邵氏闻见后录》卷十九、《能改斋漫录》卷十六、《扪虱新话》下集卷三、《艇斋诗话》等
黄庭坚	集本 《黄学士长短句新集》 《黄鲁直词》 《山谷词》一卷 《山谷琴趣》三卷	孝宗乾道本、淳熙本 南宋刻本（苏籀序） 《遂初堂书目》 《百家词》本 宋刻本、影宋刻本
吴可	词集	李之仪跋
朱长文	集本	高宗绍兴刻本
贺铸	集本 《贺方回乐府》 《东山乐府》 《东山寓声乐府》二卷 《东山寓声乐府》三卷 《东山词》	《直斋书录解题》 张耒序 叶梦得传 《唐宋诸贤绝妙词选》卷三 《百家词》本 宋刻本（《恬裕斋藏书记》等）
秦观	集本 诗余草稿 《秦学士长短句新集》 《秦少游词》 《淮海词》 《淮海集》一卷 《秦学士词》 《秦淮海琴趣》	孝宗乾道刻本、南宋末刻本、蜀刻本 稿本 南宋刻本（苏籀序） 《六十家词》本 《遂初堂书目》 《百家词》本 洪迈《义娼传》 宋刻本（《曝书杂记》《季沧苇藏书目》《传是楼宋元板书目》）
黄裳	《演山居士新词》	自序
丁注	集本	《直斋书录解题》
王观复	乐府	黄庭坚题
刘弇	集本	高宗绍兴刻本

作者	词集	版本或出处
米芾	集本	《嘉定镇江志》
张舜民	集本	高宗绍兴刻本
晁端礼	《闲适集》一卷 《闲斋琴趣外篇》	《百家词》本 影宋抄本
释仲殊	集本 词集七卷	南宋刻本 《唐宋诸贤绝妙词选》卷八
黄得礼	集本	理宗淳祐刻本
田为	《洋呕集》	白朴《水龙吟》序
晁补之	《晁学士长短句新集》 《冠柳集》 《晁无咎词》一卷 《晁氏琴趣外篇》	南宋初刻本(苏籀序) 《词源》 《百家词》本 影宋抄本
陈师道	集本 语业 《后山居士长短句》 《后山词》一卷	刘孝韪临川刻本 《碧鸡漫志》卷二 陆游光宗绍熙二年序 《百家词》本
毛滂	集本 《东堂词集》 《东堂词》一卷	嘉禾刻本 嘉禾郡刻本 《百家词》本、影宋抄本(《刚伐邑斋藏书记》)
晁冲之	《晁叔用词》一卷	《百家词》本
周邦彦	集本 词集 《清真乐府》 《清真诗余》 《片玉词》 《周美成词》二卷 《清真词》二卷后集一卷	宁宗嘉泰刻本、溧水刻本 手稿(《皇宋书录》卷中) 《中兴以来绝妙词选》卷六 《中兴以来绝妙词选》卷六 北宋刻本 孝宗淳熙刻本 《百家词》本
万俟咏	《胜萱》、《丽藻》 《大声集》 《大声集》五卷	《碧鸡漫志》卷二 《碧鸡漫志》卷二 《唐宋诸贤绝妙词选》卷七、《百家词》本
赵明远	词集	《咸淳临安志》卷八十一

二、南宋词别集

作者	词集	版本或出处
华镇	集本	高宗绍兴刻本
吴云公	集本	刻本(《烬余录·乙编》)卷二十六
范周	集本	《吴郡志》
顾淡云	集本	《烬余录·乙编》
赵鼎	集本 《得全词》 《得全居士词》一卷	宁宗嘉泰刻本、裔孙璧刻本 《百家词》本 《宋史·艺文志》
陈克	集本 《赤城词》一卷	《直斋书录解题》 《唐宋诸贤绝妙词选》卷八、《百家词》本
李纲	集本 《丞相李忠定公长短句》	刻本,又理宗嘉熙补刻本 《典雅词》本
刘一止	集本 《刘行简词》一卷	刻本(《嘉泰吴兴志》) 《百家词》本
谢逸	集本 《溪堂词》一卷	《两宋名贤小集》本 《百家词》本
谢薖	集本 《竹友词》一卷	《两宋名贤小集》本 《百家词》本
叶梦得	《石林词》 《石林词》一卷	高宗绍兴抄本 《百家词》本
朱敦儒	集本 《太平樵唱》 《樵歌》一卷	《宋史·艺文志》 《贵耳集》卷上 《直斋书录解题》、《百家词》本
曹组	集本	家刻本
姚毅	集本	张守序
王安中	《初寮词》一卷	《百家词》本、汲古阁影宋抄本
葛胜仲	《丹阳词》一卷	《百家词》本
李处权	集本	高宗绍兴年序
徐泳	集本	陈傅良跋

作者	词集	版本或出处
李处全	《晦庵词》一卷	《百家词》本
王大受	《近情集》一卷	《百家词》本
岳飞	集本	宁宗嘉定年序
张纲	集本	光宗绍熙刻本
李清照	《漱玉集》三卷 《漱玉集》一卷 《漱玉集》五卷 词集 《易安词》六卷	《唐宋诸贤绝妙词选》卷十 《百家词》本 《直斋书录解题》 刻本(《云麓漫抄》卷十四) 《宋史·艺文志》
向子諲	《酒边集》 《酒边集》一卷 《酒边词》 《酒边集》二卷	胡寅序 《百家词》本、又影宋本 宋刻本(《季沧苇藏书目》) 宋刻本(《传是楼宋元板书目》)
曾几	集本	陈傅良跋
左誉	《筠翁长短句》	刻本(《玉照新志》卷四)
胡铨	《澹庵长短句》一卷	《典雅词》本
阮阅	《巢令君阮户部词》一卷	《典雅词》本
周紫芝	《竹坡老人词》三卷 《竹坡词》一卷	孙兢孝宗乾道二年序 《百家词》本
陈与义	集本 《无住词》一卷 《简斋词》一卷	刻本、麻沙本 《中兴以来绝妙词选》卷一 《百家词》本
蒋元龙	词集	刻本(《嘉定镇江志》附录)
孙道绚	词集	抄本(《游宦纪闻》卷八)
毛氏	《乌有编》	郑刚中《乌有编序》
黄大舆	《乐府广变风》	《碧鸡漫志》卷二
王灼	集本	《郡斋读书志》
欧阳澈	集本	高宗绍兴年序

续　表

作者	词集	版本或出处
张元干	集本 《芦川居士词》 《芦川集》 《芦川词》一卷 《芦川词》二卷 《芦川词》	刻本(张广序) 蔡戡序 周必大、杨万里跋 《百家词》本、影宋抄本 宋刻本、影宋抄本 《宋史·艺文志》
张孝祥	集本 《紫微雅词》 《于湖词》一卷 《于湖先生长短句》五卷拾遗一卷	孝宗乾道刻本、宁宗嘉泰刻本 《中兴以来绝妙词选》卷二 《百家词》本 影宋刻本
吴淑姬	《阳春白雪》五卷	《唐宋诸贤绝妙词选》卷十
蔡柟	集本 《浩歌集》	《郡斋读书志》 《百家词》本
吕渭老	《圣求词》 《吕圣求词》一卷	宁宗嘉定五年刻本 《百家词》本
王之道	《相山词》一卷 《相山居士长短句》二卷	《百家词》本 《宋史·艺文志》
曹勋	集本	光宗绍熙年序
朱翌	词集	稿本(《西塘集耆旧续闻》卷一)
康与之	《顺庵乐府》 《顺庵词》 词集 《顺庵乐府》五卷 乐府集	刻本(《桯史》卷三) 麻沙本(《桯史》卷三) 官板(《中兴以来绝妙词选》卷一) 《百家词》本 《贵耳集》卷下
曹冠	《燕喜集》一卷 《燕喜词》	《百家词》本 孝宗淳熙十四年宣城郡刻本、影宋抄本、《典雅词》本
刘子翚	集本	刻本(《中兴以来绝妙词选》卷二)
刘方叔	集本	王十朋序
黄公度	集本 《知稼翁词》 《知稼翁集》一卷 《知稼翁词》一卷	宁宗庆元刻本 孝宗淳熙刻本 《百家词》本 《典雅词》本、汲古阁影宋抄本
曾惇	集本 《曾使君新词》 词一卷	《直斋书录解题》 高宗绍兴间黄岩刻本 《中兴以来绝妙词选》卷一

作者	词集	版本或出处
毛开	《樵隐诗余》一卷 《樵隐词》一卷	王木叔孝宗乾道丙戌跋 《百家词》本
韩元吉	《焦尾集》 《焦尾集》一卷	孝宗淳熙壬寅自序 《百家词》本
朱雍	《梅词》二卷	刻本（《中兴以来绝妙词选》卷一）
侯齐彦	乐府集	曾协题
赵彦端	集本 《介庵词》一卷 《介庵琴趣外编》	韩元吉撰墓志铭 《百家词》本 《隐湖题跋》等
袁去华	集本 《袁去华词》一卷 《袁宣卿词》一卷	《直斋书录解题》 《百家词》本 《典雅词》本
李流谦	集本	李益谦撰行状
王阮	集本	理宗淳祐刻本
黄中辅	集本	家刻本
陈公实	词集	范元卿抄本
陆游	集本 《放翁长短句》 《放翁词》一卷	宁宗嘉定刻本 孝宗淳熙己酉自序 《百家词》本
范成大	《余妍亭稿》 《石湖词》一卷	光宗绍熙刘炳先、刘继先刻本 《百家词》本
陈三聘	《和石湖词》一卷	汲古阁影宋抄本
段成己	《菊轩乐府》一卷	汲古阁影宋抄本
谢懋	《静寄乐府》 乐章二卷	杨冠卿孝宗十三年序 《中兴以来绝妙词选》卷四
赵长卿	《仙源居士惜香乐府》十卷	宋刻本（《静嘉堂秘籍志》卷五十）
仲并	集本	周必大宁宗庆元年序
芮烨	集本	周必大宁宗嘉泰元年序
吴则礼	集本	周必大宁宗嘉泰三年序
赵伯骕	集本	周必大撰神道碑

续 表

作者	词集	版本或出处
王伯刍	集本	周必大撰墓志铭
梁安世	集本	周必大孝宗淳熙五年书
陈梦锡	《月溪辞》	陈造题
杨万里	集本	刘希仁《后村集序》
楼景山	《求定斋诗余》	黄定之刻本
朱熹	集本	刻本(《天禄琳琅书目后编》)
程垓	《书舟词》 《书舟词》一卷 《书舟雅词》十一卷	刻本(王称光宗绍熙序) 《百家词》本 《宋史·艺文志》
吴亿	集本	《直斋书录解题》
张颙	集本	陈造序
京镗	集本 《松坡居士词》一卷 《松坡集》 《松坡词》一卷	《直斋书录解题》 宁宗庆元五年黄汝嘉豫章学宫刻本、《典雅词》本 《中兴以来绝妙词选》卷三 《百家词》本
辛弃疾	《稼轩词》四卷 《稼轩词》十二卷 《辛稼轩词》 《稼轩长短句》 《稼轩词》甲集乙集丙集丁集 《稼轩长短句》十二卷 《稼轩集》	《百家词》本 信州刻本 宜春张清则刻本 《涧泉日记》卷中 宋刻本、影宋刻本 《宋史·艺文志》 《桯史》卷三、《鹤林玉露·甲集》卷一、徐元杰赞、《宋史》本传
周必大	集本 《近体乐府》一卷	李壁撰行状 汲古阁影宋抄本(《善本书室藏书志》)
岳甯	《文定公词》一卷	《典雅词》本
周行可	集本	周必大光宗绍熙元年书
王昭德	集本	王炎序
刘愈	集本	薛季宣撰行状
蔡伸	《友古词》一卷	《百家词》本
黄人杰	《可轩曲林》一卷	《百家词》本

作者	词集	版本或出处
王武子	《王武子词》一卷	《百家词》本
黄定	《凤城词》一卷	《百家词》本
向滈	《乐斋词》一卷	《百家词》本
沈瀛	《竹斋词》一卷	《百家词》本
汪鲋溪	词集	王炎序
王炎	长短句	宁宗嘉定十一年自序
刘光祖	集本 《鹤林词》一卷	《中兴以来绝妙词选》卷五 《百家词》本
陈亮	集本 《龙川词》一卷	叶适跋 《典雅词》本
马宁祖	《退圃词》一卷	《百家词》本
扬无咎	《逃禅集》一卷	《百家词》本
廖行之	《省斋诗余》一卷	《百家词》本
王庭珪	《卢溪词》一卷	《百家词》本
沈端节	《克斋词》一卷	《百家词》本
侯延庆	《退斋词》一卷	《百家词》本
吴镒	《敬斋词》一卷	《百家词》本
石孝文	《金谷遗音》一卷	《百家词》本
王澡	集本	《直斋书录解题》
方汝一	集本	刘克庄撰墓志铭
叶适	集本	刘克庄启
邵道冲	集本	《宝庆四明志》
李廷忠	乐府一卷	《中兴以来绝妙词选》卷四
汪莘	《方壶诗余》	宁宗嘉定元年刻本
葛剡	《信斋词》一卷	《百家词》本
卢炳	《烘堂集》一卷	《百家词》本
黄谈	《涧壑词》一卷	《百家词》本
林淳	《定斋诗余》一卷	《百家词》本

作者	词集	版本或出处
侯寘	《懒窟词》一卷	《百家词》本、《典雅词》本
邓元	《漫堂集》一卷	《百家词》本
王以宁	《王周士词》一卷	《百家词》本、影宋抄本
董鉴	《养拙堂词集》一卷	《百家词》本
程大昌	《文简公词》一卷	《典雅词》本
刘子寰	《篁嵊词》一卷	《典雅词》本
赵师侠	《坦庵词》 《坦庵长短句》一卷	尹觉刻本 《百家词》本
刘过	集本 《刘改之词》一卷	理宗端平刻本 《直斋书录解题》
姜夔	《白石道人歌曲集》 《白石词》五卷 《姜白石词》	宁宗嘉泰二年云间刻本 《直斋书录解题》 《六十家词》本
李洪等	《李氏花萼集》五卷	《百家词》本
韩㴵	《萧闲词》一卷	《直斋书录解题》
蔡伯坚	《萧闲集》六卷 《明秀集》	《直斋书录解题》 王恽跋、金刻本
姚述尧	《萧台公余词》一卷	《典雅词》本
郭应祥	《笑笑词》 《笑笑词集》	家塾本 《百家词》本
刘仙伦	词集	吉州刻本
吴激	《吴彦高词》一卷	《直斋书录解题》
苏泂	《泠然斋诗余》一卷	《直斋书录解题》
姚宽	《西溪乐府》一卷	《直斋书录解题》
陈从古	《洮湖词》一卷	《直斋书录解题》
王千秋	《审斋词》一卷	《直斋书录解题》
曾觌	《海野词》一卷	《直斋书录解题》
张抡	《莲社词》一卷	《直斋书录解题》、又《典雅词》本
吴礼之	词集五卷	《中兴以来绝妙词选》卷四

续　表

作者	词集	版本或出处
史达祖	《梅溪词》 词集 《梅溪词》一卷 《史邦卿词集》	手稿（张镃序） 《中兴以来绝妙词选》卷七 《直斋书录解题》 《六十家词》本
吴康	《雪香绝唱》	抄本
戴复古	集本（《石屏长短句》） 《石屏词》	影抄《南宋六十家小集》本 真德秀宁宗嘉定跋、宋刻本（《汲古阁珍藏秘本书目》）
卢祖皋	《蒲江词稿》 《蒲江集》 《蒲江集》一卷	《中兴以来绝妙词选》卷八 《贵耳集》卷上 《直斋书录解题》
张孝忠	《野逸堂词》一卷	《百家词》本
刘德秀	《默轩词》一卷	《百家词》本
钟将之	《岫云词》一卷	《百家词》本
李叔献	《李东老词》一卷	《百家词》本
高观国	《竹屋痴语》 《竹屋词》一卷 《高竹屋词集》	《中兴以来绝妙词选》卷六 《直斋书录解题》 《六十家词》本
杨炎正	《西樵语业》一卷	《百家词》本
魏子敬	《云溪乐府》四卷	《百家词》本
韩玉	《东浦词》一卷	《百家词》本、汲古阁影宋抄本
吕胜己	《渭川居士词》一卷	汲古阁影宋抄本
倪偁	集本 《绮川词》	魏了翁撰行状 《典雅词》本
徐得之	《西园鼓吹》二卷	《百家词》本
洪瑹	《空洞词》	汲古阁影宋抄本
严仁	《清江欸乃》 《欸乃集》八卷	《中兴以来绝妙词选》卷五 《直斋书录解题》
真德秀	《真西山琴趣》	宋刻本（《季沧苇藏书目》）
郑域	集本	王炎、曾丰序

续　表

作者	词集	版本或出处
黄苹	集本	袁燮撰行状
张辑	《东泽绮语债》二卷 《东泽绮语》一卷 《清江渔谱》	《中兴以来绝妙词选》卷九 《典雅词》本 《典雅词》本
汪晫	集本	刻本
郑仁杰	集本	曾丰撰墓志铭
赵时举	集本	徐鹿卿嘉定甲申序
刘克庄	集本 《后村别调》一卷	五十卷刻本、刘山甫汇刻《大全集》本 《中兴以来绝妙词选》卷七
洪适	集本	影宋刻本
葛立方	集本 《归愚词》一卷	刻本（《百宋一廛书录》） 《百家词》本
杜范	集本	《宋史》本传
许玠	集本	真德秀跋
魏了翁	集本	《中兴以来绝妙词选》卷七、影宋刻本
方信孺	《好庵游戏集》 《好庵游戏》	刻本（刘克庄撰行状） 《百家词》本
翁时可	词集	杜范跋
张端义	集本	《贵耳集》卷上
孙惟信	《花翁词》一卷	《直斋书录解题》
方寔孙	长短句	刘克庄跋
翁应星	乐府词	手稿（刘克庄序）
汤埜孙	长短句	刘克庄跋
赵彦侯	琴趣	刘克庄撰行状
黄孝迈	乐章	刘克庄跋
刘澜	乐府	刘克庄跋
陈以庄	集本	刘克庄序
宋自逊	《渔樵笛谱》 雅词	《中兴以来绝妙词选》卷九 刻本（戴复古《望江南序》）

作者	词集	版本或出处
张枢	《依声集》 《寄闲集》	《浩然斋雅谈》卷下 刻本(《词源》)
王与义	集本	刘克庄序
杨君恢	集本	赵汝腾跋
蒋龙甲	集本	陈著序
陈允平	集本 《石湖渔唱词》 《西麓继周集》一卷	方岳序 陈思撰小传 《典雅词》本
赵希瀞	集本	刘克庄跋
刘学箕	集本	手稿(理宗嘉定丁丑自序)
赵以夫	《虚斋乐府》二卷	影南宋刻本
周密	《草窗词》 《草窗词卷》 《蘋洲渔笛谱》	王楧跋 王沂孙《踏莎行》题 张炎《一尊红》序
吴潜	《履斋诗余》	《中兴以来绝妙词选》卷九
吴文英	《霜花腴词集》 词稿 词集 《吴梦窗词集》	周密《玉漏迟》、张炎《声声慢》题序 今存。又张炎《醉落魄》题 《中兴以来绝妙词选》卷十 《六十家词》本
赵善湘	集本	《宋史》本传
许棐	集本(《梅屋诗余》) 《梅屋词》	影宋抄(《南宋六十家小集》本) 宋刻本(《汲古阁珍藏秘本书目》)
李彭老	词集	《浩然斋雅谈》卷下
李莱老	词集	《浩然斋雅谈》卷下
杨缵	词曲	《浩然斋雅谈》卷下
柴望	《凉州鼓吹》	刻本
吕自牧	词卷	牟巘跋
李昂英	集本	元世祖至元刻本
王庭藻	集本	陈著跋
潘清可	集本	姚勉序

续　表

作者	词集	版本或出处
吕午	集本	祝穆跋
凌驭	集本	何梦桂序
赵必璩	集本	刻本（陈纪撰行状）
刘仪凤	集本	《宋史·艺文志》
李曾伯	集本	理宗淳祐年刻本、宝祐年刻本
李芸子	词集	《中兴以来绝妙词选》卷十
汪淳	集本	陈著咸淳癸酉跋
姚勉	集本	理宗景定刻本
方岳	集本	影元刻本
宋伯仁	集本	吕午序
潘德玉	集本	何梦桂序
孙锐	集本	元赵时远编
曾布之	集本	《宋史·艺文志》
赵与峕	集本	陈宗礼《宾退录》宝祐五年序
王沂孙	《花外词》	张炎《洞仙歌》题序、周密《踏莎行》
李九思	集本	陈仁子序
朱廯炎	《樵唱集》	《正德姑苏志》
蒋捷	《竹山词》一卷	元人抄本
张炎	《玉田词》 词集 《山中白云集》	郑思肖等人序 邓牧序 《静斋至正直记》
薛氏	集本	方逢辰跋
胡汲古	乐府	林景熙序
欧良	《抚掌词》一卷	《典雅词》本
李好古	《碎锦词》一卷	《典雅词》本
陈振	集本	《咸淳玉峰续志》
冯取洽	《双溪词》	《典雅词》本
陆维之	集本	《洞霄图志》、《咸淳临安志》

续 表

作者	词集	版本或出处
佚名	《章华词》一卷	《典雅词》本
赵磻老	《拙庵词》一卷	《典雅词》本
傅干	《注坡词》二卷	高宗绍兴刻本
佚名	《东坡长短句注》十二卷	宋刊本(《含经堂书目》)
胡英彦	《注淮海词》	杨万里撰墓志铭
杨缵	《圈法周美成词》	《词源》
佚名	《片玉集注》三卷	宋刻(毛晋《片玉集跋》)
周璘	《清真词谱》	袁桷《外祖母张氏墓记》
顾禧	《补注东坡长短句》	手稿
佚名	《和晏叔原小山乐府》	刻本
曹杓	《注清真词》	《直斋书录解题》
佚名	《周词集解》	《乐府指迷》
陈元龙	《详注周美成片玉词》十卷	宋刻本、影宋刻本
佚名	《注石林琴趣外篇》三卷	《直斋书录解题》、《嘉定镇江志》卷二十一

三、词选本、词话等

编者	书名	版本或出处
佚名	《尊前集》	宋抄本(《佳趣堂书目》)
子起	《家宴集》五卷	《百家词》本
孔方平	《兰畹曲会》	建本(《容斋四笔》卷十三)
佚名	《聚兰集》	《渔隐丛话·后集》卷三十九
黄大舆	《群贤梅苑》	汲古阁影宋抄本
曾慥	《乐府雅词》	刻本(周紫芝跋)
鲖阳居士	《复雅歌词》	《直斋书录解题》等
胡仔	《草堂诗余》	黄潘撰《记居士公乐府》
何士信	《增修笺注妙选群英草堂诗余》	元刻本
佚名	《草堂诗余》	坊刻本(《直斋书录解题》)

续　表

编者	书名	版本或出处
佚名	《琴曲词》	《直斋书录解题》
佚名	《类分乐章》	坊刻本(《直斋书录解题》)
佚名	《群公诗余前后编》	坊刻本(《直斋书录解题》)
佚名	《五十大曲》	坊刻本(《直斋书录解题》)
佚名	《万曲类编》	坊刻本(《直斋书录解题》)
赵闻礼	《阳春白雪》	《直斋书录解题》
佚名	《唐宋集》	《中兴以来绝妙词选》卷四
佚名	《混成集》	《齐东野语》卷十
黄昇	《唐宋诸贤绝妙词选》	影宋抄三卷本
黄昇	《中兴以来绝妙词选》	宋刻本、影宋刻本
周密	《绝妙好词》	《词源》、张炎《西江月》和吴文英《踏莎行》题序
杨冠卿	《群公词选》三卷	杨冠卿序
佚名	《群公诗余》	宋刻本(《季沧苇藏书目》)
张侃	《拣词》	张侃跋
王柏	《雅歌》	王柏序
陈恕可	《乐府补题》	手稿(陈旅撰墓志铭)
杨绘	《本事曲子集》	苏轼与杨绘书等
杨湜	《古今词话》	刻本(《渔隐丛话·后编》)
晁补之	《骫骳说》二卷	朱弁序
朱弁	《续骫骳说》	朱弁序
王灼	《碧鸡漫志》	自序、《郡斋读书志》
赵威伯	《诗余话》	《诗人玉屑》卷十九
佚名	《蕙亩拾英录》	《岁时广记》
张炎	《词源》	自序、影元抄本
沈义父	《乐府指迷》	自序
佚名	《菉斐轩词林要韵》	高宗绍兴二年刻本

据表,知两宋有词集的作家达二百八十余家,北宋四十余家,南宋近二百四十家,多数是有刻本问世的。另有词集注本、词集选本、词话等近四十种。明初,两宋刻印的词集还有相当的存量,其后有所减少,如天津图书馆藏明朱丝栏抄本吴讷《唐宋名贤百家词》,其中吴潜《履斋先生诗余》末题有"临安府棚北大街睦亲坊巷口陈解元宅书籍铺刊",知所据为南宋刻本,至于其他,所据有不少也是刻本,只是未见木记等,无法断定。明末清初,两宋词别集存留下来的不足二百种(近代人重辑本不计),也就是说至少有一百家的词集失传了。不过两宋名家词集多流传了下来。就列表看,两宋名家词集在宋代,尤其是在南宋的刻印,其版本还是多样的,一般在三五种以上,如欧阳修、晏几道、苏轼、黄庭坚、贺铸、秦观、晁补之、周邦彦、康与之、李清照、辛弃疾、姜夔等,知当时社会的需求量还是可观的。这与南宋时期词学观的转变、出版业的发达、社会的需求等是分不开的,宋词的强盛之所以在南宋出现,有三点值得说明:其一,人们对词的看法有了转变,北宋名流们喜欢写作词,但吟唱归吟唱,却不珍视,不过是应歌之所需,也就有所谓的"随扫其迹"的举动。同样,在编辑和出版个人全集时,也不把词收进其中。现今看到的北宋名家全集中收有词,如欧阳修、王安石等人,是因为其全集多是在南宋时刊印的,尤其是南宋中后期,到了南宋,把词编入全集中已经很普遍了,说明了人们对词的看法大有改变。其二,各类词集的大量刊印,这是为北宋所不及的。词集丛编,已知就有《百家词》《琴趣外篇》《典雅词》《六十家词》,所收词集,不计重复,已在百种以上。至于单行本词集也是大量地出现。另外就是词集选本的大量编印,刘将孙《养吾斋集》卷九《新城饶克明词集序》云:"乐府有集,自《花间》始,皆唐词,《兰畹集》多唐末宋初词,曾慥集《雅词》,近年赵闻礼集《阳春白雪》,他如称'大成',称'妙选',数十家未愁。"刘氏为宋末元初人,所云为南宋时期至元初词集选本编印的情况,称"妙选"者,今存有黄昇、周密的选本,而称"大成"者,则不见流传。其三,人们谈词的言语激增。据笔者所编《宋金元词话全编》统计,全书辑录了宋金元人五百八十余家的论词之言,共计四千二百余则。其中北宋人词话六十余家,凡五百四十余则,南宋人词话三百七十余家,凡二千九百八十余则,是北宋时期的五倍多,这与南宋时期各类词集的大量编印和较容易获得不无关联。

第二节　词集编印的主体

宋代的刻书机构,按投资和经营的性质,大体可分为官刻、私刻和民间刻三大系统。官刻主要有二:一是官府刻书,二是学校刻书。官府刻书主要由两部分构成:其一为中央官府刻书,包括国子监、秘书监、太史局、书库官;其二为地方官府刻本,包括各路使司刻书,诸如安抚司、提刑司、转运司、茶盐司、漕司、公使库等,还有州、府、军及县等刻书。学校刻书包括州学、府学、军学及县学等所刻。私刻书主要指私宅、家塾、坊肆刻书,民间刻书主要指寺院、道观、祠堂刻印的书。① 出于政治及科举等需要,北宋官方刻印的图书主要是儒家经典和史籍类,此外还有佛、道典籍,诗文集的刻印则较少。北宋时对词集的刻印,只是极个别的现象,如宋罗愿《新安志》卷十"记闻"引崔公度元丰中作《阳春录序》云:"近时所镂欧阳永叔词亦多有之,皆传,失其真本也。"又清钮树玉《钮非石日记》云乾隆五十八年(1793)五月二十日"观北宋本周美成《片玉词》",云为北宋本,情况不明。又如柳永、苏轼、黄庭坚、晏几道、秦观等人,在北宋也应该有刊本词集行世,只是文献记载的缺失,无法确认罢了,不过不会太多。两宋诗文集的大量刊印是在南宋时期,词集也是如此。词集刻印的主体,主要是指出资及刻印者,不同于经史著作的编印官方色彩较为浓厚,词集的刻印,则以坊刻为主。

一、书坊的刻印

两宋词集的刻印,是以坊刻为主流的,熊禾《勿轩集》卷一《翰墨全书序》云"书坊之书遍行天下",熊禾(1253—1312),字去非,号勿轩,建阳(今福建建瓯)人。度宗咸淳十年(1274)进士,授汀州司户参军。宋亡,隐居不仕。筑洪原书院,教授生徒。序所言,反映了南宋时期坊刻本风行的现象。已知的几部宋人词集丛编,如《百家词》《琴趣外编》《典雅词》等,就是如此。

---

① 以上据李致忠《宋代刻书述略》,《文史》第十四辑,中华书局,1982 年。

（一）《百家词》

陈振孙《直斋书录解题》著录有《百家词》，其中收有郭应祥《笑笑词集》，滕仲因《笑笑词跋》（嘉定元年）云："长沙刘氏书坊既以二公（指张孝祥和吴镒）之词锓诸木，而遁斋《笑笑词》独家塾有本。一日，予叩遁斋，愿并刊之，庶几来者知其气脉，且以成湘中一段奇事。况三公俱尝从宦是邦，则珍词妙句，岂容有其二而阙其一？遁斋笑而可之，于是并书于后云。"知《百家词》刻成于宁宗嘉定年间，为湖南长沙刘氏书坊刻本。据《直斋》所载，所收为九十二种，其中合集两种，即《南唐二主词》一卷和《李氏花萼集》五卷，选本一种，即《家宴集》一卷，其余为两宋词别集，合计八十九种。这是现知汇刻两宋词集最多的词集丛编。名曰《百家词》，尚缺八种，不过北宋至南宋宁宗嘉定年前，两宋名家的词集大体网罗于其中了。

（二）《琴趣外编》

所收词目不能详，据笔者考证，已知有十家，即欧阳修、晏几道、黄庭坚、秦观、晁端礼、晁补之、叶梦得、真德秀、赵彦端、赵彦侯（参见拙著《宋金元词籍文献研究》相关章节）。今存者有五家，为欧阳修、黄庭坚、晁端礼、晁补之、赵彦端。欧、黄、二晁四家《琴趣》有宋刊本，或影宋抄本，或影宋刊本存留，毛晋云赵彦端《介庵琴趣外编》为"坊本"，当为宋刻本。陶湘《景宋金元明本词叙录》于景宋本三家（欧、二晁）《琴趣外篇叙录》云："原本半叶十行，行十八字，写刻精整，盖出南宋中叶。"赵万里《校辑宋金元人词自序》云："《琴趣外篇》，乃闽中书肆所刻。"均称刻成于南宋中叶，为闽中坊刻本。又《嘉定镇江志》卷二十一引录有叶梦得《琴趣外篇注》云云，知是书编成不会晚于宁宗嘉定年间，与宋刊《百家词》成书的时间大体相当。

（三）《典雅词》

不见宋人提及，今国家图书馆、上海图书馆、南京图书馆、台北中央图书馆以及日本静嘉堂文库，均藏有抄本，但都残缺不全，去其重见，确知的有二十三种，参见拙著《宋金元词籍文献研究》相关章节。又缪荃孙《目录词小说谱录目》卷二载有陈允平《日湖渔唱》一卷《补遗》一卷《续补遗》一卷，云是传写《典雅词》本，据此，则可得二十四种。较早记载此书的是《永乐大典》，较早论述此词集丛编的是朱彝尊。国图所藏，封面题云"竹垞先生抄本"，又题有"丹铅精舍辑"等，为清劳权咸丰二年（1852）传抄重辑本。末有朱彝尊跋文，云："《典雅词》，不知凡几十册。予未通籍时，得一册于慈仁寺。集笺皆罗纹,惟书法潦草,宋日胥史所抄南渡以后诸公词也。……考正统中《文渊阁书目》止著诸家词三十九册,而无《典雅》之名,疑即是书,著录者未之详尔。予所得不及十之二,然合离聚散之故可以感已。"其中又知朱氏所藏及所抄凡两册,他人赠送一册(或作四册),所据为南宋抄本,书法潦草,考朱氏《竹垞行笈书目》"待字号"和"人字号"分别载《典雅词》各一本,所指当是朱氏所藏及所抄的两册。上海图书馆所藏为行草,当与朱氏藏本同源。日本静嘉堂文库所藏,原为毛氏汲古阁影宋抄本,后又辗转为清黄丕烈士礼居和陆心源皕宋楼等庋藏,凡五册,存十四种,字体工整,当出自宋刻本,末有题识,云:"此书抄误处俱用粉抹去而纠正之,今渐脱落,故重为涂改一通。又列其字于本行之上方,可云万无一失矣。间有全字脱去而无从识之者,则表红△于其字之旁以别之。同治己巳孟夏月廿日孙峰记。"原书有涂抹批校字。台北中央图书馆所藏原为北平图书馆之书,其与南京图书馆所藏,就款式、字体和种类而言,与毛氏汲古阁影抄本同。以朱彝尊自云所得尚不及原书的十分之二推算,《典雅词》所收不在百种之下。现存子目与《直斋书录解题》著录的词集比照,除《燕喜词》《袁宣卿词》《懒窟词》《知稼翁词》《松坡居士词》《莲社词》(前五种又见宋刻《百家词》中)重见外,其余十七种溢出,可知《典雅词》与《百家词》所收是有别的。关于《典雅词》成书的时间,朱彝尊所见为抄本,而毛氏影宋抄本所据当为刻本。

　　上述三种坊刻词集丛编所收,以家数计,已超过百种,三者有一共同点,就是南宋晚期姜夔、张炎一派的词集,都未见收录,因此可以推知这三部词集丛编刻成时间均应在南宋中期或稍后。张炎《词源》中云"旧有刊本《六十家词》",只提及五家,即秦观、高观国、姜夔、史达祖、吴文英,除秦观外,其余四家都是南宋晚期词人。因此说《六十家词》当为南宋晚期的刻本,疑也是坊刻本。

　　《百家词》、《琴趣外编》、《典雅词》三部丛编都不是优质的刻本,陈振孙《直斋书录题解》于《笑笑词集》"提要"云:"自《南唐二主词》而下皆长沙书坊所刻,号《百家词》。其前数十家皆名公之作,其末亦多有滥吹者,市人射利,欲富其部帙,不暇择也。"坊刻的射利性决定了书的质量,词集丛编中北宋、南渡及其以来至宁宗朝词坛名家的词集均在,所收八十九家的两宋词别集,为一卷本达八十家,其间采录所据,或非善本、足本,如《百家词》本《稼轩词》四卷,陈振孙"提要"云:"信州本十二卷,卷视长沙为多。"今存有十二卷本辛氏词集。又《直斋书录解题》著录全集本附载有词集的如:陈师道《后山集》附《长短句》二卷、秦观《淮海集》附《长短句》三卷、毛滂《东堂集》附《乐府》二卷、陈克《天台集》附《长短句》三卷等,这些人的词集,《百家词》中所收均为一卷本,尽管卷数的多寡不能完全说明是否为善本足本,至少有些是能够说明这一问题的。又如周紫芝的词集,有孝宗乾道三年(1167)的序刻本,为三卷,而《百家词》本所收为一卷。又如张孝祥词集,有宋刊《于湖先生长短句》五卷《拾遗》一卷,前有孝宗乾道七年序;《四部丛刊》影宋本《于湖居士文集》卷三十一至三十四为词,凡四卷,前有宁宗嘉泰元年(1201)序,两者均在《百家词》本之先,而《百家词》本所收为一卷。可知《百家词》所收不尽善。其他也存在有这类情况,如《琴趣外篇》,吴师道《吴礼部诗话》云欧阳修《醉翁琴趣外篇》:"所谓鄙亵之语往往而是,不止一二也。前题东坡居士序,近八九语,所云'散落尊酒间,盛为人所爱尚,犹小技,其上有取焉'者,词气卑陋,不类坡作,益可以证词之伪。"又毛晋《跋介庵词》云:"又曾见《琴趣外篇》六卷,章次颠倒,赝作颇多,不能悉举。至如席上赠人《清平乐》,昔人称为集中之冠,反逸去,可恨坊本之乱真也。"盖坊刻之书,以射利为目的。如今存的宋刊《山谷琴趣外编》三卷本,收词才九十一首,不及今存词的一半。[①]

关于书坊刻本的特点,其他宋人的著作也有谈及。陈善《扪虱新话·下集》卷四云:《东坡集》有《叶嘉传》,此吾邑陈表民作也,表民名裕,吾不及见其人,盖名士也。予在平江,见朱漕,说坡集和贺方回《青玉案》,卒章有'曾湿西湖雨'之句,人以为坡词,此乃华亭姚晋道作也。……今市书肆往往逐时增添改换,以求速售,而官不禁也。虽欧公集已经东坡纂类,至今犹有续添之文,而况未编者乎?然蜀中亦竟无全本,不知何故?岂门生故吏无刘、李之识?抑其家子孙之过?"其间所云书坊刻本的特点有三:

其一,增添改换。也就是搀杂有他人之作,说明存在着凑数作假的现象。《百家词》《琴趣外编》《典雅词》等都属于词集丛编,而且行世的时间也大体相同,所收家数却互有出入,即使为同一作家,所收的词集的名称、卷数、数量却有出入,有的出入还很大。这些存在着的不同或奇异之处,主要是出于竞争所为,标新立异,是促销的一种手段,古人也不例外。

其二,以求速售。这是书商射利性的反映,能在最短的时间内,迅速地占领市场,

---

① 笔者以为这是个残本,原本六卷,佚去后三卷。参见拙著《宋金元词籍文献研究》相关章节的说明。

以期获取最大的商业利润,这也是竞争所必然。

其三,监管的缺失。刻书出版业,政府的干预作用在南北宋都存在,对图书刻印是进行监控和管理的。作为诗文别集,若被禁刻,往往会与党派间的政治斗争有关,典型的莫过于元祐党禁时对苏轼等人诗文集的毁板禁印,南宋则有庆元党禁。① 这多少是出于党派间的恩怨,即使如此,民间或书坊私自刻印的现象还是存在的。朱弁《曲洧旧闻》云崇宁、大观间,苏轼诗文"朝廷虽尝禁止,赏钱增至八十万,禁愈严而传愈多,往往以多相夸,士大夫不能诵坡诗,便自觉气索,而人或谓之不韵"。又杨万里《诚斋集》卷八十四《杉溪集后序》云:"泸溪又云:是时书肆畏罪,坡、谷二书皆毁其印,独一贵戚家刻印印之,率黄金斤易坡文十,盖其禁愈急,其文愈贵也。今家有此书,人习此学,有知当时斯文之难得如此者乎?"所云主要针对的是北宋晚期的情况,到了南宋,出版苏轼等人的著作已开禁,为适合市场的需求,其间就有粗制滥造、搀假失真的。至于词集,所沾染的政治色彩要淡些,即使送审看样,也不会有多什么违碍,朱弁《风月堂诗话》卷上云:"晁无咎晚年因评小晏并黄鲁直、秦少游词曲,尝曰:'吾欲托兴于此,时作一首以自遣。政使流行,亦复何害?譬如鸡子中元无骨头也。'"也说明香艳小曲相对于诗文来说,触及时忌的可能性是很小的,政治上的风险也就大大降低了。两宋词集在南宋的大量编辑刊行,也印证了这一说法。

二、官府的刻印

官方刻印的图书是以经书史籍为主,也刻印诗文集,至于词集,所刻并不多,晁谦之题《花间集》(绍兴十八年)云:"建康旧有本,比得往年例卷,犹载郡将、监司、僚幕之行,有《六朝实录》与《花间集》之赆。又他处本皆讹舛,乃是正而复刊,聊以存旧事云。"官府出资刻印《花间集》相赠,主要是出于娱乐性,即官僚们常有宴聚,有声乐之需,浅斟低唱,《花间集》所载适宜这一需要,刻印相赠,有使用之便。后来的《草堂诗余》刻印的风行,也说明了这一问题。周应合纂《景定建康志》卷三十三"书籍·书板"载有《花间集》,凡一百七十七版,也属官方所刻。周应合(1213—1280),字淳叟,自号溪园先

① 参见皮庆生《两宋政府与印刷术关系初探》,《文史》2001 年第三辑,中华书局。

生，又号洪崖，武宁（今属江西）人。理宗淳祐十年（1250）进士，官至实录院修撰。今存有孝宗淳熙十四年（1187）鄂州公使库刻印的《花间集》十卷等，可知所刻之地不一，而便于声乐之需，是其相同的目的。

官刻词别集是不多见的，如周邦彦的词集，今存南宋闽地坊刻陈元龙《周美成详注词片玉集》卷五《四园竹》"浮云护月未放满"词牌下注云："官本作《西园竹》。"官本，即官府刊本。又如康与之，黄昇《中兴以来绝妙词选》卷一云："凡中兴粉饰治具及慈宁归养、两宫欢集，必假伯可之歌咏，故应制之词为多。书市刊本皆假托其名，今得官本，乃其婿赵善贡及其友陶安世所校定，篇篇精妙。"明确提及为官方刻板的单行本词集，并不多见。官府刻本的质量比坊肆刻本高得多，如康与之词集，是经校定过的，故能"篇篇精妙"。按：岳珂《桯史》卷三云有贡士姜莹中"携康伯可《顺庵乐府》一袠相示……所携乃板行，又故本殆不可晓也。顺庵词今麻沙尚有之，但少读者，与世传俚语不同。"所谓麻沙本，即属于坊刻，"但少读者"，或属"书市刊本皆假托其名"之类，失真太甚。至于其他官刻词别集，如《景定建康志卷》三十三"文籍·书版"载有《和晏叔原小山乐府》，凡二百四十六版，作者不详。又如潘阆《逍遥词》，见陆子通绍定元年题识。

总的来看，官府刻印的主要是以全集本附载词的为多，如高宗绍兴二十一年（1511）两浙西路转运司刻印的王安石《临川先生文集》、孝宗乾道九年（1173）高邮军学刻印的秦观《淮海集》等。又如李纲集，刘克逊《丞相李忠定公长短句跋》（嘉熙元年）云："樵川官书经兵毁后，仅存《丞相李忠定大全集》，然犹散阙五百余板。今左司赵卿以夫为守，汲汲刊补，讫成全书，四方人士皆欲行之。余旧与三山，识公之曾孙发见，游从相好，近因行役，经从间见，因及其家集，尚有长短句数十首，余欣跃……亟锓板附集后，庶其所谓'大全'云。"此为理宗嘉熙中刊印的全集本。又如陈亮，叶适《水心先生文集》卷二十九《书龙川集后》云："余既为同甫序龙川文，而太守丘侯真长刻于州学……又有长短句四卷，每一章就，辄自叹曰：'平生经济之怀，略已陈矣。'余所谓微言多类此。"又陈造《江湖长翁集》卷三十一《题东堂词集》云："毛泽民集，合文、诗、尺牍、乐府为十五卷，刊于嘉禾郡库。予校文秋闱，得是，藏于家。"诸如此类，主要是以保存个人诗文著作为目的，与出于娱乐性目的而刻印的《花间集》是不同的。

三、私家的刻印

诗文别集及词集的刊印,私刻占主导。这里的私刻,与坊肆不同的是,词集的编辑者,多为词作者的子孙后裔,或门人故旧,大多能用心编辑,甚至精心校勘,因此质量高。举数列于下:

其一,全集本

1. 华镇。《云溪居士集》卷三十附华初成跋(绍兴十三年)云:"先君遗文有《云溪集》一百卷、《扬子法言训解》一十卷、《书说》三卷、《会稽览古诗》一百三篇、《长短句》一卷、《会稽录》一卷,并附见者《哀文》一卷,定为一百一十有七卷……是用镂版而传之。"又华初成撰《行状》(绍兴十三年)云:"谨并以扬子《法言训解》一十卷、《书说》三卷、《会稽览古诗》一百三篇、小词一卷、《会稽录》一卷、哀文一卷,镂之于板,以广其传焉。"

2. 张纲。《华阳集》卷四十张坚跋(乾道三年)云:"裒集遗文,以类编次,仅得外制二百二十二、表疏九十八、奏劄六十八、故事十九、讲议十九、启八十四、杂文七十六、古律诗二百三十九、乐府三十四,厘为四十卷,以先君自号华阳老人,目之曰《华阳集》。"又张釜跋(绍熙元年)云:"先叔宝文久欲镵之木,而志勿遂。釜假守秋浦之明年,郡事稍闲,因取所编复加订正,以成先叔之志云。"

3. 黄公度。《莆阳知稼翁集》存黄沃题记二,其一(淳熙十六年)云:"凡十一卷,先已命工镵木。而此词近方收拾,未得其半,故录而藏之,以传后裔,谨毋逸坠云。"其二云:"庆元乙卯假守邵阳,逾年,谨刊《知稼翁集》于郡斋,并以词一卷系其后。"

4. 陆游。陆子遹《渭南文集》序(嘉定十有三年)云:"今别为五十卷,凡命名及次第之旨皆出遗意,今不敢紊,乃镵梓溧阳学宫,以广其传。渭南者,晚封渭南伯,因自号为陆渭南。尝谓子遹曰:'《剑南》乃诗家事,不可施于文,故别名《渭南》。如《入蜀记》、《牡丹谱》、乐府词本当别行,而异时或至散失,宜用庐陵所刊欧阳公集例,附于集后。'"

5. 赵鼎。周必大《文忠集》卷五十四《忠正德文集序》(嘉泰元年)云:"谥今来守此土,追怀祖烈,将刻遗稿,附昌黎文以传。凡拟诏百有十、杂著八、古律诗四百余首、奏疏表札各二百余篇,号《得全居士集》,而以乐府四十为《别集》,属某题辞。"又陈振孙

《直斋书录解题》卷二十载《得全居士集》三卷,云:"全集号《忠正德文》,其曾孙璧别刊其诗,附以乐府。"为另一刊本。

其二,单行本

1. 曹组。王灼《碧鸡漫志》卷二云:"组潦倒无成,作《红窗迥》及杂曲数百解,闻者绝倒,滑稽无赖之魁也。……组之子知阁门事勋,字公显,亦能文。尝以家集刻板,欲盖父之恶。近有旨下扬州,毁其板云。"

2. 周邦彦。强焕《题周美成词》(淳熙庚子)云:"故哀公之词,旁搜远绍,仅得百八十有二章,厘为上下卷,乃辍俸余,鸠工锓木,以寿其传。"

3. 左誉。王明清《玉照新志》卷四云:"君之孙文本编次遗词若干首,名曰《筠翁长短句》,欲以刻行,求余为序。"

4. 张元干。见蔡戡《定斋集》卷十三《芦川居士词序》,为其子张靖所编。又张广《芦川归来集序》(绍熙甲寅)云:"激昂奋发,作为歌词,有'人间鼻息鸣鼍鼓,遗恨琵琶旧语'之句,此志耿耿,殊非苟窃禄养,阿附时好者之比。逮绍兴末,忤时相意、语及讥刺者悉搜去。掇拾其余,得二百余首,先叔提举锓木于家,广追念先志之,不可不述。"张广为其侄孙。

5. 吕渭老。见赵师岇《吕圣求词序》云:"士友辈将刻《圣求词》,求序于余。"为嘉定五年(1212)刻本。

6. 楼景山。楼钥《攻媿集》卷五十二《求定斋诗余序》云:"其婿黄定之安道,偶得残稿,遽锓之版,而求序引。"

7. 赵师侠。尹觉《题坦庵词》:"因为编次,俾锓诸木。"尹觉为其门人。

8. 范成大。《永乐大典》卷二二六六载杨长孺跋(绍熙壬子)云:"后九年,忽得《余妍亭稿》二百十有二阕,遂入宅于后湖无尽藏中,豪发无遗恨矣。又二年,长孺系官三水,丞相益国周公罗致幕下,偶为乡人刘炳先、继先伯仲言之。炳先曰:'昔蘧伯玉耻独为君子,足下独私先生之制作,可乎?'长孺对曰:'不敢。'乃以授之,俾传刻云。"杨氏为其门人。

9. 张孝祥。汤衡《张紫微雅词序》(乾道七年)序云:"建安刘温父博雅好事,于公文章翰墨尤所爱重,片言只字,莫不珍藏。既哀次为法帖,又《别集》乐府一编,属予序之,以冠于首。"

10. 京镗。黄汝嘉《松坡居士词跋》(庆元己未)云:"右《松坡居士乐府》一卷,大丞相祁国京公帅蜀时所赋也,公以镇抚之暇,酬唱盈编,抑扬顿挫,吻合音律,岷峨草木有荣耀焉。汝嘉辄再镂木豫章学官,附于诗集之后。"

11. 郭应祥。滕仲因《笑笑词跋》(嘉定元年)云:"长沙刘氏书坊既以二公(指张孝祥、吴镒)之词镂诸木,而遁斋《笑笑词》独家塾有本。一日,予叩遁斋,愿并刊之,庶几来者知其气脉,且以成湘中一段奇事。"

12. 汪莘。其《诗余序》(嘉定元年)云:"余平昔好作诗,未尝作词。今五十四岁,自中秋之日至孟冬之月随所寓赋之,得三十篇,乃知作词之乐过于作诗,岂亦昔人中年丝竹之意耶? 每水阁闲吟,山亭静唱,甚自适也。则念与吴中诸友共之,欲各寄一本,而穷乡无人佣书,乃刊木而模之,盖以寄吾友尔,匪敢播诸众口也。"为自刻本,

13. 程垓。王称《书舟词》序(绍熙甲寅):"今乡人有欲刊正伯歌词,求余书其首,余以此告之。"

14. 黄昇。《绝妙词选序》(淳祐己酉)云:"亲友刘诚甫谋刊诸梓,传之好事者,此意善矣。又录余旧作数十首附于后,不无珠玉在侧之愧。"

知主刻的成员比较丰富多样,有自刻者,如汪莘词集。有为子孙所刻者,如曹祖、左誉、张元干等。有为亲戚所刻者,如楼景山、黄昇等。有为门人所刻者,如周邦彦、赵师侠、范成大等。有为朋旧所刻者,如吕渭老、郭应祥等。有为乡人所刻者,如程垓等。也有同一人的词集多次刊印,而主刻者不一,此以辛弃疾为例作说明:

> 开久从公游,其残膏剩馥,得所霑焉为多。因暇日衰集冥搜,才逾百首,皆亲得于公者。以近时流布于海内者率多赝本,吾为此惧,故不敢独闷,将以祛传者之惑焉。(范开《稼轩词序》)

> 因宜春张清则取稼轩词刻之,复用吾请。清则少游杭浙,有奇志逸气,必能仿佛为此词者。(刘辰翁《须溪集》之《辛稼轩词序》)

或为门生,或为外孙,或为其他,应该说质量是可以得到保证的。如范开所云,各方搜集,才逾百首,而后世传辛氏词集存词五六百首,与范氏所云相差甚多,或是源自所谓的"赝本",这的确令人费解。

至于诗文集(附词)和词别集原稿往往是藏于家,因一时无经济实力,不能付刻,只是其子其孙,或亲戚故旧仕宦后,有了俸禄,以其俸余付梓,这种情况,往往介于官刻与

坊刻之间,一方面,其资金方面,不尽出自所谓的"俸禄"之余,甚至是公帑。另一方面,编印的书为乃父、乃祖、乃兄、乃师之所作,具有浓厚的私家色彩。黄昇《中兴以来绝妙词选》卷五"刘仙伦"云:"乐章尤为人所脍炙,吉州刊本多遗落,今以家藏善本选集。"也是兼有官刻、私刻性质的。又如赵与訔《白石道人歌曲跋》(淳祐辛亥)云:"嘉泰壬戌刻于云间之东岩,其家转徙自随,珍藏者五十载。"未言刻者为何,白石以布衣游走于权贵间,声名藉藉,或为友人出资刊行。

由于年代的久远,为其裔孙所编印收录的,就有可能有误。此举一例,如胡一桂(1247—?),字庭芳,婺原(今属江西)人。宋理宗景定五年(1264)领乡荐,试礼部不第,退而讲学,远近师之,号双湖先生。有《双湖先生文集》,今存本为清康熙年间裔孙所刻。其中卷四诗词混编,存词八首,与宋人词互见者有六首,详述如下:

1. 《青玉案·社日》"年年社日停针线"。按:此词又见载于赵闻礼编《阳春白雪》卷五,题无名氏之作。《阳春白雪》卷八录有丁默《齐天乐·庚戌元夕都下遇赵立之》一词,赵闻礼,字立之,生卒年不详,庚戌为理宗淳祐十年(1250)。《阳春白雪》成书具体年代不可考,一般认为此书晚于黄昇《花庵词选》,而早于周密《绝妙好词》,后者成于宋亡入元之后,如《阳春白雪》成书于宋末,时胡一桂已年过而立,词或为其早年之作。

2. 《鱼游春水·春思》"秦楼东风里"。按:此词又见载于曾慥《乐府雅词·拾遗》卷下,未标姓名。考吴曾《能改斋漫录》云:"政和中,一中贵人使越州回,得词于古碑阴,无名无谱,不知何人作也。录以进御,命大晟府填腔,因词中语赐名《鱼游春水》(词略)。"又陈鹄《西塘集耆旧续闻》卷九云:"余尝见《本事曲》《鱼游春水》词云:因开汴河,得一碑石,刻此词,以为唐人所作。"则此词至迟北宋时已存在了,此当是误作胡氏词。词调原失名,据《全宋词》补。

3. 《蝶恋花·清明》"春事阑珊芳草歇"。按:此词又见载明末毛氏汲古阁刻《东坡词》,毛晋跋云:"东坡诗文不啻千亿刻,独长短句罕见。近有金陵本子,人争喜其详备,多混入欧、黄、秦、柳作,今悉删去。"则此词未尝不有混入苏词之嫌。

4. 《临江仙·春暮》"绿暗汀洲三月暮"。按:此词又见载于何士信《增修笺注妙选群英草堂诗余·前集》卷上,未标姓名。考王楙《野客丛书》卷二十四已引用有《草堂诗余》,《野客丛书》成书于宋宁宗庆元间,是时胡一桂尚未出生。然《草堂诗余》一书,南宋后至元、明,屡有增补刊印,其中何士信增注本,据明、清人记载,何氏为元朝人(参见

第四章第一节说明)。此书今存元刻本有二:一为元惠宗至正三年(1343)庐陵泰宇书堂刻本,一为至正十一年(1351)双璧陈氏刊本,胡氏词或为后人增补进去的。

5.《青玉案·警误》"人生南北如歧路"。按:此词又见于何士信《增修笺注妙选群英草堂诗余·后集》卷下,未标姓名。

6.《孤鸾·梅花》"天然标格"。按:此词又见于何士信《增修笺注妙选群英草堂诗余·后集》卷下,未标姓名,考《钦定词谱》卷二十六此词注云"调见朱敦儒《太平樵唱》",张端义《贵耳集》卷上云朱氏有词集曰《太平樵唱》,则为朱氏之词,此作胡氏词,疑误。

另有《水调歌头·勉学》"欲决圣狂路"和《喜迁莺·贺建安富从古登仕荣旋陛任》"英才超迈",词凡八首,有疑者六首。据《双湖先生文集》诸家序知,胡氏诗文集明朝屡有刻印,至清初已罕见,康熙时裔孙据族人所藏草稿刻印,因年久远,误辑的概率要大得多。

第三节　词集刻印的地域性

宋代出版业发达,刻书业遍及全国,地域广,是其特点。叶梦得《石林燕语》卷八云:"今天下印书以杭州为上,蜀本次之,福建最下,京师比岁印板殆不减杭州,但纸不佳。蜀与福建多以柔木刻之,取其易成而速售,故不能工。福建本几遍天下,正以其易成故也。"提到了主要的刻书之地有四:即浙江杭州、蜀地、福建、汴京,就词集而言,汴京刻本未见外(北宋刻词集本来就稀见)。其余三地都有记载,除此外,刻印有词集的还有湖南、江苏、安徽、江西等地,两宋私家刻书业发达,如长沙赵淇、临邛韩醇、建安余氏勤有堂、临安陈氏、相台岳珂、新安汪纲、邵武廖莹中等,都是有名的私家刻书。此就词集的刻印,举例如下:

其一,湖南:宁宗嘉定年间长沙刘氏书坊刻《百家词》,已知收录九十二种词集。

其二,江西:1. 宁宗庆元二年(1193)周必大吉州刊本《欧阳文忠公集》,其中卷一百三十一至一百三十三存词三卷。2. 刘孝韪临川刊陈师道《后山集》,附《长短句》二卷。3. 临川雕张舜民《浮休全集》,其中存有词。4. 嘉泰元年张孝伯知隆兴府刊《于湖居士文集》,其中卷三十一至三十四为词。5.信州刊辛弃疾《稼轩长短句》。6.宜春张清则刻《辛稼轩词》,见刘辰翁《须溪集》之《辛稼轩词序》。7.吉州刊刘仙伦词集,见黄昇《中兴以来绝妙词选》卷五。8.浔阳刊周紫芝《竹坡老人词》,见其子周刊跋。9.临川刻黄公度《知稼翁词》,见曾丰《缘督集》卷十七《知稼翁词序》。

其三,浙江:1.嘉禾郡刊毛滂《东堂集》和《东堂词集》,前者附有词。2.临安府棚前北睦亲坊南陈解元书籍铺刊赵以夫《虚斋乐府》,又刻吴潜《履斋先生诗余》,见明朱丝栏抄本吴讷《唐宋名贤百家词》,其末题"临安府棚北大街睦亲坊巷口陈解元宅书籍铺刊"。又有《六十家小集》本《戴复古词》和《梅山诗余》。3.宁宗嘉泰间陈杞四明刊周邦彦《清真集》。4.严州刻《清真诗余》。5.钱塘刊傅干《注坡词》,见洪迈《容斋随笔·续笔》卷十五。6.绍兴间黄岩刻曾惇《曾使君新词》,见林表民《赤城集》卷十七谢伋《曾使君新词序》。

其四,福建:1.孝宗乾道间麻沙镇水南刘仲吉宅刻黄庭坚《类编增广黄先生大全文集》五十卷,其中末卷为词。2.麻沙本康与之《顺庵乐府》,见岳珂《桯史》卷三。3.南宋闽中坊刻本《琴趣外编》。4.庆元年间莆田黄汝嘉豫章学宫刻京镗《松坡居士词》,见黄汝嘉《松坡居士词跋》。5.闽刻本陈元龙注《片玉词》。

其五,安徽:1.宣城刻周紫芝《竹坡老人词》,见毛晋《跋竹坡词》。2.孝宗乾道间历阳胡元功刊张孝祥《张安国诗集》,后附有词。3.孝宗淳熙年间宣城郡庠刻曹冠《燕喜词》,见陈巘《燕喜词叙》和詹效之《燕喜词序》。

其六,江苏:1.孝宗乾道间高邮军学刊秦观《淮海集》附《长短句》三卷。2.范开溧水刊周邦彦词集。3.宁宗嘉泰年间云间刻姜夔《白石道人歌曲集》。4.建康刊《和晏几道小山乐府》。

其七,四川:蜀刻本苏轼词集。

综上所述,知宋代主要的刻书地都有词集的刊刻,作为一种广为传唱的诗体,为人们娱乐生活中不可或缺的东西,词集的编辑与刻印,随着时代的进程,而普及多样化了。

第四节　词集刊印的时期

两宋词集的刻印在南宋呈现为兴盛的局面,具体来说,又有不同,此以两宋词集序跋文所作的时间为例,可见词集刊刻的年代之一斑及其盛衰起伏的状况。笔者在《宋金元词籍文献研究》一书中,曾将已知的宋金元词集序跋文依时间先后列表(详第四编第一章第一节),其中两宋人词集序跋文凡一百二十篇,年代不详者,依序跋文作者生活的大体时代编排,其次,则参照词作家的生活年代编排。另有俞德邻《奥屯希鲁乐府序》(元世祖至元二十三年),以及张炎《玉田词》之舒岳祥序(元成宗贞元三年)和郑思肖序,又张炎《山中白云词》之邓牧(元成宗大德四年)和仇远序,这些人或归属于宋人,而词序却写于入元之后。在这一百二十余篇序跋文中,写于北宋时期的有二十四篇,作于南宋时期的有九十六篇。就署明年代的序跋文而言,共计五十六篇,其中北宋四篇,南宋五十篇。

黄昇《绝妙词选序》云:"况中兴以来,作者继出,及乎近世,人各有词,词各有体,知之而未见,见之而未尽者,不胜算也。"以此也可以说明词集在南宋广为刻印的一方面,就南宋而言,不同阶段,词集的刻印情况也不同,此据词集序跋文标明时间排比知:1. 高宗时期(在位三十六年)。有词集序跋文近二十篇,其中标明年代的有九篇。2. 孝宗时期(在位二十七年)。有词集序跋文二十余篇,其中标明年代的有十七篇。3. 光宗时期(在位五年)。有词集序跋文四篇,四篇均标明年代。4. 宁宗时期(在位三十年)。有词集序跋文近二十篇,其中标明年代的有十一篇。5. 理宗时期(在位四十年)。有词集序跋文三十余篇,其中标明年代的有九篇。又据全集本(即诗文别集)序跋文标示有时间者(参见拙著《宋金元词集文献研究》第二编第四章第三节"《四库全书》集部存词"列表)知:1. 高宗朝有集序跋文四篇。2. 孝宗朝有集序跋文四篇。3. 光宗时期有集序跋文三篇。4. 宁宗时期有集序跋文十篇。5. 理宗时期有集序跋文十余篇。凡三十余篇,不过,收入《四库全书》中的书,四库馆臣在抄录时,对所据原书的前序后跋,常有舍弃而不录的现象,使得今人考察其版本时,难以入手。

南渡以来,随着统治的进一步稳定,经济的恢复与繁荣,歌舞升平的景象重现,于残山剩水之际,君臣沉溺于宴安享乐,不以恢复失地为念,西湖歌舞,日夕流连。《复雅歌词序》云:"属靖康之变,天下不闻和乐之音者一十有六年。绍兴壬戌诞敷,诏旨弛天下乐禁,黎民欢抃,始知有生之快。讴歌载道,遂为化国。由是知孟子以'今乐犹古乐'之言不妄矣。"①正是在这种背景下,文化娱乐业得到长足的发展,而词作为歌舞娱乐

---

① 见谢维新《古今合璧事类备要·外集》卷十一"音乐门·乐章·事类"。

业中重要的一环,市场的需求量也是日益增大的。就南宋高、孝、光、宁、理五朝而言,除光宗朝短暂外,其他四朝统治均在二三十年间,而词集的刊印,则保持着较为均衡的发展,但实际上是有所偏重的,若以标明年代的序跋文来看,其全盛期还是在孝宗至宁宗朝这五十余年间,也就是南宋中期,宋代刻印的几部词集丛编就是编印于这个时期。黄震《黄氏日抄》卷九十《刘养晦孝经解序》(咸淳十年)云:

> 然今之世,诸子百家,训释演说者汗牛充栋,甚至淫词曼曲亦然,独《孝经》自司马公《指解》、朱文公《刊误》之外,未有继焉,何哉? 非新之求而旧之忘欤? 句读之习而义理之弗考欤? 借之为启蒙之筌蹄,未尝体之为躬行之根底欤? 呜呼! 年至虑易,境变心移,髫龀之所咿哑而习读,祖父之所保抱而教诲,弃若土梗,漫不复省于孝其亲之书若此,于其亲为何如? 尚何望其孝悌兴行而民用和睦如吾圣人之云耶?

所谓"境变心移",反映了南宋晚期社会的巨变,在出版业方面,儒家著作弱化,统治思想的松弛,这是季世的表现。至于所云"甚至淫词曼曲"大行于世,其中所指,自然也包括大量词集的刻印。刘将孙《养吾斋集》卷九《新城饶克明集词序》云:"近年赵闻礼集《阳春白雪》,他如称'大成'、称'妙选'数十家未憖。"其中所反映的即是南宋中晚期至元初词坛的现象,不仅大量的词别集被刻印出来,而且词选本也日益见多,风靡一时。如《草堂诗余》,成书于南宋,此书编选的主要目的就是为宴饮歌乐时提供一个便于使用的歌曲选本,唐五代歌曲有《花间集》,而《草堂诗余》所选,则为宋朝人所作的歌曲,所录又以柳永、秦观、周邦彦等以音律见长的作家作品为多,《草堂诗余》在南宋时就不断被翻刻编排,增注笺释,影响所及,至元、明时期蔚为大观。较其他选本而言,《草堂诗余》体现了俚俗的特点,不仅为文人士大夫所取用,也适应了市井百姓的需要。

第三章　两宋时期词集的评注

宋代出现了不少诗文集的评注,对本朝人作品集的评注,主要以诗为主,如苏轼、黄庭坚、王安石等人诗集的注本,至于词集,也有一些评注本,不外乎注释典故,标明所据的诗句,对作品时间的确认,以及对作品意旨的解读。这类著作今存者不多,笔者在《宋金元词籍文献研究》中已论及黄昇词选集中的品评,这里不再赘述。

第一节　评注本词集概述

词集的注本,北宋就有了,至南宋,注本词集渐多,流传下来的却是屈指可数。

一、苏轼

已知至少有三种:其一,傅干《注坡词》二卷,见陈振孙《直斋书录解题》,今存本作十二卷。洪迈《容斋随笔·续笔》卷十五云:"绍兴初,又有傅洪秀才《注坡词》,镂板钱塘。"作傅洪,疑误。其二,顾禧《补注东坡长短句》,见陈鹄《西塘集耆旧续闻》卷二,有"赵右史家有顾禧景蕃《补注东坡长短句》真迹"云云,知为稿本。其三,钱曾《读书敏求记》卷四《东坡乐府》有"旧藏注释宋本,穿凿芜陋,殊不足观"云云,具体不详。另叶辰[1]《东坡乐府叙》(元仁宗延祐七年)云:“好事者或为之注释,中间穿凿甚多,为识者所诮。”所指或有宋本,未详。

二、秦观

已知有二,南北宋各一:一为章质夫家子弟注本,见曾季貍《艇斋诗话》。章楶,字质夫,与苏轼有交往。注者名不能详[2]。一为胡英彦《注淮海词》,详杨万里《诚斋集》卷一二七《胡英彦墓志铭》,云:“注《兰台》及《淮海词》各若干卷。”

三、周邦彦

已知有六:其一,曹杓《注清真词》二卷,见《直斋书录解题》。其二,杨缵《圈法周美成词》,详张炎《词源》。其三,佚名《周词集解》,详沈义父《乐府指迷》。其四,佚名注《片玉集》三卷,明毛晋《跋片玉词》云:“最后得宋刻《片玉集》三卷,计调百八十有奇,晋阳强焕为叙。予见评注庞杂,一一削去,厘其讹谬,间有玆集不载,错见清真诸本者,附《补遗》一卷,美成庶无遗憾云。”注者不详。其五,陈元龙《详注周美成词片玉词》十卷,今存两种宋刊本。其六,周琫《谱清真词》,详袁桷《清容居士集》卷三十三《外祖母张氏墓记》。周邦彦注本形式最丰富,或以注释为主,偏重于词意;或以谱词为主,偏重于声律。

---

① 叶辰,前此著录多作叶曾,多是据四印斋影刻本自序署名,原序为行草,中华再造善本影国图藏本,著录为叶辰,当是。因行草“辰”字与“曾”字近似,四印斋本与国图藏本比照,“辰”字误刻作“曾”字。

② 章定《名贤氏族言行类稿》卷二十六云章楶七子:“綡,登进士第,历官户部员外郎,出为淮东提刑,会蔡京更钞法,江淮富商变为流丐,赴水死相继,綡上言变法误民,乞如初以存大信,京怒逐之。统,尝转漕陕西,孙觌为铭其墓。”凌迪知《万姓统谱》卷四十九云七人为綡、综、□、绾、綎、缜、缜,又云:“章綡,字伯成,楶长子,中熙宁九年进士,除提举江东常平,入对,上面谕与换在京差遣,以便侍养,遂改授开封府推官,转户部员外郎。丁父庄简忧,服除,擢淮东提刑。会蔡京更钞法,江淮富商变为流丐,赴水死者相继。上言变法误民,请如初,以存大信。京怒,罢綡,降两宫,窜台州,复通州、秀州,终户部郎中”。又云:“章综,字子京,楶第三子。中进士第一,调洛阳簿。时范纯仁为尹,一见,待以国士。韩玉汝、李邦直俱以文行名于时,官至龙图阁学士。”又云:“章綎,字君邃。佥判西安州,为蔡京所诬,配沙门,时论冤之。后复崇政殿秘书郎。”

四、叶梦得

已知一种，即曹鸿《注琴趣外篇》三卷，见《直斋书录解题》。又卢宪《嘉定镇江志》卷二十一"文事"有"叶石林梦得《琴趣外篇注》"云云，知此书编成不会晚于宋宁宗嘉定年间。

五、陈与义

见宋胡稚《增广笺注简斋诗集》三十卷《无住词》一卷，前有胡稚宋光宗绍熙元年（1190）自序，又有吕大防绍熙三年序、刘辰翁序。《无住词》存词十八首。词作原本不多，后人不大注意。注文也是以释典、标出所据诗文为主，间附词话，此举《虞美人·邢子友会上》一词为例：

> 超然堂上闲宾主，不受人间暑。不受暑，见九卷《和天宁老诗》。冰盘围坐此州无，却有一瓶和露玉芙蕖。《士林纪实》：隋炀帝《迷楼记》：帝虚败烦燥，诸院美人各市冰盘，俾帝望之，以蠲烦燥。昌黎《李花》诗："冰盘夏荐碧实脆。"　亭亭风骨凉生牖，消尽樽中酒。酒阑明月转城西，照见纱巾藜杖带香归。《大生法帖》：予庚戌岁客邠州时，乡人邢子友为监郡。一日，过之，会天大暑，子友置席于超然台上，得白莲花，置樽间，相对剧饮，至夜踏月而归，尝作此词。后九年，予守吴兴，病归越，而堂下白莲盛开，意欣然，赏其高丽，为独酌一杯。数年多病，意绪衰落，不复为诗矣。偶追记此词，恍然如昨日云。绍兴戊午五月廿四日。

注释较为简略，其中末引陈氏《大生法帖》一文，不见载于他处，有助于解读此词本事及相关背景，也可为词话增添一则。又如《虞美人·大光祖席醉中赋长短句》"张帆欲去仍搔首"于"满载一船离恨向衡州"注云："《冷斋夜话》：东坡与秦少游饮别，作《虞美人》词云：'无情汴水自东流，只载一船离恨向西州。'"今本《冷斋夜话》不载，考胡仔《苕溪渔隐丛话·前集》卷五十和曾慥《类说》卷五十五均引有《冷斋夜话》云云，前者并云："世传此词是贺方回所作，虽山谷亦云。大观中于金陵见其亲笔，醉墨超放，气压王子敬，盖东坡词也。"

除上述五家词别集注读本外，还有姚述尧《箫台公余词》，今存，略有注文。此外还有《草堂诗余》，宋刊本虽不见存，然宋人著述中不止一家引录，详后文。

第二节　傅干《注坡词》

一、注者及版本

傅干，字子立，仙游（今福建）人，生活在南北宋间。据傅共《注坡词序》知为共从子，事迹不详。按傅共，字洪甫，号竹溪散人，据《福建通志》卷二十三"职官"和卷三十四"选举"知为傅权子，徽宗崇宁时知仙游县，高宗绍兴二年张九成榜特奏名进士。陈振孙《直斋书录解题》卷十五载："《和陶集》十卷，苏氏兄弟追和，傅共注。"

傅干《注坡词》见于宋人记载，洪迈《容斋随笔·续笔》卷十五云："绍兴初，又有傅洪秀才注坡词，镂板钱塘。"知高宗绍兴初即有刻本。《直斋书录解题》卷二十一云："《注坡词》二卷，仙溪傅干撰。"此书明人有著录，清康熙佚名抄（林佶题）《天一阁书目》载有《注坡词》一本，未标明版本卷数，又清佚名《四明天一阁藏书目录》（《玉简斋丛书》本）"岁字号厨"有《注坡词》一本，作抄本。阮元文选楼刊《天一阁藏书总目》卷四之四"集部·词曲类"载作："《注坡词》十二卷，抄本，傅干撰，傅共洪甫序。"明末毛晋《汲古阁毛氏藏书目录》载有傅干《注坡词》二卷，同《直斋书录解题》，今人或以为"二卷"为"十二卷"之讹。又清沈德寿《抱经楼藏书志》卷六十四"集部·词曲类"载云："《注坡词》十二卷，旧抄本，傅干撰。"按季振宜《季沧苇藏书目》"延令宋版书目"载有《东坡长短句》十二卷，又徐元文《含经堂藏书目》也云："《东坡长短句注》十二卷，宋本，二册。"考历来著录苏轼词集作十二卷者，只有傅干《注坡词》，又陈鹄《西塘集耆旧续闻》卷二有"赵右史家有顾禧景蕃《补注东坡长短句》"云云，并提到了傅干注本，疑所谓宋板《东坡长短句》十二卷当指傅干注本，其来源当与毛氏汲古阁藏本有关，与天一阁所藏抄本不同，毛晋《汲古阁毛氏藏书目录》著录的词集同《直斋书录解题》，或为宋刊本。

今存本为抄本，凡三四种，北京图书馆出版社有影印本，为黄永年先生购藏的清抄本，扉页有《积学斋藏书记》，云：

《注坡词》十二卷，旧影抄宋本，每半页九行，行十七字，小字双行。前有竹溪散人傅共洪甫序，称为族子干字子立所撰。按陈振孙《直斋书录解题》"歌词类"有《注坡词》二卷，仙溪傅干撰，当即是书。惟卷数不同，或传刻脱误耳。又宋黄岩孙编、元黄真仲重订《仙溪志》"进士题名"：傅共，傅权子，绍兴二年张九成榜特奏名，其人物志傅权传后附共传。共三荐卷特奏名，文词秀拔，有《东坡和陶诗解》，是共、干皆与东坡诗词有所解注也。卷三《临江仙》第七首之题、卷五《八声甘州》题中"时在巽亭"四字，诸本并无之。书有"浙东沈德寿家藏之印"朱文、"抱经楼藏书印"朱文、"五万卷藏书楼"朱文方印，四明沈氏《抱经楼藏书志》著录。

知是本原为沈德寿家藏旧抄本，后归徐乃昌积学斋收藏。龙榆生、赵万里均曾从徐氏借观，赵氏云此本是传录范氏天一阁藏本。[①] 原抄本无格栏，半叶九行，行十七字，小字双行同。又国家图书馆藏有清抄本，末题云"从南陵徐氏藏沈德寿家抄本传录"，又有民国时赵尊岳珍重阁自徐氏积写斋传录本。[②] 考《国立北平图书馆善本书目乙编续目》卷四载云："《注坡词》十二卷，宋傅干撰，抄本。"当指国图藏本。

诸本同出一源，均残缺。据黄永年先生藏本，凡四册，有总目，依调编次，据总目，共收词六十八调，二百七十一首，其中卷三缺《戚氏》一首，卷六缺《江神子》其五至其九凡五首、《无愁可解》一首、《蝶恋花》八首，卷十一缺《浣溪沙》其二至其九凡八首、《沁园春》半首、《雨中花》一首，卷十二缺《皂罗特髻》半首、《调笑令》一首、《双荷叶》一首、《荷花媚》一首，共缺二十三首又二个半首。

苏轼词今存二百九十余首左右，傅干《注坡词》是收苏轼词较全者，也是目前知道较早的苏词结集，反映了南宋初期，或者说是北宋时期苏词作品的流传情况。前有傅共《注坡词序》，云：

东坡□□□□天下，其为长短句数百章，世以其名尚□□□□闺窗孀弱，亦知爱玩。然其寄意幽渺，指事深远，片词只字，皆有根柢。是以世之玩者，未易识其佳处。譬犹怀（当作瓌）奇珍怪之宝，来于异域，光彩眩耀，人人骇

---

① 见中华书局上海编辑所影印元延祐本《东坡乐府》跋。
② 见刘尚荣整理本《注坡词》前言等。

瞩。而□辨质其名物者盖寡矣。展玩虽□□□□□兹可慨焉。余族子干，尝以旧□□□□□□用事彰而解之，削其附会者数十□□□□传张芸叟所作《私期》数章，旧于《文忠公集》见之。以至《更漏子》有"柳丝长""春夜阑"之类，则见于《花间集》，乃温庭筠、牛峤之词。《鹊踏□》有"□霎秋风""紫菊初生"之类，则见□《本事集》，乃晏元献公之词，凡是皆削而不取。益之以遗轶者百余□□十有二卷。敷陈演析，指摘源流，开卷烂然，众美在目。予曰：兹一奇也，不可不传之好事者，使其当琐窗虚明、棐几净滑，据胡床而支颐，钩绣幌而曲肱，咀□名之味于口吻之间，轩眉而领首□□□破颜，悠然而思，蹵然而跃者，皆自子而发之也。自兹以往，列屋闲居，交口教授，吾知秦、柳、晁、贺之伦，束于高阁矣。干，字子立，博览强记，有前辈风流。视其所注，可以知其人焉。竹溪散人傅共洪甫序。

序文缺文不少。傅干所据底本不可知，考卷十《浣溪沙》"西塞山边白鹭飞"之"散花洲外片帆微"句有"旧注云"云云，又《浣溪沙》"万顷风涛不记苏"云："旧注云：公有薄田在苏，今岁为风涛荡尽。"卷十一《鹧鸪天》"笑捻红梅辫翠翘"末云："旧注：东坡书此词至'娇'字下误笔，再点，因续作下语。"知其时尚有其他注本，而这些注本应该是北宋时刊印的。傅干是在旧注本的基础上删去附会的数十首，又益以百余首，删者有传为张舜民《私期》数章，温庭筠《更漏子》"柳丝长"、牛峤"春夜阑"之类，晏殊《鹊踏枝》"一霎秋风""紫菊初生"等。张舜民今存《江神子》《朝中措》《买花声》（二首），凡四首，所谓《私期》数章，不在其中。至于序中提及的《鹊踏枝》二首，云见《本事集》。按杨绘，字元素，编有《本事集》，或作《本事词》《本事曲》等，苏轼《东坡续集》卷五《与杨元素八首》之六云："近一相识录得公明所编《本事曲子》，足广奇闻，以为闲居之鼓吹也。然窃谓宜更广之，但嘱知识间，令各记所闻，即所载日益广矣。辄献三事，更乞拣择，传到百四十许曲，不知传得足否？"知苏氏曾助其编《本事集》，不应有误收之事，《鹊踏仙》"一霎秋风""紫菊初生"今均见晏殊集中。至于增溢的百余首，不能详其细目。

二、注文释义

傅干《注坡词》，在南宋就引起人们的非议，所知有二：其一，洪迈《容斋随笔·续笔》卷十五云：

> 注书至难，虽孔安国、马融、郑康成、王弼之解经，杜元凯之解《左传》，颜
> 师古之注《汉书》，亦不能无失。……绍兴初，又有傅洪秀才注坡词，镂板钱
> 塘，至于"不知天上宫阙，今夕是何年"，不能引"共道人间惆怅事，不知今夕是
> 何年"之句，"笑怕蔷薇罥"、"学画鸦黄未就"，不能引《南部烟花录》，如此
> 甚多。

其二，陈鹄《西塘集耆旧续闻》卷二云：

> 赵右史家有顾禧景蕃《补注东坡长短句》真迹云：按唐人词，旧本作"试教
> 弹作忽雷声"，盖《乐府杂录》云：康昆仑尝见一女郎弹琵琶，发声如雷。而文
> 宗内库有二琵琶，号大忽雷、小忽雷，郑中丞尝弹之。今本作"辊雷声"，而傅
> 干注亦以"辊雷"为证，考之传记，无有。又云余顷于郑公实处见东坡亲迹书
> 《卜算子》断句云"寂寞沙汀冷"，今本作"枫落吴江冷"，词意全不相属也。又
> 《南歌子》云："游人都上十三楼，不羨竹西歌吹古扬州。"十三间楼在钱塘西湖
> 北山，此词在钱塘作，旧注云"汴京旧有十三楼"，非也。

可知，傅干注本是个比较流行的本子。按：《注坡词》卷十二《卜算子·黄州定惠院寓居
作》"缺月挂疏桐"末句作"寂寞沙洲冷"，注云："一作'枫落吴江冷'。"则陈鹄所云旧注
不是指傅干注本，也不是顾禧的补注本，知是时苏词注本不少。洪、陈二人提及的词作
有四，略作说明如下：

1. 《水调歌头》"明月几时有"之"不知天上宫阙，今夕是何年"，见傅本卷一，注云：
"老杜：'今夕何夕岁云徂。'"为杜甫诗《今夕行》首句，又云唐牛僧孺《周秦行纪》叙其贞
元中举进士落第归，至伊阙南道鸣皋山下宿，夜月出，于薄太后庙遇仙，命赋诗，云："香
风引到大罗天，月地云阶拜洞仙。共道人间惆怅事，不知今夕是何年。"洪迈意谓杜甫
诗句用意与苏词不符，不过所引牛氏诗句，意思也不类。按《诗经》唐风《绸缪》云："今
夕何夕，见此良人。"有怀人之意，且为最早的出典，《诗经》为易见之书，也是士子熟谙
之书，不注此，不解为何？

2. 卷五《南柯子》"笑怕蔷薇罥"，"笑怕蔷薇罥"见傅本卷五，注云："《酉阳杂俎》
云：江南地本无棘，或因墙隙植蔷薇枝而已。白乐天《蔷薇》诗'留妓骨罗裳'，蔷薇骨，
乃隋炀帝宫中事，备见《南部烟花记》。"所注见唐段成式《酉阳杂俎·续集》卷九，又见

唐白居易《白氏长庆集》卷三十一《裴常侍以题蔷薇架十八韵见示因广为三十韵以和之》一诗,云:"触僧飘氄褐,留妓冒罗裳",傅注"冒"作"骨",疑误。按题炀帝撰《南部烟花记》,见宋曾慥《类说》卷六和宋朱胜非《绀珠集》卷五以及元陶宗仪《说郛》等,抄录有数则,未见蔷薇骨事,不过傅注既然已提及此书,却未引录其文。

3.《蝶恋花》"一颗樱桃樊素口"之"学画鸦儿犹未就",此词见傅本卷六,而今存抄本均缺,曾慥《类说》卷六和朱胜非《绀珠集》卷五引录《南部烟花记》均载"司花女"事,后者云:"帝御女袁宝儿骏冶多态,时洛阳进合蒂迎辇花,帝令持之,号司花女。帝谓虞世基曰:'宝儿多憨态,卿试嘲之。'世基为绝句云:'学画鸦儿半未成,垂肩亸袖太憨生。因憨却得君王宠,常把花枝傍辇行。'帝甚悦。"洪氏所云当指此。

4.《虞美人》"定场贺老今何在"之"试教弹作辊雷声",此词见傅注本卷八,云:"《明皇杂录》:贺老即贺怀智,开元时乐工也。元桢(当作稹)《连昌宫词》云:'夜半月高弦索鸣,贺老琵琶定场屋。'"今东坡词均作"辊雷",未见作"忽雷",知当时的诸本均如此。按今本《明皇杂录》中未见载贺怀智之事。

注释诗文,何者应注,何者不注,注释的深或浅等,这不是太容易把握的。注者的识见,读者的要求,不是那么容易合拍的。古代词集的注本不多见,就今存的宋代苏轼、周邦彦的词集注本而言,注文不注明出处是常见的,不过其中也保存了不少有价值的信息,如词集的刊刻、注释、词作的年代、本事等,后人不应过于苛刻。钱曾《读书敏求记》卷四于《东坡乐府》云:"旧藏注释宋本,穿凿芜陋,殊不足观,弃彼留此可也。"清末管庭芬、章钰《钱遵王读书敏求记校证》于"旧藏"句注云:"[补]劳权云:《书录解题》有仙溪傅干《注坡词》二卷。"至赵万里就直接认钱氏话所指即傅干注本①,这是值得商榷的。

傅干注本有不足处,有不少词篇基本不注释,有些句子也不注(与元刊注释本《草堂诗余》收录的苏轼词作比照),但绝大多数是有注释的,不少地方注释得很详细,在众多宋人注苏轼词集不传的情况下,只有傅本流传了下来,也说明了其可取之处不少。此举二例:

> 楚山修竹如云,异材秀出千林表。今蕲州笛材,故楚地也。龙须半剪,凤膺

---

① 见影印元延祐本《东坡乐府》跋。

微涨,玉肌匀绕。笛制,取良竿通洞之,若于首颈处,则存一节,节间留纤枝,剪而束之。节以下若厣处则微涨,而全体皆要匀净。若《汉书》所谓生其窍厚均者,断两节间而吹之。审如是,然后可制。故能远可通灵达微,近可以写情畅神。谓之龙须、凤膺、玉肌,皆取其美好之名也。木落淮南,雨晴云梦,月明风褭。善吹笛者,必俟气肃天清,风微月亮,聊作一二弄,遂臻其妙。自中郎不见,蔡邕初避难江南,宿于柯亭之馆,以竹为椽。邕仰而盼之,曰:此良竹也,取以为笛,奇声独绝。历代传之,至于今。邕尝为中郎将。桓伊去后,晋桓伊善音乐,为江左第一。有蔡邕柯亭笛,常自吹之。王徽之赴召京师,泊舟青溪侧。徽之素不与伊相识,伊于岸上过,船中称伊小字,曰桓野王也。徽之便令人谓伊曰:"闻君善吹笛,试为我一奏。"伊是时已贵显,素闻徽之名,便下车,踞胡床,为作三调。弄毕,便上车去,宾主不交一言。知章负,秋多少。

闻道岭南太守,后堂深,绿珠娇小。绿珠,石崇家妓名也,素善吹笛。绮窗学弄,《梁州》初遍,《霓裳》未了。《杨妃外传》:《梁州》,乃开元间西凉州所献之曲也,其词,则贵妃为之。天宝初,罗公远侍明皇中秋宴,公远奏曰:"陛下能从臣月宫游乎?"命取桂枝杖,向空掷之,为大桥,色如白金。上同行数十里,至大城阙,公远曰:"此月宫也。"仙女数百,素衣飘然,舞于广庭中。上问:"此为何曲?"曰:"《霓裳羽衣曲》也。"上密记其声节,及回,即喻伶人象其音调,制为《霓裳羽衣》之曲初遍者。今乐府诸大曲凡数十解,于撷前则有排遍,撷后则有延遍,此谓之初遍,岂非排遍之首谓乎? 嚼徵含宫,泛商流羽。宋玉对楚王问:"引商刻羽,杂以流徵,国中属和者不过数人。"一声云杪。诸乐器中唯笛有穿云裂石之声。为使君洗尽,蛮风瘴雨,作霜天晓。(卷一《水龙吟》)

买田阳羡吾将老,从来只为溪山好。阳羡,毗陵之义兴也,公爱其有荆溪西山之乐,而将老于是。《左传》曰:"吾将老焉。"杜预注云:"老,致仕也。"来往一虚舟,《庄子》:"泛若不系之舟,虚舟而遨游者也。"聊随物外游。　　有书仍懒著,虞卿去赵,困于梁,乃著书,上采《春秋》,下观近世,曰:"节义称号,揣摩政谋。"凡八篇,以讥刺国家得失。世传之,曰《虞氏春秋》。《水调》歌归去。公在彭城,尝和子由《水调》歌词,其意以不早退为戒,以退而相从为乐云。筋力不辞诗,要须风雨时。韦苏州诗:"那知风雨夜,复此对床眠。"子由尝感是语,遂与公相约,有早休之意,情见于诗。(卷七《菩萨蛮》)

注释还是较为全面的,引据典故详尽,有的标明所据之书,有的则否。不仅注出典故出处,还略有评说,如《水龙吟》对"龙须"三句和"木落"三句的解读,《菩萨蛮》下片的解说,对读者领会词意是有启迪的。只是《菩萨蛮》下片"有书仍懒著"句的注释,叫人看不出其关联所在。按事见《史记》卷七十六虞卿传,其中《索隐》云:"魏齐,魏相,与应侯有仇,秦求之急,乃抵虞卿,卿弃相印,乃与齐间行,亡归梁,以托信陵君。信陵君疑未决,齐自杀,故虞卿失相,乃穷愁而著书也。"似与苏词意不符,按庾信《奉和永丰殿下言志十首》之九云:"阮籍尝思酒,稽康懒著书。"清吴兆宜《庾开府集笺注》卷五云:"晋稽康《与山涛绝交书》:少加孤露,母兄见骄,不涉经学,性复疏懒,筋驽肉缓。"或用此典。

苏轼词作中题序,常有为他人所写,而误作苏氏词序的,在这方面,傅注本交待得较为清楚,如卷五《南歌子》"师唱谁家曲",傅干于题序处引《冷斋夜话》云:"东坡镇钱塘,无日不在西湖,尝携妓谒大通禅师,大通愠形于色,东坡作长短句,令妓歌之。"而毛晋刻本、四库本未注明《冷斋夜话》,易于使人误认为是苏轼的题序之文。今存有影宋抄本《东坡乐府》,笔者所见为东洋文库藏本,存下卷,其中此词题序处也标明引自《冷斋夜话》。此外,对一些作品的归属问题,傅注本也有说明,如卷十一《鹧鸪天》"林断山明竹隐墙",于题序处云:"东坡谪黄州时作此词,真本藏林子敬家。"又卷十二《翻香令》"金炉犹暖麝煤残",于题序处云:"此词苏次言传于伯固家,云老人自制腔名。"影宋抄本《东坡乐府》卷下所载同。苏轼词在北宋就有混入他人之作品者,不仅如此,北宋的名家词中多有这种事,傅氏如此,或这些词作旧注本中本身就存有争议。傅注本今有刘尚荣先生整理本,在《注坡词考辨》(代前言)一文中,就傅氏笺注、题序、编年、辨伪与辑佚等问题有详析的说明,可参看。

第三节　陈元龙注《片玉词》

今存有宋刊陈元龙集注本《片玉集》,凡二种,均题曰"建安蔡庆之宗甫校刊",为南宋闽地坊刻本。两书均藏于国家图书馆,其一原为黄丕烈、汪阆源所藏,清汪士钟《艺芸书舍宋元本书目》"词集·宋本"载有《周美成详注词片玉集》十卷,即指此,此本卷十

最后二页半(五面)残缺,均已抄补。其二原为毛晋汲古阁藏书,此书完善。前有刘肃序,云:

> 周美成以旁搜远绍之才,寄情长短句,缜密典丽,流风可仰。其征辞引类,推古夸今,或借字用意,言言皆有来历,真足冠冕词林。欢筵歌席,率知崇爱,知其故事者,几何人? 斯殆犹属目于雾中花、云中月,虽意其美而皎,然识其所以美则未也。漳江陈少章家世以学问文章为庐陵望族,涵泳经籍之暇,阅其词,病旧注之简略,遂详而疏之,俾歌之者究其事、达其意,则美成之美益彰,犹获昆山之片珍,琢其质而彰其文,岂不快夫人之心目也? 因命之曰《片玉集》云。庐陵刘肃必钦序。

按:末句黄氏藏本作:“少章,名元龙。时嘉定辛未抄腊,庐陵刘肃必钦序。”序作于宁宗嘉定四年(1211)。又知陈氏参阅了其他注本,毛氏藏本卷五《四园竹》“浮云护月未放满”词牌下注云:“官本作《西园竹》。”官本,指官府刊本,与《严州图经》所载《清真诗余》当不同。黄丕烈藏本后有黄氏跋,云:

> 是书历来书目不载,汲古抄本虽有十卷,却无注。此本装潢甚旧,补缀亦雅,从无藏书家图记,实不知其授受源流。余收得后,命工加以绢面,为之线钉,恐原装易散也。初见时,检宋讳字不得,疑是元刻精本,细核之,惟避“慎”字,“慎”为孝宗讳,此刊于嘉定时,盖宁宗朝避其祖讳,已上讳,或从略耳。至词名《片玉集》,据刘肃序,似出伊命名。然余旧藏抄本,只二卷。前有晋阳强焕序,亦称《片玉词》,是在淳熙时,又为之先矣。

按:黄氏《求古居宋本书》作“《周美成词片玉集》,三册”。所云汲古阁抄十卷本,毛晋跋中未提及。黄氏于卷十末批云:“《虞美人》弟三阕,据毛汲古阁抄本校,‘生’作‘先’,复翁。”

毛氏汲古阁藏本,今有福建人民出版社影印的《宋元闽刻精华》本,前有刘肃序,卷端下题注者、刊者与黄氏藏本同。此书有毛晋藏书诸印,如“甲”“毛晋”“宋本”等,然毛晋《跋片玉词》云藏有三种周氏词集,却没提及此宋本,而提到的《片玉集》虽有注,却为三卷,前有强焕叙,收词一百八十首,知与此不是同一书。毛晋、黄丕烈所藏后均归袁克文所得,袁克文《寒云手写所藏宋本提要廿九种》于黄氏藏本云:“予复属内子梅真影抄汲古阁藏另一宋本十卷六叶附于后。”又云:

《片玉集》，宋麻沙刊之最精者。另藏一宋刊，为汲古故物，行格俱同。惟序较此缺"少章名元龙，时嘉定辛未抄腊"十二字，下题庐陵刘肃必钦序，与此同。注中亦间有异同，盖覆刻此本也。装冷金白绢衣，犹菟翁之旧。首册尾附叶吴观岱临菟翁小像，自宋刊《挥麈录》中孙子潇绘本摹出。

今本黄氏小像等均存。影印毛氏藏本后有袁氏题跋数则，其一云：

> 此本原藏孙驾航家，展转流入厂市，争购者颇多，予辛以重金得之，过于得黄本之值，可谓狂且痴者。此较黄本，序尾集云下缺"少章名元龙时嘉定辛未抄腊"十二字，以此定之，则黄本似原刻也。

提出了黄氏藏本似为原刻，而毛氏藏本为覆刻之说。民国时，蒋汝藻传书堂得到此书，王国维《传书堂藏善本书志》于《详注周美成片玉集十卷宋刊宋印本》云：

> 向来美成词只传《片玉词》与《清真集》二本，皆二卷。《直斋书录解题》则云《清真词》三卷《续集》一卷，此评注本《片玉集》十卷，分类编次，与《片玉词》次序大异，而与《清真集》同，与方千里、杨泽民和词亦同，但方、杨和词至卷八末《满路花》止，而九、十两卷未和，疑此本即据《清真词》三卷《续集》一卷，分为十卷，以前八卷续一卷为九、十两卷也。此本传世甚希，尚有一本为汲古阁旧藏，乃就此本校改者。刘序"嘉定辛未"等字已删去，改刻此本，卷十旧阙一叶。旧从彼本影钞补足，可谓完善矣。

此两书后又均为潘宗周宝礼堂藏物，张元济《宝礼堂宋本书录》于黄氏藏本（三册）题云：

> 是本黄荛圃、顾千里均定为宋刻，荛圃后跋谓"无藏书家图记"，然卷三末叶有"周遇吉印"朱文方印，《明史·列传》有此姓名，其人以御流贼战死于宁武关者。如为其人，更可宝已。

按周遇吉传见《明史》卷二百六十八，云为锦州卫人，少有勇力，好射生，后入行伍，积功至前锋营副将。屡加太子少保，为山西总兵官。又于毛氏藏本（二册）题云：

> 余续得此刻，与前本（指黄氏藏本）较，不能定其先后。以视彊村先生，先生取前本参校，举其讹脱，谓此刻为胜，且定为少章手自斠改覆刻之本。自来剞劂之事，每以初版为佳，凡后出者大都据以覆刻，故讹文夺句，时有所见。不知者就表面观之，必以此为原本而彼为覆本。然覆刻之讹，只有疑似而无

增减,且是本辞句之不同者,审其文义,实有青胜于蓝之概,尤以卷五前四叶为甚。其卷四《诉衷情》"不言不语"之注亦并无存。疆村,一代词宗,其定为斠改覆刻者,所言固自可信,特不解初刊是书者何以如是草草耳。版印不及前本,盖有初印、晚印之别。若竟以此退而居乙,则诚未免皮相矣。疆村校语,至为详密,附录于后。

又云:"宋讳仅'匡''慎'二字阙笔。"较黄氏藏本多讳一"匡"字。毛氏藏本,除毛氏诸藏书印外,还钤有"雪苑宋氏兰挥藏书记""张南伯书画印""宋履素书画印""张氏南伯""髯""遗子孙""子孙保之""孙楫""驾航""密坮楼""退庵眼福""博明经眼""乌程蒋祖诒藏""人间孤本""寒云鉴赏之□"等印,知展转收藏者颇多。

在袁氏疑毛氏藏本为覆刻黄氏藏本的基础上,朱祖谋提出了"定为少章手自斠改覆刻之本",并以为毛氏藏本优于黄氏藏本,影印毛藏本有朱氏跋云:

> 其曹杓《注清真词》,亦见《书录解题》,书亦久佚。兹集刘必钦序,谓"病旧注之简略,遂详而疏之",疑即据曹注本,故编次与《清真词》悉合。黄荛圃藏本与是略同,而刘序称"嘉定辛未",其为宋刻无疑。此虽删去"嘉定辛未"十许字,然核其注语,较黄本为详明。卷五注中尤相径庭,其为少章手自斠改覆刻亦无疑。且当时印布较广,故视黄本之初稿为稍漫漶。半塘老人谓为元刻者,盖未睹黄本,固标明"嘉定"且有异同也。己未春莫,明训兄得之,出以见示,漫识数语,且述是帙之远胜黄本,固不必以印工而轩轾之也。

明训即潘宗周。比照毛、黄二本,每卷的页码都同,每卷所收的词作也同,每页行款均同,不同的是边框,黄氏藏本或四周双边,或左右双边,而毛氏藏本只有左右双边一种情况。就正文和注文而言,绝大多数均同,即每行中所刻某某字也多同,间有出入的,但不多。最明显的差异是卷五前四页(八面)载的六首词,即《风流子》"枫林凋晚叶"、《华胥引》"川原澄映"、《宴清都》"地僻无钟鼓"、《四园竹》"浮云护月未放满"、《齐天乐》"绿芜凋尽台城路"、《木兰花》"郊原雨过",注文出入很大。

两种宋刻本实同出一源,只是刊印有前后,就略有出入。如总目词调下或标宫调,或标小题,黄本就比毛本详细,毛本有三十余首未标宫调,或小题,而黄本却有。

词作出入不大,而注文则不然,除卷五前四叶所载六首词外,总的来看,毛氏藏本确实优于黄氏藏本,所谓后出转精。具体而言有如下几点:1. 毛藏本有不少词之上片或下片末句的注文较黄藏本会增加，这是因为末句往往有空处，在增补字数不多的情况下，不会影响整页版面的改动，如卷七《解语花》"风销绛蜡"、《六丑》"正单衣试酒"、卷八《蝶恋花》"桃萼新香梅落后"三词之上片末句，卷一《扫花游》"晓阴翳日"、卷八《品令》"夜阑人静"、卷十《迎春乐》"人人花艳明春柳"二词下片末句，卷八《兰陵王》"柳阴直"第二三段末句，毛氏藏本均有注，而黄氏藏本均无。又卷四《诉衷情》"出林杏子落金盘"下片末句黄本有注文，而毛本无。2. 卷七《水龙吟》"素肌应怯余寒"下片"长门深闭亚帘栊，半湿一枝在手，偏勾引，黄昏泪。"毛本注云："乐天诗：'闲折两枝持在手。'《花间》词：'偏能勾引泪阑干。'"黄本注云："乐天诗：'手捻梨花寒食心。'又云：'梨花一枝春带雨。'"前者分别引白氏诗《山石榴寄元九》和薛昭蕴词《离别难》，后者分别引白氏诗《陵园妾·怜幽闭也》和《长恨歌》。3. 毛藏本卷七《解语花》"风销绛蜡"之"望千门如昼"句注文云："易斋云：旧本作'千门如画'者，误也，虽有妙手，安能画其明耶？"而黄藏本即作"千门如画"，据此或可知毛氏藏本在黄氏藏本之后。又卷十《芳草渡》"昨夜里"下片末句注文，其中"又：啼杀后栖鸦"六字，黄藏本无。

朱氏《彊村丛书》所收，即以毛氏藏本为底本，参校宋词选本，如《乐府雅词》《阳春白雪》《草堂诗余》等，除序中据黄氏藏本补十二字外，其他未见提及黄氏藏本。即使如卷五前六词注文出入颇大，也未见出校。此就两宋刊本卷五前六首词中之《风流子》为列说明之：

> 黄氏藏本：枫林凋晚叶，杜甫诗："玉露凋伤枫树林。"关河迥，楚客惨将归。关，境上门也；河，孟津也。楚客，宋玉《九下》曰："悲哉，秋之为气，登山临春兮送将归。"望一川暝霭，雁声哀怨，半规凉月，人影参差。文莹诗："半规残月亭亭照。"杜牧诗："月上白壁门，桂影凉参差。"酒醒后，泪花销凤蜡，杜诗："花催蜡炬谓。"《南史》：王僧绰采蜡烛泪作凤。风幕卷金泥。李后主词："曲栏朱箔，惆怅卷金泥。"砧杵韵高，唤回残梦。吴□诗：晓来砧杵声尽□。绮罗香减，牵起余悲。亭皋，分襟地，柳浑诗："亭皋木叶下。"杜甫诗："还欲对分襟"。难拼处，偏是掩面牵衣。魏文帝《辞别》诗："妻子牵衣袂，落泪露襟抱。"何况怨怀长结，重见无期。江淹赋："怨此怀抱，伤此秋期。"想寄恨书中，银钩空满，晋索靖能书，婉若银钩。断肠声里，玉筋还垂。李义山诗："断肠声里唱阳关。"《白氏六帖》云："魏甄后面白，泪双垂，如玉筋也。"多少暗愁密意，唯有天知。

　　毛氏藏本:枫林凋晚叶,关河迥,楚客惨将归。杜甫诗:"玉露凋伤枫树林。"
关,境上关也;河,孟津也。楚客,宋玉《九辨》曰:"登山临水兮送将归。"望一川暝霭,
雁声哀怨,半规凉月,人影参差。应场诗:"朝雁鸣云中,音响一何哀。"谢灵运诗:
"远峰隐半规。"杜诗:"凉月白纷纷。"荆公诗:"月明还见影参差。"《赤壁赋》:"人影在
地。"酒醒后,泪花销凤蜡,风幕卷金泥。庾信诗:"铜荷承泪蜡。"杜诗:"花摧蜡炬
销。"《南史》:王僧绰少时与兄弟聚会,采蜡烛泪为凤凰,凤蜡事本于此。李后□□:
"□□□□□□卷金泥。"金泥,销金也。砧杵韵高,唤回残梦。绮罗香减,牵起余
悲。谢惠连诗:"栏高砧响发,楹长杵声哀。"古诗:"唤回午梦一黄鹂。"秦少游诗:"蓬
门未识绮罗香。"杜诗:"慷慨有余悲。"　　亭皋,分襟地,难挤处,偏是掩面牵衣。
《子虚赋》:"亭皋千里。"李义山诗:"愁极惜分襟。"卢同诗:"罗袖掩面啼向天。"何况怨
怀长结,重见无期。江淹:"怨此怀抱,伤此秋期。"徐干《杂诗》:"沉吟结愁忧。"想寄
恨书中,银钩空满,断肠声里,玉筋还垂。李义山诗:"寄恨一尺素。"晋索靖草书
宛若银钩。《白氏六帖》:"魏甄后面白,泪双垂,如玉筋。"多少暗愁密意,惟有天知。
大曲《琵琶行》词:"别有暗愁深意天知。"出杨震传。

注文很少注明所引之书,这是现存宋词注本中普遍的现象:其一,注文方面,除前后有
少数相同外,绝大多数的释文是不同的,毛藏本较黄藏本丰富详细,也合理些。其二,
注文标示的位置,黄藏本往往把属于同一韵的几句割裂,毛藏本则在韵句处出注文,较
黄藏本合理些。其三,黄藏本有错字,如宋玉的《九辨》作《九下》,又引文"登山临水兮
送将归"之"临水"作"临春",又引杜诗"花摧蜡炬销"之"销"作"谓",又引杜诗"还对欲
分襟"之"对欲"作"欲对",意多不可通。而毛藏本错字就少些。不过,毛藏本也有不足
处,如秦韬玉《贫女》诗句"蓬门未识绮罗香"误作秦观诗句,又司马相如《上林赋》之句
"亭皋千里"误作《子虚赋》之句,另卢同当作卢仝。其他五首词的出入也很多,此不赘,
朱孝臧以为这些修改是陈元龙所为。宋人谓闽刻图速售,刻板不精,于此可见一斑。
　　另外,关于《隔浦莲》"新篁摇动翠葆"之"帘花檐影"句,宋人争议颇多,蔡氏刊本引
张先诗"浮萍破处见山影"和杜甫诗"檐影微微落"作注,不是很详细。胡仔《苕溪渔隐
丛话·前集》卷五十九云:

　　　　词句欲全篇皆好极为难得,如……周美成"水亭小,浮萍破处,檐花帘影
　　颠倒",按杜少陵诗"灯前细雨檐花落",美成用此"檐花"二字,全与出处意不

相合,乃知用字之难矣。

胡氏所云,自宋来争议不少,各主其一。王楙《野客丛书》卷十云:

> 茗溪渔隐谓周侍郎词"浮萍破处,檐花帘影颠倒","檐花"二字用杜少陵
> "灯前细雨檐花落",全与出处意不相合。又赵次公注杜少陵诗,引刘邈"檐花
> 初照日"之语。仆谓二说皆考究未至,少陵"檐花落"三字元有所自,丘迟诗曰"共
> 取落檐花",何逊诗曰"燕子戏还飞,檐花落枕前。"少陵用此语尔。赵次公但见刘
> 邈有此二字,引以证杜诗,渔隐但见杜诗有此二字,引以证周词,不知刘邈之先已
> 有"檐花落"三字矣。李白诗"檐花落酒中",李暇亦有"檐花照月莺对栖"之语,不
> 但老杜也。详味周用"檐花"二字,于理无碍,渔隐谓与少陵出处不合,殆胶于所
> 见乎? 大抵词人用事回转,不在深泥出处,其组合之工,出于一时自然之趣。

考宋郭知达编《九家集注杜诗》卷一《醉时歌》"清夜沉沉动春酌,灯一作檐前细雨檐一作
灯花落"注云:"檐花近乎檐边之花也,学者不知所出,或以檐雨之细如花,或遂以檐花
为檐雨之名,故特为详之。"清仇兆鳌《杜诗详注》卷三云:"江淹诗'共取落檐花',刘邈
诗'檐花初照月',公诗'白花檐外朵',皆实指檐前之花。《杜臆》云:'檐水落而灯光映
之如落银花。'此另一说。"也就是说"檐花"有二种解读之意:其一是指檐边生长的野
花,另一是指雨天,灯光照视下,檐边落下的雨水如银花。陈洵《海绡说词》:

> 自起句至换头第三句,皆惊觉后所见。"纶巾""困卧",却用逆叙。"身在
> 江表",梦到吴山。船且到,风辄引去,仙乎! 仙乎! 周词固善取逆势,此则尤
> 幻者。"檐花帘影",从"萍破处"见。盖晓灯未灭,所以有檐花。风动帘开,所
> 以有帘影。若作"帘花檐影",兴趣索然矣。胡仔固是胶柱鼓瑟,王又愈引愈
> 远。可惜于此佳处,都未领会。

知确定写此作时,是否有雨,即可知其所指,索解不易,而上片末句有"骤雨鸣池沼",过
拍承此而来,与杜诗句意不相违。

第四节　草堂诗余

《草堂诗余》是南宋时出现的一个词选本,此书较早见载于王楙的《野客丛书》卷二

十四,云:

> 《草堂诗余》载张仲宗《满江红》词"蝶粉蜂黄都褪却",注:"蝶粉蜂黄,唐
> 人宫妆。"仆观李商隐诗有曰:"何处拂胸资蝶粉,几时涂额藉蜂黄。"知《诗余》
> 所注为不妄,唐《花间集》却无此语,或者谓蝶交则粉落,蜂交则黄落。

王楙,字勉夫,长洲(今江苏苏州)人。生于高宗绍兴二十一年(1151),卒于宁宗嘉定六年(1213),养母不仕,杜门著述。有《野客丛书》三十卷,前有宁宗庆元元年(1195)自序和嘉泰二年自记(1202),称间以管见,随意而书,积数年间卷裹俱满,旅寓高沙,始命笔吏,不暇诠次,编成此书。王氏所见《草堂诗余》的编成不会晚于宁宗嘉泰初年,也就是说《草堂诗余》在南宋中叶之前就已编成印行了。据王氏记,知《草堂诗余》是有注的,不过所引张元干《满江红》一词,元明刻的《草堂诗余》多作周邦彦词。而对词句的解说,宋人论及的也不少,如程大昌《演繁露续集》卷四云:

> 尝有问予:"周美成词曰'蝶粉蜂黄都过了'用何事?"予曰:记得李义山集
> 有之。李《酬崔八早梅》曰:"何处拂胸资蝶粉,几时涂额藉蜂黄。"又《赠子直
> 花下》曰:"屏缘蝶留粉,窗油蜂印黄。"周盖用李语也。

又罗大经《鹤林玉露·甲编》卷四云:

> 杨东山言:道藏经云:"蝶交则粉退,蜂交则黄退。"周美成词云"蝶粉蜂黄
> 浑退了",正用此也,而说者以为宫妆,且以"退"为"褪",误矣。余因叹曰:区
> 区小词,读书不博者尚不得其旨,况古人之文章而可臆见妄解乎?

王氏所见注释,大体不出于此。其后,陈振孙《直斋书录解题》卷二十一"词曲"载有《草堂诗余》二卷,云为书坊编印。按:陈振孙于宁宗嘉定四年(1211)调绍兴教官,宰南城,佐兴化军。理宗朝历知台州、知嘉兴府,为国子司业。淳祐九年(1249)除宝章阁待制致仕,赠光禄大夫。陈氏生话于南宋后期,其所见《草堂诗余》不知与王楙所见为同一本子否,至少与今存的元明所刊《草堂诗余》是不同。

关于《草堂诗余》的作者,陈振孙未标明,元黄溍《金华黄先生文集》卷三《记居士公乐府》云:

> 右居士公和东坡《百字令》,见苕溪胡仔所编《草堂诗余》,评曰:"东坡赤
> 壁词语意高妙,真古今绝唱,近时有人和此词,题于邮亭壁间,不著姓氏。语
> 虽粗豪,亦气概可喜。"溍以家集较之,不同者三十九字。家集盖近岁溍从族

人访求编入，而苕溪则得于当时壁间所题，然亦间有舛误而不可通者，乃传刻

之讹也，今悉以家集订定焉。

居士公指黄中辅，黄中辅为黄𤋮六世祖。按：胡仔，字元任，绩溪（今属安徽）人。生于徽宗大观四年（1110），卒于孝宗乾道六年（1170）。以父荫补官，丁忧，赋闲二十余载，卜居苕溪之上，自号苕溪渔隐。高宗绍兴三十二年起为福建转运司干办公事。撰《苕溪渔隐丛话》，分前、后集。前集成于绍兴十八年，后集成于乾道三年。和词见载于《苕溪渔隐丛话·前集》卷五十九（参见第一章第二节之四引录）。对于《草堂诗余》编者为胡仔说法，今人多持怀疑的态度，不过不仅元朝有署名胡仔编的《草堂诗余》，明朝也有，明赵琦美《脉望馆书目》"词类·集"就载有"胡元《草堂诗余》一本"，所谓"胡元"当为"胡元任"之误，即胡仔。此外，《脉望馆书目》另载有《草堂诗余》一本，未标明编者，或为后来重编本。

由此知，宋代也应有署名为胡仔编的《草堂诗余》，只不过需要弄明白的是胡仔是真的编辑者，还是书坊托其名而为。就像《苕溪词话》一样，元刊《增修笺注妙选群英草堂诗余·后集》卷下于苏轼《八声甘州·送参寥子》"有情风万里卷潮来"一词末注云："见《苕溪词话》详载"，又清康熙年间编《钦定词谱》卷十二《瑞鹧鸪》引录有《苕溪词话》云云，疑《苕溪词话》和《草堂诗余》一样，出于南宋时，两书中提及的话语，多见于《苕溪渔隐丛话》，也有例外者。王楙所见的《草堂诗余》，疑即署名胡仔所编者，这是因为王氏引录张元干《满江红》一词，并不见于元刊本《增修笺注妙选群英草堂诗余》中，明遵经堂本、安肃荆聚校刊本也是如此，但却见于明刻署名宋武林逸史编的《草堂诗余》，不过标示的作者不是张元干，而是周邦彦。也就是说王楙所见的《草堂诗余》与署名宋武林逸史编的《草堂诗余》是不同的。

宋人著作中除了王楙、陈振孙的著作中提及有《草堂诗余》外，还有史铸的《百菊集谱》卷六"补遗·杂识"载有一则，云：

今观《草堂诗余》，其中《鹧鸪天》桃花菊词有云："解将天上千年艳，翻作人间九日黄。"愚谓此二句用字皆未深稳。又检康伯可词，乃作"换得人间九日黄"，且"换得"二字用之亦未切当，及核张状元长短句，方知"偷将天上千年艳，染却人间九日黄。"至此意义明白，乃知下字之工妙。

按：史铸，字颜甫，号愚斋，生卒年不详，山阴（今浙江绍兴）人。宁宗嘉定丁丑（1217）曾

注王十朋《会稽三赋》,编辑《百菊集谱》六卷《菊史补遗》一卷,有理宗淳祐二年(1242)自序,其中卷四录有桃花菊词《鹧鸪天》"一种秾华别样妆",标示作者为张孝祥,注云:或云康伯可。此词既不见载于元、明诸刻本《增修笺注妙选群英草堂诗余》中,也不见于署名宋武林逸史编的《草堂诗余》中。可见宋代刊印的《草堂诗余》是有多种刊本的。

笔者以为黄潜云胡仔编有《草堂诗余》是有其合理性的,其一,从时间上来看,王楙所见《草堂诗余》在南宋中叶以前,与胡仔生活的时代相同,也就是说胡氏有编辑此本的可能。其二,宋人编辑的《草堂诗余》已不可见,而元刊署名何士信编的《增修笺注妙选群英草堂诗余》不少词后附有词话,其中绝大多数是见于《苕溪渔隐丛话》中的。其三,从元、明人著录的《草堂诗余》和今存本来看,《草堂诗余》历宋、元、明三代,都与闽中坊间编刻有关。明凌迪知《万姓统谱》卷十一云胡仔"宣和间仕建安主簿",又知胡氏于高宗绍兴三十二年起为福建转运司干办公事,知南渡前后胡仔均曾在福建仕宦过的。综合以上三点,知署名胡仔编的《草堂诗余》在宋代是有的。又明晁瑮《晁氏宝文堂书目》"诗词"载有《增广笺注名贤草堂诗余》,标作宋刻本,惜也未标明编者卷数。

据元、明刊《草堂诗余》,知不仅有注,而且多附有词话,应该说宋刊《草堂诗余》就是这样做的,只是宋刊本不存,不能知其详,而元、明刊本只能为此提供佐证,可窥见一斑。注释是为了便于读者解读文本原意,明了典故出处,而品评则是升华,是对作品旨意的领悟。宋人词选本附有词话者,如黄昇的《唐宋诸贤绝妙词选》和《中兴以来绝妙词选》。其中采录了不少他人的评论,不尽为编者本人的看法,《草堂诗余》也是如此。

第四章 元代《草堂诗余》的接受

宋刊《草堂诗余》未能保存下来,现存最早的是元刊增补本《草堂诗余》,入明以后,翻刻、改编、评注本《草堂诗余》层出不穷,自明初至明末,屡有刊行,多云翻刻自宋刊本,而改易实多,但这种改易主要是局限于编排的方式不一,所录词作多是采自宋人编本,仍可视作是对宋刊本词集的传播,只是形式上有所变异罢了。

第一节 编者的问题

现存元双璧陈氏刊行《增修笺注妙选群英草堂诗余》目录下题云:"建安古梅何士信君实编选",关于何士信生平,所得资料不多,明杨士奇《东里续集》卷十八《跋小学集成》云:"建安何士信纂集诸家之说以为《集成》,又有功于此书甚切。"对何士信为何时人语焉不详,考黄虞稷《千顷堂书目》卷三"小学类·补·元"载有何士信《小学集成》十卷,归作元人,现在一般认作南宋晚期人①,今存的两个元刻本均刻成于惠宗至正年间。

---

① 按元谢应芳《龟巢稿》卷之十五《映雪斋记》云:"毗陵何士信起家业儒,储书数百帙,研精诵读,昼夜不息,榜其室曰映雪,盖慕孙康氏之苦学焉。……士信谒余文,请以是励之。"只是不知毗陵何士信与建安何士信是否为同一人,古人标籍贯,或标祖籍,或标占籍,往往造成后人判断上的混乱。按谢应芳,字子兰,号龟巢,武进(今属江苏常州)人。生于元成宗元贞二年(1296),卒于明洪武二十五年(1392),享年九十七岁。

宋人编的《草堂诗余》原貌不可知,何士信不是《草堂诗余》的原编选者,据王楙所云,其所见《草堂诗余》原有注释,但不是何士信,《晁氏宝文堂书目》载有宋刊《增广笺注名贤草堂诗余》,依书名来看,与何士信增补本不同。今存何士信增补本其中标有"新添""新增"等字,前文知,至少宋人三家著作中自《草堂诗余》中引录的词作并不见载于何信士的增选本,可知何氏所据《草堂诗余》也是有缺漏的。

第二节 刊印情况概说

现存最早的《草堂诗余》为元人刻本,有两种,一为庐陵泰宇书堂刻本,一为双璧陈氏刻本。

一、庐陵泰宇书堂刻本

此书今藏日本京都大学图书馆,卷端题名曰《增修笺注妙选群英草堂诗余》,存前集二卷,而后集二卷用明刊本配补。日本昭和五十五年(1980)株式会社同朋舍曾影印出版,有清水茂解说。原书总目后有牌记题曰"至正癸未新刊,庐陵泰宇书堂",知为元惠宗至正三年(1337)刻本。前集半叶十二行,行二十三字,小字双行,行二十九字,左右双边。此本前集卷上、下各有缺页。卷上依次缺叶道卿《贺圣朝》"满斟绿醑留君住"、《凤凰阁》"遍园林绿暗"、张子野《天仙子》"《水调》数声持酒听"、僧皎如晦《卜算子》"有意送春归"、《祝英台近》"剪酴醾"、《高阳台》"红入桃腮"、欧阳炯《玉楼春》"日照玉楼花似锦"、苏子瞻《江神子》"天涯流落思无穷"、贾子明《木兰花令》"都城水绿嬉游处"、解方叔《永遇乐》"风暖莺娇"、王晋卿《烛影摇红》"香脸轻匀"、秦少游《风流子》"东风吹碧草"、贺方回《望湘人》"厌莺声到枕"、李元膺《洞仙歌》"雪云散尽放晓晴"、周美成《瑞鹤仙》"悄郊原带郭"、周美成《西平乐》"稚柳苏晴"、聂冠卿《多丽》"想人生美景良辰",共计十七首词;卷下依次缺《点绛唇》"高柳蝉嘶"、柳耆卿《尾犯》"夜雨滴空阶"、柳耆卿《庆春宫》"云接平冈"、康伯可《金菊对芙蓉》"梧叶飘黄"、周美成《拜星月慢》"夜色催更"、温庭筠《更漏子》"玉炉香,红蜡泪"、王介甫《千秋岁引》"别馆寒砧"、张文潜《风流子》"亭皋木叶下"、周美成《宴清都》"地僻无钟鼓"、周美成《华胥引》"川源澄映"、孙巨源《何满子》"怅望浮生急景"、晏叔原《蝶恋花》"庭院碧苔红叶遍"、周美成《解蹀躞》"候馆丹枫吹尽"、柳耆卿《玉蝴蝶》"望处云收雨断"、周美成《氐州第一》"波落寒汀"、张宗瑞《疏帘淡月·寓〈桂枝香〉词》"梧桐雨细",共计十六首。

原北平图书馆存有影抄元庐陵泰宇刻本《增修笺注妙选群英草堂诗余》,王重民《中国善本书目提要》著录为《增修笺注妙选群英草堂诗余前集》二卷,一册。影抄元至正间刻本。十二行,大二十三,小三十字不等。提要云:

> 前本何士信编选一行题于《目录》叶内,此本无目录,故不著何士信名。
> 然词话笺注,均一一相同,则此本亦士信编选本矣。总目之末,有"至正癸未新刊,庐陵泰宇书堂"牌记,前于前本者八年,可见此本在元代流行之广。吴昌绶《松邻遗集》卷二有《景明洪武遵正书堂草堂诗余前后集跋》,顷欲重阅,未获其书。又《四部丛刊》影印明安肃荆聚校刊本,内容并与此相同,则明代传刻犹盛。惜并不著何士信名,此双璧陈氏刊本独为可贵也。

所谓"前本",是指双璧陈氏刊本。按,此影抄本笔者寓目的是胶卷,钤有"国立北平图书馆收藏"之印,存前集二卷,所缺词同日本藏泰宇本,所缺部分留有空白页,上、下卷于缺词处各空八页(每半页按一页计),影抄的字迹非常清晰,较原刻本更便于阅读辨识,有校字,批在眉头上。此本虽然影抄自泰宇本,但也有不尽然者,如前集卷上陈同甫《水龙吟·春恨》"闹花深处"末句"子规声断"注云:"杜诗:蝴蝶梦中家万里,子规枝上月三更。"日本藏泰宇本后另有注文四十五字,影抄本无,双璧本、丛刊本、遵正本也无,这四十五字注文与前注意思上并不衔接,当为错简,影抄者或据双璧本等删。

二、双璧陈氏刻本

此本原藏北平图书馆,王重民《中国善本书目提要》著录为《增修笺注妙选群英草堂诗余前集二卷后集》二卷,四册。元至正间刻本。十三行,行二十三字,小字三十字不等。提要云:

> 原题:"建安古梅何士信君实编选。"按士信事迹无考,亦不详何时人。旧本多不著编选人姓氏,《提要》以王楙《野客丛书》已引是书,谓当辑成于庆元以

前。今此本注明"新添"者七十六首,则已非原本之旧。不知士信为庆元以前原编者姓氏,抑为后来增修者姓氏?卷内笺注,亦不知为士信所加,抑出于另一人之手?然新添之词亦有注,则笺注当为后人所加矣。总目之末有"至正辛卯孟夏双璧陈氏刊行"牌记,卷内有"沈明卿印""茂苑沈禹文氏""季振宜藏书""听雨楼""韩氏藏书""玉雨堂印"等印记。《标注》云"韩氏有元刊本",即指此本也。

笔者所见为胶卷,总目后有牌记"至正辛卯孟冬,双璧陈氏刊行"。此本前后集均全,左右双边,除半页为十三行,与泰宇本不同外,每行的大、小字数无出入。至正辛卯为惠宗至正十一年(1351),晚于泰宇刻本七八年。双璧陈氏,不可考。此本与泰宇本以及明遵正、丛刊本等最大的不同处,就是前、后集都有细目,目卷端下题有"建安古梅何士信君实编选"云云。

第三节　文本的差异

就前集言,陈氏本与泰宇本残存部分比照看,所选词及注、附录的词话大体无出入,略有差异,主要表现在:

一、注文

前集卷上辛弃疾《祝英台近·春晚》"宝钗分"末句"又不解带将愁去"、鲁逸仲《惜余春慢·春情》"弄月余花"之"露湿池塘春草"句,前集卷下无名氏《点绛唇》"春雨蒙蒙"末句"界破残妆面"、柳永《女冠子》"淡烟飘薄莺花谢"之"以文会友"等,句后泰宇本有注,双璧本无。又前集卷上马庄父《归朝欢·春游》"听得提壶沽美酒"词末按语引录诗僧《满江红》一词,双璧本也无。

二、错简

前集卷上周邦彦《丹凤吟》"迤逦春光"词,泰宇本作"(无)计销铄,唐韩琮'暖风迟日浓如酒'。那堪昏瞑,薮薮半檐花落见前注。弄粉调朱柔素手,问何时重握。《古今诗话》:李白举谓徐仲雅曰:'公均诗,如女弄粉调脂。'此时此意,长怕人道着。"(泰宇本自"柔"字始分作二行,第二行止"怕"字)双璧本这二行位置对调,作"柔素手,问何时重握。《古今诗话》:李白举谓徐仲雅曰:'公均诗,如女弄粉调脂。'此时此意,长怕计销铄。唐韩琮:'暖风迟日浓如酒。'那堪昏瞑,薮薮半檐花落见前注。弄粉调朱人道着。"又前集卷上陈亮《水龙吟·春恨》"闹花深处"末句"子规声断"注文泰宇本另有四十五字,双璧本无,此四十五字意思与前注文不衔接,当是错简所致。

三、词作

前集两书所收不尽同。如泰宇本前集卷上末周美成《渔家傲》"几日轻阴寒恻恻",双璧本无。前集卷下黄叔旸《长相思》、康伯可《满庭芳》"霜幕风帘",双璧本也无。至于后集,泰宇本是配抄明刊本,今存有明遵正堂本和丛刊本等,与之相较,双璧本不同者只有一处,即后集卷上末一首词沈会宗《天仙子》"景物因人成胜概"附有词话云:"苕溪渔隐云:贾芸老旧有水阁在苕溪之上,景物清旷,会宗为赋此词,其后水阁屡易主,今已摧毁久矣。遗址正与余水阁相近,同在一岸,景物悉如会宗之词,故余尝有鄙句云:'三间小阁贾芸老,一首佳词沈会宗。无限当时好风月,如今总属续溪翁。'盖谓此也。"这段词话泰宇本、遵正堂本、丛刊本均无。

第四节　增补与改易

何士信不是宋刊《草堂诗余》的原编者,今存本在目录及正文词牌下,多标有"新添""新增"等字样,这些增补未必尽是何氏所为,但何氏参与了增补,这是没问题的,此只就今存本分析论述。

泰宇本《草堂诗余》是个残本,未标明编选者谁何。就其与双璧本《草堂诗余》比照,尽管泰宇本前集有三首词为双璧本所无,但残存部分收词的次第相同,注文也大体同,泰宇本《草堂诗余》也应出自何士信编选。双璧本何氏编选本卷端题名"增修笺注妙选群英草堂诗余"，并有细目，录于下：

前集目录

春景　周美成《瑞龙吟》新添　　黄山谷《蓦山溪》　　阮逸女《花心动》

无名氏《鱼游春水》　　秦少游《望海潮》　　无名氏《满庭芳》

宋子京《玉楼春》　　无名氏《锦缠道》　　无名氏《玉漏迟》

周美成《渡江云》新添　　无名氏《浣溪沙》　　欧阳永叔《浣溪沙》春游

无名氏《浣溪沙》　　黄鲁直《踏莎行》赏春　　秦少游《踏莎行》春夜

无名氏《如梦令》　　无名氏《如梦令》　　无名氏《忆王孙》

无名氏《柳梢青》　　无名氏《金明池》　　无名氏《海棠春》春晓

苏东坡《西江月》春夜　　王介甫《渔家傲》春夜　　晏同叔《玉楼春》

秦少游《千秋岁》　　张仲宗《兰陵王》　　李景元《帝台春》

王元泽《倦寻芳》　　无名氏《眼儿媚》　　张子野《青门引》怀旧

李后主《浪淘沙》　　欧阳永叔《浪淘沙》　　无名氏《青玉案》

俞克成《蝶恋花》　　无名氏《蝶恋花》　　无名氏《声声令》

无名氏《谒金门》　　康伯可《忆秦娥》　　周美成《玲珑四犯》新添

张子野《燕春台》新添　　李玉《贺新郎》春情新添

辛幼安《祝英台近》春晚新添　　　　李易安《念奴娇》春情新添

康伯可《风入松》春晚新添　　　　曾纯甫《金人捧露盘》新添

张仲宗《石州慢》初春感旧、新添

无名氏《水龙吟》春游摩诃池。新添　　　　张东父《蓦山溪》春情新添

辛幼安《酹江月》春恨新添　　辛幼安《摸渔儿》春晚新添

辛幼安《鹧鸪天》春行新添　　易彦祥《蓦山溪》春情新添

陈同甫《水龙吟》春恨新添　　马庄父《归朝欢》春游新添

周美成《丹凤吟》新添　　柳耆卿《斗百花》新添　　柳耆卿《西江月》新添

周美成《浪淘沙慢》新添　　周美成《忆旧游》新添　　欧阳永叔《瑞鹤仙》

贺方回《薄倖》春怀　　赵德麟《清平乐》　　李后主《阮郎归》

欧阳永叔《阮郎归》　　无名氏《浣溪沙》　　温飞卿《玉楼春》

	张仲宗《满江红》	晁无咎《满江红》	无名氏《临江仙》
	苏东坡《蝶恋花》	晏同叔《蝶恋花》	欧阳永叔《蝶恋花》
	周美成《浣溪沙》	无名氏《如梦令》	李易安《如梦令》
	无名氏《武陵春》新添*	无名氏《怨王孙》	无名氏《青玉案》
	无名氏《点绛唇》	无名氏《柳梢青》	叶道卿《贺圣朝》
	无名氏《凤凰阁》□春	张子野《天仙子》送春	僧皎如晦《卜算子》
	无名氏《祝英台近》送春	无名氏《高阳台》①	欧阳炯《玉楼春》春睡新添*
	苏子瞻《江神子》春别新添	贾子明《木兰花令》春晚新添	
	解方叔《永遇乐》春情新添	王晋进《烛影摇红》新添+	
	秦少游《风流子》初春新添	贺方回《望乡人》春思新添	
	李元膺《洞仙歌》初春新添	周美成《瑞鹤仙》春游新添	
	周美成《西平乐》春思新添	聂冠卿《多丽》新添	
	谢无逸《江神子》春思新添	鲁逸仲《惜余春慢》春情②	
春景	徐干臣《二郎神》	沈公述《念奴娇》	赵德麟《锦堂春》
	无名氏《画堂春》新添	秦少游《画堂春》	无名氏《鹧鸪天》春闺
	无名氏《浣溪沙》春闺	寇平仲《踏莎行》春怨	冯延巳《谒金门》闺怨
	无名氏《长相思》	秦少游《八六子》	无名氏《眼儿媚》
	无名氏《桃源忆故人》	李景《浣溪沙》春恨	无名氏《浣溪沙》
	无名氏《浣溪沙》	秦处度《卜算子》	无名氏《谒金门》
	无名氏《谒金门》③	无名氏《谒金门》	晏叔原《生查子》
	无名氏《探春令》	无名氏《如梦令》	无名氏《浣溪沙》
	无名氏《浣溪沙》	无名氏《菩萨蛮》	无名氏《点绛唇》
	无名氏《点绛唇》	赵德仁《小重山》	无名氏《醉春风》
夏景	周美成《隔浦莲》	叶梦得《贺新郎》	僧仲殊《念奴娇》

---

① 目录中原无，据正文补。
② 以上为前集卷上。
③ 泰宇本作"韦庄"。

王和甫《湘潇逢故人慢》　　苏子瞻《洞仙歌》　　王逐客《雨中花》

欧阳永叔《临江仙》　　刘巨济《夏初临》　　无名氏《声声慢》

周美成《满庭芳》新添　　无名氏《浣溪沙》　　周美成《浣溪沙》

蒋子云《好事近》新添+　　无名氏《小重山》　　苏东坡《阮郎归》

东坡《贺新郎》　　谢无逸《千秋岁》新添　　曾纯甫《阮郎归》新添

周美成《法曲献仙音》新添+　　周美成《过春楼》新添　　周美成《侧犯》新添

赵文鼎《贺新郎》新添*　　周美成《塞翁吟》新添　　柳耆卿《夏云峰》新添*

柳耆卿《诉衷情近》新添*　　柳耆卿《过涧歇》新添　　柳耆卿《女冠子》新添

无名氏《大圣乐》新添

秋景　赵元镇《满江红》　　李太白《忆秦娥》　　周美成《风流子》秋怨

柳耆卿《雨霖铃》饮别　　范希文《御街行》怀旧　　范希文《苏幕遮》

无名氏《渔家傲》　　李后主《采桑子》　　僧仲殊《南柯子》

李后主《浣溪沙》秋思　　无名氏《长相思》　　秦少游《菩萨蛮》

无名氏《菩萨蛮》秋闺　　无名氏《捣练子》　　汪彦章《小重山》新添

无名氏《点绛唇》　　柳耆卿《尾犯》秋怨　　柳耆卿《庆春宫》新添

康伯可《金菊对芙蓉》新添+　　周美成《拜新月慢》新添

温庭筠《更漏子》新添　　王介甫《千秋岁引》新添

张文潜《风流子》新添　　柳耆卿《宴清都》新添　　柳耆卿《华胥引》新添

孙巨源《何满子》新添　　晏叔原《蝶恋花》新添　　周美成《解蹀躞》新添

柳耆卿《玉蝴蝶》新添　　周美成《氐州第一》新添

张宗瑞《疏帘淡月》新添　　周美成《霜叶飞》新添　　周美成《蕙兰芳引》新添

冬景　徐昌图《木兰花令》新添　　王充《天香》新添　　柳耆卿《白苎》新添

万俟雅言《梅花引》新添*　　黄叔旸《重叠金》新添　　六一居士《渔家傲》

秦少游《桃源忆故人》　　汪彦章《点绛唇》新添*

周美成《满路花》新添*　　周美成《少年游》新添*

周美成《红林檎近》新添*　　无名氏《红林檎近》①

_____

① 此首目录原无,据正文补。

　　　　无名氏《女冠子》雪恨新添　　柳耆卿《望远行》冬雪新添

　　　　周美成《早梅芳》新添　　　　柳耆卿《望梅》小春新添

后集目录

上卷

　节序上

元宵　康伯可《瑞鹤仙》全卷新添　　　无名氏《宝鼎现》　　　柳耆卿《倾杯乐》

　　　丁仙现《绛都春》　　　　　　　周美成《解语花》　　　胡浩然《万年欢》

　　　无名氏《传言玉女》　　　　　　李汉老《女冠子》　　　康伯可《汉宫春》

　　　京仲远《汉宫春》上元前日立春　　刘叔安《庆春泽》　　　向伯恭《鹧鸪天》

　　　张林甫《烛影摇红》　　　　　　吴大年《烛影摇红》　　　吴子和《喜迁莺》

立春　胡浩然《喜迁莺》　　　　　　　贺方回《临江仙》　　　毛泽民《玉楼春》

　　　李汉老《小冲山》　　　　　　　辛幼安《蝶恋花》寒食　　周美成《琐窗寒》

　　　周美成《应天长》　　　　　　　谢无逸《玉楼春》　　　僧仲殊《诉衷情》

　　　叶少蕴《醉蓬莱》　　　　　　　冯伟寿《春云怨》　　　万俟雅言《三台》

　　　赵德麟《蝶恋花》　　　　　　　刘叔安《水龙吟》

　节序下

端午　无名氏《喜迁莺》　　　　　　　无名氏《齐天乐》　　　刘方叔《贺新郎》

　　　刘潜夫《贺新郎》　　　　　　　无名氏《贺新郎》　　　苏子瞻《南柯子》

七夕　秦少游《鹊桥仙》　　　　　　　柳耆卿《二郎神》　　　宋谦父《贺新郎》

　　　谢勉仲《鹊桥仙》中秋新添⁺　东坡《水调歌头》　　　无名氏《念奴娇》新添⁺

　　　叶少蕴《念奴娇》新添⁺　　晁无咎《洞仙歌》　　　辛幼安《金菊对芙蓉》

重阳　周美成《六幺令》　　　　　　　韩无咎《木兰花慢》　　京仲远《水调歌头》

　　　苏东坡《南乡子》　　　　　　　黄山谷《鹧鸪天》　　　苏子瞻《西江月》①

　　　李易安《醉花阴》

除夕　胡浩然《东风齐着力》　　　　　胡浩然《送入我门来》②

―――――――――

① 末两项原作"《西江月》《鹧鸪天》",据正文改。

② 末两项原作"《送入我门来》《东风齐着力》",据正文改。

天文上

 黄山谷《念奴娇》 范元卿《念奴娇》上太守 朱希真《念奴娇》

 范元卿《念奴娇》 李汉老《念奴娇》和前韵 姚孝宁《念奴娇》

 韩子苍《念奴娇》①

天文下 附寒暑晓夜

云 康伯可《丑奴儿令》 陈莹中《青玉案》 无名氏《忆秦娥》

雨 无名氏《满江红》 李元膺《洞仙歌》 史邦卿《绮罗香》

晴 胡浩然《春霁》新添+ 陈后主《秋霁》新添+

星 柳耆卿《醉蓬莱》

晓 周美成《蝶恋花》 周美成《南乡子》新添+ 秦少游《满庭芳》

 苏子瞻《行香子》新添+

夜 李知几《临江仙》新添+ 黄叔旸《南乡子》新添+

 地理宫室

怀古 周美成《西河》金陵 王介甫《桂枝香》金陵 苏子瞻《念奴娇》

 辛幼安《酹江月》新添+ 刘改之《贺新郎》游湖新添+

 柳耆卿《望海潮》钱塘新添+ 晁无咎《八声甘州》和韵新添+

 周美成《玉楼春》天台 林外《洞仙歌》垂虹桥 沈会宗《天仙子》

下卷

 人物

隐逸 吕居仁《满江红》幽居 晁无咎《摸鱼儿》退居 幼安《沁园春》退闲新添+

 苏子瞻《哨遍》

渔父 黄鲁直《鹧鸪天》 谢无逸《渔家傲》新添+

佳人 苏东坡《满庭芳》 周美成《意难忘》 无名氏《忆秦娥》

 无名氏《柳梢青》 宋丰之《小重山》 柳耆卿《玉女摇仙佩》新添+

妓馆 秦少游《水龙吟》 欧阳永叔《玉楼春》 潘庭坚《南乡子》新添+

 人事上

---

① 此项目录中原漏,据正文补。

宫词　鹿虔扆《临江仙》新增⁺　　和凝《小冲山》新增⁺　　韦庄《小冲山》

　　　李后主《玉楼春》

闺情　周美成《解连环》　　　李太白《菩萨蛮》　　　孙夫人《南乡子》

　　　无名氏《忆秦娥》　　　无名氏《烛影摇红》　　　康伯可《卖花声》新添

　　　康伯可《应天长》新添⁺　无名氏《江城梅花引》新增⁺

　　　朱希真《念奴娇》

风情　周美成《风流子》　　　无名氏《虞美人》　　　无名氏《苏幕遮》

　　　无名氏《昼锦堂》新增⁺

旅况　无名氏《绕佛阁》新增⁺　秦少游《阮郎归》　　　周美成《尉迟杯》新增

　　　李易安《凤凰台上忆吹箫》新增⁺　　　　　　　　周美成《夜飞鹊》新增

　　　秦少游《江城子》　　　苏东坡《虞美人》　　　无名氏《蝶恋花》

　　　晏叔原《玉楼春》　　　欧阳永叔《踏莎行》　　　李易安《一剪梅》新增

　　　寇平仲《阳关引》新增⁺

感旧　李后主《虞美人》　　　秦少游《蝶恋花》　　　陈去非《临江仙》

　　　吴彦高《春从天上来》新增⁺

警悟　无名氏《青玉案》　　　朱希真《西江月》新增⁺　苏东坡《满庭芳》

赠送　苏东坡《八声甘州》　　辛幼安《水龙吟》新增⁺　无名氏《千秋岁》新添⁺

庆寿　康伯可《喜迁莺》新增⁺①

自述　宋谦父《蓦山溪》新增⁺

　　饮馔器用

茶酒　黄鲁直《品令》　　　　无名氏《阮郎归》　　　无名氏《醉落魄》

　　　晏叔原《鹧鸪天》　　　欧阳永叔《浣溪沙》　　　黄山谷《西江月》

笛筝　苏东坡《水龙吟》　　　张子野《醉落魄》　　　无名氏《菩萨蛮》

　　　无名氏《生查子》　　　无名氏《满庭芳》

　　花柳禽鸟

梅花　周美成《花犯》新增⁺　　无名氏《绛都春》新增⁺　无名氏《孤鸾》

———————

① 按此词正文位于"赠送"苏东坡《八声甘州》词之后。

<table>
<tr><td></td><td>周美成《玉烛新》</td><td>曹元宠《蓦山溪》</td><td>苏子瞻《西江月》</td></tr>
<tr><td></td><td>晁叔用《汉宫春》</td><td></td><td></td></tr>
<tr><td>梨花</td><td>周美成《水龙吟》新添+</td><td></td><td></td></tr>
<tr><td>荷花</td><td>僧仲殊《念奴娇》</td><td></td><td></td></tr>
<tr><td>木犀</td><td>无名氏《金菊对芙蓉》</td><td>周美成《六丑》落花</td><td></td></tr>
<tr><td>杨花</td><td>章质夫《水龙吟》</td><td>东坡《水龙吟》和前韵</td><td></td></tr>
<tr><td>咏柳</td><td>周美成《兰陵王》</td><td></td><td></td></tr>
<tr><td>咏草</td><td>林和靖《点绛唇》</td><td></td><td></td></tr>
<tr><td>咏燕</td><td>史邦卿《双双燕》新添+</td><td></td><td></td></tr>
<tr><td>咏莺</td><td>柳耆卿《黄莺儿》新添+</td><td></td><td></td></tr>
<tr><td>杜鹃</td><td>康伯可《满江红》新添+</td><td></td><td></td></tr>
<tr><td>咏雁</td><td>苏子瞻《卜算子》</td><td></td><td></td></tr>
</table>

　　目录的编制是不规范的,如前集未标出上、下卷,而后集的目录中则标明了,原目录中未标明作者的,此据正文补,正文中未标明作者的,则以无名氏标示,又细目中有的注有"新添"二字,正文中有的词牌下也标有"新添""新增"的字样,不过目录与正文中并不对应,即目录中标有"新添"的词,正文中并未标出(此用 * 表示);又正文中标示有的,目录中却未标出(此用 + 表示)。

　　元刻泰宇本、双璧本及明刻遵正堂本、丛刊本都有总目,总目中的类目都是相同的,但这个总目所载的类别与正文中所载并不尽同,笔者以为这个总目应是宋刊《草堂诗余》的原目,在流传的过程中,宋本已残,后人重新刻印时,就有了重编,也就有了"新添""新增"之举。此以双璧本分析,前集卷上、卷下分别录词九十九首、一百七首,后集卷上、卷下分别录词八十五首、八十六首,全书共录词三百七十六首。就目录和正文中标"新添""新增"统计,前集卷上、卷下分别新添、新增的词作为三十六首和四十四首,而后集卷上第一支词牌后注云"全卷新添",知此卷八十五首全为新增,后集卷下新增有二十四首,全书新增达一百八十九首,已超出全书的一半。

　　就未注明有"新添""新增"而又标明作者名的词来看,所收为唐五代至两宋词人的作品,而宋代作家止于南渡时,如朱敦儒、张元干、李清照等,这是与王楙所见《草堂诗余》的时间是相吻合的。其中宋代词人又以北宋词家为多，如周邦彦、柳永、秦观、苏轼、欧阳修等。至于经增修后，南宋中晚期的作家也入选其中，较晚者有黄昇、史达祖、张辑、刘克庄等。而增修者也绝非何士信一次，如后集卷下目第一支词牌后注云"全卷新添"，而正文中却有十三首词注曰"新增"，其余却不注明，当有多次增删。明晁瑮《晁氏宝文堂书目》载有宋刻本《增广笺注名贤草堂诗余》，也可证明这些增补不尽为何氏所为，又从双璧本、泰宇本、遵正堂本、丛刊本等所收词作互有出入也可说明这一问题。

第五节　注释与评析

《草堂诗余》注解由二部分组成，即注释和词话。据王楙引录，最初就有注释，所注主要是词语的出处、典事，这是传统的注释方式。两宋作家词集的注本并不多，已知的只有苏轼、秦观、周邦彦等个别作家，而完整保存下来的只有傅干的《注坡词》和陈元龙注《片玉词》。据双璧本，其中录词较多的作家：周邦彦四十四首、柳永二十一首、苏轼二十首、秦观十四首、康伯可十首、欧阳修十首、辛弃疾七首、黄庭坚六首、李煜六首、李清照五首，至于其他作家，则在五首之下，这仅是据原书所标明的作者统计，若把未标姓氏而已知的词作者计算，会略有增加。若以十首以上者计算，周邦彦等六人就达一百二十余首，占全书近三分之一，而周邦彦一人就占近九分之一。所选多是应时纳祜之作，为歌舞宴席上所用，内容以咏情叹时为多，风格上以婉约典丽为主，体现了传统词的应歌性。编选者对入选的词，也是草率编辑，就注释而言，也多是拿现有的注本拼凑而成，此以周邦彦为例，周词注本，今存有宋刊陈元龙《详注周美成词片玉词》，凡十卷，以《草堂诗余》所收周邦彦四十余首词的注释与陈元龙注本比照，有三种情况：其一，注文除个别字词出入外，几乎全同者，如《瑞龙吟》"章台路"、《侧犯》"暮霞霁雨"、《解蹀躞》"候馆丹枫吹尽"、《满路花》"金花落烬灯"、《六么令》"快风收雨"、《西河》"佳丽地"、《解连环》"怨怀难托"、《风流子》"新绿小池塘"等。其二，陈注本详，而《草堂》本简略的，其中既有陈本有注而《草堂》不注者，又有《草堂》注文较陈注本减省者，这类为绝大多数，有三十余首。其三，注文不同的，这类不多，有《浣溪沙》"楼上晴天碧四垂"、

《隔浦莲》"新篁摇动翠葆"、《浣溪沙》"日射欹红蜡蒂香"、《华胥引》"川源澄映"、《霜叶飞》"露迷衰草"等数首,此举《隔浦莲》一词为例,《草堂诗余》本:

> 新篁摇动翠葆,《唐·仪卫志》:天子有羽葆华盖。曲径通深窈。唐诗:竹径通幽处。夏果收新脆,金丸落飞鸟。李贺《刺年少》:背把金丸落飞鸟。浓霭迷岸,草蛙声闹,骤雨鸣池沼。杜诗:骤雨落河鱼。水亭小。韩愈诗:空凉水上亭。
> 浮萍破处,檐花帘影颠倒。杜诗:灯前细雨檐花落。纶巾羽扇,晋谢万常着白纶巾见简文帝。又:《晋志》:顾荣伐陈敏,以白羽扇挥之,贼众大败。醉卧北窗清晓。晋陶渊明为彭泽令,解印绶,赋《归去来》。尝言夏月虚闲,高卧北窗之下,清风飒至,自谓羲皇上人。屏里吴山梦柯到,惊觉依前身在江表。后秦王猛谓符坚曰:谢安、桓冲,皆江表伟人。

陈元龙注本:

> 新篁摇动翠葆,谢朓诗:"翠葆随风,金戈动日。"五采羽为葆,言新竹如此。曲径通深窈。杜甫诗:小径曲通村。夏果收新脆,金丸落,惊飞鸟。韩愈诗:冰盘夏荐碧实脆。李贺诗:背把金丸落飞鸟。浓霭迷岸,草蛙声闹,骤雨鸣池沼。韩愈《食虾蟆》:强名为蛙蛤,于实无所校。鸣声相呼和,无理只取闹。 水亭小,浮萍破处,檐花帘影颠倒。张子野诗:浮萍破处见山影。杜甫诗云:檐影微微落。纶巾羽扇,困卧北窗清晓。《世说》云:谢万诣简文帝,着白纶巾。《蜀志》云:诸葛亮乘素车,葛巾,白羽扇,指挥三军。晋陶潜常言夏月虚闲时,高卧北窗之下,清风飒至。李贺诗:秦妃卷帘北窗晓。屏里吴山梦自到,惊觉依然身在江表。温庭筠诗:屏上吴山远,楼中朔管悲。江表,言江南也。

两者分段是不同的,就注释而言,两者出入颇多,而后者显然优于前者,不似前者简率,且注文有不到位处,如末句之注,《草堂》本所注典实与词意无多大关联,似乎只是为了注出"江表"二字。宋人注词集,以周邦彦为多,均为南宋时期的注解本,《草堂》所据,当是采录多家之书,所据未必只是陈注本,至少从这首词可以得到说明。

除周邦彦词集有宋人注本留传下来外,还有傅干《注坡词》,《草堂》中所录苏轼二十余首词,除《行香子》"北望平川"不见于《注坡词》外,其余均在。就其注释来看,两者所注没有全同者,互有出入,若涉及典故、词语出处,两者引注的文字出处大都是相同的。在不少词作方面,《草堂》较《注坡词》注的更详细,如《念奴娇·赤壁怀古》:

大江东去,浪淘尽、千古风流人物。李芳:名动千古谢安宁,为江左风流第一。故垒西边,人道是、三国周郎赤壁。《吴志》:周瑜,字公瑾,为建威中郎将,吴中皆呼为周郎。曹操入荆州,刘琮举众降曹公,得其水军船及步兵数十万,将士闻之,皆恐惧。时刘备又新为曹公所破,因用鲁肃计,进驻夏口,遣诸葛亮诣权,欲谋同举。权遂遣瑜及程普等,与备并力逆曹公于赤壁。瑜部将黄盖曰:"今寇众我寡,难与持久。然观操兵方进,船舰首尾相接,可烧而走也。"乃取蒙冲斗舰数十艘,实以薪草,膏油灌其中,裹以帷幕,上建牙旗,书报曹公,诈以欲降,军吏皆延颈观望。指言盖降,放诸船同时发火,时风甚猛,悉延烧岸上营,顷之,烟炎张天,人马烧溺死者甚众,曹公退赤。乱石穿空,惊涛拍岸,卷起千堆雪。李白诗:涛白雪山来。江山如画,一时多少豪杰。   遥想公瑾当年,小乔初嫁了,瑜初攻皖,拨之,时获乔公二女,皆国色。策纳大乔,瑜纳小乔。策从容戏瑜曰:"乔公五女虽流离,得吾二人为婿,亦足矣。雄姿英发。《吴志》:权谓吕子明可,次于公瑾,但言议英发不及之耳。羽扇纶巾,《蜀志》:诸葛亮葛巾羽扇。谈笑间、樯艣灰飞烟灭。李白《赤壁歌》:二龙争斗决雌雄,赤壁楼船扫地空。烈火初张照云海,周瑜于此破曹公。○诸本多作"强虏灰飞烟灭",按李白此歌既曰"楼船扫地空",则用"樯艣"二字,其义优于"强虏"。故国神游,多情应笑我,早生华发。人生如梦,李白诗:处世若大梦,胡为劳其生。一樽还酹江月。

词中除"千古风流人物""卷起千堆雪""人生如梦"三句注,以及"樯艣灰飞烟灭"句注中"诸本多作"云云,《注坡词》没有注外,其他注文均有,且注文中引录的文字也大体相同。当然也有《注坡词》中有注而《草堂》无者,如"大江东去"句,《注坡词》引《汉书·地理志》对大江的解释。也有注文中不尽同者,如"羽扇纶巾",《注坡词》注云:"《蜀志》:诸葛武侯与宣王在渭滨将战,宣王戎服莅事,使人视武侯,乘素车,葛巾毛扇指麾,三军皆从其进止,宣王闻之,叹曰:'可谓名士也。'"就较《草堂》详细。又如"樯艣灰飞烟灭"句,《注坡词》除引录李白诗外,其前又有云"《圆觉经》语"一句,这在《邵氏闻见后录》卷十九、张端义《贵耳集》卷下均有论及。又后集卷下苏轼《水龙吟·咏笛》于"楚山修竹如云,异材秀出千林表。龙须半剪,凤膺微涨,玉肌匀绕"注云:"愚溪云:笛制,取良竿首存一节,节间留纤枝,剪而束之,节以下若膺处则微涨,而全体皆须匀净,三句形容尽矣。"而《注坡词》注云:"笛制,取良竿通洞之,若于首颈处,则存一节,节间留纤枝,剪而束之,节以下若膺处则微涨,而全体皆要匀净,若《汉书》所谓生其窍厚者,断两节间而吹之,审如是,然后可制。故能远可通灵达微,近可以写情畅神。谓之'龙须''凤膺''玉肌',皆取其美好之名也。"所据也当为愚溪所言,盖南宋人,名俟考。

不论是苏轼、周邦彦,还是其他人,《草堂诗余》的笺注是广采时人词集的注本,因主要是注明典故词语出处为多,故诸家所注出入不会太大,只是详略不同而已。至少在宋元人注的词集多湮没不闻的情况下,《草堂诗余》却保存了这方面的一些文献资料。在当时,也对词集词作的传播起到有益的影响。当然,作为应歌的词选本,编选粗率,误字错简在所难免,此外俗体字、异体字、省笔字也随处可见,尤其是在注释的文字中,就以苏轼《念奴娇·赤壁怀古》来说,如"周郎赤壁"句注文中,"相接"之"接"作"妾","可烧"之"烧"作"尧",又如"樯橹灰飞烟灭"注文中"楼船扫地"作"楼般妇地"、"灰飞"作"女飞"等,前文引录时均已径改。

《草堂诗余》除注释文字外,还有不少词作附有词话,元刊《草堂诗余》附词话共九十余则,多数为引录他人之作,其中为胡仔之言见载于《苕溪渔隐丛话》的有四十五则,自黄昇《花庵词选》引录的有二十二则,自《古今词话》(见于《苕溪渔隐丛话》的不计)有六则,另外还有词作者(如苏轼、黄庭坚等)的序文,这些词话均附于词末。此外还有编选者的评语,有十余则。

词话附载的方式并不统一,大概有两种情况:一是附于词后,这是常见的。一是穿插在注释文之中者,如前集卷上黄庭坚《蓦山溪》"鸳鸯翡翠"一词,于"鸳鸯翡翠,小小思珍偶"注云:"山谷此词本有所感,'鸳鸯''翡翠',乃成双之物,故郑氏笺《诗》言其'止则相偶,飞则为双',性驯偶也。李华《长门怨》亦云:'弱体鸳鸯席,啼妆翡翠林。'"又附引《雪浪斋日记》云:"山谷此词云:'春末透,花枝瘦,正是愁时候。'极为学者称赏。秦堪(当作湛)处度尝有小词云:'春透水波明,寒峭花枝瘦。'盖法此也。"按此词,《山谷词》和《四库全书》本《草堂诗余》卷二题作"赠衡阳妓陈湘",为黄氏贬谪宜州(今广西),途经湖南衡阳时所作,除这首外,《山谷词》中还有二首,即《蓦山溪·至宜州作赠陈湘》"稠花乱叶"和《阮郎归·曾勇文既聘陈湘,歌舞便出其类,学书亦进,来求小楷,作〈阮郎归〉词付之也》"盈盈娇女似罗敷",前者一作"至宜州寄陈湘"。据邹浩《道乡集》所载诗,知曾夑文即曾敷文,亦即曾存之。[①] 存之名诚,字存之,孝宽之子,泉州晋江(今属福建)人。居于颍,哲宗元符间为秘书监,家富于财,人目为青钱学士。喜蓄声妓,与苏轼及苏门弟子如黄庭坚、秦观等有交往。[②] 所谓"本有所感",当指黄氏本人情事而言。

又如苏轼《满庭芳》"蜗角虚名"一词,末有评云:

> 按:诗僧号晦庵者,亦有一词,名《满江红》,云:"扰扰劳生,待足何时是足据。见定随家丰俭,便堪龟缩。得意浓时休进步,须防世事多番覆。枉教人白了少年头,空禄禄。　谁不愿,黄金屋。谁不爱,千种粟。奈五行不是,这般题目。枉使心机空计较,儿孙自有儿孙福。又不须采药访蓬莱,但寡欲。"此词亦是达观之见,俗以此词与坡词作对刊碑刻云。

明陈秀民《东坡诗话录》卷上引《玉林词选》云:"东坡《满庭芳》词一阕,碑刻遍传海内,使功名兢进之徒读之,可以解体;达观恬淡之士歌之,可以娱生。"考词中有"江南好"句,知词作于为官江南时。苏轼曾于神宗熙宁间(1072—1074)任杭州通判,又于哲宗元祐中(1089—1091)由京官出任杭州太守。神宗元丰初,因"乌台诗案",苏轼险遭杀身之祸。"元祐更化",以司马光为代表的旧党重新执政,苏轼得以回京任职。其间又因政见不同,党派纷争,互相攻伐,有不容于朝之感,遂力请补外,得知杭州。据词意,词当作为杭州太守时。词纯以议论为主,上片表达了对功名利禄的鄙视,抒写了时不我待、及时行乐的思想。下片是对充满着尔虞我诈的仕途的反思,抒发了希望能远离是非、放任自在的情感。词意以感悟主,微含牢骚,稍觉颓废,语浅意深,颇耐人咀嚼品味。

又如后集卷下鹿虔扆《临江仙》"金锁重门荒苑静"一词附评云:"按周美成《西河》云:'燕子不知何世,向寻常巷陌人家,相对如说兴日(当作"亡"字),斜阳里。'亦是就'烟月不知人事改'句变化出来。""烟月不知人事改"为鹿氏词过拍首句。又于和凝《小

[①] 如卷五有《答曾敷文有书见寄》、卷十《寄曾敷文》云:"谁道衡阳雁即回,也传书向岭南来。"卷十一《梦曾存之见过》云:"衡阳深赖帝怜之,论者虽多不远移。一日一书谁管得,人生倾倒在相知。"卷十二《敷文》云:"敕号该得尽量移,君到衡阳适及期。将谓南徐须近便,那知北望尚羁縻。"

[②] 黄庭坚《山谷简尺》卷上有"曾诚乃以谪来,闻此君迟迟不来"云云,宋张邦基《墨庄漫录》卷六云:"曾诚存之,元符间任馆职,尝与同舍诸公饮王诜都尉家,有侍儿辈侍客求诗求字者,以'烟浓近侍香'为韵,存之得'浓'字,赋诗云……"宋范公偁《过庭录》云:"曾存之在许,谢客,独以声妓自奉。"

重山》"春入神京万木芳"附评云："愚按：和凝为石晋宰相，有《喜迁莺》一词云：'晓月坠，宿云披，银烛锦屏推。建章钟动玉绳低，宫漏出花迟。　　春态浅，来双燕，红日渐长一线。严妆欲罢转黄鹂，飞上万年枝。'此词与《小重山》词语意相类，至于《薄命女》一词云：'天欲晓，宫漏穿花声缭绕，窗里星光少。　　冷露寒，侵帐额，残月光沉树杪。梦断锦帏空悄悄，强起愁眉小。'此词颇尽宫中幽怨之意，并附于比。"或指点关联，或比附品评，表达了一己之见，也便于读者对原作旨意的理会和解读。

第五章　明代两宋词集的传抄与收藏

　　两宋词集在明代主要是以抄本的形式广为流传,明朝很少有大规模词集的编辑和汇刻,对两宋词集零星的刻印也不多见。两宋词集得以在明代传播,有赖于藏书家的购藏与传抄。所藏词集,以两宋而言,一是宋刊本,二是传抄本,从今天留存的词集来看,是以抄本词集居多。考察藏书家的藏书品种、规模等,主要是参见公私藏书目。明末清初人黄虞稷《千顷堂书目》卷十"簿录类"载有公私藏书目共有九十余种,其中公藏书目主要有:杨士奇《文渊阁书目》、马愉《秘阁书目》、钱溥《内阁书目》、张萱《新定内阁藏书目录》、又《阁藏家录》、焦竑《国史经籍志》、《内府经厂书目》、《国子监书目》、《南雍总目》、《御书楼藏书目》(北京国子监)、《都察院书目》、《行人司书目》、《国朝经籍考》五册。私家藏书目主要有:《宁献王书目》、《徽府书目》、《衡府书目》、《江宁王府书目》、朱勤美《西亭中尉万卷堂书目》、《叶文庄公箓竹堂书目》、吴匏庵《丛书堂书目》、李廷相《李蒲汀家藏书目》、王鸿儒《王文庄书目》、贾咏《临颍贾氏藏书目》、《浚川何山书目》、《陆仲式斋藏书目录》、顾璘《顾尚书目》、罗凤《金陵罗氏书目》、《乔三石书目》、《四明范氏天一阁藏书目》、《上蔡李氏家藏书目》、《李中麓书目》、晁瑮《晁氏宝文堂书目》、高儒《百川书志》、吴岫《姑山吴氏书目》、葛臣《葛寝野书目》、《张卤四柜书目》、《湖州沈氏玩易楼藏书目》、沈启原《存石草堂书目》、《韩氏寄傲堂书目》、《徐徼弦家藏书目》、《于文定公书目》、郭子章《蠙衣生书目》、焦竑《焦氏藏书目》、《欣赏斋书目》、祁承爜《澹生堂藏书目》、周廷槐《大业堂书目》、徐𤊹《徐氏家藏书目》、黄居中《千顷斋藏书目录》、丁雄飞《古今书目》、《华塘夏氏书目》、《华亭徐氏书目》、《平湖沈氏书目》、《杨氏书目》等。此外尚有王佐《经籍目略》、《天下古今书目》、祁承爜《诸史艺文抄》、又《两浙著作考》、

《国朝名家文集目》、曹学佺《蜀中著作记》、《福建书目》、《建宁书坊书目》等，又朱睦㮮《万卷堂书目》卷二载有书目五十四种。其中存佚参半。今存的明朝公私书目有三十余种，而著录有词集的有二十余种。

第一节　公藏词集

现存明代公藏书目不多，也就四五种，而且多为前期所编，另有《永乐大典》，编成于明初期，今为残存本，其中引录的两宋词别集，据笔者统计，有一百二十余家一百七十余种词集，反映了明初内府庋藏两宋词集的状况。不过，明人公私所藏书目很少著录版本，明谢肇淛《五杂俎》卷十三云："内府秘阁所藏书甚寥寥，然宋人诸集，十九皆宋板也。书皆倒折，四周外向，故虽遭虫鼠啮而中未损。"知明初内府所藏宋刻本颇多，为蝴蝶装，其中词集也应如此。

一、杨士奇《文渊阁书目》

杨士奇（1365—1479），名寓，以字行，号东里，泰和（今属江西）人。少孤贫力学，授徒自给。惠帝建文元年（1399）用荐入翰林。成祖即位，改编修，入直文渊阁。进翰林学士、左春坊大学士。仁宗立，进礼部侍郎兼华盖殿大学士，寻进少保兵部尚书。英宗正统初，进少师，卒进太师，谥文贞。杨氏为四朝宰臣，文章德业为一时辅臣之冠。性喜聚书，著有《东里文集》《历代名臣奏议》等。又与人编有《文渊阁书目》，前有正统六年（1441）六月进呈《文渊阁书目题本》，称明朝御制及古今经史子集之书于永乐十九年（1421）自南京运至北京，于左顺门北廊收贮，未有完整书目，近奉圣旨，移贮于文渊东阁，逐一打点清切，编置字号，成《文渊阁书目》一册。《四库提要》云："考明自永乐间，取南京藏书送北京，又命礼部尚书郑赐四出购求，所谓锓板十三，抄本十七者，正统时尚完善无缺。此书以千字文排次，自'天'字至'往'字，凡得二十号五十橱，今以《永乐大典》对勘，其所收之书世无传本者，往往见于此目，亦可知其储庋之富。"知刻本占十分之三，抄本占十分之七，而刻本主要还是宋元刻本为主。《文渊阁书目》卷十"诗词"

类著录有词集,计有:

> 《西庵乐府》、《元先生长短句》、《淮海居士长短句》、《稼轩长短句》、《柳公
> 乐章》、《静轩乐府》、《涧泉诗余》、《续东几诗余》、《草堂诗余》、《诸家诗词》、
> 《辛稼轩词》、《滕玉霄词》、《须溪词》、《琴趣外篇》、《简斋词》、《梅苑词》、《烟波
> 渔隐词》、《诸家燕宴词》、《阳春白雪》、《白石道人歌曲》、《清江渔谱》。

凡二十一家,其中除《西庵乐府》《元先生长短句》《静轩乐府》《滕玉霄词》外,其他为宋
人词别集,凡十五种,而辛弃疾词集就列有五种,除《稼轩长短句》外,还有《辛稼轩词》
(二册)、《辛稼轩词》(三册,阙)、《辛稼轩词》(四册,完全)、辛稼轩词(四册)。又《续东几诗
余》为岳珂词集,宋人著述中未见提及,《元先生长短句》不能详其作者。又载词选集三
种,其中《草堂诗余》当源自宋刊。词总集有《诸家诗词》《诸家燕宴词》,前有五册,后有
三十册,不能详其细目。朱彝尊《跋典雅词》有"考正统中《文渊阁书目》止著诸家词三
十九册"云云,今存《文渊阁书目》有二十卷本、四卷本之分,其中四卷本为清四库馆臣
所分卷,所载实同二十卷本。考《千顷堂书目》载有杨士奇编《文渊阁书目》,凡十四卷,
为宣宗宣德四年(1249)编定,今存者为正统六年(1441)进呈本,或后者有所删减,考今
存本无所谓"诸家词三十九册"者,朱彝尊所见或为宣德本;或朱氏所云《典雅词》即是
指《诸家诗词》《诸家燕宴词》,二者合计三十五册。朱氏所见所藏《典雅词》凡六册,已
知收词集十一种,以朱氏所云所得"不及十之二",知《典雅词》所收在百种左右,也就是
说,《诸家诗词》《诸家燕宴词》所收有数十家词。又《琴趣外篇》不知是指一家词集,还
是二家以上者,其原本就有缺。又有《明书经籍志》(即《明史》卷七十九"经籍志"),题
为杨士奇编,清傅维麟增订,所载词集大体同《文渊阁书目》的著录。

二、钱溥《秘阁书目》

钱溥,字原溥,华亭(今上海松江)人。明英宗正统己未(1439)进士。特授检讨。
历官吏部尚书,卒谥文通。所编《秘阁书目》,前有宪宗成化二十二年(1486)自序,云登
进士第之明天,诏选入东阁,日阅中秘书,凡五十余大厨,录其目,名曰《秘阁书目》。其
书著录的词集颇多,往往与文集、诗辞、诗集混抄在一起,录词集如下:

> 《柳公乐章》_、《续东几诗余》_、《诸家诗词》五、《滕玉霄词》六、《静轩乐府》

《涧泉诗余》_、《草堂诗余》_、《辛稼轩词》_、《须溪词》_、《元长先生长短句》_、《淮海居士长短句》_、《稼轩长短句》_、《梅苑词》_、《琴趣外篇》_、《烟波渔隐词》_、《阳春白雪》_、《白石道人歌曲》_、《曾旅父诗词》、《瓦全居士诗词》、《南唐二主词》、《阳春录》、《家晏录》、《珠玉集》、《张子野词》、《杜寿域词》、《立词》、《乐章集》、《闲适集》、《晁叔用词》、《小山集》、《清真集》、《东堂集》、《东山寓声乐府》、《溪堂词》、《竹友词》、《冠柳词》、《北溪词》、《聊复词》、《后湖词》、《大声集》、《芦川集》、《刘行简词》、《顺庵乐府》、《樵歌》、《初寮》、《丹阳词》、《酒边集》、《漱玉集》、《相山词》、《浩歌集》、《可轩曲林》、《王武子词》、《乐斋词》、《凤城词》、《介庵词》、《竹斋词》、《丹青词》、《燕喜词》、《退圃词》、《省斋诗余》、《克斋词》、《敬斋词》、《逃禅集》、《袁去华集》、《樵隐词》、《芦溪词》、《知稼翁集》、《吕圣求词》、《退斋词》、《金谷遗音》、《归里词》、《信斋词》、《涧壑词》、《懒窟词》、《王周士词》、《哄堂词》、《定斋诗余》、《养拙堂集》、《坦庵长短句》、《近情集》、《野逸堂词》、《松坡词》、《黜轩词》、《岫云词》、《西樵语丛》、《云溪乐府》、《西园鼓吹》、《李东老词》、《东浦词》、《李氏花萼集》、《好庵游戏》、《鹤林词》、《笑笑词》、《销闲词》、《吴彦高词》、《姜白石词》、《桃源词》、《审斋词》、《海野词》、《莲斋词》、《梅溪词》、《竹屋词》、《刘改之词》、《泠然斋诗余》、《蒲江词》、《欸乃词》、《花翁词》、《萧闲词》。

计得一百八种,但问题不少:其一,脱漏和错讹者。如《立词》当为《立斋词》,《初寮》当为《初寮集》或《初寮词》。又《销闲词》,陈振孙《直斋书录解题》卷二十一著录有蔡伯坚的《萧闲集》和韩瞙的《萧闲词》,《销闲词》当为其中之一。《黜轩词》当为《默轩词》,《西樵语丛》当为《西樵语业》,《桃源词》疑为《洮湖词》。《归里词》疑为《归愚词》。其二,疑为词集者。如《清真集》《焦尾集》《友古集》《东堂集》《芦川集》《逃禅集》《袁去华集》《知稼翁集》《养拙堂集》等,其中有的是指词集,有的则是指诗文别集中收附有词的,如《芦川集》《知稼翁集》等,不能确认,附此供参考。其三,诗词混编本。如《诸家诗词》《曾旅父诗词》《瓦全居士诗词》等。又有《丹青词》不能知其作者,又《元长先生长短句》,杨士奇《文渊阁书目》载有《元先生长短句》,当指同一人作品,后者脱"长"字,考宋人字元长者有范冲、蔡京、刘有庆等,元人字元长的有朱伯不花、钟耆德等,其人俟考。《家晏录》,当指宋刊《百宋词》中的《家晏集》。在这一百余种词集中,绝大多数为两宋人词集,有少数为元、明时人,已确知的两宋人词别集近九十种,若把《诸家诗词》所收加进去,也在百种之上。

三、孙能传等《内阁藏书目录》

《内阁藏书目录》为孙能传、张萱等编。孙能传,字一之,宁波(今属浙江)人。神宗万历进士,官为中书舍人主事、工部员外郎。撰《剡溪漫笔》六卷、《谥法纂》十卷等。张萱(1557—1641),字孟奇,号九岳山人,博罗(今广东惠州)人。神宗万历十年举人,授殿阁中书,历吏部郎中,官至平越知府。好学博识,经史百氏靡不淹通,其平生著述甚富。《内阁藏书目录》卷三"集部"载辛弃疾词集三种,即:《稼轩集》,四册,全,宋辛弃疾长短句。又四册,全。又一册,不全。其中云辛氏词集为《稼轩集》,不多见,容易误以为是诗文集。又卷五"乐律部"载有四种,即:

《白石道人歌曲》,一册,全。宋庆元间番(即鄱)阳民姜夔奏进乐章。

《乐府混成集》,一百五册,不全。莫详编辑姓氏,皆词曲也,内有腔板谱,分五音十二律,类次之,原一百二十七册,今阙二十二册。

《紫霞洞谱》,五册,不全。抄本,琴谱也,莫详姓氏,内有"皇姊图书"。

《中州元气》,四册,不全。莫详编集姓氏,皆古乐府曲也,凡十册,今阙其六。

所载均是兼有曲谱的。又卷八"杂部"有载有词集,即:《续东几诗余》,一册,宋岳珂著。①

所载词集虽不多,可珍视,如《乐府混成集》,较早见于周密《齐东野语》卷十的记载,云:"《混成集》,修内司所刊本。巨帙百余,古今歌词之谱靡不备具,只大曲一类几数百解,他可知矣,然有谱无词者居半。《霓裳》一曲共三十六段,尝闻紫霞翁云:幼日随其祖郡王曲宴禁中,太后令内人歌之,凡用三十人,每番十人奏,音极高妙。翁一日自品象管作数声,真有驻云落木之意,要非人间曲也。"又卷十八云:"往时余客紫霞翁之门,翁知音妙天下,而琴尤精诣。自制曲数百解,皆平淡清越,灏然太古之遗音也。

① 按国家图书馆藏清迟云楼抄本作:《续东几诗余》,一册,全,宋岳珂翁。

复考正古曲百余,而异时官谱诸曲多黜削无余。"杨缵,字继翁,号守斋,又号紫霞。严陵(今属浙江)人,居钱唐(今浙江杭州)。本鄱阳洪氏,出继宁宗杨后兄侄为嗣。官至司农卿、浙东帅。度宗时,以女选为淑妃,赠少师。好古博雅,善琴,著有《紫霞洞谱》。张炎《词源》末附录其"作词五要"。《乐府混成集》《紫霞洞谱》是录有词之乐谱的书,两书自此后未见著录,可知至迟明中叶两书尚存于世。《中州元气》疑为金元人所编,所收当以词曲为主。

四、焦竑《国史经籍志》

焦竑(1541—1620),字弱侯,号澹园,又号漪南生,江宁(今江苏南京)人。神宗万历十七年(1589)进士,为翰林修撰。谪福宁州同知,遂不出,卒谥文端。博极群书,淹贯经史百家。性喜聚书,皆手自校订。著有《澹园集》《国史经籍志》《焦氏藏书目》《献征录》等。《国史经籍志》卷五"集类·别集·宋"所载全集本词集有:

秦观《淮海集》四十卷、又《后集》六卷、又《长短句》三卷。

陈师道集十四卷、又《外集》六卷、又《究理》一卷、又《长短句》二卷。

吴礼(当为则礼)《北湖集》十卷、又《长短句》一卷。

毛滂《东堂集》六卷、又《诗》四卷、又《书简》二卷、又《乐府》二卷。

周邦彦《清真集》二十四卷、又《长短句》□卷。

朱敦儒一卷、又《长短句》三卷。

陈亮《龙川集》四十卷、又《外集》四卷。

所载均为诗文集附有词集者,而未见著录词别集、词选集、词总集等,其中周邦彦、朱敦儒词集自宋以来未见有称作"长短句"云云者。按:南京图书馆藏有明抄本《乐府雅词》,其中钤有"弱侯"之印,为焦氏原藏之书,也为清以来诸抄本、刊本《乐府雅词》所祖。

第二节　私家藏词集

现存的明人私家藏书目载有词集的有二十余种,明人著录词集时往往和诗文集混抄在一起,且于作者、版本、卷数等每每不在意。此择录词集较多者列于下。

一、叶盛

叶盛(1420—1474),字与中,号蜕庵,昆山(今属江苏)人。明英宗正统十三年(1448)进士,授兵科给事中。迁山西右参政,天顺改元召擢都察院,右佥都御史,命巡抚两广。宪宗成化三年(1467)进礼部右侍郎,寻改吏部左侍郎。卒谥文庄。性喜聚书,喜抄书,筑绿竹堂储之。著有《水东日记》《南畿志》《菉竹堂书目》。《菉竹堂书目》诸本著录不同,据上海图书馆藏清抄本,其中著录的词集有:

> 《柳公乐章》,一册;《静轩乐府》,一册;《涧泉诗余集》,一册;《续东几诗余》,一册;《草堂诗余》,一册;《诸家诗词》,五册;《辛稼轩词》,四册;《滕玉霄词》,六册;《须溪词》,二册;《琴趣外篇》,一册;《简斋词》,一册;《梅苑词》,一册;《烟波渔隐词》,一册;《诸家燕宴词》,三十册;《阳春白雪》,一册;《白石道人歌曲》,一册;《清江渔谱》,一册。

而《粤雅堂丛书》本著录的词集与之略有出入,为清抄本不载的还有:

> 《遗山乐府》,一册;《西庵乐府》,一册;《元先生长短句》,一册;《淮海居士长短句》,一册;《草堂诗余》,一册。

以上得宋人词别集十一种,选本一种。其余为元人词别集,或作者不详者。考其所著录的词集,与《文渊阁书目》所载多同,只是不似《文渊阁书目》著录的多有残缺,应该说两书著录的词集存在着渊源关系。又《诸家燕宴词》三十册和《诸家诗词》五册,其中存录的宋人词别集不会少于数十种。又叶氏《菉竹堂稿》卷八《书草堂诗余后》云:

> 《草堂诗余》前集八卷、后集八卷,此书则坊本,前后集上下四卷。始周美成《水龙吟》,终苏东坡《卜算子》。有脱板,校之别本字稍大者,则此本阙七十四首,疑是书续刊节本,然又有别本所无者,因录补遗一卷附后。

此文又见载于《叶文庄公书跋》,《草堂诗余》出现于南宋,陈振孙《直斋书录解题》著录为坊刻本,凡二卷。入明后,《草堂诗余》卷数歧出不一,多经明人改易,叶氏书跋所云当属明人改编的《草堂诗余》,据"前后集上下四卷",知"前集八卷、后集八卷"当作前集上四卷、下四卷,后集上四卷、下四卷解,否则前后说法矛盾。

二、李廷相

李廷相（1481—1544），字梦弼，号蒲汀，濮州（今山东范县）人。孝宗弘治壬戌（1502）进士及第，授翰林院编修。世宗嘉靖初进南京吏部右侍郎，官至礼部尚书，卒谥文敏。性喜藏书，藏书处为“双松堂”，著有《濮阳蒲汀李先生家藏目录》。其书所载两宋人词集情况如下：

中间朝东、头柜二层：词周美成、刘静修、程正伯、蒋竹山、王审斋，三本。《梅苑》三本。

中间朝东、二柜一层：《南词》二套，抄，八十五本。

二柜四层：《梦窗词》二本。

东间朝东、三柜二层：《山谷词》。

《南词》为明李东阳辑录的词集丛编，李东阳序云：“予从故藏书家得珍秘缮本，载宋元诸名家所作词本凡六十四家。”按：李希圣《雁影斋题跋》卷四著录有《南词》八十七卷，为抄本，并录其子目，两宋人词集有：

《龟峰词》一卷，陈人杰著；《蓬莱鼓吹词》一卷，夏元鼎著；《逍遥词》一卷，潘阆著；《珠玉词》一卷，晏殊著；《六一词》四卷，欧阳修著；《半山词》一卷，王安石著；《小山词》二卷，晏几道著；《虚靖真君词》一卷；《柳屯田乐章词》三卷，柳三变著；《东坡词》二卷，苏轼著；《山谷琴趣词》三卷，黄庭坚著；《姑溪词》一卷，李之仪著；《后山词》一卷，陈师道著；《寿域词》一卷，杜安世著；《丹阳词》一卷，葛胜仲著；《溪堂词》一卷，谢逸著；《竹友词》一卷，谢薖著；《信斋词》一卷，葛郯著；《省斋亦（当为“诗余”）》一卷，廖行之著；《圣求词》一卷，吕滨老著；《初寮词》一卷，王安中著；《酒边词》一卷，向子諲著；《乐斋词》一卷，向镐；《简斋词》一卷，陈与义著；《樵歌词》三卷，朱敦儒著；《竹斋词》一卷，沈瀛著；《逃禅词》一卷，扬无咎著；《稼轩词》四卷，辛弃疾著；《知家翁词》一卷，黄公度著；《于湖词》二卷，张孝祥著；《松坡词》一卷，京镗著；《竹洲词》一卷，吴儆著；《晦庵词》一卷，李处权著；《养拙堂词》一卷，管鉴著；《白石先生词》一卷，姜夔著；《龙川词》一卷，陈亮著；《龙洲词》二卷，刘过著；《西樵语业》一卷，杨炎正著;《石屏词》一卷,戴复古著;《樵隐词》一卷,毛开著;《履斋先生词》一卷,吴潜著;《文溪词》一卷,李昴英著;《空同词》一卷,洪瑹著;《烘堂集》一卷,卢炳著;《蒲江词》一卷,卢祖皋著;《克斋词》一卷,沈端节著;《王周士词》一卷,王以宁著;《金谷遗音词》二卷,石孝友著;《白雪词》一卷,陈德武著;《绮语词》一卷,张东泽著;《乐府补题》一卷。

按原书目著录宋人五十五家、金人一家、元人八家,其中《南唐二主词》一卷、王达《耐轩词》一卷、李祺《侨庵词》一卷,前一种为五代,后二家为明人,又有《文湖州词》一卷,所收实为元人乔吉乐府。又金人韩玉《东浦词》今归作宋人,故实得宋人词集凡五十二家。今日本大仓文化财团藏《南词》一部,为清抄本,十二册,残存五十卷,存四十二种,其中宋人三十三种。按《濮阳蒲汀李先生家藏目录》载宋单行本词集有六家,其中黄庭坚《山谷词》,《南词》本作《山谷琴趣词》,知不是同一本子;周邦彦(美成)、蒋捷(竹山)、吴文英(梦窗)三家词集,《南词》中未见收录。程垓(正伯)、王千秋(审斋)词集,《南词》中存录,但版本不同。知李廷相藏两宋词别集至少有六十七家七十种。又《梅苑》,也少见明人著录。

三、范钦

范钦(1505—1585),字尧卿,鄞(今浙江宁波)人。世宗嘉靖壬辰(1532)进士,知随州,升工部员外郎。累任副都御史,升兵部右侍郎。其博雅好古聚书,藏书处初曰"东明草堂",嘉靖四十年始建"天一阁",藏书至七万余卷,多秘本,为四明藏书家之冠。编著有《天一阁集》十九卷、《古今谚》一卷、《范氏东明书目》、《天一阁藏书目》二十卷等。所撰《天一阁藏书目》不存,今所见多为后人编辑者,有清林佶抄《天一阁书目》、清佚名编《四明天一阁藏书目录》、清范懋柱编《天一阁藏书目》、清薛福成编《天一阁见存书目》,以及民国时冯贞群编《鄞范氏天一阁书目内编》、林集虚编《目睹天一阁书录》等。其中范懋柱编《天一阁藏书目》卷四之四"集部·词曲类"所载词集最多,此为嘉庆时阮元文选楼刊本,著录词集丛编一种,五代至明词别集三十六种、注本一种、宋明选本十二种、词谱词韵等四种,共五十余种。其中宋人词集有:

《后村居士诗余》二卷,绵纸,抄本,宋刘克庄著;《竹斋诗余》一卷,绵纸,抄本,宋东阳黄机撰;《樵隐诗余》一卷,绵纸,抄本,三衢毛行(当作开)撰;《辛稼轩词》十二卷,刊本,唐(当作宋)历城辛弃疾著,大梁李濂评,古冈何孟伦校;《小山词》一卷,抄本,宋晏几道撰;《珠玉词》一卷,绵纸,抄本,宋晏殊同叔撰;《东坡词》二卷,绵纸,抄本,宋苏轼撰;《姑溪词》一卷,绵纸,抄本,宋李之仪撰;《东堂词》一卷,绵纸,抄本,宋毛滂撰;《懒窟词》一卷,绵纸,抄本,宋侯寘撰;《草窗词》二卷,绵纸,抄本,宋周密撰;《石屏词》一卷,绵纸,抄本,宋天台戴复古撰;《吕圣求词》一卷,绵纸,抄本,宋檇李吕滨老撰;《竹山词》一卷,绵纸,抄本,宋义兴蒋捷撰;《竹坡老人词》三卷,绵纸,抄本,宋周紫芝撰;《笑笑词》一卷,绵纸,抄本,临江郭应祥撰;《逃禅词》一卷,绵纸,抄本,杨无咎撰;《文溪词》一卷,绵纸,抄本,李昴英撰;《玉笥山人词》一卷,绵纸,抄本,王沂孙撰;《苕溪词》一卷,绵纸,抄本,归安刘一止撰;《杜寿域词》一卷,绵纸,抄本,杜安世撰;《介庵词》四卷,绵纸,抄本,赵彦端撰;《注坡词》十二卷,抄本,傅干撰,傅共洪甫序;《陈允平词》一卷,抄本,陈继周撰;《张子野词》一卷,绵纸,抄本,张先撰;《颐堂词》一卷,不著撰人姓氏;《唐宋诸贤绝妙词选》十卷,花庵词客编集,明万历四年舒伯明梓;《南宋中兴以来绝妙词选》十卷,万历二年舒伯明刻。

凡二十八种,其中词别集二十六种,选集二种。又载《草堂诗余》四种,多为明人改编的刊本,其中有《草堂诗余》一种,云:"二卷,绵纸,抄本,不著撰人名氏。"又"补遗"载一种,即《阳春白雪》一卷,抄本,赵立之选。所载词集丛编为明吴讷辑《唐宋名贤百家词》,九十册,为朱丝栏抄本,今藏天津图书馆。此书虽系明抄本,但不是吴讷原稿,是吴氏卒后五十余年,于武宗正德年间抄成,收宋金元明人词集。据津图藏书,有选集三种、词别集九十七种,其中宋人词别集为八十二家,而此书缺十二家,其中含宋人十家,另有两家年代不可确认。吴氏《百家词》在传播中有散佚,而后人辗转传抄时又有所增溢,于是就有了出入,吴氏原书所收百种详目反倒不可考知了。

其他《书目》所载,有的是早于文选楼刻本《书目》,有的则是晚于,因此彼此间著录的就有出入,说明如后:1.林佶抄本《天一阁书目》,前有康熙年间自序,有"今春介夫先生以其手录本借观,所胪列甚夥"云云,知为转抄他本。但早于文选楼《书目》。又有序云:"此册为□□□□录,先生姓舒木鲁氏,长白著族,好学嗜□,盖亦酷爱藏书者。时康熙丙申长至前一日扬州芝栭翁书于京师。"芝栭翁,其人不详,康熙丙申为康熙五十五年(1716)。此书词集散抄于集部、诗选、诗话、词曲等中,仍是明人书目著录特点,或源自明本。除《唐宋名贤百家词》外,著录的宋至明词别集、选集、词话、词谱三十余种,不著录版本等,其中宋人词别集十种、注本一种、词选二种。而所著录的柳永《柳屯田乐章》、秦观《淮海居士长短句》、林正大《风雅遗音》、吴文英《梦窗词》、黄庭坚《山谷词》,不见载于文选楼《书目》。又载有《辛稼轩词》四本和《辛稼轩长短句》四本,后者不见载于文选楼本《书目》。又有《阳春白雪外集》一本,与文选楼《书目》所载不同。又有乐府十二本、杂词一本,其中或有宋人词集。2.清佚名编《四明天一阁藏书目录》,除"岁字号厨"载《唐宋名贤词》(四十本)外,著录宋至明各类词集二十余种,有的著录版本,多指抄本。宋人词别集八种、注本一种、选本二种。其中柳永《柳屯田乐章》、秦观《淮海居士长短句》、林正大《风雅遗音》和辛弃疾《稼轩长短句》四种不见载于文选楼本《书目》,又载有抄本《阳春白雪》二本和抄本《阳春白雪外集》一本,较文选楼本《书目》和林氏《书目》所载要完整。此外"盈字号厨"著录有:"抄词二十二册,四十家,四十本。"所收当以宋人词集为主,又"岁字号厨"著录有"词选五本""杂词一本",所载均不详。3.薛福成、林集虚、冯贞群三家《书目》,三家著录的词集不多,所载宋人词集分别为七种、二种、二种,其间也有不同于其他《书目》所载的,如薛福成《书目》载云:"《颐堂词》附《梦溪杂录》《乐府指迷》《乐府乐谈》,一册,全,抄本,不著撰人名氏。"冯贞群《书目》载"《淮海居士长短句》三卷,明孟春晖编,明正德辛巳刻本,有脱叶。"可考知版本及传佚等情况。

合以上诸家《书目》所载,知范氏天一阁是富藏词集的,其实际藏有的宋人词别集、选本、注本已溢出百种之外,而且以抄本为主,其珍贵性由今存本《唐宋名贤百家词》可见一斑了。

四、王道明

王道明,句容(今属江苏)人,举明经,官通判。有《笠泽堂书目》,其中载宋至明词别集、选集、总集、词话、词谱二十七种,即:

陈与义《无住词》,一册;周密《草窗词》,一册;朱敦儒《樵歌》,一册;李洪《花萼集》,二册;陈德武《白雪遗响》;黄庭坚《山谷词》,一册;黄昇《中兴以来

绝妙词选》，四册；黄昇《唐宋诸贤绝妙好词选》，二册；周密《绝妙好词选》，四
册；曾慥《乐府雅词》，二册；宋四十家词，十二册。

其中宋人别集五种、选集四种、总集二种。又有《风雅余音》一册，疑为宋林正大《风雅
遗音》之讹。陈德武的《白雪遗响》，或题作《白雪词》，或题作《白雪遗音》，未见题作《白
雪遗响》的，可资参考。总集二种，一是《花萼集》，即宋刊《百家词》中的《李氏花萼集》，
为李洪兄弟五人的词总集。二是《宋四十家词》，其子目不详。合计所载词别集、词选
集，达五十种左右。

五、高儒

高儒，字子醇，号百川子，涿州（今属河北）人。明世宗嘉靖时为武弁，好藏书。著
《百川书志》，除收经史子集外，还载有戏曲、小说。歌词见于卷六，著录五代至明时词
曲集五十二种，其中两宋词别集十二种，即：

《东坡乐府》一卷、《豫章黄山谷词》一卷、《后山词》一卷、《无住词》一卷、
《荆公词》一卷、《放翁词》一卷、《石屏词》一卷、《草堂诗余》四卷、《梅屋词》一
卷、《风雅遗音》二卷、《白雪遗音》一卷、《水云词》二卷。

不同于明代其他书目，此书多有提要，略述作者时代、籍贯、存词情况等，有裨后人考
核。如于《东坡乐府》云："宋文忠公苏轼撰，止二十四阕。"于《豫章黄山谷词》云："宋太
史山谷翁黄庭坚鲁直撰，六十八令，一百七十五阕。"说明集中存词量，有助于版本的考
核，至于云《东坡乐府》只载词二十四首，未云缺佚，疑为二百十四之讹。又如于《草堂
诗余》云："《通考》云：书坊所编，各有注释引证，皆五代及宋人之作也，分五十九题，几
四百阕。"云《草堂诗余》载近四百首，与何元朗序《草堂诗余》云顾氏家藏宋本所载数吻
合。又于《风雅遗音》云："宋随庵林正大猷之，以六朝、唐、宋诗文四十一篇括意度腔，
以洗淫哇，振古风，更冠本文于前。"林氏所作，皆为隐括前人诗文，自序云："是作也，婉
而成章，乐而不淫，视世俗之乐，固有间矣。"然而后人对此评价并不高，或以为是无病
呻吟，佳制不多。又于《花间集》（十卷）云："蜀银青光禄大夫行卫尉少卿赵崇祚弘基集
晚唐五季之词，温飞卿而下凡十八人，共五百首，此近世倚声填词之祖，过其诗律远
矣。"称为"倚声填词之祖"，与黄昇云李白二词为"百代词曲之祖"有别。

六、晁瑮

晁瑮,字君石,号春陵,开州(今贵州开阳)人。世宗嘉靖辛丑(1541)进士,授翰林修撰,寻迁检讨,专制诰,升洗马,进国子监司业。未几以疾卒于官。性行端雅,文藻雄俊,为馆阁所重。子东吴(1532—1554),字叔泰,嘉靖癸丑(1553)进士,改庶吉士,读书中秘。有文名,尤善摹古书法。父子二人好藏书,藏书处为宝文堂。父子合撰有《晁氏宝文堂书目》,书中多载词曲类著作,"乐府"类载有词曲集有六七十种,不过多为明人著作。《晁氏宝文堂书目》是以记载戏曲小说而著称的一部书目,所著录的词曲集有:

> 《柳公乐章》《稼轩长短句》《周美成词》《南涧诗余》《南涧乐府》《浩歌》《坦
> 庵长短句》《介庵赵宝文雅词》《介庵乐府》《后村居士诗余》《诚斋乐府》《乐府
> 补题》《碧山诗余》《碧山乐府》。

其中有宋、明人同名的作品集,如《碧山乐府》《诚斋乐府》《南涧乐府》等,宋人词别集可确认者不过十种左右。又有《群英诗余》,疑为《群公诗余》,见宋刊《百家词》。词话有《乐府指迷》。所载虽不多,而有可珍视者:其一,"诗词"类载有宋刻《增广笺注名贤草堂诗余》,现存最早的《草堂诗余》刊本为元人编印本,宋刊本与元刊本题名是不同,可资考核。《书目》另著录有《草堂诗余》两套,或为明朝人所编。其二,"诗词"类载有《词话总龟》两套,疑是就宋阮阅《诗话总龟》摘录其论词论曲之言而成,而辑录者不详。其三,"诗词"类著录有《名词类编》和《唐宋词选》,不知是词选集,还是词集汇编。此外,《碧山乐府》有两套,按:宋王沂孙的词集一名《碧山乐府》,而明王九思的《碧山乐府》所收为散曲,其词集则称作《碧山诗余》。又《诚斋乐府》,宋杨万里和明朱有燉作品集均此名,而内容实不同,一为词,一为曲。

七、赵用贤

赵用贤(1535—1596),字汝师,号定宇,常熟(今属江苏)人。穆宗隆庆五年(1571)进士,选庶吉士。神宗万历时,官检讨,终吏部侍郎,谥文毅。性喜书,广求博访,精校勘,藏书处为脉望馆。著有《松石斋集》、《三吴文献志》、《赵定宇书目》等。《书目》所录

词曲有四十余种,著录的宋人词别集有十六七种,计有:

> 《绝妙好词》,一本;《莲词》,二本;《张子野词》,一本;《晁氏琴趣》,二本;
> 《海野老人词》,一本;《柳屯田乐章》,一本;《风雅遗音》,一本;《立斋词》,一
> 本;《周美成词》,一本,自抄《百家词》;《樽前集》、《乐府补遗》,一本;向丰之、
> 白石、竹屋、履斋等词,一本;张元干、戴复古词,一本。

其中《莲词》疑为张抡的《莲社词》。而《樽前集》《乐府补遗》合一册,向丰之、白石、竹屋、履斋等词集合一册,张元干、戴复古词合一册,这些合册书,或原本属于词集丛编中之物,待考。又《周美成词》云抄自《百家词》,按:陈振孙《直斋书录解题》著录《百家词》本有周邦彦的《清真词》二卷《后集》一卷。《书目》多不著录版本卷数,或以抄本居多。此外尚有《碧山乐府》二本,或指王沂孙词集。

八、陈第

陈第(1541—1617),字季立,号一斋,连江(今属福建)人。诸生,少博极群书,文名甚著,倜傥自负。喜谈兵,都督俞大猷闻其名,召致幕下,用为京营裨将。历蓟州镇游击将军,居镇十年,边备甚饬。神宗万历年间,戚继光罢,边事渐坏,遂弃官。时年近五十,遂绝意仕进,以著述自任。家有世善堂,为其藏书之所。著有《寄心集》《一斋诗集》《毛诗古音考》《尚书疏衍》《屈宋音义》《松轩讲义》《蓟门兵事》《五岳游草》《世善堂藏书目录》等。《世善堂藏书目录》卷下著录宋人词集有:

> 《张子野词》一卷、《柳三变乐章集》九卷、《苏东坡词》二卷、《秦淮海词》一
> 卷、《黄山谷词》二卷、《晁无咎词》一卷、《陈后山词》一卷、《周美成词》二卷、
> 《漱玉集词》一卷、《陆放翁词》一卷、《知稼翁词》一卷、《李氏花萼楼词》五卷、
> 《乐府雅词》十四卷、《草堂诗余》七卷。

计别集十一种、合集一种、选集二种。其中柳永《乐章集》九卷,与毛晋所藏宋刊足本同。又李洪兄弟《李氏花萼楼词》与宋刊《百家词》所载名称略异。又《乐府雅词》作十四卷,与宋、元、明、清以来的著录和今存本迥异,可资考证。至于七卷本《草堂诗余》,当为明人改编本,今有存书。又"宋元诸名贤集"载有京镗《松坡集》七卷《乐府》一卷,又可增补一家。

九、董其昌

董其昌(1555—1620),字符宰,华亭(今上海松江)人。神宗万历十七年(1589)进士,改庶吉士,授编修。光宗立,诏为太常少卿。熹宗天启二年擢太常卿,擢礼部右侍郎,寻转左拜南京礼部尚书。踰年,请告归,诏加太子太保致仕,卒赠太子太傅,福王时谥文敏。著有《容台集》《玄赏斋书目》等。《玄赏斋书目》卷七著录的词集有:

> 《尊前集》、《花间集》、《唐宋诸贤绝妙词选》、《弇阳老人绝妙词选》、《花庵绝妙词选》、《中兴以来绝妙词选》、《草堂诗余》、《续草堂诗余》、《元人草堂诗余》、黄万载《梅苑》、张炎《词源》、《晏珠玉词》、晏几道《小山词》、张先《子野词》、周美成《片玉词》、陈师道《后山词》、《东坡乐府》、《秦淮海长短句》、《黄山谷词》、柳永《乐章集》、沈端节《克斋词》、侯寘《懒窟词》、黄公度《知稼翁词》、吴潜《履斋诗余》、洪咨夔《平斋词》、张榘《芸窗词》、赵子昂《松雪词》、蒋捷《竹山词》、林正大《风雅遗音》、许棐《梅屋诗余》、朱淑真《断肠词》。

计得三十一种,其中宋词别集十九种、宋词选集六种,现存的唐宋人词选本除《阳春白雪》外均在。而周密《弇阳老人绝妙词选》明代就罕见著录。又载有《古今词》一书,不知是词集丛编,或仅仅是个选本,俟考。

十、赵琦美

赵琦美(1563—1624),字元度,原名开美,字如白,又字仲朗,号清常道人,为定宇之子。直隶常熟(今属江苏)人。少入国子监,终刑部郎中。博学强识,酷嗜藏书,脉望馆为其储书处。编著有《洪武圣政记》《伪吴杂记》《容台小草》《铁网珊瑚》《脉望馆书目》等。《脉望馆书目》载词集十九种,即:

> 《审斋乐府》,一本;《莲词》,二本;《百家词》,四本;《海野老人词》,一本;《碧山乐府》,一本;《立斋词》,一本;《唐二主长短句》,一本;《东坡词》,一本;《李易安词》,一本;《乐府雅词》,四本;《绝妙好词》,一本;《辛稼轩词》,一本;《风雅遗音》,一本;胡元《草堂诗余》,一本;《张子野词》,一本;《晁氏琴趣外

编》,一本;《姑溪词》,一本;《柳屯田乐章集》,一本;《梅苑》,二本。

多为宋人之词集。其间《莲词》疑指张抡的《莲社词》,又胡元《草堂诗余》当为胡元任《草堂诗余》之讹。按:宋胡仔,字元任,元黄溍《金华黄先生文集》卷三《记居士公乐府》有"右居士公和东坡《百字令》,见苕溪胡仔所编《草堂诗余》"云云,由此可证明署名胡仔所编的《草堂诗余》在明朝确实存在。另著录有《草堂余(当为诗余)》一本、《续草堂诗余》一本,当指明人所编本。又著录有《百家词》四册,应指宋刊《百家词》,而非明吴讷所编《百家词》,考明、清人书目称吴氏编本均作《唐宋明贤百家词》《宋元百家词》等,不直呼《百家词》。此外尚有《玉川词》一本、《石门乐府》一本、《词调元龟》六本、《词选》一本等,其编著者及时代俟考。

十一、毛晋

毛晋(1599—1659),初名凤苞,字子九,号潜在;晚更今名,字子晋,别署隐湖书隐。世居虞山(今江苏常熟)东湖。少为诸生,屡试不第,终生布衣。性嗜卷轴,访佚搜秘,所藏多宋本。前后积藏至八万四千余册,构汲古阁、目耕楼庋藏之。毛氏不仅藏书,而且还刊刻群书,经史子集,靡有不刻。编著有《和古今人诗》《明诗纪事》《宋名家词》《词苑英华》《汲古阁毛氏藏书目录》等。《汲古阁毛氏藏书目录》著录有大量词集,录如下:

赵崇祚《花间集》十卷、李璟和李煜《南唐二主词》一卷、冯延巳《阳春录》五卷、《家晏集》五卷、晏殊《珠玉词》一卷、张先《张子野词》一卷、杜安世《杜寿域词》一卷、欧阳修《六一词》一卷、柳永《乐章集》九卷、苏轼《东坡词》二卷、黄庭坚《山谷词》一卷、秦观《淮海词》一卷、晁补之《晁无咎词》一卷、陈师道《后山词》一卷、晁端彦《闲适集》一卷、晁冲之《晁叔用词》一卷、晏几道《小山词》一卷、周邦彦《靖贞(当作清真)集》二卷后集一卷、贺铸《东山寓声乐府》三卷、毛滂《东堂词》一卷、谢逸《溪堂词》一卷、谢薖《竹友词》一卷、王观《冠柳集》一卷、李之仪《姑溪词》一卷、赵德麟《聊复集》一卷、苏庠《后湖词》一卷、万俟咏《大声集》五卷、叶梦得《石林词》一卷、张元干《芦川词》一卷、陈克《赤城词》一卷、陈与义《简斋词》一卷、刘一止《刘行简词》一卷、康与之《顺庵乐府》五卷、朱敦儒《樵歌》一卷、王安中《初寮词》一卷、葛胜仲《丹阳词》一卷、向子諲《酒边集》一卷、李清照《漱玉集》一卷、赵鼎《得全集》一卷、韩元吉《焦尾集》一卷、陆游《放翁词》一卷、范成大《石湖词》一卷、王之道《相山词》一卷、蔡伸《友古词》一卷、蔡桷《浩歌集》一卷、张孝祥《于湖词》一卷、辛弃疾《稼轩词》四卷、黄人杰《可轩曲林》一卷、沈瀛《竹斋词》一卷、周紫芝《竹坡词》一卷、黄定《凤城词》一卷、曹冠《燕喜集》一卷、程垓《书舟词》一卷、向滈《乐斋词》一卷、马宁祖《退圃词》一卷、沈端节《克斋词》一卷、吴鉴《敬斋词》一卷、袁去华《袁去华词》一卷、廖行之《省斋诗余》一卷、扬无咎《逃禅集》一卷、王庭珪《卢溪词》一卷、毛开《樵隐词》一卷、黄公度《知稼翁词》一卷、吕渭老《吕圣求词》一卷、石孝友《金谷遗音》一卷、葛立方《归愚词》一卷、葛郯《信斋词》一卷、黄谈《涧壑词》一卷、王以宁《王周士词》一卷、林淳《定斋诗余》一卷、邓元《漫堂集》一卷、董镶《拙堂词》一卷、赵师侠《坦庵长短句》一卷、李处全《晦庵词》一卷、王大受《近情集》一卷、张孝忠《野逸堂词》一卷、钟将之《岫云词》一卷、王千秋《审斋词》一卷、韩玉《东浦词》一卷、方孝儒《好庵游戏》一卷、刘光祖《鹤林词》一卷、曾觌《海野词》一卷、郭应祥《笑笑词》一卷、高观国《竹屋词》一卷、吴激《吴彦高词》一卷、陈师古《洮湖词》一卷、刘过《刘改之词》一卷、京镗《松坡词》一卷、刘德秀《默轩词》一卷、魏子敬《云溪乐府》四卷、徐得照《西园鼓吹》二卷、李叔献《东老词》一卷、蔡伯坚《萧闲集》六卷、姜夔《白石词》五卷、姚宽《西溪乐府》一卷、苏泂《泠然斋诗余》一卷、严次山《欸乃集》八卷、傅干《注坡词》二卷、曹鸿《注琴趣外篇》三卷、曾慥《乐府雅词》十二卷《拾遗》二卷、《五十大曲》十六卷、《阳春白雪》五卷、《万曲类编》十卷。

著录五代两宋词别集、选集、合集等凡一百又四种，其中两宋词别集九十四种、注本二种、选集五种。与陈振孙《直斋书录解题》卷二十一所载词集比照，毛氏《书目》所载均见于《直斋》，而且作者、书名、卷数也是绝大多数相同。不同者，除毛氏《书目》中人名、书名讹字较多外，其他如《阳春录》，毛氏《书目》作五卷，而《直斋》作一卷。又宋刻《百家词》中除《王武子词》、赵彦端《介庵词》、侯延庆《退斋词》、侯寘《懒窟词》、卢炳《烘堂集》、杨炎正《西樵语业》和李洪等《李氏花萼集》七种不见载于毛晋《书目》外，其余均在。又自黄人杰《可轩曲林》以上诸集前后次第同《直斋》，其后则否。虽然如此，可以肯定，毛氏《书目》所载即使不是宋刻本，也是抄自宋刊本。除此外，毛晋《书目》于"别集"中著录的有：周邦彦《清真词》二十卷《杂著》三卷、毛滂《东堂集》六卷诗四卷书简二卷乐府二卷、京镗《松坡集》七卷乐府一卷、曾惇《曾纮父诗词》一卷、王澡《瓦全居士诗词》二卷等。

毛晋《书目》所载与其汲古阁校刊的《宋名家词》等所载两宋词集颇有出入，其差异大体有二：其一，书名卷数不同者，如汲古阁刊本作柳永《乐章集》一卷、晁补之《琴趣外编》六卷、周邦彦《片玉词》二卷《补遗》一卷、向子湮《酒边词》二卷、张孝祥《于湖词》三卷、周紫芝《竹坡词》三卷、赵师使《坦庵词》一卷、高观国《竹屋痴语》一卷、刘过《龙洲词》一卷、姜夔《白石词》一卷等十余种。其二，汲古阁所刊而《书目》不载者，计有：陈亮《龙川词》一卷补一卷、赵彦端《介庵词》一卷、侯寘《懒窟词》一卷、卢炳《哄堂词》一卷、杨炎正《西樵语业》一卷、史达祖《梅溪词》一卷、卢祖皋《蒲江词》一卷、黄昇《散花庵词》一卷、蒋捷《竹山词》一卷、赵长卿《惜香乐府》十卷、吴文英《梦窗稿词》四卷《梦窗绝笔》一卷《补遗》一卷、周必大《近体乐府》一卷、黄机《竹斋诗余》一卷、方千里《和清真词》一卷、刘克庄《后村别调》一卷、程珌《洺水词》一卷、戴复古《石屏词》一卷、洪瑹《空同词》一卷、洪咨夔《平斋词》一卷、李昴英《文溪词》一卷、张榘《芸窗词》一卷、陈与义《无住词》一卷，以上二十二种为《宋名家词》中所收。又有《词苑英华》所收之武林逸史《草堂诗余》四卷、黄昇《花庵词选》（即《唐宋诸贤绝妙词选》十卷和《中兴以来绝妙词选》十卷）、秦观《少游诗余》一卷。此外还有《诗词杂俎》中所收李清照《漱玉词》一卷和朱淑真《断肠词》一卷，合计共二十八种词集。

由此知毛晋所藏两宋词集已达一百三十余种，这还不包括同一作家不同版本的词集。毛晋《跋樵隐词》有"余近得杨梦羽先生秘藏《宋元名家词》抄本二十七种"云云，又《跋漱玉词》云："庚午仲秋，余从选卿觅得宋词廿余种，乃洪武三年抄本。"选卿名陈俊赏，庚午为崇祯三年，所得词集在五十种左右，均抄本。毛晋汲古阁所藏词集，后又得其子毛扆的搜访抄录，日见丰富，成为清代以来宋、金、元人词集的主要来源。

第三节　两宋词集在明代传抄及庋藏情况的分析

明人刊刻的两宋词集并不多，清朱彝尊《曝书亭集》卷四十《柯寓匏振雅堂词序》云：

宋元诗人无不兼工乐章者,明之初亦然。自李献吉论诗谓唐以后书可勿读,唐以后事可勿使,学者笃信其说,见宋人诗集辄屏置不观,诗既屏置,词亦在所勿道。焦氏编《经籍志》,其于二氏百家搜采勿遗,独乐章不见录,宜作者之日寥寥矣。崇祯之季,江左渐有工之者,吾乡魏塘诸子和之,前辈曹学士子顾雄视其间,守其派者,无异豫章诗人之宗涪翁也。

这种说法有其新奇处,恐怕不是那么单纯,至少我们知道明人对两宋词集的传抄量是有一定规模的。朱氏又于《水村琴趣序》云:"夫词自宋元以后,明三百年无擅场者,排之以硬语,每与调乖,窜之以新腔,难与谱合。至于崇祯之末,始具其体,今则家有其集,盖时至而风会使然。"盖明末社会风气大变,纵情为乐,成为时尚,词作为娱宾佐乐的工具,就有了一定的市场。此据明代主要书目所载,以及清人的著录和现今留存的明抄、明刊的两宋词集,汇总成表如下:

其一,两宋词别集

书目 词集	公藏			私家藏										其他	
	文渊阁书目	秘阁书目	内阁藏书目录	菉竹堂书目	蒲汀李先生家藏目录	天一阁藏书目	笠泽堂书志	百川书志	晁氏宝文堂书目	赵定宇书目	世善堂藏书目录	玄赏斋书目	脉望馆书目	汲古阁毛氏藏书目录	清以来书志书目著录	今存明抄明刻本词集
潘阆:《逍遥词》一卷					●	●									●	②③⑤
柳永:1.《柳公乐章》	●	●		●					●							
2.《乐章集》		●										●				
3.《屯田乐章词》					●											
4.《柳屯田乐章》					●											
5.《柳屯田乐章集》三卷					●										●	⑥⑦●
6.《乐章集》九卷											●		●	●		⑨
7.《柳屯田乐章集》													●			
8.《乐章集》二卷															●	●
9.《柳耆卿词》一卷															●	
10.《乐章集》三卷															●	⑧
11.《乐章集》三卷补遗一卷															●	

词集＼书目	公藏			私家藏											其他	
	文渊阁书目	秘阁书目	内阁藏书目录	菉竹堂书目	蒲汀李先生家藏目录	天一阁书目	笠泽堂书目	百川书志	晁氏宝文堂书目	赵定宇书目	世善堂藏书目录	玄赏斋书目	脉望馆书目	汲古阁毛氏藏书目录	清以来书志书目著录	今存明抄明刻本词集
张先：1.《张子野词》		●								●			●			
2.《张子野词》一卷						●					●			●	●	⑦●
3.《张先子野词》												●				
晏殊：1.《珠玉集》		●														
2.《珠玉词》一卷					●	●								●	●	⑥⑦●
3.《晏珠玉词》												●				
4.《珠玉集》一卷													●			⑨
杜安世：1.《杜寿域词》		●														
2.《寿域词》一卷					●									●		⑨
3.《杜寿域词》一卷						●							●	●		⑥⑦●
欧阳修：1.《六一词》四卷《乐语》一卷					●	●										⑦
2.《六一词》一卷													●	●	●	⑥⑨
王安石：1.《半山词》一卷					●	●										②③
2.《荆公词》一卷								●								
苏轼：1.《东坡词》二卷					●	●							●	●		⑨
2.《东坡词》二卷补遗一卷						●									●	⑦⑧
3.《东坡乐府》一卷								●								
4.《苏东坡词》二卷											●					
5.《东坡乐府》												●				
6.《东坡词》													●			
7.《东坡词》一卷														●		
文同：《文湖州词》一卷					●										●	③

续　表

词集　＼　书目	公藏			私家藏										其他	
	文渊阁书目	秘阁书目	内阁藏书目录	蒲汀李先生家藏目录	天一阁藏书目	笠泽堂书目	百川书志	晁氏宝文堂书目	赵定宇书目	世善堂藏书目录	玄赏斋书目	脉望馆书目	汲古阁毛氏藏书目录	清以来书志书目著录	今存明抄明刻本词集
黄庭坚：1.《山谷词》				●		●									
2.《山谷琴趣词》三卷				●											
3.《黄山谷词》					●						●				
4.《山谷词》三卷					●									●	⑦
5.《豫章黄山谷词》一卷							●								
6.《黄山谷词》二卷											●				
7.《山谷词》一卷												●	●		⑥⑨
秦观：1.《淮海居士长短句》	●	●		●											
2.《淮海居士长短句》三卷					●									●	
3.《淮海词》三卷					●									●	①⑥⑦
4.《秦淮海词》一卷										●					
5.《秦淮海长短句》											●				
6.《淮海集》一卷												●			
7.《淮海词》一卷												●		●	
晁端礼：1.《闲适集》		●													⑨
2.《闲适集》一卷												●	●		
3.《闲斋琴趣外编》五卷														●	
张继先：1.《虚靖真君词》一卷					●										①③
2.《虚靖词》					●									●	
3.《虚靖词》一卷														●	⑧
李之仪：1.《姑溪词》一卷				●	●								●	●	⑧⑨
2.《姑溪词》												●			
3.《姑溪集》一卷												●			①⑥

续　表

书目／词集	公藏			私家藏										其他	
	文渊阁书目	秘阁书目	内阁藏书目录	蒲汀李先生家藏目录	天一阁藏书目	笠泽堂书目	百川书志	晁氏宝文堂书目	赵定宇书目	世善堂藏书目录	玄赏斋书目	脉望馆书目	汲古阁毛氏藏书目录	清以来书志书目著录	今存明抄明刻本词集
陈师道：1.《后山词》一卷				●			●					●	●	●	⑥⑨
2.《后山居士词》一卷					●										⑦
3.《陈后山词》一卷										●					
4.《后山词》											●				
晁补之：1.《晁氏琴趣》									●						
2.《晁无咎词》一卷												●	●		
3.《晁氏琴趣外编》												●			
4.《琴趣外编》六卷															⑨
晏几道：1.《小山集》		●													
2.《小山词》二卷				●											⑥
3.《小山词》一卷					●								●		⑦●
4.《小山词》											●				
5.《小山集》一卷												●			⑨
贺铸：1.《东山寓声乐府》		●													
2.《东山寓声乐府》三卷												●	●		
3.《东山词》一卷														●	⑧
赵令畤：1.《聊复词》		●													
2.《聊复集》一卷												●	●		
毛滂：1.《东堂集》		●													
2.《东堂词》一卷						●							●		⑦⑨
3.《东堂词》二卷														●	⑥
黄裳：《演山先生词》二卷														●	
谢逸：1.《溪堂词》		●													
2.《溪堂词》一卷				●	●							●	●	●	⑥⑦⑧⑨
谢薖：1.《竹友词》		●										●		●	
2.《竹友词》一卷				●								●	●	●	③⑧

续　表

书目＼词集	公藏			私家藏											其他	
	文渊阁书目	秘阁书目	内阁藏书目录	蒙竹堂书目	蒲汀李先生家藏目录	天一阁藏书目	笠泽堂书志	百川书志	晁氏宝文堂书目	赵定宇书目	世善堂藏书目录	玄赏斋书目	脉望馆书目	汲古阁毛氏藏书目录	清以来书志书目著录	今存明抄明刻本词集
王观:1.《冠柳词》		●														
2.《冠柳集》一卷													●	●		
苏庠:1.《后湖词》		●														
2.《后湖词》一卷													●	●		
万俟雅言:1.《大声集》		●														
2.《大声集》五卷													●	●		
周邦彦:1.《清真集》		●														
2.《周美成词》					●				●	●						
3.《片玉集》十卷抄补一卷						●										⑦
4.《周美成词》二卷											●					
5.《片玉词》												●				
6.《清真词》二卷后集一卷													●			
7.《靖贞集》二卷后集一卷													●			
8.《片玉集》十卷															●	①⑧
9.《片玉集》十卷补遗一卷																⑨
叶梦得:《石林词》一卷					●								●	●	●	⑦⑧⑨
张元干:1.《芦川集》		●														
2.《芦川词》一卷						●							●	●	●	①⑥⑦⑧⑨
3.《张元干词》										●					●	
4.《芦川词》二卷																
晁冲之:1.《晁叔用词》		●														
2.《晁叔用词》一卷													●	●		

续　表

词集 \ 书目	公藏			私家藏											其他	
	文渊阁书目	秘阁书目	内阁藏书目录	菉竹堂书目	蒲汀李先生家藏目录	天一阁藏书目	笠泽堂书目	百川书志	晁氏宝文堂书目	赵定宇书目	世善堂藏书目录	玄赏斋书目	脉望馆书目	汲古阁毛氏藏书目录	清以来书志书目著录	今存明抄明刻本词集
陈与义:1.《简斋词》	●			●												
2.《简斋词》一卷					●	●							●	●	●	⑤⑦⑧
3.《无住词》							●									
4.《无住词》一卷								●								⑨
刘一止:1.《刘行简词》		●														
2.《苕溪词》一卷						●									●	①⑦●
3.《刘行简词》一卷													●	●		
朱敦儒:1.《樵歌》		●					●									
2.《樵歌词》三卷					●											
3.《樵歌》二卷						●									●	⑦⑧
4.《樵歌》一卷													●	●		
李处全:《晦庵词》一卷				●	●								●	●		①⑦●
康与之:1.《顺庵乐府》		●														
2.《顺庵乐府》五卷													●			
王安中:1.《初寮》		●														
2.《初寮词》一卷					●	●							●	●	●	②⑥⑦⑧⑨
葛胜仲:1.《丹阳词》		●														
2.《丹阳词》一卷					●	●							●	●	●	⑦⑧⑨●
赵鼎:1.《得全词》一卷													●	●		
2.《得全居士词》一卷															●	⑧
向子諲:1.《酒边集》		●														
2.《酒边集》一卷					●	●							●	●	●	①⑦●
3.《酒边词》一卷															●	②⑧
4.《酒边词》二卷																⑨

续　表

词集	公藏			私家藏											其他	
	文渊阁书目	秘阁书目	内阁藏书目录	蒙竹堂书目	蒲汀李先生家藏目录	天一阁藏书目	笠泽堂书目	百川书志	晁氏宝文堂书目	赵定宇书目	世善堂藏书目录	玄赏斋书目	脉望馆书目	汲古阁毛氏藏书目录	清以来书志书目著录	今存明抄明刻本词集
李清照:1.《漱玉集》		●														
2.《漱玉集词》一卷											●					
3.《李易安词》													●			
4.《漱玉集》一卷													●	●		
5.《漱玉词》一卷															●	⑨
陆游:1.《放翁词》一卷						●	●							●		⑦⑨
2.《陆放翁词》一卷											●			●		
3.《渭南词》二卷															●	⑧
韩元吉:1.《焦尾集》		●														
2.《焦尾集》一卷													●	●		
范成大:《石湖词》一卷													●	●		
陈三聘:《和石湖词》														●		
王之道:1.《相山词》		●														
2.《相山居士词》一卷						●									●	①⑦●
3.《相山词》一卷													●	●	●	⑧
蔡伸:1.《友古集》		●														
2.《友古居士词》一卷						●									●	⑥⑦
3.《友古词》一卷													●	●		⑨
4.《蔡友古词》一卷													●			
蔡楠:1.《浩歌集》		●														
2.《浩歌》										●						
3.《浩歌集》一卷													●	●		
韩淲:1.《涧泉诗余》	●	●								●						●
2.《涧泉诗余集》					●											
3.《涧泉诗余》一卷															●	
4.《涧泉诗余》二卷															●	⑧

续　表

词集　＼　书目	公藏			私家藏										其他	
	文渊阁书目	秘阁书目	内阁藏书目录	蒲汀李先生家藏目录	天一阁藏书目	笠泽堂书目	百川书志	晁氏宝文堂书目	赵定宇书目	世善堂藏书目录	玄赏斋书目	脉望馆书目	汲古阁毛氏藏书目录	清以来书志书目著录	今存明抄明刻本词集
张孝祥:1.《于湖词》二卷				●	●										⑦
2.《于湖词》一卷												●	●		
3.《于湖长短句》五卷														●	⑧
4.《于湖词》三卷															⑨
辛弃疾:1.《辛稼轩词》	●	●		●								●			
2.《稼轩长短句》	●	●						●							
3.《稼轩集》			●												
4.《稼轩词》四卷					●							●	●	●	⑦
5.《辛稼轩词》十二卷					●									●	
6.《稼轩长短句》十二卷					●									●	
7.《辛稼轩长短句》四卷														●	
8.《稼轩词丙集》															⑧
黄人杰:1.《可轩曲林》		●													
2.《可轩曲林》一卷												●	●		
岳珂:《续东几诗余》	●	●	●	●											
吕胜己:《渭川居士词》一卷														●	●
沈瀛:1.《竹斋词》		●													
2.《竹斋词》一卷				●	●							●			⑤⑦
周紫芝:1.《竹坡老人词》三卷					●									●	⑦⑧
2.《竹坡词》一卷												●	●		
3.《竹坡老人词》一卷															①
4.《竹坡词》三卷															⑨
林正大:1.《风雅遗音》一卷					●										
2.《风雅遗音》二卷							●							●	
3.《风雅遗音》									●		●				

续　表

词集＼书目	公藏			私家藏											其他	
	文渊阁书目	秘阁书目	内阁藏书目录	菉竹堂书目	蒲汀李先生家藏目录	天一阁藏书目	笠泽堂书目	百川书志	晁氏宝文堂书目	赵定宇书目	世善堂藏书目录	玄赏斋书目	脉望馆书目	汲古阁毛氏藏书目录	清以来书志书目著录	今存明抄明刻本词集
曹冠：1.《燕喜词》		●														
2.《燕喜集》一卷													●	●		
程垓：1.词集					●											
2.《书舟词》一卷						●							●	●	●	⑥⑦⑨●
吴儆：《竹洲词》一卷					●	●								●		⑤⑦⑧
向滈：1.《乐斋词》		●														
2.《乐斋词》一卷					●	●							●	●	●	⑤⑦⑧
3.《向丰之词》										●						
赵磻老：《拙庵词》一卷														●		
马宁祖：1.《退圃词》		●														
2.《退圃词》一卷													●	●		
沈端节：1.《克斋词》		●										●				
2.《克斋词》一卷					●	●							●	●	●	⑦⑧⑨
周必大：《近体乐府》一卷															●	⑨
吴镒：1.《敬斋词》		●														
2.《敬斋词》一卷														●		
吴鉴：《敬斋词》一卷														●		
袁去华：1.《袁去华集》		●														
2.《袁去华词》一卷													●	●		
廖行之：1.《省斋诗余》		●														
2.《省斋诗余》一卷					●	●								●	●	⑦⑧●
姚述尧：《箫台公余词》一卷															●	

续　表

书目 / 词集	公藏			私家藏										其他	
	文渊阁书目	秘阁书目	内阁藏书目录	蒲汀李先生家藏目录	天一阁藏书目	笠泽堂书目	百川书志	晁氏宝文堂书目	赵定宇书目	世善堂藏书目录	玄赏斋书目	脉望馆书目	汲古阁毛氏藏书目录	清以来书志书目著录	今存明抄明刻本词集
扬无咎:1.《逃禅集》		●													
2.《逃禅词》一卷				●	●									●	①⑥⑦⑧⑨
3.《逃禅集》一卷												●	●		
王庭珪:1.《卢溪词》		●													
2.《卢溪词》一卷					●							●		●	⑦⑧
李曾伯:《可斋词》六卷														●	
毛开:1.《樵隐集》		●													
2.《樵隐词》一卷				●								●	●		⑨
3.《樵隐诗余》一卷					●									●	③④⑦⑧
黄公度:1.《知稼翁集》		●													
2.《知稼翁词》一卷				●								●		●	②⑧⑨●
3.《知稼翁词集》一卷					●					●					⑦
4.《知稼翁词》											●				
5.《知稼翁集》一卷															
陈深:《宁极斋乐府》一卷														●	
吕渭老:1.《吕圣求词》		●													
2.《圣求词》一卷				●											
3.《吕圣求词》一卷					●							●	●	●	⑥⑦⑨●
石孝友:1.《金谷遗音》		●													
2.《金谷遗音词》二卷				●											
3.《金谷词》一卷					●										⑦
4.《金谷遗音》一卷												●	●	●	⑧⑨
5.《金谷遗音》二卷															①
侯延庆:1.《退斋词》		●													
2.《退斋词》一卷												●			

续　表

词集 ＼ 书目	公藏			私家藏											其他	
	文渊阁书目	秘阁书目	内阁藏书目录	菉竹堂书目	蒲汀李先生家藏目录	天一阁藏书目	笠泽堂书目	百川书志	晁氏宝文堂书目	赵定宇书目	世善堂藏书目录	玄赏斋书目	脉望馆书目	汲古阁毛氏藏书目录	清以来书志书目著录	今存明抄明刻本词集
葛立方:1.《归愚词》		●														
2.《归愚词》一卷						●							●	●	●	⑦⑧⑨
陈克:《赤城词》一卷													●	●		
王灼:《颐堂词》一卷						●										
葛郯:1.《信斋词》		●														
2.《信斋词》一卷					●	●							●	●	●	⑤⑦⑧
王以宁:1.《王周士词》		●														
2.《王周士词》一卷					●	●							●	●	●	⑦⑧●
高登:《东溪词》一卷														●		
林淳:1.《定斋诗余》		●														
2.《定斋诗余》一卷													●	●		
邓元:《漫堂集》一卷													●	●		
张抡:《道情鼓子词》														●		
赵师侠:1.《坦庵长短句》		●					●									
2.《坦庵词》						●										
3.《坦庵长短句》一卷													●	●	●	①⑧
4.《坦庵词》一卷																⑨
管鉴:1.《养拙堂词》		●														
2.《养拙堂词》一卷					●	●									●	⑦●
董鉴:《养拙堂词集》一卷														●		
董镳:《拙堂词》一卷													●			
李好古:《碎锦词》一卷														●		
黄谈:1.《涧壑词》		●											●			
2.《涧壑词》一卷														●		

续　表

词集 ＼ 书目	公藏			私家藏											其他	
	文渊阁书目	秘阁书目	内阁藏书目录	菉竹堂书目	蒲汀李先生家藏目录	天一阁藏书目	笠泽堂书志	百川书志	晁氏宝文堂书目	赵定宇书目	世善堂藏书目录	玄赏斋书目	脉望馆书目	汲古阁毛氏藏书目录	清以来书志书目著录	今存明抄明刻本词集
黄定:1.《凤城词》 2.《凤城词》一卷		●											●	●		
胡铨:《澹庵词》一卷															●	
王大受:1.《近情集》 2.《近情集》一卷		●											●	●		
张孝忠:1.《野逸堂词》 2.《野逸堂词》一卷		●											●	●		
钟将之:1.《岫云词》 2.《岫云词》一卷		●											●	●		
王千秋:1.《审斋词》 2.《审斋词》一卷 3.《审斋乐府》		●			●	●							● ●	●	●	⑦⑧⑨●
杨炎正:1.《西樵语业》 2.《西樵语业词》 3.《西樵语业》一卷		●			●	●							●		●	④⑦⑧⑨
京镗:1.《松坡词》 2.《松坡词》一卷 3.《松坡居士词》一卷		●			●	●							●	●		① ⑦●
韩玉:1.《东浦词》 2.《东浦词》一卷		●			●	●							●		●	②⑥⑦⑧⑨
赵长卿:《惜香乐府》十卷																⑨
方孝孺:1.《好庵游戏》 2.《好庵游戏》一卷 方信儒:《好庵游戏》一卷		●											●	●		

续　表

词集	公藏			私家藏												其他	
	文渊阁书目	秘阁书目	内阁藏书目录	菉竹堂书目	蒲汀李先生家藏目录	天一阁藏书目	笠泽堂书志	百川书志	晁氏宝文堂书目	赵定宇书目	世善堂藏书目录	玄赏斋书目	脉望馆书目	汲古阁毛氏藏书目录	清以来书志书目著录	今存明抄明刻本词集
刘光祖:1.《鹤林词》 2.《鹤林词》一卷		●											●	●		
曾觌:1.《海野词》 2.《海野老人词》 3.《海野词》一卷		●								●				●		⑨
倪偁:《绮川词》一卷															●	
丘崈:《丘文定公词》一卷													●			
郭应祥:1.《笑笑词》 2.《笑笑词》一卷 3.《笑笑词集》一卷		●				●							●	●	●	①⑦⑧
洪适:《盘洲乐章》三卷																●
高观国:1.《竹屋词》 2.《竹屋词》一卷 3.《竹屋痴语》一卷		●				●				●			●		●	⑦ ⑧⑨
吴激:1.《吴彦高词》 2.《吴彦高词》一卷		●												●		
陈师古:《洮湖词》一卷														●		
刘克庄:1.《后村居士诗余》二卷 2.《后村诗余》二卷 3.《后村居士诗余》 4.《后村别调》一卷				●				●							●	⑦● ⑨
刘德秀:1.《默轩词》 2.《默轩词》一卷	●												●	●		

续　表

词集	公藏			私家藏											其他	
	文渊阁书目	秘阁书目	内阁藏书目录	蒙竹堂书目	蒲汀李先生家藏目录	天一阁藏书目	笠泽堂书目	百川书志	晁氏宝文堂书目	赵定宇书目	世善堂藏书目录	玄赏斋书目	脉望馆书目	汲古阁毛氏藏书目录	清以来书志书目著录	今存明抄明刻本词集
魏子敬:1.《云溪乐府》		●														
2.《云溪乐府》四卷													●	●		
徐得照:1.《西园鼓吹》		●														
2.《西园鼓吹》二卷														●		
徐得之:《西园鼓吹》一卷													●			
程珌:《洺水词》一卷																⑨
李叔献:1.《李东老词》		●														
2.《李东老词》一卷													●			
3.《东老词》一卷														●		
蔡伯坚:《萧闲集》六卷														●		
姚宽:《西溪乐府》一卷														●		
黄机:1.《竹斋诗余》一卷						●									●	⑦⑨
2.《竹斋词》一卷															●	⑧
刘过:1.《刘改之词》		●														
2.《龙洲词》二卷					●	●									●	④⑦
3.《刘改之词》一卷														●		
4.《龙洲词》一卷																⑨
苏泂:1.《泠然斋诗余》		●														
2.《泠然斋诗余》一卷														●		
孙惟信:《花翁词》		●														
严仁:1.《欸乃词》		●														
2.《欸乃集》八卷														●		
洪瑹:《空同词》一卷				●	●										●	⑦⑧⑨

续 表

书目＼词集	公藏			私家藏											其他	
	文渊阁书目	秘阁书目	内阁藏书目录	箓竹堂书目	蒲汀李先生家藏目录	天一阁藏书目	笠泽堂书志	百川书志	晁氏宝文堂书目	赵定宇书目	世善堂藏书目录	玄赏斋书目	脉望馆书目	汲古阁毛氏藏书目录	清以来书志书目著录	今存明抄明刻本词集
陈亮：1.《龙川词》一卷					●	●									●	④⑦⑧
2.《龙川词补》一卷															●	
3.《龙川词》一卷补一卷																⑨
吴潜：1.《履斋先生词》一卷					●											
2.《履斋先生诗余》一卷续集一卷						●										①②⑦
3.《履斋词》										●						
4.《履斋诗余》												●				
5.《履斋诗余》一卷															●	⑧
魏了翁：《鹤山词》一卷															●	⑧
洪咨夔：1.《平斋词》												●				
2.《平斋词》一卷															●	⑧⑨
程贵卿：《梅屋词》一卷								●								
姜夔：1.《姜白石词》		●														
2.《白石道人歌曲》	●	●	●	●												
3.《白石先生词》					●											
4.《白石词》										●						
5.《白石词》五卷														●		
6.《白石先生词》一卷															●	①②⑥
7.《白石词选》一卷															●	⑧
8.《白石词》一卷															●	⑨
杨泽民：《和清真词》															●	
方千里：《和清真词》一卷																⑨
史达祖：1.《梅溪词》		●														
2.《梅溪词》一卷						●									●	⑦⑧⑨

续　表

书目 / 词集	公藏			私家藏											其他	
	文渊阁书目	秘阁书目	内阁藏书目录	菉竹堂书目	蒲汀李先生家藏目录	天一阁藏书目	笠泽堂书目	百川书志	晁氏宝文堂书目	赵定宇书目	世善堂藏书目录	玄赏斋书目	脉望馆书目	汲古阁毛氏藏书目录	清以来书志书目著录	今存明抄明刻本词集
严羽:1.《沧浪词》						●									●	
2.《沧浪词》一卷															●	①③⑤⑧
赵以夫:1.《虚斋词》						●										
2.《虚斋乐府》二卷															●	⑧●
侯寘:1.《懒窟词》		●										●				
2.《懒窟词》一卷						●							●		●	①⑧⑨
卢祖皋:1.《蒲江词》		●														
2.《蒲江词》一卷					●											⑨
3.《蒲江居士词》一卷						●										⑦
4.《蒲江居士词稿》一卷																②
卢炳:1.《烘堂词》		●														
2.《烘堂词》					●											
3.《烘堂词》一卷						●									●	⑦⑧
4.《烘堂集》一卷													●			②⑥⑨●
刘辰翁:《须溪词》	●	●	●													
黄昇:1.《玉林词》一卷						●									●	⑦⑧
2.《散花庵词》一卷																⑨
葛长庚:《海琼子词》一卷																●
王武子:1.《王武子词》		●														
2.《王武子词》一卷													●			
韩疁:《萧闲词》		●														
宋伯仁:《烟波渔隐词》	●	●		●												
张矩:1.《芸窗词》													●			
2.《芸窗词》一卷																⑨

续　表

书目 / 词集	公藏 文渊阁书目	秘阁书目	内阁藏书目录	私家藏 箓竹堂书目	蒲汀李先生家藏书目	天一阁藏书目	笠泽堂书目	百川书志	晁氏宝文堂书目	赵定宇书目	世善堂藏书目录	玄赏斋书目	脉望馆书目	汲古阁毛氏藏书目录	其他 清以来书志书目著录	今存明抄明刻本词集
张辑：1.《清江渔谱》	●			●												
2.《绮语词》					●											
3.《东泽绮语》一卷															●	②③
4.《东泽词》															●	
夏元鼎：《蓬莱鼓吹》一卷					●	●										①⑦
李洪：1.《李氏花萼集》		●														
2.《花萼集》							●									
3.《李氏花萼楼词》五卷												●				
4.《李氏花萼集》五卷													●			
朱淑真：1.《断肠词》												●				
2.《断肠词》一卷															●	⑧⑨
李昂英：《文溪词》一卷					●	●									●	①⑦⑧⑨
陈武德：1.《白雪词》一卷					●	●									●	②⑦⑧
2.《白雪遗响》							●									
3.《白雪遗音》一卷								●								
陈经国：《龟峰词》一卷					●	●									●	①⑦ ⑧●
戴复古：1.《石屏词》一卷					●	●									●	④⑦⑧⑨●
2.《戴复古词》										●					●	
3.《石屏长短句》一卷															●	
陈允平：1.《陈允平词》一卷					●										●	●
2.《日湖渔唱》一卷															●	●
3.《西麓继周集》一卷															●	●

续 表

书目／词集	公藏			私家藏										其他	
	文渊阁书目	秘阁书目	内阁藏书目录	蒲汀李先生家藏目录	天一阁藏书目	笠泽堂书目	百川书志	晁氏宝文堂书目	赵定宇书目	世善堂藏书目录	玄赏斋书目	脉望馆书目	汲古阁毛氏藏书目录	清以来书志书目著录	今存明抄明刻本词集
许棐：1.《梅屋诗余》											●				
2.《梅屋诗余》一卷														●	●
赵彦瑞：1.《介庵词》		●													
2.《介庵词》四卷					●									●	①
3.《介庵赵宝文雅词》四卷					●										⑦
4.《介庵赵宝文雅词》								●							
5.《介庵乐府》								●							
6.《介庵词》一卷												●			
7.《介庵琴趣外篇》六卷补遗一卷															⑨
欧良：《抚掌词》					●										
王沂孙：1.《玉笥山人词》一卷					●										
2.《玉笥山人词集》一卷					●									●	①⑦⑧
3.《碧山乐府》								●	●			●			
周密：1.《草窗词》二卷					●										
2.《草窗词集》二卷附录一卷					●										⑦
3.《草窗词》							●								
4.《草窗词》(存卷上)														●	
吴文英：1.《梦窗词》				●	●										
2.《梦窗词集》不分卷														●	●
3.《吴梦窗词集》不分卷														●	
4.《梦窗稿词》四卷《梦窗绝笔》一卷又补遗一卷															⑨

续　表

书目／词集	公藏			私家藏										其他	
	文渊阁书目	秘阁书目	内阁藏书目录	菉竹堂书目	蒲汀李先生家藏目录	天一阁藏书目	笠泽堂书目	百川书志	晁氏宝文堂书目	赵定宇书目	世善堂藏书目录	玄赏斋书目	脉望馆书目	汲古阁毛氏藏书目录	清以来书志书目著录	今存明抄明刻本词集
蒋捷：1.《蒋竹山词》					●											
2.《竹山词》一卷						●									●	⑧⑨
3.《竹山词》二卷						●										⑦
4.《竹山词》												●				
汪元量：1.《水云词集》一卷《宋旧宫人赠水云词》一卷						●										⑦
2.《水云词》一卷								●								
张炎：1.《玉田词》二卷						●									●	⑦⑧
2.《玉田集》二卷																①
3.《张玉田词》二卷															●	●
傅干：1.《注坡词》十二卷						●										
2.《注坡词》二卷														●		
曹鸿：《注琴趣外篇》三卷														●		
《西庵乐府》		●		●												
《元先生长短句》	●	●		●												
《销闲词》		●														
《立斋词》		●								●			●			
《莲词》										●			●			
《静轩乐府》		●		●												
《琴趣外篇》	●	●		●												
《北溪词》		●														
《莲斋词》		●														
《桃源词》		●														

续表

词集	公藏			私家藏											其他	
	文渊阁书目	秘阁书目	内阁藏书目录	菉竹堂书目	蒲汀李先生家藏目录	天一阁藏书目	笠泽堂书目	百川书志	晁氏宝文堂书目	赵定宇书目	世善堂藏书目录	玄赏斋书目	脉望馆书目	汲古阁毛氏藏书目录	清以来书志书目著录	今存明抄明刻本词集
《丹青词》		●														
《湖山乐府》										●						
《听雨斋小词》										●			●			
《石门乐府》										●			●			
《玉川词》										●			●			

其二,选集、合集、丛编、词话:

作者	公藏			私家藏											其他	
	文渊阁书目	秘阁书目	内阁藏书目录	菉竹堂书目	蒲汀李先生家藏目录	天一阁藏书目	笠泽堂书目	百川书志	晁氏宝文堂书目	赵定宇书目	世善堂藏书目录	玄赏斋书目	脉望馆书目	汲古阁毛氏藏书目录	清以来书志书目著录	今存明抄明刻本词集
黄万载:1.《梅苑》	●				●							●	●			
2.《梅苑词》		●		●												
赵闻礼:1.《阳春白雪》	●	●			●											
2.《阳春白雪》一卷						●										
3.《阳春白雪外集》						●										
4.《阳春白雪》五卷														●		
《家晏录》	●															
《家晏集》五卷													●	●		

125

续　表

书目／作者	公藏			私家藏											其他	
	文渊阁书目	秘阁书目	内阁藏书目录	蒙竹堂书目	蒲汀李先生家藏目录	天一阁藏书目	笠泽堂书目	百川书志	晁氏宝文堂书目	赵定宇书目	世善堂藏书目录	玄赏斋书目	脉望馆书目	汲古阁毛氏藏书目录	清以来书志书目著录	今存明抄明刻本词集
《乐府混成集》			●													
陈恕可：1.《乐府补词》一卷　2.《乐府补题》一卷　3.《乐府补题》					●	●			●	●						⑦
黄昇：《花庵绝妙词选》												●				●
黄昇：1.《花庵词选》　2.《唐宋诸贤绝妙词选》十卷						●	●					●				⑨ ●
黄昇：《中兴以来绝妙词选》十卷						●	●					●			●	●⑨
周密：1.《绝妙好词选》　2.《绝妙好词》　3.《弇阳老人绝妙词选》							●			●		●	●			
《词话总龟》《词调总龟》									●							
《增广笺注名贤草堂诗余》									●							
《增修笺注妙选群英草堂诗余》前集二卷后集二卷																●
《群英诗余》									●							
曾慥：1.《乐府雅词》十四卷　2.《乐府雅词》　3.《乐府雅词》十二卷拾遗二卷								●			●		● ●	●		

续　表

书目＼作者	公藏			私家藏										其他		
	文渊阁书目	秘阁书目	内阁藏书目录	蒲汀李先生家藏目录	菉竹堂书目	天一阁书目	笠泽堂书目	百川书志	晁氏宝文堂书目	赵定宇书目	世善堂藏书目录	玄赏斋书目	脉望馆书目	汲古阁毛氏藏书目录	清以来书志书目著录	今存明抄明刻本词集
张炎：1.《词源》 2.《词源》二卷												●				●
胡仔：《草堂诗余》													●			
王灼：1.《碧鸡漫志》一卷 2.《碧鸡漫志》五卷 3.《碧鸡漫志》三卷														●		● ●
《五十大曲》十六卷														●		
《万曲类编》十卷														●		
沈义父：《乐府指迷》									●					●		

说明：

一、"今存明抄明刻词集"列表中的代码所代表的词集丛编如下：

① 佚名《宋元明三十三家词》，明抄本，国家图书馆藏。

② 佚名《宋元明词》，明抄本，绍兴市鲁迅图书馆藏。

③ 佚名《宋明九家词》，明抄本，南京图书馆藏。

④ 佚名《宋五家词》，明抄本，国家图书馆藏。

⑤ 佚名《宋名贤七家词》，明抄本，南京图书馆藏。

⑥ 佚名《宋二十家词》，明抄本，南京图书馆藏。

⑦ 吴讷《唐宋名贤百家词》，明抄本，天津图书馆藏。

⑧ 紫芝漫抄《宋元名家词》，明抄本，北京大学图书馆藏。

⑨ 毛晋《宋名家词》以及李清照、朱淑真词集和黄昇词选集，毛氏汲古阁刻本。

二、《濮阳蒲汀李先生家藏目录》载《南词》，《天一阁书目》载《唐宋名贤百家词》和《脉望馆书目》载《百家词》（为宋人所编），原未列子目，此据相关书目和今存词集著录。

三、文同《文湖州词》为元乔吉乐府。

上表可知明代传抄和刊印的两宋词集不仅数量多，而且品种丰富，有些保存到现在，但不少是没有留存下来。具体言之如下：

其一，词集的存量，两宋词别集在明代存有一百六十三家，另有词集选本、词话类二十种左右。这还不包括与诗文别集混编的,或诗文别集附载有词的。另有词集注本二家,其中还有十余种不能确认,在不能确认的十余种中,其中《琴趣外篇》疑为晁补之词集,明人书目中著录《琴趣外篇》标明作者的只有晁补之的。有待考核的有:1.《北溪词》:宋人陈淳、苏寿元均号北溪,前者为南宋孝宗淳熙时进士,为朱熹高弟,理学家。后者为南宋末太学生,入元隐居不仕。2.《立斋词》:按杜范(1182—1245),字成己,号立斋,宋宁宗嘉定元年(1208)进士,官至右丞相。《立斋词》疑为其所作。3.《莲词》:疑为《莲社词》之讹,为南宋张抡的词集。4.《销闲词》:疑为《萧闲词》之讹。

其二,就家数而言,两宋词集,尤其是名家,多有传存,有名有姓者凡一百六十余家,据笔者统计,清以来传抄下来的宋人词别集(收入词集丛编中的以各家计)也不过一百七八十种。入清以后失传者不少,不少为名流(近代重新辑录的不计)。从诸书目所载,无论是私家藏,还是公藏,其所著录多有相同,也就是说入明以来,两宋词集的家数大体不会溢出太多。

其三,就版本而言,以抄本为主,这表现在版本的来源。明人书目很少标明版本。除明末毛晋大规模的刻印《宋名家词》外,单行刻印的仅有辛弃疾、林正大二家词别集,选集则有黄昇的《唐宋诸贤绝妙词选》和《中兴以来绝妙词选》,也就是说明代藏家收藏的两宋词集主要还是以传抄为主,如《天一阁书目》所载,又如现存的十数种明人词集丛编等等。如果是刻本,也是以宋、元旧刻为多,如明李鹗翀《江阴李氏得月楼书目摘录》就载有宋板《东坡词乐府》,凡三本。而称苏轼词为《东坡词乐府》的,除此外,宋以来未见有记载的。

其四,就种类而言,丰富多样。表中罗列的词集,多达四百二十余种,这并不是说,每一号就代表一种,因为明人书目中很少著录卷数和版本,有的本身就是同一版本的,只是不能确认罢了。这里以书名为准,参以卷数,凡书名同者,以卷数为准。如柳永,虽然列有十一种,实际有八种,就题名曰《乐章集》的,就有一卷、二卷、三卷、九卷之分,在宋刊词集多湮没不闻的情况下,明抄明刊词集的丰富多样,为今人考察两宋时词集的出版业提供了便利。又如周邦彦词集,毛晋跋中提及的三种,在表中都得到了印证。也就是说毛晋的本子来源并非单一的,张孝祥、赵彦端等也是如此。当然,也有分卷不同,所收词出入不大,如朱敦儒的《樵歌》有一、二、三卷不等,这三类今均有存本,而所收词也是大体相同,只是分卷歧出而已。

　　其五,珍秘词集,如岳珂的《续东几诗余》,入清后就不见书目书志提及过。入清后不存者还有:黄人杰《可轩曲林》、赵令畤《聊复集》、王观《冠柳集》、万俟雅言《大声集》、晁冲之《晁叔用词》、康与之《顺庵乐府》、蔡柟《浩歌集》、马宁祖《退圃词》、吴鉴《敬斋词》、候延庆《退斋词》、林淳《定斋诗余》、邓元《漫堂集》、黄谈《涧壑词》、黄定《凤城词》、王大受《近情集》、张孝忠《野逸堂词》、钟将之《岫云词》、方孝儒《好庵游戏》、刘光祖《鹤林词》、陈师古《洮湖词》、刘德秀《默轩词》、魏子敬《云溪乐府》、徐得之《西园鼓吹》、李叔献《东老词》、姚宽《西溪乐府》、苏泂《泠然斋诗余》、严仁《欸乃词》、孙惟信《花翁词》、程贵卿《梅屋词》、《王武子词》、韩㟢《萧闲词》、宋伯仁《烟波渔隐词》、张榘《芸窗词》、李洪等《李氏花萼集》,以及《家晏集》、《乐府混成集》、《群英诗余》、胡仔《草堂诗余》、《五十大曲》、《万曲类编》等,共计四十余种,其中词别集三十余种,名称和卷数多与陈振孙《直斋书录解题》著录《百家词》本词集相同,应该是或抄自宋刊《百家词》本的。

　　明人传抄的两宋词集,可以说是基本上涵盖了现知宋人刊刻的词集,至于见于宋人记载而未刊印的,很少会见到的。明代公私所藏的两宋词集,若是刻本,则以宋、元(主要是南宋时)刻本居多。据清人的著录及现存词集,明抄本占绝大多数,就笔者寓目的数种明抄本词集丛抄来看,错讹空缺的现象还是较多的,其所据的宋元刻本或就如此,当然,也不排除辗转传抄等因素所致。

第六章　明刊《草堂诗余》的接受

　　宋人编辑的《草堂诗余》原貌不可知，署名何士信增补的《增修笺注妙选群英草堂诗余》成为元代流行的印本。入明后，《草堂诗余》的盛行，成为壮观，传抄唱和外，就是大量地刻印，除白文本外，还有注释本、评注本、评批本，不一而足。明代刊《草堂诗余》的特点是种类繁多、地域广、时间跨度长。

第一节　书目著录

　　明人编撰的书目著录《草堂诗余》的有不少，虽然记载的都比较简略，但有助于考核其典藏和流传，此排比于下，清人编的《天一阁藏书目》也附于其中。

　　1. 杨士奇等撰《文渊阁书目》卷十"诗词"载一种：《草堂诗余》一部，一册，阙。

　　2. 钱溥《秘阁书目》载一种：《草堂诗余》。

　　3. 清佚名《四明天一阁藏书目录》载一种：《草堂诗余》四本。文选楼刊本《天一阁藏书总目》卷四之四"集部·词曲类"载四种：其一，《类编草堂诗余》一卷，刊本，明武陵顾从敬编次。其二，《类编草堂诗余》四卷，武陵逸史编，开云山农校正。其三，《草堂诗余》二卷，不著撰人名氏。其四，"补遗"载一种：《草堂诗余》二卷，刊本，明孙缨偕、胡汝芳、凌伯原、江次成编，总四百八十四首，舒有序。

4. 叶盛《菉竹堂书目》载一种:《草堂诗余》,一册。

5. 高儒《百川书志》卷六"歌词"载一种:《草堂诗余》四卷,《通考》云书坊所编。各有注释引证,皆五代及宋人之作也,分五十九题,几四百阕。

6. 晁瑮《晁氏宝文堂书目》"诗词"载三种:其一,《增广笺注名贤草堂诗余》,宋刻。其二,《草堂诗余》。其三,《草堂诗余》。

7. 周弘祖《古今书刻》上编载有四处:其一,《草堂诗余》,松江府,又徽州府,又扬州府,又临江府,又建宁府书坊。其二,松江府:《草堂诗余》。其三,临江府:《草堂诗余》。其四,福州府书坊:《草堂诗余》。

8. 徐图《行人司重刻书目》"文部五·古诗集类"载一种:《草堂诗余》,四本。

9. 朱睦㮮《万卷堂书目》卷四"杂文"载一种:《草堂诗余》四卷,顾从敬。

10. 陈第《世善堂藏书目录》卷下载一种:《草堂诗余》七卷。

11. 董其昌《玄赏斋书目》卷七"诗余"载一种:《草堂诗余》。

12. 祁承㸁《澹生堂藏书目》卷十二"余集类·艳诗附词曲"载一种:《草堂诗余》,二册,六卷。

13. 赵琦美《脉望馆书目》"词类·集"载二种:其一,《草堂诗余》,一本。其二,胡元(当作胡元任)《草堂诗余》,一本。

14. 徐㶿《徐氏家藏书目》卷五"集部·词调类"载一种:《草堂诗余》,四卷。

以上诸家书目中著录的《草堂诗余》,多是语焉不详,大多是在宋、元本基础上明人重新编印的本子,少数为增编本。晁瑮《晁氏宝文堂书目》著录的宋刊《增广笺注名贤草堂诗余》,与何士信的本子不同,与《直斋》等著录的也不同。就明人著录的卷数而言,有一卷本、二卷本、四卷本、六卷本、七卷本等,除一卷本外,现存的明刻本均有。不过卷数虽然歧出,收录的词作却大体相同。据周弘祖书目的著录,知《草堂诗余》刻印地方之多,地域之广,有松江府、徽州府、扬州府、临江府、建宁府、福州府等刻本。涉及到江苏、安徽、江西、福建四省。又叶盛《叶文庄公书跋》之《书草堂诗余后》云有坊刻本《草堂诗余》前集八卷、后集八卷,前后集上下各四卷。始周美成《水龙吟》,终苏东坡《卜算子》,较之别本阙七十四首,疑为续刊节本,其中又有别本所无者,因录《补遗》一卷附后。十六卷本今未见,据叶氏所云知,虽然分卷多,所收词并不多。

除版本不同、卷数差异外,还有分类的不同,如高儒《百川书志》所载《草堂诗余》四卷,分五十九题,凡四百阕。与何信士本不同,何氏本总目分十一大类六十六题。不仅有坊刻本,还有官刻本,刘若愚《内板经书纪略》(《酌中志》卷十八)载:"《草堂诗余》,二本,一百九十叶。"为内府刻本,此又见明吕毖撰《明宫史》卷五"内板书数",吕毖为明末人①。考孙承泽《春明梦余录》卷十二"文渊阁"附记内府刊刻书目,其中有《草堂诗余》,二本,一百九十叶。云:"永乐辛丑,命修撰陈循将南内文渊阁书各取一部至京,计取书一百柜,载以十艘,又遣官四出购买,故阁中所积书计二万余部,近百万卷,刻本十三,抄本十七,蓄积之富,前古所未有也。"疑诸家所载内府本《草堂诗余》,虽然均为官刻本,但不属于同一时期刻印的。

第二节　刊本概述

明人编辑和刻印的诸种《草堂诗余》,据统计,今存者有三十种左右,大致有三种类型。

一、据元刊本而编印者

这类刻本基本上保存了何士信《增修笺注妙选群英草堂诗余》的原有规模,只是个别词作有出入。此据《中国古籍善本书目》和《唐宋词书录》等所载录诸本于下:

1.《增修笺注妙选群英草堂诗余》前集二卷、后集二卷,明太祖洪武二十五年(1392)遵正书堂刻本。

2.《增修笺注妙选群英草堂诗余》前集二卷、后集二卷,明宪宗成化十六年(1480)刘氏日新堂刻本。

---

① 《四库总目提要》云:"《明宫史》五卷,旧本题芦城赤隐吕毖校次,毖始末未详,考明末有吕毖字贞九,吴县人,尝撰《事原初略》三十四卷,序题崇祯甲申,姓名时代皆相合,疑即其人。"

3.《增修笺注妙选群英草堂诗余》前集二卷、后集二卷,明安肃荆聚春山居士刻本。

4.《精选名贤词话草堂诗余》二卷,明嘉靖十七年(1538)闽沙陈钟秀校刊本。

5.《新刻增修笺注妙选群英草堂诗余》上、下卷,明万历三十年(1602)余氏沧泉堂刊本。

6.《新刊增修笺注妙选群英草堂诗余》二卷,明钟惺辑,明慎节堂刻本。

以上分两类,前三者是覆刻元刊本,后三种虽然据元刊而来,其间编排上还是有不少差别的。其中覆刻何士信本易见者有二:

其一,遵正书堂刊本。此本总目及卷端题名同元刊本,总目末有牌记曰"洪武壬申孟夏遵正书堂新刊",洪武壬申为洪武二十五年(1392),遵正书堂所在地不可考。王国维《传书堂藏善本书志》著录此书,并云:"目录后有'洪武壬申孟夏,遵正书堂新刊'牌子,笺注之后并附名贤诗话,盖出宋元旧本,其笺注亦宋末人作也。明内府刊本即出此本,而前集上脱词三首。"据行款板式所存词作等来看,此书与元刊陈氏双璧本同,而与泰宇本有出入。前文云泰宇本在词作、注文等方面,为陈氏双璧本无者,遵正本也是如此。只是双璧本前、后集有细目,为遵正本所无。又周美成《丹凤吟》"迤逦春光"一词,双璧本存在错简现象,遵正本行文同泰宇本。后集卷下周美成《红林檎近》"风雪惊初霁"、柳耆卿《望梅》"小寒时节"元刊本有,而此本无。后集卷上末一首词沈会宗《天仙子》"景物因人成胜概"附的词话,此本也无。

其二,安肃荆聚刊本。有《四部丛刊》影印本,书末刻有"安肃荆聚校刊",又刻有印,作"春山居士"①。此本与元刊本、遵正本不同的就是行款版式,至于总目内容、所录词作及其注文,排刊次第,与双璧本大体相同。此外前集卷上二首谢无逸《江城子·春思》"杏花村馆酒旗风"、鲁逸仲《惜余春慢·春情》"弄月余花",元刊本、遵正本均有,而荆聚本无。后集卷下周美成《红林檎近》"风雪惊初霁"、柳耆卿《望梅》"小寒时节"元刊本有,而此本无。后集卷上末一首词沈会宗《天仙子》"景物因人成胜概"附有词话,

---

① 按《湖广通志》卷五十八"人物志·隐逸·衡州府":"元侯应雷,字春卿,安仁人,不就辟,隐居山中,以诗文自娱,著有《春山居士集》,年九十,卒。见旧通志。"以其九十岁而言,当已入明,或为此人。

此本无。此本也有不同于元刊本、遵正本的,如前集卷下秦少游《菩萨蛮》"金风簌簌惊黄叶",元刊本、遵正本未标明作者,荆聚本或据前一首补。后集卷上《念奴娇·中秋月》"寻常三五"标作朱希真,而元刊本、遵正本均标作范元卿,又武陵逸史编《草堂诗余》卷三归作朱希真。按朱敦儒,字希真,南北宋间人,有词集《樵歌》,存词二百四十余首。此词归作范元卿,最早见载于岳珂的《宝真斋法书赞》卷二十七,作《范元卿中秋词帖》,岳氏跋云:"右淳熙右史范公端臣字元卿中秋词帖真迹一卷,予旧传此词于乐府,实为月夕绝唱,今观笔妙,斯亦称矣。绍定戊子二月得之嘉兴俞氏。"所云真迹也仅是称其为法书真迹而已,而词作是否确为范氏之作,则有可疑处。陆游《渭南文集》卷二十九有《跋范元卿舍人书陈公实长短句后》云:"绍兴庚申、辛酉间,予年十六七,与公实游,时予从兄伯山、仲高、叶晦叔、范元卿皆同场屋,六人者,盖莫逆也。公实谓予小陆兄,后六十余年,五人皆已隔存殁。"知范氏有书写他人词作的法书留存,又知范氏年纪较陆氏年纪小。考原词意,用词和意旨与朱氏词多吻合,如词云"谁念江海飘零,不堪回首,惊鹊南枝冷",《樵歌》之《朝中措》云"飘零到此,天涯倦客,海上苍颜",又《桂枝香》云"念壮节飘零未稳"等,都指朱氏北宋末战乱南奔至两广西江流域及南海(今广州)时事,而此时范氏尝年幼,不当有此感受。又朱敦儒南渡致仕后归隐嘉禾(今浙江嘉兴)二十余年,岳珂得此帖于嘉兴,因此说荆聚本归作朱敦儒,这是有道理的。

与元刊排列次第不同的,易见者有陈钟秀校刊本,除明刻本外,易见本为四印斋刊本。卷端下题曰"闽沙太学生陈钟秀校刊",前有陈宗谟《草堂诗余序》,云:"吕峰子偕其外君子仙洲,方将极意于诗者也,因予言,遂录以序之,梓而达诸天下也。时嘉靖十七年戊戌仲冬月哉生明,南京国子监监丞陈宗谟书。"序后刻有印,曰"西渠子""文训"等,知字文训,号西渠子。① 而陈钟秀事迹俟考。此书分上下二卷,上卷录春、夏、秋、冬四季之景词作一百八十三首,下卷录节序、人事、杂咏等凡一百八十一首,另有附录,录词四首。上下二卷所收词与元刻本大体相同,只是编排次第不同,另外注释也少,很多词无注释,有些词略有注释,附有词话。其中附录四首为他本所无,这四首词是岳飞

---

① 据《福建通志》卷三十七"选举·举人"载,正德八年(癸酉)张岳榜,福州府长乐县有:"陈宗谟,养德子,事母兄以孝友称。历国子监丞,乞养归甲。子志。漳州人物亦有陈宗谟,一名内载,正德癸酉举人,历官助教事,迹与此略同。查《闽书》《贤书》及旧志选举,是科漳州并无此名,姑附此。"

的《满江红》"怒发冲冠"和《小重山》"昨夜寒蛩不住鸣",范仲淹《渔家傲》"塞下秋来风景异",文天祥《沁园春》"为子死孝"。范氏词后有评云:"范文正公为宋名臣,忠在朝廷,功著边徼。读此词,隐然有忧国忘家之意,信非区区诗人之可伦也。"文氏词后也有评,其云:"此词实纪张巡、许远二人之忠节,足以立纲常、厚风教,诚有补于世也,今宜附录以传。"《福建通志》云陈宗谟"事母兄,以孝友称",是敦厚君子,四词附后,或是陈宗谟之意。至于吕峰子,或即陈钟秀。

二、明人改编本

这类以署名顾从敬编印的《草堂诗余》为代表,所收之词,仍然大多同于元刊本所收,有的出入也不少,至于编排次第,与元刊本是大不相同的。此据《中国古籍善本书目》和《唐宋词书录》等载录诸本于下:

1.《草堂诗余》四卷,明顾从敬编次,明刻本。

2.《类编草堂诗余》四卷,明顾从敬编次,明嘉靖二十九年(1550)顾从敬刻本。

3.《类编草堂诗余》四卷,明顾从敬编次,明嘉靖年间刻,开云山农校正本。

4.《类编草堂诗余》四卷,明顾从敬编次,明韩俞臣校正,明古吴博雅堂刻本。

5.《类编草堂诗余》三卷,明顾从敬编次,明胡桂芬重辑,明万历三十五年(1607)黄作霖等刻本。

6.《类编草堂诗余》四卷,题明唐顺之解注,明田一隽辑,明万历十二年(1584)书林张东川刻本。

7.《类编草堂诗余》四卷,明顾从敬编次,明昆石山人校辑,明刻本。

8.《类编草堂诗余》四卷,明顾从敬编次,明昆石山人校辑,明万历刻致和堂重印本。

9.《类选笺释草堂诗余》六卷,明顾从敬辑,《续选草堂诗余》二卷,明钱允治笺释,《类编笺释国朝诗余》五卷,明钱允治辑,明陈仁锡释,明万历四十

135

二年(1614)刻本。

10.《类编草堂诗余》四卷,明顾从敬编次,续四卷,明一真子辑,明末刻本。

11.《类编草堂诗余》四卷,明末毛氏汲古阁刻《词苑英华》本。

12.《草堂诗余》八卷,明辛丑西陵来行学校刊巾箱本。

13.《新刊古今名贤草堂诗余》六卷,明李谨辑,明嘉靖十六年(1843)刘时济刻本。

14.《坐隐先生精订草堂余意》二卷,明汪廷讷辑,明万历间新都汪氏环翠堂刻本。

以上署名顾氏编排的本子,可分两类,一是无注释的,一是有注释的,其中多均附有词话,也有既无注,也不附词话者。如明末毛氏汲古阁刻《词苑英华》本。其中所录词话大多同于元人刊本。无注释的本子有署名武林逸史编次的《草堂诗余》,有明嘉靖间顾从敬的刻本,名《类编草堂诗余》,四卷,卷端下题云"武林逸史编次,开云山农校正"。至于笺注本有六卷者,所收实同四卷本,只是分卷歧出,排列次第不爽。另有明末毛氏汲古阁刻本,名《草堂诗余》,四卷,卷端下题云"武林逸史编次,隐湖小隐订",武林逸史其人不详,旧时作宋人,今人考证实为顾从敬本人。[①] 然而"武林"二字不一定就是实指地名或籍贯,考清光绪刊《绝妙好词笺》有"武林汇勘姓氏",列三十八人(具体参见第十一章第三节之二),所列为清康熙以来参与校刊周密《绝妙好词》者,其中不少人并非武林(浙江杭州)人,因此说,"武林"(或作"武陵")应作书林之意,不仅词集,在明刊其他类别的著作中也存在有这种标示。也就是说顾从敬以家藏宋本编印,其署名"武林逸史"仍是依所据宋本所题,而"开云山农"或指顾氏本人,如同毛晋刻本一样,"隐湖小隐"即为汲古主人毛晋本人。至于顾氏改编,则是另外一回事。

顾氏本前有何良俊序(嘉靖庚戌),云:"是编乃其家藏宋刻本,比世所行本多七十余调,是不可以不传。"此本四卷,以调类分,卷一卷二为小令,卷三为中调,卷四为长调,何氏序云此本源自宋刊本,而后人认为此本为顾氏重编本,盖和《增修笺注妙选群

[①] 顾从敬,字子汝,上海人。父定芳(1489—1554),号东川,为御医,好藏书。有子从仁,字汝元,嘉靖二十六年卒。

英草堂诗余》以类分编不同,所收词较元刊为多。

在顾氏本基础上重新编排的主要有胡桂芬重辑本、韩俞臣校正本、昆石山人校辑本、钱允治笺释本等。此择几种说明如下:

其一,《类编草堂诗余》三卷,明万历三十五年黄作霖等刻本。前有胡桂芳《类编草堂诗余序》(万历丁未),云:"曩余为司马郎,多暇日,尝取《草堂诗余》分类校之,令善书者录成一帙,自是每行役必置油壁中,有会心处即凭轼观焉,绎妙词于目接,咏好景于坐驰,飘飘然若出风尘之表矣。携持既久,渐以脱落,谋锓诸梓。黄生作霖、崔生畴来、朱生完,岭南所称博雅地,界之重校,订讹补逸,列为三卷,既竣,请于余。"又有黄作霖《跋》(万历丁未)。卷端下题"岭南门生黄作霖、崔畴来、朱完校",此本无注无评,是在顾氏本基础上重新编排,分三卷。胡桂芳,字瑞芝,金溪人,进士。万历中以右副都御史巡抚贵州、任广东按察司副使和广东提刑按察司按察使。

其二,《草堂诗余》四卷,扉页题:"杨升庵先生选订,《草堂诗余》,后附四家宫词,古吴博雅堂梓行。"此本无注,附有词话。卷端下题:"武陵顾从敬编次,高阳韩俞臣校正。"国家图书馆藏本前有何良俊《草堂诗余序》,又有黄越戊戌序,据黄氏序文之意,此本为吴孟孚、矩原兄弟编印。考上海图书馆及东洋文化研究所和京都立命馆大学藏本,却无此序,审读序文,所言似与此书无关。

其三,《类编草堂诗余》,有何良俊序。卷端下题"武林逸史编次,上元崑石山人校辑",目次同顾本。卷五胡浩然《送入我门来》"荼垒",下片顾氏本止"子建才"及注,国图藏本其后有"仗东风尽力,一齐吹入我门来",又《秋霁·隐括东坡前赤壁》"壬戌"作朱希真,而他本或作无名氏。又卷六《贺新郎》"睡起",未标作者,顾笺本作叶梦得。

按:《四库全书》本所收,也是据顾氏本而来。《提要》云:"此本为明上海顾从敬所刊,何良俊称为从敬家藏宋刻,较世所行本多七十余调,其刻乃在汲古阁之前,又诸词之后多附以当时词话,汲古阁本皆无之。考所引黄昇《花庵词选》、周密《绝妙好词》,均在宋末,知为后来所附入,非其原本,然采摭尚不猥滥,亦颇足以资考证,故仍并存焉。"拿《四库》本与顾本、毛本比照,其次第均同,不过《四库》本缺失颇多,计有卷一韦庄《谒金门》"空相忆"后缺六首,又吴彦高《青衫湿》"南朝千古伤心地"后缺十二首;卷二谢无逸《千秋岁》"栋花飘砌"后缺七首;卷三李清照《念奴娇》"萧条庭院"后缺十九首。共计缺三十七首,而顾、毛本却均存。又卷一晏叔原《玉楼春》"秋千院落重帘暮"、徐昌图

《木兰花令》"沉檀烟起盘红雾"、秦少游《鹊桥仙》"纤云弄巧"三词,顾本无,而毛、库有。《库本》所据不是残本,理由是:其一,《提要》中未提及有缺。其二,正文中无因缺佚而留下的空行。盖明人刻印的诸种《草堂诗余》所载总有些出入,与元刊所收大体一致,这是坊刻竞争所致,粗制滥造。《四库》所据除了缺佚外,其与顾笺本、毛本三者间异同还有一些,如作品的归属:

　　《捣练子》"蒌蒌芳草忆王孙",毛本作秦少游,顾本、库本作李重元。

　　《浣溪纱》"小院闲窗春色深",顾本作周美成,毛本作无名氏,库本作欧阳
永叔。

　　《浣溪纱》"一曲新词酒一杯",顾本、毛本作李景,库本作晏同叔。

　　《菩萨蛮》"金风簌簌惊黄叶",顾本、库本作秦少游,毛本作无名氏。

　　《谒金门》"愁脉脉",顾本、毛本作俞克成,库本作陈子高。

　　《虞美人》"落花已作风前舞",顾本、毛本作周美成,库本作叶少蕴。(以
上卷一)

　　《蝶恋花》"海燕双来归画栋",顾本、毛本作俞克成,库本作欧阳永叔。

　　《蝶恋花》"钟送黄昏鸡报晓",顾本、毛本作秦少游,库本作王晋卿。

　　《鱼游春水》"秦楼东风里",顾本、毛本作阮逸女,库本缺名。(以上卷二)

　　《齐天乐》"疏疏几点黄梅雨"毛本、库本作周美成,顾本作无名氏。

　　《喜迁莺》"梅霖初歇",毛本、库本作吴子和,顾本作无名氏。

　　《秋霁》"壬戌之秋",库本作宋谦甫,毛本作无名氏,顾本作朱希真。

　　《女冠子》"火云初布",顾本、毛本作柳耆卿,库本作康伯可。(以上卷四)

这种差异若细究下去,还有不少,可见明人改编刻印的《草堂诗余》粗制滥造者不少,一方面反映了社会上需求量大,数量大,时间长,这恐怕是词史上少见的现象。

　　此外还有杨金刻本,前有《重刻草堂诗余序》,云:"旧集分为上下卷,今仍之,刻于睦之郡斋。时嘉靖甲寅春日,当涂杨金识。"嘉靖甲寅为嘉靖三十三年(1554),考《浙江通志》卷一百十九"职官·严州府知府"载嘉靖间在任者有杨金,当涂人。又据《江南通志》卷一百二十二"选举志"载太平人杨金为嘉靖七年戊子科举人,又登嘉靖戊戌科茅瓒榜进士,太平即当涂。此本末有清江藩题识,云:"是本不分小令、中调、长调,乃《草堂诗余》之元本也。世传《类编草堂诗余》,不知何人所分,古人书籍往往为庸夫俗子所

乱,殊为可恨,江藩记。"云其为《草堂诗余》之元本,不知何据。是书分前后集,每集各分上下卷,与元刊本同,不过与元刊本不同的是不分类,每集每卷所收词次第也不同。所收词作为四百八十三首。较元刊本增溢不少。也就是说此本既与元刊本不同,也与顾从敬编印本不同。杨金云为旧本,同在嘉靖年间,出现了多种不同的编印本。

三、明人评批本

明代对两宋词集的评析,主要见于毛晋汲古阁刻本,于所刻宋六十余种词集后均有跋文,品评论析,不一而足。此外就是《草堂诗余》在明代的评批。《草堂诗余》在明代的改编和刊刻不仅种类多,而且评析本也不少见,就注文而言,多是因袭,就所附词话而言,多同元刊本。今存明人评批本《草堂诗余》有数种,据《中国古籍善本书目》和《唐宋词书录》等录于下:

1. 《草堂诗余》五卷,明杨慎评点,明闵暎璧刻朱墨套印本。

2. 《草堂诗余》五卷,明杨慎评点,明刻本。

3. 《重刻类编草堂诗余评林》六卷,明唐顺之解注,明田一隽辑,明李廷机评,明万历十六年(1588)书林詹圣学刻本。

4. 《新刻注释草堂诗余评林》六卷,明李廷机批评,明翁正春校正,明万历三十二(1604)年书林郑世豪宗文书社刻本。

5. 《新刻注释草堂诗余评林》六卷,明李廷机评解,明万历三十六(1608)年起秀堂刻本。

6. 《新刻分类评释草堂诗余》六卷,明李廷机评释,《新刻分类评释续草堂诗余》二卷,明陈仁锡评释,明李良臣东壁轩刻本。

7. 《新镌李太史注释草堂诗余旁训评林》六卷,明李廷机批评,明万历间刻本。

8. 《新刻硃批注释草堂诗余评林》四卷,明李廷机评注,明天启五年(1625)周文耀刻朱墨套印本。

9. 《新镌订正评注便读草堂诗余》七卷,明董其昌评订,明曾六德参释,明万历三十年(1602)乔山书舍刻本。

10.《新刻李于麟先生批评注释草堂诗余隽》四卷,明吴从先辑,明书林萧少衢师俭堂刻本。

11.《新刻题评名贤词话草堂诗余》六卷,明李攀龙补遗,明陈继儒校正,明万历四十三年(1615)书林余文杰刻本。

12.《古香岑草堂诗余四集》十七卷,明万历四十二年(1614)翁少麓刻本

13.《古香岑草堂诗余四集》十七卷,明崇祯年间吴门童涌泉刊本。

明人评批本《草堂诗余》之多,实在是一种令人称怪的现象。就今存者来看有十余种,署名主要有五家:杨慎、李攀龙、李廷机、董其昌、沈际飞等,这些评批本也有两种,一种为是有注释的,一种是无注释的。虽然署名不同,而所评之言却有不少雷同,尤其是标明李于麟、李廷机、董其昌等,知为书商所乱,扯虎皮作大旗,炫人眼目,这是书商运作的手段,在《草堂诗余》刊本众多,印刷之多的情况下,这样做的,无非是使其速售的目的得以实现。此择主要的几种评本略作说明如下:

1. 杨慎(1488—1559),字用修,号升庵,四川新都人。武宗正德六年(1511)进士第一,授翰林修撰。世宗嘉靖三年(1524)因大礼议案,削籍,遣戍云南永昌(今大理)卫。慎于投荒多暇,致力于典籍著述,所撰诗文杂著等百余种,后人辑有《升庵总集》。所评《草堂诗余》,前有杨氏序。此书凡五卷,最早为明代凌氏套色印本,录词四百三十首,有眉批,不是每首都有批语。入清后,宋泽元刻入《忏花庵丛书》中,于杨氏评语外,又附有宋氏按语,成为易见之本。

2. 李攀龙(1514—1570),字于鳞,号沧溟,山东历城(今济南)人。世宗嘉靖二十三年(1544)进士,授刑部主事,历员外郎。与王世贞同为明代后七子领袖。著有《沧溟集》等。明刊署名为李氏评的《草堂诗余》有二三种,如《新刻李于麟先生批评注释草堂诗余隽》四卷,为明书林萧少衢师俭堂刻本。前有毛伯丘《草堂诗余序》(己未仲冬)。此本是按类分编的,收词四百三十五首,有注释,有评语,在诸家评本《草堂诗余》中,此本评语最多,每首均评。而且评语由三部分组成:其一是于词牌下,概说上下片的词意,一般用对称的两句构成;其二是眉批;其三是总评,附于词后。又有《新刻题评名贤词话草堂诗余》六卷,有万历乙卯(1615)自新斋余垣刻本,录词三百九十首。

3. 李廷机(1542—1616),字尔张,号九我,福建晋江(今泉州)人。穆宗隆庆庚午

(1570)乡试、神宗万历癸未(1583)会试,皆第一,廷试第二,授编修,历祭酒,累官礼部尚书兼东阁大学士致仕。著有《李文节公文集》、《宋贤事汇》等。现存署名李廷机评本《草堂诗余》最多,上列就有六种之多。如《重刻类编草堂诗余评林》六卷,此本是按调编排的,共录词三百三十九首。评语较为简略,有注,有的有评,有的无评。又有《新刻注释草堂诗余评林》,有万历甲午(1594)宗文书舍刻本。

4. 董其昌(1555—1637),字玄宰,松江华亭(今上海松江)人。神宗万历十七年(1589)进士,改庶吉士,授编修。出为湖广副使,督湖广学政,擢礼部右侍郎,寻转左拜南京礼部尚书。加太子太保致仕,卒赠太子太傅。著有《容台集》《画禅室随笔》等。署名董氏评本的《新锓订正评注便读草堂诗余》,为乔木山堂刊本,凡七卷,其中卷七为增补,云:"附录者,皆词苑之绝笔,惜《诗余》未及选也,今以数调增入,裨为作者之式,以便准绳焉。"有《草堂诗余引》,云:"吾年友李君梧芳业暇时,分门取类,仍加评释,付诸梓而行之天下。"据序文,则评者为李君梧芳,可知为书商所乱。此书按类编排,卷一至卷六词之次第大体同李于麟评本,录词四百三十三首,卷七自唐五代至明,补词五十四首。有简单注释。

5. 沈际飞,字天羽,自署古香岑居士、吴门鸥客,江苏昆山人,生卒年不可考。编辑有《草堂诗余正集》六卷、《续集》二卷、《别集》四卷、《国朝诗余新集》五卷,前有发凡十项,涉及经异、比同、研韵、分袭、著品、证故、刊误、定谱、竢哲、诫翻。其中《正集》是依顾氏编《草堂诗余》而评注的,而《续集》《别集》《新集》则为后增者,此只就《正集》而论。

明人刊刻的《草堂诗余》种类繁多,良莠不齐,以上评批本,除沈际飞外,其他则多为托名所为。

第三节　明人对《草堂诗余》的偏嗜

明代词学不振,然而《草堂诗余》自明初至晚明,屡刊不止,改编增减,花样翻新,品析评赏,或有见地。

一、拟古与唱和

纵观明朝文坛,拟古思潮起伏不休,突出表现在诗歌创作的拟古,摹拟前代作品成为时尚。虽然词远不如诗文那样热闹,受其风气影响,在词的创作方面,还是有所表现的,沈际飞《草堂诗余四集·新集》卷一于张迁公《浣溪沙》"苔草无人半入泥"批云:"张子拟《花间》词四百八十七,发妙逞妍。近日一词手录其调与宋合不落于艰凿者一二,犹别集中选《花间集》例也。"《花间集》存词五百首,而张氏几于遍和。除此外,是对《草堂诗余》的唱和。李贤《古穰集》卷十三《中宪大夫南京都察院右佥都御史张公神道碑铭》和吕原《南京都察院右佥都御史张公墓志铭》(见《明文海》卷四五〇)均云张楷曾悉和《草堂诗余》等,按:张楷(1398—1460),字式之,浙江慈溪人,生活于明前期。《全明词》据《四明近体乐府》录其《竹枝》词一首,至于其和唱《草堂诗余》之作,则不见存。除张氏外,还有陈铎。陈霆《渚山堂词话》卷二云:

> 江东陈铎大声,尝和《草堂诗余》,几及其半,辄复刊布江湖间。论者谓其以一人心力,而欲追袭群贤之华妙,徒负不自量之讥。盖前辈和唐音者,胥以此故,为大方所不许。大声复冒此禁,何也?然以其酷拟前人故,其篇中亦时有佳句,……凡此颇婉约清丽,使其用为己调,当必擅声一时。而以之追步古作,遂蹈村妇斗美毛、施之失,盖不善用其长者也。

陈铎(1488?—1507),字大声,号秋碧,又号坐隐先生,居金陵(今江苏南京)。武宗正德年间,世袭济州卫(今属山东济宁)指挥使。精通音律,善弹琵琶,以曲驰名。所和《草堂诗余》诸词作,有《惜阴堂汇刻名词》本《草堂余意》,分春意、夏意、秋意、冬意,凡一百四十五首,陈霆云"几及其半",按明刊诸本《草堂诗余》所收多寡并不一,多者四百多首,少则三百余首。

除张、陈二人外,和唱者应该还有,毛晋《跋草堂诗余》云:"宋元间词林选本几屈百指,惟《草堂》一编飞驰,几百年来,凡歌栏酒榭,丝而竹之者,无不拊髀雀跃。及至寒窗腐儒,挑灯闲看,亦未尝欠伸鱼睨,不知何以动人,一至此也。"又《跋竹斋诗余》云:"《草堂诗余》若干卷,向来艳惊人目,每秘一册,便称词林大观,不知抹倒几许骚人。"以今存的诸种明刊《草堂诗余》来看,毛晋所云不为过,《草堂诗余》在有明一朝盛行不衰,决非几个文士名流的嗜好所能主导的,它是与明代俗文学的发达、市井百姓的喜好分不开的。作为一种通俗文学作品的选本,《草堂诗余》在明代有着广泛的市场需求,应该说其应歌性、实用性仍是主导因素。明代前期,词的创作还是不乏其人的,但总体趋势是衰微的。而歌宴舞席上,歌妓的佐欢娱宾,依然少不了词曲。《草堂诗余》所选,除了其可歌性外,还有其便利性,这种便利就在于其分门别类,在不同的场合下,为选择提供了方便。此外,在思想内容方面,其适俗性,贴近现实生活,表现世俗人情,在明代词的创作衰微的状况下,《草堂诗余》却被钟爱,风行一时,由此可见一斑。

二、嗜利、惜费与速售

明人编改的诸本《草堂诗余》,多是在宋元刊本的基础上增减变异,重新编排组合,这是就大的方面而言。沈际飞《草堂诗余四集》"发凡"之"戒翻"云:

> 坊人嗜利,更惜费,翻刻之弊所由始也。迩来许告追版,而急于窃其实,巧于掩其名,如《诗余》旧本,按字数多寡编次,今以春、夏、秋、冬编次矣。至本意送别、题情、咏物诸词,尽不可以时序论,必硬入时序中,不妥莫甚。

据今存本,《草堂诗余》的分类编排,或依字数由少到多的,或是依类别的,还有依调名的,在元刊《草堂诗余》中已存在这种现象,至明人,更是变本加厉,有无所不穷其技的味道。所谓"坊人嗜利,更惜费",道出了书商的本性,射利性的主导,以最少的成本,在最短的时间内,获取最大的利润。盗版抄袭,增删改易,粗制滥造,这在明代出版业中并不罕见,今存的明刊诸书中,就存在着这个问题,《草堂诗余》的翻印也是如此。此以韩俞臣校正本为例,此书为古吴博雅堂梓行,卷端下题曰"武林顾从敬编次,高阳韩俞臣校正",凡四卷:一卷为小令,二卷为中调,三卷、四卷为长调,笔者所见有四:分别为国家图书馆、上海图书馆以及日本东洋文化研究所和京都立命馆大学藏本。前有何良俊《草堂诗余序》,而国图藏本前另有黄越序,为其他本所无。此书错简讹误太多,立命馆大学藏有朝鲜写本,所据为韩俞臣校正本,对此,书前有详细的辨析,录数则如下:

> 《多丽》,目录则曰《多酒》,《多丽》似是,今不可考。聂冠卿春景词"古来难下",他词"琼苑金池"以下一百二十字错入于此,是并得以下一百二十一字及小注花庵词客云云,以下误入于《瑞龙吟》周美成春景下,故今本定"琼苑金

池"以下语,当考长调《金明池》。

《哨遍》东坡"归去来词","万籁寂无声"以下语与题意相反,长短高低与《南乡子》相类,语意又近夜景,故以己意附之于黄叔旸夜景,其下三调并附之。然则《南乡子》合为五调,目录《哨遍》四调,而此皆移属于《南乡子》,则《哨遍》今无一调从,当考订他本。

《洞仙歌》苏子瞻夏夜词"素手庭户"以下四十六字,及晁无咎中秋、李元膺咏雨、林外垂虹桥词,皆误录于《千秋岁》者,今考定。

《洞仙歌》《八六子》《鱼游春水》《夏云峰》四曲,目录见漏,今附上。

《金明池》秦少游春游词自"琼苑金池"至"寻芳归去",我国人誊附,而原本则卷终于春游秦少游字,此亦必有落张。"琼苑金池"以下即小令中,归属无处,而别录于下者,长调之有误入于小令,推此益验矣。

《戚氏》一调载在目录末段,而无其词,此亦必落张也。字多讹误,次第又颠倒甚至,落张如是,甚可叹惜。印编此册,受远人之金而鬻入者,其能免阴诛乎?

其人名氏不详,中有"我国人誊附"云云,非中土人士可知。又写本《草堂诗余序》有"嘉靖皇明世宗年号庚戌七月既望东海何良俊撰"云云,称"皇明",写本也当在明时。韩刻本卷目所列词调词名与正文所载不尽符,如长调词牌出现在小令词牌目录中,正文中前后页词作不能衔接等等。杨慎《升庵集》卷六十"书贵旧本"云:

> 古书无讹字,转刻转讹,莫可考证。余于滇南,见故家收《唐诗纪事》抄本甚多,近见杭州刻本,则十分去其九矣。刻《陶渊明集》,遗季札赞。《草堂诗余》,旧本书坊射利,欲速售,减去九十余首,兼多讹字,余抄为《拾遗辩误》一卷。……若一句一字之误尤多,略举数条……小词如周美成"愔愔坊曲人家",坊曲,妓女所居,俗改"曲"作"陌"。张仲宗词"东风如许恶",俗改"如许"作"妒花",平仄亦失粘。孙夫人词"日边消息空沉沉",俗改"日"作"耳"。东坡"玉如纤手嗅梅花",俗改"玉如"作"玉奴",其余不可胜数也。书所以贵旧本者,可以订讹,不独古香可爱而已。

较之于沈际飞所云,更为具体些。知明刊本的混乱,大体是任意增删,校勘不精,混同甲乙,因袭窜易。明来斯行《槎庵小乘》卷三十二"格物类·印板"云:"今板刻浩繁,卷帙印摹远不及宋，则以工力苟简，雠较未精故耳。"明谢肇淛《五杂俎》卷十三云："宋时刻本以杭州为上，蜀本次之，福建最下。今杭刻不足称矣，金陵、新安、吴兴三地，剞劂之精者不下宋板，楚、蜀之刻皆寻常耳。闽建阳有书坊，出书最多，而板纸俱最滥恶，盖徒为射利计，非以传世也。大凡书刻急于射利者，必不能精，盖不能捐重价故耳。近来吴兴、金陵，骎骎蹈此病矣。"又云："吴兴凌氏诸刻，急于成书射利，又悭于倩人编摩，其间亥豕相望，何怪其然？"射利、惜费、速售，以至粗制滥造，用以说明《草堂诗余》的编印，是最恰当不过的了，从另一方面，也说明了贯穿整个明王朝，《草堂诗余》的市场需求极其旺盛背后存在的缺憾。

第四节　解读与评赏

　　明人对《草堂诗余》的评批，尽管诸书间存在有大量抄袭雷同的问题，但毕竟反映了明朝人的词学思想和词学观念，值得探究。

一、正名

对《草堂诗余》书名的解读，是明朝出现的事，较早的是杨慎，其《草堂诗余序》云：
　　宋人选填辞曰《草堂诗余》，其曰草堂者，太白诗名《草堂集》，见郑樵书目。太白本蜀人，而草堂在蜀，怀故国之意也。曰诗余者，《忆秦娥》《菩萨蛮》二首，为诗之余，而百代辞曲之祖也。今士林多传其书，而昧其名，余故为之批骘，而首著之云。
认为书名是取法李白的诗集名而来的，明周复俊编《全蜀艺文志》卷二十五于"诗余"提要云：
　　唐人长短句，宋人谓之填词，实诗之余也。今所行《草堂诗余》是也。或问诗余何以系于草堂也，曰：按梁简文帝《草堂传》云："汝南周颙昔经在蜀，以蜀草堂寺林壑可怀，乃于钟山雷次宗学馆立寺，因名草堂，亦号山茨，谓草为茨，亦述蜀语地名。别有蚕茨，是其旁证也。李太白客游于外，有怀故乡，故

以草堂名其诗集,诗余之系于草堂,指太白也。太白作二词,为百代词曲之
祖,则今之填词,非草堂之诗余而何? 仿此选蜀志之词,以太白二阕为首云。

按:《全蜀艺文志》一作杨慎编,对《草堂诗余》书名的解说虽然有所发挥,但核心仍同于
杨氏之言。除此外,因袭其说者还不少,如钱允治《国朝诗余序》等。

对杨慎的解读,也有持不同看法者,如徐𤊹,其《徐氏笔精》卷三"诗谈"云:

《草堂诗余》,宋人选,诗余名曰草堂,杨用修强为之解曰:"李白有《草堂
集》,诗余中有《忆秦娥》《菩萨蛮》二阕,为百代词曲之祖,故名草堂。"殊牵合
附会。今世此书盛行,人人传诵,然知其说者盖寡矣。胡元瑞称博洽,亦未释
然于此。

虽然提出异议,但并未说明自己的看法。毛晋《跋草堂诗余》云:"其命名之意,杨升庵
谓本之李青莲'箫声咽''平林漠漠烟如织'二词,然非欤? 若名调淆讹,姓氏影借,先辈
已详辨之矣。"对杨氏之说,仅仅是质疑而已。沈际飞《草堂诗余四集》有秦士奇《草堂
诗余叙》,云:

故辞流于唐而盛于宋,乃选填辞曰《草堂诗余》。而杨用修以青莲诗名
《草堂集》,诗余者,青莲《忆秦娥》《菩萨蛮》二首为开山辞祖。殊不知辞不始
于唐,如陶弘景之《寒夜怨》,梁武帝之《江南弄》、陆琼之《饮酒乐》、隋炀帝之
《望江南》,六朝君臣颂酒赓色,务裁艳语,宛转僄佻,蔚发词华,又开青莲之
先。若唐宣宗所称"牡丹带露真珠颗"《菩萨蛮》一曲,又不知谁氏所为,则又
《花间集》之先声已。然《花间》皆小语致巧,犹伤促碎,其《草堂》以绵丽取妍
六朝,故以宋人为诗之余,至金、元渐流为歌曲。

只是从词体产生的源流方面论说词为"诗"之余,如同苏轼跋张先词云为诗之苗裔,黄
庭坚云为诗之流,而对于命名"草堂"的原由说得并不是很明确。

二、评析

明刊《草堂诗余》的评批分两部分,一为序跋文及凡例等,一是对每首词的评议。
前者一般是作宏观上的论说,后者则多是对作品的赏析。有点有面,较为全面地反映
了明人的词学思想。

(一) 词的产生及源流

关于词的起源,明人谈得较多,认为滥觞于六朝成为主流的看法。较早持这一观点的是杨慎,其《草堂诗余序》云:

> 诗词同工而异曲,共源而分派。在六朝,若陶弘景之《寒夜怨》、梁武帝之《江南弄》、陆琼之《饮酒乐》、隋炀帝之《望江南》,填词之体已具矣。若唐人之七言律,即填词之《瑞鹧鸪》也;七言律之仄韵,即填词之《玉楼春》也。若韦应物之《三台曲》《调笑令》、刘禹锡之《竹枝辞》《浪淘沙》,新声迭出。孟蜀之《花间》、南唐之《兰畹》,则其体大备矣。岂非共源同工乎?

对六朝乐府作品与词的关联,杨慎在《词品》卷一分别有详细地评析和发明,如云:"梁武帝《江南弄》云:'众花杂色满上林,舒芳耀彩垂轻阴。连手蹙蹀舞春心。舞春心,临岁腴。中人望,独踟蹰。'此词绝妙。填词起于唐人,而六朝已滥觞矣。其余若《美人联锦》《江南稚女》诸篇皆是,乐府具载,不尽录也。"如此,除了音乐因素外,还是着眼于其长短的句式而言。秦士奇《草堂诗余叙》也论及了这方面问题。何良俊《草堂诗余序》(嘉靖庚戌)是一篇重要的词学学术论文,开宗明义地指出:"诗余者,古乐府之流别,而后世歌曲之滥觞也。"何氏重在从音乐的角度,自上古至金元,详细地述说了词与乐府诗的渊源,以及词的盛衰,所谓"诗亡而后有乐府,乐府阙而后有诗余,诗余废而后有歌曲",强调了词体承上启下的作用,而并不在意于句式的长短。

(二) 词的正变及体派

词之正变,指词之正宗和变体。词产生于唐五代,盛行于两宋,以《花间集》为代表的婉约词风成为主导,婉约词体的正宗地位也因此而确定,其他词风则被视为变体,两宋有其实而无其说,至明朝则有正变之说。秦士奇《草堂诗余叙》:

> 迨宋崇宁立大晟府,命周美成诸人讨论古音,少得存者,由此八十四调之声稍传,后增演慢曲、引、进,为三犯、四犯,领乐创调之繁,有六十家辞,至二百余调,其间可歌可诵,如李、晏、柳五、秦七、"云破月来花弄影"郎中、"红杏枝头春意闹"尚书,闺彦若易安居士,词之正也。至温、韦艳而促,黄九精而刻,长公骚而庄,幼安辨而奇,又词之变体也。至高竹屋、姜白石、史梅溪、吴梦窗诸人格调迥出清新。

明确提出了词之正宗与变体,不过称温庭筠、韦庄也属变体,或二人之词于婉约有歉,徒以艳词丽字取悦人目。词之正变的看法是承袭王世贞的,王氏《词评》云:"词须宛转绵丽,浅至儇俏,挟春月烟花于闺幨内奏之,一语之艳,令人魂绝,一字之工,令人色飞,乃为贵耳。至于慷慨磊落,纵横豪爽,抑亦其次,不作可耳。作则宁为大雅罪人,勿儒冠而胡服也。"其后沈际飞《草堂诗余别集小序》云:"夫雕章缛采,味腴挐芳,词家本色。则掀雷扶电,瞋目张胆者,大雅罪人矣。"秦氏《草堂诗余叙》亦云:"唐则有《尊前》《花间》而成调,至集名《兰畹》《金荃》,取其逆风闻薰芳而弱也,则词宁为大雅罪人,必不尚豪爽磊落,明矣。"以婉约为正宗的词学观念,此后一直被后人认同,入清仍是如此。

与词的正变相关联的,还有词的体派。词之体派的提出,是基于谈论词之风格而来,始于明人。《诗余图谱》(明嘉靖刻本)"凡例"末按语云:

> 按:词体大略有二:一体婉约,一体豪放。婉约者欲其辞情酝藉,豪放者欲其气象恢弘。盖亦存乎其人,如秦少游之作多是婉约,苏子瞻之作多是豪放。大抵词体以婉约为正,故东坡称少游为今之词手,后山评东坡词虽极天下之工,要非本色。今所录为式者,必是婉约,庶得词体。

其中提到婉约、豪放二体,是就风格而言的。由婉约、豪放之风格而指向流派,则是入清后的事,王士祯《花草蒙拾》云:"张南湖论词派有二:一曰婉约,一曰豪放。仆谓婉约以易安为宗,豪放惟幼安称首。皆吾济南人,难乎为继矣。"不过言流派,明人已有说法,如闵元京、凌义渠编《湘烟录》之"湘烟录十条"其七云:"评词者曰:逸品上矣,雄词次之,斯则词分二派已。然飞卿故自喻于《金荃》,学士亦受嘲于绰板。"逸品当指婉约,雄词即指豪放,只是没有明确地用"婉约""豪放"之词罢了。

(三) 词的特性及功能

诗庄词媚,这是最初诗与词的界线,唐五代词即是如此。至北宋中期,苏轼等推尊词体,以诗为词,两者的界线渐被忽略。何良俊《草堂诗余序》:"乐府以曒径扬厉为工,诗余以婉丽流畅为美,即《草堂诗余》所载,如周清真、张子野、秦少游、晏叔原诸人之作,柔情曼声,摹写殆尽,正词家所谓当行、所谓本色者也。"当行本色,是婉约词特性的反映,言情是其所长,因是以儿女之情为主,所以易于偏向柔媚浮艳。虽然如此,传情依然是词的主要功能,沈际飞《序草堂诗余四集》云:"故诗余之传,非传诗也,传情也。"强调了词的功能性,对此,胡桂芳《类编草堂诗余序》(万历丁未)有更为详细的说明,其云:

> 情适,而时与境皆适已。诗余诸调,或雅或俗,虽非一体,要皆随时与境

逞其才情,发为歌咏,丽词方吐,逸韵旋生,有得于县解而合乎天倪者。尔乃
状景物之清佳,纪山川之名胜,叙时事之变迁,揣人情之欣戚。或寓箴规于赞
颂,或志警悟于登临,自足启灵扃而祛俗障。即古陈诗观风者,或所必采,间
有音类巴歈,词涉郑卫,质之风雅,盖亦思无邪之旨也已夫,安得而訾之?

则已经不仅仅局限于儿女之情了,抒情言志,拓展了词的表达功能,强调去俗艳,崇雅正,是与北宋苏轼推尊词体、南宋雅正词派一脉相通的。秦士奇《草堂诗余叙》云:“大约辞婉变而近情,燕昵莺吭,宠柳娇花,原为本色,但屏浮艳,不邻郑、卫为佳。”也表达了这种思想。

(四) 词的解读与评论

明人对词的评议与赏析,是以《草堂诗余》为代表的。其内容是非常丰富的,《草堂诗余》所收的词作,在明刊诸种评批本中或多或少都有论及,有的所云迷离汗漫,有的则有较强的针对性,富有启迪。此以周邦彦《瑞龙吟》为例,词云:

> 章台路,还见褪粉梅梢,试花桃树。愔愔坊陌人家,定巢燕子,归来旧处。
>
> 黯凝竚,因念个人痴小,乍窥门户。侵晨浅约宫黄,障风映袖,盈盈笑语。
>
> 前度刘郎重到,访邻寻里,同时歌舞。惟有旧家秋娘,声价如故,吟笺赋笔,犹记燕台句。知谁伴、名园露饮,东城闲步。事与孤鸿去,探春尽是,伤离意绪。官柳低金缕,归骑晚、纤纤池塘飞雨,断肠院落,一帘风絮。

此词在周邦彦词集中多置于首,一般认为是言情之作,《新刻李于麟先生批评注释草堂诗余隽》卷二批云:

> 前二段轻描春色,下一段追思往事,对景伤怀。　　　又:借景写情,俱出有意。　　　又:犹记燕台,谁伴名园,必有所指,玩之有味。　　　又:有溶月淡风之度。　　　又:此诗负才抱志,不得于君,流落无聊,故托此以自况,读者当领会词表。

提出了寄托说,不仅如此,署名其他人评批本的也有这种看法,如李廷机《新刻注释草堂诗余评林》卷一评云:“唐人作宫词,或赋事,或抒怨,或寓讽刺。或其人负才抱志,不得于君,流落无聊,故托以自况耳。”又董其昌《新镌订正评注便读草堂诗余》卷一和李攀龙《新刻题评名贤词话草堂诗余》卷一评语同李廷机,后者又云:“追思往事,对景伤怀,不得不然者。”词为追怀昔日情事之作,以沉郁顿挫而著称。周邦彦这类词,往往写

得缠绵深挚，形象楚楚动人，活脱灵动，较好地表现了自己的真情。至于云有寄托，所据即"前度刘郎重到"句，用刘禹锡遭贬复还、借咏桃花讽世之事。或以为此词作于哲宗绍圣四年(1097)回京任国子主簿时，时年四十余岁，已是不惑之年。周氏早年仕途坎坷，晚年稍达，明人评语，不外是说此词借香草美人，喻君臣之际遇。词中追述了离京前与一位女子的情缘往事，初识时，女子尚幼小，但风情已解，"障风映袖，盈盈笑语"，于迎门卖笑中摹勒出其人的天真烂漫，相对于所见久处风月场的女子来说，毕竟给作者以清纯真率之感，由此而留下了深刻的印象。十年之后，重访旧地，见到了昔日的她，"声价如故"，道出了女子的不凡，只是这次的会面，惹得词人满怀的不快，"探春尽是，伤离意绪"，时过境迁，虽然不似杜牧有结子之怨叹，但相逢之惊诧后的冷漠是可想而知的，更不用说昔日的纯真与多情了。

明人的评批主要以品析思想内容为主，或申明旧说，或敷衍新义，也有旁及其他的，如叶道卿《贺圣朝》"满斟绿醑留君住"，沈际飞《草堂诗余正集》卷一云：

> 按此词多参差不同，旧谱美"日"字，正之，恐从《眼儿媚》调。新谱以"日"字连下读，又不成句。词选于两段末作五字句，换头作八字，叶，可从。

又如张仲宗《渔家傲》"楼外天寒山欲暮"，沈际飞《草堂诗余正集》卷二云：

> 两"住"句清新(春光已向梅梢住、故园正要莺花主)。　又：杨升庵以"否"与"主"同叶，呼"否"为"府"，实闽音也。曹元宠梅词亦以"否"为"府"，皆非，及考《中原音韵》，却宜同叶，升庵之论，不可尽信。

此词不见于其他本《草堂诗余》。按：杨慎《词品》卷三云：

> 张仲宗三山以送胡澹庵及寄李纲词得罪，忠义流也。其词最工，《草堂诗余》选其"春水连天"及"卷珠箔"二首，脍炙人口。他如"帘旌翠波飒，窗影残红一线"及"溪边雪霭藏云树，小艇风斜沙觜露"，皆秀句也。词中多以"否"呼为"府"，与"主"字"舞"(脱"字"字)同押，盖闽音也。如林外以"锁"为"扫"，俞克成以"我"为"袄"，与"好"同押，皆鸠舌之音，可删不可取也。○曹元宠亦以"否"呼为"府"。

论及到词律用韵等问题，不过谈及这方面内容的并不多见。以方言读音叶韵，这在宋词中是存在的，词本是通俗歌曲，用韵本无统一的规范，明人编制词谱，从声律角度定格规范，读之，就有不叶韵之感，但也不必因此苛求古人。

第七章 李濂对辛弃疾词的解读

李濂(1488—1566)，字川父，明祥符(今河南)人。武宗正德八年(1513)乡试第一，次年成进士。授沔阳知州，迁宁波同知，擢山西金事。嘉靖五年(1526)以大计免归。少负俊才，时从侠少年联骑出城，搏兽射雉。酒酣，悲歌慨然，慕信陵君、侯生之为人。既罢归，益肆力于学，遂以古文名于时。里居四十余年，著述甚富，有《祥符先贤传》和《嵩渚集》一百卷，又词集《乙巳春游稿》，文集、词集均存。《明史》卷二百八十六有传。

所评《稼轩长短句》，有明嘉靖丙申王诏刻本，前有李濂《批点稼轩长短句序》(嘉靖丙申)，云：

> 余家藏《稼轩长短句》十二卷，盖信州旧本也，视长沙本为多。……长短句凡五百六十八阕，余归甲多暇，稍加评点。间于登台步垅之余，负耒荷锄之夕，辄歌数阕，神爽畅越，盖超然不觉尘思之解脱也。惜乎世鲜刻本，开封贰郡历城王侯读而爱之，曰："予忝为稼轩乡后进，请寿诸梓。顾惠一言，以为观者先。"余聊摭稼轩之取重于当时后世者如此，其中妙思警句，则评附本篇云。

序作于嘉靖十五年，距李氏归隐已有十年。序云存词五百六十八首，与景明抄小草斋抄本《稼轩长短句》(十二卷本)比较，李氏评嘉靖本缺十一首。李氏评本又有嘉靖二十四年何孟伦刻本，题名《辛稼轩词》，凡十二卷。以李氏崇尚义侠的性格来看，其与辛弃疾有共鸣处。如于卷七《江神子·侍者请先生赋词自寿》"两轮屋角走如梭"一词，李氏评云："达者识见自别，吾欲书此词于座右，以稼轩为异代知己也。"辛词纯是议论，慨叹时光易逝，而当享受现世，神仙长生，多是虚妄，不必企慕，也是旷达之言。

李氏评词达三百余首，除个别为旁批、夹批外，大多数评语都刻在词牌下。其间不少评语仅仅是"佳"字,或"佳甚""奇""奇妙"等,总觉空泛而不知所指,价值不大,类似这样的评语有一百四、五十首之多。总的看来,评语用字不多,绝大多数是在十字以内,李氏对辛词的解读主要集中在以下几个方面。

第一节　新奇

除了"佳"字外,"奇"字是李濂评语中使用的又一个频率较高的字,出奇出新,是辛疾弃词作的突出表现,不仅仅是在构思方面,而且在词语的运用、典故的融化、手法的尝试等方面,较前人却大有突破,从而表现出在视角、章法、句法、字法等方面的出奇。如《柳梢青·三山归途代白鸥见嘲》云:

　　　白鸟相迎,相怜相笑,满面尘埃。华发苍颜,去时曾劝,须早归来。

　　　而今岂是高怀,为千里莼羹计哉。好把《移文》,从今日日,读取千回。

三山,即福建福州,宋光宗绍熙四年(1193)秋辛氏知福州兼福建安抚使,次年七月被劾罢职,主管建宁府武夷山冲佑观。词当写于这个时期。李濂评云:"题目已自奇,而词又奇。"按:《列子》云:"海上之人好鸥者,每旦之海上,从鸥鸟游,鸥鸟之至者百数而不止。其父曰:'吾闻鸥鸟皆从汝好,取来吾玩之。'明日之海,鸥鸟舞而不下。"后世因此借鸥盟、鸥社等表示退隐自娱,不以世事为怀。辛词中就有不少这方面的例子,如《水调歌头·盟鸥》"带湖吾甚爱",又如《丑奴儿·博山道中效李易安体》下片云:"午醉醒时,松窗竹户,万千潇洒。野鸟飞来,又是一般闲暇。却怪白鸥,觑着人、欲下未下。旧盟都在,新来莫是,别有说话。"或全词借喻,或引申比拟,表达自己的心愿,李氏评云题目自奇,就在于作者视角的新奇,官场的失意,事业的挫折。"归途"是双关,借指罢官返归,"满面尘埃",则是倦于官场奔波的说明。前此辛氏也写过类似题材的词,如《水调歌头·盟鸥》云:

　　　带湖吾甚爱,千丈翠奁开。先生杖屦无事,一日走千回。凡我同盟鸥鸟,
　　今日既盟之后,来往莫相猜。白鹤在何处,尝试与偕来。　　破青萍,排翠
　　藻,立苍苔。窥鱼笑汝痴计,不解举吾杯。废沼荒丘畴昔,明月清风此夜,人
　　世几欢哀。东岸绿阴少,杨柳更须栽。

一般认为此词作于孝宗淳熙九年（1182），早于《柳梢青》十年，两词的背景都是被解职后所为，题材相同，意思也相近，但写法略异。《水调歌头》多是从虚处入手，是对"盟鸥"二字所表达意蕴的展开和深入。陈鹄《耆旧续闻》卷五云："余谓近日辛幼安作长短句，有用经语者《水调》歌云：'凡我同盟鸥鹭，今日既盟之后，来往莫相猜。'亦为新奇。"按：《左传·鲁僖公九年》云："秋，齐侯盟诸侯于葵丘，曰：'凡我同盟之人，即盟之后，言归于好。'"用语新奇，就是广泛地援引经书之语入词，这是辛词的创新，并能运用自如，达到炉火纯青的地步。而《柳梢青》一词则是从实处入手，以途中与白鸥邂逅，写自己的愧疚和惊诧。《水调歌头》写于退隐后的一段时间，行文较为平和；《柳梢青》写于刚落职之后，行文较激烈些，牢骚满腹。写《水调歌头》时，作者四十出头，写《柳梢青》时，作者五十出头，"满面尘埃""华发苍颜"的感受，不是四十多岁时所能体会的，而"好把《移文》，从今日日，读取千回"，悔恨之心溢于字里行间，由出仕到罢职，几起几落，当然出仕是词人的愿望，能实现收复北方故土，完成统一大业，不出仕是达不到目的的。而一而再地被罢职闲放，使得这种愿望变得如此渺茫。如果说四十多岁还有机会，而五十多岁、六十多岁，机会又有几成呢？人生的无奈和悲哀，就在于无法主宰自己的命运，几经波折，对官场的死心也是出于无奈。鸥鸟作为隐者的意象，频繁地出现在辛氏作品中，表面是表示隐的意思，内里则是指向仕的问题，辛氏在词中把看似寻常的意象，反复运用，写出了自己的心迹。

除此外，李氏评以"奇"字的词作尚有：《哨遍》"池上主人"之"非有得于《庄子》者，弗能为此词，奇哉奇哉"、《兰陵王》"恨之极"之"异事奇作"、《沁园春》"杯汝来前"之"煞有奇语"、《水调歌头》"酒罢却勿起"之"煞有奇气"、《玉蝴蝶》"贵贱偶然"之"化腐臭为神奇"、《满江红》"笑拍洪崖"之"奇思翩翩"、《满江红》"两峡崭岩"之"落笔使奇"、《八声甘州》"故将军饮罢夜归来"之"必奇士，乃有奇作"、《汉宫春》"心似孤僧"之"此老每到和章，便出奇语，诵之令人洒然"、《千年调》"左手把青霓"之"奇奇怪怪，且有古意"、《行香子》"云岫如簪"之"用险韵，构思奇"、《玉楼春》"君如九酝台粘盏"之"愈和愈奇"、《西江月》"醉里且贪欢笑"之"清狂老子，好作奇怪语"、《卜算子》"盗跖傥名丘"之"奇古之作"，诸如此类，视角的别致，构思的新颖，手法的独特，用典的灵活，词语的丰富，这都是辛词"奇"的表现，也是辛词魅力之所在。

第二节　婉丽

李濂评辛词,很少谈及其豪放等,但论其婉约清丽的话却不少,如《祝英台近》云:

　　宝钗分,桃叶度,烟柳暗南浦。怕上层楼,十日九风雨。断肠片片飞红,
都无人管,倩谁唤、流莺声住。　　鬓边觑,试把花卜归期,才簪又重数。罗
帐灯昏,哽咽梦中语。是他春带愁来,春归何处,又不解、带将愁去。

这是辛词中较有代表性的作品之一,写作的具体年代不可考,词写闺怨,李濂评云:"翩
翩丽藻。"以婉约丽语来写春怨秋愁、伤情离绪,这是词的传统风格。一般说来,辛词给
人以豪迈激昂的印象比较深,像婉约其情的词,反而容易被人忽略。宋魏庆之《诗人玉
屑》附录《中兴词话》评此词云:"风流妩媚,富于才情,若不类其为人矣。……则铁心石
肠发于词气间,凛凛也。盖其天才既高,如李白之圣于诗,无而不宜,故能如此。"又清
沈谦《填词杂说》也云:"稼轩词以激扬奋厉为工,至'宝钗分,桃叶渡'一曲,昵狎温柔,
魂销意尽,才人伎俩,真不可测。"意思是说辛氏全凭才气,先天所赋,因此写任何题材、
任何风格的词时,都能有优秀之作。或云此词有寄托,如清张惠言就云此词有伤君子
之弃、恶小人得志之意,不外乎是说借香草美人喻君臣之遇。虽然在这首词中,李濂没
有说是否有寄托,但在其他词中却有类似的解读,如《临江仙》二词:

　　小扇人怜都恶瘦,曲眉天与长颦。沉思欢事惜腰身,枕添离别泪,粉落却
深匀。　　翠袖盈盈浑力薄,玉笙袅袅愁新。夕阳依旧倚窗尘,叶红苔郁碧,
深院断无人。

　　逗晓莺啼声昵昵,掩关声树冥冥。小渠春浪细无声,井床听夜雨,出藓辘
轳青。　　碧草旋荒金谷路,乌丝重记《兰亭》。强扶残醉绕云屏,一枝风露
湿,花重入疏棂。

李氏评云:"以下二阕皆丽语,若意有所属而云。"盖谓词意有所指,为他人所未言,不过
所指为何,李氏却未明示。

婉丽,主要是论语言风格,李氏所评属于这类的还有:《御街行》"阑干四面山无数"
之"闺情丽语"、《鹧鸪天》"趁得东风汗漫游"之"丽语"、《东坡引》"玉纤弹旧怨"之"以下

三阕皆丽曲也,可以想见此老之风流矣"(另二阕为'君如梁上燕''花梢红未足')、《杏花天》"病来自是于春懒"之"丽而婉"、《唐河传》"春水"之"此老善作丽语"、《一络索》"羞见鉴鸾孤却"之"此老善作丽语"等。然而辛词的风格是多样的,除婉丽外,尚有其他,李氏评语也有涉及,如评《西江月》"万事云烟忽过"之"旷达"、《永遇乐》"千古江山"之"无限感慨悲凉之意,而词足以发之,妙妙"、《汉宫春》"秦望山头"之"悲歌慷慨"、《昭君怨》"夜雨剪残春韭"之"悽楚"等,只是远不及谈婉丽多而已。

第三节　谑趣

喜笑怒骂,皆成文章,这是辛弃疾创作的特点,其前其后少见。游戏之笔,解嘲是主要的因素,一是自嘲,一是嘲人,辛词自嘲的笔墨不少,如《水调歌头·元日投宿博山寺见者惊叹其老》:

> 头白齿牙缺,君勿笑衰翁。无穷天地今古,人在四之中。臭腐神奇俱尽,贵贱贤愚等耳,造物也儿童。老佛更堪笑,谈妙说虚空。　　坐堆豗,行答飒,立龙钟。有时三盏两盏,淡酒醉蒙鸿。四十九年前事,一百八盘狭路,拄杖倚墙东。老境何所似,只与少年同。

词作于孝宗淳熙十六年(1189),时闲居带湖。自嘲往往是苦涩的笑,绝非作践自己,这是历尽苦难,饱经风霜,甚至是四处碰壁,生活中不顺畅的反映。以自己相貌的丑陋作嘲讽的对象,这也是诗文中常见的。"头白齿牙缺",衰败之迹全露,"坐堆豗,行答飒,立龙钟",面容的老态,行动的笨拙,自非少年时可比。勇于自嘲的人往往也曾是自信心、自尊心很强的人,只是运气不太好罢了。所谓五十岁知天命,不过是借此释放自己的不良情绪,词人把自己的"丑陋"描写到了极致,而实际上是口服心不服,李评云"如此解嘲,令人绝倒",应是读懂其言外之意的。又《恋绣衾·无题》云:

> 长夜偏冷添被儿,枕头儿、移了又移。我自是、笑别人底,却元来、当局者迷。　　如今只恨因缘浅,也不曾、抵死恨伊。合手下、安排了,那筵席、须有散时。

长夜难眠,这是最痛苦的事,不能入睡,盖有心事,从词意看,似为情词,男女欢心,却不能长久厮守,其苦难言,客气地来说是没缘份,骨子里却是认为不可能。"当局者迷",词或是借喻对官场的感慨。李评《恋绣衾》云"读罢,令人捧腹绝倒",也是自嘲自娱,行文轻快活泼。又有《江神子·闻蝉蛙戏作》云:

> 簟铺湘竹帐垂纱,醉眠些,梦天涯。一枕惊回,水底沸鸣蛙。借问喧天成鼓吹,良自苦,为官哪?　心空喧静不争多,病维摩,意云何?扫地烧香,且看散天花。斜日绿阴枝上噪,还又问,是蝉么?

好梦被惊醒,也是痛苦的事,何况是个病人呢?词中三次发问,是词人思想情感激烈波动的反映。《晋书·惠帝纪》载:"帝又尝在华林园,闻虾蟆声,谓左右曰:'此鸣者为官乎?私乎?'或对曰:'在官地为官,在私地为私。'"惠帝发问,是其昏庸的表现,"良自苦,为官哪"辛氏的发问,却是失意的讥笑。群蛙聒噪,是官场的写照,蝉儿鸣叫,却显得如此的孤寂,蝉是高洁的象征,对蛙鸣的厌弃,对蝉鸣的关注,词人的价值取向是很明确的,故云"还又问,是蝉么",迫切的情感可知。李氏评云:"因闻蝉蛙而戏作此,风流谑浪,可喜,可喜。"何止为游戏之笔,简直就是彻悟之言。

戏谑是一种人生的态度,是高压下不良情绪的释放,不伤害自己,保持健康的心理,这就是目的所在。辛氏又评《蓦山溪》"饭疏饮水"之"善戏谑兮,此老之谓也"、《蝶恋花》"小小年华才月半"之"老子乃尔多情,可笑,可笑"、《满江红·送徐抚干衡仲之官三山,时马叔会侍郎帅闽》"绝代佳人"云"纵横游戏,无不中度,美哉,词也"等,多是如此。

第四节　老到

词到了辛弃疾手中,所谓无事不可使,无语不可用,对他来说,词的写作可以自如地玩转于手掌中,手法老到,深厚稳妥,在这方面,李氏谈到的也不少。如《雨中花慢·登新楼有怀赵昌父、徐斯远、韩仲止、吴子似、杨民瞻》:

> 旧雨常来,今雨不来,佳人偃蹇谁留。幸山中芋栗,今岁全收。贫贱交情落落,古今吾道悠悠。怪新来却见,文反《离骚》,诗发秦州。　功名只道,无之不乐,哪知有更堪忧。怎奈向、儿曹抵死,唤不回头。石卧山前认虎,蚁

喧床下闻牛。为谁西望，凭栏一饷，却下层楼。

词作于退居铅山时，六十岁左右，此是怀友之作。李评云："起结处见老手。"词中用典颇多，却能融化自如，这是辛词最擅长的，起句借杜甫文句意，点明词旨，杜甫《秋述》云："秋，杜子卧病长安旅次，多雨生鱼，青苔及榻，常时车马之客，旧雨来，今雨不来。昔襄阳庞德公至老不入州府，而扬子云草《玄》寂寞，多为后辈所褻，近似之矣。呜呼！冠冕之窟，名利卒卒，虽朱门之涂泥，士子不见其泥，矧抱疾穷巷之多泥乎？"后世遂以旧雨喻故人，今雨喻新知。想辛氏目前的处境，与杜氏有同感，不过杜氏的不得志，穷愁潦倒，非辛氏所能及，词中多叙及对仕途人生的感慨，也是就杜文之意阐发，起句苍劲有力，如坠石落地，结语"为谁西望，凭栏一饷，却下层楼"三句收束突兀干脆，其前抒情言志，议论风生，结语断以叙事，失望、失意、失落之感溢于言表，又与首三句相呼应，友人昔日的频频造访，与近时信息断绝，词人的猜疑，以至有"石卧山前认虎，蚁喧床下闻牛"错觉。

老到与稳重往往相关，为人是如此，作文也是如此，辛词《临江仙·停云偶作》云：

偶向停云堂上坐，晓猿夜鹤惊猜。主人何事太尘埃，低头还说向，被召又重来。　　　多谢北山山下老，殷勤一语佳哉。借君竹杖与芒鞋，径须从此去，深入白云堆。

词也是退居铅山时所作，略带自嘲，猿、鹤"惊猜"，意同前引词中的鸥鸟相猜，"径须"二句的果决，是宦海中历经喜忧、饱尝苍桑后的醒悟。李评云："老作，自是平妥。"正如《柳梢青·三山归途代白鸥见嘲》所云："好把《移文》，从今日日，读取千回。"是真隐？还是假隐？是真心归去？还是沽名钓誉？《北山移文》的警示，对历来热衷于功名富贵的名流文士们来说，无疑就如同是棒喝一般。

作法老到的词，李氏所评的还有《鹧鸪天·鹅湖归病起作》五首"皆天然流出，不事雕刻，老手老手"、《瑞鹤仙·寿上饶倅洪莘之，时摄郡事，且将赴漕举》"黄金堆到斗"之"奇而稳，非老于文学者弗能"、《水调歌头》"我饮不须劝"之"前章佳胜，老手笔，自是惊人"、《瑞鹧鸪》"胶胶扰扰几时休"之"妥而畅"、《玉楼春》"往年笼岫堂前路"之"稳帖"、《浪淘沙》"身世酒杯中"之"老笔"等，饱经风雨后的淡定，由汲汲于出仕，到几度起用、几度罢职、几度归隐，激情不再，更多了些冷静和思考。

李濂评语涉及的内容较广，除上述四方面外，论及较多的还有用韵的问题，如《江神子》"五云高处望西清"之"用韵非"、《行香子》"好雨当春"之"用韵非"、《行香子》"云岫如簪"之"用险韵,构思奇"、《鹧鸪天》"绿鬓都无白发侵"之"失韵"、《鹧鸪天》"泉上长吟我独清"之"佳,但结韵未稳"等。按《江神子》韵字依次为:清、升、荣、成、沉、名、生、宸、英、明,《行香子》韵字依次为:春、耕、明、声、云、宁、行、情、晴,《鹧鸪天》"绿鬓都无白发侵"韵字依次为:侵、神、人、云、情、深,又"泉上长吟我独清"韵字依次为:清、明、声、情、平、屏,知其用韵混乱。盖春、神、人、宸属真韵,云属文韵,英、明、荣、生、行、耕、清、情、晴、成、声、名属庚韵,屏属青韵,升属蒸韵,侵、沉、深、属侵韵,真、文二者可通押,庚、青、蒸三者可以通押,辛词中真文、庚青蒸、侵三者之间互押,后人却以为用韵非是,即失韵等,不过,三种韵系字的混用,这在宋词中并不少见,如朱敦儒等人的词也是如此,而当时并不以为非。

第八章　汲古阁汇刻的两宋人词集

　　毛晋编印的词集，以两宋人著作居多。笔者在《宋金元词籍文献研究》中就毛氏汲古阁所藏词集的种类、数量、版本以及得失有较详细的论述，可参看。此仅就其所刻词集的特色展开分析，以见毛氏在传刻两宋人词集用工用力之所在。可与《宋金元词籍文献研究》相关章节互相发明。

　　清郑德懋辑《汲古阁校刻书目》记载了汲古阁所刻诸书名，并各家词集的总页数。所刻词集有：1.《宋名家词》，凡六集。第一集十家：晏殊《珠玉词》、欧阳修《六一词》、柳永《乐章集》、苏轼《东坡词》、黄庭坚《山谷词》、秦观《淮海词》、晏几道《小山词》、毛滂《东堂词》、陆游《放翁词》、辛弃疾《稼轩词》四卷，共七百七十七叶总序目在内。　第二集十家：周邦彦《片玉词》、史达祖《梅溪词》、姜夔《白石词》、叶梦得《石林词》、向子諲《酒边词》、谢逸《溪堂词》、毛开《樵隐词》、蒋捷《竹山词》、程垓《书舟词》、赵师使（当作侠）《坦庵词》，共四百四十七叶总序在内。　第三集十家：赵长卿《惜香乐府》、杨炎（脱"正"字）《西樵语业》、高观国《竹屋痴语》、吴文英《梦窗稿》四卷、吴文英《梦窗绝笔》又补遗、周必大《近体乐府》、黄机《竹斋诗余》、石孝友《金谷遗音》、黄昇《散花庵词》、方千里《和清真词》、刘克庄《后村别调》，共五百三十七叶。　第四集十家：张元干《芦川词》、张孝祥《于湖词》三卷、程珌《洺水词》、葛立方《归愚词》、刘过《龙洲词》、王安中《初寮词》、陈亮《龙川词》、李之仪《姑溪词》、蔡伸《友古词》、戴复古《石屏词》，共三百二十八叶。　第五集十家：曾觌《海野词》、扬无咎《逃禅词》、洪瑹《空同词》、赵彦端《介庵词》、洪咨夔《平斋词》、李公昂《文溪词》、葛胜仲《丹阳词》、侯寘《懒窟词》、沈端节《克斋词》、张榘《芸窗词》，共二百八十七叶。　第六集十一家：周紫芝《竹坡词》三卷、吕滨老

《圣求词》、杜安世《寿域词》、王千秋《审斋词》、韩玉《东浦词》、黄公度《知稼翁词》、陈与义《无住词》、陈师道《后山词》、卢祖皋《蒲江词》、晁补之《琴趣外篇》、卢炳《哄堂词》，共三百十九叶。　以上六集共六十一家词集，均为两宋人所撰词别集。毛晋编印的词集，是现知明代唯一的一次大规模的词集刊刻，所刻词集，也就成了明末至清代中叶最通行的本子，以至于有清以来，不少词集还是以汲古阁所刻为较胜者。2.《词苑英华》，载词集九种，即:《花间集》《尊前集》《草堂诗余》《花庵词选》(即《唐宋诸贤绝妙词选》)《中兴以来绝妙词选》《词林万选》《诗余图谱》《秦张两先生诗余合璧》(即《少游诗余》)和《南湖诗余》，以上为词集选本和词谱两类，但著录得并不全面，据全国图书馆文献缩微复制中心影印的《汲古阁宋人词文及填词集》，其中《词苑英华》所收词谱有三种，已刻的有二，即张綖编的《诗余图谱》和明万惟檀编的《诗余图谱》，前者三卷，后者二卷。另有毛晋编的《词海评林》三卷，为手抄未定稿，未刊印。知《词苑英华》原收入的词集有十二种，常见的刻本和书目的著录都缺两种。3.《诗词杂俎》，所收诗文词集十六种，其中词集两种，即:李清照《漱玉词》、朱淑真《断肠词》。

第一节　校勘的方法

毛晋汇刻的两宋词集，跋文中很少谈及版本。不过在第一集总目，于所刻六种词集的名目下有注，如欧阳修《六一词》注云"原本三卷"、柳永《乐章集》注云"原本九卷"等，这里是指不同版本而言的，这种标注仅见第一集总目，第二集无总目，而第三集至第六集总目中则未见这种标注。毛晋于所刻词集均撰有跋文，其中除少数提及所据版本外，多数是语焉不详。不过在其所刻的词集中，有近四十种是有批语的，涉及到校异、注解等，所批词集的条目多者达八十余则，少则仅有一处，有些是引录他人之言，不尽为毛晋所云，不过从中也可考知毛氏的观点和取向。

一、版本的参校

毛晋刊本所据参校之书有三类，其一是同一作家不同词集，或不同版本。其二是选本词集,如黄昇《绝妙词选》以及《草堂诗余》等。其三是词谱。其中有的就谈到了版本,如云"坊刻""元刻""旧刻""时刻""向刻""或刻"等,当是指作家不同词集或不同版本而言,这类情况只存在于少数词集的批语中,多数批语仍是说得比较含混。但有一点是可以肯定的,毛晋在刻印两宋词集时,还是择善而行的。

(一) 苏轼《东坡词》

第一集总目于苏轼词集名目下注云"原本二卷",毛晋《汲古阁毛氏藏书目录》著录有二卷本,为《百家词》本。其《跋东坡词》云:"东坡诗文不啻千亿刻,独长短句罕见。近有金陵本子,人争喜其详备,多混入欧、黄、秦、柳作,今悉删去。至其词品之工拙,则鲁直、文潜、端叔辈自有定评。"所云"金陵本子",今人或认为是明万历时焦竑的刊本,按《宋集珍本丛刊》收有焦竑编刻的《重编东坡先生外集》,凡八十六卷,其中卷八十二至八十五为词,存词一百六十三首,是今存词的一半强。《东坡词》中批语有三十二处,提及有"旧刻""元刻""时刻"等,旧刻所指不详,具体而言如下:

其一,宋本。见于注文中仅一处,于《点绛唇》"我辈情钟"云:"旧刻七首,考'醉漾轻舟',又'月转乌啼',俱秦淮海作。或云此二词东坡有手迹流传于世,遂编入《东坡词》,然亦安知非秦词苏字耶? 今依宋本删去。"苏轼词集宋刊本清初尚存,今存有影宋本《东坡乐府》,存下卷,笔者所见为东洋文库藏复制品,半叶十行,行十八字,丝栏,对鱼尾,版心中部上刻"坡下",下刻页码。钤有"棟亭曹氏藏书""京师图书馆收藏之印""学部图书馆藏印(满汉)"等印。又吴讷《唐宋名贤百家词》中存有宋曾慥辑《东坡词》二卷《拾遗》一卷,其中卷下《点绛唇》"醉漾轻舟"注云:"此后二词,洪甫云:亲见东坡手迹于潮阳吴子野家。"而秦观《淮海居士长短句》卷下也收有二词,曾慥辑本也有,所云宋本疑为毛氏所藏宋刊《百家词》本。

其二,元本。见于注文提及的有十余处,如于《玉楼春》"高平四面开雄垒""元宵似是欢游好""经旬未识东君信"和《蝶恋花》"记得画堂初会遇""昨夜秋风来万里""玉枕冰寒消暑气""雨霰疏疏经泼火""蝶懒莺慵春过半"等,均云:"元刻不载。"又于《雨中花慢》"邃院重帘"和《雨中花慢》"嫩脸羞蛾"云:"元刻逸。"至于词题,于《虞美人》"归心正似三春草"云:"元刻:述怀。"于《江城子》"翠蛾羞黛怯人看"云:"元刻:孤竹阁送述古。"于《江城子》"凤凰山下雨初晴"云:"元刻:江景。"现存苏轼词集最早的版本是元延祐七年(1320)叶辰云间南阜书堂刻的《东坡乐府》,二卷,核以四印斋覆刻本,凡云"元刻不载"、"元刻逸"诸词均和叶辰本相符，不过，略有出入的为词题，如云《虞美人》"归心正似三春草"，元刻题作"述怀"，毛晋刻本题作"送马中玉"，而四印斋本无题；又《江城子》"凤凰山下雨初晴"，元刻题作"江景"，而四印斋本、毛晋刻本均题作"湖上与张先同赋"，知毛晋所云"元刻"本与叶辰本至少出自同一祖本。

其三，时刻。见于注文提及的只有一处，即《永遇乐》"天末山横"，云"时刻不载"。所谓时刻，当指明代刻印的词集，或即毛晋跋所云"近有金陵本子"等者，考明人所刻苏轼词集，今存世者有数种，如明焦竑辑《东坡先生诗余》二卷，明万历四十六年（1618）刊《苏长公二妙集》本和明天启元年（1621）徐氏漫云山馆刻本，又有黄嘉惠编校《东坡小词》二卷，为明崇祯年间刻的《苏黄风流小品》本。此外还有明万历三十四年刻《东坡先生全集》本。所谓"金陵本子"，一般认为是指明焦竑刻本。

其四，旧刻。见于注文提及的有六处，如《浣溪沙》"风卷珠帘自上钩"云："旧刻四十五首，考'风压轻云贴水飞'是李后主作，'玉碗冰寒滴露华'是晏同叔作，俱删去。旧逸'晚菊花前敛翠蛾'一首，今增入。"又《鹧鸪天》"林断山明竹隐墙"云："旧刻三首，考'西塞山前白鹭飞'一首是黄山谷作，今删去。"又《醉落魄》"分携如昨"云："旧刻四首，山谷老人云'醉醒醒醉'非东坡作，删去。"又《江城子》"梦中了了醉中醒"云："旧刻十四首，考'南来飞燕北归鸿'是秦淮海作，删。"以上多与互见词有关。又《浣溪沙》"晚菊花前敛翠蛾"云："旧刻逸。"云"旧刻"，所指不详，东坡词集宋刊本不存，元存叶辰延祐刻本，而明刊本也罕见，前文"时刻"中提及的明刊本也都属于诗文集混编本。应该说"旧刻"所指不属于所云"宋本""元刻""时刻"诸本，而是另有其本的，不过参照毛晋其他词集批本，如欧阳修词集等，知"旧刻"有的就是指毛晋所据的底本。

综上所述，毛氏校刻苏轼词集时，至少参照了四五种本子，此外还有不少语焉不详者，如《蝶恋花》"玉枕冰寒消暑气"注云："或刻晏同叔。"又《江城子》"银涛无际卷蓬瀛"注云："或刻叶梦得，或刻张元干。"《虞美人》"波声拍枕长淮晓"注云："或刻贺方回，或刻黄山谷，或刻秦淮海，或刻晏小山。"诸如此类，其中"或刻"或是就晏殊、黄庭坚等人的词集而言，或为词集选本，未必尽是苏轼词集。

（二）秦观《淮海词》

第一集总目注云秦观词集"原本三卷"，毛晋《汲古阁毛氏藏书目录》中著录为《淮海词》一卷，为《百家词》本，与毛刻书名、卷数同。其《跋淮海词》云："晁氏曰：'今代词手惟秦七、黄九。'或谓词尚绮艳,山谷特瘦健,似非秦比。朝溪子谓少游歌词当在东坡上,但少游性不耐聚稿,间有淫章醉句,辄散落青帘红袖间,虽流播舌眼,从无的本。予既订讹搜逸。共得八十七调,集为一卷,亦未敢曰无阙遗也。"知此本为毛氏辑录者,其中批语有二十四处。不过,据毛氏《淮海词》批语,其中有"旧刻""时刻"之分,如云:

其一,旧刻。注文中有七处提及。于《忆仙姿》"门外鸦啼杨柳"云:"旧刻《如梦令》五阕,今增入二阕。"按增入二首为"楼外残阳红满"(注云:或刻晏叔原)和"池上春归何处"(注:或刻周美成)。于《昭君怨》"隔叶乳鸦声软"云:"旧刻赵长卿。"于《阮郎归》"碧天如水月如眉"云:"旧刻《醉桃源》另见,今并入。"于《海棠春》"流莺窗外啼声巧"云:"旧刻不载。"于《鹧鸪天》"枝上流莺和泪闻"云:"旧刻逸。"又于《忆仙姿》"门外绿阴千顷"云:"此二阕(另一为'莺嘴啄花红溜')旧本逸。"所云"旧本",或同旧刻。

其二,时刻。注文中有八处提及。列如下:于《生查子》"眉黛远山长"、《菩萨蛮》"金风簌簌惊黄叶"、《虞美人影》"碧纱影弄东风晓"等均云:"时刻不载。"又于《满庭芳》"晚色云开"云:"今本误作'晚兔云开',不通。维扬张纮刻《诗余谱》以意改'兔'作'见',亦非,按《花庵词选》作'晚色云开',今从之。""今本",或指"时刻"。按秦观词集宋以来多以诗文集本附刻而流传,现存的明刊本就有嘉靖十八年(1539)张绖鄂州刻本、嘉靖二十四年胡民表刻本、万历四十六年(1618)李之藻刻本,均为《淮海集》附长短句三卷。又有明末段之锦刻本,于长短句三卷外,另辑有《诗余》一卷。此外还有明戏鸿馆刻《淮海集长短句》一卷、明崇祯刻《秦张两先生诗余合璧》本《少游诗余》一卷等,后者毛氏收于所编的《词苑英华》中。考《生查子》"眉黛远山长"又见载于张孝祥《于湖居士文集》卷三十四。又《虞美人影》"碧纱影弄东风晓"见载于《全芳备祖·前集》卷七,作欧阳修词,词牌作《桃源忆故人》。

其三,元刻。仅有一处提及,即《采桑子》"夜来酒醒清无梦",云:"元刻《丑奴儿》。"秦观诗文集及词集之元刊本,未见有存者,《中国古籍善本书目》载有宋乾道九年高邮军学刻宋元明递修本《淮海集》四十卷后集六卷三短句三卷,《宋集珍本丛刊》收录,此或指元人重修本。据毛氏跋,此本还是在旧刻词集基础上的"订讹搜逸"。

(三)周邦彦《片玉词》

毛晋《汲古阁毛氏藏书目录》著录有《清真词》二卷《后集》一卷,为《百家词》本,毛晋刻本名《片玉词》二卷,又《补遗》一卷。《跋片玉词》云其家藏周氏词集凡三种:一名

《清真集》，一名《美成长短句》，均不满百阕。一为宋刻《片玉集》三卷，计调百八十有奇，有晋阳强焕叙，据此刻入，而删其评注。

毛氏评批共有八十四处，其中卷上有五十处，卷下有三十四处，补遗未见批语。谈及到的版本，明确提及用以核校的有《清真集》，注文中有五十处提及，云词牌不同的，如卷上《扫花游》"晓阴翳日"云："《清真集》作《扫地花》。"又《倒犯》"霁景对霜蟾乍升"云："《清真集》作《吉了犯》。"卷下《氐州第一》"波落寒汀"云："《清真集》作《熙州摘遍》，字句稍异。"有文字差异的，如《宴桃源》"尘暗一枰文绣"云："《清真集》作'尘满一绗文绣'。"卷下《黄鹂绕碧树》"双阙笼佳气"之末句"争如盛引榴花，醉偎琼树"云："《清真集》作'争如盛饮流霞，醉偎琼树'。"关于分段的，如卷下《西河》"佳丽地"云："《花庵词选》作三叠，'风樯遥望天际'作'一截赏心，东望淮水'，又作'一截'。"又："《清真集》在'空余旧迹'分段。"毛晋跋云所藏《清真集》不满百首，据注文，不少就注明"《清真集》不载"云云，为《清真集》不载者计有五十一首，而汲古阁刻本存词一百八十余首，知未能尽注明。宋人刊周氏词集较早有《清真集》二卷《后集》一卷，见《直斋书录解题》，为溧水刻本，有强焕序。毛晋《汲古阁毛氏藏书目录》著录有此书，卷数均同《直斋》，不应有缺，而所称不满百阕的《清真集》当另有所指。

除此外，注文中提及其他刊本的还有三类：

其一，时刻。提及到的有五处：涉及到分段的，如卷上《锁窗寒》"暗柳啼鸦"云："时刻或于'迟暮'下分段。"又《隔浦莲近拍》"新篁摇动翠葆"云："时刻或于'沼池'下分段。"涉及异文的，如卷上《关河令》"秋阴时作渐向暝"云："《清真集》不载，时刻《清商怨》。"又卷下于《诉衷情》"当时选舞万人长"之"喧传京国声价"句云："时刻'让与都城声价'。"又《长相思》"慢夜色澄明"云："时刻'但连环不解'下有'流水长东'四字，误。"除毛汲古阁刊本外，今未见有其他明刊周邦彦词集留传于后世者，毛晋跋中提及的《美成长短句》，未见宋元人提及同书名者，或为明刊本，又或是指选本。

其二，坊刻。提及到的仅有一处，即卷上《应天长》"条风布暖"云："坊刻或遗'条风'至'正是'二十字。"按毛晋藏有《详注周美成词片玉集》，为南宋闽坊刻本，今存，核以卷一所载，《应天长》此词无缺，注文所云"坊刻"，或指明代坊刻本，或指选本。

其三，俗刻。提及到的有一处，即卷上《过秦楼》"水浴清蟾"云："'水浴清蟾'，俗本作'京浴'，误。'情伤荀倩'，一作'荀令'，非，荀奉倩妻曹氏，有艳色，尝病，倩以冷身熨之，后卒。倩叹曰：'佳人难再得。'人吊之，不哭而伤神，未几倩亦卒。"所谓"俗刻"，或与"时刻"、"坊刻"意同。所指不详。又卷下《虞美人》"淡云笼月松溪路"注云："一本无此首。"所指也不详。

（四）吴文英《梦窗稿》

吴文英的词集，毛晋《汲古阁毛氏藏书目录》未见载，毛氏《跋梦窗丙稿》云："或云《梦窗词》一卷，或云凡四卷，以甲乙丙丁厘目；或云四明吴君特从吴履斋诸公游，晚年好填词，谢世后，同游集其丙、丁两年稿若干篇，厘为二卷，末有《莺啼序》，遗缺其多，盖绝笔也。与予家藏本合符。既阅花庵诸刻，又得逸篇九阕，附存卷尾。"又《跋梦窗乙稿》云："余家藏书未备，如四明吴梦窗词稿，二十年前仅见丙、丁二集，因遂授梓。盖尺锦寸绣，不忍秘诸枕中也。今又得甲、乙二册，但错简纷然，如'风里落花谁是主'，此南唐后主亡国词谶也；'无可奈何花落去，似曾相识燕归来'巧对，晏元献公与江都尉同游池上一段佳话，久已耳热，岂容攘美？又如秦少游'门外绿阴千顷'、苏子瞻'敲门试问野人家'、周美成'倚楼无语理瑶琴'、欧阳永叔'佳人初试薄罗裳'之类，各入本集，不能条举，但如'云接平冈，对宿烟收'诸篇，自注附某集者，姑仍之，未识谁主谁宾也。"知吴文英词集得之时间不一，有一卷、四卷本之分，毛氏所得为四卷本者。

批语共七处：《丙稿》一则，《丁稿》六则，均称"旧刻"，如《丙稿》之《疏影》"占春压一卷峭寒"云："旧刻《暗香》，非。"又《丁稿》之《瑞龙吟》"堕红际层观冷翠"云："旧刻双调，非。"又《莺啼序》"横塘棹"云："旧刻分四段，非。"又《江城梅花引》"江头何处带春归"云："赠倪梅村，旧刻题误。"又《思佳客》"自唱新词送岁华"云："癸卯除夜，旧刻失题。"又《尾犯》"绀海掣微云"云："甲辰中秋。旧刻失题。"知毛晋除所据为刻本外，另外还有其他它刊本作参校，只是跋文中未提。不过云《莺啼序》"横塘棹"旧刻分四段为非，而今人《莺啼序》均作四段。

除以上四家外，其它如于高观国《竹屋痴语》之《玉蝴蝶》"唤起一襟凉思"云："时刻不载。"于黄机《竹斋诗余》之《浣溪沙》"绿琐窗前双凤衾"云："旧刻误入《山花子》二阕，今分出。"于扬无咎《逃禅词》之《琐窗寒》"柳暗藏鸦"云："时刻前段尾句多'搔首'二字，非。"于洪咨夔《平斋词》之《南乡子》"风雨过芳晨"云："向刻作《行香子》，误。"又："或作贺方回。"于吕滨老《圣求词》之《望海潮》"侧寒斜雨"云："'侧寒'，坊本作'恻寒'，非，详见跋。中云：'半篙绿水浸斜桥'，一本作'半篙绿水斜桥'，按《谱》应作七字句。"等。知毛晋刻两宋词集,除底本外,还是有参校的本子,只是不明确为何者,至少说明作为藏书家,同时也作为书商,出精品,出佳作,追求更大的利润,这是所必须的。毛晋所刻两宋词集在明末以来成为广为传播和取用的本子,其总体质量还是得到读者认可的。

二、词作的增删

毛晋在刊印词集中,对互见于两位或以上作家词集中的作品者,或酌情给以增删,有的也是参见选本定夺为谁者,并不是随意而为,这种现象在北宋的几位作家中尤其显著。此择数家说明如下:

(一)晏殊《珠玉词》

毛晋《汲古阁毛氏藏书目录》中载有《珠玉集》一卷,为宋刊《百家词》本。其《跋珠玉词》一文中未提及版本情况,刻本批语有十处,于《浣溪沙》"阆苑瑶台风露秋"云:"旧刻十三阕,考'青杏园林煮酒香'是永叔作,今删去。"于《诉衷情》"青梅煮酒斗时新"云:"旧刻八首,考'海棠珠缀一重重'是子瞻作,今删。"于《渔家傲》"画鼓声中昏又晓"云:"旧刻十四首,考'粉笔丹青描未得'是六一词,删去。"其中所云"旧刻",当是指毛晋刻本所据的底本。按《浣溪沙》"青杏园林煮酒香"和《渔家傲》"粉笔丹青描未得"分别见载于欧阳修《近体乐府》卷三和卷二,其中前者《全宋词》据毛晋等汇校汲古阁《宋六十名家词》本《珠玉词》录入晏殊词中。又《诉衷情》"海棠珠缀一重重"见载于曾慥本《东坡词》卷下。

毛氏把其中又见于他人集中的词删去,虽然言之有据,但终嫌理之不足。如于《蝶恋花》"一霎秋风惊画扇"注云:"旧七首,考'玉碗冰寒销暑气'是子瞻作,'梨叶疏红蝉韵歇'是永叔作,今删去。又后二首向另刻《鹊踏枝》,考是一调,今并入,仍七首。"毛氏云"玉碗冰寒销暑气"为苏轼作,删除,但未说明所据,汲古阁本《东坡词》于此词注云"或刻晏同叔",又似矛盾,而文渊阁《四库全书》本《珠玉集》又载此词。又《四库》本《东坡词》于《浣溪沙》词牌下注云:"旧刻四十五首,考'风压轻云贴水飞'是李后主作,'玉碗冰寒滴露华'是晏同叔作,俱删去。旧逸'晚菊花前敛翠蛾'一首,今增入。""玉碗冰寒滴露华"即"玉碗冰寒销暑气",考《四库》采录的词集多是汲古阁刊本,却有出入,审其注文语气,与汲古阁刊本又同,《四库》本所据,或为后来的重修本。又云"梨叶疏红蝉韵歇"为欧阳修词,汲古阁本《六一词》于此词注云:"一刻同叔,一刻子瞻。"影宋本《近体乐府》卷二载有此词。

其中也有改错的,如于《清商怨》"关河愁思望处满"云:"向误入欧集。按《诗话》:或问元献公'雁过南云'云云,确是公作,今增入。"此词见载于欧阳修《近体乐府》卷一,曾慥《乐府雅词》卷上欧氏词中也载有此词,调作《伤春远》。宋陈岩肖《庚溪诗话》卷上云:"诗词中多用'南云',晏元献公《寄远诗》曰:'一纸短书无寄处,数行征雁入南云。'绍兴庚午岁,余为临安秋赴考试官,同舍有举欧阳公长短句诗曰:'雁过南云,行人回泪眼。'因问曰:'南云'其义安在? 余答曰:尝见江总诗曰:'心逐南云去,身随北雁来。故园篱下菊,今日几花开?'恐出于此耳。"知毛晋误读,此词属欧氏之作无疑。

(二) 欧阳修《六一词》

第一集总目于欧阳修词集名目下注云"原本三卷",毛晋《汲古阁毛氏藏书目录》著录有《六一词》一卷,为宋刊《百家词》本,书名和卷数与毛刻同。毛晋《跋六一词》云:"庐陵旧刻三卷,且载乐语于首,今删乐语,汇为一卷。凡他稿误入,如《清商怨》类,一一削去。误入他稿,如《归自谣》类,一一注明。然集中更有浮艳伤雅,不似公笔者,先辈云疑以传疑,可也。"今存宋庐陵刻全集本,中收有"近体乐府"三卷,毛晋所刻是据全集本,并三卷为一卷,以与《直斋》著录相符。

毛氏批处有十八则,其中提及有"旧刻"云云,如《长相思》"蘋满溪"云:"旧刻四首,考'深画眉,浅画眉'一首,《花间集》刻白乐天,《尊前集》刻唐无名氏,今删去。"又《蝶恋花》"帘幕东风寒料峭"云:"旧刻二十二首,考'遥夜亭皋闲信步'是李中主作。'六曲阑干偎碧树',又'帘幕风轻双语燕',俱见《珠玉词》。'独倚危楼风细细',又'帘下清歌帘外宴',俱见《乐章集》,今俱删去。"又《渔家傲》"一派潺湲流碧涨"云:"旧刻三十二首,考'幽鹭漫来窥品格',又'楚国细腰元自瘦',俱晏元献公作,今删去。"又《应天长》"一弯初月临鸾镜"云:"旧刻三首,考'绿槐阴里黄鹂语',《花间集》刻韦庄,今删去。"以上所云"旧刻",当指所据底本,至于毛晋删除的词作,也是言之有据,不过总觉有些草率。如《长相思》"蘋满溪"见载于《近体乐府》卷一,罗泌校云:"《尊前集》作唐无名氏词",罗氏也只是注明互见,黄昇《唐宋诸贤绝妙词选》卷一载作白居易词。又如《应天长》"一弯初月临鸾镜"见载于《近体乐府》卷三,罗泌校云:"《应天长》三篇并载《阳春录》。"另二词《阳春录》为"一弯初月临鸾镜"和"石城山下桃花绽",《阳春录》为冯延巳的词集,四印斋本此三词均在，只是个别字有出入。据《阳春录》陈世修嘉祐戊戌序，知词集编印于仁宗嘉祐三年(1058)，是年欧阳修五十二岁，按理说这三词不属于欧氏，又据王鹏运跋，知此本为彭文勤传抄汲古阁未刻词本，也就是说毛氏汲古阁藏有《阳春录》，毛晋据《花间集》"一弯初月临鸾镜"归韦庄之词而删之，若见了《阳春录》，恐怕其他两词也会删去。又影宋本《近体乐府》于词牌《应天长》下注"李主词"，考明吴讷《百家词》本《南唐二主词》载有《应天长》"一钩初月临妆镜"，注云："后主书云：'先皇墨迹，在晁公留家。'"知又作南唐中主李璟之词。北宋与五代之词人作品互见混淆的情况十分复杂，孰是孰非，真是难以断定。前文所举《蝶恋花》《渔家傲》也是如此，想毛晋增删时，也未料到会有这么多的是非。否则，也不会这样轻易地取舍增删了。

(三) 黄庭坚《山谷词》

毛晋《汲古阁毛氏藏书目录》中载有《山谷词》一卷，为宋刊《百家词》本，毛氏刻本书名、卷数与之同。其《跋山谷词》中未提及版本，毛氏批语有九处，与苏轼相误者，如《醉落魄》"陶陶兀兀"云："旧刻五调，考'苍颜华发'是东坡作，删去。"又《虞美人》"平生本爱江湖住"云："旧刻三调，考'波声拍枕长淮晓'是子瞻作，删去。"又《浣溪沙》"飞鹊台前晕翠蛾"云："旧刻四首，考'西塞山边白鸟飞'是苏子瞻作，删去。"与秦观相误者，如《满庭芳》"北苑龙团"云："或刻苏子瞻。"又："旧刻六首，考'北苑春风'是秦少游作，删去。"又《画堂春》"摩围小隐枕蛮江"云："旧刻二调，考'东风吹柳日初长'是淮海作，删去。"与欧阳修相误者，如《诉衷情》"小桃灼灼柳鬖鬖"云："旧刻四首，考'珠帘绣幕卷轻霜'是六一词，删去。"其中提及"旧刻"，也当指所据的底本，其间与苏轼词互见最多，说明如下：

1. 《满庭芳》"北苑龙团"，宋以来所载均作黄氏词，毛晋刊《东坡词》于《满庭芳》调下注云："旧刻七首，考'北苑龙团'是淮海作，删。"知所据《东坡词》确实载有此词，不过云为秦观之词，疑为"山谷作"之误。

2. 《虞美人》"波声拍枕长淮晓"，毛晋刊本虽删去，而文渊阁《四库全书》本却收录其中，又毛刊本《东坡词》此词调下注云："或刻贺方回，或刻黄山谷，或刻秦淮海，或刻晏小山。"据宋胡仔《苕溪渔隐丛话·前集》卷五十引《冷斋夜话》云："东坡初未识少游，少游知其将复过维扬，作坡笔语，题壁于一山寺中，东坡果不能辨，大惊。及见孙莘老，出少游诗词数十篇，读之，乃叹曰：'向书壁者，定此郎也。'后与少游维扬饮别，作《虞美人》曰(略),世传此词是贺方回所作,虽山谷亦云。大观中于金陵见其亲笔,醉墨超放,气压王子敬,盖东坡词也。"知误作秦、贺之词,或与此传闻有关,《四库》本《山谷词》所据为毛晋本,收录其中,考黄庭坚《山谷集》附《山谷词》也收有此词,馆臣或据此补入?

3.《浣溪沙》"西塞山边白鸟飞",此首见载于毛晋刻《东坡词》,序云:"玄真子渔父云:'西塞山边白鸟飞,桃花流水鳜鱼肥。青箬笠,绿蓑衣,斜风细雨不须归。'此语妙绝,恨莫能歌者,故增数语,令以《浣溪沙》歌之。"又云:"或刻黄山谷。"按胡仔《苕溪渔隐丛话·后集》卷三十九引《夷白堂小集》云:"山谷道人向为余言:张志和《渔父词》雅有远韵,志和善丹青,必有形于图画者,而世莫之传也。尝以其词增损为《浣溪沙》,诵之,有矜色。予以告大年,云:'我不可不成此一段奇事。'久之,乃以《烟波图》见归,其致思深处不减昔人。词云(略)。"则又认作黄氏词。考曾慥《乐府雅词》卷中于徐俯词末附词话云:

> 张志和《渔父词》云:"西塞山前白鹭飞,桃花流水鳜鱼肥。青箬笠,绿蓑
> 衣,斜风细雨不须归。"顾况《渔父词》云:"新妇矶边月明,女儿浦口潮平,沙头
> 鹭宿鱼惊。"东坡云:"玄真语极丽,恨其曲度不传。"加数语,以《浣溪沙》歌之
> 云:"西塞山前白鹭飞,散花洲外片帆微,桃花流水鳜鱼肥。　自庇一身青
> 箬笠,相随到处绿蓑衣,斜风细雨不须归。"山谷见之,击节称赏,且云:"惜乎
> '散花'与'桃花'字重叠,又渔舟少有使帆者。"乃取张、顾二词,合为《浣溪沙》
> 云:"新妇矶边眉黛愁,女儿浦口眼波秋,惊鱼错认月沉钩。　青箬笠前无
> 限事,绿蓑衣底一时休,斜风细雨转船头。"东坡跋云:"鲁直此词清新婉丽,问
> 其最得意处,以山光水色替却玉肌花貌,真得渔父家风也。然才出新妇矶,便
> 入女儿浦,此渔父无乃太澜浪乎?"山谷晚年亦悔前作之未工,因表弟李如篪
> 言渔父词,以《鹧鸪天》歌之,甚协律,恨语少声多耳。因以宪宗画像求玄真子
> 文章,及玄真之兄松龄劝归之意,足前后数句云:"西塞山前白鹭飞,桃花流水
> 鳜鱼肥。朝廷尚觅玄真子,何处如今更有诗。　青箬笠,绿蓑衣,斜风细雨
> 不须归。人间欲避风波险,一日风波十二时。"东坡笑曰:"鲁直乃欲平地起风
> 波也。"东湖老人因坡、谷互有异同之论,故作《浣溪沙》《鹧鸪天》各二阕云。

毛晋刊本于《鹧鸪天》"西塞山边白鸟飞"注云:"或刻苏子瞻,但'山边白鸟'作'山前白鹭','如今更有'作'于今尚有','底事'作'欲避'。"据此,则又为苏氏之作,孰是孰非,

难有定论。黄庭坚《山谷集》附《山谷词》也收有此词。

与秦观互见者有二,说明如下:

1.《满庭芳》"北苑春风",毛晋刻《淮海词》首句作"北苑研膏",注云"或刻黄山谷",今存宋刊黄、秦二人词集均收录此词,《四部丛刊》影宋本《山谷琴趣外篇》卷一载云:

> 北苑春风,方圭圆璧,万里名动京关。碎身粉骨,功合上凌烟。樽俎风流战胜,降春睡、开拓愁边。纤纤捧,研膏溅乳,金缕鹧鸪班。 相如虽病渴,一觞一咏,宾有群贤。为扶起灯前,醉玉颓山。搜揽胸中万卷,还倾动、三峡词源。归来晚,文君未寝,相对小窗前。

又《彊村丛书》本《淮海居士长短句》是据宋刊配抄本,卷中载此词云:

> 北苑研膏,方圭圆璧,名动万里京关。碎身粉骨,功合上凌烟。尊俎风流战胜,降春睡、开拓愁边。纤纤捧,香泉溅乳,金缕鹧鸪班。 相如方病酒,一觞一咏,宾有群贤。便扶起灯前,醉玉颓山。搜揽胸中万卷,还倾动、三峡词源。归来晚,文君未寝,相对小妆残。

知两者文字出入颇多,考宋吴曾《能改斋漫录》卷十七载云:

> 豫章先生少时尝为茶词寄《满庭芳》云:(略)其后增损其词,止咏建茶云:"北苑研膏,方圭圆璧,万里名动天关。碎身粉骨,功合在凌烟。尊俎风流战胜,降春梦、开拓愁边。纤纤捧,香泉溅乳,金缕鹧鸪班。 相如虽病渴,一觞一咏,宾有群贤。便扶起灯前,醉玉颓山。搜揽胸中万卷,还倾动、三峡词源。归来晚,文君未寝,相对小妆残。"词意益工也。后山陈无己同韵和之云:"北苑先春,琅函宝韫,帝所分落人间。绮窗纤手,一缕破双团。云里游龙舞凤,香雾霭、飞入雕盘。华堂静,松风云竹,金鼎沸潺湲。 门阑车马动,浮黄嫩白,小袖高鬟。便胸臆轮囷,肺腑生寒。唤起谪仙醉倒,翻湖海、倾写涛澜。笙歌散,风帘月幕,禅榻鬓丝斑。"

吴氏认作黄氏词,只是《山谷琴趣外篇》所载与吴书所载有八处不同,《淮海居士长短句》所载与吴书所载只有四处不同,不可解。又黄、秦二人词集载六处有出入,若是唱和词,相同处又过多,不应如此,如同陈师道唱和词。这种现象还不止此词,又如《宴桃源》"天气把人偢倸",注云:

一刻《淮海集》，略异："去岁迷藏花柳，恰恰如今时候。心绪几曾欢，赢得镜中消瘦。生受，生受，更被养娘催绣。"

按《山谷词》载云：

天气把人僝僽，落絮游丝时候。茶饭可曾炊，镜中赢得消瘦。生受，生受，更被养娘催绣。

若是和唱，相同的句子不应如此多。又《满庭芳》"北苑春风"一词，黄庭坚《山谷集》附《山谷》收有此词，秦观《淮海集》附《长短句》也收录了。

2.《画堂春》"东风吹柳日初长"，毛晋刻《淮海词》收有此词，注云："或刻山谷年十六作。"黄庭坚《山谷集》附《山谷词》收有此词，注云："年十六作。"而黄昇《唐宋诸贤绝妙词选》卷四归于秦观之作。

毛晋所删者，确实有所根据，或据词别集，或据选本，有的是对的，有的则为非，尤其是以词选本为据者，如明人编印的诸种《草堂诗余》，于词作家混同甲乙，比比皆是，其中误者就不少，尽管毛氏未标出所据为何者，还是可以考见其所据，有不少就是参照诸种《草堂诗余》的，因此而删错的也不少见。以上所论多为删者，也有增人者，如于苏轼《浣溪沙》"风卷珠帘自上钩"云："旧刻四十五首，考'风压轻云贴水飞'是李后主作，'玉碗冰寒滴露华'是晏同叔作，俱删去，旧逸'晚菊花前敛翠蛾'一首，今增入。"按此词傅干《注坡词》、叶辰刊《东坡乐府》、吴讷《唐宋百家词》本曾慥编《东坡词》等均未收，而吴讷《百家词》本朱敦儒《樵歌》存有此词，其他存本《樵歌》也存此词，沈际飞《草堂诗余续集》卷上作苏轼，毛晋或据此补入，《御选历代诗余》卷六亦作苏词。疑误。

三、标明互见

毛晋所刻词集，除了在原底本基础上有增删外，还有不少就是标明互见，此列数家于下：

（一）晏殊《珠玉词》

见于注文中的有四处，于《浣溪沙》"一曲新词酒一杯"云："向误入《南唐二主词》。"于《蝶恋花》"帘幕风轻双语燕"云："一刻六一词，一刻东坡词。"于《蝶恋花》"南雁依稀回侧阵"云："上二首（另一首为'六曲栏干偎碧树'）或刻六一词。"于《渔家傲》"楚国细腰元自瘦"云："上二首（另一首为'幽鹭慢来窥品格'）或入六一词。"按今存明吴讷《唐宋百家词》本和清侯文灿《名家词集》本《南唐二主词》均未收《浣溪沙》"一曲新词酒一杯"一词，毛晋所见与吴氏、侯氏祖本不同，据《全宋词》，《类编草堂诗余》卷一收有此词，作中主李璟词，又误作晏几道、吴文英词。其余几首均与欧阳修有关，《蝶恋花》"帘幕风轻双语燕"、《蝶恋花》"南雁依稀回侧阵"以及《渔家傲》二首均见载于欧氏《近体乐府》卷二，《蝶恋花》二词也均见《乐府雅词》卷上，归欧氏之作。《蝶恋花》"帘幕风轻双语燕"未见归苏轼所作之说，《蝶恋花》"六曲栏干偎碧树"则见于冯延巳《阳春录》，不见欧词集中。毛晋所据不详，以此知，毛氏所见的词集，也有未流传下来者，多少有些遗憾。

（二）欧阳修《六一词》

见于注文中的有十处，涉及的人较多，于《诉衷情》"清晨帘幕卷轻霜"云："或刻山谷。但'清晨帘幕'作'珠帘绣幕'，'易成伤'作'恨难忘'，'拟歌'作'未歌'。"于《生查子》"去年元夜时"云："或刻秦少游。"于《生查子》"含羞整翠鬟"云："或刻张子野。"于《阮郎归》"南园春早踏青时"云："或刻晏同叔。"于《阮郎归》"角声吹断陇梅枝"云："上三阕（另两首为'东风临水日衔山''南园春早踏青时'）并载《阳春集》，名《醉桃源》。"于《蝶恋花》"庭院深深深几许"云："一见《阳春录》，易安李氏称是六一词。"于《蝶恋花》"梨叶初红蝉韵歇"云："一刻同叔，一刻子瞻。"于《蝶恋花》"谁道闲情抛弃久"云："亦载《阳春录》。"于《渔家傲》"粉蕊丹青描不得"云："一刻同叔。"于《浣溪沙》"青杏园林煮酒香"云："或入《珠玉词》，或入《淮海词》。"于《一丛花》"伤春怀远几时穷"云："向误张子野。"以上互见者多是北宋词人，此择三种述于下：

1.《生查子》二词均见载于《近体乐府》卷一，不过影宋刊本《醉翁琴趣外篇》未见载，《乐府雅词》卷上归二词为欧氏之作。按"去年元夜时"，《续选草堂诗余》卷上作秦观词。"含羞整翠鬟"《类编草堂诗余》卷一作张先。不过，前一词明以来谈得最多的是云为朱淑真之词，考四印斋本朱淑真《断肠词》载有"去年元夜时"，据况周颐跋，此本源自毛氏汲古阁未刻词本。明杨慎《词品》卷二云："朱淑真元夕《生查子》云：'去年元夜时……'，词则佳矣，岂良人家妇所宜邪？"认作朱词，明陈耀文《正杨》卷四于"朱淑真元夕辞"云："此永叔辞也，或云少游，指为淑真，不重诬人耶？"是是非非，自古来就是难以解答的疑题。

2.《阮郎归》三词均见载于《近体乐府》卷一，又见载于《醉翁琴趣外篇》卷五，作《醉桃源》，《乐府雅词》卷上也归属欧氏。按王氏四印斋据毛氏汲古阁未刻词本刊印的冯延巳《阳春集》，也收有此三词，调作《醉桃源》，其中"东风临水日衔山"注云："别作李后主，又作欧阳修。"考明陈耀文《花草粹编》卷七载此三词，作李后主之作，其中"东风临水日衔山"末注云："后有隶书东宫书府印"，据此，似非欧氏之词。

3.《蝶恋花》三首见载于《近体乐府》卷二，"庭院深深深几许"和"梨叶初红蝉韵歇"又见载于《醉翁琴趣外篇》卷一，而"谁道闲情抛弃久"未见载。《草堂诗余》卷二归作欧氏词，附注云："易安居士序：欧阳公作《蝶恋花》，有'深深深几许'之句，予酷爱之，用其语作'庭院深深'数阕，其声即旧《临江仙》也。"李氏和作见陈耀文《花草粹编》卷十三，存二首。"庭院深深深几许""谁道闲情抛弃久"又见《阳春集》，作《鹊踏枝》。至于"梨叶初红蝉韵歇"一首为晏殊词，参见第二节。

至于其他，如《诉衷情》"清晨帘幕卷轻霜"又见黄庭坚《豫章黄先生词》。《渔家傲》"粉蕊丹青描不得"、《浣溪沙》"青杏园林煮酒香"分别载于《近体乐府》卷二和卷三，前者见吴讷《唐宋百家词》本《珠玉词》，而宋陈景沂《全芳备祖·后集》卷二作晏几道词。后者《乐府雅词》卷上与《唐宋诸贤绝妙词选》卷一作欧词，《草堂诗余》卷一作秦观，《花草粹编》卷二作晏殊。《一丛花》"伤春怀远几时穷"，见《近体乐府》卷三，注云："此篇世传张先子野词。"吴讷《唐宋百家词》本《张子野词》第一首即此词，《花草粹编》卷十五也作张先词。诸如此类，也很难有定论。

（三）苏轼《东坡词》

见于注文中有八处，与黄庭坚互见者，如《浣溪沙》"西塞山边白鹭飞"、《西江月》"别梦已随流水"二词，又《醉落魄》"苍头华发"云："一刻山谷，但'故山归计何时决'作'故乡归路无因得'。"与晏殊互见者，如《诉衷情》"海棠珠缀一重重"、《蝶恋花》"玉枕冰寒消暑气"二词。其他互见者，如《点绛唇》"红杏飘香"云："或刻贺方回。"又《江城子》"银涛无际卷蓬瀛"云："或刻叶梦得，或刻张元干。"至于《虞美人》"波声拍枕长淮晓"云："或刻贺方回，或刻黄山谷，或刻秦淮海，或刻晏小山。"同一词互见多家。

以上除《江城子》"银涛无际卷蓬瀛"外，其余都与北宋词人有关。与黄庭坚互见有四，其中《浣溪沙》"西塞山边白鹭飞"和《虞美人》"波声拍枕长淮晓"已见前一节中说明。《西江月》"别梦已随流水"见载于《山谷词》和《山谷集》附《山谷词》中。《醉落魄》

"苍头华发"见《山谷集》附《山谷词》。与晏殊互见有二,即《诉衷情》"海棠珠缀一重重"和《蝶恋花》"玉枕冰寒消暑气",二词均见吴讷《唐宋百家词》本《珠玉词》,前词又见于吴讷《唐宋百家词》本《东坡词》卷下。《全宋词》据毛扆等汇校汲古阁刻《宋六十名家词》却收有此二词,或为重修时补录了进去。

至于其他,如《点绛唇》"红杏飘香",《类编草堂诗余》卷一和《花草粹编》卷二均作贺铸。又《江城子》"银涛无际卷蓬瀛",蔡絛《西清诗话》卷下云:"近时传东坡岭外词:'银涛无际卷蓬瀛,落霞明,暮云平,曾见青鸾紫凤下层城。二十五弦弹不尽,空感慨,惜余情。 苍梧烟水断归程,卷霓旌,为谁迎? 空有千行流泪寄幽贞。舞罢鱼龙云海晚,千古恨,入江声。'蔚有古意,读者心动焉。乃叶少蕴梦得元符中尉丹徒日作湘灵鼓瑟词,余尝见其手稿,而世人多不知也。"按此词黄昇《中兴以来绝妙词选》卷一和《花草粹编》卷十四均作叶梦得,又见载于影宋刊本张元干《芦川词》卷上。

(四) 秦观《淮海词》

见于注文中有十处,与黄庭坚互见者有《画堂春》"东风吹柳日初长"和《满庭芳》"北苑研膏",与欧阳修互见者有《浣溪沙》"漠漠轻寒上小楼"和《浣溪沙》"香靥凝羞一笑开",其他如与张先有《浣溪沙》"锦帐重重卷暮霞",与苏轼有《点绛唇》"醉漾轻舟",与晏几道有《忆仙姿》"楼外残阳红满",与王观有《满庭芳》"晚色云开",与周邦彦有《忆仙姿》"池上春归何处",与赵长卿有《昭君怨》"隔叶乳鸦声软"等。

以上诸词,《点绛唇》"醉漾轻舟"、《画堂春》"东风吹柳日初长"和《满庭芳》"北苑研膏"分别见第一节和第二节说明。《忆仙姿》二词和《浣溪沙》"锦帐重重卷暮霞"均见《类编草堂诗余》卷一,依次作晏几道、周邦彦和张先。又《忆仙姿》"楼外残阳红满"陈钟秀本《草堂诗余》作晏殊。《浣溪沙》"漠漠轻寒上小楼"和《浣溪沙》"香靥凝羞一笑开"二词,《草堂诗余续集》卷上均作欧词。《昭君怨》一词,《全宋词》自陆贻典校汲古阁本赵长卿《惜香乐府》卷二录入,而毛晋刊本《惜香乐府》未收此词。《满庭芳》"晚色云开",杨金本《草堂诗余·后集》卷下载作王观。《淮海集》附《长短句》卷中此词末注云:"此词正少游所作,人传王观撰,非也。"《全宋词》王观存目据毛扆等校汲古阁本《淮海词》引录宋本《淮海琴趣》有此注。

除上述五家外,其他如柳永《乐章集》、毛滂《东堂词》、叶梦得《石林词》、谢逸《溪堂词》、蒋捷《竹山词》、张元干《芦川词》等也在注明互见者,多则三四,少则一二,此不赘。

第二节　词作的辨析

毛晋刻印的词集,对词作的批语除版本说明外,还有不少是辨析,涉及词调、分段等,主要见于周邦彦等词集中。

一、词调

毛晋编有《词海评林》,凡三卷,为词谱,本意是收入《词苑英华》中,因卒前尚未定稿,未能付梓,故所刻《词苑英华》未收录,罕为人知。今存有手稿,有毛扆题识,云:

> 《诗余图谱》,填词之法备焉矣。先君此书之作规模之而更充广焉。凡少一字者居前,多一字者居后。旁搜博览,汇缀成帙,厘为三卷,一生心力,固不仅于是,而孜孜矻矻,已大费详慎。正欲付梓,而玉楼之召孔迫,惜哉!今其原本即云守而勿失,然不能成先人之志,以垂将来而传永之,是则扆之大罪也。将来或遇有力者,不惜多金以登梨枣,其幸为何如耶?庚寅秋大病之后,翻阅是书。草率,令儿代书于简端云。

庚寅为清康熙四十九年(1710),此书每卷有目,首卷录小令,计一百五十七调,一千四百七十三首。卷二录中调,计一百又六调,四百七十八首。卷三录长调,计一百五十一调,四百八十九首。每调先列谱式,然后将诸家词作罗列于后,这是部规模不小的词谱,且编排方式与所刻两种《诗余图谱》也不同。由此可见毛晋不仅仅是个出版商、藏书家,而且于词的研究也是达到了一定的深度,对其校勘词集、题识评析等,后人已知不少,而对其用力于词调谱式,则了解不多,这里特作说明。在毛晋所刻的词集中,于校文中不少处论及词调句式等,此略举数家。

(一)周邦彦《片玉词》

见于《片玉词》有四处,即:

其一,卷上《早梅芳近》"花竹深"云:"《谱》无'近'字。"所云《谱》,当指张綖《诗余图谱》,以下均同,毛氏刻《词苑英华》收录,此词见载于《诗余图谱》卷二,云:"前段九句,五韵四十二句。"又:"后段同前。"并录周氏此词,调作《早梅芳》。按《钦定词谱》卷十九于《早梅芳》注云:"一名《早梅芳近》。"录周氏《早梅芳》"缭墙深"云:"双调,八十二字,前后段各九句五仄韵。"又云:"此调以此词为正体,周词别首'花竹深'词,陈允平和词二首正与此同,若李(之仪)词、无名氏词之句读异同,皆变格也。"又:"按周词别首前段起句'花竹深','花'字平声,'竹'字仄声。吕(渭老)词第四句'风声约雨','约'字仄声,陈(允平)词第六句'风帘银烛暗','风'字平声。吕词第七句'匀脸霞相照','匀'字平声。吕词后段第六句'犀心通密语','犀'字平声。陈词结句'琼箫声渐杳','琼'字、'箫'字俱平声。谱内可平可仄,据此,余参所采二词。"

其二,卷上《玉楼春》"当时携手城东道"云:"按《谱》:《木兰花令》实是一调,又如《满庭芳》与《锁阳台》、《苏幕遮》与《鬓云松令》之类,俱同调而异名,前后错见,姑仍之。"《玉楼春》见《诗余图谱》卷一,未见《木兰花令》。《满庭芳》见卷三,未见《锁阳台》。

其三,卷上《品令》"夜阑人静"云:"'花雾寒成阵'或刻'花发雾寒成阵',按《谱》第五句宜五字,且沈诗'落花纷似雾',增一'发'字,便少味。"按"花雾寒成阵"为上段末句,《诗余图谱》未载《品令》,而程明善《啸余谱》载有黄庭坚《品令》"凤舞团团饼",其上段末句作六字句,即"早减三分酒病"。又《钦定词谱》卷九载《品令》,凡十三体,自五十一字到六十五字不等,周、黄二词均在,于周词云:"双调,五十五字。前段五句四仄韵,后段五句五仄韵。"其中上段末句作"花雾寒成阵",凡五字,于黄词云:"双调,六十六字。前后段各七句四仄韵。"其中上段末句作"早减了二分酒病",凡七字,与《啸余谱》所载又异。

其四,卷上《玲珑四犯》"秾李夭桃"云:"'细念想、梦魂飞乱。'按《谱》,第七句六言,无'细'字。"考《啸余谱》卷五载有此词,无'细'字,为六字句。蔡刻本、《草堂诗余》卷三和《花草粹编》卷十九载均同。而吴讷《唐宋百家词》本《片玉集》卷二载此词有'细'字。《钦定词谱》卷二十七载也有'细'字,云:"此调创自周邦彦《清真集》,方千里、杨泽民、陈允平俱有和词,姜夔又有自度黄钟商曲,与周词句读迥别,因调名同,故亦类列。"又于周词注云:"双调九十九字,前、后段各九句五仄韵。"

(二) 苏轼《东坡词》

有一处,《东坡词》之《稍遍》"为米折腰"云:"其词盖世所谓'般瞻'之'稍遍'也,'般瞻',龟兹语也,华言为五声,盖羽声也,于五音之次为第五,今世作'般涉',误矣。《稍遍三叠》，每叠加促字，当为'稍'，读去声，世作'哨'，或作'涉'，皆非是。"此调宋以来多作《哨遍》，苏轼《东坡续集》卷四《与朱康叔》云："旧好诵陶潜《归去来》，尝患其不入音律，近辄微加增损，作般涉调《哨遍》，虽微改其词，而不改其意，请以《文选》及本传考之，方知字字皆非创入也。"黄庭坚《山谷集·别集》卷十四《与李献父知府书》云："如子瞻以《哨遍》填《归去来》，终不同律也。"《词律》卷二十载此词，作《稍遍》，云："二百三字。'稍'一作'哨'。"《钦定词谱》卷三十九《哨徧》云："苏轼集注：般涉调，或作《哨遍》。"又于坡词注云："双调二百三字，前段十七句五仄韵，四叶韵；后段二十句五叶韵，七仄韵。"

（三）程珌《洺水词》

有一处，《洺水词》之《沁园春》"玉局仙人"，云："此一阕，本集误作《八声甘州》。"按毛晋《跋洺水词》云："尝读《宋史》，详其功业，恨未得全集读之。癸酉中秋，衍门从秦淮购得端明《洺水集》二十六卷，虽考之伊子志中，卷次遗逸甚多，而大略已概见矣。先辈称其宗欧、苏而长于文章，洵哉！急梓其诗余二十有一调，以存其人云。"则毛氏所据原有缺，按文渊阁《四库全书》本《洺水集》所据为其裔孙程远崇祯戊辰刊本序，程远序云原本六十卷，因久散落，仅得三十卷，其中卷三十为乐府，此词作《八声甘州》。全集本存词与毛晋刻本同，只是有些词缺字，毛晋刻本以空格标示，而全集本不标示，且前后连写，不知是所据原本如此，还是馆臣草率了事，至少毛晋刻本是严谨的。又《醉蓬莱》"记蟾宫桂子"上、下段第三句后各缺九字，毛晋刻本标以空方格，而全集本却与后残存的句连抄在一起，其他词也有这种情况，只是缺字不多罢了。又《壶中天慢》"日躔东井"云："向失'慢'字。"全集本无"慢"，按《壶中天》、《壶中天慢》均为《念奴娇》异名。又《倾杯乐》"銮殿秋深"云："本集失'乐'字，误。"考全集本，无"乐"字，按《倾杯乐》又作《倾杯》。又《全宋词》据《程端明公洺水集》卷二十四辑录，数目及缺字误题等情况同《四库》本。

（四）赵长卿《惜香乐府》

《惜香乐府》言词调误题者较多，如卷五《思越人》"情难托"云："向刻《品令》，非。"又《似娘儿》"橘绿与橙黄"云："或刻《青杏儿》。"卷六《一剪梅》"树头红叶飞都尽"云："或刻《摊破丑奴儿》。"又《似娘儿》"又是两分携"云："向刻《摊破丑奴儿》，误。"卷八《青杏儿》"最苦是离愁"云："旧刻《摊破丑奴儿》，非。"卷十《思越人》"好事客"云："向刻《品令》,误。"毛晋《跋惜香乐府》云:"乡贡士刘泽集其乐府,以春景、夏景、秋景、冬景及总词贺生辰补遗类编,厘为十卷,虽未敢与南唐二主相伯仲,方之徽宗,则迥出云霄矣。"按《四库提要》于《惜香乐府》云:

> 又卷六中梅词一首题曰《一剪梅》,而注曰:"或刻《摊破丑奴儿》。"不知此调非《一剪梅》,当以别本为是。卷五之《似娘儿》即卷八之《青杏儿》,亦即名《丑奴儿》,晋于《似娘儿》下注云:"或作《青杏儿》。"于《青杏儿》下注云:"旧刊《摊破丑奴儿》。"非不知,误在"摊破"二字,《丑奴儿》实非误刻,是又明人校雠之失,其过不在长卿矣。

赵氏《惜香乐府》今易见本有毛晋刻本,又有《四库全书》本、《四部备要》本等,也是据毛本而来。《全宋词》是据陆贻典校汲古阁本《惜香乐府》录入,其中调名与毛本不同,如《思越人》"情难托"和"好事客"调均作《品令》,《一剪梅》"树头红叶飞都尽"、《似娘儿》"又是两分携"和《青杏儿》"最苦是离愁"调均作《摊破丑奴儿》。考毛扆、陆氏等校《宋名家词》,其中《惜香乐府》卷一题识有"庚戌四月望,抄本校"、卷十有"庚戌四月十八日晚刻,抄本校毕。敕先"云云,敕先即陆贻典,知据抄本改。按《御选历代诗余》卷四十一云:"《摊破南乡子》,双调,六十二字,一名《青杏儿》,一名《似娘儿》,亦名《促拍山花子》。"又《钦定词谱》卷十四云:"《摊破南乡子》:《太平乐府》《中原音韵》俱注大石调,高拭词注南吕宫,《太和正音谱》注小石调,亦入仙吕宫。赵长卿词名《青杏儿》,又名《似娘儿》。《翰墨全书》黄右曹词有'寿堂已庆灵椿老'句,名《庆灵椿》,《中州乐府》赵秉文词有'但教有酒身无事'句,名《闲闲令》。"《钦定词谱》"目录"于《捉拍丑奴儿》云:"六十二字,又名《青杏儿》《似娘儿》。按此调《山谷集》即名《丑奴儿》,而《遗山集》加'捉拍'二字,因从之,以别于本调。又长卿集名《青杏儿》,更名《似娘儿》,俱即此体。又《书舟集》作《摊破南乡子》,甚误,详注本调下。"知此调名又名某某,在传抄中并不统一,毛晋所据也只是一种,故其所云有对的,也有不正确的,这在其他词集中也存有,如于张元干《芦川词》之《木兰花慢》"送归云"云"向误作《木兰花令》",于《醉落魄》"轻寒淡绿"云"或误作《醉罗歌》",于程垓《书舟词》之《一丛花》"伤春时候一凭阑"云"或刻《御街行》",于《折红英》"桃花暖"云"即《钗头凤》,正伯更名《折红英》",诸如此类。又如毛刻于吴文英《梦窗丙稿》之《疏影》"占春压一"云:"旧刻《暗香》,非。"考《彊村丛书》本《梦窗词集》此词调作《暗香疏影》,朱祖谋校云:"原抄调下注有'前用《暗香》腔,后用《疏影》腔'十字,疑出校者,毛本'暗香'二字脱。按是调《词谱》未载,《拾遗》收张肯一阕,见梦庵《联芳词》'词序',标夹钟宫,或仿梦窗而作。考《钦定词谱》卷三十四收有《暗香疏影》一调,云:"张肯自度曲,以《暗香》调前段,《疏影》调后段,合而为一,自注夹钟宫。"又于张氏词"冰肌莹洁"附云:"按姜夔《暗香》《疏影》二曲入仲吕宫,此词入夹钟宫,虽同属宫声而声之高下清浊毕竟不同,故不校注平仄。"《词谱》未收吴词,当是失考。

二、分段

词之分段,除令词外,以二段为多,另有分为三段、四段者,所占比例有限。对于分段,自宋以来就存在差异,如黄昇在词选中于周邦彦的词就谈到了这个问题,流传于后世,这种差异依然存在。毛晋于所刊词集中也注意了这个问题,是误读? 还是原本就如此,有待考核。

(一) 周邦彦《片玉词》

《片玉词》中涉及这一问题最多,有七处,分别述如下:

其一,卷上《瑞龙吟》"章台路"末云:"按此调自'章台路'至'归来旧处'是第一段,自'黯凝伫'至'盈盈笑语'是第二段,此谓之双拽头,属正平调。自'前度刘郎'以下即犯大石,系第三段。至'归骑晚'以下四句再归正平。坊刻皆于'声价如故'分段者,非。"按黄昇《唐宋诸贤绝妙词选》卷七此词末云:"今按:此词自'章台路'至'归来旧处'是第一段,自'黯凝伫'至'盈盈笑语'是第二段,此谓之双拽头,属正平调。自'前度刘郎'以下即犯大石,系第三段。至'归骑晚'以下四句再归正平,今诸本皆于'吟笺赋笔'处分段者,非也。"黄昇所指,是宋代刻本,今存毛氏汲古阁藏南宋建安蔡庆之刊《详注周美成词片玉词》,卷一此词即"吟笺赋笔"处分段。毛晋所云"坊刻皆于'声价如故'分段者"所指与黄昇同,因"声价如故"句后即"吟笺赋笔"句,毛氏所云当指明代坊刻,宋蔡氏刊本也是坊刻,转相因袭,如吴讷《唐宋百家词》本《片玉集》分段与黄昇所云同。《钦定词谱》卷三十七载此词云:"三段,一百三十三字,前两段各六句三仄韵,后一段十七句九仄韵。"

其二,卷上《隔浦莲近拍》"新篁摇动翠葆"云:"时刻或于'沼池'下分段。"按毛晋刻本和黄昇《唐宋诸贤绝妙词选》于"骤雨鸣池沼，水亭小"后分段，蔡氏刊本、吴讷《唐宋百家词》本以及《乐府雅词》卷中于"骤雨鸣池沼"后分段。万树《词律》卷十一载同毛氏刊本，注云："汲古又注云：时刻或于'池沼'下分段，愚谓'水亭小'字是后段起句，观千里和词'野轩小'属后段可信。盖前尾不宜有此赘句，用作换头为妥。然各家如放翁、梅溪、竹屋属前结，海野、梦窗属后起，则此句自来传刻参差，无有定例，不敢凿然，姑仍旧，系'池沼'之下。至于《啸余谱》则竟将'骤雨鸣'注作三字句，而以'池沼'二字连下'水亭小'作五字句，其谬如此，可发一笑。"《钦定词谱》卷十七载同蔡氏刻本，云："双调，七十三字，前后段各八句，六仄韵。"又云："坊刻或于'水亭小'句分段，今照赵彦端词订定。"

其三，卷上《六丑·蔷薇谢后作》"正单衣试酒"云："或于'时叩窗槅'分段，字句稍异。"毛氏刊本于"东园岑寂"后分段，蔡氏刊本、《草堂诗余》卷四、《花草粹编》卷二十四于"时叩窗槅"分段，《钦定词谱》卷三十八载同，云："双调，一百四十字，前段十四句八仄韵，后段十三句九仄韵。"又云："此词平仄异同处，迥校诸家，不过数字，可见古人声律之严。"

其四，卷上《法曲献仙音》"蝉咽凉柯"云："或于'时闻打窗雨'下分段。"毛晋刊本于"耿无语"句后分段，其前句即"时闻打窗雨"，《草堂诗余》卷三载同。蔡氏刻本、《花草粹编》卷十七载则自"时闻打窗雨"后分段。《钦定词谱》卷二十二载此词同，云："双调，九十二字，前段八句四仄韵，后段九句五仄韵。"

其五，卷上《绮寮怨》"上马人扶残醉"云："或于'徘徊久叹息'下分段。"毛氏刊本于"愁思盈"后分段，其前即"徘徊久叹息"句。蔡氏刊本、《花草粹编》卷二十二载同。按《词律》卷十八、《钦定词谱》卷三十三载同毛氏刊本，但断句略异，作"徘徊久、叹息愁思盈"，后者云："双调，一百四字。前段八句四平韵，后段九句七平韵。"

其六，卷下《浪淘沙慢》"晓阴重霜凋岸草"云："时刻在'情切'分段。"毛晋刊本于"经时信音绝"后分段，其后之句即"情切"。蔡氏刊本、《花草粹编》卷二十四，以及《钦定词谱》、《词律》所载均同，《钦定词谱》卷三十七云："双调，一百三十三字，前段九句六仄韵，后段十五句十仄韵。"《词律》卷一云："按此词各刻俱作两段，而《词综》于'西楼残月'分段，作三叠，必有所据。"详《词综》卷九。

其七，卷下《看花回》"蕙风初散轻暖霁"注云："或在'粘花系月'下分段，非。"毛晋刊本在"歧路总奇绝"处分段,其后之句即:"何计解、黏花系月。"《词律》卷十载同。

(二) 吴文英《梦窗丁稿》

有二处,《梦窗丁稿》之《瑞龙吟》"堕红际层观冷翠"云:"旧刻双调,非。"毛氏刻本作三段。又于《梦窗丁稿》之《莺啼序》"横塘棹"云:"旧刻分四段,非。"毛氏刊本分三段,《钦定词谱》卷三十九载云:"四段,二百四十字。第一段九句五仄韵,第二段十三句四仄韵,第三段十五句四仄韵,第四段十五句六仄韵。"毛氏将第二、三段合为一段,盖误,今作四段。

三、异文

因版本的不同,词中出现异文,有的异文只是词语的运用问题,而有的则与典事有关,毛晋在批语中表明取舍,这些主要存在于周邦彦、秦观等作家的词集之中。

(一) 周邦彦《片玉词》

《片玉词》中涉及有十五首词,此举数例如下:

《瑞龙吟》"章台路"之"侵晨浅约宫黄"句云:或作"宫妆",非,考梁简文诗"约黄能效月",李贺诗"宫人面靥黄"。　又"犹记燕台句"句云:或作"兰台句",非,考李义山《柳枝诗序》云:"柳枝,洛中里娘也,年十七不聘,余从昆让山比柳枝居为近,他日春阴,让山下马柳枝南柳下,咏余《燕台》诗,柳枝惊问谁人为是,让山曰:'此吾少年叔耳。'柳枝手断长带结,让山为赠叔乞诗。明日,予策马出其巷,柳枝丫鬟毕妆抱立扇下,风障一袖,指曰:'若叔是? 后三日邻当去溅裙水上,以博山香待,与郎俱。'"

《侧犯》"暮霞霁雨"之"犹是旧荀令"句云:或作"旧时令",非,考荀令年十五,体能生香,拟国婚之选,不欲连姻帝室,远遁长沙,故李端《赠郭驸马诗》云"焚香荀令偏怜小"。　又"见说胡姬,酒垆寂静"句云:或作"文姬",非,考辛延年诗云:"昔有霍家奴,姓冯名子都。依倚将军势,调笑酒家胡。胡姬年十五,春日独当垆。长裾连理带,广袖合欢襦。"《左传》注:"胡姬,乃齐景公妾也。"(以上卷上)

《塞翁吟》"暗叶啼风雨"之"等今夜洒血书词"句云:或作"洒泪书词",非,韩愈云:"刳肝以为纸,洒血以书词。"

> 《虞美人》"金闺平帖春云暖"之"研绫小字夜来封"句云:一作"研绫",非,
> 王介甫诗"小研红绫间诗句"。(以上卷下)

可知毛氏所批之处,或于典事有关,或探用语之源,考毛晋所藏南宋蔡庆之刻《详注周美成片玉集》,毛氏批语中认可的原文与注文典事,绝大多数与蔡氏刻本相同,只有个别有异:如正文,《月中行》"蜀丝趁日染干红"之"团围"作"团团",但引证的典故两者均同。又如注文,如《隔浦莲近拍》"新篁摇动翠葆"之"金丸落,惊飞鸟"句,毛晋云:

> 一作"金丸落飞鸟",注引李贺诗云"间把金丸落飞鸟",按《谱》第四句、
> 第五句皆三字,宜作"金丸落,惊飞鸟"。考韩嫣好弹,以金为丸打飞鸟,一日所
> 失十余,人争拾之,时人为之语曰:"若饥寒,逐金丸。"

又于"帘花檐影"句云:

> 一作"檐花帘影",杜子美诗云"灯前细雨檐花落",盖檐前雨映灯光如花
> 尔,或改"檐前细雨灯花落",便无致味。周美成用"檐花",苕溪渔隐病其与本
> 意未合,《花庵词选》作"帘花檐影",今从之。

对此句的解读,宋人就有争议,参见本书第三章第三节。

(二) 秦观《淮海词》

见于《淮海词》中也有数则,如于《满庭芳》"山抹微云"一词云:

> "天粘衰草"今本改"粘"作"连",非也。韩文:"洞庭漫汗,粘天无壁。"张
> 祜诗"草色粘天鹎鸪恨",山谷诗"远水粘天吞钓舟",邵博诗"平浪势粘天",赵
> 文升词"玉关芳草粘天碧",严次山词"粘云红影伤千古",叶梦得"浪粘天、
> 蒲桃涨绿",刘行简词"山翠欲粘天",刘叔安词"暮烟细草粘天远","粘"字极
> 工,且有出处,若作"连天",是小儿之语也。

明杨慎《丹铅余录》卷三云:"庾阐《杨都赋》'涛声动地,浪势粘天。'本自奇语。昌黎祖之曰:'洞庭漫汗,粘天无壁。'张祜诗:'草色粘天鹎鸪恨。'黄山谷:'远山粘天吞钓舟。'秦少游小词'山抹微云,天粘衰草',正用此字为奇,今俗本作'天连'非矣。"考宋本《淮海居士长短句》作"连",吴讷《唐宋百家词》本作"粘",按秦观《淮海集》卷六《与子瞻会松江得浪字》:"离离云抹山,宵宵天粘浪。"叶梦得《避暑录话》卷下引录也作"天粘衰草",盖用"粘"富有情感色彩,有力度感,而"连"字,则形容之广也,偏于客观地描绘。

宋吴曾《能改斋漫录》卷十六载杭妓改唱秦氏此词,作"山抹微云,天连衰草,画角声断斜阳",作"连"字,不过与《淮海居士长短句》所载原作比照,此妓所改,不仅仅是韵字,其他不是韵字的也改动了不少,或是受此影响。

又于《踏莎行》"雾失楼台"一词云:

> 坡翁绝爱此词尾两句,自书于扇,云:"少游已矣,虽万人何赎?"释天隐《注三体唐诗》谓此二句实自"沅湘日夜东流去,不为愁人往少时"变化。然《邶》之"毖彼泉水,亦流于淇"已有此意,秦公盖出诸此。又《王直方诗话》载黄山谷惜此词"斜阳暮"意重,欲易之,未得其字,今《郴志》遂作"斜阳度"。愚谓此亦何害而病其重也?李太白诗"惜彼落日暮",即"斜阳暮"也。刘禹锡"乌衣巷口夕阳斜",杜工部"山木苍苍落日曛"皆此意。别如韩文公《纪梦诗》"中有一人壮非少"、《石鼓歌》"安置妥帖平不颇"之类尤多,岂可亦谓之重耶?
>
> 山谷当无此言,即诚出山谷,亦岂足为定论耶?

此段批语又见于《淮海集》附《长短句》中,个别字有出入,知不尽为毛晋所言,不过附刻词后,有助解读其词。对此词中相关句意的争议,宋人著作中屡有提及,范温《潜溪诗眼》载此事较详,云:

> 老杜《谢严武》诗云"雨映行官辱赠诗",山谷云:"只此'雨映'两字,写出一时景物,此句便雅健。"余然后晓句中当无虚字。复诵淮海小词云:"杜鹃声里斜阳暮。"公曰:"此词高绝,但既云'斜阳',又曰'暮',即重出也。"欲改"斜阳"为"帘栊"。余曰:既言"孤馆闭春寒",似无帘栊。公曰:"亭传虽未必有帘,有亦无害。"余曰:"此词本模写牢落之状,若曰'帘栊',恐损初意。"先生曰:"极难得好字,当徐思之。"然余因此晓句法,不当重叠。

这也说明了文学作品,在读者的解读中,会有不同的接受效果的,所谓作者未必然,读者未必不然。对此词词句出现的歧说,宋人另有三家,列于下:

> 歌者多因讳避,辄改古词本文,后来者不知其由,因以疵议前作者多矣。如苏词"乱石崩空",因讳"崩"字,改为"穿空"。秦词"杜鹃声里斜阳树",因讳"树"字,改为"斜阳暮",遂不成文。"满庭霜",以"霜"为惨,遂改为"芳"。"照不眠",以"不"为入声,遂改为"无",或改为"孤",而不知乐府中以入与平为一声也。近年因为慈福太皇家讳"近"字,凡"近拍"者皆改为"傍拍",他时必不

能晓傍拍之义也。（项安世《项氏家说》卷八）

> 少游郴阳词云："雾失楼台，月迷津渡。桃源望断知何处？可堪孤馆闭春寒，杜鹃声里斜阳暮。"《诗话》谓"斜阳暮"语近重叠，或改"帘栊暮"，既是"孤馆闭春寒"，安得见所谓帘栊？二说皆非。尝见少游真本，乃"斜阳树"，后避庙讳，故改定耳。（张端义《贵耳集》卷下）

> 《诗眼》载：前辈有病少游"杜鹃声里斜阳暮"之句，谓"斜阳暮"似觉意重。仆谓不然，此句读之，于理无碍。谢庄诗曰："夕天际晚气，轻霞澄暮阴。"一联之中，三见晚意，尤为重叠。梁元帝诗"斜景落高春"，既言"斜景"，复言"高春"，岂不为赘？古人为诗，正不如是之泥，观当时米元章所书此词，乃是"杜鹃声里斜阳曙"，非"暮"字也，得非避庙讳而改为暮乎？（王楙《野客丛书》卷二十）

三家都谈到了一个问题，就是因避讳而改动，只是确认的语气有所不同。按宋英宗名"曙"，若讳此音，则两宋当避者不知有多少人，知此说传闻因素居多。元人黄溍《日损斋笔记》引范元实《诗眼》云：

> 宝祐间，外舅王君仲芳随宦至郴阳，亲见其石刻，乃"杜鹃声里斜阳树"，一时传录者以"树"字与英宗庙讳同音，故易以"暮"耳。盖其词一经元祐名公品题，虽有知者，莫敢改也。外舅每为人言，而为之永慨。或曰："传归者既以庙讳同音而为之讳，少游安得不讳乎？"是不然，陆放翁引《北史》：齐神武相魏时，法曹辛子炎读"署"为"树"，神武怒其犯讳，杀之。则二字本不同音，今皆讳避，则以为一音矣。由是言之，则"树"字本不必避。《礼部韵略》讳而不收者，失于不考也，况当时诸公诗篇中所用"树"字不一而足，以大苏集中所载而言，则"庭下梧桐树"及"树头初日挂铜钲""闻风惊树摆琅玕""孤城吹角烟树里""清风欲发鸦翻树"，诗句作于熙宁、元祐、绍圣、元符间，未尝以为讳，何独疑少游之不避耶？

可知当时是不讳的。字意前后相重，其偏重点是不同的，于词意影响不大，不必深究，黄庭坚所论，亦仅仅一时的感想和看法，存一家之言，后人因张皇其词，未免小题大作。张侃《拙轩集》卷五云："前辈论王羲之作《修禊叙》不合用丝竹管弦，黄太史谓秦少游《踏莎行》末句'杜鹃声里斜阳暮'，不合用'斜阳'又用'暮'，此固点检曲尽。孟氏亦有

'鸡豚狗彘'之语，既云豚，又云彘，未免一物两用。"所谓"点检曲尽"，颇有挑词过严，不过《孟子》乃文章，而诗词与之不同，用字较文章要少得多，故用语精炼是基本要求，能如此，固然好，偶有一二处不是如此，只要"于理无碍"，未必有损于诗词之意的表达，至于读者解读出现不同，不应成为质疑的理由。

第三节　版本的取舍

作为明代唯一大规模的词集编印，毛晋所刻词集，得失参半。毛晋编有《汲古阁毛氏藏书目录》，载有大量两宋作家的词集，所载与陈振孙《直斋书录解题》著录的词集多同，当为宋刊本，或源自宋刊。所刻宋六十一家词，为所编《书目》不载者有二十三家，又有三十八家虽载于《书目》中，而书名、卷数却不完全相同。六十一家中，从全集本析出者有五家，即欧阳修《六一词》、陆游《放翁词》、叶梦得《石林词》、谢逸《溪堂词》和黄公度《知稼翁词》。从《花庵选词》中钩出者有二家：即姜夔《白石词》和张孝祥《于湖词》。这七家均见载于《书目》中，却不见用，不解何故？又虽然书名、卷数相同，如《六一词》《石林词》《溪堂词》，但与《书目》所载并不同源。

毛晋《跋竹斋诗余》云："予随得本之先后，次第付梨，凡经商纬羽之士，幸兼撷焉。"或《书目》所载词集晚出于所刻六十一家词集，又《跋樵隐词》云："余近得杨梦羽先生秘藏《宋元名家词》抄本二十七种，内有《樵隐诗余》一卷，共四十二首，调名二十有三，亟梓而行之，庶不与集俱湮耳。"又前引《跋梦窗乙稿》和《跋梦窗丙稿》、《跋洺水词》等，知是随得随刻，且所藏并非都是足本与善本。毛晋辑刻的宋人六十一家词，占今存宋人词集的三分之一，两宋名家词集多存其中。词集后均有毛晋跋文，其中很少提及所据的版本，偶有涉及者，也不过是二三家而已。

一、周邦彦《片玉词》

毛晋《跋片玉词》云：

> 余家藏凡三本：一名《清真集》，一名《美成长短句》，皆不满百阕；最后得

宋刻《片玉集》三卷，计调百八十有奇，晋阳强焕为叙。予见评注厖杂，一一削去，厘其讹谬，间有兹集不载，错见《清真》诸本者，附《补遗》一卷，美成庶无遗憾云。若乃诸名家之甲乙，久著人间，无待予备述也。

除跋中提到的三种周邦彦词集外，毛晋还藏有宋刊陈元龙《详注周美成词片玉集》十卷，跋文中并未提及，参见第三章第三节。

毛氏跋文中提及的三种词集，其中名曰《美成长短句》者，今不见。名《清真集》者，今有四印斋本，二卷，存词一百二十九首，又集外词一卷，存词五十四首。此本是影元刻巾箱本，王鹏运跋（光绪丙申）云：

> 右影元巾箱本《清真集》二卷，附《集外词》一卷。案：美成词传世者以汲古毛氏《片玉词》为最著。近仁和丁氏《西泠词萃》所刻，即汲古本。此本二卷，百二十七阕，为余家所藏，末有盟鸥主人志语，盖明抄元本也。编次体例与《片玉词》迥别，而调名字句亦多不同。陈振孙《书录解题》云："《清真集》二卷，《后集》一卷。"又毛子晋《片玉词跋》："美成词一名《清真集》，一名《美成长短句》，皆不满百阕。"与此均不合。久欲刊行，以旧抄剥蚀过甚，无本可校而止。去年从孙驾航京兆丈假得元刻庐陵陈元龙《片玉词》注本，编次体例与抄本正同，特分卷与题号异耳。爰据陈注校订，依式影写，付诸手民。其集中所无而见于毛刻者，共五十四阕，为《集外词》一卷附后。毛本强序，陈注刘序，抄本不载，今皆补入。美成集又名《片玉词》，据序即刘必钦改题也。

知王氏所得为明人据元刊本所抄，排列次第与陈元龙注本同，但无注文。所云自孙驾航借得元刻庐陵陈元龙注本即指毛藏本。按强焕序云："余欲广邑人爱之之意，故裒公之词，旁搜远绍，仅得百八十有二章，厘为上下卷。乃辍俸余，鸠工锓木，以寿其传。"知宋刊本为一百八十二首，元巾箱本二卷已不全，四印斋为补辑，得五十四首，合前二卷，共计一百八十三首。

名《片玉集》者，今存有吴讷《唐宋百家词》本，十卷，又《抄补》一卷。其中前十卷所载，与《四印斋》本《清真集》上下卷所收词之次第、数目均同，只是分卷歧出，另个别词调称呼有异，如《扫地花》《阮郎归》《吉了犯》，《百家词》本分别作《扫花游》《醉桃源》《侧犯》。《抄补》一卷，收词二十八首。此本亦无注文。与毛氏藏宋刊陈元龙《详注周美成词片玉集》十卷本比较，《百家词》本前十卷所收词调名、次第、数目也均同。今存本中，除《宛委别藏》本影抄自黄丕烈藏本外，其他本如《彊村丛书》本、《景刊宋元明本词》本，均同毛氏藏本。

由此可见，毛氏刊印的周氏词集所收最全，毛氏所刻卷上存九十七首，卷下存词八十七首，共计一百八十四首，与强焕序云相符。又有补遗一卷，为毛氏据《天机余锦》《词林万选》《草堂诗余》等辑录的十首。毛氏跋云"予见评注庞杂，一一削去"，知是本原有批校语，多见于词末，或注于词牌下。只是毛晋藏有宋刊本，跋中却未说明，校文中也未提及，或为后得者。今天来看，宋刊陈元龙注本失收词多达五十余首，质量的确是不高，只是因是宋刻本，后人珍贵罢了。可见毛氏刊刻词集还是有所为，有所不为的。

二、赵彦端《介庵词》

除周邦彦词外，毛晋于赵彦端词集跋文中也谈到不同的版本，其《跋介庵词》云：

> 予家旧藏《介庵词》一卷，板甚精良，惜未得其全集。又有《文宝雅词》四卷，中误入孙夫人咏雪词。又曾见《琴趣外篇》六卷，章次颠倒，赝作颇多，不能悉举。至如席上赠人《清平乐》，昔人称为集中之冠，反逸去，可恨坊本之乱真也。

《文宝雅词》当为《宝文雅词》之误。《琴趣外篇》为南宋时编印的一个词集丛编，为书坊所刻，质量不高，后人非议不少，毛晋所藏三种，《介庵词》刻版精良，但不全。《宝文雅词》有误收之作，而《琴趣外篇》所谓"赝作颇多"。这三种不同名称的词集今均有存，《介庵词》见于毛氏刻的《宋名家词》，一卷；《宝文雅词》见于明吴讷《唐宋百家词》本，四卷。《琴趣外篇》见于朱祖谋《彊村丛书》本。《介庵词》存词一百五十二首，《宝文雅词》存词一百五十三首，两者虽然分卷歧出，但除末一词略有出入外，其他次第词调数绝大多数是相同的。有出入者如：《介庵词》有《喜迁莺》"登山临水"一词，为《宝文雅词》所无，据《全宋词》"存目词"引毛扆校云，此词为明瞿佑的作品。又《宝文雅词》有《清平乐》"悠悠漾漾"一词，为《介庵词》所无，按此词黄昇《唐宋诸贤绝妙词选》卷十载作孙道绚词，亦即毛晋跋谓误入孙夫人词者。又毛刊《介庵词》后有《鹧鸪天》词一组，序云："羊城，旧名京口，天下最号都会。风轩月馆，艳姬角妓倍于他所，人以群仙目之，因列十名于后,各赋一阕。"十人依次为:萧秀、萧莹、欧懿、桑雅、刘雅、欧倩、文秀、王婉、杨兰、吴玉,又一首为"总咏",其中咏"吴玉"一首,《宝文雅词》未归于这组词中,而是独自成一词,并有序云:"上元孙长甫郎中坐上,次仲益尚书赠玉奴韵。"孙觌(1081—1169),字仲益,高宗朝仕至户部尚书,其词不存,孙长甫郎中当为其后裔。不过依词序咏十妓而论,毛刊本当是,《宝文雅词》本把末一首"总咏"连同前九首为十首,以求合十阕之数,这是有误的。《全宋词》是据毛扆校本《宝文雅词》录入的,也存在着这种误读。

《彊村丛书》本《琴趣外篇》六卷,存词一百六十首,其词调次第之先后大体同于前二者,不过同一一词调的词数有的出入颇大。朱氏又据毛刻本辑补二十一调三十二首作补遗一卷。就原本《琴趣外篇》六卷来说,所收与赵师侠《坦庵词》互见颇多,如卷二《点绛唇》三首、卷三《菩萨蛮》十三首、卷四《南乡子》一首、卷五《鹧鸪天》七首、《诉衷情》四首、卷六《贺圣朝》一首、《生查子》五首、《卜算子》二首,共计三十六首,朱氏跋(丁巳重九)云:

> 《介庵琴趣外篇》六卷,汪阆源藏旧抄本,盖黄氏士礼居故物也。毛子晋刊《介庵词》一卷,为《琴趣》所不载者三十三首,而《琴趣》增多之四十首,则三十六首见赵师侠《坦庵词》。子晋跋称曾见《琴趣外篇》,章次颠倒,赝作颇多。殆以杂见《坦庵词》中,故为此语。介庵宦游多在湘中暨闽山赣水间,坦庵踪迹颇同。编者于二家词未能一一抉别,似未可遽以赝作摈之。子晋又言介庵席上赠人《清平乐》,昔人称为集中之冠,《琴趣》逸去,以为坊本乱真。而是编载之,则又非子晋所见矣。今粗校条记如右,惜子晋所藏《宝文原作文宝,误。雅词》四卷,未得寓目耳。

毛晋跋云"昔人称为集中之冠"之席上赠人《清平乐》"桃根桃叶"一词,上文提及的三种不同名称的词集中均有,朱本见于《介庵琴趣外篇》卷五,毛晋所藏《琴趣外篇》却未见,或原本有缺?

赵彦端(1121—1175),字德庄,号介庵,宋宗室,寓居南昌。登高宗绍兴八年(1138)进士第,历官钱塘县主簿、福建观察推官、秀州军事判官,知余干县,充福建路提刑司干办公事,除国子监丞,出知江州,迁太常少卿,知建宁府,改浙东路提刑。《宋史》卷二百八载其所著有《介庵集》十卷、又外集三卷、《介菴词》四卷。《直斋书录解题》卷二十一载其《介庵词》一卷。而赵师侠行迹不甚详,其名或作师使,字介之,号坦庵,宋宗室,燕王德昭七世孙,居新淦(今江西余干)。孝宗淳熙二年(1175)进士,为信丰县(江西赣州府)令,江华郡丞。《直斋书录解题》卷二十一载其《坦庵长短句》一卷,今有毛氏刻本,毛氏《跋坦庵词》云:"介之,汴人,一名师侠,生于金闺,捷于科第,故其词亦多富贵气。或病其能作浅淡语,不能作绮艳语。余正谓诸家颂酒赓色,已极滥觞,存一淡妆,以愧浓抹,亦初集中放翁一流也。"知赵师侠为赵彦端晚辈,朱氏跋云"介庵宦游多在湘中暨闽山赣水间,坦庵踪迹颇同",赵师侠行迹,史籍所载不详,朱氏云其仕宦之处,多同于赵彦端,所据为赵师侠词作,其词序题多交代所作之地,并署以年代,有《水调歌头·癸卯信丰送春》"韶华能几许"、《水调歌头·万载烟雨观》"江流清浅外"、《水调歌头·戊申春陵用旧韵赋二词呈族守德远》"人生如寄耳"、《水调歌头·丁巳长沙寿王枢使》"台星明翼轸"、《满江红·甲午豫章和李思永》"渺渺春江迷望眼"、《风入松·戊申沿檄衡永舟泛潇湘》"溪山佳处是湘中"、《鹊桥仙·舟过六和塔》"风波平地归"、《蝶恋花·临安道中赋》"剪水凌虚飞雪片"、《蝶恋花·己亥同常监游洪阳洞题肯堂壁梅》"春到园林能几许"、《柳梢青·邵武熙春台席上呈修可叔》"矫首遐观"、《柳梢青·壬子莆阳壶山阁》"暑怀烦郁"、《浣溪沙·癸巳豫章》"日丽风和春昼长"、《菩萨蛮·癸巳白豫章橄归》"扁舟又向潇滩去"、《汉宫春·壬子莆中鹿鸣宴》"丹诏天飞"等,知曾往来于湘、赣、浙、闽间,不过赵彦端卒时那年,师侠才登第,因此据其序题所署年份,还以可断定词作的归属。即以重见者为例,说明如下:

《菩萨蛮》十三首:署以年代的,《菩萨蛮·癸巳自豫章橄归》"扁舟又向潇滩去",癸巳为乾道九年(1173)。又《菩萨蛮·辛亥二月雪》"东皇不受人间俗",辛亥为光宗绍熙二年(1191)。

《鹧鸪天》七首:署以年代的,《鹧鸪天·壬辰豫章惠月佛阁》"烟霭空蒙江上春",壬辰为乾道八年(1172)。《鹧鸪天·丁巳除夕》"爆竹声中岁又除",丁巳为宁宗庆元三年(1197)。

《汉宫春》一首,署以年代的,《汉宫春·壬子莆中鹿鸣宴》"丹诏天飞",壬子为光宗绍熙三年(1192)。

《生查子》五首:《生查子·丙午铁炉冈回》"春光不肯留",丙午为淳熙十三年(1186)。

除《菩萨蛮·癸巳自豫章橄归》和《鹧鸪天·壬辰豫章惠月佛阁》外,其余属于赵师侠之词无疑,毛晋的判断是不错的,朱氏持疑是可释的。

三、其他

对于坊刻本质量低劣的问题,毛晋不止一次地提出了批评,如《跋竹屋痴语》云:"宾王词,《草堂集》不多选,选入如《玉蝴蝶》,坊刻竟逸去。又如《杏花天》、《思佳客》诸作混入他人,先辈多拈出,以慨时本之误。"又《跋逃禅词》云:"补之,清江人,世所传江西墨梅,即其人也,其诗文亦不多见。向有补之词行世,或谓是晁补之,谬矣。无论字句之舛讹,章次之颠倒,即调名如《一斛珠》误作《品令》、《相见欢》误作《乌夜啼》之类,亦不可条举,今悉一一厘正。但散花庵词客一无选录,谓其多献寿之章,无丽情之句耶?《草堂集》止载'痴牛骏女'一调,又逸其名,后人妄注毛东堂,可恨坊本无据,反令人疑《香奁》或凝或偓云。"其中坊刻,有的是指宋刊,有的是明代刻本,正是因为如此,毛晋对所得旧藏词集,在刊印时是有取舍的。这种严谨的态度,在其他跋文中也可体会的出,如:

> 南渡而下,诗之富贵(当为实字)维放翁,文之富实维益公,先辈争仰为大家,与欧、苏并称,但卷帙浩繁,我明尚未副枣。予于寅卯间已镌放翁诗文一百三十卷有奇行世,而益斋诸稿二百卷,仅得一抄本,句错字淆,未敢妄就剞劂。倘海内同志,或宋刻,或名家订本,肯不惜荆州之借,俾平园叟与渭南伯共成双璧,真艺林大胜事也。兹近体乐府数阕,特公剩技耳,先梓之,以当相征券。(《跋近体乐府》)

> 其自题草庐曰:"归愚识夷途,游宦泯捷径。"故文集与诗余俱名《归愚》。第集中如《雨中花》、《眼儿媚》诸调俱不合谱,未敢妄为更定云。(《跋归愚词》)

> 凡用字多有出处,如"洒窗间,惟稷雪"云云,见《毛诗疏》:"稷雪,霰也,形如米粒,能穿窗透瓦。"今本改作"霰雪",又如"薄劣东风,天斜飞絮"云云,见白香山诗《钱塘苏小小》:"人道最天斜。"自注:"天,音歪。"时刻改作"颠斜",便无韵味,姑记之,以为妄改古人字句之戒云。(《跋芦川词》)

不妄改,改必有据,这是毛晋刻词集中所反映出来的态度,至于改的是否合理,后人有质疑,则又另当别论。

第九章 清代两宋词集的传抄与收藏

清代对两宋词集的传抄，较明朝而言，不仅范围广，参与其中的人员也多。明末清初以来，词社的出现，词学的活跃，词派的建立，词学理论的提出，都有赖于对两宋词集的搜集、抄录，和对两宋词作的解读。同时也应看到，清代藏书家的身份也不单纯，或是学者型的藏书家，如朱彝尊等；或是书商型的藏书家，如鲍廷博等。这就为词集的搜辑与传播，赋予了更多的色彩。清代所藏，也分公藏和私家所藏，公藏情况，笔者在《宋金元词籍文献研究》中已有详细述论，此处再补充一点，乾隆时纂修的《续文献通考》卷一百九十八也载有词集，录宋至明人词曲类著作五十余种，其中宋人词集有：

> 方千里《和清真词》一卷、李弥逊《筠溪乐府》一卷、陈亮《龙川词》一卷补遗一卷、王灼《碧鸡漫志》一卷、洪咨夔《平斋词》一卷、李昴英《文溪词》一卷、汪莘《方壶词》三卷、汪元量《水云词》一卷、洪瑹《空同词》一卷、沈义父《乐府指迷》一卷、程垓《洺水词》一卷、刘克庄《后村别调》一卷、张镃《芸窗词》一卷、吴文英《梦窗稿》四卷《补遗》一卷、赵长卿《惜香乐府》十卷、黄机《竹斋诗余》一卷、戴复古《石屏词》一卷、黄昇《散花庵词》一卷、《花庵词选》二十卷、张炎《山中白云词》八卷《乐府指迷》一卷、宋伯仁《烟波渔隐词》二卷、蒋捷《竹山词》一卷、黄大舆《梅苑》十卷、林正大《风雅遗音》二卷、周密《绝妙好词笺》七卷、《乐府补题》一卷、朱淑真《断肠词》一卷。

得二十八种，词别集二十二种、词选集三种、词话三种，其中张炎的《乐府指迷》即所著《词源》，与沈义父《乐府指迷》不是一回事。所著录的词集版本不详。《花庵词选》据书名疑指汲古阁刻本，《绝妙好词笺》为清初查氏刻本。其中不少当为珍秘词集，如《烟波渔隐词》,据《四库提要》,此书自《永乐大典》中辑出,清以来书目罕见著录,也未见流留下来。又清彭元瑞等编《钦定天禄琳琅书目后编》卷十一"元板集部"载有《绝妙词选》一函五册,今存有宋刊本、明刊本,而云为元刻本,不见宋以来书目书志等著录,其书也不见存。清代公藏词集的情况大体如此。而清代私家对词集的传抄和收藏,呈丰富旺盛的局面,本章主要论清代私家所藏词集情况。

第一节　对汲古阁所藏词集的传抄与庋藏

清代及近代公私所藏珍善本词集,大多与毛氏汲古阁原藏有关联,或为毛氏汲古阁旧藏之物,或为传抄毛氏所藏,或用毛氏藏本校勘。而在词集的收藏与校勘中,毛晋之子毛扆贡献卓著。

毛扆(1640—1713),字斧季,号省庵,毛晋第五子。毛扆能继承父业,终身从事藏书、访书、抄书、校书等活动。编有《汲古阁秘本书目》,这是个售书清单,所载为藏书拟售的部分,其中记载的有精抄本词集丛编《宋词一百家》,未列子目,另著录有宋人词集有:

> 《绝妙好词》,二本,精抄;宋板《石屏词》、许棐《梅屋词》,二本,合一套;元
>
> 板《片玉词》,二本;宋板《柳公乐章》,五本;《词源》,一本,竹纸,旧抄。

数量虽不多,但珍贵。毛扆为陆贻典之婿,翁婿二人常常是共同校阅古籍,词集方面也是如此。所校词集丛编有:

1. 《宋名家词》。毛扆于周必大《近体乐府》题识云:"宋词六十家,从收藏家遍借旧录本校勘,镇廿年矣。"文写于康熙二十八年(1689),有感于毛晋刊本失误太多,遂有汇校之举,前后达二十余年。其中多有题识,交待了校本种类、来源、优劣及其校改情况,此书今存国家图书馆。

2. 《宋元名家词》。此为"紫芝漫抄"本词集,藏北京大学图书馆,存七十种。赵万里《校辑宋金元人词》"引用书目"于此书提要云:"二十四册,明抄本。此书自《东坡词》起,至《花间集》终,凡七十种。版心下记'紫芝漫抄'四字,毛斧季扆以朱笔通体校过,大半为《六十名家词》所未收,盖刊成后所得也。"其中《乐斋词》有毛扆跋一、《秋涧词》

有毛扆跋二、陆贻典跋一,此书也是毛、陆二人合校的,只不过毛氏校的居多。据题识文所署年月知前后校勘也有十余年。

3.《宋元明三十三家词》。此为明石村书屋抄本,见《中国古籍善本书目》和翁连溪编《中国古籍善本总目》,其中宋张继先《虚靖真君词》著录为"清毛扆校",金段成己《菊轩乐府》著录为"清毛扆校并跋"。

另有零种词集,此不赘。毛扆时,汲古阁收藏词集的丰富远过于乃父,出于汇校,他寻访抄录了大量词集。其所藏所校词集,成为后人传抄宝藏之物。此择主要传抄收藏者数家分析之,以见传承有绪,其中有的只是部分所藏与汲古阁有渊源,一并述之。

一、鲍廷博

鲍廷博(1728—1814),字以文,号渌饮。本安徽歙县西乡长塘村人,寓居浙江杭州、桐乡等。补歙县庠生,后参加省试未中,遂绝意仕进。因刻丛书,受朝廷嘉奖,八十六岁时,恩赏为举人。乾隆修《四库全书》时,鲍氏为献书最多者之一。著有《花韵轩小稿》等。鲍氏为乾隆时藏书大家,与黄丕烈、吴骞、陈鳣、吴翌凤等藏家交谊甚厚,互借互抄秘籍。刻有《知不足斋丛书》,藏书处为知不足斋,所藏书卒前已散出,分别归藏于黄氏士礼居、汪氏艺芸精舍、陆氏皕宋楼、丁氏八千卷楼等。

鲍氏富藏词集,毛扆《汲古阁珍藏秘本书目》载有的精抄本《宋词一百家》、《元词二十家》,鲍氏均据以录副。又毛扆、陆贻典汇校的《宋名家词》也曾归藏知不足斋。顾广圻《思适斋集》卷十三《词学丛书序己丑十月》云:"鄙人向辱歙鲍丈渌饮下交,见其亦喜传刻词林罕见秘册,如《乐府补题》《碧鸡漫志》《蘋洲渔笛谱》之属,表章词学。"所藏宋元人词集善本已达百十余种。而见于后人著录为鲍氏所抄所校所藏的词集,尚可征得一些,词集丛编有:

1.《唐宋八家词》,鲍氏知不足斋抄本,鲍廷博校。二册。见《北京图书馆古籍善本书目》,录子目如下:

温庭筠《金奁集》一卷补一卷、潘阆《逍遥词》一卷、范成大《石湖词》一卷
补遗一卷、陈三聘《和石湖词》一卷、陈经国《龟峰词》一卷、向镐《乐斋词》一
卷、王之道《相山居士词》一卷、倪偁《绮川词》一卷。

2.《宋名贤七家词》,明蓝格抄本,鲍廷博校。见《中国古籍善本书目》和翁连溪《中国古籍善本总目》,录子目如下:

> 潘阆《逍遥词》一卷、葛郯《信斋词》一卷、向镐《乐斋词》一卷、沈瀛《竹斋词》一卷、陈与义《简斋词》一卷、吴儆《竹洲词》一卷、严羽《沧浪词》一卷。

除潘、严二人词集外,其余均有鲍氏朱墨笔批校。

另有不少是单行词集,见于《善本书室藏书志》著录的宋人词集有:

> 贺铸《东山寓声乐府》三卷《补遗》一卷,旧抄本,鲍氏校;倪偁《绮川词》一卷,知不足斋抄本;陈经国《龟峰词》一卷,抄本;陈与义《简斋词》一卷,明抄本,鲍氏校;吴儆《竹洲词》一卷,明抄本,鲍氏校;赵以夫《虚斋乐府》二卷,明抄本,鲍氏校。

见于《中国古籍善本书目》著录的鲍廷博校本有:

> 贺铸《贺方回词》二卷《东山词》二卷,清抄本;刘克庄《后村诗余》二卷,明抄本;赵闻礼《阳春白雪》八卷外集一卷,鲍氏知不足斋抄本。

见于其他书目书志著录的两宋人词集有:

> 秦观《淮海居士长短句》一卷,见傅增湘《藏园群书经眼录》卷十九;贺铸《贺方回词》一卷,旧抄本,见张均衡《适园藏书志》卷十六;王之道《相山居士词》一卷,知不足斋抄本,见《劳氏碎金》卷中;曾慥《乐府雅词》三卷《拾遗》二卷,旧抄本,见《云间韩氏藏书目附书影》、《涵芬楼原存善本草目》等;张炎《词源》二卷,享帚精舍刻本,鲍氏校,见邓邦述《群碧楼书目初编》卷九。

以上可得今存曾为鲍氏所藏所校的两宋词集三十余种的名目,其中或有为抄本《宋词一百家》中之物。

二、彭元瑞

彭元瑞(约1732—1803),字掌仍,又字辑五,号芸楣,别署身云居士。清乾隆二十二(1757)年进士,历官礼、兵、吏、工四部尚书、太子太保。有《恩余堂辑稿》。捐俸购书,尤其专力于旧抄,又借抄范氏天一阁、鲍氏知不足斋等藏诸旧本,所藏之书多手校手跋,其藏书处取唐杜兼"清俸购来手自校,子孙读之知圣道"之句,名知圣道斋。有

《知圣道斋书目》、《知圣道斋读书跋》。

《知圣道斋书目》卷四载其所藏词集,主要以词集丛编为主,并列子目,录如下:

其一,《宋名家词》,二十四本:此即毛晋汲古阁刻本,详录其子目,此略。

其二,《南词》,列其子目如下:

《宋南唐二主词》*、《龟峰词》*、《蓬莱鼓吹词》*、《逍遥词》*、《耐轩词》、《文湖州词》、《圣求词》、《初寮词》、《酒边词》、《乐斋词》、《简斋词》*、《樵歌词》*、《竹斋词》*、《逃禅词》、《稼轩词》、《知稼翁词》、《于湖词》、《松坡词》*、《竹洲词》、《晦庵词》*、《养拙堂词》*、《白石先生词》、《龙川词》、《龙洲词》、《西樵语业词》、《石屏词》、《樵隐词》、《履斋先生词》*、《文溪词》、《空同词》、《哄堂词》、《蒲江词》、《克斋词》、《周士词》、《金谷遗音》、《白雪词》*、《绮语词》*、《侨庵词》*、《东浦词》、《松雪词》、《鸣鹤余音》*、《蜕庵集》*、《竹窗词》*、《古山乐府》、《云林乐府》、《贞居词》*、《草堂诗余》*。

彭氏《知圣道斋读书跋》卷二《宋未刻词》有"余旧藏李西涯辑《南词》一部"云云,以上得宋元明人词集四十七种,著录的格式不统一,有讹字。按四印斋刻本《阳春集》后录彭氏朱笔题识,并录《南词》子目二十五种,其中五代一家,宋十八家,元四家,总集二家。与此互有出入(上述带星号的即为《阳春集》附载有的,下同),其中未被《书目》登载的有三家:谢薖《竹友词》、廖行之《省斋诗余》、《乐府补题》,合计五十种。文同《文湖州词》为元乔吉北曲集,实存宋词别集三十八种、选集一种。考明李东阳辑《南词》所收实六十四种,吴昌绶《宋金元词集见存卷目》序云:"吾友武进董比部得彭文勤知圣道斋旧藏《南词》六十四家、汲古未刻词二十二家,中多罕靓秘笈。"知彭氏所藏《南词》是完整的一套,而《书目》著录是不全的,尚有十四种漏载,据李希圣《雁影斋题跋》卷四载《南词》,十四家为:《珠玉词》、《六一词》、《半山词》、《小山词》、《虚靖真君词》、《柳屯田乐章词》、《东坡词》、《山谷琴趣词》、《姑溪词》、《后山词》、《寿域词》、《丹阳词》、《溪堂词》、《信斋词》,这十四种是依次抄录在一起的,也就是说这十四种是在同一册,或二三册中的,盖一时散在异处,彭氏抄录时,未能著录完全。

其三,《宋元人小词》,录子目如下:

《龙云先生乐府》*、《闲斋琴趣外篇》*、《萧台公余词》*、《龙川词补》*、《和清真词》、《日湖渔唱》*、《草窗词》*、《宁极斋乐府》*、《吴文正公词》*、《圭塘长短句》*、《阳春集》、《绮川集》*、《邱文定公词》*、《演山先生词》*、《近体乐府》。

按四印斋本《阳春集》后录彭氏朱笔题识，云有宋元人小词本，内宋九家，元三家，并录其名目。而为《书目》失录者有一，即陈允平《西麓继周集》。除《吴文正公词》《圭塘长短句》《阳春集》外，计得宋人词集十三种。

其四，《汲古斋未刻宋刻》，四本。录子目如下：

《阳春集》、《东山词》、《信斋词》、《乐斋词》、《樵歌词拾遗》、《梅词》、《晦庵词》、《梅屋诗余》、《虚斋乐府》、《和清真词》、《风雅遗音》、《文山乐府》、《白玉蟾词》、《漱玉词》、《断肠词》、《松雪斋词》、《雪楼乐府》、《樵庵词》、《雁门集》、《古山乐府》、《云林词》。

凡二十一种，其中宋人词集有十四家，云为宋刻，而且是为汲古阁未刊的词集。四印斋本《阳春集》后录彭氏朱笔题识云此本内五代一家，宋十五家，元六家，所录子目均载于《书目》中。又宋人李处权、朱熹的词集均名《晦庵词》，《阳春集》附载题作朱熹，另有吴儆《竹洲词》为《书目》失载。《知圣道斋读书跋》卷二《宋未刻词》云："于谦牧堂藏书中得宋元人词二十二帙，题曰《汲古阁未刻词》，行款字数与已刻《六十家词》同。每帙钤有毛子晋诸印，皆精好。余旧藏李西涯辑《南词》一部，又《宋元人小词》一部，合此三书，于六十家外又可得六十二种，安得好事者续镌为后集？"加《竹洲词》，正与"二十二帙"合。《阳春集》后录彭氏朱笔题识，末有"辛亥秋七月廿七日芸楣记"云云。

其五，《词苑英华》，十二本。此为毛氏汲古阁刻本，子目略。

上述三套抄本词集丛编，共得两宋人词集六十五种。其中《汲古阁未刻词》二十二种，原为揆叙所藏之物，揆叙，字恺功，号惟实居士，清满洲正白旗人，明珠之子，康熙时官至左都御史，有《益戒堂集》。谦牧堂为其藏书之处，核以清刘如海抄《谦牧堂藏书目》，却不见著录。彭氏得之于乾隆五十六年（1791），已是不全之物，然有助于考核毛氏汲古阁所藏精抄本《宋百家词》《元二十家词》的名目。

三、秦恩复

秦恩复（1761—1844），字近光，号敦夫，江苏江都（扬州）人，清乾隆五十二年

（1787）进士。构石研斋、五笥仙馆藏书。富藏词集。于嘉庆、道光年间刊《词学丛书》六种。有《石研斋书目》。

顾广圻《思适斋集》卷十三《词学丛书序己丑十月》云："有善本宋元人词集百十种，远出汲古毛氏上，藏于家。石研斋既尝获其副，太史必能讨论编定，他日合而厘次为若干集，可付杀青，庶几词学益显，且永永不绝。"秦氏所得宋元人词集，是录自鲍氏知不足斋所藏，不少即出自汲古阁所藏，只是其名目不能详。民国时期编印的《萃文书局书目》载有《六十家词》云："汲古阁刊初印，原装廿八本，七百元。"又云："此书全部经汲古后人毛扆、敕先遍借三吴诸藏书家宋元本、抄本及毛氏底本校雠批读，镇二十年。间有未刻足者，增抄补足。此语毛扆自记，全部残缺，故付缺如。每种卷后均书明年月○○校毕读讫等语。江都秦敦夫旧藏，每本首尾均有'秦氏石研斋收藏章'。原装订，上、下副页均系当时原装之白绵纸本书纸，兹不赘述。"此书今藏国图，钤有"知不足斋藏书印"，后为秦氏所得。

四、黄丕烈

黄丕烈（1763—1825），字绍武，号荛圃等，江苏吴县（今苏州）人。清乾隆五十三年（1788）举人，官至六部主事。平生鲜声色之好，惟喜聚书，尤好宋椠，得宋刻百余种，构专室藏之，名百宋一廛，自称佞宋主人。性喜读未见之书，并以之为书斋名。嗜藏书，得钱氏绛云楼、毛氏汲古阁、泰兴季氏三家之藏。著有《百宋一廛书录》《求古居宋本书》《读未见书斋词目》《所见古书录》等。题跋尤为书林所重，后人辑刻有《荛圃藏书题识》等。

对宋元人词集的收藏，至黄氏，可以说是清代藏书家中的一个终结，此时宋元词集珍秘之本越来越少，而黄氏所藏抄本最为富有。于《东坡乐府》跋云："余所藏宋元人词极富，皆精抄，或旧抄。而名人校藏者，若宋元刻本，向未有焉。"又于《稼轩长短句》跋云："余素不能词，而所藏宋元诸名家词独富，如《汲古阁珍藏秘本书目》中所载原稿皆在焉。然皆精抄、旧抄，而无有宋元椠本。"毛扆编的《汲古阁珍藏秘本书目》，有嘉庆五年（1800）黄氏士礼居刻本，所载有《宋词一百家》，云："未曾装订，已刻者六十家，未刻者四十家，俱系秘本，细目未及写出，容俟续寄。精抄。一百两。"此丛编后为黄氏购藏，顾广圻《百宋一廛赋》于残宋本《侍郎葛公归愚集》黄氏注有"予藏汲古毛氏精抄宋词百种中有之"云云，毛扆云"已刻者六十家"，是指毛晋刻的六十一家，但并不是毛晋刻本所据的原底本。毛扆未列出细目，其后的黄丕烈等人也未著录子目。

黄氏所撰书目只存有《百宋一廛书录》《求古居宋本书》，其间登载的词集并不多，而后人编著的书目书志等书，却记载了不少曾为黄氏所藏所校的词集。见于《荛圃藏书题识》卷十记载的两宋人词集有：

> 张先《张子野词》一卷，钱颐仲孙艾写本；苏轼《东坡乐府》二卷，元刻本；苏轼《东坡乐府》二卷，校元刻本；黄庭坚《山谷词》一卷，校宋刻本，底本为毛刊本；秦观《淮海长短句》三卷，校本；秦观《淮海居士长短句》三卷，宋刻配抄本；周邦彦《片玉词》十卷，毛氏汲古阁抄本；周邦彦《片玉词》二卷，抄本；陈元龙《详注周美成词片玉集》十卷，宋刻本，校以毛氏汲古阁抄本；张元干《芦川词》二卷，影宋本，校以宋刻本；张元干《芦川词》一卷，毛氏抄本，校宋本；张元干《芦川词》二卷，抄本；陈允平《日湖渔唱》一卷，抄校本；辛弃疾《稼轩长短句》十二卷，元刻本；辛弃疾《辛稼轩长短句》十二卷，毛氏汲古阁抄本；辛弃疾《辛稼轩长短句》十二卷，明嘉靖王诏刻、李濂批点本，校以元刻本；赵以夫《虚斋乐府》二卷，述古堂抄本，校以毛氏藏两抄本；赵以夫《虚斋乐府》，毛氏藏抄本；林正大《风雅遗音》二卷，刻本，校以毛抄本；林正大《风雅遗音》二卷，毛抄本；廖行之《省斋诗余》一卷，明抄本，毛扆校；管鉴《养拙堂词》一卷，明抄本，毛扆校；蒋捷《竹山词》一卷，元抄本。

见于《荛圃藏书题识续录》卷四记载的宋人词集有：

> 赵以夫《虚斋乐府》二卷，毛氏汲古阁景宋本；姚述尧《箫台公余词》一卷，绣谷亭吴氏抄本，校以毛氏抄本；姚述尧《箫台公余词》，毛氏抄本；张镃《玉照堂词抄》一卷，绣谷亭吴氏抄本，校以知不足斋刻全集本。

见于韩应陛《读有用书斋藏书志》载有：晏殊《珠玉词》一卷，明抄本；曹冠《燕喜词》一卷，抄本。又载有《宋人词十种》，为汲古阁精抄本，其中宋别集七家，金别集一家，明人两种。录宋人词集子目如下：

> 王安中《初察词》一卷、洪瑹《空洞词》一卷、黄公度《知稼翁词》一卷、高观国《竹屋痴语》一卷（目录称《竹屋词》）、陈三聘《和石湖词》一卷、韩玉《东浦

词》一卷、吕胜己《渭川居士词》一卷。

此又见于《云间韩氏藏书目附书影》，又《书影》载刘过《龙洲词》，为抄本。见于其他书目书志等记载曾为黄氏所藏的有：

卢炳《烘堂词》一卷，明抄本；王千秋《审斋词》一卷，明抄本。杜安世《寿域词》一卷，明抄本。（以上见《文禄堂访书记》卷五）

蔡伸《蔡友古词》二卷，明抄本；黄公度《知稼翁词》一卷，明抄本。（以上见《带经堂书目》卷四下）

林正大《风雅遗音》二卷，影抄明覆宋本。（见《积学斋书目》）

陈恕可辑《乐府补题》一卷，汲古毛氏抄本。（见《铁琴铜剑楼藏书目录》卷二十四）

赵闻礼《阳春白雪》八卷外集一卷，抄本。（见瞿良士辑《铁琴铜剑楼藏书题跋集录》）

张孝祥《于湖先生长短句》五卷《拾遗》一卷，影宋抄本。（见张均衡《适园藏书志》卷十六）

赵彦端《介庵琴趣外篇》六卷，抄本。（见《彊村丛书》本朱孝臧跋）

黄大舆辑《梅苑》十卷，影宋抄本。（见《钱遵王读书敏求记校证》卷四之下）

陈元龙《详注周美成词片玉集十卷》，宋刻本。（见《景宋金元明本词叙录》）

秦观《淮海词》三卷，旧写本。（见《藏园群书经眼录》卷十九）

张元干《芦川词》二卷，宋刻本。（见《中国古籍善本书目》）

杨泽民《和清真词》一卷，抄本。（见《中国善本书目提要》）

张炎《词源》，为清乾隆影元抄本，今藏日本静嘉堂文库，钤有"平江黄氏图书"。

以上可得五十余种两宋人词集的名目，其中包括同一位作家的多种版本词集，或为黄氏批校的词集，不少多存有黄氏题跋文，文献价值颇高。而这些题跋文多被《荛圃藏书题识》和《荛圃藏书题识续录》等收录，也有失收者，如静嘉堂文库藏有抄本《乐府雅词》，朱、墨笔批校，末有黄氏墨笔题识文一篇，录如下：

《乐府雅词》，余家藏有汲古阁旧抄本，客岁买得一本，字迹颇旧。取与汲古本对，开卷小引即有异处，因收之。惜阙《乐府雅词》下卷。适五砚楼别有

> 一抄本,版心刻"叶氏藏书",通体黑格,想亦有本,且与新收本差近,因先校其
> 异同,而兹复抄其阙者。余有嘉禾之行,舟中带出,校毕,记。闰三月二日,
> 复翁。

末钤有"黄印丕烈"阴文之印。于此可见黄氏所见所藏异本词集之富,也可见黄氏校勘时,用力之多,其所校的词集也自然为后人所珍宝。

五、陈徵芝

陈徵芝,字世善,一字兰邻,号韬庵,福建闽侯人。清嘉庆七年(1802)进士,任会稽县令,道光初权九江同知。有《经史纂要》《带经堂日记》《韬庵剩稿》等。平生好聚书,积至八万卷,宋元名椠,十居六七。藏书处为带经堂、陶舫等,有《带经堂书目》。谭献《复堂日记》云:"见陈氏《带经堂书目》多有影宋抄本,盖黄尧圃旧抄,后归王惕甫,陈徵芝兰邻官浙江时,又得之惕甫,乃入闽,此其流传之端绪也。"知其所得曾为黄丕烈所藏,辗转至其手中。按王芑孙(1755—1818),字念丰,号惕甫,又号楞伽山人,吴县(今江苏苏州)人。乾隆五十三年(1788)举人,为华亭县教谕。藏书处为沤波舫、楞伽山房等,藏书万卷,著有《竹云题跋》、《虚舟题跋》等。周星诒《传忠堂书目》卷四载云:"毛晋辑汲古阁刻《六十家词》残本,内有数种为王惕甫先生、二波父子评点。"又云:"《历朝词综》九十八卷,十八册,朱彝尊辑,原刻本,王惕甫评点。"知其对词颇有兴趣。《带经堂书目》卷四下"集部·词曲类"著录有词集。计有:

> 《珠玉词》一卷、《东山词》一卷、《东坡词》一卷、《山谷词》一卷、《淮海词》
> 一卷、《姜白石词》一卷、《知稼翁词》一卷、《蔡友古词》一卷、《酒边词》一卷、
> 《惜香乐府》十卷、《风雅遗音》二卷、《柳耆卿词》一卷、《芦川词》一卷、《于湖长
> 短句》五卷拾遗一卷、《克斋词》一卷、《辛稼轩长短句》四卷、《懒窟词》一卷。

得两宋词人别集十七种,所藏多为抄本、校本,以明抄本、旧抄本居多,藏量不多,但均是珍善词集,如《珠玉词》为影宋抄本,《于湖长短句》为张蓉镜小琅嬛福地影宋抄本。又多名家校本,如《知稼翁词》《蔡友古词》为黄丕烈据钱曾藏旧抄本校补,《芦川词》为黄丕烈据宋本手校,《酒边词》为毛扆手校本,《惜香乐府》为厉鹗手校本,《柳耆卿词》为赵清常手校本等。

六、朱学勤

朱学勤(1823—1875),字修伯,号复庐,仁和(今属浙江)人。清咸丰三年(1853)进士,以翰林院庶吉士改户部,入直军机处,官至内阁侍读学士、大理寺卿。有文集三十卷、《读书跋识》二十卷。结一庐为其藏书处,其子朱澂编有《结一庐书目》四卷,叶德辉序(光绪辛丑)云:"咸丰时,东南士大夫藏书有名者三人:一仁和朱修伯侍郎学勤,一丰顺丁禹生中丞日昌,一吾邑袁漱六太守芳瑛。"所藏多得之长洲顾沅艺海楼、仁和劳氏丹铅精舍。又有《别本结一庐书目》,亦为澂所编。《结一庐书目》所载两宋词集有:

> 《乐章集》、《东山词》、《片玉词》、《于湖先生长短句》五卷《拾遗》一卷、《石
>
> 湖词》一卷、《和石湖词》一卷、《诚斋乐府》十卷、《风雅遗音》四卷、《乐府雅词》。

凡九种,其中多注明版本,如元刻本有柳永《乐章集》九卷、周邦彦《片玉词》二卷、杨万里《诚斋乐府》十卷,元朝刻本,已知有苏轼、辛弃疾的词集,其他则罕见著录,《结一庐书目》著录元刊三家,其中《乐章集》,已知毛氏汲古阁曾藏有宋刊九卷本,而云元刊,疑指宋刊,至于元刊《诚斋乐府》实属稀见之物。又林正大《风雅遗音》云为影写宋刊本,也是稀有。又著录有《类编草堂诗余》四卷,云为明嘉靖间刊宋本,当指明顾从敬刻本。除此外,《结一庐书目》还著录有两套词集丛编,即:

> 《宋名家词》,计十二本,明毛晋编,精抄本。按晋曾编宋人词一百家,及
>
> 刊者六十家,未刻者四十家,此本系知不足斋依晋原本重录,计四十家,末二
>
> 家有录无书,缘《诗词杂俎》已刊,实三十八家也。

> 《元名家词》,计八本,明毛晋编,精抄本,计二十家。

二者即指毛氏汲古阁所藏精抄《宋百家词》和《元二十家词》,只不过,朱氏所藏,实为鲍氏知不足斋据汲古阁所藏而录其副者。

又有《别本结一庐书目》,叶德辉序云:"此目抄自吴门黄颂尧茂才,以余刻本校之,刻本分四部为四卷。此本分宋元明板、抄本、通行本为五类,通连一卷,通行本皆刻本所不载,其宋元明抄本类亦有出入异同,必合两本参观,而后可窥所藏之全豹。惟此本不逮刻本者,刻本于刻工、时代、校勘人名一一详注,此则多从简略,疑为初次编撰,非定本也。顾其中有多于刻本者,或者编目随得随补,以故详略不同。今每类后皆有不

相属之书,其踪迹固可寻索也。"知两书目所编前后不一,而著录的词集也不尽同。与《结一庐书目》多著录刻本词别集不同,此书著录的多抄本词别集,两宋词集计有:

> 《石湖词》、《和石湖词》、《燕喜词》、《澹庵词》、《王周士词》、《渭川居士词》、《樵歌》、《萧台公余词》、《相山词》、《绮川词》。

凡十种,除此零种外,还著录有《宋元词》二十一卷,为旧抄本,二册,录其子目如下:

> 《阳春集》、《龙云词》、《闲斋琴趣外篇》、《绮川词》、《文定词》、《演山词》、《近体乐府》、《龙川词补》、《和清真词》、《日湖余(当作渔)唱》、《西麓继周集》、《宁极斋乐府》、《草窗词》、《圭塘长短句》。

凡十四种,除《阳春集》《圭塘长短句》外,其余均是宋人词集。据笔者考证,所收十四种,就是《宋百家词》和《元二十家词》中之物,其他十种抄本词集也是如此。

以上诸家所藏词集,反映了毛氏汲古阁所藏珍秘词集在清代主要藏书家中传抄及收藏的情况,尽管所藏不尽为汲古阁之物,或源自汲古阁,但所藏多少还是与汲古阁有关联的。此将诸家藏词表列于下:

毛氏汲古阁所藏		鲍廷博藏		彭元瑞藏		秦恩复藏		黄丕烈藏		陈徵芝藏		朱学勤藏	
① 毛扆等批校《宋名家词》	② 宋百家、元廿家词集	①	②	①	②	①	②	①	②	①	②	①	②
晏殊《珠玉集》一卷	有	●	●			●			●		●		
杜安世《寿域词》一卷	有	●	●			●			●				
欧阳修《六一词》一卷	有	●	●			●			●				
柳三变《乐章集》一卷	有	●	●			●			●				
苏轼《东坡词》二卷	有	●	●			●			●				
黄庭坚《山谷词》一卷	有	●	●			●			●				
秦观《淮海词》一卷	有	●	●			●			●				
晁补之《琴趣外编》六卷	有	●	●			●			●				
陈师道《后山词》一卷	有	●	●			●			●				
晏几道《小山集》一卷	有	●	●			●			●				
周邦彦《片玉词》二卷《补遗》一卷	有	●	●			●			●				

续　表

毛氏汲古阁所藏		鲍廷博藏		彭元瑞藏		秦恩复藏		黄丕烈藏		陈徵芝藏		朱学勤藏	
① 毛扆等批校《宋名家词》	② 宋百家、元廿家词集	①	②	①	②	①	②	①	②	①	②	①	②
毛滂《东堂词》一卷	有	●	●			●			●				
谢逸《溪堂词》一卷	有	●	●			●			●				
李之仪《姑溪集》一卷	有	●	●			●			●				
叶梦得《石林词》一卷	有	●	●			●			●				
张元干《芦川词》一卷	有	●	●			●					●		
王安中《初寮词》一卷	有	●	●			●			●				
葛胜仲《丹阳词》一卷	有	●	●			●			●				
向子諲《酒边词》二卷	有	●	●			●					●		
陆游《放翁词》一卷	有	●	●			●			●				
蔡伸《友古词》一卷	有	●	●			●					●		
张孝祥《于湖词》三卷	有	●	●			●					●		
辛弃疾《稼轩词》四卷	有	●	●			●					●		
周紫芝《竹坡词》三卷	有	●	●			●			●				
程垓《书舟词》一卷	有	●	●			●			●				
沈端节《克斋词》一卷	有	●	●			●					●		
扬无咎《逃禅词》一卷	有	●	●			●			●				
毛开《樵隐词》一卷	有	●	●			●			●				
黄公度《知稼翁词》一卷	有	●				●					●		
吕滨老《吕圣求词》一卷	有	●				●			●				
石孝友《金谷遗音》一卷	有	●				●			●				
葛立方《归愚词》一卷	有	●				●			●				
赵师使《坦庵词》一卷	有	●				●			●				
王千秋《审斋词》一卷	有	●				●			●				
韩玉《东浦词》一卷	有	●				●			●				
曾觌《海野词》一卷	有	●	●			●			●				

续　表

毛氏汲古阁所藏		鲍廷博藏		彭元瑞藏		秦恩复藏		黄丕烈藏		陈徵芝藏		朱学勤藏	
① 毛扆等批校《宋名家词》	② 宋百家、元廿家词集	①	②	①	②	①	②	①	②	①	②	①	②
高观国《竹屋痴语》一卷	有	●	●			●			●				
刘过《龙洲词》一卷	有	●	●			●			●				
姜夔《白石词》一卷	有	●	●			●			●		●		
陈亮《龙川词》一卷补一卷	作《龙川词补》一卷	●	●			●			●				●
赵彦端《介庵词》一卷	有	●	●			●			●				
侯寘《懒窟词》一卷	有	●	●			●			●		●		
卢炳《烘堂集》一卷	有	●	●			●			●				
杨炎正《西樵语业》一卷	有	●	●			●			●				
史达祖《梅溪词》一卷	有	●	●			●			●				
卢祖皋《蒲江词》一卷	有	●	●			●			●				
黄昇《散花庵词》一卷	有	●	●			●			●				
蒋捷《竹山词》一卷	有	●	●			●			●				
赵长卿《惜香乐府》十卷	有	●	●			●			●		●		
吴文英《梦窗稿词》四卷《梦窗绝笔》一卷又《补遗》一卷	有	●				●							
周必大《近体乐府》一卷	有	●	●			●			●				●
黄机《竹斋诗余》一卷	有	●	●			●			●				
方千里《和清真词》一卷	有	●	●			●			●				
刘克庄《后村别调》一卷	有	●	●			●			●				
程珌《洺水词》一卷	有	●	●			●			●				
戴复古《石屏词》一卷	有	●	●			●			●				
洪瑹《空同词》一卷	有	●	●			●			●				
洪咨夔《平斋词》一卷	有	●	●			●			●				
李昴英《文溪词》一卷	有	●	●			●			●				

续　表

毛氏汲古阁所藏		鲍廷博藏		彭元瑞藏		秦恩复藏		黄丕烈藏		陈徵芝藏		朱学勤藏	
① 毛扆等批校《宋名家词》	② 宋百家、元廿家词集	①	②	①	②	①	②	①	②	①	②	①	②
张榘《芸窗词》一卷	有	●	●			●			●				
陈与义《无住词》一卷	有	●	●			●			●				
	朱淑真《断肠词》一卷	●			●				●				
	李清照《漱玉集》一卷	●			●				●				
	朱敦儒《樵歌》一卷 又《樵歌词拾遗》	●			●				●				●
	晁端礼《闲斋琴趣外编》五卷	●							●				●
	贺铸《东山词》三卷	●			●				●		●		
	曹冠《燕喜词》一卷	●							●				●
	葛郯《信斋词》一卷	●			●				●				
	向滈《乐斋词》一卷	●			●				●				
	王之道《相山词》一卷	●							●				●
	范成大《石湖词》一卷	●							●				●
	王以宁《王周士词》一卷	●							●				●
	倪偁《绮川词》一卷	●							●				●

续　表

毛氏汲古阁所藏		鲍廷博藏		彭元瑞藏		秦恩复藏		黄丕烈藏		陈徵芝藏		朱学勤藏	
①毛扆等批校《宋名家词》	②宋百家、元廿家词集	①	②	①	②	①	②	①	②	①	②	①	②
	吴儆《竹洲词》		●		●				●				
	许棐《梅屋诗余》		●		●				●				
	丘崈《丘文定公词》一卷		●						●				●
	黄裳《演山先生词》二卷		●						●				●
	陈允平《日湖渔唱》一卷		●						●				●
	陈允平《西麓继周词》一卷		●						●				●
	姚述尧《箫台公余词》一卷		●						●				●
	吕胜己《渭川居士词》一卷		●						●				●
	杨泽民《和清真词》一卷		●		●				●				●
	陈三聘《和石湖词》一卷		●						●				●
	胡铨《澹庵词》一卷		●						●				●
	周密《草窗词》二卷		●						●				●
	陈深《宁极斋乐府》一卷		●						●				●
	刘黻《龙云词》一卷		●						●				●

续　表

毛氏汲古阁所藏		鲍廷博藏		彭元瑞藏		秦恩复藏		黄丕烈藏		陈徵芝藏		朱学勤藏	
① 毛扆等批校《宋名家词》	② 宋百家、元廿家词集	①	②	①	②	①	②	①	②	①	②	①	②
	朱雍《梅词》		●		●				●				
	朱熹《晦庵词》		●		●				●				
	赵以夫《虚斋乐府》		●		●				●				
	林正大《风雅遗音》		●		●				●		●		
	文天祥《文山乐府》		●		●				●				
	葛长庚《白玉蟾词》		●		●								

由上文及表可以看出，这里涉及到的是毛氏汲古阁藏的三套词集。一套是毛晋汲古阁刻的《宋名家词》，是明清以来最常见的宋人词集刊本，而此套的价值就在于有通篇的批校，前后历经二十余年，批校者遍寻词集善本，一而再，再而三，逐集批校，其中以毛扆的贡献最为卓著。此批校本《宋名家词》后为鲍氏知不足斋之物，又转为秦恩复所藏，其后传承不详。按秦氏藏书曾于道光年间遭窃，又毁于火，散亡颇多。疑《宋名家词》自此逸出，至民国时出现于京城琉璃厂书肆，今藏国家图书馆，庆幸的是整套书保存完善。关于毛扆等批校的《宋名家词》，日本静嘉堂文库还藏有一部，但不全，凡十九种（参见本章第四节之二），均是朱墨笔批语校补，题识语除个别字外，与国图藏本大体同，而校补的字词异文，因笔者所见为国图藏黑白胶片，无法辨识。

另两套词集丛编就是毛扆《汲古阁珍藏秘本书目》所载精抄本《宋词一百家》和《元词二十家》，这二套词集后为黄丕烈全部购入收藏。而鲍廷博所藏，是知不足斋据汲古阁所藏的传抄本，这个传抄本后来又为秦恩复所得。关于这一百二十余家宋元人词集的细目，诸藏书家均未详录其子目，所谓"已刻者六十家"是指《宋名家词》中的六十家（实六十一家）宋人词别集，也就是说这六十一家的作者是可知其名的，但其词集名及其卷数却未必尽同,所以上表只能用"有"来表示。据笔者考证,于已知的六十一家外,又考知出其他宋词作者三十三家、元代作者十二家的名字及词集名称和卷数(其中两种实为元曲,参见拙著《宋金元词籍文献研究》),这样可知《宋词一百家》中的九十四家作者名姓。又陈徵芝带经堂所藏虽然多得于黄丕烈士礼居所藏,而《带经堂书目》所载十九种词集,其中宋十八家,金元一家,这些词集很难确认就是黄氏所藏《宋词一百家》或《元词二十家》中之物,因为黄氏所藏词集丰富,同一作家的词集有两种或以上者不少,《带经堂书目》所列,有些是毛氏汲古阁旧物,有些就不能确认了。又如明刊《辛稼轩长短句》四卷,肯定要排除在外的。又如《东山词》,已知《宋词一百家》本为三卷,而《带经堂书目》著录为一卷,显然不是。其余的十七种若为二套词集中之物,至少可以知道《宋词一百家》中与已刻的六十家词集的名称与卷数是有出入的,如苏轼、柳永、张孝祥等人词集,就存在有这种现象。

第二节　其他富藏词集的藏书家

清代藏书家日益见多,著录有词的藏书目也有不少,其记录方式较明朝人丰富多样,或载书名和作者的,或载书名、作者及版本的,或是有提要的。除前文提及的外,还有钱曾、朱彝尊等,富藏词集,笔者在《宋金元词籍文献研究》一书中有专门考述,可参看。此于其他重要者,再择录数家。

一、黄虞稷

黄虞稷(1629—1691),字俞邰,号楮园,晋江(泉州)人,寓居上元(江苏南京)。明末清初人,补诸生。清康熙十八年(1679)中博学鸿词科,入翰林院,纂修《明史》。性喜蓄书,衣食所余,悉以市书。其千顷堂藏书达八万余卷,著有《楮园杂志》《千顷堂书目》等。《千顷堂书目》反映了明末清初的藏书情况,是有明一代图书的反映,重在记录明人的著作,也附录了明以前的图书。如卷三十二著录的明人著作中,其词集类就有吴讷《宋元百家词》□卷、杨慎《百琲明珠》□卷、沈越《词谱续集》、顾梧芳《尊前集》二卷、陈耀文《花草粹编》十二卷、顾从敬《草堂诗余类编》四卷、沈际飞《草堂诗余》正续新三集十二卷、陈铎《草堂余意》一卷、钱允治《国朝诗余》五卷、卓人月《古今词统》十六卷、茅映《词的》、《名贤词府》十二卷、《词源》二卷、《唐词记》十六卷等，都是明代较重要的词集丛编或词选集。此卷后又附宋金元人词集八十余种，略附作者小传，兼及词集选录等情况，其中著录的两宋人词集有：

> 黄大舆《梅苑》十卷、黄昇《花庵绝妙词选》十卷、黄昇《中兴绝妙词选》十卷、张炎《乐府指迷》二卷、赵鼎《得全居士词》一卷、张元干《芦川居士词》一卷、张辑《东泽绮语债》二卷、谢懋《静寄居士乐章》二卷、黄机《竹斋诗余》一卷、吴礼之《顺受老人词》五卷、李洪等《李氏花萼集》五卷、严仁《清江欸乃》一卷、郭应祥《笑笑词》一卷、高观国《竹屋痴语》一卷、史达祖《梅溪词》二卷、赵以夫《虚斋乐府》二卷、陈经国《龟峰词》一卷、张榘《芸窗词》一卷、洪瑹《空同词》一卷、方千里《和清真词》一卷、卢炳《哄堂词》一卷、沈端节《克斋词》一卷、吴文英《梦窗甲乙丙丁四稿》四卷、石孝友《金谷遗音》一卷、张抡《莲社词》一卷、朱敦儒《樵歌》三卷、康与之《顺庵乐府》五卷、曾觌《海野词》一卷、扬无咎《逃禅集》二卷、侯寘《懒窟词》一卷、朱雍《梅词》三卷、辛弃疾《稼轩长短句》十二卷、姚宽《西溪居士乐府》一卷、韩元吉《南涧诗余》一卷、京镗《松坡居士乐府》一卷、李处全《晦庵词》一卷、赵彦端《介庵词》四卷、管鉴《养拙堂词》一卷、张镃《玉照堂词》一卷、王千秋《审斋词》一卷、姜夔《白石词》五卷、杨炎（脱"正"字）《西樵语业》一卷、孙惟信《花翁词》一卷、陈德武《白雪遗音》一卷、林正大《风雅遗音》四卷、程贵卿《梅屋词》一卷、赵长卿《惜香乐府》十卷、陈允平《日湖渔唱》二卷、李廷忠《橘山乐府》一卷、吴潜《履斋诗余》三卷、许棐《梅屋词》一卷、汪元量《水云词》二卷、王沂孙《碧山乐府》二卷（一名《花外集》）、张炎《玉田词》二卷、张炎《山中白云词》八卷、朱淑贞《断肠词》一卷、《典雅词》□卷（姚述尧《萧台公余词》、倪偁《绮川词》、邱崈《文定公词》各一卷）、韩玉《东浦词》一卷、周密《绝妙好词选》八卷、赵粹夫《阳春白雪集》、仇远《乐府补题》一卷、蒋捷《竹山词》一卷、周密《草窗词》二卷（一名《蘋洲渔笛谱》）、《乐府混成集》（一百五册）、《群英诗余》、《词话总龟》。

凡六十六种，其中周密、赵粹夫、蒋捷、仇远，原归在元人词集中，韩玉归在金人词集中，此移归宋人。黄氏所藏,可以看出至明末两宋词集的传藏存佚的情况,一些重要的词集,如谢懋《静寄居士乐章》、吴礼之《顺受老人词》、李洪等《李氏花萼集》、严仁《清江欸乃》、康与之《顺庵乐府》、姚宽《西溪居士乐府》、孙惟信《花翁词》、程贵卿《梅屋词》等,清代中叶后就不见著录与传抄了,其中康伯可(字与之)、孙花翁(字惟信)都是当时词坛名流。又如《典雅词》,宋元未见著录过,明代除《永乐大典》提及外,未见其他藏书家提及,这里著录的也是残存者。又《乐府混成集》,为南宋出版的词谱大全,也是词选集,清初后也不见存。又周密《绝妙好词选》作八卷,今存本才七卷,可资考证。此外于金人中著录有孙镇注《东坡乐府》,说明此书清初尚存,又有《词学筌蹄》,为词谱,今人考订,疑为宋铜阳居士原编,明人重订本,此书今存。

二、钱曾

钱曾(1629—1701),字遵王,别号也是翁,江苏常熟人。明诸生。不事科举,以布衣终。家富藏书,与毛晋、毛扆父子、陆贻典、叶奕、季振宜、徐乾学等往还,尤其与毛扆等交往密切。酷嗜宋椠,有述古堂,藏宋刻各书。撰有《钱遵王述古堂藏书目录》《也是园藏书目》《读书敏求记》等,诸书目所载宋人词集情况如下:

1.《钱遵王述古堂藏书目录》,著录的词集有:

　　《花间集》十卷,二本,宋板。《绝妙词选》□卷,一本,抄①。张炎《词源》二卷,一本,抄。《尊前集》□卷,一本,抄。《草堂诗余》□卷,四本。《元草堂诗余》□卷,一本②。欧阳公《六一词》一卷。《黄山谷词》一卷。《秦淮海词》一卷。《陈后山词》一卷。毛滂《东堂词》一卷。《陆放翁词》一卷。《辛稼轩词》四卷。《张子野词》一卷。史达祖《梅溪词》一卷。姜夔《白石词》一卷。《叶石林词》一卷。向子諲《酒边集》一卷。谢逸《溪堂词》一卷。蒋捷《竹山词》一卷。程垓《书舟词》一卷。高观国《竹屋词》一卷。刘克庄《后村词》一卷。张元干《芦川词》一卷。张孝祥《于湖词》一卷。刘过《龙洲词》一卷。王

---

① 《丛书集成初编》本作《弁阳老人绝妙词选》七卷,一本,抄本。
② 《丛书集成初编》本作三卷。

安中《初寮词》一卷。赵彦端《介庵词》一卷。洪咨夔《平斋词》一卷。侯寘《懒
窟词》一卷。沈端节《克斋词》。吴潜《履斋词》一卷。贺铸《方回词》一卷。张
榘《芸窗词》一卷。黄公度《知稼翁词》一卷。《友古居士词》一卷。《松雪词》
一卷。刘伯温《写情集》。朱淑真《断肠词》一卷。《中州乐府》□卷,一
本,抄①。

其中除《花间集》、刘伯温《写情集》外,著录两宋人词集三十五种、金人一种、元人二种。
多不标明版本。按黄丕烈《荛圃藏书题识》卷十《虚斋乐府》(述古堂抄本)云:"此钱遵
王述古堂藏书,余得诸碧凤坊顾氏,是影宋写本。"又朱学勤《结一庐书目》卷四云:"《东
山词》二卷,计一本,宋贺铸撰。影写宋刊本,述古堂藏书。"两种均为述古堂藏书,然不
见载于《述古堂藏书目录》中,知仍有失载者。又《中国古籍善本书目》载有二种:许棐
《梅屋诗余》一卷和朱淑真《断肠词》一卷,均为清初钱氏述古堂抄本。又瞿冕良《常熟
先哲藏书考略》"述古堂"条载钱氏述古堂藏抄本宋人词集六种,即:朱淑真《断肠词》一
卷、许棐《梅屋诗余》一卷、蔡伸《友古居士词》一卷、黄公度《知稼翁词》一卷、赵以夫《虚
斋乐府》二卷,前四种已见于钱曾二种《书目》中,书名及卷数无出入。《虚斋乐府》为钱
氏影宋抄本。以上可知述古堂藏抄本词集多为精善之本。

2.《也是园藏书目》,卷七载词集共有八十九种,其中著录的两宋人词集有六十八
种,录如下:

《花庵绝妙词选》三卷、《弇阳老人绝妙词选》七卷、《唐宋诸贤绝妙词选》
十卷、《中兴以来绝妙词选》十卷、黄载万《梅苑》十卷、王灼《碧鸡漫志》五卷、
张炎《词源》二卷、晏几道《小山词》一卷、晏殊《珠玉词》一卷、《东坡乐府》二
卷、欧阳公《六一词》一卷、《秦淮海长短句》三卷、《黄山谷词》一卷、陈师道《后
山词》一卷、《张先子野词》一卷、周美成《片玉集》一卷、柳永《乐章集》三卷、
《辛稼轩词》四卷、《陆放翁词》四卷、毛滂《东堂词》一卷、《芝山老人虚斋乐府》
二卷、葛郯《信斋词》一卷、杨泽民《和清真词》一卷、向镐《乐斋词》一卷、《戴石
屏长短句》一卷、周紫芝《竹坡老人词》三卷、姜夔《白石词》一卷、史达祖《梅溪
词》一卷、叶梦得《石林词》一卷、向子湮《酒边集》一卷、赵师使《坦庵长短句》

---

① 《丛书集成初编》本另载有《诗余图谱》三卷、《桂州词》一卷、《渚山堂词话》一卷。

一卷、贺铸《东山词》二卷、石孝友《金谷遗音》一卷、曾觌《海野老人词》一卷、谢逸《溪堂词》一卷、程垓《书舟词》一卷、高观国《竹屋词》一卷、刘克庄《后村诗余》二卷、卢炳《烘堂集》一卷、王千秋《审斋集》一卷、杜安世《寿域词》一卷、张元干《芦川词》二卷、扬无咎《逃禅词》一卷、晁补之《琴趣外篇》六卷、晁元礼《琴趣外篇》五卷、张孝祥《于湖长短句》五卷、刘过《龙洲词》一卷、王安中《初寮词》一卷、赵长卿《惜香乐府》九卷、方岳《秋崖词》四卷、毛开《樵隐诗余》一卷、杨炎《西樵话丛》一卷①、韩玉《东浦词》一卷、李公昂《文溪词》一卷、洪瑹《空同词》一卷、赵彦端《琴趣外篇》六卷、蔡伸《友古居士词》一卷、洪咨夔《平斋词》一卷、侯寘《懒窟词》一卷、吴潜《履斋诗余》一卷、沈端节《克斋词》一卷、黄公度《知稼翁词》一卷、张榘《芸窗词》一卷、蒋捷《竹山词》一卷、张埜《古山乐府》一卷、林正大《风雅遗音》一卷、许棐《梅屋诗余》一卷、朱淑真《断肠词》一卷。

所载为《述古堂藏书目录》近一倍的样子，虽然《述古堂藏书目录》所载诸家均在其中，然卷数等却有差异，如秦观、赵彦端、陆游、贺铸、刘克庄、张孝祥、张元干等，书名、卷数或有出入，知不是同一版本。又如陆游词集作四卷本者，罕见其他书著录，惜未标版本。

3.《读书敏求记》，载宋元刻板及旧抄本六百余种，略有提要，其中卷四录词集七种，即：

宋刊《花间集》十卷、《弇阳老人绝妙词选》七卷、《梅苑》十卷、元刊《东坡乐府》一卷、张炎《词源》二卷、明刊《中兴以来绝妙词选》十卷、张元干《芦川词》二卷。

除前述三种书目书志所载的词集外，钱曾对词集的校勘，见于后人记载的还有一些，如：黄公度《知稼翁词》一卷，明抄本，见清韩应陛《读有用书斋藏书志》。秦观《淮海集长短句》一卷，明刊本，见《藏园群书经眼录》卷十九。王灼《碧鸡漫志》五卷，明抄本，见《中国古籍善本书目》。以上可知钱氏藏两宋人善本词集之富。

---

① 当为杨炎正《西樵语业》之误。

三、朱彝尊

朱彝尊(1629—1709)字锡鬯,号竹垞等,浙江秀水(今嘉兴)人。清康熙十八年(1679)举博学宏词科,授翰林院检讨,预修《明史》,入值南书房。二十三年,携仆入内廷抄书,违例被劾,谪官。后乞假南归,结曝书亭于池南,为游憩、藏书之所。藏书处为曝书亭、潜采堂。今存有《曝书亭藏书目》《潜采堂书目四种》。

朱氏《曝书亭集》卷五十三《书东田词卷后》云:"予少日不喜作词,中年始为之,为之不已,且好之,因而浏览宋元词集几二百家。"所见词集之富,少有可比者。见于《曝书亭藏书目》著录的两宋人词集有:

> 《汪方壶词》,一册;《稼轩长短句》,四册;《范石湖词》,一册,抄;《和清真词》,一册,抄;《花庵词选》,三册;《绝妙好词》,一册。

以上得六种,《曝书亭藏书目》又载有词集丛抄《古词集》一册,为抄本,子目为:

> 《懒窟词》、《苕溪词》、《遗山乐府》、《省斋诗余》、《西樵语业》、《姑溪词》、《杜寿域词》、《竹斋诗余》、《樵隐诗余》、《东泽绮语》、《侨庵诗余》、《北乐府》、《草堂诗余》。

除《遗山乐府》《侨庵诗余》《北乐府》《草堂诗余》外,其余均属两宋人词集。此外《曝书亭藏书目》还载有其他词集丛抄,计有:

> 宋词,抄本,二册;宋词,抄本,未订;宋词,二册;宋词,抄本,三册;宋词,抄,十二册;六家词,二册。

名《宋词》者凡五种,子目均不详。四种为抄本,另一种未标明版本。按《古词集》抄本一册就收词集十三种,则五种《宋词》二十余册所收规模可想而知,至于《六家词》,疑所收也主要是宋、元人词,惜子目也不详。见于《竹垞行笈书目》著录的词集,录如下:

> 数字号:属词,抄,一本。
>
> 淮字号:宋词,抄,四本。
>
> 有字号:宋词,三本。
>
> 待字号:《典雅词》,一本。名家词选,二本。
>
> 道字号:《绝妙好词》,一本;元词,一本;《梅苑》,一本

人字号:《渭南词》,一本;《梦窗甲乙稿》,一本;《典雅词》,一本;《水云词》,一本;《张仲举词》,一本;《筠溪乐府》,一本;《樵歌》,一本;词抄,一本。其中《宋词》抄四本、《宋词》三本、《元词》一本和《词抄》一本,所载子目均不详,其中或与《曝书亭藏书目》著录的为同部书,而《名家词选》情况不详。《书目》所载两册《典雅词》,一为旧抄本,一为朱氏手抄本,所存词集细目也不详。又《涵芬楼原存善本草目》载《抚掌词》一卷,云:"抄本,潜采堂、谦牧堂藏印。"或为《典雅词》本。

以上词集丛抄多不载细目,而朱彝尊于所编《词综·发凡》中,却详细地罗列了所藏所见宋金元词别集一百六十五家,其中被采用的两宋人词集计有:

潘阆《逍遥词》一卷、林逋《和靖先生集词》、晏殊《珠玉词》一卷、欧阳修《六一居士词》三卷、王安石《半山老人词》一卷、晏几道《小山词》二卷、张先《子野词》一卷、柳永《乐章集》九卷、苏轼《东坡居士词》二卷、黄庭坚《琴趣外篇》二卷、秦观《淮海词》三卷、晁补之词一卷、陈师道《后山长短句》二卷、李之仪《姑溪集词》二卷、贺铸《东山寓声乐府》三卷、毛滂《东堂词》二卷、杜安世词一卷、黄裳《演山集词》二卷、葛胜仲《丹阳词》一卷、周紫芝《竹坡居士乐府》三卷、谢逸《溪堂词》一卷、谢薖《竹友词》一卷、葛郯《信斋词》一卷、廖行之《省斋诗余》、周邦彦《清真集》三卷、晁端礼《闲斋琴趣外篇》一卷、徐伸《青山乐府》一卷、吕渭老词一卷、徐积《节孝集》附词、陈瓘《了斋词》一卷、王安中《初寮集词》一卷、向子諲《酒边集》四卷、蔡伸《友古词》一卷、王庭珪《卢溪词》二卷、叶梦得《石林词》一卷、王之道《相山居士词》二卷、向镐《乐斋词》二卷、沈瀛《竹斋词》一卷、刘弇《云龙集词》一卷、汪藻《浮溪文粹》附词、赵师侠《坦庵长短句》一卷、陈与义《无住词》一卷、刘一止《苕溪词》一卷、赵长卿《惜香乐府》十卷、王灼《颐堂词》一卷、张纲《华阳老人长短句》、岳珂《金陀粹编家集》附词、张元干《芦川词》一卷、邓肃《栟榈集词》一卷、刘子翚《屏山集》附词、张抡《莲社词》一卷、朱敦儒《樵歌》三卷、曾觌《海野词》一卷、扬无咎《逃禅词》三卷、侯寘《懒窟词》一卷、曾惇词一卷、朱雍《梅词》一卷、辛弃疾《稼轩乐府》十二卷、范成大《石湖词》一卷、黄公度《知稼翁词》一卷、葛立方《归愚词》一卷、张孝祥《于湖词》一卷、程垓《书舟雅词》二卷、韩元吉《焦尾集词》一卷、周必大《近体乐府》一卷、倪偁《绮川词》一卷、姚述尧《萧台公余词》一卷、京镗《松坡居士乐府》一卷、朱熹《晦庵词》一卷、洪适《盘洲集词》二卷、吴儆《竹洲词》一卷、杨万里《诚斋乐府》一卷、李处全《晦庵词》一卷、丘崈《文定公词》一卷、罗愿《鄂州小集》附词、刘克庄《后村别调》一卷、赵彦端《介庵词》四卷、管鉴《养拙堂词》一卷、张镃《玉照堂词》一卷、刘拟《招山集乐章》、程泌《铭水集词》一卷、王千秋《审斋词》一卷、姜夔《白石词》一卷、陆游《渭南集词》二卷、陈亮《龙川集词》二卷、刘过《龙洲词》一卷、杨炎(脱"正"字)《西樵语业》一卷、张辑《东泽绮语债》一卷、谢懋《静寄居士乐章》二卷、黄机《竹斋诗余》一卷、刘镇《随如百咏》、吴礼之《顺受老人词》五卷、许棐《梅屋诗余》一卷、戴复古《石屏词》一卷、毛开《樵隐词》一卷、洪咨夔《平斋词》一卷、郭应祥《笑笑词》一卷、卢祖皋《蒲江词》一卷、高观国《竹屋痴语》一卷、史达祖《梅溪词》二卷、汪莘《方壶存稿词》二卷、吴潜《履斋诗余》三卷、李昴英《文溪词》一卷、赵以夫《虚斋乐府》二卷、陈经国《龟峰词》一卷、方岳《秋崖先生小稿词》四卷、张榘《芸窗词》一卷、洪瑹《空同词》一卷、方千里《和清真词》一卷、杨泽民《续和清真词》一卷、卢炳《哄堂词》一卷、沈端节《克斋词》一卷、黄昇《散花庵词》一卷、严羽《沧浪集》附词、王以宁词一卷、吴文英《梦窗甲乙丙丁稿》四卷、蒋捷《竹山词》一卷、陈允平《日湖渔唱》二卷、周密《草窗词》二卷、王沂孙《碧山乐府》二卷、张炎《玉田词》二卷、石孝友《金谷遗音》一卷、林正大《风雅遗音》四卷、张矩《梅渊词》、陈德武《白雪遗音》一卷、文天祥《文山集词》一卷、王鼎翁遗集附词、何梦桂《潜斋词》一卷、惠洪《石门文字禅》附词、葛长庚《海璚词》二卷、李清照《漱玉集》一卷、朱淑真《断肠集》一卷。

共计一百三十二家，又记载了未被采用的宋人词别集五种，即：

　　杨杰《无为集》、徐经孙《文惠集》、徐鹿卿《清正集》、魏了翁《鹤山词》、张继先《虚靖真君词》。

此外还有被采录的宋人词选集有：

　　黄昇《花庵绝妙词》(唐宋部分)、黄昇《中兴以来绝妙词》、陈景沂《全芳备祖乐府》、陈恕可《乐府补题》。

凡四种，其中《全芳备祖乐府》系采自《全芳备祖》。又据《曝书亭集》卷三十六《乐府补题序》云："《乐府补题》一卷，常熟吴氏抄，白本，休宁汪氏购之长兴藏书家，予爱而亟录之。"知为抄本。又《四部丛刊》本《乐府雅词》影印的就是朱氏藏的抄本。以上共得两宋词集一百四十余种的名目,核以《曝书亭藏书目》《竹垞行笈书目》所载词集,其中李弥逊《筠溪乐府》、黄大與《梅苑》不见于载《词综·发凡》中。又李之仪、杜安世、毛开、张辑词集名与《词综·发凡》所载略有出入,当属不同版本。

曾为朱彝尊所藏所校的两宋人词集,见于后人著录的尚有一些,如:《涵芬楼原存善本草目》载韩淲《涧泉诗余》一卷,为抄本;又《读有用书斋藏书志》载曾惇《乐府雅词》三卷《拾遗》二卷,为旧抄本。又《北京图书馆古籍善本书目》载明石村书屋抄本《宋元明三十三家词》,原为毛扆所藏,其中宋人吴潜《履斋先生诗余》、王沂孙《玉笥山人词集》、金段克己《遁庵乐府》、元张雨《贞居词》有朱彝尊题款。

据《词综·发凡》,知朱彝尊所藏所见的两宋词集中,半数为抄本,其间也有不是足本者,如"发凡"云:"姜尧章氏最为杰出,惜乎《白石乐府》五卷,今仅存二十余阕也。……至张叔夏词集,晋贤所购,合之牧仲员外、雪客上舍所抄,暨常熟吴氏《百家词》本较对无异,以为完书。顷吴门钱进士宫声相遇都亭,谓家有藏本,乃陶南村手书,多至三百阕,则予所见犹未及半,漏万之讥,殆不免矣。"虽然存有不尽善者,这也只是个别现象。

四、徐元文

徐元文(1634—1691),字公肃,号立斋,江苏昆山人,徐乾学之弟。清顺治十六年(1659)年状元,授修撰,官至文华殿大学士。喜购书,藏书处为含经堂、得树园,积书万卷,皆手自校雠。著有《含经堂集》《得树园诗集》等,又有《含经堂藏书目》,著录四部书约五千种,其中宋元本二百余种,抄本尤多。其"集·诗余"著录五代至明词集七十四种,列如下:

《东坡长短句注》十二卷、晏殊《珠玉词》一卷、欧阳修《六一词》四卷、柳永《乐章集》二卷、苏轼《东坡词》四卷、黄庭坚《山谷词》二卷、秦观《淮海词》一卷、周邦彦《片玉词》八卷、晁补之《琴趣外编》六卷、陈师道《后山词》二卷、葛胜仲《丹阳词》一卷、杨无咎《逃禅词》一卷、周紫芝《竹坡词》三卷、陈与义《无住词》一卷、吕滨老《圣求词》一卷、李之仪《姑溪词》二卷、谢逸《溪堂词》一卷、叶梦得《石林词》一卷、王安中《初寮词》一卷、晏几道《小山词》二卷、毛滂《东堂词》一卷、辛弃疾《稼轩词》一卷、又十二卷、陆游《放翁词》一卷、史达祖《梅溪词》一卷、姜夔《白石词》一卷、向子諲《酒边词》二卷、毛开《樵隐诗余》一卷、程垓《书舟词》一卷、赵师侠《坦庵长短句》七卷、赵长卿《惜香乐府》十卷、杨炎正《西樵语业》一卷、周必大《近体乐府》一卷、高观国《竹屋痴语》一卷、吴文英《梦窗甲稿》□卷《乙稿》□卷《丙稿》□卷《丁稿》□卷、黄机《竹斋诗余》一卷、石孝友《金谷遗音》二卷、黄昇《散花庵词》一卷、方千里《和清真词》一卷、刘克庄《后村别调》三卷、张元干《芦川词》一卷、张孝祥《于湖词》四卷、程珌《洺水词》一卷、葛立方《归愚词》一卷、刘过《龙洲词》一卷、陈亮《龙川词》一卷、蔡伸《友古词》一卷、戴复古《石屏词》二卷、曾觌《海野老人长短句》三卷、洪瑹《空同词》一卷、赵彦端《介庵词》四卷、洪咨夔《平斋词》一卷、李公昂《文溪词》一卷、侯寘《懒窟词》一卷、沈端节《克斋词》一卷、张榘《芸窗词》一卷、杜安世《寿域词》一卷、王千秋《审斋词》一卷、韩玉《东浦词》一卷、黄公度《知稼翁词》一卷、卢祖皋《蒲江词》一卷、蒋捷《竹山词》一卷、张天雨《居贞词》一卷、《张小山小令》二卷、《南涧诗余》一卷、赵以夫《虚斋乐府》二卷、万惟檀《诗余图谱》二卷、欧阳炯《花间集》十卷、黄昇《花庵词选》十卷《中兴以来词选》十卷、《尊前集》二卷、《词林万选》四卷、《草堂诗余》四卷、顾从敬《笺释草堂诗余》六卷、宋元《草堂诗余》二卷、《国朝诗余》五卷。

计得宋人词别集六十一种、注本一种、选本一种。其中作者名称有著录不正确的,如杨炎当作杨炎正、黄昰当作黄昇。又一些词集名称或卷数,与宋元明清其他书目、书志所载有出入,尤其是卷数,如欧阳修《六一词》四卷、柳永《乐章集》二卷、苏轼《东坡词》四卷、周邦彦《片玉词》八卷、陈师道《后山词》二卷、晏几道《小山词》二卷、赵师侠《坦庵长短句》七卷、刘克庄《后村别调》三卷、张孝祥《于湖词》四卷、戴复古《石屏词》二卷、曾觌《海野老人长短句》三卷、赵彦端《介庵词》四卷,可见传抄变异,只是不知是宋代就有,还是后人所为,俟考。又宋元《草堂诗余》二卷,其中宋刊《草堂诗余》明代尚存,至徐氏收藏有,也未尝不可。个别还著录版本,如宋刊本《东坡长短句注》十二卷,二册,疑为宋傅干《注坡词》,现存有抄本。又赵以夫《虚斋乐府》二卷,抄本,一册。按毛扆校《宋名家词》时曾借含经堂宋本《乐章集》校,知所藏珍秘词集不少。

五、陆漻

陆漻(1644—?),字其清,号听云,吴县(今江苏苏州)人。终身不仕。自云十五岁起,家贫失学,喜借书抄写,藏有宋元刻本、宋元抄本、名贤录本、名贤稿本,出自秘阁名公卿家藏,与坊间刻本不同。其藏书处为佳趣堂、听云室。七十四岁编成《佳趣堂书目》,著录五代至明人词集一百又五种,录两宋词集如下:

张炎《乐府指迷》一卷、李清照《漱玉集》一卷、黄昇《唐宋名贤绝妙词选》、黄昇《中兴以来绝妙词选》、周密《绝妙词选》七卷朱竹垞点定、李好古《碎锦词》一卷、欧阳修《六一词》一卷、晏殊《珠玉词》一卷、苏轼《东坡词》一卷、柳永《乐章集》一卷、黄庭坚《山谷词》一卷、秦观《淮海词》一卷、毛滂《东堂词》一卷、周邦彦《片玉词》二卷、晏几道《小山词》一卷、赵长卿《惜香乐府》十卷、杨炎正《西樵语业》一卷、高观国《竹屋痴语》一卷、吴文英《梦窗丙稿》三卷、周必大《近体乐府》、黄机《竹斋诗余》一卷、石孝友《金谷遗音》一卷、黄昇《散花庵词》一卷、方千里《和清真词》一卷、刘克庄《后村别调》一卷、陈亮《龙川词》一卷、陆游《陆放翁词》一卷、辛弃疾《稼轩词》四卷曹秋岳选定、杨无咎《逃禅词》一卷、赵磻老《拙庵词》一卷、曾觌《海野词》一卷、蒋捷《竹山词》一卷、戴复古《石屏词》一卷、姜夔《姜白石词》一卷曹秋岳选定、叶梦得《石林词》一卷、葛胜仲《丹阳词》一卷、向子諲《酒边词》二卷、谢逸《溪堂词》一卷、毛开《樵隐词》一卷、史达祖《梅溪词》一卷曹秋岳选定、侯寘《懒窟词》一卷、沈端节《克斋词》一卷、张元干《芦川词》一卷、张榘《芸窗词》一卷、赵师使《坦庵词》一卷、程垓《书舟词》一卷、洪璂《空同词》一卷、赵彦端《介庵词》一卷、洪咨夔《平斋词》一卷、李公昂《文溪词》一卷、程珌《洺水词》一卷、葛立方《归虞(当作愚)词》一卷、刘过《龙洲词》一卷、王安中《初寮词》一卷、李之仪《姑溪词》一卷、蔡伸《友古词》一卷、朱淑真《断肠词》一卷、周密《蘋洲渔笛谱》□卷、周密《草窗词》□卷、陈允平《日湖渔唱》□卷、王沂孙《王碧山词》□卷、张玉田《山中白云词》□卷、倪偁《绮川词》一卷壬辰、姚述尧《萧台公余词》一卷壬辰、曹冠《燕喜词》一卷壬辰、胡铨《澹庵词》一卷壬辰、方岳《方秋厓词》四卷、范成大《石湖词》一卷癸巳、陈三聘《和石湖词》一卷、韩玉《东浦词》一卷丁酉、潘阆《逍遥词》一卷壬寅、陈人杰《龟峰词》一卷壬寅、夏元鼎《蓬莱鼓吹词》一卷壬寅。

凡七十三种，其中词别集六十九种。又有《平湖词》一卷，作者不详。辛弃疾、姜夔、史达祖三家词集注云"曹秋岳选定"，曹溶（1613—1685），字洁躬，一字鉴躬，号秋岳，别号倦圃等，浙江秀水（今嘉兴）人。明崇祯十年（1637）进士，官御史。入清后，历官国子监祭酒、户部右侍郎、广东布政使等。著有《静惕堂诗》《静惕堂词》，曹氏富藏书，有《静惕堂书目》，朱彝尊编《词综》时，曾借阅所藏书，然《静惕堂书目》未著录词集，不过，曹氏富藏宋元人别集，宋人近二百家、元人一百三十九家，朱氏借阅的或为宋元人别集中附词者。所藏多不注明版本，惟于《尊前集》注于："宋抄本，癸未。"宋刊本可见，而宋抄本实属罕见，尤其是词集。

六、曹寅

曹寅（1658—1712），字子清，一字幼卿，号棟亭。汉军正白旗，本籍河北丰润，世居沈阳。历官江宁织造，兼巡视两淮盐政。有《棟亭诗抄》。家富藏书，交于朱彝尊，朱氏曝书亭藏书，棟亭皆抄有副本。其藏书处为棟亭，有《棟亭书目》。刻有《棟亭十二种》。《棟亭书目》卷四载"词类"，其中载两宋词集有：

《乐府补题》、《绝妙好词》、《汲古阁六十种词》、《宋四家词抄》（东坡、山谷、淮海、稼轩四家词，四卷，一册）、《醉翁琴趣》、《东坡乐府》、《淮海琴趣》、《山谷琴趣》、《无咎琴趣》、《拙庵词》、《碎锦词》、《澹庵词》、《涧泉词》、《莲社词》、《石湖词》、《和石湖词》、《双溪词》、《程文简词》、《辛稼轩词》、《山中白云词》、《日湖渔唱》、《松坡词》、《西麓继周词》、《燕喜词》、《绮川词》、《萧台公余词》、《松隐词》、《梅苑》、《乐府指迷》、《乐府雅词》。

共得别集二十七种、选本四种、词话一种，词集丛编二种。其中《汲古阁六十种词》，为毛晋汲古阁刊《宋名家词》。除此外，周密《绝妙好词》和黄大舆《梅苑》未注明版本外，其余均为抄本。

七、王闻远

王闻远(1663—1741),字声宏,号莲泾,别署右军后人,江苏吴县人。著有《金石契言》。好抄书,藏书处为孝慈堂、四美轩、率真书屋。有《孝慈堂书目》。其后书散出,多为黄丕烈所得。《孝慈堂书目》"诗余"中著录晚唐至明词集六十余种,两宋词集有:

《乐章集》二卷、《稼轩长短句》十二卷、《秋崖词》一卷、《晏小山词》一卷、《平斋词》一卷、《审斋词》一卷、《燕喜词》一卷、《萧台公余词》一卷、《绮川词》一卷、《澹庵词》一卷、《可斋词》四卷、《燕喜词》一卷、《石湖词》一卷、《和石湖词》一卷、《碎锦词》一卷、《履斋诗余》一卷续一卷、《虚斋乐府》一卷、《张子野词》一卷、《王周士词》一卷、《养拙堂词》一卷、《苕溪词》一卷、《遁庵乐府》一卷、《菊轩乐府》一卷、《草窗词》二卷、《玉笥山人词抄》一卷、《日湖渔唱》一卷、《吕圣求词》一卷、《竹坡老人词》二卷、《烘堂词》一卷、《东泽绮语》一卷、《省斋诗余》一卷、《白雪词》一卷、《吴梦窗词》一卷、《山中白云词》八卷、《和清真词》一卷、《梅屋诗余》一卷、《乐斋词》一卷、《信斋词》一卷、《双溪词》一卷、《宣卿词》一卷、《文简公词》一卷、《西麓继周词》、《梁溪词》一卷、《抚掌词》一卷、《仙源居士惜香乐府》十卷、《竹山词》一卷、《乐府雅词》(拾遗二卷)、《汲古阁词抄》。

凡四十余种,多为抄本。其中云:"《汲古阁词抄》,唐宋元三朝人,三卷。毛氏未刻本,三册,抄。"依此,则三卷只有三家词,唐、宋、元各一家,每家词一卷,疑著录有误,当不止三家。除此外,所著录的六十余种词集,原为三十余册,每册所收一至五家词不等。除《稼轩长短句》为明刊本外,其余为抄本。这三十余册词集不少当为词集丛编中物,考其后所附价格,知所得不是一时,至于是源自一种丛书,还是多种,也无法考核。王氏所藏后归黄丕烈,黄氏所得词集多为善本。

八、赵魏

赵魏(1746—1825),字晋斋,号菉森,一号恪生,仁和(今浙江杭州)人。岁贡生,究心于金石之学。著有《华山石刻表》《历朝类帖考》等。博学嗜古，尤精于考证碑版，著有《竹崦庵金石目》《竹崦庵金石录》。喜藏书，尝手抄秘书数千百卷，以之换米，困苦终身。藏书处为竹崦庵，有《竹崦庵传抄书目》，其"集部·词类"载所藏词集二十四种，其中两宋词集共得十四家，即：

> 《碎锦词》一卷、《双溪词》一卷、《拙庵词》一卷、《燕喜词》一卷、《袁宣卿词》、《筠溪词》一卷、《龟峰词》一卷、《萧台公余词》一卷、《王周士词》一卷、《笑笑词》一卷、《省斋诗余》一卷、《章华词》一卷、《风雅遗音》一卷、《蓬莱鼓吹》一卷。

均未著明版本。虽然不多，但著录了总页数，为后人考察其版本传承提供了佐证，其中多数明清以来未见有刻本，而且多见于今存的《典雅词》中，今存的《典雅词》多有缺页，包括影宋抄本，这里却未注明残缺与否。

第三节　其他藏量不多但以庋藏珍本词集著称的

清代（初期至道光）藏书家富藏词集的除上述所列十余家外，尚有一些藏家，其藏书目中著录的数量虽然有限，但有不少是罕见的珍本词集，录数家于此。

一、季振宜

季振宜（1630—1674），字诜兮，号沧苇，泰兴（今属江苏）人。清顺治四年（1647）进士。授兰溪令，官至御史。家本富豪，广收图籍，江南故家藏书多归之，尤多宋本、抄本，以钱氏述古堂为多。有《静思堂诗集》《季沧苇藏书目》等。

《季沧苇藏书目》载所藏词集不多，贵在宋本，于"延令宋版书目"著录有四种：

> 《东坡长短句》十二卷；《东坡乐府》上下二卷；山谷赋词诗十卷，二套；向子諲《酒边词》，一本，项元汴记。

又于"宋元杂板书"载有数种，即：

> 《精选群英诗余》，二本；《诗余谱》，二本，抄；《古今词话》十卷，一本；《群公诗余》，六本，宋板；欧文忠、秦淮海、真西山《琴趣》，四本，宋刻。

其中苏轼的两种,宋板今不见存,情况不明,至于《东坡长短句》十二卷,疑指傅干《注坡词》。黄庭坚的是有诗有词,当是混编的。据历代书目书志所载,宋刊黄庭坚诗文集,未有取此书名者。至于《古今词话》十卷,疑指杨湜之作,至少《钦定词谱》中引录有。现存的词谱为明人所编,至于宋元人编的词谱,宋元人著作中罕有提及,季氏所藏《诗余谱》为宋元人所编,情况不明。至于宋刊真德秀《真西山琴趣》和《群公诗余》自此就不见著录了,书亦未存。

二、徐乾学

徐乾学(1631—1694),字原一,号健庵,江苏昆山人。清圣祖康熙九年(1670)探花,授编修,官至刑部尚书。著有《憺园文集》《虞浦集》《读礼通考》等。喜读未见书,传是楼藏书甲天下,坐拥万卷,晨夕雠比,编有《传是楼藏书目》《传是楼宋元板书目》《积学斋书目》等。

《传是楼藏书目》卷四所载词集均为明朝人,《传是楼宋元板书目》载有宋版词集,颇为珍贵,计有:

"天字下格"四种:《醉翁琴趣》上下卷,二本,宋板;《淮海琴趣》,一本,宋板;《山谷琴趣》一本,宋板;《东坡乐府》上下卷,苏轼,一本,宋板。

"荒字二格"一种:向子諲《酒边集》二卷,一本,宋板。

所著录宋刊词集,均见于季振宜所藏,只是不知是为同一部书,还是另有来源? 同一种宋板词集至此能存在一部,已属难能了。至于《季沧苇藏书目》所载其他宋元板词集,则不知流落何方了。又《积学斋书目》载有两宋人词集,略有提要。录如下:

1. 《淮海词》一卷:宋秦观撰。汲古阁刻本(每半叶九行,行十八字,白口,单边,末有虞山毛晋记。)常熟黄子鸿先生仪以宋本校,子鸿工词,有《纫兰别集》。

2. 《东山词》二卷:山阴贺铸方回撰。影抄宋本,每半叶十行,行十八字。首有目录及谯郡张耒序。原本分上下二卷,今止存上卷矣。宋刊在铁琴铜剑楼瞿氏。

3. 《于湖词》五卷《补遗》一卷:张孝祥安国撰。影宋抄本,此书又名《雅词》,各家书目均载一卷,《四库》本三卷,附集本四卷。惟瞿氏《铁琴铜剑楼书目》与此本合,盖出于乾道刊本,较别本词亦有出入,可另辑《补遗》一卷。有乾道辛卯陈应行、汤衡二序。

4.《风雅遗音》二卷:宋林正大敬之撰。影抄明覆宋本,首有嘉泰壬戌敬之自序,又竹隐懒翁序,又陈子武序,又易嘉猷跋。敬之号随庵,永嘉人,末有黄尧圃跋。(另附纸条云:"影抄明覆南宋刻本。"又云:"陈子武:影抄'武'作'式','丁'目作'武'。")

5.《梅苑》十卷:宋黄大舆载万编。旧抄本,首有旧序。是书皆集唐以来词人才士咏梅之词,萃为一编,名曰《梅苑》。自序曰:"《梅苑》者,诗人之义,托物取兴。"自《四库》云:"其爵里未详,其自序署曰岷山耦耕,盖蜀人也。"(是书曾刊入《棟亭十二种》)

五种词集,或以宋本相校过,或为影宋抄本,略为提要,以见传承。

三、孙星衍

孙星衍(1753—1818),字渊如,一字季述,号别渊、芳茂山人等。本常州(今属江苏)人,迁居金陵(今江苏南京)。清乾隆五十二年(1787)进士,授翰林院编修,历官刑部员外郎、山东布政使等。晚年居金陵,主讲扬州安定、杭州诂经精舍等书院。著有《问字堂文稿》《岱南阁文稿》《芳茂山人诗录》等。孙氏博极群书,勤于著述,喜聚书,闻人有善本,借抄无虚日。其藏书处有问字堂、孙公园、平津馆、廉石居等。清仁宗嘉庆五年(1800)丁母忧家居,编成《孙氏祠堂书目》,又有《平津馆鉴藏书籍志》《廉石居藏书记》等。喜刻书,刊有《平津馆丛书》。

《孙氏祠堂书目》卷四载有词集,其中有《宋六十名家词》六集,为明毛晋刊本(子目略,缺《克斋词》一种),又著录有另种本宋人词集数种,即:

《乐府雅词》三卷拾遗一卷,宋曾慥编;《张子野词》二卷补遗一卷,宋张先撰;《漱玉词》一卷,宋李清照撰;《石湖词》一卷,宋范成大撰;又《和词》一卷,宋陈三聘词;《断肠词》一卷,宋朱淑贞词;《花外集》一卷,宋王沂孙撰;《蘋洲渔笛谱》二卷,宋周密撰。

凡八种,版本不详。按《平津馆鉴藏记》卷三"影写本"载有《乐府雅词》三卷拾遗二卷,云:"前有绍兴丙寅曾慥序,后有朱竹垞曝书亭题跋。曾慥原编。卅四家,书止五卷,《文献通考》引陈氏《书录解题》作十二卷,是传写之误。"其他或以抄本为主。

四、阮元

阮元(1764—1849),字伯元,号云台,卒谥文达,江苏仪征人。清乾隆五十四年(1789)进士,选庶吉士,入直南书房。历官浙江、福建、河南等巡抚,任两广、云贵总督,拜体仁阁大学士,晋太傅。在浙创诂经精舍,在粤创学海堂。撰《经籍纂诂》《皇清经解》《揅经室集》等,刻有《文选楼丛书》《十三经注疏》等,为一代文献大家。阮氏淹贯群籍,富于藏书,嘉庆十年(1805)冬,于扬州文选巷家庙西建文选楼,又有琅嬛仙馆、揅经室、积古斋等,有《四库未收书提要》《文选楼藏书记》等。

《文选楼藏书记》有李慈铭提要本,其中所载两宋人词集情况,卷一载有曾慥《乐府雅词》三卷拾遗二卷,抄本。又张炎《山中白云词》八卷,刊本。卷四载有一种,即林正大《风雅遗音》二卷,刊本。按阮氏辑有《宛委别藏》,原稿本今存台湾,其中收有宋词别集、选集、词话、词韵等书,均为传抄本,计有:

《详注周美成词片玉集》十卷,周邦彦撰,陈元龙集注,抄本。《樵歌》三卷,朱敦儒撰,传抄汲古阁旧抄本。《王周士词》一卷,王以宁撰,传抄汲古阁旧抄本。《蘋洲渔笛谱》二卷,周密撰,抄本。《阳春白雪》八卷外集一卷,赵闻礼辑,抄本。《词源》二卷,张炎撰,影元抄本。《新增词林要韵》一卷,佚名撰,影抄宋本。

其中又有清侯文灿辑《名家词》十卷,抄本,所收五代宋元人词集十种,宋人有五种,即张先《子野词》一卷、贺铸《东山词》一卷、葛郯《信斋词》一卷、吴儆《竹洲词》一卷、赵以夫《虚斋乐府》一卷。又阮氏著有《揅经室经进书录》,所录为《四库全书》未收之书,其中卷四录有周邦彦、朱敦儒、王以宁、周密、赵闻礼、张炎诸人词集外,还有曹冠《燕喜词》一卷、陈允平《日湖渔唱》一卷二种,另有陈与义《增广笺注简斋诗集》三卷《无住词》一卷等。在近二十种的词集中,多为传抄本。宋人编写的词韵,现存的宋人著作中未见提及,清沈雄《古今词话·词品》卷上"详韵"引陶宗仪《韵记》云朱敦儒曾拟词韵十六条,后得到张辑注释,冯取洽增补。按:清厉鹗《樊榭山房集》卷七《论词绝句》之十二注云曾见宋高宗绍兴二年(1132)箓斐轩刻本《词林要韵》一册,阮氏藏影抄宋本,即此书,只是不知与朱敦儒的《拟韵》是否有关,后人或疑《词林要韵》一书为元、明人所编,非宋人著作。

五、张金吾

张金吾(1787—1829),字慎游,号月霄,昭文(今江苏常熟)人。少时父母见背,由叔父张海鹏抚养。二十二岁补博士员弟子,省试不中,即弃去举业,一生从事藏书、校书、编纂等工作。编辑有《金文最》《诒经堂续经解》等。其藏书处为诒经堂,凡三楹,其西曰爱日精庐,为读书之所,藏先人手泽。嘉庆二十三年(1818)编成《爱日精庐书目》,为其三十二岁时藏书总目,今未见。嘉庆二十五年,始编《爱日精庐藏书志》,道光三年(1823)重加编次,后又编有《续志》。

《爱日精庐藏书志》于每书均有解题,所载宋人词集有:

> 《东山词》一卷,宋刊本,汲古阁藏书;《樵歌》三卷,抄本,从照旷阁藏本传录;《渭川居士词》一卷,旧抄本;《于湖先生长短句》五卷拾遗一卷,影写宋刊本;《省斋诗余》一卷,旧抄本;《和石湖词》一卷,旧抄本;《萧闲老人明秀集注》三卷,影写金刊本,从陈君子准藏金刊本影写。

著录的词集并不多,但版本珍稀,可谓吉光片羽。

第四节　两宋词集在清代传抄和庋藏情况的分析

一、传抄及庋藏词集综述

清初至道光年间,两宋词集的传抄和收藏还是相当可观的,不同于明代书目,清人书目书志多是按四部类分排比,著录的书名、作者、卷数、版本等也较为全面,较为规范。为了便于分析,此将清初公藏及私家藏词集情况编成清代两宋词集的传抄刻印与收藏表如下:

其一,两宋词别集

作者及书名 ＼ 藏家	公藏			私家藏													
	御选历代诗馀	钦定词谱	续文献通考	黄虞稷	钱曾	朱彝尊	徐元文	毛扆	陆漻	曹寅	王闻远	鲍廷博	彭元瑞	赵魏	黄丕烈	阮元	陈徵芝
潘阆:《逍遥词》一卷	●					●			●			●	●				
林逋:《和靖先生集词》						●											
柳永:1.《乐章集》九卷	●					●											
2.《乐章集》		●															
3.《乐章集》三卷					●			●									
4.《乐章集》一卷								●	●								
5.《乐章集》二卷							●			●							
6.《柳屯田乐章集》三卷													●				
7.《柳耆卿词》一卷																	●
8.《柳公乐章》								●									
张先:1.《子野词》一卷	●				●	●										●	
2.《张先集》		●															
3.《张先词集》		●															
4.《张子野词》一卷					●						●				●		
5.《张子野词》二卷《补遗》二卷												●					
晏殊:1.《珠玉词》一卷	●				●		●	●					●		●		●
2.《珠玉词》																	
3.《珠玉集》一卷									●								
欧阳修:1.《六一居士词》三卷	●					●											
2.《六一居士词》		●															
3.《六一词》		●															
4.《六一词》一卷					●			●	●								
5.《醉翁琴趣》										●							
6.《六一词》四卷							●						●				
7. 集本《六一词》四卷《乐语》一卷								●									
王琪:《谪仙长短句》	●																
释仲殊:1.《宝月集》七卷	●																

续　表

藏家＼作者及书名	公藏			私家藏												
	御选历代诗馀	钦定词谱	续文献通考	黄虞稷	钱曾	朱彝尊	徐元文	毛扆	陆漻	曹寅	王闻远	鲍廷博	彭元瑞	赵魏	黄丕烈	阮元	陈徵芝
2.《宝月词》		●															
王安石：1.《临川集词》一卷	●																
2.《半山老人词》一卷						●											
3.《半山词》一卷													●				
杜安世：1. 宋杜安世词一卷	●																
2.《寿域词》		●															
3.《寿域词》一卷					●		●	●					●		●		
4.《杜寿域词》						●											
5.《杜安世词》一卷						●											
释祖可：《东溪集》	●																
文同《文湖州词》一卷								●					●				
徐积《节孝集》附词					●												
苏轼：1.《东坡居士词》二卷	●					●											
2.《东坡词集》		●															
3.《东坡词》		●															
4.《东坡乐府》二卷					●				●						●		
5.《东坡词》一卷							●	●									●
6.《东坡长短句注》十二卷							●										
7.《东坡词》四卷							●										
8.《东坡词》二卷《补遗》一卷								●									
9.《东坡词》二卷													●				
惠洪：《石门文字禅》附词						●											
黄庭坚：1.《山谷词》二卷	●					●											
2.《黄山谷集》		●															

续 表

藏家 作者及书名	公藏			私家藏												
	御选历代诗馀	钦定词谱	续文献通考	黄虞稷	钱曾	朱彝尊	徐元文	毛扆	陆漻	曹寅	王闻远	鲍廷博	彭元瑞	赵魏	黄丕烈	阮元	陈徵芝
3.《琴趣外篇》		●														
4.《黄山谷词》一卷					●											
5.《琴趣外篇》二卷						●										
6.《山谷词》一卷								●	●						●	●
7.《山谷琴趣》六卷										●						
8.《山谷琴趣词》三卷													●			
秦观:1.《淮海词》三卷	●				●			●							●	
2.《淮海词》		●														
3.《淮海集》		●														
4.《秦淮海词》一卷					●											
5.《秦淮海长短句》三卷					●											
6.《淮海集长短句》一卷					●			●								
7.《淮海词》一卷							●	●	●							●
8.《淮海琴趣》三卷										●						
9.《淮海居士长短句》一卷												●				
10.《淮海长短句》三卷															●	
晁端礼:1.《闲适集》一卷	●															
2.《琴趣外篇》五卷					●											
3.《闲斋琴趣外编》一卷						●										
4.《闲斋琴趣外篇》													●			
徐伸:《青山乐府》一卷	●				●											
陈师道:1.《后山集长短句》二卷	●															
2.《陈后山词》一卷					●								●			
3.《后山词》一卷					●			●					●			
4.《后山长短句》二卷					●											
5.《后山词》二卷							●									
张继先:1.《虚靖真人词》		●														

续　表

藏家／作者及书名	公藏		续文献通考	私家藏													
	御选历代诗馀	钦定词谱		黄虞稷	钱曾	朱彝尊	徐元文	毛扆	陆漻	曹寅	王闻远	鲍廷博	彭元瑞	赵魏	黄丕烈	阮元	陈徵芝
2.《虚靖真君词》一卷						●		●					●				
3.《虚靖词》一卷								●									
晁补之：1.《鸡肋集词》一卷	●																
3.《琴趣外编》六卷	●				●		●	●									
2.《晁补之词》		●															
4.《琴趣外篇》		●															
5.《晁补之词》一卷						●											
晏几道：1.《小山词》一卷	●				●			●	●				●				
2.《小山乐府》		●															
3.《小山集》		●															
4.《小山词》二卷						●	●	●									
5.《晏小山词》一卷											●						
贺铸：1.《东山寓声乐府》三卷	●					●											
2.《东山乐府》		●															
3.《东山词》		●											●				
4.《方回词》一卷					●												●
5.《东山词》二卷					●												
6.《东山寓声乐府》三卷《补遗》一卷												●					
7.《贺方回词》一卷												●					
8.《贺方回词》二卷《东山词》二卷																●	
9.《东山词》一卷									●								
李之仪：1.《姑溪词》二卷	●						●										
2.《姑溪词》		●				●											
3.《姑溪集词》二卷						●											
4.《姑溪词》一卷								●					●				
5.《姑溪集》一卷									●								
赵令畤：《聊复集》一卷	●																

229

续　表

藏家／作者及书名	公藏		续文献通考	私家藏													
	御选历代诗馀	钦定词谱		黄虞稷	钱曾	朱彝尊	徐元文	毛扆	陆漻	曹寅	王闻远	鲍廷博	彭元瑞	赵魏	黄丕烈	阮元	陈徵芝
毛滂：1.《东堂乐府》二卷	●																
2.《东堂集》		●															
3.《东堂词》一卷					●		●	●	●			●					
4.《东堂词》二卷						●											
黄裳：1.《演山集词》二卷	●					●											
2.《演山先生词》二卷								●					●		●		
3.《演山先生词》													●				
谢逸：《溪堂词》一卷	●				●	●	●	●	●								
谢薖：《竹友词》一卷	●					●		●					●				
王观：《冠柳集》一卷	●																
唐庚：《眉山集》附词	●																
周邦彦：1.《清真集》二卷《后集》一卷	●																
2.《片玉词》								●									
3.《清真集》		●															
4.《清真乐府》		●															
5.《清真词》		●															
6.《片玉集》一卷		●															
7.《清真集》三卷					●												
8.《片玉词》二卷						●											
9.《片玉词》十卷									●							●	
10.《片玉词》八卷								●								●	
11.《片玉词》二卷《补遗》一卷							●	●									
左誉：《筠翁长短句》	●																
万俟雅言：1.《大声集》五卷	●																
2.《大声集》		●															

续 表

藏家 作者及书名	公藏			私家藏													
	御选历代诗馀	钦定词谱	续文献通考	黄虞稷	钱曾	朱彝尊	徐元文	毛扆	陆漻	曹寅	王闻远	鲍廷博	彭元瑞	赵魏	黄丕烈	阮元	陈徽芝
叶梦得:1.《建康集石林词》一卷	●																
2.《叶石林词》一卷					●												
3.《石林词》一卷					●	●	●	●	●								
杨杰:《无为集》附词						●											
李纲:《梁溪词》一卷											●						
张元干:1.《归来集芦川词》一卷	●																
2.《芦川居士词》一卷		●		●													
3.《芦川词》一卷					●	●	●	●	●						●		●
4.《芦川词》二卷					●												
5. 张仲举词						●											
邓肃:《栟榈集词》一卷	●					●											
刘子翚:《屏山集》附词	●					●											
晁冲之:《具茨集词》一卷	●																
陈与义:1.《简斋集无住词》一卷	●																
2.《无住词》一卷						●	●	●				●			●		
3.《简斋词》一卷								●				●	●				
4.《简斋集》								●									
刘一止:1.《苕溪词》一卷	●					●		●			●						
2.《苕溪集》		●															
3.《刘行简词》一卷		●															
曹勋:1.《松隐集》		●															
2.《松隐词》三卷										●							
李弥逊:1.《筠溪乐府》一卷			●														
2.《筠溪词》一卷															●		

续　表

藏家 / 作者及书名	公藏			私家藏												
	御选历代诗馀	钦定词谱	续文献通考	黄虞稷	钱曾	朱彝尊	徐元文	毛扆	陆漻	曹寅	王闻远	鲍廷博	彭元瑞	赵魏	黄丕烈	阮元	陈徵芝
朱敦儒:1.《樵歌词》三卷	●			●		●							●			●	
2.《太平樵唱》		●															
3.《樵歌》		●				●											
4.《樵歌词拾遗》													●				
5.《樵歌》二卷								●									
李处全:《晦庵词》一卷	●			●		●		●					●				
米友仁:《阳春集》一卷												●					
康与之:1.《顺庵乐府》五卷	●			●													
2.《顺庵乐府》		●															
王安中:1.《初寮集词》一卷	●					●											
2.《初寮词》一卷					●		●	●	●				●		●		
葛胜仲:1.《丹阳集词》一卷	●																
2.《丹阳词》一卷						●	●	●	●								
向子諲:1.《酒边集词》四卷	●																
2.《酒边集》一卷						●		●									
3.《酒边集》四卷						●											
4.《酒边词》二卷							●	●	●								
5.《酒边词》一卷								●					●				●
李清照:1.《漱玉集》一卷	●					●			●								
2.《漱玉词》		●											●				
赵鼎:1.《得全居士集词》一卷	●							●									
2.《得全居士词》一卷			●														

续　表

藏家 / 作者及书名	御选历代诗馀	钦定词谱	续文献通考	黄虞稷	钱曾	朱彝尊	徐元文	毛扆	陆漻	曹寅	王闻远	鲍廷博	彭元瑞	赵魏	黄丕烈	阮元	陈徵芝
	公藏			私家藏													
韩元吉：1.《焦尾集》一卷	●																
2.《南涧诗余》一卷		●															
3.《焦尾集词》一卷						●											
陆游：1.《放翁词》		●															
2.《放翁集》		●															
3.《陆放翁词》一卷					●				●								
4.《陆放翁词》四卷					●												
5.《渭南词》						●											
6.《渭南集词》二卷						●											
7.《放翁词》一卷							●	●									
8.《渭南词》二卷								●									
范成大：1.《石湖集词》一卷	●																
2.《石湖词》		●															
3.《范石湖词》						●											
4.《石湖词》一卷						●			●	●	●						
5.《石湖词》一卷《补遗》一卷												●					
陈三聘：1.《和石湖词》	●	●															
2.《和石湖词》一卷								●	●	●	●	●			●		
王之道：1.《相山居士词》二卷	●					●											
2.《相山居士词》		●															
3.《相山词》		●															
4.《相山居士词》一卷								●				●					
5.《相山词》一卷								●									
蔡伸：1.《友古词》一卷	●					●	●	●	●								
2.《友古集》		●															
3.《友古居士词》一卷					●			●									

续　表

藏家 作者及书名	公藏			私家藏													
	御选历代诗馀	钦定词谱	续文献通考	黄虞稷	钱曾	朱彝尊	徐元文	毛扆	陆漻	曹寅	王闻远	鲍廷博	彭元瑞	赵魏	黄丕烈	阮元	陈徵芝
4.《蔡友古词》二卷															●		●
韩淲:1.《涧泉诗余》一卷	●																
2.《涧泉集》		●															
3.《涧泉词》		●															
4.《涧泉诗余》		●															
5.《涧泉诗余》二卷								●									
6.《涧泉词》一卷										●							
张孝祥:1.《于湖词》一卷	●				●	●		●									
2.《于湖词》		●															
3.《于湖长短句》五卷					●			●									
4.《于湖词》四卷							●										
5.《于湖词》二卷													●				
6.《于湖先生长短句》五卷《拾遗》一卷															●		
7.《于湖长短句》五卷《拾遗》一卷								●									●
蔡枏:《浩歌集》	●																
吕胜己:1.《渭川行乐词》	●																
2.《吕渭老词》一卷						●											
3.《渭川居士词》一卷								●				●			●		
辛弃疾:1.《稼轩长短句》十二卷	●			●				●			●				●		
2.《稼轩集》		●															
3.《稼轩词》		●															
4.《辛稼轩词》四卷					●					●							
5.《稼轩长短句》						●											
6.《稼轩乐府》十二卷						●											
7.《稼轩词》四卷								●	●				●				
8.《辛稼轩长短句》十二卷															●		
9.《辛稼轩长短句》四卷																	●

续　表

藏家 / 作者及书名	公藏			私家藏													
	御选历代诗馀	钦定词谱	续文献通考	黄虞稷	钱曾	朱彝尊	徐元文	毛扆	陆漻	曹寅	王闻远	鲍廷博	彭元瑞	赵魏	黄丕烈	阮元	陈徵芝
10.《稼轩词》一卷							●										
11.《稼轩词》十二卷							●										
岳珂:《金陀粹编家集》附词						●											
沈瀛:《竹斋词》一卷	●					●						●	●				
周紫芝:1.《竹坡词》一卷	●																
2.《竹坡词》		●															
3.《竹坡老人词》三卷					●			●									
4.《竹坡居士乐府》三卷						●											
5.《竹坡老人词》二卷											●						
6.《竹坡词》三卷							●	●									
7.《竹坡老人词》一卷								●									
汪藻:1.《浮溪文粹》附词一卷	●																
2.《浮溪文粹》附词						●											
刘弇:1.《云龙集词》一卷						●											
2.《云龙词》一卷								●				●			●		
3.《龙云先生乐府》													●				
林正大:1.《风雅遗音》四卷	●				●	●											
2.《风雅遗音》二卷				●											●	●	●
3.《风雅遗音》一卷					●									●			
4.《风雅遗音》								●				●	●				
张矩:《梅渊词》						●											
曹冠:1.《燕喜集》	●																

续　表

作者及书名	公藏			私家藏													
	御选历代诗馀	钦定词谱	续文献通考	黄虞稷	钱曾	朱彝尊	徐元文	毛扆	陆漻	曹寅	王闻远	鲍廷博	彭元瑞	赵魏	黄丕烈	阮元	陈徵芝
2.《燕喜词》		●									●						
3.《燕喜词》一卷									●	●	●				●	●	●
程垓：1.《书舟雅词》一卷	●																
2.《书舟雅词》		●															
3.《书舟词》		●															
4.《书舟集》		●															
5.《书舟词》一卷					●		●	●	●								
6.《书舟雅词》二卷						●											
吴儆：1.《竹洲集词》一卷	●																
2.《竹洲词》一卷						●		●				●	●			●	
3.《竹洲词》													●		●		
杨万里：《诚斋乐府》一卷	●					●											
向滈：1.《乐斋词》二卷	●					●											
2.《乐斋词》一卷					●			●		●	●		●				
3.《乐斋词》													●				
赵磻老：《拙庵词》一卷									●	●				●			
沈端节：《克斋词》一卷	●			●	●	●	●	●					●				●
周必大：1.《近体乐府》一卷	●					●	●	●	●								
2.《近体乐府》													●				
冯取洽：《双溪词》一卷										●	●		●				
袁去华：1.《袁去华词》一卷	●																
2.《袁宣卿集》		●															
3.《袁去华集》		●															
4.《宣卿词》一卷													●				
5.《袁宣卿词》一卷														●			

续 表

藏家 作者及书名	公藏			私家藏												
	御选历代诗馀	钦定词谱	续文献通考	黄虞稷	钱曾	朱彝尊	徐元文	毛扆	陆漻	曹寅	王闻远	鲍廷博	彭元瑞	赵魏	黄丕烈	阮元	陈徵芝
廖行之:1.《省斋诗余》一卷	●							●			●			●	●		
2.《省斋诗余》						●							●				
张震:词一卷	●																
姚述尧:1.《箫台公馀词》一卷	●			●		●		●	●		●	●		●	●		
2.《箫台公馀词》										●							
黄公度:1.《知稼翁集词》一卷	●																
2.《知稼翁词》一卷					●	●	●	●					●		●		●
扬无咎:1.《逃禅词》三卷	●					●											
2.《逃禅集》二卷		●		●													
3.《逃禅词》一卷					●		●	●	●				●				
王庭珪:1.《卢溪集词》二卷	●																
2.《卢溪词》二卷						●											
3.《卢溪词》一卷								●									
李曾伯:《可斋词》四卷											●						
毛开:1.《樵隐诗余》一卷					●		●	●									
2.《樵隐诗余》						●											
3.《樵隐词》一卷						●		●	●				●				
陈深:1.《宁极斋乐府》一卷								●				●			●		
2.《宁极斋乐府》													●				
吕渭老:1.宋吕渭老词一卷	●																
2.《圣求词》		●															
3.《吕圣求词》一卷											●						

续　表

作者及书名	公藏			私家藏												
藏家	御选历代诗馀	钦定词谱	续文献通考	黄虞稷	钱曾	朱彝尊	徐元文	毛扆	陆漻	曹寅	王闻远	鲍廷博	彭元瑞	赵魏	黄丕烈	阮元	陈徵芝
4.《圣求词》一卷							●	●					●				
陈瓘:1.《了斋集词》一卷	●																
2.《了斋词》一卷						●											
宋自逊:《渔樵笛谱》	●																
石孝友:1.《金谷遗音》一卷	●			●	●	●		●	●								
2.《金谷遗音》一卷								●									
3.《金谷遗音》二卷							●	●					●				
葛立方:1.《归愚词》一卷	●					●	●	●									
2.《归虞词》一卷									●								
陈克:《赤城词》一卷	●																
王灼:1.《颐堂词》一卷	●					●											
2.《颐堂集》		●															
张纲:《华阳老人长短句》	●					●											
葛郯:1.《信斋词》一卷	●				●	●		●				●	●				●
2.《信斋词》													●				
王以宁:1.《王以宁词》一卷	●					●											
2.《王周士词》一卷								●				●		●	●		●
张抡:《莲社词》一卷	●			●		●				●							
赵师侠:1.《坦庵长短句》一卷	●				●	●		●									
2.《坦庵集》		●															
3.《坦庵长短句》七卷							●										
4.《坦庵词》一卷								●	●								

续　表

藏家 作者及书名	公藏			私家藏													
	御选历代诗馀	钦定词谱	续文献通考	黄虞稷	钱曾	朱彝尊	徐元文	毛扆	陆漻	曹寅	王闻远	鲍廷博	彭元瑞	赵魏	黄丕烈	阮元	陈徵芝
管鉴：1.《养拙堂词》一卷	●			●		●		●			●		●		●		
张镃：1.《玉照堂词》一卷	●			●		●											
2.《玉照堂词抄》一卷															●		
刘拟：1.《招山集乐章》一卷	●																
2.《招山集乐章》						●											
李好古：《碎锦词》一卷									●	●	●				●		
胡铨：《澹庵词》一卷								●	●	●	●				●		
王千秋：1.《审斋词》一卷	●			●	●	●	●	●			●				●		
2.《审斋乐府》																	
杨炎正：1.《西樵语业》一卷	●			●	●	●	●	●	●								
2.《西樵语业》		●															
3.《西樵语业词》一卷													●				
京镗：1.《松坡居士乐府》一卷	●			●		●											
2.《松坡集》		●															
3.《松坡词》一卷								●			●		●				
徐经孙：《文惠集》附词						●											
程大昌：1.集后附词		●															
2.《程文简词》一卷											●						
3.《文简公词》一卷												●					
朱熹：1.《晦庵词》一卷	●					●											
2.《晦庵词》									●			●	●		●		
洪适：《盘洲集词》二卷	●					●											

续 表

藏家 ＼ 作者及书名	公藏			私家藏												
	御选历代诗馀	钦定词谱	续文献通考	黄虞稷	钱曾	朱彝尊	徐元文	毛扆	陆漻	曹寅	王闻远	鲍廷博	彭元瑞	赵魏	黄丕烈	阮元	陈徵芝
韩玉：1.《东浦词》一卷 2.《东浦词》	●	●		●	●	●	●	●	●				●				
徐鹿卿：《清正集》附词						●											
赵长卿：1.《惜香乐府》十卷 2.《惜香乐府》九卷 3.《仙源居士惜香乐府》十卷	●	●	●			●	●	●			●						●
刘光祖：《鹤林词》一卷	●							●									
曾觌：1.《海野词》三卷 2.《海野词》一卷 3.《海野老人词》一卷 4.《海野老人长短句》三卷	●			●	●	●	●	●	●								
倪偁：1.《绮竹词》一卷 2.《绮川词》一卷 3.《绮川集》	●			●		●		●	●	●	●	●	●	●			
罗愿：《鄂州小集》附词						●											
丘崈：1.《文定词》一卷 2.《丘崈集》 3.《文定公词》一卷 4.《丘文定公词》一卷 5.《丘文定公词》	●	●		●		●		●				●	●	●			
郭应祥：《笑笑词》一卷	●					●		●							●		
高观国：1.《竹屋痴语》一卷 2.《竹屋词》一卷	●			●	●	●	●	●						●			
陈从吉：《洮湖集》	●																

续　表

藏家／作者及书名	公藏			私家藏													
	御选历代诗馀	钦定词谱	续文献通考	黄虞稷	钱曾	朱彝尊	徐元文	毛扆	陆漻	曹寅	王闻远	鲍廷博	彭元瑞	赵魏	黄丕烈	阮元	陈徵芝
孙惟信:《花翁词》一卷	●		●														
姚勉:《雪坡词》一卷	●																
王澡:《瓦全居士诗词》	●																
刘克庄:1.《后村别调》一卷	●		●			●		●	●								
2.《后村词》一卷					●												
3.《后村诗余》二卷					●							●					
4.《后村别调》三卷							●										
5. 本集								●									
魏子敬:《云溪乐府》四卷	●																
于(或作俞)国宝:《醒庵遗珠集》十卷	●																
冯伟寿:《云月词》		●															
程珌:1.《洺水集词》一卷	●																
2.《洺水词》一卷			●				●	●	●								
程泌:《铭水集词》一卷						●											
姚宽:《西溪居士乐府》一卷	●			●													
黄机:1.《竹斋诗余》一卷			●	●		●	●										
2.《竹斋词》一卷								●									
刘镇:《随如百咏》						●											
吴礼之:《顺受老人词》五卷				●		●											
刘过:1.《龙洲词》一卷	●				●	●	●	●	●								
2.《龙洲词》二卷													●				

续 表

作者及书名 \ 藏家	公藏			私家藏													
	御选历代诗馀	钦定词谱	续文献通考	黄虞稷	钱曾	朱彝尊	徐元文	毛扆	陆漻	曹寅	王闻远	鲍廷博	彭元瑞	赵魏	黄丕烈	阮元	陈徵芝
3.《龙洲词》															●		
严仁：1.《清江欸乃词》一卷	●																
2.《清江欸乃》一卷				●													
洪瑹：1.《空同词》一卷	●		●	●	●	●	●	●	●						●		
2.《空同词》		●															
赵彦端：《琴趣外篇》六卷						●											
魏了翁：《鹤山词》	●					●											
洪咨夔：1.《平斋集词》一卷	●																
2.《平斋词》一卷			●			●	●	●	●	●	●						
陈亮：1.《龙川集词》二卷	●					●											
2.《龙川集》		●															
3.《龙川词》		●															
4.《龙川词》一卷补遗一卷			●														
5.《龙川词》一卷							●	●	●				●				
6.《龙川词补》													●				
王义山：《稼村类稿》附词						●											
吴潜：1.《履斋诗余》二卷	●																
2.《履斋诗余》三卷				●		●											
3.《履斋词》一卷					●												
4.《履斋诗余》一卷					●												
5.《履斋诗余》正一卷续一卷								●			●						
6.《履斋先生词》一卷													●				
7.《履斋先生诗余》一卷《续集》一卷								●									

续　表

作者及书名 ＼ 藏家	公藏		私家藏														
	御选历代诗馀	钦定词谱	续文献通考	黄虞稷	钱曾	朱彝尊	徐元文	毛扆	陆漻	曹寅	王闻远	鲍廷博	彭元瑞	赵魏	黄丕烈	阮元	陈徵芝
程贵卿:《梅屋词》一卷				●													
杨泽民:1.《续和清真词》一卷	●				●	●											
2.《和清真词》											●		●				
3.《和清真词》一卷								●				●			●		
姜特立:《梅山续稿词》一卷	●																
姜夔:1.《白石词》五卷	●			●													
2.《白石词》		●															
3.《白石词》一卷					●	●	●	●									
4.《姜白石词》一卷									●								●
5.《白石道人歌曲》六卷末一卷别集一卷												●					
6.《白石先生词》一卷								●									
7.《白石词选》一卷								●					●				
方千里:《和清真词》一卷	●		●	●		●	●	●	●								
史达祖:1.《梅溪词》二卷	●			●		●											
2.《梅溪词》		●															
3.《梅溪集》		●															
4.《梅溪词》一卷					●		●	●	●								
汪莘:1.《方壶存稿词》二卷	●					●											
2.《方壶词》三卷			●														
3.《汪方壶词》						●											
严羽:1.《沧浪集》附词一卷	●																
2.《沧浪集》附词						●											
3.《沧浪词》一卷								●				●					
赵以夫:1.《虚斋乐府》二卷	●			●		●	●					●			●		

续 表

作者及书名	公藏		私家藏														
	御选历代诗馀	钦定词谱	续文献通考	黄虞稷	钱曾	朱彝尊	徐元文	毛扆	陆漻	曹寅	王闻远	鲍廷博	彭元瑞	赵魏	黄丕烈	阮元	陈徵芝
2.《虚斋乐府》		●						●				●	●				
3.《虚斋集》		●															
4.《芝山老人虚斋乐府》二卷					●												
5.《虚斋乐府》一卷											●					●	
侯寘:1《懒窟词》一卷	●			●	●	●	●	●	●								●
2.《懒窟词》		●															
方岳:1.《秋崖词》		●															
2.《秋崖词》四卷						●											
3.《秋崖先生小稿词》四卷						●											
4.《方秋崖词》四卷									●								
5.《秋崖词》一卷											●						
曾惇词一卷	●					●											
朱雍:1.《梅词》二卷	●																
2.《梅词》三卷				●													
3.《梅词》一卷						●											
4.《梅词》								●				●	●		●		
卢祖皋:1.《蒲江集词》一卷	●																
2.《蒲江词》一卷						●	●	●					●				
卢炳:1.《烘堂词》一卷	●			●		●											
2.《烘堂集》一卷					●												
3.《烘堂词》一卷											●				●		
黄昇:1.《散花庵词》一卷	●		●			●	●	●	●								
2.《玉林词》一卷								●									
葛长庚:1.《海琼集词》二卷	●																
2.《海琼词》二卷						●											

续　表

作者及书名　＼　藏家	公藏		私家藏														
	御选历代诗馀	钦定词谱	续文献通考	黄虞稷	钱曾	朱彝尊	徐元文	毛扆	陆漻	曹寅	王闻远	鲍廷博	彭元瑞	赵魏	黄丕烈	阮元	陈徵芝
3.《白玉蟾词》								●				●	●		●		
王武子:有词一卷	●																
宋伯仁:《烟波渔隐词》二卷			●														
张榘:《芸窗词》一卷	●		●	●	●	●	●	●	●								
李廷忠:1. 乐府一卷	●																
2.《橘山乐府》一卷				●													
张辑:1.《东泽绮语债》二卷	●			●													
2.《东泽绮语》						●											
3.《东泽绮语债》一卷						●											
4.《东泽绮语》一卷											●						
5.《绮语词》一卷													●				
谢懋:《寄静居士乐章》二卷	●			●		●											
赵必瑑:《秋晓词》	●																
施岳:《梅川词》	●	●															
夏元鼎:《蓬莱鼓吹》一卷								●	●				●	●			
李洪:《李氏花萼集》五卷	●			●													
陈德武:1.《白雪遗音》一卷	●			●		●											
2.《白雪词》一卷								●			●	●					
朱淑真:1.《断肠集词》一卷	●																
2.《断肠词》一卷			●	●	●			●	●								
3.《断肠集》一卷						●											
4.《断肠词》															●		

续 表

作者及书名	公藏		私家藏														
	御选历代诗馀	钦定词谱	续文献通考	黄虞稷	钱曾	朱彝尊	徐元文	毛扆	陆漻	曹寅	王闻远	鲍廷博	彭元瑞	赵魏	黄丕烈	阮元	陈徵芝
5.《断肠词》二卷															●		
陈经国:《龟峰词》一卷	●			●		●		●	●			●	●	●			
陈允平:1.《日湖渔唱》二卷	●			●		●											
2.《西麓继周集》		●							●				●				
3.《西麓继周集》		●															
4.《日湖渔唱》一卷								●		●	●	●			●	●	
5.《西麓继周集》一卷								●	●								
6.《西麓继周词》											●						
许棐:1.《梅屋词》一卷				●				●									
2.《梅屋诗余》一卷					●	●					●						
3.《梅屋诗余》								●				●	●		●		
彭元逊:《虚寮词》		●															
李昂英:1.《文溪词》一卷	●		●	●	●	●	●	●	●				●				
2.《文溪词》		●															
赵彦瑞:1.《介庵词》四卷	●			●		●	●	●									
2.《介庵词》		●															
3.《介庵词》一卷					●			●	●								
4.《宝文雅词》四卷								●	●								
5.《介庵琴趣外篇》六卷													●				
王沂孙:1.《碧山乐府》二卷(一名《花外集》)	●			●		●											
2.《王碧山词》									●								
3.《玉笥山人词抄》一卷												●					
4.《花外集》一卷													●				
5.《玉笥山人词集》一卷								●									
周密:1.《草窗词》二卷	●			●		●					●				●		
2.《蘋洲渔笛谱》		●							●								

藏家 / 作者及书名	公藏			私家藏													
	御选历代诗馀	钦定词谱	续文献通考	黄虞稷	钱曾	朱彝尊	徐元文	毛扆	陆漻	曹寅	王闻远	鲍廷博	彭元瑞	赵魏	黄丕烈	阮元	陈徵芝
3.《草窗词》									●				●				
4.《蘋洲渔笛谱》二卷								●				●				●	
5.《草窗词》二卷补二卷												●					
吴文英:1.《梦窗甲乙丙丁稿》四卷	●			●		●											
2.《梦窗词稿》		●															
3.《梦窗词》		●															
4.《梦窗甲稿》		●															
5.《梦窗乙稿》		●															
6.《梦窗稿》四卷《补遗》一卷			●														
7.《梦窗甲乙稿》						●											
8.《梦窗甲稿》口卷《乙稿》口卷《丙稿》口卷《丁稿》口卷							●										
9.《梦窗甲乙丙丁稿》《补遗》一卷								●									
10.《梦窗丙稿》									●								
11.《吴梦窗词》一卷											●						
欧良:《抚掌词》一卷	●										●						
戴复古:1.《石屏集词》一卷	●																
2.《石屏词》一卷		●				●		●	●				●				
3.《石屏词》二卷							●										
4.《戴石屏长短句》一卷					●												
蒋捷:1.《竹山词》一卷	●	●		●	●	●		●	●	●	●				●		
2.《竹山词》		●															
3.《竹山乐府》		●															
李彭老:《筼房词》	●																
李莱老:《秋崖词》	●																
赵闻礼:《钓月轩词》	●																

247

续　表

藏家／作者及书名	公藏			私家藏													
	御选历代诗馀	钦定词谱	续文献通考	黄虞稷	钱曾	朱彝尊	徐元文	毛扆	陆漮	曹寅	王闻远	鲍廷博	彭元瑞	赵魏	黄丕烈	阮元	陈徵芝
文天祥：1.《文山乐府》一卷	●																
2.《文山集词》一卷						●											
3.《文山乐府》								●				●	●			●	
汪元量：1.《水云词》一卷	●		●														
2.《水云词》二卷		●		●													
3.《水云词》						●											
王鼎翁：1.《梅边遗集》附词	●																
2.《王鼎翁遗集》附词						●											
张炎：1.《玉田词》三卷	●																
2.《白云词》八卷	●																
3.《山中白云词》		●							●								
4.《山中白云词》八卷			●	●						●	●					●	
5.《玉田集》二卷				●													
6.《玉田词》二卷						●		●									
何梦桂：1.《潜斋集词》一卷	●																
2.《潜斋词》一卷						●											
陈元龙：《详注周美成词片玉集》十卷															●	●	
《章华词》一卷														●			
《青城词》						●											
《和清真词》						●								●			
《玉山词》						●											
《平湖词》一卷									●								

248

其二、选集、合集、丛编、词话：

藏家／作者及书名	公藏			私家藏													
	御选历代诗余	钦定词谱	续文献通考	黄虞稷	钱曾	朱彝尊	徐元文	毛扆	陆漻	曹寅	王闻远	鲍廷博	彭元瑞	赵魏	黄丕烈	阮元	陈徵芝
黄万载：1.《梅苑》		●				●											
2.《梅苑群贤词》		●													●		
3.《梅苑》十卷			●	●	●					●							
赵闻礼：1.《阳春白雪》		●															
2.《阳春白雪集》				●											●		
3.《阳春白雪》八卷《外集》一卷												●				●	
《草堂诗余》四卷					●												
《草堂诗余》						●											
《乐府混成集》，一百五册				●													
陈恕可：1.《乐府补题》		●								●			●				
2.《乐府补题》一卷			●	●								●			●		
黄昇：1.《花庵绝妙词选》十卷				●													
2.《花庵绝妙词选》三卷					●												
3.《花庵绝妙词》						●											
黄昇：1.《唐宋诸贤绝妙词选》十卷	●				●				●								
2.《花庵词选》		●				●											
3.《花庵词选》二十卷			●				●										
黄昇：1.《中兴以来绝妙词选》十卷					●				●								
2.《中兴以来绝妙词》						●											
周密：1. 草窗词选	●																
2.《绝妙好词》		●				●		●									
3.《绝妙好词笺》			●														
4.《绝妙好词选》八卷				●													
5.《弁阳老人绝妙词选》七卷					●												

续　表

藏家＼作者及书名	公藏			私家藏													
	御选历代诗余	钦定词谱	续文献通考	黄虞稷	钱曾	朱彝尊	徐元文	毛扆	陆漻	曹寅	王闻远	鲍廷博	彭元瑞	赵魏	黄丕烈	阮元	陈徵芝
6.《绝妙词选》七卷									●								
7.《绝妙好词》七卷										●							
《词话总龟》			●														
胡仔:《苕溪词话》		●															
李之仪:《姑溪词话》		●															
苏轼:《东坡词话》		●															
杨湜:《古今词话》		●															
鲷阳居士:《复雅歌词》		●															
《群英诗余》				●													
曾慥:1.《乐府雅词》	●	●				●											
2.《乐府雅词》五卷										●							
3.《乐府雅词》、拾遗二卷												●					●
4.《乐府雅词》三卷拾遗二卷													●				
张炎:1.《乐府指迷》	●	●															
2.《乐府指迷》一卷			●						●	●							
3.《乐府指迷》二卷					●												
4.《词源》二卷						●		●					●		●	●	
王灼:1.《碧鸡漫志》一卷		●															
2.《碧鸡漫志》五卷					●										●		
沈义父:《乐府指迷》		●															
《典雅词》						●											
新增词林要韵一卷															●		

说明:

1. 毛扆所藏,据拙著《宋金元词籍文献研究》第三编第三章录入。其中精抄《宋百家词》本已知的六十一家书名及卷数不能确知,据所参校的本子酌情录入。其他三十余家据第二编第三章第二节笔者考出的录入。

2. 鲍廷博传抄的毛氏藏精抄《宋百家词》、黄丕烈所得毛氏藏精抄《宋百家词》已知六十一家词集名目及卷数因不能确知,付之阙如,不过可参见毛扆所藏。

据表知清初至道光年间,传藏的两宋词别集的总数计有二百余家五百六十余种,较明代著录的多出五十余家一百三十余种词集,溢出的作家有:

王琪《谪仙长短句》、释祖可《东溪集》、释仲殊《宝月集》、徐伸《青山乐府》、唐庚《眉山集》附词、左誉《筠翁长短句》、杨杰《无为集》附词、李纲《梁溪词》、邓肃《栟榈集词》、刘子翚《屏山集》附词、曹勋《松隐词》、米友仁《阳春集》、张矩《梅渊词》、杨万里《诚斋乐府》、冯取洽《双溪词》、张震词一卷、陈瓘《了斋词》、宋自逊《渔樵笛谱》、张纲《华阳老人长短句》、张镃《玉照堂词》、刘拟《招山集乐章》、程珌《洺水集词》、徐经孙《文惠集》附词、朱熹《晦庵词》、程大昌《文简公词》、洪适《盘洲集词》、徐鹿卿《清正集》附词、孙惟信《花翁词》、姚勉《雪坡词》、王澡《瓦全居士诗词》、俞国宝《醒庵遗珠集》、冯伟寿《云月词》、吴礼之《顺受老人词》、王义山《稼轩类稿》附词、姜特立《梅山续稿词》、汪莘《方壶存稿词》、方岳《秋崖词》、曾惇词、朱雍《梅词》、李廷忠《橘山乐府》、谢懋《寄静居士乐章》、赵必璩《秋晓词》、施岳《梅川词》、李洪《李氏花萼集》、彭元逊《虚寮词》、李彭老《筼房词》、李莱老《秋崖词》、赵闻礼《钓月轩词》、文天祥《文山乐府》、王鼎翁《王鼎翁遗集》附词、何梦桂《潜斋集词》。

在这五十余家中,王琪《谪仙长短句》、释仲殊《宝月集》、徐伸《青山乐府》、左誉《筠翁长短句》、张矩《梅渊词》、张震词、宋自逊《渔樵笛谱》、刘拟《招山集乐章》、孙惟信《花翁词》、俞国宝《醒庵遗珠集》、冯伟寿《云月词》、吴礼之《顺受老人词》、李廷忠《橘山乐府》、谢懋《寄静居士乐章》、施岳《梅川词》、李洪《李氏花萼集》、彭元逊《虚寮词》、李彭老《筼房词》、李莱老《秋崖词》等二十家左右的词集以后就失传了(近代人重辑的不计),其中不少是南宋词坛的名将。另有胡仔《苕溪词话》、李之仪《姑溪词话》、苏轼《东坡词话》、杨湜《古今词话》、鲖阳居士《复雅歌词》。

此外两宋人词集明代尚存有,而入清后已失传的,计有:

吴淑姬《阳春白雪》、苏庠《后湖词》、黄人杰《可轩曲林》、马宁祖《退圃词》、吴镒《敬斋词》、侯延庆《退斋词》、高登《东溪词》、林淳《定斋诗余》、邓元《漫堂集》、黄谈《涧壑词》、黄定《凤城词》、王大受《近情集》、张孝忠《野逸堂词》、钟将之《岫云词》、方信儒《好庵游戏》、吴激《吴彦高词》、刘德秀《默轩词》、徐得照《西园鼓吹》、李叔献《李东老词》、蔡伯坚《萧闲集》、苏洞《泠然斋诗余》、孙惟信《花翁词》、韩疁《萧闲词》。

计有二十三家，而这些词集多见于《直斋书录解题》著录。另有《家晏集》五卷、《五十大曲》十六卷、《万曲类编》十卷等，多为珍秘之物，自明后就不见传抄和著录了。

二、词集的传抄与校勘

善本词集得以留存下来，除了是抄本外，不少还经校勘过，也就是藏书家不仅仅是传抄，其间校对增补，也不乏其人，只是如今存留下来的这类词集是有限的。两宋词集在清代的接受，有两次高潮：第一次是清康熙、乾隆时朝，以毛扆、朱彝尊为代表；第二次是嘉庆、道光年间，以黄丕烈等为代表，这一时期主要是词集的传抄和校读，黄丕烈等所持校词法，是乾、嘉朴学风气在词集整理方面的体现。除了黄丕烈、劳权等外，还有何元锡等。何氏精于目录之学，家多善本，尝手抄秘书数百册。丁丙《八千卷楼书目》卷二十录其手抄词集有：《金奁词》一卷《补遗》一卷、《逍遥词》一卷、《半山词》一卷、《虚靖真君词》一卷、《竹斋词》一卷、《莲社词》一卷、《石湖词》一卷、《和石湖词》一卷、《梦庵词》一卷、《耐轩词》一卷、《克斋词》一卷、《樵隐词》一卷、《西麓继周集》一卷、《日湖渔唱》一卷、《白云词》一卷、《宁极斋乐府》一卷、《吴文正公词》一卷、《侨庵诗余》一卷、《半轩词》一卷等，除《金奁词》为唐人词集、《吴文正公词》为元人词集以及《梦庵词》《耐轩词》《半轩词》为明人词集外，余均为宋人词集。惜诸人抄校的词集目前已不易见到了，此举毛扆等为例说明之。

（一）毛扆等手批《宋名家词》

毛扆与丈人陆贻典校勘词集的初衷是修补毛晋所刊词集的谬误，并拟重新刊印。作为汲古后人，毛扆收藏的词集种类繁富，多为抄校善本，但其精力仍是放在已刻的六十一家词集的校勘上，意欲重刊，惜未能成行。其批校的词集却保存了下来，藏在国家图书馆、北京大学图书馆，以及日本的静嘉堂文库等处。

静嘉堂文库藏有汲古阁刊本《宋名家词》，为毛扆与陆贻典等人朱墨笔批校，今存本共十一册，间有空白缺页。存十九家词集，即晏殊《珠玉词》、欧阳修《六一词》、柳永《乐章集》、苏轼《东坡词》、晏几道《小山词》、毛滂《东堂词》、陆游《放翁词》、辛弃疾《稼轩词》(存卷三、四)、周邦彦《片玉词》、史达祖《梅溪词》、姜夔《白石词》、叶梦得《石林

词》、向子諲《酒边词》、谢逸《溪堂词》、毛开《樵隐词》、杨炎正《西樵语业》、高观国《竹屋
痴语》、吴文英《梦窗甲稿》、赵长卿《惜香乐府》，第一册书口墨笔题"陆敕先校宋词"，其
余册题为"陆校宋词"。校者以毛、陆为主，此外还有他人，如《石林词》末题识云："子鸿
校后，手校一过，其不中款处多抹去。"又《惜香乐府》末题识云："庚戌四月十八日晚刻，
抄本校毕。敕先。"又云："辛亥六月廿二日，汉威重校。"敕先即陆贻典，子鸿即黄仪。
又《梦窗甲稿》之《洞仙歌》"花中惯识"眉端墨批云："权案：又见《白石道人歌曲》别集。"
当指劳权，知此套书曾归劳氏所藏。

其一，版本的参校

词集中参校的本子，多在二三种之上，以抄本为主。诸人批校均为朱笔，主要是校
文字之异，其中以毛扆为主，《石林词》之《水龙吟》"桅楼横笛孤吹"眉批云：

> 向者，先君疑于"理"下脱十六字，及得曾慥《雅词》，却于"须"下脱，盖因
> "寄""记"同声而误也。几十年之缺文，一旦得全，且喜且悲，喜后世之得见全
> 文，悲先君之不及见也。收泪识此，毛扆。

按汲古阁本原词作"使君料理□□□□□□□　□□□□□□□□一杯起舞，曲终须
记"，脱文旁朱笔批："一杯起舞，曲终须寄狂歌，重倚为问，飘"，而"一杯起舞，曲终须
记"八字朱笔改作"流几逢清影，有谁同"，书末题识云："辛亥六月廿八日，三抄本校，其
一即底本也。"知据抄本补，也可见毛扆藏词集版本之富，这在所校的其他人词集中也
可见一斑。如柳永《乐章集》就用到了宋刊本，于《斗百花》"满搦宫腰纤细"眉批："宋本
无当字。"又："宋本无'争奈心性'四字应有。"于《尉迟杯》"宠嘉丽算"眉批云："宋本于
'困极'字分段。"于《御街行》"前时小饮春庭院"眉批："宋本脱'惹起'至'换马'十二
字。"末题识云："癸亥中秋，借含经堂宋本校一过，卷末续添曲子，乃宋本所无，又从周
氏、孙氏两抄本校正，可称完璧矣。毛扆。"含经堂为徐文元藏书处，徐氏有《含经堂藏
书目》，详前文，其中载有柳永《乐章集》二卷，未标明版本，毛扆所用当指此本。按毛晋
藏有宋刊足本《乐章集》，凡九卷，汲古阁刊本未采用，毛扆校时也未提及。又知含经堂
宋刊本并不全，故此书毛扆据抄本补抄页，如汲古阁刊本第十八页 A、B 间另有抄配四
页（粘连），依次抄补《西施》"自从回步百花桥"、《正平调·八六子》"如花貌"、《大石
调·惜春郎》"玉肌琼艳新妆饰"、《传花枝》"平生自负"、《中吕调·过涧歇近》"酒醒，梦
才觉"、《正宫·早梅芳》"海霞红"、《南吕·瑞鹧鸪》"吴会风流人烟好"、《小石调·法曲

第二》《青翼传情》八首。又于《夜半乐》"艳阳天气"眉批云："赵校本作'芳草郊磴',抄有'明'字,赵本无'明'字。"又云："抄本作'光',赵本作无。"又云："周本作'笑',孙、赵皆作'羞'。"又云："抄作'钦',赵校本'钗'。"又云："抄本'如',赵校本'知'。"详列诸文异文,并于底本正文相关字之旁有批改。

由毛扆等校文题识,可考知参校所用的词集版本,有的今天尚存,有的不能确知(主要指抄本),有的则佚。如于《东坡词》之《满庭芳》"归去来兮,清溪无底"眉批云："元刻有此首。"于《水龙吟》"古来云海茫茫"眉批云："抄本无此序。"于《水龙吟》"楚山修竹如云"眉批云："抄本序与此不同。"于《贺新郎》"乳燕飞华屋"眉批云："抄本无序,题作夏景。"又《小山词》末题识云："辛亥七有廿二日校,凡三抄本:其一即底本也,章次皆同,而此刻自《玉楼春》后,即颠倒错乱,不知何故? 内一本分二卷,自《归田乐》以下为下卷,其本极佳,得脱谬字极多,惜下卷已逸去耳。六月十一日读。"又："己巳四月廿七日,从孙氏旧录本校,孙氏凡二卷,其次如朱笔所标云。"按《玉楼春》"初心已恨花期晚"眉批云："以上凡八十八阕,章次同,以下则错乱矣。"即使是同一种词集,不仅有一人多次的校对,还有不止一人的各自校对,如《樵隐词》末题识云："庚戌四月十三日,抄本校,敕先。"又："辛亥六月二十三日校。"又："甲寅午日读讫。"又："辛巳六月二十三日,从锡山孙氏抄本校,次序标上,毛扆。"又："惜梦羽先生藏本已失,无从参考。"按梦羽即杨梦羽,毛晋曾自杨氏处曾得抄本词集二十余种。

其二,抄补的词作

不同版本,词作就有可能互有出入。如晏殊《珠玉词》,用朱笔标示参校本词作的次第数,表明与汲古阁刊本先后排列的不同,数目依次为:25、6、7、8、9、10、11、12、13、14、15、16、17、18、116、117、118、119、66、67、(P5 为空白缺页,指汲古阁刊本,下同)、72、73、36、37、38、39、40、41、42、53、54、101、102、103、1、29、30、31、32、33、19、20、21、22、122、(P13、P14 为空白缺页)、120、121、124、(P16、P17、P18 为空白缺页)、55、56、57、58、59、60、61、62、63、64、26、27、28、78、79、80、82、131、106、107、108、109、110、111、112、23、24、128、129、130、83、84、85、86、87、88、89、90、91、92、(P31、P32 为空白缺页)、4、5、98、99、75、100、76、77、135、136 止、104、105、125、113、114、115。按:书末题识云："七月廿四日校,凡二抄本,其一即底本也,章次皆同。而此刻独异,据卷首有潜翁手注,云依宋刻本云。"所谓"独异"者,即次第与汲古阁本不同者,却源自宋本,其中于第

136 后标示"止"字,知此抄本所录词凡 136 首。其间多处眉端还有用墨笔补抄的词,所抄补的有《浣溪沙》"青杏园林煮酒香"、《诉衷情》"海棠珠缀一重重"、《蝶恋花》"玉枕冰寒消暑气"、《蝶恋花》"梨叶疏红蝉韵歇"、《渔家傲》"粉笔丹青描不得"、《阮郎归》"南园春半踏青时",共计六首,不过这些词都互见于其他人词集中,《诉衷情》"海棠珠缀一重重"、《蝶恋花》"玉枕冰寒消暑气"或作苏轼词,《蝶恋花》"梨叶疏红蝉韵歇"或作欧阳修之词。也有个别未标数次的,如《燕归梁》"双燕归飞绕画堂"和《踏莎行》"绿树归莺"二词,当属抄本所无者。

除《珠玉词》眉端有墨笔补抄词作外,其它词集也有这种情况,如《六一词》抄补词有《蝶恋花》"六曲阑干偎碧树"、《蝶恋花》"遥夜亭皋闲信步"、《蝶恋花》"帘幕风轻双语燕"、《蝶恋花》"独倚危楼风细细"、《蝶恋花》"帘下清歌帘外宴"、《渔家傲》"幽鹭慢来窥品格"、《渔家傲》"楚国细腰元自瘦"、《应天长》"绿槐阴里黄莺语",凡八首,而且这些抄词还有朱笔批校。又《小山词》抄补有《浣溪沙》"飞鹊台前晕翠蛾"一首,朱笔批云:"按:近本亦以重见黄山谷,故删。"又《稼轩词》卷三抄补有《菩萨蛮》"葛巾自向沧浪濯",朱笔批云:"按元板第十一卷脱四五两叶,共三十四行。按目应失《菩萨蛮》八首,其第六叶起云'莫鸣蝉'云云,亦即《菩萨蛮》失前一行耳,今从别本校全,并又得五首,另录于后。"按"莫鸣蝉"三字为《菩萨蛮》"葛巾自向沧浪濯"下片首句。又《惜香乐府》卷九抄补《浣溪沙》"月样婵娟雪样清"和"水北烟寒雪似梅"二词,卷十抄补有《满庭芳》"风力驱寒"一词,按前二首或作毛滂之词,后一首或作黄庭坚之作。《梦窗甲稿》抄补有《法曲献仙音》"落叶霞翻"、《玉楼春》"绿杨芳草长亭路"、《如梦令》"门外绿阴千顷"三词,其中《玉楼春》《如梦令》分别作晏殊和秦观之词。以上所述,多有助于今人考核底本、校本的相关情况,如存佚、异同等。

其三,叶韵的问题

毛扆诸人批校的除文字异同外,还有一些是涉及到用韵的问题。如《珠玉词》之《凤衔杯》"留花不住怨花飞"眉批云:"别见《寿域词》,末句'满眼'上有'空'字,方叶。"又《六一词》之《定风波》"把酒花前欲问他"眉批云:"'喷'字应依'况'字用韵。"《乐章集》之《过涧歇》"淮楚旷望极千里"眉批云:"按:失编一首,'浦'字不应用韵,亦非句绝处。"又:"晁补之有作,与此同。"又《小山词》之《阮郎归》"晓妆长趁景阳钟"眉批云:"'浓'字重押,有误。"又《愁倚栏令》"凭江阁"眉批云:"'草红花绿',宜作'草绿花红',

方叶。"又《梦窗甲稿》之《还京乐》"宴兰淑促奏"眉批云:"'响'字应用韵,岂用古韵?阳庚通押耶?按后第三十叶《夜游宫》可见。"又《塞翁吟》"草色新宫绶"眉批云:"'浓'字重押,有误。"又《惜香乐府》卷一《点绛唇》"密雨随风"眉批云:"'一'字宜用韵,疑误。"卷二《水龙吟》"淡烟轻霭"眉批云:"宋人多以萧尤韵并叶,阜陵所讥,不独闽人为然也,此阕后半亦与调小异。"卷六《鹧鸪天》"门外寒江泊小船"眉批云:"用韵奇,疑有误。"卷十《思越人》"好事客"眉批云:"按'得'字下元作'作',盖重上'尽吃得'三阳字句耳。今作'得得',理既难通,调亦不叶。"

其四,解读与断句

如《珠玉词》之《长生乐》"玉露金风月正圆"眉批云:"二首句调参差难读。"又《六一词》之《御带花》"青春何处风光好"眉批云:"换头难读。"又《摸鱼儿》"卷绣帘"眉批云:"中多难读处,此调当以晁补之作为正。"又《乐章集》之《倾杯乐》"禁漏花深"眉批云:"按集中此调凡五阕,外又《倾杯》二阕,《古倾杯》一阕,句调各参错难读。"又《洞仙歌》"佳景留心惯"眉批云:"集中此调凡三阕,句调各参错难读,晁补之集亦有此调,与此又大同小异矣。"所谓参错难读,是指意思费解,断句不易。

除上述四点外,还有其它有价值的批语,如《东坡词》之《意难忘》"花拥鸳房"眉批云:"按此阕见程垓《书舟词》,唯时本《续草堂集》误书公名耳,今竟溷入公集,而于程集则削去,可笑。"《东堂词》之《踏莎行》"碧树阴圆"眉批云:"泽民多以冷字押入先天,如后《如梦令》、《调笑》,可见非刊写之误也。"《惜香乐府》卷七《一丛花》"当歌临酒恨难穷"眉批云:"无'漫'字,应归与下,脱一字。按底本归与下,重一'與'字,盖'興'字之误,校者见其重也,竟抹去之,又妄于'芳草'下增一'慢'字,可笑。"凡此种种,都从不同方面,为今人考核版本源流,提供方便。

(二) 赵辑宁父子抄校本词集

台湾《国立中央图书馆典藏国立北平国书馆善本书目》著录有《星凤阁抄五代宋人词》十七卷,清赵辑宁编,清赵氏星凤阁抄校本,赵辑宁手笔批校。此书原为北平图书馆藏书,今存台北中央图书馆,笔者所见为东洋文库藏胶卷。据傅增湘《藏园群书经眼录》卷四于《元郭天锡日记》题云:"清赵之玉写本,卷末有'嘉庆己未冬月某泉居士赵之玉写于星凤阁'一行。"又有赵辑宁题识云:"余因急命长男之玉日夜抄录,行款悉依原文,间有字体草草未能识者,芝山(宋氏)仅据墨迹,不可不阙疑也。录成,亟以还之。

时嘉庆庚申春日钱唐赵辑宁跋于竹影盦。"知赵之玉为辑宁长子,号楳泉(一作某泉)居士,此套词集每种均有"星凤阁正本,赵某泉手抄"等字样,知为赵之玉抄写并批补,《抚掌词》眉批云:"甲戌夏四月十五日灯下写于知不足斋,某泉志。"又《王周士词》末批云:"癸酉十二月初十日校,梅泉记。"题云"清赵辑宁编,赵辑宁手笔批校",这是不确切的。

《星凤阁抄五代宋人词》凡四册,计有《阳春集》《东山词》《闲斋琴趣外编》《筠溪词》《乐斋词》《绮川词》《白雪词》《抚掌词》《笑笑词》《日湖渔唱》十种,除《阳春集》外,其余均为宋人词集。经批校的词集主要有《东山词》《闲斋琴趣外编》《笑笑词》《日湖渔唱》等。

其一,校异

1. 贺铸《东山词》卷上末有粘纸云:"此卷毛扆所校,下卷不舒(疑为'书'字)年月姓名,不知何人所校,今因其旧云云。甲戌夏四月十三日日(衍一'日'字),某泉灯下记。"知原为毛扆藏校抄本,赵氏又有增校。如《东山词》卷上《小梅花》"城下路"于"高流端得酒中趣"句眉批云:"'流'一作'人'。"又于"深醉乡安稳处"句,眉批云:"'深入醉乡'落'入'字。"此处校当是毛扆所为。又天头粘有纸条云:"二行旧抄作'高流端得酒中趣,身外醉乡安稳处',多一'外'字,今因宋本改。"此处校当是赵氏所为。

2. 晁端礼《闲斋琴趣外编》卷三《安公子》"帝里重阳好",眉批云:"元礼,此作端礼。"按词序作:"命族孙端礼作《庆寿光》曲,以纪一时之美。"而卷端下题作"济北晁元礼次膺",作"元礼",当误。又同卷《金盏子》"断魂凝睇",眉批云:"一本'今'下有'后'字。"按原本作"今记取",影宋本作:"从今后,彼此记取。"又同卷《洞仙歌》"年时此际",眉批云:"'想'别本作'相见'二字。"按原本作:"想一齐"。

3. 王以宁《王周士词》之《渔家傲》"往事闲思"一词,眉批云:"'借借',一作'惜惜'。"按原本作:"非惜借神光","惜"字旁批"借"字。应该是"惜借",一作"借借"。

4. 郭应祥《笑笑词》之《鹧鸪天》"爱日迎长月向圆",眉批云:"'鲜'下失一字,一本空。"按原本作:"采鲜鼎",今本作:"彩衣鲜,鼎来盛事乐无边。"又《西江月》"今节无过七夕",眉批云:"第三句失一字。"按原本作"不须抵滞河桥","河"前旁批"□"。

5. 陈允平《日湖渔唱》,此本校异较多,如《蓦山溪》"春波浮渌",眉批云:"按《西湖志》'烟雨'下无'正'。"按:原句作"烟雨正林塘"。又眉批云:"'心'为是。"按末行今行本作："五湖心，云水苍茫处。"又《黄莺儿》"六波烟黛浮空远"，眉批："按《西湖志》，'空远'作'空绕'。"又眉批："'纱窗'作'纱帐'。"按原本作"纱窗无眠"。又眉批："'并宿'下多一'绿'字。"按原本作"看并宿暗黄深"。又眉批："'听时'作'听诗'。"按原本作"那人携酒听时"。

其二，献疑

1. 贺铸《东山词》卷上《南歌子》"紫陌青丝鞚"之"欢归斜□□□□。□□□□□、醉厌厌"，眉批云："'醉'上疑'伴'字。"

2. 晁端礼《闲斋琴趣外编》卷三《木兰花》"苦春宵漏短"，眉批云："'踏春'二字与下片调不合，疑误。"按下片第二句作"正好踏春"。

3. 陈允平《日湖渔唱》之《永遇乐》"玉腕笼寒"，眉批："'年光'改'时光'为妥。"按原本作"等闲孤负年光"。又《南歌子》"懒傍青鸾镜"，眉批云："句中'翘''销'二字恐有误，非'楼'字误也。"按原句作："慵簪翠凤翘。玉屏春重宝香销。因甚不忺梳洗、怕登楼。"此指押韵而言。

其三，增补

此以晁端礼《闲斋琴趣外编》为例，卷末粘纸条云：

> 《闲斋琴趣外编》五卷，诸本编次不同，有一本云《晁次膺词》，分二卷，较此册多二十七阕，今一一补之，但无从编入，因列为第六卷云。甲戌五月廿日灯下，楳泉记于乌城高斋。

与陶湘景宋本比对，卷一与卷五所载同景宋刊本，而卷六除"新填徵调"八首外，其余词牌及次第同景宋本目录所载，但景宋本只存目录的前六首。赵氏抄本，目录卷六所载均在，计有：《并蒂芙蓉》"太液波澄"、《寿星明》"露湿晴花"、《黄河清》"晴景初升风细细"、《舜韶新》"晨光射牖"，《上林春》"相识来来"、《雨中花》"小小中庭"、《醉蓬莱》"向重门深闭"、《吴音子》"细想当初事"、《洞仙歌》"眼来眼去"、《安公子》"渐渐东风暖"、《河满子》"草草时间欢笑"、《踏莎行》"骂女嗔男"、《临江仙》"火冷灯纸山驿静"、《清平乐》"娇羞未惯"、《一落索》"道著明朝分袂"、《一斛珠》"相思最苦"、《□□□》(当作《少年游》)"眼来眼去又无言"、《鹊桥仙》"从来因被"、《点绛唇》"我也从来"、《卜算子》"恩义重如山"、《柳初新》"些儿柄靶天来大"、《步蟾宫》"昨宵争个甚闲事"、《千秋岁》"飞云骤雨"、《姝人娇》"旋剔银灯"、《遍地花》"密约幽花试思忖"、《梁州令》"各自寻思取"、

《滴滴金》"庞儿周正心儿得",共得二十五首。

　　除此外,赵氏抄本,也有佳善处,如《名家词集》本《东山词》缺字多,而赵氏抄本缺字就少些。如《小梅花》下片《名家词集》本作:"六国扰。三秦□□□商山遗四老。驰单车。致□□□□□□□□□□□高流端得酒中趣。深□□□□□□□□□□□忘名。谁论二豪,初不数刘伶。"而抄本作"六国扰。三秦扫。初谓商山遗四老。驰单车。致缄书。裂荷焚芰,接武曳长裾。高流端得酒中趣。深深醉乡安稳处。生忘形。死忘名。谁论二豪,初不数刘伶。"

　　此外,赵氏也有品评之言,但不多,如向镐《乐斋词》末题云:

　　　　《乐斋词》时有佳处,唯是女儿情痴,不觉言之叠叠,至没(当作"末"字)一

　　章,尤足笑人。录毕,为捧腹者再。乾隆丁亥十一月二日识。

末一首为《卜算子》,题作"寄内",词云:

　　　　休逞一灵心,争甚闲言语。十一年间并枕时,没个牵情处。　四岁学言

　　儿,七岁娇痴女。说与傍人也断肠,你自思量取。

十余年间,夫妻起居作息,抬头不见低头见,争议斗嘴,是常见的事。如今远离家乡,只身一人,方觉得少了在家时的那份热闹,多了几分牵挂和思念。以朴实的语言表达真挚的情感。

第十章　清代两宋词集的丛刻

清初至道光年间，两宋词集的刊印，主要是零星进行的，一般规模也不大。究其原因，明末毛晋汲古阁所刊宋人六十一家词别集及选集成为入清以来人们易得的本子，虽然有不尽善之处，但尚无能替代者。何况入清后，汲古后人毛扆能继承乃父的事业，在词集的收访、传抄、校勘、典藏等方面，较毛晋时有了长足的发展。同时又与岳丈陆贻典精心校订汲古阁《宋名家词》，虽然生前未能将所校《宋名家词》全部重新付印，但在毛晋原刻基础上，对个别词集的修订本，还是有印行的。清初无论是词集藏量及其精善，还是大规模刻印的两宋词集来看，还没有能取而代之者。因此毛氏汲古阁刻印的词集，仍是人们采用的主要本子，如乾隆时所修《四库全书》，所收五十余种两宋词集，绝大多数是采自毛氏汲古阁刻本的，另外黄昇的《花庵词选》（即《唐宋诸贤绝妙词选》和《中兴以来诸贤绝妙词选》）也是采用毛氏刊本。清代道光之前对两宋词集的刊刻，仅仅是小规模地进行，多属于对毛氏未刻词集的补充。

第一节　侯文灿《名家词集》

侯文灿，字蔚飋，清梁溪（今江苏无锡）人。生平事迹，前人记载的不是太多，辑有《名家词集》，今存最早的刻本是清康熙侯氏亦园刻本，此后有阮元《宛委别藏》抄本，又有光绪江阴金武祥《粟香室丛书》刊本。亦园刻本，笔者所见有二，均为康熙刻本。其一为东洋文库藏本，扉页题云："梁溪侯氏亦园藏本，名家词集。"前有二序，一为顾贞观序,一为侯氏自序。其二为东京大学综合图书馆藏本,扉页题云:"十名家词集,亦园藏板。"前有张凤池、黄蛟起、僧宏伦三序,后有侯氏跋。侯氏跋文与侯氏自叙文字不同。二者版心下均刻有"亦园藏本",开本也大体相同,但版式略有不同。此录侯氏序、跋文如下:

古词专集,自汲古阁六十家宋词外,见者绝少,然私心未惬也。近顾梁汾先生从京师归,知余有词癖,出《阳春》《东山》诸稿见饷。既闻孙星远先生有《唐宋以来百家词》抄本,访之,仅存数种,合之笥中所藏,共得四十余家,拟公当世,兹先刻十家,余即以次付梓人。嗟乎!自古才士捻须搁管,沉思吐词,其得传于世者幸也。岂无有隐沦佳制湮沉于海棠冈下、若灭若没于寒烟蔓草之墟?并姓氏不落人间者,吾不知其凡几,安得博搜而广布之,使千载上人引余辈为异代知己而快然于残篇断简中?是不能无望于后来矣。时康熙己巳嘉平,亦园侯文灿序。

予自甲寅奉侍先大夫与荆溪万子红友,日坐亦园,始共事《词律》,适红友为吴大司马留村夫子招往粤中,其事中辍。后余亦滥竽盐官,簿书厌苦,辄思与骚人逸士留连风月,按拍征歌,恨不可得。而红友忽于数千里外邮寄一编,云:"昔余两人所订《词律》,今已付梓人矣。"予每一展卷,未尝不俳徊讽咏,三复而不能已也。至丙寅,予以解组,赋归与,于亦园中复构小室,艺花荄草之外,每遇风晨月夕,把茗焚香,间取□□□□□□□□□□代诸名家词,丹黄甲乙,不觉选词之技复痒。昔晏同叔云:"生平不欲作妇人语。"予谓委婉之弊入于妇人,与豪迈之弊流为村汉等耳。但期银筝柔响,用传小伎之喉;铁板雄歌,幸免伶人之诮而已。嗟乎!余岂知词者?余昔与红友同学久,因得于审音顾曲,稍涉藩篱。今予选词将竣,嗜痂之癖,犹然故我。而红友竟以仲宣登楼,赍志以没,不获如当年与余草堂灯火,斗酒诗篇,歌呼相应,此又余之不幸也已。幸而荆溪僧叙彝素工词,与余卒而成之,是又得一红友,为足喜也。遂为之序。皇清康熙二十有八年岁在己巳春一月,亦园侯文灿题于野草堂。

前者为序,后者为跋,康熙己巳为康熙二十八年(1689),即序、跋作于同一年,只是均题作亦园藏本,而跋中有缺文,如是侯氏亦园刊本,跋文中似不当有缺文。据序、跋可以考其行迹,甲寅为康熙十三年,时侍亲家居,后曾为盐官,于康熙二十五年解官归家。

据侯氏自序,所藏词集四十余种,不能详其细目,其中当以唐宋金元人词集为主,意欲依次全部付梓,先刻十种,即:南唐李璟、李煜《二主词》一卷、南唐冯延巳《阳春集》一卷、宋贺铸《东山词》一卷、宋葛郯《信斋词》一卷、宋吴儆《竹洲词》一卷、宋张先《子野词》一卷、宋赵以夫《虚斋乐府》一卷、元赵孟頫《松雪斋词》一卷、元萨都剌《天锡词》一卷、元张野《古山乐府》一卷。其中宋代五家均未见汲古阁刊《宋名家词》中,就存词量而言,在当时也算是足本了,如《子野词》存词一百二十五首,《东山词》存词二百七十四首,《信斋词》存词三十首、《竹洲词》存词二十首、《虚斋乐府》存词六十八首,其他词集也是如此,阮元《揅经室外集》卷三《名家词》"提要"云:"是编《子野词》,《四库全书》已著录,即《安陆集》。伏读《四库全书总目》云:'此本近时安邑葛鸣阳所辑,凡词六十八首。'此则一百三十首,较为完善,末附东坡题跋。其余所选亦简择不苟,要不失为善本也。"也就是侯氏本《子野词》较葛氏刻的《安陆集》及《四库全书》多了近半数,而后二者均晚成于《名家词集》,考《四库全书总目提要》也未提及侯氏刊本,或流传不广。

侯氏于所收词集是有校勘的,释宏伦题《名家词集》谓侯氏"退居亦园,深悟世缘镜影,仕宦空华,怡情花竹,寓意篇章,偶得近今长短句,命童子摘录,多至千阕,大约如广平梅花、靖节闲情,原不掩其高标逸韵、铁石心肠者。友人见之,请付剞氏,更命余任较阅之役。"知亦有他人参校,校批之语在《二主词》和《阳春集》中尤其多,既有文字校异,又多标注词作互见他人之词集,或选本,如《兰畹集》(一作《兰畹曲会》),此书今已不存。而这种情况在所收宋元人词集中则不多见,此以贺铸词集为例,如《忆仙姿》"莲叶初生南浦"云:"此下俱见《花草粹编》。"又《蝶恋花》"小院朱扉开一扇"云:"已见二十首并见《乐府雅词》。"所云不尽然,如《蝶恋花》"小院朱扉开一扇"、《马家春慢》"珠箔风轻"等并不见载于《乐府雅词》。又如《新念别》"湖上兰舟"云:"见《琼花集》。"《八六子》"倚危亭"云:"见《词话源流》后帙。"此首多作秦观词。如同《兰畹集》,所引《琼花集》、《词话源流》后帙今也不存,至少说明这些词集所收作品,是经过了搜集和采录的。金武祥《重刻名家词集序》云:

> 康熙中,亦园侯氏于汲古阁《六十家词》之外,别辑五代、宋、元人词,凡十家,为《名家词集》。作者凡十一人,而《居易录》《揅经室外集》皆曰十家词,以南唐二主合为一家也。其中如《张子野词》,后来鲍氏廷博所辑,凡一百八十余阕,而此集仅得大半。余诸家词亦有见于他选而此集未收者,似所辑不无阙漏。然

《松雪词》本集所存只二十一阕,而此集凡得三十三阕。《雁门集》旧刻附词十一阕,近刻增收三阕,亦未有出此集之外者。

就当时来说,侯氏辑录汇刊的诸家词集,还是较为完善的。金氏虽有感于其不完善处,然而别无善本可资校雠,因杂考《乐府雅词》《阳春白雪》《词综》《词律》等以及鲍氏刻《子野词》和《松雪集》《雁门集》诸书,重为校刊补正,以见其尽善之意。

第二节　鲍氏知不足斋所刻词集

鲍廷博,生平详前。鲍氏知不足斋富藏词集,其所刻的词集,见《知不足斋丛书》第六集、八集、十一集、十三集、二十三集,共计宋元人词集十一种,选集一种、词话一种。另有宋汪元量辑《宋旧宫人诗词》,见第二十四集中。其中两宋人词集有张先《张子野词》二卷《补遗》二卷、米友仁《阳春集》一卷、范成大《石湖词》一卷《补遗》一卷、陈三聘《和石湖词》一卷、王沂孙《花外集》(一名《碧山乐府》)一卷、周密《蘋洲渔笛谱》二卷、周密《草窗词》二卷补二卷、王灼《碧鸡漫志》五卷、陈恕可辑《乐府补题》一卷。所刻词集,未见刊刻,虽然数量有限,但较毛晋、侯文灿所刻,可谓精善者。

一、采用足本善本

顾广圻《思适斋集》卷十三《词学丛书序己丑十月》云:"鄙人向辱歔鲍丈渌饮下交,见其亦喜传刻词林罕见秘册,如《乐府补题》《碧鸡漫志》《蘋洲渔笛谱》之属,表章词学,于太史所好最为近之。又有善本宋元人词集百十种,远出汲古毛氏上,藏于家。"可知藏精善词集不少,以所刻而言,如《碧鸡漫志》,有一卷本和五卷本,前者不全,《唐宋丛书》《四库全书》所收即此,鲍刻本为五卷,原为述古堂主人手校本。末有题识文二,其一云:"己酉三月望日钱遵王假毛黼季汲古阁本校定讹阙,惜家藏旧本少第二卷,无从是正为恨。"其二云:"乾隆己亥小春吴门陆绍曾据钟人杰《唐宋丛书》本重校一过,钟节删过半,益知此本为佳耳。金管斋书。"毛黼季即毛扆,此为述古堂主人钱曾据毛氏汲古阁藏本校勘,又得陆绍曾校,刻本正文中多夹有校文,当是钱、陆二人所为,如:

《伊州》见于世者凡七：商曲大石调、高大石调、双调、小石调、歇指调、指，一作拍。林钟商、越调，第不知天宝所制七商中何调耳？王建《宫词》云："侧商调里唱《伊州》。"林钟商，今夷则商也。管色谱以凡字杀，若侧商，即借尺字杀。即，一作则。案：姜夔《琴曲》侧商调序云：琴七弦散声，具宫、商、角、徵、羽者为正弄，慢角，清商宫调；慢宫，黄钟调是也。加变宫、变徵为散声者，曰侧弄、侧楚、侧蜀、侧商是也。侧商之调久亡，唐人诗云"侧商调里唱《伊州》"，予以此语寻之，《伊州》，大食调，黄钟律法之商，乃以慢角转弦，取变宫、变徵、散声，此调甚流美也。盖慢角，乃黄钟之正；侧商，乃黄钟之侧。它言侧者同此，然非三代之声，乃汉燕乐尔。据此则林钟商当作黄钟商，又夔越九歌内侧商调，亦注云黄钟商。（卷三）

《虞美人》，《脞说》称起于项籍"虞兮"之歌，予谓后世以此命名，可也，曲起于当时，非也。曾子宣夫人魏氏作《虞美人草行》，有云："三军散尽旌旗倒，玉帐佳人坐中老。香魂夜逐剑光飞，青血化为原上草。芳菲寂寞寄寒枝，菲，一作心。旧曲闻来似敛眉。"又云："当时遗事久成空，慷慨尊前为谁舞？"亦有就曲志其事者，世以为工，其词云："帐前草草军情变，月下旌旗乱。裣衣推枕怆离情，远风吹下楚歌声，正三更。　　抚雎欲上重相顾，艳态花无主。手中莲锷凛秋霜，九泉归去是仙乡，恨茫茫。"黄载万追和之，压倒前辈矣，其词云："世间离恨何时了？不为英雄少。楚歌声起伯图休，一似□□□□水东流。案：钱校本"霸图休"元缺九字，别本有"一似水东流"五字。今依《词谱》"一似"下仍空四字，庶与调合，更俟善本校补。　　葛荒蕖老芜城暮，一本云"蔓葛荒蕖城陇暮"，平仄与调不合，似误。玉貌知何处？至今芳草解婆娑，只有当年魂魄未消磨。年，一作时。"（卷四）

其中后者注"案：钱校本"当为鲍氏校语。经钱、鲍等人校勘及刊印，《碧鸡漫志》成为精善足本之书，为今人所引据。又如周密《蘋洲渔笛谱》，二卷，此书明代罕见著录，前有吴文英赋词一阕，后有宋王槼题识文一，云："昔登霞翁之门，翁为予言，草窗乐府妙天下。因请其所赋观之。不宁惟协比律吕，而意味迥不凡，《花间》、柳氏，真可为舆台矣。"此本所收不全，是周密词作的一次结集，盖应王氏所请而抄录与之的，后有刊印。又有汲古后人毛扆题识二：

甲子仲夏借昆山叶氏旧录本影写，用家藏《草窗词》参校，毛扆识。

西湖十景词,向缺末二首,偶阅《钱塘志》,中载公谨词三首,所缺者恰有之,亟命儿抄补,其余脱落处,未识今生得见全本否也。己巳端午前一日,宸又识。

昆山叶氏,或指叶氏菉竹堂藏书,所谓旧本,当指宋元刊本,故据以影抄,今本卷上有残缺,存词五十二首,卷下存词五十九首。其他所刻词集也多是据善本校刊增补的。

二、刊印精校辑补

鲍氏所刻词集,除选择精善之本外,还有就是校勘,除采用不同版本外,还广为采录宋人词集选本参校,详注校文,与此同时,还广为辑补,使之成为精善足本,前此的词集刊刻中是不多见的。如张先《张子野词》,鲍氏跋(乾隆戊申)云:

张都官以歌词擅名当代,与柳耆卿齐名,尤以韵高见推同调。"三中"、"三影",流声乐府,至今艳称之。而《安陆集》独见遗于汲古阁《六十家词》刻之外,诚词坛憾事也。顷得绿斐轩抄本二卷,凡百有六阕。区分宫调,犹属宋时编次,喜付汗青。既又得亦园十家乐府所刊,去其重复,得六十二阕。诸家选本中采辑一十六阕,次为补遗二卷。合计得词一百八十四阕,于是子野词收拾无遗矣。昔东坡先生称子野诗笔老妙,可以追配古人,歌词乃其余事。惜全集久亡,无从缀辑,以存其梗概耳。

亦园指侯文灿刊《子野词》,存词一百二十五首,绿斐轩抄本存词一百又六首,两者出入颇大,鲍氏辑补成两卷,补遗卷上末有题识二,其一云:"以上六十三阕,亦园《名家词集》录补。"其二云:"案:《名家词集》所刻《子野词》有东坡居士题跋,词凡一百二十九阕,删其复见前集者六十六阕,录之如右。"侯氏刊本存词一百二十五首,非一百二十九阕。又据《花庵绝妙词选》(二首)、《梅苑》(一首)、《草堂诗余》(五首)、《花草粹编》(六首)、《西湖志》(一首)、葛氏刻《安陆集》(一首),共辑录十六首,作补遗卷下。至于与他人词作互见者,如冯延巳、欧阳修等,也一一注明。此举二例:

《蝶恋花》:移得绿杨栽后院。学舞一作"渐学"宫腰,二月青犹短。不比灞陵多送远。残丝乱絮一作"千丝万缕"东西岸。　几叶一作"度"小眉寒不展。莫一作"休"唱《阳关》,真个肠先断一作"无肠断"。分付与春休一作春细看一作

"分付与春春不管"。条条尽是离人怨。(卷二)

《鹊桥仙》"星桥火树"之"绮罗能借日抄本:"月",与后段"重城闭月"相犯,今从刻本,细索词意,似宜作"月"。中春"(补遗卷上)

知除底本为绿斐轩抄本,还用了其他抄本张先词集校对,不仅仅是亦园刻本而已。其他词集的校勘也是如此,如:

《西江月》:十月谁云春小,一年两见红一作"风"娇。人间霜叶满庭皋,别有东风不老。一作"云英此夕度蓝桥,人意花枝都好"。 百媚朝天淡粉,六铢步月生绡。云英寂寞倚蓝桥,谁伴玉京霜晓。一作"人间霜叶满庭皋,别有东风不老"。(《石湖词》)

张炎《水龙吟·白莲》:仙人掌上芙蓉,娟娟犹湿一作"衰",一作"滴"。金盘露。轻妆照水,纤裳玉立,无言一作"飘飘"似一作"自"舞。几度销凝,满湖烟月,一汀鸥鹭。记小舟夜一作"夜悄",波明香远,浑不见花开处。 应是浣纱人妒,褪红衣被谁轻误,闲情淡雅,冶容清润,凭娇待语隔浦。相逢偶然,倾盖似传心素。怕湘皋珮解,绿云十里,卷西风去。别本后阕云:应是"浣纱人妒,褪红衣被谁轻误。六郎意态,何郎标格,冷然意趣。待折琼芳,楚江难涉,谩摇心素。怕湘娥佩解,绿云十里,卷西风去。"(《乐府补题》)

所谓别本,当指取校用的不同版本的词集,除此外,就是广采宋以来词集选本对校。

至于辑补,除张先词集外,还有范成大、周密词集等,范成大《石湖词》一卷,存词七十一首,鲍氏又据《绝妙好词》(四首)、《花庵词选》(五首)、《全芳备祖》(四首)、《花草粹编》(一首)、《阳春白雪》(二首)、《古今图书集成》(一首),共辑得十七首作《补遗》一卷。周密词集,鲍氏刊《蘋洲渔笛谱》,又刻其《草窗词》二卷补二卷,两者互有出入,《草窗词》卷下末有题识文一,云:

右下卷五十七阕,见《蘋洲渔笛谱》者四十一阕,《绝妙好词选》六阕。《点绛唇》"午梦初回"一阕、《清平乐》"图书一室"一阕,借刻周晋,晋字叔明,即公谨之父也。

按卷上末题云:"右上卷词五十八阕,见《蘋洲渔笛谱》者五十阕,《乐府补题》者三阙。"核以卷下题前数语,当是鲍氏所云,然则"《点绛唇》'午梦初回'一阕"以下云云,却又似宋人所题,费解。鲍氏又据《绝妙好词》辑十八首作《补遗》卷上,据《蘋洲渔笛谱》辑二十二首作《补遗》卷下。

　　鲍廷博对词集校刊，较毛晋而言，是以精善见称。朱文藻《知不足斋丛书序》云："三十年来，近自嘉禾、吴兴，远而大江南北，客有异书来售武林者，必先过君之门。或远不可致，则邮书求之。浙东西藏书家若赵氏小山堂、卢氏抱经堂、汪氏振绮堂、吴氏瓶花斋、孙氏寿松堂、郁氏东啸轩、吴氏拜经楼、郑氏二老阁、金氏桐华馆，参合有无，互为借抄，至先哲后人家藏手泽，亦多假录。一编在手，废寝忘食，丹铅无已时。一字之疑，一行之缺，必博征以证之，广询以求之。"顾广圻《思适斋集》卷十二《知不足斋丛书序》："每定一书，或再勘三勘，或屡勘数四勘，祁寒毒暑，舟行旅舍，未尝造次铅椠去手也。"可知其用功之勤。叶德辉《郋园读书志》于《姜白石歌曲》云："鲍氏收藏多宋元旧抄，而所刻《知不足斋丛书》实未精审，此亦如毛子晋之好刻古书而不根据善本者，同一恶习。即如宋王沂孙《碧山乐府》一卷，鲍氏原藏明文抄本在余，许以校鲍刻丛书，确系依据抄本，而改题为《花外集》，竟不知其何因。且文抄经秦太史恩复校补逸词于书楣，鲍刻既补刻卷末，而不言出自秦手，则之任意合并，又无足怪矣。"按鲍刻王沂孙《花外集》，于词集名下注云："一名《碧山乐府》"，又于《南浦·春水》"柳下碧粼粼"之注文有"别本误作暖"、于《南浦·春水》"柳外碧连天"有"别本误作冷"和"别本芳误作春"云云等，所谓别本，或指《碧山乐府》。按：秦氏指秦恩复，鲍氏所藏词集，秦恩复曾得其副，然秦氏小鲍氏三十余岁，秦氏得鲍氏藏《碧山乐府》时，恐《花外集》早已刻成，叶氏云鲍氏不采录秦氏校补，当是本末颠倒，所云不符事实。又鲍氏校文中已有别本云云，则题名《花外集》的自有其本，叶氏云为臆改，也不符事实。鲍刻除以别本校外，还间以《乐府补题》《词综》《词谱》《绝妙好词》《梅苑》《阳春白雪》《花草粹编》等参校，如：

　　《踏莎行·题草窗词卷》：白石飞仙，紫霞凄调，断歌人听知音少。别本"人听"作"重恨"。几番幽梦欲回时，旧家池馆生青草。别本云："沉沉幽梦小池荒，依依芳意闲窗悄。"　　风月交游，山川怀抱，凭谁说与春知道。空留离恨满江南，别本"离恨"作"遗恨"。相思一夜蘋花老。

　　《齐天乐·蝉》：一襟余恨宫魂断，年年翠阴庭树《乐府补题》作"庭宇"。乍咽凉柯，还移暗叶，重把离愁深诉《乐府补题》作"低诉"。西窗过雨《乐府补题》"西窗"作"西园"。怪瑶珮流空《乐府补题》作"渐金错鸣刀"，玉筝调柱。镜暗妆残别本"镜暗"作"镜掩"，为谁娇鬓尚如许。　　铜仙铅泪似洗，叹移盘去远《乐府

补题》"移盘"作"携盘",难贮零露。病翼惊秋,枯形阅世,消得斜阳几度。余音

更苦,甚独抱清高《词综》作"清商",顿成凄楚。谩想薰风,柳丝千万缕。

还是有尽善之意的,在当时来说,鲍氏所刻词集的质量还是超出前人的,不少仍是今天
学人校勘时取用的本子。

第三节　秦恩复《词学丛书》

秦恩复,生平详前。秦氏辑刻有《词学丛书》,前有顾千里序,云鲍廷博知不足斋藏
宋元人善本词集百十种,秦氏尝获其副,富藏词集至百十种,然其子目不能详。秦氏所
刻诸词集中多有批校语,提及的词集,见于《乐府雅词》的凡十八种,即欧阳修《六一词》
一卷、王安石《临川集》一百卷词一卷、晁补之《鸡肋集》七十卷词六卷以及《琴趣外编》、
张先《安陆集》二卷词一卷(以上卷上),周邦彦《片玉词》三卷、贺铸《东山寓声乐府》三
卷、叶梦得《石林词》一卷、王安中《初寮词》一卷、晁端礼《闲适集》一卷、晁冲之《具茨
集》十五卷词一卷(以上卷中),陈与义《无住词》一卷、苏庠《后湖词》一卷、毛泽民《东堂
词》一卷、向子諲《酒边词》一卷、谢逸《溪堂词》一卷、朱敦儒《樵歌》三卷、陈克《赤城词》
一卷、李清照《漱玉词》一卷(以上卷下),苏轼《东坡词》(《拾遗》卷上)。又见于赵闻礼
《阳春白雪》的凡九种,即辛幼安《稼轩词》、姜夔集本(均卷二)、吴梦窗《梦窗稿》(卷
四)、卢申之《蒲江词》(卷四、五)、方千里《和清真集》(卷五)、韩南涧《焦尾集》(卷五、
六)、程垓《书舟词》、《绝妙好词》(均卷七)、周邦彦《清真乐府》、黄昇《花庵词选》(均卷
八)。另有《草堂诗余》和张炎《山中白云词》(见《词源跋》)等,合《词学丛书》所刻六种,
可知所藏宋元词集三十余家的名目,其中苏庠《后湖词》、陈克《赤城词》、韩南涧《焦尾
集》、周邦彦《清真乐府》等此前罕见提及,其后也不见著录(近代重辑的不计)。

丛书收词集六种,即曾慥《乐府雅词》、赵闻礼《阳春白雪》、张炎《词源》、陈允平《日
湖渔唱》、《元草堂诗余》和《词林韵释》,其中词集选本三种,别集、词学论著、词韵各一
种,除《元草堂诗余》,其余均为宋人所著,而《元草堂诗余》所收也是宋遗民之词,编成
于元时,编者不详。所刊词集不多,却各具特色。

一、存珍

秦氏所刻以珍稀词集见长，如《词源》采自元人起善斋抄本，《故宫善本书目》"宛委别藏书目"载作"影写元抄本"，此书今存静嘉堂文库，为清乾隆时影元抄本，末有二题：其一为"时至顺改元季夏六月誊于起善斋，菊节三日装"，其二为"时乾隆戊午孟秋七月照元人抄本录于朗啸斋"。所据为元文宗至顺元年（1330）抄本，后为黄丕烈所藏。按明赵琦美编《赵氏铁网珊瑚》卷一"二王墨刻"录元人诸跋，其中丁应荣题识有"至元丙子暮春重观于起善斋，用宋、李二君韵奉题"云云，丁氏，字景仁，济阳人，至元丙子为元世祖十三年（1276）。原本或为丁氏所抄。《词源》为张炎晚年所著，原抄本距张炎去世不远，又无残缺，洵为珍秘之书。

考明代书目，《乐府指迷》和《词源》均有著录，前者有：1.明晁瑮《晁氏宝文堂书目》载有《乐府指迷》，未标明作者，卷数版本也不明。2.祁承煤《澹生堂藏书目》卷十二"余集类·艳诗附词曲"载云："《乐府指迷》二卷，张玉田，《续秘笈》本。"所指为明陈继儒《宝颜堂秘笈》本，上卷为张炎撰《乐府指迷》，下卷为元陆辅之撰《词旨》，其他著录的二卷本《乐府指迷》多同此。3.明徐𤊹《徐氏家藏书目》卷一"经部·乐类"载有张玉田《乐府指迷》二卷，未标明版本。4.清薛福成编《天一阁见存书目》卷四"词曲"载云："《颐堂词》附《梦溪杂录》《乐府指迷》《乐府乐谈》，一册，全，抄本，不著撰人名氏。"后者有：董其昌《玄赏斋书目》卷七载有张炎《词源》，未言卷数版本，当为抄本。明末清初毛扆《汲古阁珍藏秘本书目》载云："《词源》一本，竹纸，旧抄。三钱。"又黄虞稷《千顷堂书目》卷三十二载有《词原》二卷，《词原》即《词源》，又载有张炎《乐府指迷》二卷，云："字叔夏，张循王后裔，居临安，自号乐笑翁。"入清后，在秦氏刻本问世前，见于著录的抄本《词源》有：钱曾《钱遵王述古堂藏书目录》和《也是园藏书目》均载有张炎《词源》二卷一本，前者著录为抄本。钱氏《读书敏求记》卷四《词源》二卷云："炎，字叔夏，西秦玉田人，著《词源》，上卷详考律吕，下卷泛论乐章。别有《山中白云词》行于世。"卢址《抱经楼藏书记》卷十二"词曲类"载有张炎《词源》二卷一本，抄本。曹寅《楝亭书目》卷四载云："《词原》，明毗陵董逢元序，二卷，一册。"疑指张氏《词源》，又载张炎《乐府指迷》二卷，云："字叔夏，张循王后裔，居临安，自号乐笑翁。"

秦氏所据影元抄本,后归陆心源皕宋楼庋藏,见陆氏《皕宋楼藏书志》卷一百十九,日本河田罴编《静嘉堂秘籍志》卷五十著录,今存静嘉堂文库。末有秦恩复二跋,其一(嘉庆庚午)云:

> 别有《词源》二卷,上卷研究声律,探本穷微。下卷自"音谱"至"杂论"十五篇,附以杨守斋《作词五要》,计十有六目。元、明收藏家均未著录。陈眉公《秘笈》只载半卷,误以为《乐府指迷》。又以陆辅之《词旨》为《乐府指迷》之下卷。至本朝云间姚氏又易名为沈伯时,承讹袭谬,愈传而愈失其真。此帙从元人旧抄誊写,误者涂乙之,错者刊正之,其不能臆改者,姑仍之,庶与《山中白云》相辅而行。读者当审字以协音,审音以定调,引伸触类,各有会心,洵倚声家之指南也。

《词源》为张炎晚年之作,与其词集《山中白云》一样,其足本在元、明两代并未刻印(《宝颜堂》本非足本),仅以抄本形式流传。秦氏所刻,为今知刊印的最早的《词源》足本,秦氏据元抄本,初无校本,所谓"误者涂乙之,错者刊正之,其不能臆改者,姑仍之",刊于嘉庆时,十年后,得校本,又重为校刊,跋(道光戊子)云:

> 是书刻于嘉庆庚午,阅十余年,而得戈子顺卿所校本,勘订讹谬,精严不苟。自晒前刻卤莽,几误古人,以误后学。爰取戈本重付梓人,公诸同好,庶免鱼鲁之讹。

秦氏刊本成为此书的主要传本,后有《守山阁丛书》本、《粤雅堂丛书》本、《娱园丛刻》本,所据多为秦氏刻本。叶德辉《郋园读书志》卷十六于《词源》二卷嘉庆庚午秦恩复刻本云:

> 宋张炎撰《词源》二卷,上卷详论律吕声调之原委,凡十四目;下卷论填词之法,凡十五目。元明以来藏书家均未著录,明陈继儒《秘笈》刻半卷,误为《乐府指迷》,又以陆辅之《词旨》为《乐府指迷》下卷,承讹袭谬,致本书淹没不传。故乾隆时纂修《四库全书》,外间无人采进。嘉庆中阮文达抚浙时,得元人旧抄本影写进呈,语详《揅经室外集》。此秦恩复嘉庆庚午所刻,即其本也。后道光戊子,秦氏得戈顺卿载校本,再改元体字付刻,后跋谓"前刻卤莽,几误古人,以误后学,因重付梓人"云云。今后刻本行,而前刻本几晦,余求之屡年不获,忽于旧书肆中遇之,因购归插架,暇时拟取两刻互校,以定其得失云。

己酉伏末日德辉记。

知前后刻印是有出入的，反映了严谨的态度。广求异本，这在《阳春白雪》中也得到反映。跋（道光己丑）云："《书录解题》云五卷，赵粹夫编，非完书也。世鲜传本，鱼鲁之讹，在所不免。又无善本可校，寻访数年，虽有抄借，得失互见，未可据依为断，其余诸名家词句读押韵不同者，条注于每句之下，错误不能强通者，空格以俟考补。"又跋《日湖渔唱》（道光己丑）云："汲古阁所缉《六十家词》，独四明陈允平词不在甄录之内，学者憾焉。允平，字君衡，号西麓，有《日湖渔唱》一卷，前列慢曲及西湖十咏三十首，后列引、令三十五首，末附寿词十九首，又有补遗二十二首，通为一卷，不知何人所集。余又于诸名家词中搜得长短调七十六首，为续补遗一卷，于是西麓著述综括靡遗。"即原本存词一百六首，而秦又辑录七十六首，未见有什么校文。其他如《元凤林书院草堂诗余》也是如此。

二、详校

秦氏所刻词集，较前人所刻，注重校勘。此以《乐府雅词》为例，《乐府雅词》明代未见刻本，现存最早的本子是明抄本，原为明焦竑所藏，后分别为毛氏汲古阁和黄氏士礼居等所藏，今存南京图书馆。朱彝尊曾据此传抄，今存的清抄本与刊本多与朱氏传抄本有关。又有秦氏石研斋抄本，亦存南京图书馆。秦氏跋（嘉庆丙子）云：

> 《雅词》卷数与《直斋书录解题》合，竹垞老人误以《文献通考》为《解题》，作十二卷，其实非也，三卷计三十有四家，去取之意，未为定论。《拾遗》所收并及李后主、毛秘监之作，则又不止于宋人矣。惟卷首载《转踏》《调笑》《九张机》《道宫薄媚》诸词，为他选所未及。而南宋以后词人，藉此书十存其五六，即藏书家亦罕著录。传写既久，舛谬滋甚，原本书字不书名，略为注明，以资寻览。《拾遗》内如张耒《满庭芳》后段起句之添字，且用短韵。沈唐《霜叶飞》句读与各家不同。俞秀老《阮郎归》之减字，无名氏《潇湘静》后段起字之不押韵，无名氏《卓牌儿》前后段之减字少押韵，无名氏《燕归梁》与各家句读不同，皆词家所当参考者也。刻成，为质其疑义如此。

秦氏所据为旧抄本，刻入《词学丛书》时，多增补词人小传。又多批校之语，附刻于词作相关处,除用作家词别集、词选本校外,校语中还提及"原本""别本""一本"云云,原本当指所据《乐府雅词》之底本,而别本则为其他抄本。除用《乐府雅词》不同本取校外,还有大量用词别集等校,如:

晁补之《临江仙》"曾唱牡丹留客饮":绿荷应恨《琴趣外编》作"绿荷多少恨。" 又:江湖归梦,依约橹声中《琴趣外编》作"江湖春水阔,归梦故园中"。

张先《燕春台》"丽日千门":案《草堂诗余》题曰"元夜",菉斐轩本题云"东都春日李阁使席上"。 又:五侯池馆屏一作"频"开。 又:放一作"拥"笙歌、灯火楼台下一作"下楼台"。 又:案《安陆集》"笙歌"下添"院落"二字,误。(以上卷上)

周邦彦《定风波》"莫倚能歌敛黛眉":他日风前一作"相逢"花月底。又:苦恨城头传漏永,催起。"起"字、"永"字,不叶韵。

叶梦得《满江红》"雪后郊原":笑去年携酒折花时一作"人"。 又:君一作"花"应识。 又:试与问何如,诸家皆三字一句,"试与"二字当衍。

李甲《帝台春》"芳草碧色":也一本有"似"字知人。 又:谩伫立一本无"伫立"。又:试重一本有"寻"字消息。(以上卷中)

陈与义《临江仙》"忆昔午桥桥上饮":渔唱起三更《无住词》作"两三声"。

朱敦儒《清平乐》"人间花少":饱参清似南枝:案:《樵歌》作"饱参清露蔷薇",《全芳备祖》作"参差清似南枝"。(以上卷下)

有校批文字的词凡七十余首,涉及到文字的异同、词语的出入、作品的归属、韵字的叶否、词题的差别等,校勘较为详细,用力之多,在清道光前校刻的词集中是不多见的,其他刊刻的词集中也是这种情况,如《阳春白雪》:

辛幼安《汉宫春·秋风亭》"秦望山头":《稼轩词》作会稽蓬莱阁怀古。
(卷二)

史藕泉《玉漏迟》"绿树深庭院":后段第五句作五字,与诸家异。(卷五)

尹梅津《霓裳中序第一》"青颦粲素靥":按《绝妙好词》"餐尽"上增"早"字,"轻撚"作"清绝",与换头短韵叠,"簟席"作"簟荐","杳杳"上增"怕"字,"风蝶"作"蜂蝶"。(卷七)

凡此,后人均可资参校考证。

三、辨析

秦恩复校刊的词集,其中有不少是辨析,对其中有疑处提出自己的看法,如《词林韵释》跋(嘉庆庚午)云:

> 吾乡阮中丞家藏有《词林韵释》一卷,一名《词林要韵》,不知何人所撰,《宋艺文志》不载此书。厉樊榭集中《论词绝句》注云:绍兴二年菉斐轩刊本,分东、红、邦、阳等十九韵,与元周德清《中原音韵》略同,以上去入等三声配隶平声,与宋沈义父《乐府指迷》相合。窃疑此书出于元、明之季,谬托南宋初年刊本,樊榭偶未深考,遂以为宋人词韵,不晓南渡以后诸贤何以均未见之? 即沈义父、周德清亦绝不引证,而遽与之暗合耶? 又疑此书专为北曲而设,或即大晟乐府之遗意。惜大晟乐府及《大声集》皆已亡佚,无从考正耳。因流传既久,犹是旧帙,略加整比,稍可观览,亦不能尽为刊落也。

《词林要韵》一书不见前人著录,清厉鹗《樊榭山房集》卷七《论词绝句十二首》之十二云:"去上双声子细论,荆溪万树得专门。欲呼南渡诸公起,韵本重雕菉斐轩。"注云:"近时宜兴万红友《词律》严去上二声之辨,本宋沈伯时《乐府指迷》,予曾见绍兴二年刊《菉斐轩词林要韵》一册,分东红、邦阳等十九韵,亦有上去入三声作平声者。"即认《菉斐轩词林要韵》为宋代词韵之书,而阮元《揅经室外集》卷三《新增词林要韵》一卷"提要"则云:

> 此书不分卷,不知撰人姓名。目录标题《新增词林要韵》,书中标题则曰《词林韵释》,其书分一东红、二邦阳、三支时、四齐微、五车夫、六皆来、七真文、八寒闲、九鸾端、十先元、十一箫韶、十二和何、十三嘉华、十四车邪、十五清明、十六幽游、十七金音、十八南三、十九占炎,共十九部,而以上、去二部依部列于平声之后,而入声不独为部,凡入声之作平声、作上声、作去声者又各依类分隶于平、上、去之后,要皆统于平声。十九部之内,其中每字皆有训释,一字数意,备载无遗。而词句简妙,精而不支。书缝有"菉斐轩"三字,近人厉鹗《论词绝句》云:"欲呼南渡诸公起,词韵重雕菉斐轩。"世人知重此书,实自鹗诗始发之。然自来作长短句者,未尝不以入声押韵,而此以入声分隶平、

上、去三声，盖后来曲韵之嚆矢。或以曲盛于元，而此书实出于南宋为疑。今案《书录解题》歌词类有《五十大曲》十六卷、《万曲类编》十卷，则宋时未始无曲也。此影宋抄录，卷端标题"词林"，"词林"者，犹艺林之谓，非必指长短句而言，以此为词韵，殆鹖误会"词林"二字之义耳。

也就是说此书即使是宋人所编，但未必专指词韵，只是当时用韵情况的汇编，考清沈雄《古今词话·词品》卷上"详韵"引陶宗仪《韵记》云："后见东都朱希真复为拟韵，亦仅十有六条。"又戈载《词林正韵》"发凡"之二云："宋朱希真尝拟应制词韵十六条，而后列入声韵四部，其后张辑释之，冯取洽增之。"朱敦儒，字希真，南北宋间人，知编制词韵，至迟南宋时也有。然黄虞稷《千顷堂书目》卷三载有陈铎《词林要韵》一卷，并云："字大声，号七一居士，成化癸卯序。"又卷二十二陈铎《秋碧轩集》五卷云："字大声，上元人，睢宁伯陈文曾孙，世袭济川指挥。工声律，人称乐王。"陈氏，下邳人，家金陵，风流倜傥，以乐府名于世。秦氏疑为元、明人之书，黄虞稷为明末清初人，厉鹗所见宋刊，果真为后人伪造？俟考。

在其他词集中，秦氏也有多方面的质疑和析误，如《乐府雅词》：

王安石《甘露歌》"折得一枝香在手"：案：一本每段六句，作两段。《花草粹编》作三首。《钦定词谱》云《乐府雅词》作三段，平仄换韵当以《词谱》为正。（卷上）

舒亶《醉花阴》"露芽初破云腴"：后段第二句作平仄平平仄，疑误。（卷中）

李清照《诉衷情》"夜来沉醉卸妆迟"：案：《诉衷情》有单调，有双调，此词名《诉衷情令》，一名《渔父家父》，张元干、严仁皆同。 又：案：《诉衷情》有单调，有双调，皆与此词不同，惟《诉衷情》相合，但前段第三句六句，第四句五字，此词前段五句下三句皆作四字一句，较谱多一字，或传写误增，或当时本有此法，然宋人皆无此填者，附注俟考。（卷下）

张方仲《蝶人娇》"多少胭脂"：前段第二句较前词少二字，且同用一韵，恐有脱字。

《卓牌儿》"当年早梅芳"：谱名《卓牌子》，一名《卓牌子慢》。 又末：五十六字者始自杨无咎，九十七字者始自万俟咏，此词只九十三字，且重押缕字，

恐有脱误。(以上拾遗上)

又如《阳春白雪》：

> 胡伯雨《宴清都》"梦雨随春远"：调本一百二字，此词后段末句增二字，作
> 六字一句，宋人无此填。(卷六)

> 张船窗《绕佛阁》"渚云弄湿烟缕际"：调见《清真乐府》，吴文英、陈允平皆
> 同，前段六七八三句，每句四字，第七句押韵，此词六字一句，作两句，与周词
> 异。(卷七)

于调名、句式、平仄、用韵等均有探讨。

考秦氏所刊诸词集，数量不多，却能精妙。秦氏曾刊《扬子法言》(嘉庆二十四年，
《四部丛刊》本)，序云："戊寅首春，购得宋椠，稍有修板，终不失治平之真。适元和顾君
千里行箧中有临何义门所校，出以对勘，大致符合，深以为善，劝予刊行。爰以明年影
摹开雕，凡遇修板，仍而不改，并所讹误，举摘如干条缀诸末，以俟论定者。"慎改原文，
这是乾、嘉朴实学风的反映。

第四节　附：戈载《宋七家词选》

戈载(1786—1856)，字宝士，号顺卿，吴县(今苏州)人，为"吴中七子"之一。戈氏
《宋七家词选》，成书于道光年间。七家依次为周邦彦、史达祖、姜夔、吴文英、周密、王
沂孙、张炎，考戈氏《词林正韵》"发凡"云辑有《八家词选》，七家外又有陈允平一家，却
未见刻。书末附刻张炎《乐府指迷》(即《词源》)十四条。《宋七家词选》是由个人词集
的选本而组成，七家选录的词作分别是：周邦彦五十九首、史达祖四十二首、姜夔五十
三首、吴文英一百十五首、周密六十九首、王沂孙四十一首、张炎一百一首，其中入选词
作占诸家今存词的比重是：周邦彦、史达祖、张炎三家为三分之一左右，姜夔、王沂孙二
家约为三分之二，吴文英、周密二家约为二分之一。① 虽然是词选本，却与一般的词选
集入选一二首或十数首是不同的。故仍视作词集汇刻，附此略论之。

---

① 以上统计是据上海古籍出版社出版的《词林集珍》本诸家词集。

戈氏选七家词集,首以声律为准。宋词讲求声律,以南宋姜、张词人为著,后人或称之为格律词派。七家中除周邦彦外,其余六家均为南宋姜、张一派的成员。论此派之渊源,实承袭周氏而来。戈氏云:"清真之词,其意淡远,其气浑厚,其音节又复清妍和雅,最为词家之正宗。所选更极精粹无憾,故列为七家之首焉。"(跋《片玉集》)意态与音律并称,但还是强调以音律为第一首选,如称史达祖:"惟《双双燕》一首,亦脍炙人口,然美则美矣,而其韵庚、青杂入真、文,究为玉瑕珠颣。予此选律韵不合者,虽美弗收,故是词割爱从删。"(跋《梅溪词》)又谓周密云:"予此选,律乖韵杂者,不敢滥收。如《木兰花慢》西湖十景,洵为佳构,大胜于张成子《应天长》十阕,惜有四首混韵者,故仅登六首。其小序有云:'词不难于作而难于改,不难于工而难于协。'旨哉是言,可与知者道,难与俗人言。"(跋《蘋洲渔笛谱》)可见持律之严。除此外,就是对雅正的要求,在这一点上,周邦彦是稍逊一筹的,而姜、张词人却是擅场。论张炎词云:"是真词家之正宗,填词者必由此入手,方为雅音。玉田云:'词欲雅而正。''雅正'二字,示后人之津梁,即写自家之面目,知此二字者,始可与论词,始可以论玉田之词。盖世之词家,动曰能学玉田,此易视乎玉田而云然者。不知玉田易学而实难学,玉田以空灵为主,但学其空灵而笔不转深,则其意浅,非入于滑即入于粗矣。玉田以婉而为宗,但学其婉丽而句不炼精,则其音卑,非近于弱即近于靡矣。故善学之,则得门而入,升其堂,造其室,即可与清真、白石、梦窗诸公鼓吹,否则浮光掠影,貌合神离,仍是门外汉而已。"张炎词在清代受到垂青,不仅历朝有刊印,而且评批本也是不少(参见本书第十二章第二节),戈氏此言,当是有感而发的。

王敬之《宋七家词选》序(道光十六年)云:"今所选七家词,盖雅音之极则也,律不乖迕,韵不庞杂,句择精工,篇取完善,学者由此而求之,渐至神明乎。"戈氏所选,持律究韵甚严,其间为求得与所撰《词林正韵》相符,不惜臆改原作,为后人訾议。如杜文澜《曼陀罗华阁重刊宋七家词选》,虽然云戈氏此选"律细韵严",为历来宋词选之善本,为后来学词者所取法,然而对其擅改原作以合韵律,多持否定的态度。此举数例:

周邦彦《拜星月慢》"夜色催更":此词为正体,凡上一下四句法,皆定格,第三句"月转"原作"月暗",戈氏拘泥,与彼所撰《词林正韵》不合,率自易"暗"作"转"。

姜夔《湘月》"五湖旧约":前后段第四句四字、第五句九字,与前清真词之

《念奴娇》，后玉田词之《壶中天》均异，原本"月上汀洲迥"句，"迥"作"冷"，又"理哀弦清听"句，"清听"作"鸿萍"，又"夜久知秋冷"句，"冷"作"信"，皆戈氏因改韵率易。

姜夔《摸鱼儿》"向秋来"：此调以此词为正格。"湘簟最宜宵永"句原作"湘竹最宜歌枕"，又"闲对景"句原作"闲记省"，又"天风送冷"句，"送"原作"夜"，又"双星"原作"三星"，又"细省"原作"与问"，又"清境"原作"清饮"，戈氏因与彼论韵不合，率为改易，此词所改尤多，殊太自信矣。

吴文英《满江红》"云气楼台"：此与前白石词、后玉田词均同，前后结三字句中一字宜用去声方叶律，又"晴练"原作"晴栋"，盖谓风浪摇栋宇欲飞，此"栋"字为词眼，戈氏率改"栋"为"练"，全失意趣矣。

吴文英《高阳台》"修竹凝妆"：此调以此词为正格，第八句三字或叶韵，或不叶，皆可。又"叶底清圆"之"清"字原作"青"，谓梅子也。戈氏易作"清"，失其旨矣。

周密《霓裳中序第一》"湘屏展翠"：此与前白石词同，后段"洛汜分绡，汉浦遗玦"二句，汜原作浦，浦原作皋，戈氏因皋字宜仄声，率为改易。

张炎《探春慢》"银浦流云"：此后段起句叶韵，与前草窗词同。此词第三句原作"一抹墙腰月澹"，戈氏因拘泥"澹"字韵不可通，率易此滞句。又"融露"原作"解冻"，"向风"原作"东风"，亦戈氏妄改也。

率易妄改，以至不顾忌字义不通，这是少见的。杜氏云戈氏此种行为一则拘泥所编《词林正韵》，一则过于自信，而《词林正韵》本意是"欲正今人之谬"，并不尽符宋词用韵的实际情况。

第十一章　清代"词学"的提出与词集的选刻

清初至道光年间,除了小规模的几部词集丛刻外,还有对宋人词集零星的刻本,这些另刻词集主要是南宋个别词别集和词选集的刊印,反映了当时词学流派、词学思潮主导下的词集刻印情况。

第一节　词派活动与"词学"观念的提出

明朝词学不振,清初就有人对此发表了意见,朱彝尊《曝书亭集》卷四十《柯寓匏振雅堂词序》一文以为李攀龙、王世贞为代表的"后七子",倡言"文必秦汉,诗必盛唐",宋代诗文遭摒弃,而词自然是等而下之。作为不登大雅之堂的词,入清以来,呈中兴之势,有赖于词集的收藏、传抄、校勘、刻印、评批等。清代康、乾时期的词派活动,是以朱彝尊为代表的浙西词派和以陈维崧为代表的阳羡词派为著称,而前者对两宋词集传抄与选印的影响又远远大于后者,两宋词集接受的第一次高峰因此而至。如果说清初毛扆等人更多的是以藏书家及书商的身份参与词集的搜访与汇校,朱彝尊等人不仅是藏书家,而且是学者、文人,朱氏编有《词综》,推尊姜夔、张炎一派。到了乾、嘉时,以厉鹗为代表的浙西派后劲又乘胜而上,姜、张一派词集得以重视,至此广为刊印传录。张炎词集,朱氏得陶宗仪抄足本,付与龚翔麟校刻于康熙年间,此后雍正、乾隆、道光、光绪屡有刊印。这一时期刊刻的词集,即以此派为多,除张炎词外,还有姜夔词。姜氏词,毛晋刻本是不全的,康熙时楼俨得到陶宗仪抄校本《白石道人歌曲》六卷《别集》一卷,有乾隆二年江炳炎、厉鹗等抄本;据此而刊刻的本子不少,其中有乾隆八年(1743)陆钟辉刻本、十四年张亦枢刻本。又有王沂孙《花外集》、周密《蘋洲渔笛谱》和周密《草窗词》、《乐府补题》(以上均知不足斋刻本)等。嘉庆、道光间,是两宋词集传播与接受的第二次高峰。这一时期主要是词集的传抄和校读。代表有黄丕烈、劳权、赵辑宁和赵之玉父子、何元锡等。其所持的校词之法,是乾、嘉朴学风气在词集整理方面的体现。清道光之前,对宋金元人词集的校刊达一百多种,而校者多,刊者少。其中刊印的也多是南宋姜、张一派的词集,这与当时的词派活动、词学思潮的导向有关,其影响一直延续到近代。

与此同时,随着词学思潮的涌现,词学流派的形成,词学作为一种学问,被提上了日程。顾千里《词学丛书序》云:

> 江都秦太史敦甫先生前后开雕曾慥《乐府雅词》、张炎《词源》、凤林书院《元草堂诗余》、《绿斐轩词林韵释》、赵闻礼《阳春白雪》、陈允平《日湖渔唱》,皆罕见秘册也,兹汇成一集,名之曰《词学丛书》,而属予以序。序曰:词而言学,何也?盖天下有一事,则有一学,何独至于词而无之?其在宋、元,如日之升海,咸睹,夫人而知是有学也。明三百年,其晦矣乎?学固自存人之词,莫肯讲求耳。迨竹垞诸人出于前,樊榭一辈踵于后,则能讲求矣。然未尝揭学之一言以正告天下,若尚有明而未融者,此太史所以大书特书,而亟亟不欲缓者欤?吾见是书之行也,填词者得之,循其名,思其义,于《词源》可以得七宫十二调声律一定之学,于《韵释》可以得清浊部类、分合配隶之学,于《雅词》等可以博观体制、深寻旨趣、得自来传,作无一字一句任意轻下之学。继自今将复,夫人而知有词即有学,无学且无词,而太史之为功于词者,非浅鲜矣。

秦氏《词学丛书》收六种,有词别集、词选集,还有词话、词韵,数目不多,却涵盖了词之各方面,词作为一种专门学问被有意识地提出,也可见其地位在提升。清道光前两宋词集的刻印并不多,前文论述的几家,虽然是对毛氏汲古阁所刻词集的补充,但就其选印的诸种词集而言,就是当时词学思潮、词派活动影响下的产物,此主要就两种宋代词选集刻印的分析,以见当时词学思潮、词派活动左右下的词集刻印。

第二节 《乐府补题》

　　《乐府补题》是南宋陈恕可辑录的一部词集,所录为宋遗民词作,凡十三人,又无名氏二人(一云十四人,无名氏一人),此书明朝罕见著录,晁瑮《晁氏宝文堂书目》载有《乐府补题》,未标明卷数、版本。清瞿镛《恬裕斋藏书记》载《乐府补题》一卷,为旧抄本。云:

　　　　不著编辑姓氏。案陈旅《安雅堂文集》"陈恕可墓志",知为恕可所辑,旧抄"陈"皆误"练"。所录皆宋末人词,王沂孙、周密、王易简、冯应瑞、唐艺孙、吕同老、李彭老、陈恕可、唐珏、赵汝钠、李居仁、张炎、仇远,凡十三人,多一题同赋。题下注明其处,曰委宛山房、浮翠山房、紫云山房、余闲书院、天柱山房等,盖当时会友所也。委宛山房即恕可所居之室,自号委宛山人。旧为汲古毛氏抄本。卷首有汲古主人、毛子晋氏、毛晋之印诸朱记。

此又见载于瞿镛《铁琴铜剑楼藏书目录》,云:"旧为汲古毛氏抄本。卷首有汲古主人、毛子晋氏、毛晋之印、黄丕烈印、荛圃诸朱记。"知原为明末毛氏汲古阁之物,后归黄丕烈收藏。明末清初黄虞稷《千顷堂书目》卷三十二载有仇远《乐府补题》一卷,未标明版本,题云"仇远",非,仇氏为作者之一。又曹寅《楝亭书目》卷四载有抄本《乐府补题》,一册。此书能行于世,与朱彝尊有关,朱氏《曝书亭集》卷三十六《乐府补题序》云:

　　　　《乐府补题》一卷,常熟吴氏抄白本,休宁汪晋贤购之长兴藏书家。余爱而亟录之,携至京师,宜兴蒋京少好倚声为长短句,读之,赏击不已,遂镂版以传。

《四库提要》云:"然疑或墨迹流传,后人录之成帙,未必当时即编次为集,故无序目,亦未可知也。"今存词均咏物词,凡三十七首,即为《天香》赋龙涎香八首、《水龙吟》赋白莲十首、《摸鱼儿》赋莼五首、《齐天乐》赋蝉十首、《桂枝香》赋蟹四首。

　　今存较早的为明抄《唐宋名贤百家词》本,又国图藏有清初毛氏汲古阁抄本。其后有康熙中蒋景初刊本、《漱六编》本,又有鲍氏知不足斋刻本等,今易见者为《知不足斋丛书》本和《彊村丛书》本,后者是民国时据前者重刊的。有王树荣跋(庚申)云:

《乐府补题》一卷,《知不足斋丛书》本。《四库提要》谓皆宋遗民词。荣前读周止庵《宋词选》,于唐玉潜赋白莲曰:"冰魂犹在,翠舆难驻。"曰:"珠房泪湿,明珰恨远。"以为当为元僧杨琏真伽发宋诸陵而作。又赋蝉曰:"佩玉流空,绡衣剪雾。"曰:"晚妆清镜里,犹记娇鬟。"疑亦指其事。今读此卷,依类求之,此意无不可通,殆即玉潜所谓"只有春风知此意,年年杜宇哭冬青"者也。作者十四人,一佚其名。《四库提要》谓无姓名者二人,非也。宛委为陈行之别号,而宛委山房赋龙涎香,陈不与焉。紫云为吕和甫别号,而紫云山房赋莼,吕不与焉。天柱为王理得别号,而天柱山房赋蟹,王不与焉。浮翠山房赋白莲,余闲书院赋蝉,"浮翠""余闲",卷中未见,窃谓"浮翠"即唐英发之"瑶翠"而讹,以本卷例之,宋季遗民中如有以余闲为别号者,则所佚姓名,不难推测而知矣。

其中推测,似有道理。不过,在自家庭院赋词,自己没作品,所录均为和唱之作,而原作反倒不录,令人费解。

《乐府补题》篇章不多,一经发现,就引起学者的注意,朱彝尊《乐府补题序》云:"大率皆宋末隐君子也。诵其词,可以观志意所存,虽有山林朋友之娱,而身世之感,别有凄然言外者,其骚人《橘颂》之遗音乎?度诸君子在当日倡和之篇必不止此,亦必有序以志岁月,惜今皆逸矣。"虽为咏物,多有寄托,抒写亡国幽怨离恨之情。陈维崧《陈检讨四六》卷九《乐府补题序》一文也认为是孤臣孽子怀思故国,吐词幽怨,寄情遥渺。朱、陈为同时两大词派的领袖,主张不同,而两人对《乐府补题》主旨的解读,却是相同的,这种解读,多被后来人认可,至今仍是如此。

第三节　《绝妙好词》

《绝妙好词》为周密辑录的一部词选集,周密生活在宋末元初,为宋遗民。较早提及此书的,是作者同时代的几位词人,如吴文英有《踏莎行·敬赋草窗〈绝妙词〉》,张炎有《西江月·〈绝妙好词〉乃周草窗所集也》一词,云:"花气烘人尚暖,珠光出海犹寒。如今贺老见应难,解道江南肠断。　　谩击铜壶浩叹,空存锦瑟谁弹。庄生蝴蝶梦春还,帘外一声莺唤。"张氏亦是宋遗民,由词意知此集当编成于入元时。又张氏《词源》卷下"杂论"云:"近代词人用功者多,如《阳春白雪集》,如《绝妙词选》,亦自可观,但所取不精一,岂若周草窗所选《绝妙好词》之为精粹,惜此板不存,恐墨本亦有好事者藏之。"知曾经刊刻过,所云墨本或指周氏手稿。周密著有《浩然斋雅谈》,今存本为清乾隆时馆臣辑录本,卷下云:"云窗张枢,字斗南,又号寄闲,忠烈循王五世孙也。笔墨萧爽,人物酝藉。善音律,尝度《依声集》百阕,音韵谐美,真承平佳公子也。予已选六阕于《绝妙词》。"又:"秋崖李莱老,与其兄筼房竞爽,号龟溪二隐。予已刊十二阕于《绝妙选》矣。"又:"筼房李彭老词笔妙一世,予已择十二阕入《绝妙词》矣,兹不重见。"又:"薛梯飚长短句,予尝收数阕于《绝妙词》。"张枢、李莱老入选词之数同今存本,今本录李彭老词十三首,知"十二"为"十三"之讹。录薛梯飚词四首,知今存本大体无缺。

一、明清时期的著录与传抄

此书见于明人著录的有:王道明《笠泽堂书目》载周密《绝妙好词选》四册,董其昌《玄赏斋书目》载《弁阳老人绝妙词选》。又赵琦美《脉望馆书目》和赵用贤《赵定宇书目》分别载有《绝妙好词》一本,未标明编著者。以上诸家均未标卷数和版本,当以抄本为主。毛扆编《汲古阁珍藏秘本书目》载有精抄《绝妙好词》二本,也未标明编著者,中华再造善本收有毛氏汲古阁藏本周氏《绝妙好词》,二册,与毛扆书目所著录者册数吻合。乌丝栏,四周单边,半叶十二行,行二十字。钤有"元本""甲""毛晋""汲古主人""毛扆之印""黄丕烈印""顾鹤逸""长州章珏秘匧"等印。凡七卷,前有总目(含作者名及所收词作数),又有细目(含作者名及所收词作之词牌名),卷端下题"弁阳老人缉",据目录,全书收词共计三百九十一首,其中卷四施岳《清平乐》一词残,另有五首缺,不能详其词牌名,书中缺处示以空白页。末有朱孝藏手跋一则,云得顾鹤逸所藏见示,又云:"卷四施岳缺三十二行,词六阕,并目亦佚去,盖为后人补编,非弁阳老人原本也。"考黄虞稷《千顷堂书目》卷三十二载作周密《绝妙好词选》八卷,未标明版本,作八卷,似七卷本为残缺之书?

入清后,较早著录此书的有钱曾的《也是园藏书目》,其中卷七载有《弁阳老人绝妙词选》七卷,又钱氏《钱遵王述古堂藏书目录》载有抄本《绝妙词选》□卷,一本。钱氏

《读书敏求记》卷四于《弁阳老人绝妙词选》七卷提要云:"弁阳老人选此词,总目后又有目录,卷中词人大半余所未晓者。其选录精允,清言秀句,层见叠出,诚词家之南董也。此本又经前辈细勘批阅,姓氏下各朱标其出处里第,展玩之,心目了然。"云有总目,又有目录,知与汲古阁藏抄本同。其后朱彝尊《曝书亭藏书目》载《绝妙好词》,一册;又载《绝妙好词今辑》,一册,抄本。又《竹垞行笈书目》于"道字号"载有《绝妙好词》一本,当为抄本。清陆漻《佳趣堂书目》载云:"《绝妙词选》七卷,弁阳老人辑,朱竹垞点定。"或指朱氏藏本,有朱氏批校。朱彝尊《曝书亭集》卷四十三《书绝妙好词后》云:"周公谨《绝妙好词》选本虽未全醇,然中多俊语,方诸《草堂》所录,雅俗殊分。顾流布者少,从虞山钱氏抄得,嘉善柯孝廉南陔重锓之,作者百三十有二人,第七卷仇仁近词残阙,目亦无存,可惜也。"知抄自钱氏藏本。清姚际恒《好古堂书目》载云:"《绝妙好词》七卷,宋周密选,二本。"曹寅《楝亭书目》卷四载云:"《绝妙好词》,宋弁阳老人周密选,七卷,一册。"均未详版本。《天津延古堂李氏旧藏书目》"词曲类"载有周密《绝妙好词》七卷,旧抄本,二册。章钰《章氏四当斋藏书目》于清道光八年钱塘徐氏刊初印本《绝妙好词笺》跋云:"乙四月下旬,借内课朱君建候所藏顾艮庵点定本对勘一过,颇多刊误补脱之处。褚氏昆季尚有姚某伯手校本,尚思借一阅也。"姚某伯手校本不知是否指姚际恒。考清唐翰《安雅楼藏书目》卷四"集部"载有《绝妙好词》,著录为"缮宋刻",已知周氏《绝妙好词》入清才有刊刻,所据为钱遵述古堂抄本。此云"缮宋刻",不解所据,疑指黄昇的《绝妙词选》,为笔误。又万树《词律》多处也引录了此书,只是不能确认所用是刻本,抑是抄本。至于其他诸书著录多指刊本,此不赘言。《钱遵王读书敏求记校证补遗》章钰案云:

> 草窗选本原名《绝妙好词》,同时张玉田题《西江月》一阕可证,嗣后不见著录。至国朝康熙二十年辛酉,竹垞翁与《敏求记》同时得于遵王,《曝书亭集》有其跋语,其先康熙十七年戊午汪晋贤序《词综》刻本、竹垞凡例,固尚有草窗选本,已轶不传之一说也。今详核查、厉笺本,颇疑此书或非草窗原本,缘第七卷首例草窗词二十二阕,系用王逸编《楚词》、徐陵编《玉台新咏》、芮挺章编《国秀集》及同时人黄昇编《中兴以来绝妙词选》之例,而又下例王沂孙、赵与仁、仇远三人,先己后人,固无是理。沂孙为草窗吟侣,尤不应躐居其前,或经后人窜乱耶? 此记标题《绝妙词选》,则与花庵编《唐宋名贤绝妙词选》之

名相混。花庵编本凡三卷，系汲古阁景写宋刻，今上虞罗氏蟫隐庐印行，与汲
古阁刻之十卷本不同。罗跋目为花庵初编本，理或然也。

卷七录周密本人词二十二首，数量为第一，于体例似有违，或如黄昇《花庵词选》，为后
人传抄时补进，然不附在最后，却又置于卷七最前，若此，传抄者增补又不止一家也。
除此外，收录十首以上者为吴文英十六首，姜夔、李莱老各十三首，李彭老、施岳各十二
首（今传本施氏词残一首、佚五首），王沂孙、史达祖、卢祖皋各十首。

二、刊刻及笺注

《绝妙好词》清康熙以来屡有刊刻，并有笺注，这在宋人词集中是不多见的。列述
于下，近代刻印的也一并附此说明：

1.《绝妙好词》七卷，清康熙二十四年（1685）柯崇朴小幔亭刻本，这是已知现存最
早的刻本。此为上海图书馆藏本，凡四册，卷端下题"小幔亭重订"。武唐柯煜序云：
"时岁甲子，访戚虞山，叔丈遵王，招携冰日。……得此一编，如逢拱璧。不谓失传已
久，犹能藏弄；至今讽咏自深，剞劂有待。河北胶东之纸，传此名篇；然脂弄墨之余，成
余素志。上偕诸父，俾我弟昆，共订鲁鱼，重新梨枣。从此光华不没，风景常新。非惟
一日之赏心，允矣千秋之胜事。"按：柯煜，字南陔，号实庵，嘉善人。康熙辛丑（1721）登
第，以磨勘黜落。雍正元年（1723）复成进士，知宣城县，改授内阁学士。十三年举鸿
博，未及试而卒。年七十一。著有《石庵樵唱》、《月中箫谱词》。煜受业于朱彝尊，工诗
歌骈体，亦擅倚声。柯煜与钱曾为姻亲，康熙二十三年，柯氏走访钱氏，得钱氏藏书付
刻，此书得以行世。朱彝尊《书绝妙好词后》有"从虞山钱氏抄得，嘉善柯孝廉南陔重锓
之"云云。不仅如此，柯氏刻本前还列有"绝妙好词缉总目"，即：

《绝妙好词前缉》北宋，即出。　　　　《绝妙好词原缉》南宋，行世。

《绝妙好词后缉》元，即出。　　　　　《绝妙好词续缉》明，即出。

《绝妙好词今缉》即出。并征新稿。

亦即除周密选本已选的南宋人词作外，还有增辑北宋、元、明、清四个时期的词选，形成
一个系列，增辑四种虽云"即出"，但并未见成行。

2.《绝妙好词》七卷，清康熙三十七年高氏清吟堂印本，有高士奇序（康熙戊寅），

云:"草窗周公谨集选宋南渡以后诸人诗余凡七卷,名之曰《绝妙好词》。公谨生于宋末,以博雅名东南,所作音节凄清。情寄深远,非徒以绮丽胜者。兹选披沙拣金,合一百三十二人,为词不满四百,亦云精矣。……草窗所选,乃虞山钱氏秘藏抄本,南陔得之,与其从父寓匏舍人及余考校缺误,缮刻以行。"此本笔者未见,序为转抄。高士奇(1643—1702),字澹人,号竹窗,又号江村。钱唐(今浙江杭州)人。自钱塘徙平湖,游京师,康熙闻其名,召见,试诗文法书皆第一,授中书,改翰林,历詹事,直内廷二十年。以养母辞归,拜礼部侍郎兼学士,卒谥文恪。著有《清吟堂全集》《春秋地名考》《扈从录》。高氏本,实为柯煜转让刻版,高氏稍作改易而印行于世的①。

3.《绝妙好词》七卷,清康熙小瓶庐印本。此为东洋文化研究所藏本,扉页题曰"宋本重刊,绝妙好词,小瓶庐藏板",前分别有高士奇、柯煜序,此本卷端下却题有"清吟堂重订"的字样。云"宋本重刊",不知何据,此书仍是据柯氏刻本而来,即小瓶庐本和清吟堂本都是用小幔亭刻板的重新刷印①。

4.《绝妙好词》七卷,清雍正三年(1725)项絪群玉书堂刻本。此为南京图书馆藏本,扉页题曰"宋弁阳老人原辑,绝妙好词,群玉书堂",二册。有项氏《重刻绝妙好词序》(雍正乙巳),云:"宋人之选宋词,有《乐府雅词》《绝妙词选》《绝妙好词》诸本,而草窗所辑,悉皆南渡以后诸贤,裁鉴尤为精审。近嘉善柯氏尝从虞山钱氏抄得藏本付梓。顾考钱氏述古堂题辞有云:'此本经前辈细看批阅,下各朱标其出处里第。'今嘉善本悉皆无之。长夏掩关无事,因繙绎故书,漫加搜讨,遂已十得八九。至前人评品,与夫友朋谈艺,其言有合,及佚事可征者,悉为采录,系于本词前后。唯七卷中山村词无从补缀,犹憾蟾兔之缺尔。因重为开雕而识诸首简。"是书卷一末刻有"歙项絪澹斋勘定",知项氏为安徽歙人,号澹斋,行迹待考。所据也是柯氏刊本,前有"绝妙好词题跋附录",收录了张炎的题词,以及钱曾、朱彝尊题识。又增补词人小传及辑录相关评语,于词作则偶有校勘。刘体智《善斋墨本录》载有《绝妙好词》六卷,为雍正乙巳刻本。按上图藏一刻本,二册,止卷六,然目录却七卷,知为残本,刘氏《书目》著录的或为此本。

5.《绝妙好词笺》七卷,清查为仁、厉鹗笺,清乾隆十五年(1750)查氏澹宜书屋刻本,此为上海图书馆藏本,有木牌题曰"宛平楂氏澹宜书屋藏版"。前有厉氏序(乾隆戊

---

① 参见林夕《闲闲书室读书记》卷三"绝妙好词"一文。

辰)，后有查善长、查善和跋(乾隆庚午)，跋云："先君子究心词学有年，是编因戊辰秋钱唐厉太鸿先生北来，假馆于舍。先君子人事之暇，相与篝灯茗碗，商确笺注，搜罗考订，颇瘁心力，成书于己巳夏，即殁之前数日也。正欲授梓，不谓疾作，遽尔见背。今春检阅遗稿，手迹宛然，读之涕泪交并，因急付剞劂，用副先志焉。"知书稿成于乾隆十四年，刻成于次年。增补传注始于项氏，项氏刊本卷三末刻有"钱塘徐逢吉紫山、厉鹗太鸿同勘"，知厉氏也参与了其书的校勘工作，然项氏本所传未广。至查、厉二氏注本，此书始大行于世。

6. 《绝妙好词笺》七卷，清查为仁、厉鹗笺。《续抄》一卷，清余集辑。又《续抄》一卷，清徐楙补录，清道光八年(1828)钱塘徐楙爱日轩刻本。余集序云："草窗编辑原本七卷，人不求备，词不求多，而蕴藉雅饬，远胜《草堂》、《花庵》诸刻。又经樊榭笺疏，使词中本事，词外逸闻，历历可见，诚善本也。向阅宋人说部，见有与集中可引证者，随笔录出，用补樊榭之阙，惜不能重刻，以广其传。而草窗所录词见于杂著者，多同时人所赋，为《绝妙词》之所未载。因别为一卷，而其人与事有可备采撷者，亦仿樊榭之意，备录于篇，虽无当著述，要亦草窗之志也。"余集，号秋室，序未署年号。所辑《绝妙好词续抄》一卷，辑二十八人三十五首词，据《浩然斋雅谈》补录。后得徐楙刻印，徐氏跋(道光己丑)云："戊子夏，予有重镌《词笺》之举，友人瞿子颖山将《续抄》重为编次，嘱附于后。其词大半从《浩然斋雅谈》辑出，余惟《志雅堂杂抄》一阕，《癸辛杂识》、《齐东野语》数阕，兼缀以词话。今检《武林旧事》，又抄录当时供奉诸作，而《雅谈》《杂识》《野语》中尚有未采者，亦在所勿弃。至若王迈、林外、甄龙友诸人之词，句既零星，语涉谐谑，不复录矣。知不免罣漏，聊以补余氏《续抄》之阙云尔。"徐氏辑《绝妙好词续抄》一卷，又补八家十三首。至此可谓编辑较为全备者，后来的翻刻重印，多据此本。如今最易见者为上海古籍影印的华东师大图书馆藏本。按早稻田大学图书馆藏有两刻本，所载内容均同华师大藏本，均有朱笔圈点，除序跋等排列的前后次第有别外，三者版式均存有不同，早大所藏两种，行款同，但字体不一样，其一著录为道光刻本，扉页题曰"绝妙好词笺，续钞附"，四册。其一著录为刻本，扉页所题同前，四册，但与前者版式有别，为后来翻刻本。前者与华师大藏本不尽同，如余、徐二人的续抄，其版心中分别刻有"上"、"下"二字，华师大藏本却无。又立命馆大学藏两种，其一为道光刊本，扉页题曰"道光戊子夏开雕，绝妙好词笺，续钞附"，并刻有印章，曰："绝妙好词，秋声馆主"，凡六册。

有朱笔点读批校,又有森槐南明治乙酉朱笔题识。其中续抄者版心中无"上""下"二字。其二为清覆道光刊本,扉页题曰"绝妙好词笺,续钞附",四册,续抄者版心有"上""下"二字,卷端题名又不标上下。据道光本翻刻重印本不少,其中不少为后来的重修本,只是无法确认其朝代罢了。①

7.《绝妙好词笺》七卷,周密辑,清查为仁、厉鹗笺,《续抄》一卷,清余集辑。南京图书馆藏本扉页题曰"绝妙好词笺七卷附续抄一卷",为篆文。有木牌,题曰:"同治十一年冬,会稽章氏重刊。"上海图书馆藏本扉页又有朱印曰"苏州观西西振新书社督造书籍"。按日本京都大学藏有此书,扉页题同上图本。除《绝妙好词笺》外,还有张惠言的《词选》二卷《续词选》二卷,版式同《绝妙好词笺》,两书为合印,著录为清光绪中会稽章氏刊本,但没有木牌,云为光绪刊本,或为后印? 同治本所据为道光本,其中增补有"武林汇勘姓氏"一项,即:

> 闿斋龚丽正旸谷、听篁沈镳彪蔚哉、野杏项晟晟也、舟堂祝德风培南、芎泉黄士珣俊人、蒋村蒋炯藻存、芸皋周凯仲礼、芝阶庄仲芳、香槎陈培树德、章齋次白、笑生周三燮南卿、杏雪王乃份吉甫、睡庵朱俊彦甫、许乃丰玉年、健八夏之盛松如、梦鸥汪方禄纯佑、米山汪远孙久也、卧陶陈观酉二山、寄松汪潭印三、林桂森秋园、酝香吴培元淳甫、镜泉罗以智子仲、梦园汪金镛在东、阮竹孙承勋子勤、王泰安伯、漱崖赵祖玉、芸舫金森桂堂、梦芗姜同叔父、薇客吴敬义驾六、次欧吴敬范左雍、颖山瞿世瑛良玉、小园樊元进之、戴熙醇士、汪国采子若、樵月董琛子献、许延敬君修、燕来汪正海晏用、竹云汪之虞骈卿。

列三十八人,为清康熙以来历朝刻印《绝妙好词》参与校勘的人士,所录并不全,康熙、乾隆、雍正等刊本的参校人员有二三十余人并不在其中,然足资考证。

8.《绝妙好词笺》七卷附《续抄》一卷,清光绪刊本。所据为道光本,参见道光刊本说明。

知自清初至清代晚期,《绝妙好词》屡有刊印,至宣统、民国时,石印本、排印本也不少见。

---

① 参见林夕《闲闲书室读书记》卷三"绝妙好词笺"一文。

三、浙西词派与笺注本的盛行

(一)朱彝尊等的传抄与刊印

张炎称周氏选本"精粹",所收南宋词人居多,而南宋词人又以居于江浙为多,作为浙派词人,朱彝尊推崇姜夔、张炎等,因此其词集词作成为被推崇的目标就不言而喻了。《乐府补题》得朱彝尊之力而行于世,而周密的《绝妙好词》据说也是得朱氏之力,才得以刊行问世。道光刊《笺注》本"绝妙好词纪事"录何焯《读书敏求记跋》云:

> 绛云未烬之先,藏书至三千九百余部,而钱遵王此记,凡六百有一种,皆记宋板元抄,及书之次第完阙、古今不同,手披目览,类而载之。遵王毕生之菁华,萃于斯矣。书既成,扁之枕中,出入每自携,灵踪微露,竹垞谋之甚力,终不可见。竹垞既应召,后二年,典试江左,遵王会于白下,竹垞故令客置酒高宴,约遵王与偕,私以黄金翠裘予侍书小史,启镭,豫置楷书生数十于密室,半宵写成,而仍返之。当时所录,并《绝妙好词》在焉。词既刻,函致遵王,渐知竹垞诡得,且恐其流传于外也,竹垞乃设誓以谢之。①

又有跋云:"遵王纂成此书,秘之笈中,知交罕得见者。竹垞检讨校士江南日,龚方伯遍召诸名士大会秦淮河,遵王与焉。是夕,私以黄金青鼠裘予其侍史,启篋,得是编,命藩署廊吏抄录,并得《绝妙好词》,既而词先刻,遵王疑之,竹垞为之设誓以谢之,不授人也。"云朱氏以非常手段抄得《绝妙好词》,对此,余集有异议,云:"柯崇朴《绝妙好词》序云:'往余与朱检讨有《词综》之选,摭拾散逸,采掇备至,所不得见者数种,周草窗《绝妙好词》,其一也。嗣闻虞山钱子遵王藏有写本,余从子煜为钱氏族婿,因得假归,然传写多讹。逮再三参考,始厘然复归于正,爰镂板以行之。'据此则非先生所诡得矣,义门之言近诬。"前引柯煜序并未言朱氏得书之事,或朱氏所为是在柯氏所得之前。按《词综》为朱氏编的词选集,始于清康熙十一年(1672),历时八年,成书二十六卷,其后又得同乡汪森增补四卷,于康熙十七年刻成。编《词综》时,朱氏尚未抄得之,详《词综》"发凡"。后汪森补《词综》时,柯南陔曾携周密《绝妙好词》相示,据以采补(详汪氏《词综》

---

① 按此文为吴焯所撰,非何焯,参见林夕《闲闲书室读书记》卷三"绝妙好词"一文。

"补遗后序")。而所谓朱氏的窃抄,因在所编《词综》之后和柯氏刻本之前,朱氏抄得此书,既以誓之,自不便公诸于世。因此说未必是捕风捉影。《曝书亭集》卷四十三《书绝妙好词后》有"顾流布者少,后乃于藏书家抄得"云云,只是一笔带过,不似述说其他,能详述其来源,或因窃抄,不便明言罢了。

朱彝尊对南宋词人,尤其是姜、张一派词人的醉心,在《词综》"发凡"中曾谈及,云:"世人言词,必称北宋,然词至南宋始极其工,至宋季而始极其变,姜尧章氏最为杰出。"姜、张为南宋中晚期词坛大宗。南宋偏安一隅,定都杭州,江浙为繁华富庶之邦,文化中心,也是文人集聚之所。《曝书亭集》卷四十《孟彦林词序》云:

> 宋以词名家者,浙东西为多,钱唐之周邦彦、孙惟信、张炎、仇远,秀州之吕渭老,吴兴之张先,此浙西之最著者也。三衢之毛滂,天台之左誉,永嘉之卢祖皋,东阳之黄机,四明之吴文英、陈允平,皆以词名浙东。而越州才尤盛,陆游、高观国、尹焕倚声于前,王沂孙辈继和于后,今所传《乐府补题》,大都越人制作也。自元以后,词人之赋合乎古者盖寡,三十年来,作者奋起浙之西,家娴而户习,顾浙江以东鲜好之者。

以乡邦胜国而自诩,所云词人多为姜、张一派成员,或与之有关联者。朱氏推崇姜、张,或有这一情结,其《解佩令·自题词集》云:"不师秦七,不师黄九,倚新声、玉田差近。"秦七黄九指北宋词人秦观、黄庭坚,其词以俗艳著称。朱氏于题词中表白了自己的词学取向,《词综》"发凡"云:"古词选本,若《家宴集》《谪仙集》《兰畹集》《复雅歌辞》《类分乐章》《群公诗余后编》《五十大曲》《万曲类编》及草窗周氏选,皆轶不传。独《草堂诗余》所收最下,最传,三百年来学者守为兔园册,无惑乎词之不振也。"表达了对明朝三百年以来热捧《草堂诗余》一书而以俗为美的不满。汪森《词综》"序"云:

> 西蜀南唐而后,作者日盛,宣和君臣转相矜尚,曲调愈多,流派因之亦别,短长互见,言情者或失之俚,使事者或失之伉。鄱阳姜夔出,句琢字炼,归于醇雅,于是史达祖、高观国羽翼之,张辑、吴文英师之于前,赵以夫、蒋捷、周密、陈允衡、王沂孙、张炎、张翥效之于后,譬之于乐,舞箾至于九变,而词之能事毕矣。

又云《词综》编成:"庶几可一洗《草堂》之陋,而倚声者知所宗矣。"标尚纯雅,是浙派词学思想的说明,而《绝妙好词》在清康熙年间多次被刻印,就与此派的主张和取向密切

相关。柯崇朴《重刻绝妙好词序》(康熙乙丑)云:

> 文章之盛衰,岂不因乎其时哉! 夫词始于唐,盛于宋,至南渡后作者辈
> 出,工之益众,然多而无所统则散。草窗周密以骚雅领袖,评骘时贤,表章恐
> 后。人不数首,用拔其尤,询(当作洵)词林之大观矣。自有明三百年来,人竞
> 帖括,置此道勿讲。即一二选韵谐声者,率奉《草堂诗余》为指南。而兹编之
> 弃掷澌漫于残编断简中者,固已久也。圣朝鼎兴,人文蔚起,灵珠荆璧,霞烂
> 云蒸。犹复四十余年,始获睹于今,岂非物之隐见各有其时、而时固难得若此
> 欤? 则幸得之者可不为之珍重而爱惜之欤? 然徒珍重爱惜,而不与好学深思
> 者乐得而共睹之,抑岂草窗编次之意欤? 余所由付剞劂而公诸同好也。其或
> 卷帙残缺,都不可知。故仍其旧为七卷,凡一百三十二人,计词三百八十二
> 首。而述是书之本末如此。若其雅淡高洁,绝去淫哇尘腐之音,此在读者自
> 得之,不复赘云。

得之者为柯氏之侄,而主刊者则柯崇朴本人。所谓"雅淡高洁,绝去淫哇尘腐之音",追慕雅洁,去俗鄙艳,表达的思想与朱氏多同。

(二) 厉鹗等人的笺注

浙派词人有前后期之分,前期领袖为朱彝尊,后期领袖是厉鹗。厉氏在《绝妙好词》的贡献较朱氏更进了一层。查、厉二氏笺注本,前有厉氏序(乾隆十三年)云:

> 《绝妙好词》七卷,南宋弁阳老人周密公谨所辑。宋人选本朝词,如曾端
> 伯《乐府雅词》、黄叔旸《花庵词选》,皆让其精粹,盖词家之准的也。所采多绍
> 兴迄德祐间人,自二三巨公外,姓字多不著。夫士生隐约,不得树立功业,炳
> 焕天壤,仅以词章垂称后世,而姓字犹在若灭若没间,无人为从故纸堆中抉别
> 出之,岂非一大恨事耶?

厉氏本人仕途不通达,于书无所不窥,著述繁富。所谓"夫士生隐约,不得树立功业,炳焕天壤,仅以词章垂称后世,而姓字犹在若灭若没间",叹生世落拓不偶,借此抒写一己情怀。王昶《蒲褐山房诗话》云:"征君性情孤峭,义不苟合。读书搜奇爱博,钩新摘异,尤熟于宋元以来丛书稗说。以孝廉需次县令,将入京,道经天津,查莲坡先生留之水西庄,觞咏数月,同撰周密《绝妙好词笺》,遂不就选而归。"厉鹗乾隆元年应博学鸿词科,试日误写论在诗前,报罢。晚年,值部铨期,复入京,行次天津,与查氏觞咏数月,不就

选而归。

深谙宋元以来丛书稗说,笺注《绝妙好词》,对厉氏来说,应该说是不太困难的。查为仁,平生行迹不甚详,据厉氏跋,知有《诗余纪事》若干卷,书未存,也未见他处著录。《樊榭山房集外词》吴允嘉序云:"厉君太鸿于诗古文之外,刻意为长短句,拈题选调,与紫山相倡和,大约怀古咏物之作为多。数月之间动成卷帙,声谐律叶,骨秀神闲,当于豪苏腻柳之间别置一席,至于琢句之隽,选字之新,直与梅溪、草窗争雄长矣。"所谓"怀古咏物",这是南宋姜、张一派词之特长。道光刊本"绝妙好词题跋附录"引录厉氏题跋(康熙六十一)云:

> 张玉田《乐府指迷》云:"近代词如《阳春白雪集》《绝妙词选》,亦有可观,但所取不甚精一,岂若草窗所选《绝妙好词》为精粹,惜此板不存,墨本亦有好事者藏之。"据此,则是书在元时已为难得。有明三百年,乐府家未曾见其只字,徒奉沈氏《草堂》选为金科玉律,无怪乎雅道之不振也。幸虞山钱遵王氏收藏抄本,禾中柯孝廉南核(当作陔)、钱塘高詹事江村校刊以传,是书乃流布人间矣。近时购之颇艰,余最有倚声之癖,吴丈志上掇残帙以赠,仅得二卷。

又借于符君幼鲁属门人录成,乃为完好。

知所得为康熙时刊本,为残存二卷,其序云"向尝缀拾一二,每自矜创获",而未能卒其业,或与所得不全有关,故进京候选,途经天津,假馆查氏,见其全者,竟弃选,与查氏"相与篝灯茗碗,商确笺注,搜罗考订,颇瘁心力"(查氏跋),可见僻嗜之尤。至于以为明朝三百年词学不振,为《草堂诗余》所乱,与朱彝尊有同慨。

查、厉二人的笺注,主要用力在两个方面:

其一,补词人小传,多能详其籍贯、仕宦、著述等。于词则注明典事出处,如卷三杨彦瞻《踏莎行·雪中疏寮借阁帖更以薇露送之》"梅观初花蕙庭"一词笺云:

> 《法帖谱系》云:熙陵以武定四方,载櫜弓矢,文治之余,留意翰墨,乃出御府历代所藏真迹,命侍书王著摹勒刻板禁中,厘为十卷,此历代法帖之祖。

> 《格古要论》云:太宗搜访古人真迹,于淳化中命侍书王著摹勒,作十卷,用枣木板刻,置秘阁上。有银锭纹,用澄心堂纸,李庭珪墨拓打,以手揩之,墨不污手,亲王大臣各赐一本,人间罕得。

> 《读书附志》云:《淳熙秘阁续法帖》十卷,淳熙十二卷(当作年)三月十九

日奉圣旨摹勒钟繇诸人帖。

《武林旧事》云：诸色名酒：蔷薇露、流香，并御库。

《中兴馆阁续录》云：高似孙，字续古，鄞县人，淳熙十一年进士，庆元五年十月除秘书省校书郎，六年二月通判徽州。

就词题中"阁帖"笺注，可谓详致。又于卷七周密《国香慢·赋子固凌波图》"玉润金明"笺云：

《珊瑚网》：赵孟坚水墨双钩水仙卷，自跋云："余久不作此，又方病目未愈，子用征凤诺，良亟急起，描写转益拙俗，观者求于形似之外可尔，彝斋。"弁阳老人周密题夷则《国香慢》云云。

《乐郊私语》云：赵孟坚子固，宋宗室也。入本朝，隐居嘉禾之广陈镇。时载以一舟，舟中琴书尊勺毕具，往往泊蓼汀苇岸，看夕阳，赋晓月为事。从弟子昂自茗中来访，公闭门不纳，夫人劝之，始令从后门入。坐定，第问："弁山笠泽佳否？"子昂云："佳。"公曰："弟奈山泽佳何。"子昂惭退。

《画鉴》云：赵子固墨兰最妙，叶如铁花，茎亦佳。作石用笔如飞白书状，前人无此也。画梅竹、水仙、松枝，皆入妙品，水仙为尤高。子昂专师其兰石，览者当自知其高下。

《画禅室随笔》云：子固水仙欲与杨无咎梅花作敌。周草窗极重其品，曾刺舟严陵滩下，见新月出水，大笑云："此文公所谓绿净不可唾，乃我水仙出现也。"

多是就词人行迹等相关方面的事情详为笺证，很少涉及到词句出处、词中典事等的笺注。

其二，笺注本另一显著特色，就是对《词旨》中提到的所谓对句均予以拈出强调，《词旨》为元陆行直所撰，有序云："夫词亦难言矣，正取近雅，而又不远俗。予从乐笑翁游，深达奥旨制度所法，因从其言，命韶暂作《词旨》。"乐笑翁即张炎，与周密亦有交往。以徐氏刊本所载，涉及到的词人：卷一有张孝祥、范成大、辛弃疾、刘过、谢懋、陈亮、洪咨夔、徐照、刘翰。卷二有姜夔、刘仙伦、孙惟信、史达祖、高观国、张辑、王嵎。卷三有刘克庄、罗椅、杨缵、赵汝茪、陆叡、萧泰来、刘过、李肩吾、黄昇。卷四有吴文英、翁元龙、江开、楼采、赵闻礼、施岳。卷五有陈允平、张枢、莫崘、丁宥、汤恢、赵淇。卷六有李彭老、李莱老、王易简、张磐、张炎。卷七有周密、王沂孙、赵与仁。凡四十五家,涉及到的作品有七十首左右。

《词旨》云:"尝学词于乐笑翁,一旦,与周公谨父买舟西湖,泊荷花而饮,酒半,公谨父举似亦颜学词之意,翁指花云:'莲子结成花自落。'"意取自然,又云:"词不用雕刻,刻则伤气,务在自然。周清真之典丽,姜白石之骚雅,史梅溪之句法,吴梦窗之字面,取四家之所长,去四家之所短,此翁之要诀。学者所谓'刻鹄不成尚类鹜'者也,不可与俗人言,可与知者道。对句好可得,起句好难得,收拾全藉出场。"标举如此,而诸人多是精心构撰,却要出之以自然,《词旨》分属对、奇对、警句、词眼,笺注本详为拈出,也可见其意趣宗尚,为浙派词人所醉心处。

第十二章　清代两宋词集的评批

词集的评批,自南宋就出现了,如黄昇的《花庵词选》,又刘辰翁评陈与义的词集。明朝则有李濂评辛弃疾词集,明末毛晋评批的两宋词集渐多,毛氏于每种词集的题跋文多有评赏性的言论,而毛氏刊本的批语则多属版本方面的问题,校异说同,偶有品赏。入清以来,对两宋词别集的评批渐多,其中又以手批本居多,盖为评批者阅读时随手的批阅,有名流,也有无名之卒。此择二三家略论之,以见读者的赏鉴与相关词集的接受热度。

第一节　朱彝尊手批宋词别集

此书为毛晋汲古阁刻《宋六十家词》本,存三册,其中一册封面有陈乃乾墨笔题云:

> 朱竹垞评宋人词四集,此《六十家词》,残本两册,旧题为朱竹垞评,考《小山词》尾叶批注有"受知家东山"之语,当为吾邑查氏手笔,不得以卷首印记,遽定为竹垞本也。己巳十月陈乃乾。

云两册,或后有配补,所存三册,存晏殊《珠玉词》、晏几道《小山词》(合一册)、柳永《乐章词》(一册)、周邦彦《片玉词》、方千里《和清真词》(合一册),为毛氏汲古阁刻本。钤有"朱锡鬯印""彝尊""王塸孙纪念物",知为朱彝尊藏本。据毛氏刊本所列诸家次第,二晏父子和周、方词集不应合册,或为重新装订。

《小山词》毛晋跋末有朱笔题云:"余受知家东山先生,每读小山此序,辄堕西洲门之泪矣。"按查继佐(1601—1677),字伊璜,号与斋,又号左尹,自号东山钓史,浙江海宁人。明崇祯癸酉举人。晚辟敬修堂于杭之铁冶岭,著书其中,学者称敬修先生。工书画,以诗文名当世。性耽音律,善作曲,晚年流连声乐以终。著有《敬修堂集》《罪惟录》等。题跋者不详,当为查氏族人。此跋并不能说书中评批为查氏所为,朱氏小查氏二十八岁,朱氏得查氏藏本批之,这是没有什么疑问的,陈乃乾也只是推测。笔者以为还是"旧题为朱竹垞评"为是。

此本《片玉词》评批语的卷上有十四首,卷下有二十首,补遗有二首。其批语有二类:其一是批有"选"或"选定"字的,这或与选词有关。朱氏辑有《词综》,凡二十六卷,又有汪森增补十卷。全书录唐五代宋金元人六百五十九家词作二千余首。其拟选情况如下:

一、标示"选"字的有:卷上有三首:《风流子》"枫林凋晚叶"、*《夜飞鹊》"河桥送人处"、《月中行》"蜀丝趁日染千红"。卷下有八首:《南乡子》"户外井桐飘"、《浣溪沙》"薄薄纱幮望似空"、《夜游宫》"叶下斜阳照水"、《诉衷情》"出林杏子落金盘"、《虞美人》"廉纤小雨池塘遍"、《虞美人》"淡云笼月松溪路"、《看花回》"秀色芳容"、《看花回》"蕙风初散"。补遗仅一首:《浣溪沙》"水涨鱼天拍柳桥"。

二、标示"选定"的有:卷上有七首:*《兰陵王》"柳阴直"、*《满庭芳》"风老莺雏"、*《玉楼春》"桃溪不作从容住"、《蝶恋花》"月皎惊乌栖不定"、*《少年游》"并刀如水"、《少年游》"南都石黛扫晴山"、《少年游》"朝云漠漠散轻丝"。卷下有十一首:《满江红》"昼日移阴揽衣起"、*《西河》"佳丽地"、《西河》"长安道"、《浣溪沙》"翠葆参差竹径成"、《浣溪沙》"雨过残红湿未飞"、*《一落索》"杜宇催归声苦"、《虞美人》"灯前欲去仍留恋"、《虞美人》"疏篱曲径田家小"、《虞美人》"玉觞才掩朱弦悄"、《虞美人》"金闺平帖春云暖"、《醉桃源》"菖蒲叶老水平沙"。

二者拟选共三十首,其于《片玉词》卷上有朱笔批云:"选定十七首。"实际标明选定的有十八首。按《词综》卷九选周氏词三十七首,上述拟选的只有七首(前标星号者)见于其中。据《词综·发凡》知采用的周邦彦词集名《清真集》三卷,而不是《片玉词》,据毛晋跋知其家藏周氏词集凡三种,一名《清真集》,一名《美成长短句》,均不满百阕。又有宋刻《片玉集》二卷,存词一百八十有奇。疑朱氏所据《清真集》虽三卷,但不足百首,而是以毛氏汲古刊本作为参选者。

除了批有"选"或"选定"字词，还有评批之语，见于标示"选"或"选定"词者，又见于未标明拟选的词作。这类批语的词涉及有十余首，其中主要点就是论其俚俗之词，如卷上《意难忘》，其词云：

> 衣染莺黄。爱停歌驻拍，劝酒持觞。低鬟蝉影动，私语口脂香。檐露滴，竹风凉。拚剧饮淋浪。夜渐深，笼灯就月，子细端相。　知音见说无双。解移宫换羽，未怕周郎。长颦知有恨，贪要不成妆。些个事，恼人肠。试说与何妨。又恐伊、寻消问息，瘦减容光。

眉批云："清真妙处，全不在此，而世人苦爱之，何也？""全不在此"之"此"，当指的俗语艳情词，也就是前人所云格调不高，张炎《词源》云：

> 词欲雅而正，志之所之，一为情所役，则失其雅正之音。耆卿、伯可不必论，虽美成亦有所不免。如"为伊泪落"，如"最苦梦魂，今宵不到伊行"，如"天便教人，霎时得见何妨"，如"又恐伊，寻消问息，瘦损容光"，如"许多烦恼，只为当时，一晌留情"，所谓淳厚日变成浇风也。

又明田汝成《西湖游览志余》卷十二云："周美成邦彦，钱唐人，疏隽少检，不为州里推重……能自度曲，制乐府长短句，词韵清蔚，名其居曰顾曲堂。其所制《意难忘》云（略），其词格大率类此。"所指就是诸如此类的作品，柳永是以写俚俗艳情词见长的，而周邦彦在柳氏基础，又有其特有的魅力，这类词，往往曲尽迎门买笑者情态，一笑一颦，一举一动，描摹勾勒，传神写照，如身临其境。《古今词统》云："'贪要不成妆'，娇痴触目，末句与孙夫人'怕伤郎、又还休道'，皆曲体人情。"正是"曲体人情"，方见其逼真之处，也就见其可爱之处，凡有井水处，人皆诵唱，柳词如此，周词也是如此，它符合人们的心理感受和审美要求，尤其是大众化的要求，也是词之本色的最好体现，能打动人心，故传唱既广久久。张炎虽以为其不雅，但也不否认其魅力，《山中白云词》卷一《国香》"莺柳烟堤"序云："沈梅娇，杭妓也，忽于京都见之，把酒相劳苦，犹能歌周清真《意难忘》《台城路》二曲，因嘱余记其事，词成，以罗帕书之。"又卷四《意难忘》"风月吴娃"（或作"槐柳阴斜"）云："中吴车氏号秀卿，乐部中之翘楚者，歌美成曲，得其音旨，余每听，辄爱叹不能已，因赋此以赠。余谓有善歌而无善听，虽抑扬高下、声字相宣倾耳者，指不多屈，曾不若春蚓秋蚓，争声响于月篱烟砌间，绝无仅有，余深感于斯，为之赏音，岂亦善听者耶？"柳、周诸人的这类词，不仅仅是其词意能曲尽人情，体贴入微，还在于其音律的谐美。清尤侗《苍梧词序》云："及咏周美成'低鬟蝉影动，私语口脂香'，则泪痕犹在，笑靥自开矣，词之能感人如此。"又《古今词论》"毛稚黄词论"云："清真'衣染莺黄'词，忽而欢笑，忽而悲泣，如同枕席，又在天畔，真所谓不可解不必解者。此等最是难作，作亦最难得佳。"陈廷焯《白雨斋词话》云："美成艳词，如《少年游》《点绛唇》《意难忘》《望江南》等篇，别有一种姿态。句句洒脱，香奁泛语，吐弃殆尽。"都谈到了其魅力之所在，也就是读其词，就仿佛词中描摹的情景会逼真的展现面前，较晚唐五代北宋以来此类词来说，少了空泛刻板，多了几许灵动。

在这一点上，周走的是柳永的路子，又如卷下《归去难》云：

> 佳约人未知，背地伊先变。恶会称停事，看深浅。如今信我，委的论长远。好采无可怨。自合教伊，推些事后分散。　　密意都休，待说先肠断。此恨除非是，天相念。坚心更守，未死终须见。多少闲磨难，到得其时，知他做甚头眼。

眉批云"此等词直似柳七唾余"，又如《青玉案》云：

> 良夜灯光簇如豆，占好事，今宵有。酒罢歌阑人散后。琵琶轻放，语声低颤，灭烛来相就。　　玉体偎人情何厚，轻惜轻怜转唧嚼。雨散云收眉儿皱。只愁彰露，那人知后，把我来僝僽。

眉批云："山谷集中亦载此调，不同，而工拙自见。"又批云："此等调，便与屯田同臭味矣。"黄庭坚也写了不少这类词，即以俗语、口语、俚话描摹声妓们的生活情态，未免涉亵，如《忆帝京》云：

> 银烛生花如红豆，占好事，如今有。人醉曲屏深，借宝瑟，轻招手。一阵白蘋风，故灭烛，教相就。　　花带雨，冰肌香透。恨啼鸟，辘轳声晓，柳岸微凉吹残酒。断肠人，依旧镜中销瘦。恐那人知后，镇把你来僝僽。

与黄庭坚之作除词调不同外，词境均同，王国维《真清先生遗事》"尚论三"云："先生逸词，除毛氏所录《草堂》数阕外，罕有所见，只《乐府雅词·拾遗》下《南歌子》一首、《能改斋漫录》载先生增王晋卿《烛影摇红》半阕耳。惟伪词最多，强焕本所增，强半皆是，如《片玉词》上《青玉案》'良夜灯光簇如豆'一阕，乃改山谷《忆帝京》词为之者，决非先生作。"宋词中改易之作不少见，有些是改易他人词作，如苏轼、黄庭坚等人改易张志和渔父词，歌妓改易秦观《满庭芳》词等；有些或是作者本人的前后窜易，如黄庭坚、张炎词集中就存有同调而文略异的词。至于《青玉案》是否为周氏之词，王国维的根据是，强焕辑本有一百八十余首，其中过半可能不是周词，理由是方、杨等人和词均只九十余首，因此周词可能也止九十余首，另外毛晋跋云有宋刊《清真集》不满百首，又今存宋刊陈注十卷本不见载此词，或以为此本一至八卷止九十八首，似《清真集》前二卷，后二卷三十二首似为续集一卷者。吴则虞校云："此类词未必美成所撰，抑或当筵付歌者之作，故不著隽语，信手拈来，只合音拍易于演唱耳。"吴氏也不能确认。不过认为周氏应歌者之需，取黄氏词改易而成，还是有道理的，这本来就是个非常随意的事，一时取乐之需。就俚俗言情之词而言，柳词直露，黄词粗俗，周词缠绵。

除论及俚俗情词外，又于《虞美人》"灯前欲去仍留恋"、"廉纤小雨池塘遍"、"疏篱曲径田家小"、"淡云笼月松溪路"、"玉筋才掩朱弦悄"、"金闺平帖春云暖"眉批云："六首俱有情态，吾于是服清真矣。"六词均是言情之作，其中"金闺"、"廉纤"二词见陈注本卷七"单题"，"灯前""疏篱""玉筋"见陈注本卷十"杂赋"，而"淡云"一词不见载。考第二首有"宜城酒泛浮香絮"句，宜城属襄阳府（今湖北），当作于仕宦荆州间。又第四首有"松溪路""绕松溪"，此词今注本未注明所作时间地点，考宋乐史《太平寰宇记》卷一百一"江南东道十三·建州"云："松溪县，西三百四十里，元三乡，本建安县地，旧为闽越之界，戍兵所屯，号松溪镇焉。伪唐保大中得闽地，因为县，取旧镇为名。其界松溪，源自处州龙泉县，东北流入，自县正西，合于建安县界。"按徽宗宣和二年，周邦彦知处州（浙江丽水），旋罢，提举南京（河南商丘）鸿庆宫，居睦州（浙江建德县）。知松溪县与处州交界，词当写于是年暮春时节。而六词不是一时一地之作，"灯前"写别离之景，上片写欲去不忍，以不久即归，写对女子的宽慰；下片写女子的牵挂，担心男子前所云是否谎言，为脱身之计。"廉纤"写别后之孤寂。"疏篱"写出行所见所感，上片写破晓，即将乘船而离去；下片来送行，以成对的睡鸭被惊散，喻与女子不得不分开，其悲可知。"淡云"写梦中思恋之情，词当写知处州时，为暮春时节，或是去职时离别之情。"玉筋"写夜思，上片写长夜未眠，盖对酒独酌，佳人虽居桥之南畔，却不能相见；下片是追写夜中之景，圆月、孤影、凄风、残灯，确实令人难眠。"金闺"叙写约会之事，描摹切盼之态。六首写为情所苦的诸种状况，悽惋哀楚。

又有《玉楼春》一词云：

> 桃溪不作从容住，秋藕绝来无续处。当时相候赤栏桥，今日独寻黄叶路。

烟中列岫青无数,雁背夕阳红欲暮。人如风后入江云,情似雨余黏地絮。

眉批云:"绝似小山。"按此词见《草堂诗余》卷一,题作"天台",附录云:"按东坡有《点绛唇》词咏天台云:'醉漾轻舟,信流直到花深处。尘缘相误,无计花间住。　　烟水茫茫,回首斜阳暮。山无数,乱红如雨,不记来时路。'盖全用刘、阮天台事也。今并附于此。"即咏汉刘晨、阮肇于天台县桃源溪遇仙女的艳情故事,考明李贤等撰《明一统志》卷四十七"台州府"云:"赤栏桥,在府城临海门。旧经:晋成公绥为章安令,登桥望江,制雪赋。"词当作于知处州时,清周济《宋四家词选》云此词"只赋天台事",盖据《草堂诗余》而来。时词人已六十余岁,词中虽借咏刘、阮之事,但不是张扬男女情事,而是重在抒写情缘之感。朱弁《风月堂诗话》卷上云:"参寥自余杭谒坡于彭城,一日燕郡寮,谓客曰:'参寥不与此集,然不可不恼也。'遣官妓马盼盼持纸笔就求诗焉,参寥诗立成,有'禅心已似沾泥絮,不逐东风上下狂'之句,坡大喜曰:吾尝见柳絮落泥中,私谓可以入诗,偶未曾收拾,遂为此人所先,可惜也。"宋吴曾《能改斋漫录》卷八云:"唐僧皎然《苔李季兰》诗云:'天女来相试,将花欲染衣。禅心竟不起,还捧旧花归。'乃悟参寥苔杭妓诗:'禅心已作沾泥絮,肯逐东风上下狂?'"周氏词自诗意出而反用之,盖毕竟不是出家人,欲作了断,并不是件容易的事。清陈廷焯《白雨斋词话》卷一云:"美成词,有似拙实工者,如《玉楼春》结句云:'人如风后入江云,情似雨余黏地絮。'上言人不能留,下言情不能已。呆作两譬,别饶姿态,却不病其板,不病其纤,此中消息难言。"委婉妩媚,出之于清新典丽之语。朱氏云此词写法风格似晏几道,尤其是下片,化前贤诗句,更觉得楚楚动人,意态充盈。周济云"态浓意远",朱氏云其词风格似晏几道,是有道理的,杨铁夫《清真词选笺释序》云:"抑余更有说者,梦窗之词出清真,知之者多;清真之词出自何人,知之者少。今细心潜玩,知于小山为近,不独语摹句仿,即神气亦在即离之间,然谓清真之小令源出小山可也。"则不仅是貌似,而且还是神似。

第二节　诸手批本张炎词集

张炎(1248—1320?)字叔夏,号玉田,又号乐笑翁。寓居临安(今浙江杭州),南宋灭亡后,浪迹江湖,其间曾被召赴大都缮写金字藏经,不久返归,落拓以终。所著词集名《玉田词》,又名《山中白云词》。晚年撰《词源》二卷,上卷论词之音律,下卷论作词之法。张炎的词集编成于元朝,明代沉寂不闻,入清后不仅刻印的频率高,而且传抄本、手批本也大量地出现,这在两宋词作家中是不多见的。

一、词集的传刻

张炎词的结集,是入元后的事,有同时交游诸序可证,如舒岳祥、郑思肖、邓牧、仇远等,这些人均是宋遗民。舒氏元成宗大德元年(1297)序云张炎至宁海,前来拜见,以词集相示,时张炎已五十岁。邓氏序云:"岁庚子相遇东吴,示予词若干首,使为序。"庚子即大德四年。据吴则虞《山中白云词》附"传记",知大德三年(1299)仇氏在杭州有赠张氏诗,序当作于此时。郑思肖序所作年月不详。据今人推算,张炎卒于元仁宗延祐七年(1320)年左右,距此次词作的结集尚有二十余年。今存张氏词集足本所载多是其晚年之作,因此说,舒氏等人所见张炎的词集当为其早期结集的一个本子。入明后,张氏词集存二种,一名《玉田词》(或称《玉田集》)的,二卷,或不分卷(又称一卷),存词一百五十左右。一名《山中白云词》,存词三百首左右。舒氏等人所见早期结集的本子,也就是称作《玉田词》的,这从舒氏等人序题中署名《玉田词》可知。今存有明抄本《玉田词》二卷,见于明吴讷《唐宋名贤百家词》和明石村书屋抄《宋元明三十三家词》中,《百家词》本为上下卷,前有郑思肖序,后有仇远序,存词一百五十三首,核以所载词作年代可考者,如《高阳台》"古木迷鸦"(世祖至元十五年,即公元 1278 年)、《台城路》"十年前事翻疑梦"(至元十六年)、《疏影》"柳黄未结"(至元二十八年)、《西子妆》"白浪摇天"(至元三十一年)、《长亭怨》"记横笛玉关高处"(大德二年)、《声声慢》"穿花省路"和《探春》"列屋烘炉"(大德三年)、《新雁过妆楼》"遍插茱萸"(大德九年),知在大德年间张炎对自己的词作进行了结集,也就是说《玉田词》中所收诸作不会晚于六十岁。元孔齐《静斋至正直记》卷四云:"有《山中白云集》,首论作词之法,备述其要旨。"未言卷数,所谓"首论作词之法,备述其要旨",当是就《词源》而言,这个本子就是传于后世的所谓的足本词集。其与《玉田词》是不同的,盖《玉田词》结集时,《词源》尚未写成。孔齐,字肃夫,号行素,又号静斋。山东曲阜人,生卒年不详,元惠宗至正间,避居四明(今浙江宁波)之东湖,为元代晚期时人。

殷重《山中白云序》云："况几经兵燹,犹自璧全,非天有以宝之,能至此乎?"殷重,字孝思,明初吴门(今江苏吴县)人,事迹不详。其云"几经兵燹,犹自璧全",当指足本词集而言。又井时序云："成化丙午春二月朔,偶见是帙鹤城东门药肆中,即购得之,南村先生手抄者,盖百余年矣,凡三百首,惜无录目。五月初九日辑录,以便检阅。"知得于明宪宗成化二十二年(1486),南村,指陶宗仪(1316—?),字九成,黄岩(今属浙江)人。元末隐居华亭,明洪武初累征不就,晚年出应聘为教官。姜夔、张炎二人词集现今最早的传本,均与陶氏有关,其跋《白石道人歌曲》云："至正十年岁在庚寅正月望日,如叶君居仲本,于钱唐之用拙幽居,既毕,因以识其后云。天台陶宗仪九成。"又云："此书俾他人抄录,故多有误字。今将善本勘雠,方可人意。后十一年庚子夏四月也。"知惠宗至正十年(1350)请人抄录,至正二十年重校。井时序云已有"百余年",知传抄张炎词集的时间大体同姜氏词集。张炎词集在明代罕见著录,只知有抄本《玉田词》流存,见于明人编辑的词集丛书中,也有明抄单行本存世,但为数仍然是极少的。翻检明代藏书目、藏书志,其中记载有不少宋元人的词集,如南宋姜夔、周密、王沂孙、吴文英等人词集,都有不止一家的著录,而张氏词集却难觅踪影。

张炎的词集被重视,是入清后的事了,这首先得力于朱彝尊的努力。朱氏编有《词综》,《词综·发凡》云："是编所录,半属抄本。"所录词集名目,其中有张炎《玉田词》二卷①,又云："至张叔夏词集,晋贤所购,合之牧仲员外、雪客上舍所抄,暨常熟吴氏《百家词》本较对无异,以为完书。顷吴门钱进士宫声相遇都亭,谓家有藏本,乃陶南村手书,多至三百阕,则予所见,犹未及半,漏万之讥,殆不免矣。"知编《词综》时,尚未见到足本《山中白云词》。钱中谐,字宫声,号庸亭,清顺治十五年(1658)进士,康熙十八年(1679)召试博学鸿辞,举一等,授翰林院编修。朱氏自钱氏处传录了陶宗仪抄本,厘为八卷,后世诸刻本、抄本多源于此。

朱彝尊得到了《山中白云词》,友人龚翔麟、李符等取以校刊,自此后,历康熙、雍正、乾隆、嘉庆、道光、光绪朝,屡有校勘刻印。杜诏雍正四年(1726)序云："康熙乙酉冬,余奉命分纂《御选历代词》,始得竹垞所得《玉田词》抄本,时亦未知有《山中白云》名

----

① 按《词综》卷二十一张炎小传云："有《玉田词》三卷,郑思肖为之序。"三当为二之讹,其后清李调元《雨村词话》卷二云张氏有《玉田词》三卷,盖亦承袭而言,非真有三卷本者。

目也。迨己丑春,复命修《钦定词谱》,同馆楼敬思视余《山中白云词》,盖钱塘龚氏所刊。"康熙乙酉为康熙四十四年(1705),己丑为康熙四十八年,知龚本刻于康熙四十六年(1707)左右,其后康熙末年上海曹炳曾得陆简兮手抄批阅本,精书镂版。据吴则虞《玉田词版本述略》,在龚刻、曹刻之后,乾隆时有四次刊印,嘉庆、道光各一次,光绪时有三次,另有钱塘项氏刊本,具体时间不详。此外民国三年朱孝臧又重刊江昱疏证本,知张炎词集在清代除同治、宣统朝未见提及刊刻的事外,其余各朝都有刊印之举,这在宋词作家中是不多见的,至少说明了张氏词集在清代自始至终都保持着较高的需求量,这既与清朝的词派活动,尤其是浙西词派的造势有关联,也与在这种火热的态势下人们的趋从心理有关,不论是词派成员,还是普通读者,这在后文的论述中可见一斑。

二、评批本词集

入清后,张炎词集的刊本、抄本风行于世,除此外,还有大量的评批本问世,这在宋元人诸词集中,也是不多见的。录所知如下:

1. 楼俨评本。楼氏(1669—?),字敬思,号西浦,浙江义乌人,家上海。历官按察使等。康熙时曾奉诏纂修《词谱》,批本不明,后人评批本中屡有引录其评语。

2. 陆简兮批阅本。曹炳曾《山中白云词序》云简兮陆氏出手录批阅《山中白云词》见示,所批内容不详。

3. 汪宪批校本。吴则虞《玉田词版本述略》载有汪鱼亭藏旧抄本《玉田词》二卷,云:"鱼亭上有批校。"汪宪(1721—1771),字千陂,号鱼亭,寓居杭州,家有振绮堂。清乾隆十年(1745)进士,以资补刑部陕西司员外郎。性好蓄书,多善本,丹黄点注,终日不倦。此本批校情况不明。

4. 樊桐山人手批本。瞿世瑛《清吟阁书目》卷三载有樊桐山人手批张炎《山中白云词》。已知清人号樊桐山人有二,一是朱琰,又作朱炎,字桐川,号笠翁,又号樊桐山人,浙江海盐人。乾隆三十一年进士,官阜平知县。一是吴昌祺,原名吴庆祺,字仲畬,浙江余杭人,事迹不详。批本情况不明。

5. 吴蔚光评批本。吴氏(1743—1803),又作吴蔚光,字悊甫,一字执虚,自号竹桥,晚号湖田外史,江苏常熟人。乾隆四十五年进士,选翰林院庶吉士,改礼部主事。

评批情况详后。

6. 张惠言评批本。张氏(1761—1802),字皋文,江苏武进人。嘉庆四年(1799)进士,改庶吉士,授翰林院编修。为常州词派的创始人。著有《茗柯集》《茗柯词》。所批之本为乾隆初年仁和赵昱重刻龚氏刊本,今由马兴荣先生整理,刊载于《词学》第十五辑上,涉及到的词作有五十三首。

7. 顾广圻批本。顾氏(1766—1835),字千里,号涧薲、思适居士等,江苏吴县人。县诸生,通经学、小学,尤精校雠。有《思适斋集》。戈载《宋七家词选》张炎《玉田词序》有"又将顾丈涧薲批、李丈子仙批本互勘"云云,所批内容不详。

8. 李福批本。李氏(1769—1821),字备五,号子仙,吴县人。嘉庆十五年举人,擅诗词,著有《拜玉词》。有手批张炎词集,参见前项。所批内容不详。

9. 戈载批校本。戈氏(1786—1856),字宝士,号顺卿,吴县(今江苏苏州)人。诸生,官国子监典籍。为"吴中后七子"之一,编有《宋七家词选》,成于道光年间。其序《玉田词》云:"《山中白云词》八卷……予读是集,手校五过,又将顾丈涧薲、李丈子仙批本互勘。近寓秦邮,复与王君宽甫商榷,一一皆识于卷端,兹所录者,就其异同,更加各选家参订,折衷于至当不易,似无遗憾。""手校五过",知用力之勤之多。

10. 单学博藏本。笔者寓目,此为过录吴尉光评语本。所批为康熙龚氏玉玲珑阁刻本,首尾有缺页,钤印有:"单学博印""香山顽弟""家在钓渚""师白"。张慧剑《明清江南文人年表》道光三年(1833)载:"常熟单学博师白著《海虞诗话》十六卷。"又道光十年载:"常熟单学博跋所见宋刘克庄《后村先生诗集大全》。"知为江苏常熟人,道光时在世。此本无批者或藏者序跋,以下简称单本。

11. 修师藏本。名姓事迹均不详,参见下一则。

12. 许廷诰藏本,笔者寓目,此为过录吴尉光评语本,其间有少许为许氏增评。所批为康熙龚氏玉玲珑阁刻、乾隆元年宝书堂印本,清许廷诰批跋、许元恺跋。李放《皇清书史》卷二十四云:"许廷诰,字八谦,常熟诸生,工楷隶。"又云:"许元恺,字宾门,廷诰子。国子生,八分书。"瞿冕良《常熟先哲藏书考略》云:"许廷诰,原名景诰,字八谦,清嘉庆间人。工汉隶,尤善诗词,有《硕宽堂诗草》《荷锄轩乐府》。"按此本许氏题识较多,署以年月,其中谈及嘉庆七年至二十五年间十余年间从事张炎词选之事,又有"道光戊申五月一二日临修师阅本。时请□年八十四矣"云云,知为道光二十八年过录修师藏本,修师姓氏不详。又有许元恺咸丰丁巳(1857)题跋一。此本以下简称许本。

13. 振珊藏本。此为过录吴蔚光评语本,参见下则说明。振珊姓氏及事迹不详。

14. 邵渊耀藏本。笔者寓目,此为过录吴蔚光评语。所批为康熙末年曹炳曾城书室刻本,为邵渊耀过录吴蔚光、许廷诰批跋,其间有少许为邵氏增评。书末有邵氏墨笔题云:"丁巳新秋,从莲墅借得振珊舅氏临吴礼部竹桥先生批阅本,照临一遍,间以管见,有所损益。别有朱笔,则临许伯缄赞府阅本。……咸丰七年六月蓉龛记,时年七十。"丁巳即咸丰七年(1857),知邵氏生于乾隆五十二年(1787)。振珊舅氏姓氏不详,许伯缄即许廷诰,知批语为邵氏咸丰七年过录振珊舅氏和许廷诰藏本。瞿冕良《常熟先哲藏书考略》云:"邵渊耀,字充有,号环林,清嘉庆间人,嗜学,工诗。"此本以下简称邵本。

15. 翁氏藏本,笔者寓目,此为过录吴蔚光评语本。抄本,无格栏,半页十行,行二十字,卷端题"山中白云",朱、墨笔批点。首页卷端下题:"西秦玉田生张炎叔夏";楷书,十行二十字,朱笔圈点,前有总目。钤有"翁万长藏""翁之廉长寿印""锦芝""翁印之廉"等印,知原为翁氏藏书。《常熟翁氏藏书图录》著录有此书,云为翁心存(1791—1862)、翁同书(1810—1865)、翁同龢(1830—1865)三代所藏。著录为:"张炎《山中白云词》八卷,清中期抄本,一册,纸本。"附首页彩色照片,其说明中有"邓日心批注"云云,此本藏上海图书馆。

16. 陈澧评批本,葛渭君《几种知见的前贤手批宋人词集》①一文中云有陈氏评批《山中白云词》,曾为朱孝臧、吴庠等迻录,今未见。按陈澧(1810—1882),字兰甫,号止斋,广东番禺人,道光十二年举人,曾授河源县训导,晚为菊坡精舍山长。

17. 赵宗建藏本。赵宗建《旧山楼书目》"庚"载有临吴竹桥看本《山中白云词》。笔者寓目,此为过录吴蔚光评语本。所据为康熙六十一年曹炳曾城书室刻本,赵宗建跋并录吴蔚光批。卷八末朱笔题云:"庚辰秋日于升兰斋中得见有吴竹桥太史评点玉田词两册,假归,度此三日而毕。花田老农记。"按赵宗建(1828—1900),字次公、次侯,号非昔居士,江苏常熟人。以太常寺博士就试京兆,罢归。藏书处为旧山楼,著有《旧山楼诗录》、《旧山楼书目》等。此本批语为赵氏光绪六年(1880)过录,以下简称赵本。

---

① 载《中国韵文学刊》1996 年第 1 期。

18. 潘钟瑞批本。吴则虞《玉田词版本述略》载有《山中白云词疏证》八卷,云"闻香禅精舍有批校本"。按潘钟瑞(1822—1890),字麟生,号瘦羊,吴县人。贡生,为太常博士。著有《香禅精舍集》、《香禅词》。批校者即此人。

19. 萧蜕评本。萧氏,字中孚,号蜕公,常熟人。其批语见今人葛渭君先生整理的芸香草堂评《山中白云词》,其中引录萧氏评语三十八则。

20. 高亮功评批本。所批为龚氏刻本,葛渭君先生藏,已由葛先生整理,刊于《词学》第六辑上,涉及到的词作有二百六十二首。高亮功,字晓村,浙江海盐人。生活在清嘉庆、道光年间,岁贡生。屡踬棘闱,遂绝意仕进。

21. 葛渭君藏本。今有整理本出版①,其中引录的署名为许廷诰、邵渊耀二人的评语,经笔者核实,绝大多数还是为过录吴尉光的评语。

22. 王修《诒庄楼书目》卷七载有旧抄本《玉田词》一卷,云:"有'朱士楷印''曾在新塍朱氏家过'二印。朱笔批校,极精,不识出何人手。"此本笔者寓目,抄本,无格栏,半页十行,二十八字。存词凡一百二十五首。卷端下题"宋张炎叔夏著",钤印有:"朱士楷印""长兴王氏收藏善本""长兴王氏诒庄楼藏""蟫隐庐秘籍印""杨弇秘笈"等,墨笔校字,朱笔圈点。涉及到的词作凡八首。

23. 莫友芝批校本,见《博古斋书目》,所据为龚刊本。

24. 朱祖谋批本,见葛渭君《几种知见的前贤手批宋人词集》一文,存二条,见葛文引录。按朱氏(1857—1931),又名孝臧,字古微,号沤伊,浙江归安人。光绪九年进士,历官礼部侍郎兼署吏部侍郎,为晚清四大词人之一。

此外还有近人夏敬观手批的《山中白云》,见上海古籍出版社影印的夏氏手批《彊村丛书》本。

以上知清人评批的张炎词集凡二十余种,目前存世的有十余种。其中过录吴尉光评语的至少有六种之多。就笔者所寓目的五种手批本《山中白云词》,除赵本、邵本明确提出是过录吴氏评语外,其余都未提及,也就造成了今天著录和引用时,常把传抄及收藏者当成了评批者,就有澄清的必要了。据笔者比核,诸本所批词条目不仅有多寡

---

① 见辽宁教育出版社《新世纪万有文库》本《山中白云词》,其中分别辑录有邵渊耀、许廷诰的评语,两人共评词近八十首。

之分,而且一些词句也互有出入,其中杂有传录者的增删改易,但绝大多数还是相同的。这就存在一个问题,谁是最初的评批者?五家中许廷诰、单学传、邵渊耀生活的时代大体相当,赵宗建略晚,邵本、赵本均云原批者为吴蔚光,邵本又曾过录过许氏藏本,只有单本未有藏者题跋文,疑也是过录的。翁氏所藏抄本,即以年最长的翁心存(1791—1862)而言,主要是生活于嘉庆、道光年间,与许、单、邵为同时代的人。从时间来看,吴氏生活于乾隆、嘉庆时,在诸人之前,原评批者应当是吴氏。

吴蔚光(1743—1803),又作吴蔚光,字悊甫,一字执虚,自号竹桥,晚号湖田外史,江苏常熟人。乾隆四十五年(1780)进士,选翰林院庶吉士,改礼部主事。以病退,闲居林下二十余载,莳花艺竹,瀹茗涤砚,春秋佳日,杖履优游,以图书琴鼎自随。对此,时人多有提及,如姚鼐《惜抱轩诗集》卷九《题吴竹桥湖田书屋图》、钱大昕《潜研堂诗续集》卷十《吴竹桥礼部湖田书屋图》等。知其悠游山水田园,诗书自娱,终其余生。生平详法式善撰《例授奉直大夫礼部主事吴君墓表》(闵尔昌《碑传集补》卷十一)、王昶《湖海诗人小传》卷三十六、张维屏《国朝诗人征略》卷四十七等。按法式善《墓表》云其所著有《姜张词得》二卷、《素修堂文集》二十卷、《古今石诗斋》前集四十五卷后集十五卷、《小湖田乐府》前集十卷续集四卷、《寓物偶为》二卷等,其中《姜张词得》,当与其评批张炎词集有关。与吴氏一样,五位藏者也均是常熟人,故有传抄过录之便。

就笔者所见的诸种传抄过录吴氏评语的本子来看,各本见批的词数不一样,其中赵本最多,达二百十六首;其次为翁本,有二百首;其三为单本,有一百九十四首;其四为邵本,有一百三十四首;最后为许本,共一百一十首。就藏者题识文看,赵氏云为过录吴氏本,较其他更接近吴氏原著。单本多与赵本同,而邵本、许本已杂有自己的评语,也有是就吴氏评语增损而为之。另外赵本与诸本的一个最大的不同是,赵本有对词调的注释与辩析,均为墨笔批于词牌下,间有眉批、地脚批。如卷一《壶中天》"扬舲万里"批云:"即《念奴娇》别格,又即《大江东去》《酹江月》《百字令》《百字谣》《无俗念》《湘月》《淮甸春》《大江西去上》,此首与苏颇合。"又眉批:"此调亦有首句即起韵。"又:"后段第二、三句亦有上四下五者。"又卷三《大圣乐》"隐市山林"批云:"此调有二体,一体一百八字,一体一百十字。玉田此篇字数百十,而句法与百八字合,故后段'歌酒'二字断,宜依别本削去。"又卷五《甘州》"见梅花斜倚竹篱边"眉批云:"楼观察云前段第三句应五字,'翠袖'上脱三字。愚按:《甘州》原调固然,但《词律》载刘过作第三句却六字、第四字四字叶,可知又一体,并□脱字,但少二字者,应称《八声甘州》。"这类批语,其他四家藏本未见,或为赵氏本人所为。

三、从众心理与解读的变异

读者在评赏中,往往会出现从众的心理,尤其是对两宋名家词的接受。在接受的过程中,也不尽是被动地,而是会掺杂自己的看法,此以所批张炎词集为例。在已知评批本张炎词集的评者或过录者中,江苏籍人士占绝大多数,有十二家,若加上不知姓氏的修师、振珊(当为江苏人),至少有十四家,并且地们居住的地方均在吴中地区,其中吴县四人、常熟七人、武进一人,修师、振珊疑为常熟人。而且这些人绝大多数是活动于嘉庆、道光间。张炎词集在吴中地区的传录与接受,至少说明了三方面的问题。

首先,清代对宋金元人词集——尤其是两宋词集——的传抄、收藏、刊印的热情自清初就呈现出奔放的势头。明朝词学不振,除了明末毛氏汲古阁刻印的《宋六十家词》外,前此就未见有其他大规模的刊刻前朝词集的记载,而且就个人的词别集的刻印来看,也仅见于辛弃疾、苏轼等极个别人,主要还是传抄本词集。入清后,宋元人词集得以大量地被传抄收藏,这首先得力于常熟毛氏汲古阁所藏,尤其是汲古后人毛扆能承继其父毛晋的事业,在宋元人词集的访求、收藏、校勘等方面,用力之勤,时人罕有可比者。据笔者统计,清初公、私所藏的近三百种宋元人词集,与毛氏汲古阁所藏扯不上渊源的是不多的,或者是毛氏汲古阁曾收藏过的,或者是传抄自毛氏藏本。毛氏汲古阁所藏珍秘词集,其后辗转归于黄丕烈。黄氏(1763—1825),字绍武,号荛圃,江苏吴县(今苏州)人。清乾隆五十三年(1788)举人,官至六部主事。性喜聚书,尤好宋椠,为乾、嘉以来藏书家之大宗。其对词集的收藏,也是丰富多样,且称雄于当世的,这也是令黄氏引以为自豪的事,如云:"余藏词曲富矣,故拟颜其所藏之室曰学山海居,取汲古称李中麓'词山曲海'之意也。"又云:"毛氏旧藏诸词,余所收最富。精抄本二种,都有稿本。……余往见毛氏词本,有旧抄手校者,有誊清稿本者,有画一精抄者,虽一词部不嫌再三讲求,余何幸而一一收之,如前人之兼有其本自幸,窃自怪也。"①清初至乾、嘉时期,吴中之地词学的热闹,与其地藏书家的云集,以及富藏词集是密不可分的。当然,这是就小的区域而言。同理,就大的地域而言,江浙一带,明清以来就以富于藏书的著称。因此说,清代词派此起彼伏、词社活动的频繁热闹、词学思潮的风起云涌等,不仅仅是学者文人对两宋词集的和唱以及传播接受的结果,江浙藏书家富藏的两宋词集,是这种局面得以生成和持续的一重要因素。

其次,江浙一带词学活动的频繁,清代词学中兴局面的形成,有赖于此。江浙一带富藏词集,但作为藏书家,如毛扆、黄丕烈等,更多的是从"藏书"这个角度出发的来购藏词集的,为宋元人词集的传抄、校勘提供了方便,因此说江浙一带词派、词社得以热闹非凡,首先与这种传抄的便利分不开。清初有两大词派,即阳羡词派、浙西词派,阳羡旧属常州府。朱彝尊为浙西词派的领袖,在《解佩令·自题词集》下片云:"不师秦七,不师黄九,倚新声、玉田差近。"明示了自己的词学宗尚,虽然他是以姜、张醇雅的词风为模范,而在具体的操作上,更多地从张氏词入手。盖张炎词匠气味浓,有路可寻,后天的因素要多些,不似姜夔,运以才气,神韵贯注其中,先天的成份要浓厚得多。虽然如此,编《词综》时,仍然以未见姜、张诸人词集足本为憾。张炎词集在清代盛行,得以广泛地刊刻、传抄、评批,以至于康熙以来"浙西填词者家白石而户玉田",其初始之功,朱氏之力居多。以藏词富有的毛扆,其所藏也仅仅是《玉田词》二卷②,未见有足本《山中白云词》。至于黄丕烈所藏词集之富,却未见有张炎词集的记载。然而就张氏词集的评批本而言,其强盛期却出现在嘉庆、道光年间,其间批者、传抄、藏者又以居住于吴中的人士为多,这固然在于康熙、乾隆时张炎足本词集的发现及刻印,为人们取阅提供了便利,同时也反映了在浙派词学观左右下,人们在宋元人词集的传播与接受中所表现出的从众心理。乾、嘉以来,吴中词学活跃,有吴中前七子、吴中后七子等称呼,在词学观上,一般认为吴中词派是浙派词的支流,在理论上,严审词律。而后七子的影响更明显,他们主要活动于嘉庆、道光年间,其中以戈载为代表。戈氏编有《宋七家词选》,七家为周邦彦、史达祖、姜夔、吴文英、周密、王沂孙、张炎,所选张炎词作一百零一

---

① 分别见《荛圃藏书题识》卷十《太平乐府》和《省斋诗余》。
② 为明石村书屋抄《宋元明三十三家词》本,此丛书曾为毛扆校藏。

首,仅次于吴文英(一百十五首),其序《玉田词》中提及世人热衷于学张氏词有二:其一,学其雅,云"玉田词,郑所南称其'飘飘微情,节节弄拍',仇山村称其'意度超元,律吕协洽',是真词家之正宗,填词者必由此入手,方为雅音。……盖世之词家,动曰能学玉田,此易视乎玉田而云然者,不知玉田易学而实难学。"其二,用韵的问题,即真、文、庚、青、侵等杂用,云"南宋词人多不经意之作,取其便易,玉田亦未能免俗,此其不可学者也。""今人用韵自喜泛滥,每以玉田藉口。""况玉田三百首中,不合韵者仅三十七首,此亦偶然之误耳。"戈氏以为这些韵字其间断不能通用,所言未必符合宋人用韵的实际,这在宋代并不是孤立的,如朱敦儒、辛弃疾等词中均存在有这类现象。但其间表现出对南宋格律派词人作品的醉心,却是不容忽视的。戈氏《翠薇花馆词》卷十一《石湖仙》词序:"同人举消寒雅集,议建姜白石祠石湖上,附以吴梦窗、张玉田,以此三贤皆熟游吴中也。"与浙派同声气。

其三,就读者层的接受而言,反映的却是较为广泛的。由上述评批者、传录者来看,除张惠言名著于世,此外潘钟瑞在吴中词派较有名气外。另有些是以藏书家著称,如赵宗建、翁氏等。其余则无论在词学派别方面,还是在藏书方面,均属于平平者。即以被传抄较多、影响颇广的评批者吴尉光而言,也是如此。清初,人们购藏的宋元人词集,多与毛氏汲古阁刊印的有关联,毛晋、毛扆父子校刊的词集,成为清初流行的本子,《四库全书》收录的五十余种宋人词集,绝大多数就是取自毛氏刻本。张炎词集在清屡有刻印,其间,仍有寻求不易之叹,从侧面也说明对其需求量的不低。从地域上来说,处于江浙地区的人,就有易得之便,至少对刻本而言是这样的。前文知,传抄过录者吴氏评语的实不止五家,从传播接受的角度来看,其评语是有一定影响力度的。就吴氏言论来看,其对格律的探讨并不居主要位置。更多的是对词句、词意的解读,对创作方法、写作手法的分析。如卷一《高阳台·西湖春感》云:

> 接叶巢莺,平波卷絮,断桥斜日归船。能几番游,看花又是明年。东风且伴蔷薇住,到蔷薇、春已堪怜。更凄然,万绿西泠,一抹荒烟。　　当年燕子知何处,但苔深韦曲,草暗斜川。见说新愁,如今也到鸥边。无心再续笙歌梦,掩重门、浅醉闲眠。莫开帘,怕见飞花,怕听啼鹃。

这是一首名作,或誉之为张氏词的压卷之作。吴氏评云(据赵本,以下同):"好花易谢,少年易老,闻此歌声,那得不唤奈何?"又:"真是一愁世界矣,不知鸥亦愁否? 鸥曰:'君念愁,我亦欲愁。"此词盖于宋亡后再游西湖时所作,杭州为南宋的都城,张炎又寓居于此,昔日繁华的都城,眼前一片冷落荒冷,更值暮春时季,好花易谢、佳时难再之感溢于字里行间。"斜日归船",说明游兴不高;蔷薇飘落,以见生机萎缩;"万绿"二句,是说绿意虽浓,却不能给人以暖意,极写亡国的悲凉心境。下片首写寻访故里,"台深""草暗"写经战火劫后洗礼的城市的冷落,映照"荒烟",不仅花无生机,而且昔日繁华的都市至此也是全无人气。全词抒写亡国之痛,沉郁深厚,愁绪悲情,含吐不尽。其间又有夹批,如:"炼法"("接叶"句),如同陆辅之《词旨》卷下所称"奇对"者。又夹批:"扬"("东风"句)、"抑"("到蔷"句),谈构思,说明虽值春暮,本以为尚有蔷薇可供品赏,哪知却也是明媚不再,零落在即,仅存的希望也破灭了。周邦彦《六丑·咏蔷薇》云:"长条故惹行客。似牵衣待话,别情无极。残英小、强簪巾帻。终不似一朵,钗头颤袅,向人敧侧。"都表达了由惜花而惜春,感叹美好难驻的悲情愁绪。又夹批:"加倍法"("更悽"句)、"加倍法"("莫开"句),所批分别为上下片的结句,均在强化自己的愁情恨意上落笔,尤见心酸悲恸。诸批本引录的吴氏评语者,就文字而言,单批、翁本、许本所引多同赵本,而邵本增删改易的现象较多些,一是省改,如云:"良时不再,闻此那得不唤奈何?"又:"两阕末后俱是加倍法。"这种现象在邵本中多见。二是增改,如《玉蝴蝶》"留得一团和气",赵、单本、翁本都引录吴氏评语曰:"心巧手妍",而邵本却云:"花少情态,好手亦难聘妍词。"在解读时,已掺入了自己的想法,对前人的说法予以修正或完善,这是创新性的接受。三是为诸本所无,仅见于邵本的,如《渔歌子》"□卯湾头屋数间",赵本、单本、翁本作:"不用一钱买,又万黄金不能买也。"许本未见评语。邵本除引录有此评语外,又云:"清远闲雅,志和有嗣音矣。"此句为他本所无,当为邵子本人的评语。按高亮功的芸香草堂评《山中白云词》引萧中孚语评"放船"句云:"清迥,余亦有奇警。"意思有相同处。

第十三章 近代两宋词集的传抄与收藏

近代以来，精善抄本词集日渐见少，一些藏家穷力抄录收藏，使得一批善本词集得以保存下来，同时也为近代大规模刻印词集提供了保障。

第一节 公藏

近代公藏图书馆，有南北两大家，南有南京的江南图书馆，清光绪三十二年（1906）创办；北有北京的京师图书馆，清宣统元年（1909）创办。两家所藏善本词集，应该说是有一定的藏量的，尤其以前者为著。

其一，江南图书馆所藏。主要来自丁氏八千卷楼藏的图书，富有珍善本词集，《江南图书馆善本书目》"词曲类·词集"载两宋词集，计有：

> 《柳屯田乐章》三卷，宋乐安柳永，明刊本；《张子野词》一卷，宋吴兴张先，明抄本；《山谷词》三卷，宋南昌黄庭坚，明抄本；《书舟词》一卷，宋眉山程正伯，明抄本；《初寮词》一卷，宋曲阳王安中，明抄本；《相山居士词》一卷，宋濡溪王之道，明抄本；《酉（当作酒）边集》一卷，宋临江向子諲，明抄本；《王周士词》一卷，宋长沙王以宁，明抄本；《辛稼轩长短句》十二卷，宋辛弃疾，明刊本；《涧泉诗余》一卷，宋韩淲，明抄本；《虚斋乐府》二卷，宋长乐赵以夫，明抄本；《风雅遗音》二卷，宋永和林正大，明刻本；《萧闲老人明秀集》六卷，金汴梁蔡松年，抄金槧本；《养拙堂词》一卷，宋管鉴，明抄本；《后村诗余》二卷，宋刘克

庄,明抄本;《中兴以来绝妙词选》十卷,宋黄昇撰,明刊本。

凡十六种,多为明抄本。考柳永词集,在明代,只知有明末毛氏汲古阁刊一卷本外,未见有其他明刊本。此作明刊《柳屯田乐章》三卷,"明刊"疑系"明抄"之讹。除上述另种词集外,《书目》中还著录了不少词集丛编,计有:

1. 宋名贤词七家:《逍遥词》,宋大名潘阆,精抄本;《信斋词》,宋丹阳葛郯,明抄本;《乐斋镐(当为"稿"字)》,宋河内向镐,明抄本;《竹洲词》,宋新安吴儆,明抄本;《竹斋诗余》,宋东阳黄机,明抄本;《简斋词》,宋河南陈与义;《沧浪词》。

2. 汲古阁词抄五种:《拙庵词》,宋东平赵磻老;《碎锦词》,宋李好古;《澹庵词》,宋胡铨;《东溪词》,宋高登撰;《可斋词》,宋嘉兴李曾伯。

3. 明抄宋九家词,蓝格抄本:《逍遥词》、《半山词》、《文湖州词》、《竹友词》、《虚靖词》、《东泽词》、《樵隐词》、《沧浪词》、《侨庵词》。

4. 十家词抄,何梦华抄本:《梦虚词》、《半轩词》、《宁极斋词》、《逍遥词》、《近体乐府》、《莲社词》、《石湖词》、《和石湖词》、《金奁集》、《吴文正公词》。

5. 四库附存词四种,明人抄本:《寿域词》、《后山词》、《烘堂词》、《白石词》。

6. 宋金元明十六家词,劳氏抄本:《逍遥词》、《乐府(当作斋)词》、《绮川词》、《渭川居士词》、《省斋诗余》、《箫台公余词》、《抚掌词》、《龟峰词》、《养拙堂词》、《文定公词》、《蓬莱鼓吹》、《双溪词》、《遗山乐府》、《无弦琴词》、《眉庵词》、《扣舷词》。

7. 明抄宋十六(当作七)家词,鉴水止斋藏本:《珠玉词》、《乐章词》、《六一词》、《山谷词》、《芦川词》、《东浦词》、《逃禅词》、《友古居士词》、《圣求词》、《东堂词》、《溪堂词》、《初寮词》、《小山词》、《姑溪词》、《淮海词》、《书舟词》、《碎锦词》。

均为抄本,然著录的格式并不统一。其中得两宋词集五十八种,合前另种词集,共得七十四种,而这些词集,至今多保存了下来,以南京图书馆所藏占了绝大多数。

其二,京师图书馆所藏。所藏词集不多,据民国五年出版的《京师图书馆善本书目》,所载词集两宋者仅有两家:

1.《东坡乐府》二卷,归安姚氏书。一册。宋苏轼撰,影宋本,存下卷。

2.《稼轩长短句》十二卷,归安姚氏书。宋辛弃疾撰,小草斋影写大德乙亥广信书院本,绝精,有"晋安谢氏家藏图书"朱文大长方印、"东吴毛氏图书"

朱文长印、"西河季子之印"朱文方印、"平江贝氏文苑"朱文长印、"简香曾读"
白文长印。

当然这里著录的词集是不全的,如藏在热河的文津阁《四库全书》就曾于民国四年
(1915)八月为京师图书馆所接收,其中存有两宋词集数十种。京师图书馆于民国十七
年改名国立北平图书馆,而北平图书馆所藏词集更为丰富,如民国二十六年印行《国立
北平图书馆善本书目乙编续目》,其中卷四"诗余类"载两宋善本词集有二十余种,又今
台北中央图书馆藏有不少善本词集,为原北平图书馆之物,参见《国立中央图书馆典藏
国立北平国书馆善本书目》,此不赘。

第二节　私家所藏

一、庄仲芳映雪楼

庄仲芳(1780—1857),字兴寄,号芝阶,秀水(今浙江嘉兴)人。清嘉庆十五年
(1810)举顺天乡试,以恩荫授中书舍人。著有《金文雅》《南宋文苑》《映雪楼古文》《映
雪楼杂著》等。平生所嗜惟书与花,而书癖尤甚。弱冠即恣意买书,积五十年得书几五
万卷,藏书处为映雪楼。道光中撰《映雪楼藏书目考》。

《映雪楼藏书目考》十卷,每书有叙录,卷十载五代至清人词别集、选集、丛编、词话
六十余种,其中宋人词集有:

> 晏殊《珠玉词》一卷、柳永《乐章词》一卷、张先《张子野词》一卷《补遗》一
> 卷、欧阳修《六一词》一卷、苏轼《东坡词》一卷、黄庭坚《山谷词》一卷、秦观《淮
> 海词》一卷、程垓《书舟词》一卷、晏几道《小山词》一卷、晁补之《晁无咎词》六
> 卷、李之仪《姑溪词》一卷、毛滂《东堂词》一卷、谢逸《溪堂词》一卷、周邦彦《片
> 玉词》二卷《补遗》一卷、米友仁《阳春集》一卷、叶梦得《石林词》一卷、赵师使
> 《坦庵词》一卷、向子諲《酒边词》二卷、陈与义《无住词》一卷、张孝祥《于湖词》
> 一卷、王千秋《审斋词》一卷、辛弃疾《稼轩词》四卷、杨炎正《西樵语业》一卷、
> 范成大《石湖词》一卷、陆游《放翁词》一卷、毛开《樵隐词》一卷、洪咨夔《平斋

词》一卷、姜夔《白石道人歌曲》四卷《别集》一卷、吴文英《梦窗稿》四卷《补遗》一卷、赵长卿《惜香乐府》十卷、高观国《竹屋痴语》一卷、史达祖《梅溪词》一卷、陈三聘《和石湖词》、王沂孙《花外集》一卷、张炎《山中白云词》八卷、蒋捷《竹山词》一卷、周密《蘋州渔笛谱》二卷、周密《草窗词》二卷《补遗》二卷、李清照《漱玉词》一卷、朱淑贞《断肠词》一卷、黄大舆《梅苑》十卷、曾慥《乐府雅词》三卷《补遗》二卷、黄昇《花庵词选》二十卷、《草堂诗余》四卷、周密《绝妙好词笺》七卷、《乐府补题》一卷、王灼《碧鸡漫志》五卷。

得词别集四十种、词选六种、词话一种，然而多不标明版本，也有标示版本的，如知不足斋所刻词集均在其中。个别词集标明为抄本，而多数是未著录版本的，考其中集名与卷数多与毛氏汲古阁刻本同，或为毛氏刊本。所录词集均有提要，可见其观点和主张，如于《断肠词》云："淑贞自称幽栖居士。词多幽怨之音，虽不能匹李清照，要亦可以肩随。其《生查子》一阕，则《六一词》而误入者，几疑静女为荡妇，宜亟删之。"

二、瞿氏铁琴铜剑楼

瞿镛（1794—1875），字子雍，昭文（今江苏常熟）人。绍基之子，岁贡生，官宝山县训导。著有《续海虞文苑》《续金石萃编》等。镛为铁琴铜剑楼第二代主人，能承父业，大量增溢所藏，汪氏艺芸精舍所藏，瞿氏得其半，宋元本达二百多，抄本、精本不计其数，为近代藏书四大家之一。藏书处为恬裕斋，光绪载湉改元，避讳，改名敦裕斋。因家藏古铁琴铜剑各一，颜其楼为铁琴铜剑。有《恬裕斋藏书记》《铁琴铜剑楼藏宋元本书目》，又延请季锡畴、王振声编撰成《铁琴铜剑楼藏书目录》二十四卷，每书载其行款，列其异同。

《恬裕斋藏书记》，瞿镛编，抄本，有咸丰七年宋翔凤序，又有道光庚子黄廷鉴序。其中"乐府类"载有宋人词集：

> 贺铸《东山词》（残本）一卷，宋刊本；贺铸《贺方回词》二卷，抄本；陈与义《简斋词》一卷，明常熟萧飞涛抄本；朱敦儒《樵歌》三卷，旧抄本；张元干《芦川词》二卷，影宋抄本；吕胜己《渭川居士词》一卷，明抄本；张孝祥《于湖先生长短句》五卷《拾遗》一卷，影抄宋本；赵闻礼《阳春白雪》八卷《外集》一卷，旧抄

本;陈恕可《乐府补题》一卷,汲古毛氏抄本。

凡九种,其中多有"提要"。又瞿良士编《铁琴铜剑楼藏书题跋集录》录宋人词集四种、元人词集三种的题跋,有为铺氏诸书目失载者,如《渭川居士词》录题识文五则,此择二则:

> 旧抄《渭川词》一卷,"祯"字"恒"字皆阙笔,题注"恩"字提行,盖犹抄自宋刻,而藏书家均不著录,洵词苑秘笈也。旧为月霄张君金吾爱日精庐中物,今归香初阁。香初搜索,采遗事三则附后,又为校补蚀字,以片纸校对者则阙之,间有疑处,则始识之,以俟他日再勘。昔钱遵王行笈中有《绝妙好词》,小长庐叟以计赚录,遂布人间,词家奉为圭臬。此集傥有好事如叟者刊播海内,则不特渭老之幸,抑亦词林韵事也,香初然余言否耶? 道光丁未腊月醉司命次日,文村王振声记。

> 香初阁所藏《渭川居士词》,即爱日精庐所藏旧抄本也,向秘张氏帷中,未经传出。自香初阁收得后,友人持去,抄过一二帙,鲁鱼亥豕,不及此本多矣。
> 道光己亥二月十四日,香初阁主人周纶焕谨志。

论及校勘一事,言古珍秘之书传抄不易,可备考核。至于《铁琴铜剑楼藏书目录》所载词集,均见《恬裕斋藏书记》一书中,只是"提要"中的行文略有变异,一为初稿,一为定本,前后编写有所改动罢了。

三、韩应陛读有用书斋

韩应陛(? —1860),字鸣塘,一字对虞,号绿卿,江苏松江(今属上海)人。清道光二十四年(1844)举人,官内阁中书。有《读有用书斋杂著》。精鉴别,尤喜收藏,得宋元旧椠计四百余种,多出自黄丕烈、顾广圻、汪阆源诸名家手校。与黄丕烈为姻娅,故得其题跋之书达六十余种。所积约十余万卷,多抄本,校雠考订,手不停披。藏书处为读有用书斋,著有《读有用书斋藏书志》,时人又编有《云间韩氏藏书目》等。

《读有用书斋藏书志》为稿本,凡五册。其中著录的两宋人词集多为珍善本,计有:

> 《乐府雅词》三卷拾遗二卷,旧抄本,曾慥撰;《西麓继周集》一卷,旧抄本,
> 陈允平撰;《梅苑》十卷,曹楝亭刊本,何小山手校;《梅苑》十卷,曹楝亭刊本,

戈顺卿手校;《淮海居士长短句》三卷,明抄本,秦观撰;《烘堂词》一卷,明抄本,卢炳撰;《审斋词》一卷,明抄本,王千秋撰;《寿域词》一卷,明抄本,杜安世撰;《知稼翁词》一卷,明抄本,黄公度撰;《燕喜词》一卷,旧抄本,曹宗臣撰;《张子野词》一卷,明抄本;《珠玉词》一卷,明抄本。

凡十二种,以明抄本居多。又著录有《宋人词》十种,五册,为汲古阁精抄本,子目为:

《和窟词》一卷,王安中撰;《空洞词》一卷,洪瑹撰;《知稼翁词》一卷,黄公度撰。上合一册。《竹屋痴语》一卷,高观国撰;《侨庵诗余》一卷,李祯撰。上合一册。《和石湖词》一卷,陈三聘撰;《北乐府》一卷。上合一册。《菊轩乐府》一卷,段克己撰;《东浦词》一卷,韩玉撰。上合一册。《渭川居士词》一卷,吕胜己撰。一册。

此书《读有用书斋书目》和《云间韩氏藏书目附书影》题作"汲古阁影宋精抄本宋人词",其中《和窟》作《初寮词》,当是。此外,《云间韩氏藏书目附书影》载有数种,即:

《审斋词》一卷、《寿域词》一卷、《知稼翁词》一卷,旧抄本,钱遵王旧藏;

《张子野词》一卷、《珠玉词》一卷,旧抄本;《弁阳老人词》一卷,旧抄本;《乐府雅词》三卷拾遗二卷,旧抄本,鲍渌饮手校;《龙洲词》,旧抄本,士礼居旧藏。

按《读有用书斋书目》一书著录的原为黄丕烈藏本居多,词集类也是如此,其中为前文未提及者,如《淮海先生文集》四十卷《淮海后集》六卷《淮海长短句》三卷,又长短句补遗,旧抄本,虚止阁朱笔校,黄荛圃手校并跋,韩绿卿跋。又《石屏续集》四卷《长短句》一卷,旧抄影宋书棚本,黄荛圃跋二则并书签,属于诗文别集后附载的。

以上可得两宋人词集三十余种,不少是珍秘之书。所载《弁阳老人词》一卷,或为周密词别集,不过周氏词别集前后未见有取此名者,清人著录有《弁阳老人绝妙词选》一书,作七卷,不知与此有关否?

四、劳权丹铅精舍等

劳权(1818—1861?),字平甫,号巽卿、翚卿,又号蟫庵、丹铅生、饮香生、饮香词隐等,清仁和(今浙江杭州)人。藏书处曰丹铅精舍、沤喜亭等。弟劳格(1820—1864),字季言,有《丹铅精舍书目》。二人髫年俱以治经补弟子员,后遂不与试,丹铅杂陈,专攻群史,时人有"二劳"之称。吴昌绶辑有《劳氏碎金》三卷,载二人藏书题识。

《劳氏碎金》卷中辑有词集题识二十种,均为劳权所撰,其中唐人一家、宋人十二家、金人一家、明人六家,两宋人词集有:

> 《片玉集》十卷,手抄本;《和清真词》一卷,手抄本;《和清真词》一卷,手抄本;《西麓继周集》一卷,手抄本;《相山居士词》一卷,旧抄本;《养拙堂词》一卷,旧抄本;《省斋诗余》一卷,旧抄本;《莲社词》一卷,旧抄本;《鹤山长短句》一卷,旧抄本;《涧泉诗余》一卷,旧抄本;《抚掌词》一卷,旧抄本。

得十一种,均为抄本,并录劳氏题识文,多谈及抄录校订之事。此外还载有《清真唱和集》八卷,为道光乙巳夏武林王氏校印,有劳氏批校,此又见载于《中国古籍善本书目》,子目为:

> 《宋钱塘周邦彦清真词》二卷、《宋三衢方千里和清真词》二卷、《宋乐安杨泽民和清真词》二卷、《宋四明陈允平和清真词》二卷。

见于《善本书室藏书志》和《八千卷楼书目》著录的劳氏所藏所校的两宋人词集有:

> 陈经国《龟峰词》一卷,抄本,有劳氏手跋;向镐《乐斋词》一卷,抄本,有劳氏手跋;倪偁《绮川词》一卷,知不足斋抄本;姚述尧《萧台公余词》一卷,抄本;周必大《近体乐府》一卷,抄本;朱雍《梅词》一卷,精抄本,劳氏校;邱宷《文定公词》一卷,抄本;许棐《梅屋诗余》一卷,精抄本,劳氏校藏。

计得八种。此外,见于其他书志书目著录的词集丛编有:

1.《典雅词》,见《藏园群书经眼录》卷十九,存十种,为咸丰二年(1852)夏劳权据知不足斋所藏曝书亭传录宋抄本影写,子目为:

> 《梁溪词》,补遗附,题《李忠定公长短句》;《抚掌词》,后学南城欧良;《东泽绮语》,补遗附,鄱阳张辑宗瑞;《清江渔谱》,丹铅增,鄱阳张辑宗瑞;《双溪词》,双溪拟巢翁延平冯取洽熙之;《袁宣卿词》,豫章袁去华宣卿;《文简公词》,新安程大昌泰之;《燕喜词》,双溪居士曹冠字宗臣;《拙庵词》,东平赵磻老渭师;《碎锦词》,补遗附,乡贡免解进士李好古。

此书今存国家图书馆。

2.《宋金元明十六家词》,见《江南图书馆善本书目》,作劳氏抄本,计有:

> 潘阆《逍遥词》、向镐《乐斋词》、倪偁《绮川词》、吕胜己《渭川居士词》、廖

行之《省斋诗余》、姚述尧《箫台公余词》、欧良《抚掌词》、陈经国《龟峰词》、管
鉴《养拙堂词》、丘崈《文定公词》、夏元鼎《蓬莱鼓吹》、冯取洽《双溪词》、元好
问《遗山乐府》、仇远《无弦琴词》、杨基《眉庵词》、高启《扣舷词》。

所收宋人十二家,金、元各一家,后二者为明人。

3.《宋元明六家词》,见《中国古籍善本书目》,著录为清道光、咸丰间劳权抄本,
计有:

宋张抡《莲社词》一卷、宋朱雍《梅词》一卷、宋许棐《梅屋诗余》一卷、元李
孝光《五峰词》一卷、明王行《半轩词》一卷、明张肯《梦庵词》一卷。

除词集丛抄外,还有词别集,如见于《彊村丛书》本朱氏等跋文提及为劳氏所藏所
校的两宋人词集有:

贺铸《贺方回词》二卷,抄本;黄庭坚《山谷琴趣外篇》三卷,明嘉靖宁州祠
堂刊本,劳氏校;毛滂《东堂词》一卷,璜川吴氏影宋本;陈允平《日湖渔唱》一
卷;汪晫《康范诗余》一卷,抄本。

又见于其他书著录的词别集有:

柳永《乐章集》三卷《续添曲子》一卷,清劳权手抄精校本。见《藏园群书
经眼录》和《双鉴楼善本书目》卷四。

黄裳《演山先生词》二卷,赵氏小山堂抄本,劳氏校。见王文进《文禄堂访
书记》卷五。

李易安《漱玉词》一卷,劳氏手校本,见《皕宋楼藏书志》,《静嘉堂秘籍志》
作清汪氏玢辑《漱玉词汇抄》,劳权墨笔校。

又管庭芬、章钰《钱遵王读书敏求记校证》卷四之下载有劳权批语的宋人词集有三,即
张元干《芦川词》、周密《弁阳老人绝妙词选》、张炎《词源》。所撰题识,详记词集版本品
性,兼及校词活动等。又劳氏所校词集,见存于静嘉堂文库的有十余种,详后文。

五、瞿世瑛清吟阁

瞿世瑛,字良玉,号颍山,钱塘(今浙江杭州)人。家素贫寒,手抄罕见古书以为日
课,积数十年,共得千余册,藏书处为清吟阁。著有《清吟阁诗抄》《清吟阁书目》。

《清吟阁书目》四卷,为清文宗咸丰九年(1859)手订,载名人抄本七百九十二种,批校本四百七十五种,影宋元抄本三十种。卷一载抄本宋人词集有:

> 《栟榈乐府》,宋邓牧,二本;《无弦琴谱》,元仇远,一本;《箫台公诗余》一本;《晏小山词》一卷,旧抄,宋晏几道,一本。

除这四种词集外,还著录有词集丛抄三种,即:

> 宋元诸家词一本;宋元人词,汲古阁抄本,七本;明抄本词集别集五十一家,总集三部,二十二本。

如此,所藏两宋词集当有七八十种。又卷二载"名人批校抄本"宋人词集有:

> 宋元词集,校本,十五本;《陈简斋词》,同上,一本;贺方回《东山词》,鲍校补,旧抄,二种合一。

宋元词集十五本,所收宋元词当不下数十种,其中宋人词集占主要部分,均为抄本,惜子目、校者均不详。又卷三载"名人批校刊本"宋人词集有一种,即《山中白云词》,樊桐山人手批,二本。又卷四载"影宋元抄本"词集一种,即《风雅遗音》,一本。综合诸卷著录的词集,知所藏宋人词集在百种上下。

六、丁丙八千卷楼

丁丙(1832—1899),字嘉鱼,又字松生,号松存等,清钱塘(今浙江杭州)人。曾入杭州府学,撰有《善本书室藏书志》,刊有《武林掌故丛编》等。兄丁申(?—1887),诸生,官六部主事,辑有《武林藏书录》。兄弟二人好聚书,构建嘉惠堂、八千卷楼藏之。所藏之书见《八千卷楼书目》等。丁丙卒后,八千卷楼藏书归藏江南图书馆。丁氏所藏词集,见于《八千卷楼书目》和《善本书室藏书志》等。前者著录词集的名目及版本,后者仅著录善本词集,两者著录互有出入。

据《八千卷楼书目》和《善本书室藏书志》等统计,丁氏所藏词集:宋一百三十三家一百四十四种、金三家四种、元十八家十八种、明十三家十四种、清及近代二百十家二百十八种,为近代私家藏词集最富有者。其中《善本书室藏书志》卷四十载两宋词别集有:

> 晏同叔《珠玉词》一卷,明抄本,鉴止水斋藏书;潘阆《逍遥词》一卷,精抄

319

本,何梦华藏书;柳三变《柳屯田乐章》三卷,明抄本,梅禹金藏书;王安石《半山词》一卷,精抄本,何梦华藏书;张先《张子野词》一卷,明抄本;欧阳修《六一词》一卷,明抄本,鉴止水斋藏书;黄庭坚《山谷词》三卷,明抄本;秦观《淮海词》三卷,明抄本,鉴止水斋藏书;晏几道《小山词》一卷,精抄本,星凤阁藏书;贺铸《东山寓声乐府》三卷补遗一卷,旧抄本;晁补之《晁无咎词》六卷,旧抄本;李之仪《姑溪词》一卷,明抄本,鉴止水斋藏书;程垓《书舟词》一卷,明抄本;杜安世《寿域词》一卷,明抄本;毛滂《东堂词》二卷,明抄本;陈师道《后山词》一卷,明抄本;谢逸《溪堂词》一卷,明抄本,鉴止水斋藏书;谢薖《竹友词》,明抄本;葛郯《信斋词》一卷,明抄本,鲍以文校藏;王安中《初寮词》一卷,明抄本;蔡伸《友古居士词》一卷,明抄本;廖行之《省斋诗余》一卷,劳氏抄本;方千里《和清真词》一卷,旧抄本;王之道《相山居士词》一卷,明抄本,梅禹金藏书;吕滨老《吕圣求词》一卷,明抄本;向镐《乐斋词》一卷,明抄本,鲍以文藏书;张继先《虚靖真君词》一卷,精抄本,何梦华藏书;李弥逊《筠溪乐府》一卷,旧抄本;沈瀛《竹斋词》一卷,精抄,何梦华藏书;向子諲《酒边集》一卷,明抄本,汪鱼亭藏书;张抡《莲社词》一卷,精抄本,何梦华藏书;陈与义《简斋词》一卷,明抄本,鲍以文校藏;李清照《漱玉词》一卷,旧抄本;张元干《芦川词》一卷,明抄本;朱雍《梅词》一卷,精抄本,劳巽卿校藏;韩玉《东浦词》一卷,明抄本;侯寘《懒窟词》一卷,精抄本;倪偁《绮川词》一卷,知不足斋抄本,劳氏校藏;扬无咎《逃禅词》一卷,明抄本;范成大《石湖词》一卷,精抄本,何梦华藏书;陈三聘《和石湖词》一卷,精抄本,何梦华藏书;李曾伯《可斋词》六卷,汲古阁抄本;卢炳《烘堂词》一卷,明抄本;王以宁《王周士词》一卷,明抄本;曹勋《松隐词》三卷,旧抄本;高登《东溪词》一卷,汲古阁抄本;黄公度《知稼翁词》一卷,精抄本;袁去华《袁宣卿词》一卷,《典雅词》抄本;程大昌《文简公词》一卷,《典雅词》抄本;周必大《近体乐府》一卷,精抄本,何梦华藏书;曹冠《燕喜词》一卷,精抄本;吕胜己《渭川居士词》一卷,旧抄本;姚述尧《萧台公余词》一卷,劳氏抄本;邱宓《文定公词》一卷,劳氏抄本;沈端节《克斋词》一卷,精抄本,何梦华藏书;杨泽民《和清真词》一卷,精抄本;辛弃疾《辛稼轩词》十二卷,明刊本,五砚楼藏书;吴儆《竹洲词》一卷,明抄本,鲍以文校藏;赵磻老《拙庵词》一卷,汲古阁抄本;毛开《樵隐诗余》一卷,明抄本;管鉴《养拙堂词》一卷,明抄本;王炎《双溪词》一卷,旧抄本;冯所洽《双溪词》一卷,精抄本;李好古《碎锦词》一卷,汲古阁抄本;胡铨《澹庵词》一卷,汲古阁抄本;黄机《竹斋诗余》一卷,明抄本;姜夔《白石先生词》一卷,明抄本;张辑《东泽绮语》一卷,明抄本;许棐《梅屋诗余》一卷,精抄本,劳巽卿藏书;吴潜《履斋先生诗余》一卷,旧抄本;韩淲《涧泉诗余》一卷,明抄本,梅禹金藏书;刘克庄《后村诗余》二卷,明抄本;汪莘《方壶词》三卷,旧抄本;赵以夫《虚斋乐府》二卷,明抄本,鲍以文藏书;陈经国《龟峰词》一卷,劳巽卿抄本;林正大《风雅遗音》二卷,明刊本,黄荛圃藏书;朱淑真《断肠词》一卷,旧抄本;陈允平《日湖渔唱》一卷,精抄本,何梦华藏书;陈允平《西麓继周集》一卷,旧抄本,汪鱼亭藏书;张炎《玉田词》二卷,旧抄本,汪鱼亭藏书;周密《草窗词》一卷,旧抄本,汪鱼亭藏书;汪元量《水云词》一卷,旧抄本;欧良《抚掌词》一卷,劳巽卿抄本;陈深《宁极斋乐府》一卷,精抄本,何梦华藏书;《中兴以来绝妙词选》十卷,明刊本;《绝妙好词》七卷,戴鹿床手校本;《词源》二卷,精写本。

以上两宋词别集八十四种、词选集二种、词话一种。又著录词集丛抄一种,即《汲古阁四家词》四卷,精写本,四家为:

> 宋王以宁《王周士词》、宋周必大《近体乐府》、元陈深《宁极斋乐府》、元吴澄《吴文正公词》。

又《八千卷楼书目》卷二十"词曲类"载两宋词集有:

> 《金奁集》一卷《补遗》一卷,唐温庭筠撰,何梦华抄本;《阳春集》一卷,南唐冯延巳撰,《名家词》本、四印斋本;《逍遥词》一卷,潘阆撰,明抄九家词本、明抄七家词本、何梦华抄本、抄本、四印斋本;《珠玉词》一卷,晏殊撰,明抄本、汲古阁本;《乐章集》一卷,柳永撰,汲古阁本;《柳屯田乐章》三卷,柳永撰,明抄本、东壁楼抄本;《半山词》一卷,王安石撰,明抄九家词本、何梦华抄本;《安陆集》一卷附录一卷,张先撰,葛氏刊本,扬局刊本;《张子野词》一卷,张先撰,明抄本、《名家词》本;《张子野词》二卷《补遗》二卷,国朝鲍廷博辑,知不足斋本;《六一词》一卷,欧阳修撰,明抄本、汲古阁本;《东坡词》一卷,苏轼撰,汲古阁本、四印斋本;《山谷词》一卷,黄庭坚撰,明抄本、汲古阁本;《山谷词》三卷,

黄庭坚撰,明抄本;《淮海词》一卷,秦观撰,明抄本、汲古阁本;《书舟词》一卷,程垓撰,明抄本、抄本、汲古阁本;《东山词》一卷,贺铸撰,《名家词》本、四印斋本;《东山寓声乐府补抄》一卷,贺铸撰,四印斋本;《小山词》一卷,晏几道撰,明抄本、又明抄本、汲古阁本、晏端书刊本;《晁元咎词》六卷,晁补之撰,汲古阁《琴趣外篇》本、抄本;《姑溪词》一卷,李之仪撰,汲古阁本、明抄本;《寿域词》一卷,杜安世撰,汲古阁本、明抄本;《东堂词》一卷,毛滂撰,明抄本、汲古阁本;《后山词》一卷,陈师道撰,汲古阁本;《溪堂词》一卷,谢逸撰,明抄本、汲古阁本;《竹友词》一卷,谢薖撰,明抄九家词本;《片玉词》二卷《补遗》一卷,周邦彦撰,汲古阁本、《西泠词萃》本;《信斋词》一卷,葛郯撰,抄宋九家词本、《名家词》本;《初寮词》一卷,王安中撰,明抄本、抄本、汲古阁本;《省斋诗余》一卷,廖行之撰,劳巽卿抄本;《友古词》一卷,蔡伸撰,明抄本、汲古阁本;《和清真词》一卷,方千里撰,抄本、汲古阁本;《相山居士词》一卷,王之道撰,东壁楼抄本;《圣求词》一卷,吕滨老撰,抄本、汲古阁本;《乐章》一卷,向镐撰,明抄十家词本、劳氏抄本;《虚靖真君词》一卷,张继先撰,明抄九家词本、何梦华抄本;《石林词》一卷,叶梦得撰,汲古阁本、刊本、叶廷琯刊本;《得全居士词》一卷,赵鼎撰,别下斋本、四印斋本;《筠溪乐府》一卷,李弥逊撰,抄本、四印斋本;《丹阳词》一卷,葛胜仲撰,汲古阁本;《庄简词》一卷,李光撰,四印斋本;《竹斋词》一卷,沈瀛撰,明抄七家词本、何梦华抄本;《梁溪词》一卷,李纲撰,四印斋本;《坦庵词》一卷,赵师使撰,汲古阁本;《酒边词》二卷,向子諲撰,明抄本、汲古阁本;《栟榈词》一卷,邓肃撰,四印斋本;《无住词》一卷,陈与义撰,汲古阁本;《简斋词》一卷,陈与义撰,明抄本;《莲社词》一卷,张抡撰,劳巽卿抄本、何梦华抄本;《樵歌拾遗》一卷,朱敦儒撰,四印斋本;《竹坡词》三卷,周紫芝撰,汲古阁本;《漱玉词》一卷,李清照撰,汲古阁本、四印斋本;《阳春词》一卷,米友仁撰,知不足斋本;《芦川词》一卷,张元干撰,明抄本、汲古阁本;《阮户部词》一卷,阮阅撰,《典雅词》本;《梅词》一卷,朱雍撰,劳巽卿抄本、四印斋本;《东浦词》一卷,韩玉撰,明抄本、汲古阁本;《懒窟词》一卷,侯寊撰,《典雅词》本、汲古阁本;《绮川词》一卷,倪偁撰,劳巽卿抄本、四印斋本;《逃禅词》一卷,扬无咎撰,明抄本、汲古阁本;《于湖词》二卷,张孝祥撰,汲古阁本;

《石湖词》一卷，范成大撰，知不足斋本、何梦华抄本；《和石湖词》一卷，陈三聘撰，知不足斋本、何梦华抄本；《海野词》一卷，曾觌撰，汲古阁本；《可斋词》一卷，李曾伯撰，汲古阁抄本；《哄堂词》一卷，卢炳撰，明抄本、汲古阁本；《东溪词》一卷，高登撰，汲古阁抄本、四印斋本；《审斋词》一卷，王千秋撰，汲古阁本；《文简公词》一卷，程大昌撰，《典雅词》本；《近体乐府》一卷，周必大撰，汲古阁本、劳巽卿抄本、汲古阁抄本；《燕喜词》一卷，曹冠撰，《典雅词》本、十万卷楼抄本、别下斋本、四印斋本；《渭川居士词》一卷，吕胜己撰，抄十六家词本；《介庵词》一卷，赵彦端撰，汲古阁本；《萧台公余词》一卷，姚述尧撰，劳氏抄本、《西泠词萃》本；《文定公词》一卷，邱崈撰，劳氏抄本、四印斋本；《归愚词》一卷，葛立方撰，汲古阁本；《克斋词》一卷，沈端节撰，汲古阁本、何梦华抄本；《和清真词》一卷，杨泽民撰，抄本；《梅山词》一卷，姜特立撰，四印斋本；《松隐词》一卷，曹勋名撰，抄本；《稼轩词》四卷，辛弃疾撰，汲古阁本；《稼轩词》八卷，明李濂编，明刊本；《稼轩词》十二卷，不著编辑者名氏，四印斋本；《龙川词》一卷《补遗》一卷，陈亮撰，汲古阁本、应氏刊本、《典雅词》本、四印斋单刊补遗本；《竹洲词》一卷，吴儆撰，明抄宋十家词本、《名家词》本；《西樵语业》一卷，杨炎正撰，汲古阁本；《放翁词》一卷，陆游撰，汲古阁本；《拙庵词》一卷，赵蟠老撰，《典雅词》本、汲古阁抄本、旧抄本、四印斋本；《金谷遗音》一卷，石孝友撰，汲古阁本；《晦庵词》一卷，李处全撰，四印斋本；《樵隐词》一卷，毛开撰，汲古阁本、何梦华抄本；《养拙堂词》一卷，管鉴撰，明抄本、劳氏抄本、四印斋本；《知稼翁词》一卷，黄公度撰，汲古阁本、《典雅词》本、抄全集本；《蒲江词》一卷，卢祖皋撰，汲古阁本；《双溪词》一卷，王炎撰，抄本、四印斋本；《碎锦词》一卷，李好古撰，汲古阁抄本、《典雅词》本、十万卷楼抄本、四印斋本；《平斋词》一卷，洪咨夔撰，汲古阁本；《澹庵词》一卷，胡铨撰，《典雅词》本，汲古阁抄本、别下斋本、四印斋本；《白石道人歌曲》四卷别集一卷，姜夔撰，乾隆陆氏刊本、许氏刊本、广东刊本；《白石词集》一卷，姜夔撰，汲古阁本；《东泽绮语》一卷，张辑撰，明抄九家词本；《梦窗稿》四卷《补遗》一卷，吴文英撰，汲古阁本、曼陀罗华阁本；《梅屋诗余》一卷，许棐撰，劳巽卿抄本、四印斋本；《惜香乐府》十卷，刘长卿撰，汲古阁本；《涧泉诗余》一卷，韩淲撰，梅禹金抄本；《文溪词》一卷，李昴英撰，汲古阁本；《西麓继周集》一卷，陈元（当作允）平撰，《典雅词》本、旧抄本、何梦华抄本；《日湖渔唱》一卷《补遗》一卷《续补遗》一卷，陈允平撰，《词学丛书》本、何梦华抄无《补遗》本；《龙洲词》一卷，刘过撰，汲古阁本；《虚斋乐府》二卷，赵以夫撰，明抄本、日贯斋抄本、《名家词》本；《篔嵝词》一卷，刘子寰撰，《典雅词》本；《竹屋痴语》一卷，高观国撰，汲古阁本；《秋崖词》四卷，方岳撰，抄全集本、四印斋本；《龟峰词》一卷，陈经国撰，十万卷楼抄本、劳巽卿抄本、四印斋本；《双溪词》一卷，冯取洽撰，《典雅词》本；《梅溪词》一卷，史达祖撰，汲古阁本、四印斋本；《空同词》一卷，洪瑹撰，汲古阁本；《蓬莱鼓吹》一卷，夏元鼎撰，抄十六家词本；《石屏词》一卷，戴复古撰，汲古阁本；《洺水词》一卷，程珌撰，汲古阁本；《散花庵词》一卷，黄昇撰，汲古阁本；《沧浪词》一卷，严羽撰，明抄九家词本、明抄七家词本；《风雅遗音》二卷，林正大撰，明刊本、抄本；《王周士词》一卷，王以凝撰，明抄本、汲古阁抄本；《断肠词》一卷，朱淑真撰，汲古阁本、《西泠词萃》本；《草窗词》二卷《补遗》二卷，周密撰，知不足斋本、曼陀罗华阁本、旧抄本；《蘋洲渔笛谱》二卷，周密撰，知不足斋本；《花外集》一卷，王沂孙撰，知不足斋本、四印斋本；《山中白云词》八卷，张炎撰，曹氏刊本、许氏刊本；《玉田词》二卷，张炎撰，旧抄本；《宣卿词》一卷，袁去非撰，《典雅词》本、十万卷楼抄本；《后村别调》一卷，刘克庄撰，汲古阁本；《后村乐府》一卷，林秀发编，明抄本；《覆瓿词》一卷，赵必璆撰，四印斋本；《竹山词》一卷，蒋捷撰，汲古阁本；《白雪词》一卷，陈德武撰，何梦华抄本；《潜斋词》一卷，何梦桂撰，四印斋本；《芸窗词》一卷，张榘撰，汲古阁本；《宁极斋乐府》一卷，陈深撰，何梦华抄本、汲古阁抄本；《抚掌词》一卷，不著编辑者名氏，劳氏抄本、四印斋本；《章华词》一卷，不著撰人名氏，《典雅词》本、四印斋本；《梅苑》十卷，黄大舆编，诗局刊本；《乐府雅词》三卷《补遗》一卷，曾慥编，粤雅堂本；《花庵词选》二十卷，黄昇编，汲古阁本、抄本《词苑英华》十卷本；《阳春白雪》八卷《外集》一卷，赵闻礼编，抄本、清吟阁刊本、《词学丛书》本；《绝妙好词》七卷，周密撰，项氏刊本；《乐府补题》一卷，不著编辑者名氏，知不足斋本，《漱六编》本；《碧鸡漫志》一卷，王灼撰，《学海类编》本、知不足斋五卷本、《唐宋丛书》本；《沈氏乐府指迷》一卷，沈义父撰，评花仙馆本、四印斋本、刊本；

《乐府指迷》一卷,张炎撰,《秘笈》本、《学海类编》本、《广百川》本;《词源》二卷,张炎撰,抄本、守山阁本、《词学丛书》本;《典雅词》十四卷,明毛晋编,精抄本;《宋名家词》不分卷,明毛晋编,明刊本、汪氏刊本。

以上得两宋别集一百四十一种、词选集六种、词话四种、词集丛编二种,著录所藏词集,既有善本,又有通行本,而《善本书室藏书志》所载多见于其中。丁氏藏书今多存于南京图书馆,有不少是词集丛编,而《善本书室藏书志》和《八千卷楼书目》多分别析出著录。

此外,丁氏兄弟在抄补文澜阁《四库全书》残缺图书时,其中也有词集,据钱恂《壬子文澜阁所存书目》卷四载,补抄的两宋词集有:

晏殊《珠玉词》一卷、柳永《乐章集》一卷、欧阳修《六一词》一卷、苏轼《东坡词》一卷、黄庭坚《山谷词》一卷、秦观《淮海词》一卷、程垓《书舟词》一卷、晏几道《小山词》一卷、晁补之《晁无咎词》一卷、毛滂《东堂词》一卷、周邦彦《片玉词》二卷《补遗》一卷、蔡伸《友古词》一卷、叶梦得《石林词》一卷、葛胜仲《丹阳词》一卷、李弥逊《筠溪乐府》一卷、赵师使《坦庵词》一卷、向子諲《酒边词》二卷、陈与义《无住词》一卷、李清照《漱玉词》一卷、周紫芝《竹坡词》三卷、张元干《芦川词》一卷、韩玉《东浦词》一卷、侯寘《懒窟词》一卷、扬无咎《逃禅词》一卷、张孝祥《于湖词》三卷、曾觌《海野词》一卷、王千秋《审斋词》一卷、赵彦端《介庵词》一卷、葛立方《归愚词》一卷、沈端节《克斋词》一卷、辛弃疾《稼轩词》四卷、毛开《樵隐词》一卷、陈亮《龙川词》一卷补遗一卷、陆游《放翁词》一卷、黄公度《知稼翁词》一卷、卢祖皋《蒲江词》一卷、洪咨夔《平斋词》一卷、姜夔《白石道人歌曲》四卷《别集》一卷、吴文英《梦窗稿》四卷补遗一卷、赵长卿《惜香乐府》十卷、史达祖《梅溪词》一卷、黄昇《散花庵词》一卷、朱淑真《断肠词》一卷、张炎《山中白云词》八卷、蒋捷《竹山词》一卷、黄大舆《梅苑》十卷、曾慥《乐府雅词》三卷补遗一卷(原存卷下)、黄昇《花庵词选》二十卷(原存《前集》卷一、二,《后集》卷三、四)、陈恕可《乐府补题》一卷、王灼《碧鸡漫志》一卷、沈义父《乐府指迷》一卷。

凡两宋词别集四十五种、选集四种、词话二种。这些词集所据与原《四库》本所据是不同的,丁氏补抄的文澜阁本,是广采藏书名家所有,如瞿氏恬裕斋、朱氏结一庐、陆氏皕宋楼等,较《四库》本要优质些。

丁氏所藏宋金元词集多抄本,其中明抄词别集三十八家四十种、选集二种;抄本(含清抄本、旧抄本等)词别集三十六家三十七种、选集二种、词话一种;又毛氏汲古阁抄本九种、何元锡抄本十九种、劳氏抄本十六种(以上均词别集);共计抄本词集一百二十六种。又丁氏兄弟补抄文澜阁《四库全书》,其中补抄的宋金元词集有词别集四十七种、选集七种、词话二种。占《四库全书》所收宋金元词集(存目词集不计)百分之八十强。而这些抄本词集中,是以两宋人作品集居重的。

七、周星诒传忠堂等

周星诒(1833—1904),字季贶,一字曼嘉,号巳翁,又号窳翁,先世为绍兴人,后徙居河南祥符。咸丰十年(1860)以同知分发福建候补,同治时补邵武府同知。为近代文献家,父兄均雅好藏书,购得陈氏带经堂所藏,多前贤手录及名家批校。藏书处有书抄阁、传忠堂,精于目录之学,编有《书抄阁行箧书目》,后罗振常改题为《周氏传忠堂藏书目》,又有手写《窳横旧藏书目》。

《传忠堂书目》载有的两宋人词集计有:

> 《柳三变词》一卷,一册,柳永撰,赵清常手抄手校本;《张子野词》一卷,张先撰,钱孙父幽吉堂抄本,莞翁手跋;《友古居士词》一卷,一册,蔡绅撰,陆敕先校本;《道情鼓子词》一卷,一册,张抡撰,旧抄本;《梅词》一卷,一册,朱雍撰,旧抄本;《稼轩长短句》十二卷,二册,辛弃疾撰,明嘉靖刻本,陆敕先手校;《知稼翁词》一卷,一册,黄公度撰,陆敕先抄校本;《于湖先生长短句》五卷拾遗一卷,一册,张孝祥撰,影宋抄本;《梅屋诗余》一卷,一册,许斐撰,旧抄本。

凡九种,所藏多为名家批校本,又载有《宋十家词》四册,云:"汲古阁刻《六十家词》残本,内有数种为王惕甫先生、二波父子评点。"王惕甫,参见第九章第一节之"陈徵芝"项说明。

八、蒋凤藻铁华馆等

蒋凤藻,字香生,一作芗生,长洲(苏州)人。家世货殖,清光绪八年(1882)纳赀为郎,以知府分发福建,任福宁知府,约卒于光绪二十二年前。与周星诒为同年友,周氏藏书多归其有。其藏书处为书抄阁、铁华馆、心矩斋、秦汉十印斋,有《秦汉十印斋藏书目》《铁华馆家藏书目》《铁华馆藏集部善本书目》等。

《铁华馆家藏书目》《秦汉十印斋藏书目》卷四所载词集互有出入,也有相同者,只是文字上略有差异,两书著录的宋人词集有:

> 《张子野词》,一本,钱孙父抄,莵翁跋;《于湖先生长短句》,一本,同,景宋抄本;《稼轩长短句》十二卷,二本,明刻,陆敕先校;《白石道人歌曲》,一本,抄本;《花庵词选》,三本,汲古阁刻本;《知稼翁词》,一本,陆敕先抄校本;《碧鸡漫志》,一本,明文衡州手迹抄;《乐府雅词》,四本,精抄,朱竹垞旧藏;《柳耆卿词》一卷,明抄本,赵清常手校;《友古居士词》一卷,陆敕先手校本;《梅词》一卷,旧抄本;《梅屋诗余》一卷,旧抄本。

又《铁华馆家藏书目》载有“《道情鼓子词》等四种,一本,明抄本”,另三种不能详其目,而《秦汉十印斋藏书目》卷四载作“《道情鼓子词》一卷,旧抄本,宋张抡撰”,未提及其他三种。所藏十余种,除《稼轩长短句》《花庵词选》外,均为抄本,多为名家抄藏和批校。

九、陆心源皕宋楼

陆心源(1834—1894),字刚父,号存斋,晚号潜园老人,浙江归安人。咸丰九年(1859)举人,任广东南韶兵备道,调高廉道,同治时赴闽,署粮盐道,旋乞养归里。所著总称《潜园总集》,凡九百余卷。酷嗜异书,多得宋元旧椠,及名家手抄手校之书。藏书处有潜园、皕宋楼、仪顾堂、十万卷楼等。有《十万卷楼书目》《皕宋楼藏书志》《仪顾堂题跋》等,刻有《十万卷楼丛书》等。所藏两宋词集最富。

《皕宋楼藏书志》卷一百十九载两宋人词别集,计有:

> 晏殊《珠玉词》一卷,陆敕先校宋本;潘阆《逍遥词》一卷,旧抄本;欧阳修《近体乐府》三卷,毛斧季手校本;苏轼《东坡词》一卷,毛斧季手校本;晏几道《小山词》二卷,陆敕先、毛斧季手校本;柳永《乐章集》一卷,毛斧季手校本;毛滂《东堂词》一卷,毛斧季手校本;贺铸《东山寓声乐府》三卷补遗一卷,旧抄本;谢逸《溪堂词》一卷,陆敕先、毛斧季手校本;周邦彦《片玉词》二卷,毛斧季

手校本;向子湮《酒边集》一卷,陆敕先、毛斧季手校本;李清照《漱玉词》一卷,劳巽卿手校本;叶梦得《石林词》一卷,毛斧季手校本;阮阅《巢令君阮户部词》一卷,汲古阁影宋本;李弥逊《筠溪乐府》一卷,旧抄本;史达祖《梅溪词》一卷,毛斧季手校本;姜夔《白石词》一卷,毛斧季手校本;姜夔《白石先生词》一卷,旧抄本;胡铨《澹庵长短句》一卷,汲古阁影宋本;朱敦儒《樵歌》三卷,旧抄本;毛开《樵隐词》一卷,陆敕先、毛斧季手校本;王炎《双溪词》一卷,旧抄本;曹冠《燕喜词》一卷,汲古影宋本;赵磻老《拙庵词》一卷,汲古影宋本;赵磻老《拙庵词》一卷,旧抄本;冯取洽《双溪词》一卷,汲古影宋本;程大昌《文简词》一卷,汲古影宋本;《章华词》一卷,汲古影宋本;刘子寰《篁嵊词》一卷,汲古影宋本;黄公度《知稼翁词》一卷,汲古影宋本;陈亮《龙川词》一卷,汲古影宋本;陈允平《日湖渔唱》一卷,旧抄本;陈允平《西麓继周词》一卷,汲古影宋本。

凡三十三种。又卷一百二十载五代至明词别集、选集、词话共计四十一种,其中宋词别集二十五种、宋词选集三种、词话一卷,即:

杨炎正《西樵语业》一卷,陆敕先、毛斧季手校本;侯寘《懒窟词》一卷,汲古影宋本;高观国《竹屋痴语》一卷,毛斧季手校本;李好古《碎锦词》一卷,汲古阁影宋本;李好古《碎锦词》一卷,旧抄本;陆游《放翁词》二卷,毛斧季手校本;倪偁《绮川词》一卷,旧抄本;沈端节《克斋词》一卷,旧抄本;辛弃疾《稼轩词》四卷,陆敕先、毛斧季手校宋本;辛弃疾《稼轩长短句》十二卷,明刊本;韩淲《涧泉诗余》一卷,旧抄本;袁去华《袁宣卿词》一卷,旧抄本;陈经国《龟峰词》一卷,旧抄本;吴潜《履斋词》一卷,旧抄本;丘崈《文定词》一卷,旧抄本;姚述尧《萧台公余词》一卷,旧抄本;向镐《乐斋词》一卷,旧抄本;吴文英《梦窗甲稿》一卷,毛斧季手校本;赵长卿《仙源居士惜香乐府》十卷,陆敕先校宋本;吕胜己《渭川居士词》一卷,旧抄本;夏文鼎《蓬莱鼓吹》一卷,旧抄本;陈人杰《龟峰词》一卷,旧抄本;欧良编《抚掌词》一卷,旧抄本;管鉴《养拙堂词》一卷,毛斧季手抄本;廖行之《省斋诗余》一卷,旧抄本;武陵逸史编《类编草堂诗余》四卷,明刊本;黄大舆《群贤梅苑》十卷,汲古影宋本;曾慥《乐府雅词》三卷拾遗二卷,旧抄本;张炎《词源》二卷,影元抄本。

所藏六十余种,多为佳善抄本,并录其题识之文。又《仪顾堂题跋》卷十三著录有吕胜己《渭川居士词》一卷、冯取洽《双溪词》一卷、姚述尧《萧台公余词》一卷三种,卷十四著录有沈端节《克斋词》一种,均见《皕宋楼藏书志》著录。按陆氏藏书后为日本人购藏,今存日本静嘉堂文库,河田羆编《静嘉堂秘籍志》较《皕宋楼藏书志》著录的更为详细,如丛书本、合册本等,都有详细地说明,陆氏《书志》中未反映出来,如卷一百五十著录有《漱玉词汇抄》附《易安事迹》,宋李清照撰,清汪氏玢辑,刊本,一册,《皕宋楼藏书志》著录为《漱玉词》,劳巽卿手校本。《静嘉堂秘籍志》云:

> 案此本钱塘汪氏玢所辑刊,第一行题漱玉词汇抄,第二行题宋李氏清照易安著,钱唐汪氏玢孟文笺。卷首有道光壬午玢序,云:余笄总之年,即喜诵其词,惜汲古阁刊本不满二十阕,既而娣佩徐珊助余蒐他选遗珠,并辑录诸家词话,汇为一册云云,后附《易安事辑》一卷。《提要》所收,即汲古阁刊本,云清照号易安居士,济南人,礼部郎、提点京东刑狱格非之女,湖州守赵明诚之妻也。清照工诗文,尤以词擅名中略。此本为毛晋汲古阁所刊,案盖《诗词杂俎》所收,既见于上。陈振孙《书录解题》载清照《漱玉词》一卷,又云别本作五卷。黄昇《花庵词选》则称《漱玉词》三卷,今皆不传。此本仅词十七阕,清照以一妇人,而词格乃抗轶周、柳,虽篇帙无多,固不能不宝而存之,为词家一大宗矣。

又云"此本卷中有'蟫叟'白文小长印,'巽轩'朱文小方印,墨校,即劳权手笔也。"

陆心源藏本中原本多为词集丛编本或丛抄本,《皕宋楼藏书志》却散抄各处,而《静嘉堂秘籍志》在版本、是否为丛编、册数、序跋题识等方注录的要具体详细得多。如毛抄《典雅词》,影宋抄五本,见《静嘉堂秘籍志》卷十二"陆氏皕宋楼旧藏·词曲类",云:"案:《藏书志》别无《典雅词》之名,而汲古阁影宋词十四种,统称《典雅词》。"《皕宋楼藏书志》著录的凡标明影宋抄本的词别集,多属于《典雅词》中之物。又《静嘉堂秘籍志》卷五十"陆氏十万卷楼旧藏·词曲类"著录有"陆校宋词十九种"并云:"清陆敕先、毛斧季校,即前书一、二集也。刊十一本,盖原十二本,辛稼轩一本缺。"《皕宋楼藏书志》凡标明有毛、陆批校的,多属于此中之物,参见第九章第四节之一。至于《静嘉堂秘籍志》卷五十"陆氏十万卷楼旧藏·词曲类"著录的合抄本词集,如:丘崈《文定公词》等八部、姜夔《白石词》和沈端节《克斋词》二部、吴潜《履斋词》和陈允平《日湖渔唱》二部、赵磻老《拙庵词》等七部、廖行之《省斋诗余》等六部、沈义父《乐府指迷》和陆辅之《词旨》二部,诸如此类,其子目,《皕宋楼藏书志》均分散著录各处。陆氏藏词集今存日本静嘉堂文库的仍然有不少,如《典雅词》,此外还有一些是合册的抄本词集,每册中收二三家或八九家词集不等,没有总书名,一些为劳格批校,知原为劳氏之物,参见本书第十三章第三节之一。据笔者寓目粗略统计,静嘉堂文库藏有的各种抄校本词集、词话已有四十余种。

十、缪荃孙艺风堂

缪荃孙(1844—1915),字炎之,号筱珊,又作筱山、小山、小珊等,晚号艺风老人,清道光末生于江苏江阴官宦人家。年二十,举家迁居成都。清光绪二年(1876)中进士,授翰林院编修。后充清史馆总纂、提调,历主江阴南菁、山东泺源、湖北经心、南京钟山等书院讲席等。缪氏为中国近代图书馆的奠基人,创办了江南图书馆和京师图书馆。辛亥革命爆发后,辞归南返,侨寓上海,以遗老自居。时盛怀远、刘承干、张钧衡等富藏书,缪氏曾馆诸家,从事图书的收藏与出版。其藏书处有艺风堂(北京)、对雨楼(南京)、云自在龛(北京)、藕香簃等,富藏金石,著述颇丰,撰有《艺风堂文集》《艺风堂读书记》《艺风堂藏书记》,以及《清学部图书馆善本目录》《盛氏愚斋图书馆藏书目录》《目录词小说谱录目》等,辑刻有《云自在龛丛书》《对雨楼丛书》《藕香零拾》《常州先哲遗书》《尧圃藏书题识》《宋元本留真谱》《常州词录》等。

缪荃孙富藏词集,编有《目录词小说谱录目》,为专题藏书目,著录的是目录、词、小说、谱录四类书之书目,其中词类三卷,卷一著录的是历代词选集、丛编、词律,凡五十种(丛编列有子目,但仍按一种计)。卷二著录的为历代词别集,凡二百二十二种。卷三著录的为历代词话、词谱,凡十四种。这些词集,既有常见的通行刻本,也有稿本、抄本。其中卷二载两宋词集一百二种,此将抄本词集列如下:

> 王安石《半山词》一卷、柳永《柳屯田乐府》三卷、米芾《宝晋长短句》一卷、贺铸《东山寓声乐府》三卷《补遗》一卷、廖行之《省斋诗余》一卷、方千里《和清真词》一卷、曹勋《松隐词》三卷、胡铨《澹庵长短句》一卷、张继先《虚靖真君词》一卷、朱敦儒《樵歌》三卷、葛立方《归愚词》一卷、向镐《乐斋词》一卷、王之道《相山居士词》一卷、张抡《莲社词》一卷、张抡《道情鼓子词》一卷、陈克《赤

城词》一卷、刘一止《苕溪词》一卷、舒亶《舒信道词》一卷、苏庠《苏养直词》一卷、曹组《曹元宠词》一卷、陆游《放翁词》一卷、韩元吉《南涧词》一卷、曹冠《燕喜词》一卷、袁去华《袁宣卿词》一卷、程大昌《文简公词》一卷、黄公度《知稼翁词》一卷、杨泽民《和清真词》一卷、吕胜己《渭川居士词》一卷、赵磻老《拙庵词》一卷、陈亮《龙川词》一卷、韩玉《东浦词》一卷、王以宁《王周士词》一卷、侯寘《懒窟词》一卷、毛开《樵隐诗余》一卷、冯取洽《双溪词》一卷、李好古《碎锦词》一卷、张辑《东泽绮语》一卷、李曾伯《可斋词》六卷、韩淲《涧泉诗余》一卷、王质《雪山词》一卷、赵闻礼《钓月词》一卷、刘克庄《后村诗余》二卷、刘克庄《后村先生长短句》四卷、汪莘《方壶词》三卷、林正大《风雅遗音》二卷、陈允平《日湖渔唱》一卷《补遗》《续补遗》、陈允平《西麓继周集》一卷、汪元量《水云词》一卷、刘子寰《篁嵊词》□卷、阮阅《巢令君阮户部词》□卷、无名氏《章华词》一卷。

以上共得各类抄本词集五十二种，又卷一著录有《典雅词》十四卷，为传写汲古抄本，此书今藏台湾，其子目已析出分别著录于卷二中，不过陈允平《日湖渔唱》一卷《补遗》《续补遗》，云是传写《典雅词》本，却不见于今存的五种《典雅词》残本中，包括缪氏藏抄本。又卷二所载还有几种未标明版本的，如欧阳修《六一词》一卷、周邦彦《清真集》二卷、李纲《梁溪词》一卷和吴文英《梦窗甲乙稿》等。此外缪氏《艺风藏书记》等也载有词集二十种，录两宋词集于下，《艺风藏书记》卷七载三种：

　　《类编草堂诗余》四卷：武陵逸史编次，开云山农校正；《樵歌》三卷：旧抄本，吴枚庵藏书；《拙庵词》一卷：旧抄本。

又《艺风藏书续记》卷七记宋人词集八种：

　　《花庵词选》十卷，旧刻本；《典雅词》，五册，传抄汲古阁本；《柳屯田乐府》三卷，传录梅禹金本，柳耆卿撰；《和清真词》一卷，郘公钟室抄本，杨泽民撰；《东浦词》一卷，传抄诵芬室抄本；《风雅遗音》二卷，影写明刊本，林正大撰；《涧泉诗余》一卷，传抄本，韩淲撰；《钓月词》一卷，传抄本，赵闻礼撰。

其中《典雅词》收十四家词集，合计得二十一种，多数已见于《目录词小说谱录目》著录，与《目录词小说谱录目》不同的是，《艺风藏书记》及《续记》略有提要，据笔者考证，缪氏藏抄本两宋词集至少在七八十种左右，而实际上比这要多，参见第十四章。《艺风藏书记》及《续记》所载，略有提要，详述版本来源等，如：

> 《钓月词》一卷：传抄本，宋赵闻礼撰。闻礼字立之，临濮人，《阳春白雪》即立之所选，久已脍炙人口。此近人所辑，亦从《阳春白雪》、《绝妙好词》录出，刻入东人词中。

> 《风雅遗音》二卷：影写明刊本，宋林正大撰，正大字敬之，号隋厂，永嘉人，开禧中为严州学官。前有嘉泰壬戌、甲子自序二篇，开禧乙丑易嘉犹序，嘉泰甲子陈子武序。此书阅古诗文，撷其华粹，律以乐府，冠以本文，为词学另开一径，后有黄莵圃跋。

> 《花庵词选》十卷：旧刻本，首行"唐宋诸贤绝妙词选纲目"大字，前有淳祐己酉胡德方序，后有钟式牌子，栢斋胡氏四字，极其古雅，惟目录后挖去一大条，疑有刊板年日，钤以伪印，适增其丑耳。此当指明舒氏刊本。

另外也抄录有他人题跋文，保留了珍贵的词集文献。如于《柳屯田乐府》录仁和罗矩亭手跋云：

> 右柳永《乐章集》三卷，从梅禹金抄本过录。梅氏原本词牌之下朱笔增入题目，有曰美、曰圣、曰科、曰官者凡三十余处，均不可晓。榘见前明抄本柳词凡数本，均与汲古阁刻本相同，词牌下注题者，通部不过数阕。此本当为梅氏以意增添，或仅注一字，今人无从索解，殊为善本之颣。又原本于词牌之上朱笔标以圈点，亦有时标于左右，及标于词牌之下者，未能喻其故。因此本系照抄，故亦有朱笔依其位置照样标明如右。八千卷楼别藏有明时抄本一册，楮墨甚旧，当是万历以前抄本。因取以覆校，大致与毛本相同。今用朱笔注于书眉，所称明抄本者是也。汲古刊本并三卷为一卷，又上卷末《驻马声》之前明抄尚存十六字，下尚有正平调《安公子》一阕，其词虽全缺，尚可考其旧第，毛氏一并删去，不为注明，尤为大谬。光绪辛丑且月廿三日仁和罗榘挥汗校毕，因记卷尾。是日吊谭丈复堂之丧，吾浙词家又少一人矣。

又于《东浦词》录董康手跋云：

> 右韩玉温甫《东浦词》一卷，常熟毛子晋刻入《宋六十家词》，讹舛特甚。余藏明抄本李西涯所辑《南词》，为南昌彭文勤公知圣道斋故物，是词亦在其中。因取两本互勘，以毛本标注于下，《南词》本小有脱误，然足以纠正毛刻，

固不仅提要列举数条也。己巳夏日武进董康校讫记,翌日复取《历代诗余》互校,以硃志于旁,并补《沁园春》一阕于卷尾,康又记。

缪氏参与词集的寻访、借抄、校对、刻印等多方面工作,为近代两宋词集的保存与传播作出了非凡的贡献,参见第十四章。

十一、李盛铎木犀轩

李盛铎(1859—1937),字椒微,号木斋、师庵居士等,江西九江人。清光绪十五年(1889)榜眼,授翰林院编修。任京师大学堂总办,为驻日本、比利时大使,又为布政使等。民国时任山西民政长、参议院议长等。喜藏书,勤于校读。藏宋元刊三百余种、明刊本两千余种,又抄本、稿本等两千余种。木犀轩为其藏书总称,藏书万余种,有《木犀轩收藏旧本书目录》,云"丁亥闰月默录于金陵舟中",为光绪十三年编成。又有《麟嘉馆行箧书目》《天津延古堂李氏旧藏书目》等。

《木犀轩收藏旧本书目》所载词集分几处抄录,其中著录的两宋人零种词集为抄本者,计有:

> 秦观《淮海居士长短句》三卷、晁补之《晁无咎词》五卷、曹冠《燕喜词》一卷、胡铨《澹庵词》一卷、范成大《石湖词》一卷、姚述尧《箫台公余词》一卷、黄公度《知稼轩词》一卷、蔡伸《友古居士词》一卷、王灼《颐堂词》一卷、向滈《乐斋词》一卷、吴文英《梦窗词》四卷《补遗》一卷、张炎《山中白云词》六卷、杨泽民《和清真词》一卷、朱敦儒《樵歌》三卷、韩淲《涧泉诗余》一卷、李曾伯《可斋词》六卷、王质《云(当雪)山词》一卷、赵闻礼《钓月词》一卷、张元干《芦川词》二卷、张抡《道情鼓子词》一卷、方岳《秋崖先生词稿》一卷、周密《草窗词》二卷、曾慥《乐府雅词》三卷《拾遗》二卷、赵闻礼《阳春白雪》八卷《外集》一卷、王沂孙《花外集》一卷、陈允平《日湖渔唱》一卷、姜夔《白石词补遗》一卷、陈允平《和清真词》一卷。

凡二十九种,又有"周密《草堂(当窗)词》二卷补二卷,一册一函。"未标明版本。又有明刊本黄昇《花庵词选》二十卷,当为汲古阁刊本。此外,《书目》还著录抄本词集丛编二套,其一,《宋名家词续抄》,云:"五集,凡五十二家,题己酉五月我娱斋辑录,抄本。"所载五十二家,是就毛氏《宋名家词》收录的六十一家之外另得五十二家的词集,未注明子目。按:蒋汝藻《传书堂书目》著录有清澹容居士辑《宋名家词续抄》五十二卷,为稿本,并录五十家词集名目,详后文有关条目。其二,《宋元词抄》,云:"□□卷,不著编辑姓名,明抄本,二十四册,二木夹板。"并列其子目,详如下:

> 苏轼《东坡词》二卷《拾遗》一卷、柳永《乐章集》三卷附《续》一卷、陆游《渭南词》二卷、姜夔《白石词选》一卷、扬无咎《逃禅词》一卷、蒋捷《竹山词》一卷、辛弃疾《稼轩词丙集》不分卷、高观国《竹屋痴语》一卷、黄公度《知稼翁词》一卷、杨炎正《西樵语业》一卷、侯寘《懒窟词》一卷、王安中《初寮词》一卷、洪瑹《空同词》一卷、张元干《芦川词》一卷、戴复古《石屏词》一卷、廖行之《省斋诗余》一卷、刘一止《苕溪词》一卷、卢炳《烘堂词》一卷、陈与义《简斋词》一卷、李祯《侨庵诗余》一卷、倪瓒《云林乐府》、赵孟頫《松雪词》一卷、许有壬《圭塘词》一卷、朱淑真《断肠词》一卷、叶梦得《石林词》一卷、葛胜仲《丹阳词》一卷、贺铸《东山词》一卷、毛开《樵隐诗余》一卷、吴儆《竹洲词》一卷、王廷珪《芦溪词》一卷、谢逸《溪堂词》一卷、洪咨夔《平斋词》一卷、葛郯《信斋词》一卷、葛立方《归愚词》一卷、王以宁《王周士词》一卷、周紫芝《竹坡词》三卷、段成己《菊轩居士词》一卷、段克己《遁庵居士词》一卷、韩玉《东浦词》一卷、向滈《乐斋词》一卷、陈经国《龟峰词》一卷、严羽《沧浪词》一卷、郭应祥《笑笑词》一卷、张孝祥《于湖先生长短句》五卷、张继先《虚靖词》一卷、沈瀛《竹斋词》一卷、黄昇《玉林词》一卷、张肯《梦庵词》一卷、王沂孙《玉笥山人词》一卷、赵以夫《虚斋乐府》二卷、王千秋《审斋词》一卷、石孝友《金谷遗音》一卷、陈武德《白雪词》一卷、李之仪《姑溪词》一卷、谢薖《竹友词》一卷、赵鼎《得全居士词》一卷、沈端节《克斋词》一卷、朱敦儒《樵歌》二卷、魏了翁《鹤山长短句》一卷、史达祖《梅溪词》一卷、陈亮《龙川词》一卷、李公昂《文溪词》一卷、吴潜《履斋先生诗余》一卷附《续集》一卷、王之道《相山居士词》一卷、向子諲《酒边词》一卷、韩淲《涧泉诗余》二卷、王恽《秋涧先生乐府》四卷、赵师侠《坦庵长短句》一卷、周邦彦《片玉集》十卷、《花间集》十卷,有缺。

共得五代、宋、金、元、明词集七十种,原《书目》中人名、书名多有错讹字,此径改。又《书目》对题识文等也作了著录,考其子目书名、种数及题识文等,知此丛编即为今存于北京大学图书馆的紫芝漫抄本《宋元名家词》，其中两宋词集有六十家。又有《木犀轩收藏旧本书目录》，与《木犀轩收藏旧本书目》著录略有出入者，如抄本《晁无咎词》一卷、《山中白云词》一卷等。

还有《天津延古堂李氏旧藏书目》，"词曲类"中也载有不少词集，其中有些是汲古阁刻《宋名家词》零种本，此只录抄本宋人词集如下：

> 张抡《道情鼓子词》一卷、赵闻礼《钓月词》一卷、王质《雪山词》一卷、杨泽
>
> 民《和清真词》一卷、周密《绝妙好词》七卷、黄大舆《梅苑》十卷。

有些或与前所述为同一本书，有的则比较珍贵，如后两种词选集。合上述所列，得抄本词集一百五十余种，不可谓不富。至于《木犀轩收藏旧本书目》著录的常见刊本词集如毛晋《宋六十名家词》、吴昌绶《仁和吴氏双照楼景刻宋元本词》，以及景印宋刊本秦观《淮海居士长短句》和影刊宋本《草堂诗余》、康熙戊寅刊本周密《绝妙好词》等，就不计算在内了，其中后者注云"焦里堂手跋"，也可归于珍善词集之列。

十二、沈德寿抱经楼

沈德寿，字药庵，浙江慈溪人。生活于清末民国间，经商而致富。性好聚书，闻有善本，不惜重赀，积书五万余卷，其藏书处为抱经楼，以其多得卢址藏书，仍其旧名。仿《爱日精庐藏书志》《皕宋楼藏书志》，编成《抱经楼藏书志》。

《抱经楼藏书志》载罕见的旧抄之书等，常见书则不录。其中卷六十四"集部·词曲类"著录的抄本两宋词集十二种，即：

> 《逍遥词》一卷，旧抄本，潘阆撰；《张子野词》二卷《补遗》二卷，抄本，张子
>
> 野著；《近体乐府》三卷，旧抄本，欧阳修撰；《东坡词》一卷，抄本，苏轼撰；《石
>
> 林词》一卷，抄本，叶梦得撰；《丹阳词》一卷，抄本，葛胜仲撰；《介庵词》四卷，
>
> 明抄本，赵彦端撰；《白石词》一卷，抄本，姜夔撰；《渭南居士词》一卷，旧抄本，
>
> 吕胜己撰；《石湖词》一卷，抄本，范成大撰；《和石湖词》一卷，抄本，陈三聘撰；
>
> 《注坡词》十二卷，旧抄本，傅干撰。

此外还著录有《词学筌蹄》一书，云："八卷，明人抄本，蜀府教授蒋华质夫编录，徐楠山甫考正。"而今人或以为此书原为宋人所编。又著录有刻本词集，如：《安陆集》一卷，乾

隆刊本,张先著。《曾乐轩稿》一卷,乾隆刊本,张维著。《类编草堂诗余》四卷,汲古阁刊,宋武林逸史编次。《绝妙好词笺》七卷《续抄》二卷,徐氏刊本。都属于常见之书,按汲古阁刊本名作《草堂诗余》,而明嘉靖刊本有名《类编草堂诗余》者,著录有误。

十三、蒋汝藻传书堂

蒋汝藻(1877—1954),字元采,号孟蘋,别署乐庵,吴兴(今属浙江)人。与刘承干为中表。清光绪二十九年(1903)举人,宣统中捐赀为郎中。曾参加辛亥革命,民国中曾在京城开公司,经营书画。藏书处为传书堂,藏书达五千余种,其中善本过半。有《传书堂书目》,又王国维著有《传书堂藏书志》。

《传书堂书目》"词曲类"著录有《宋名家词续抄》,云:"五十二卷,稿本,国朝澹容居士辑。"列子目如下:

> 《临川词》一卷、《东山寓声乐府》一卷、《聊复词》一卷、《都尉词》一卷、《闲适集》一卷、《信斋词》一卷、《雅言大声集》一卷、《后湖词》一卷、《冠柳词》一卷、《箕颍集》一卷、《信道词》一卷、《梁溪词》一卷、《樵歌》一卷、《顺庵乐府》一卷、《石湖词》一卷、《和范词》一卷、《适斋词》一卷、《涧泉诗余》一卷、《履斋诗余》一卷、《潜斋词》一卷、《秋崖小稿》一卷、《方壶词》一卷、《草窗词》一卷、《玉田词》一卷、《日湖渔唱》一卷、《虚斋乐府》一卷、《东泽绮语债》一卷、《碧山乐府》一卷、《筼房词》一卷、《秋崖词》一卷、《水云词》一卷、《随如乐府》一卷、《养拙堂词》一卷、《玉照堂词》一卷、《莲社词》一卷、《顺受老人词》一卷、《静寄居士词》一卷、《招山乐章》一卷、《双溪词》一卷、《文山词》一卷、《徽宗词》一卷、《李后主词》一卷、《风雅遗音》一卷、《清江欸乃词》一卷、《和清真词》一卷、《宝月词》一卷、《海琼词》一卷、《漱玉词》一卷、《断肠词》一卷、《孙夫人词》一卷。

凡五十家,不少为珍稀词集,一些名称和卷数与今传本不同。详下一节说明。《传书堂书目》还著录有《宋五家词》五卷,旧抄本,五家为:《逍遥词》一卷、《龟峰词》一卷、《乐斋词》一卷、《相山居士词》一卷、《绮川词》一卷。另外还有别本词集,计有:

> 《山谷词》一卷,明刊本,黄庭坚撰;《稼轩长短句》十二卷,明王诏刻本,辛弃疾撰;《介庵琴趣外篇》六卷,旧抄本,汪阆原旧藏;《乐府雅词》三卷《拾遗》

二卷,旧抄本,袁寿皆手校并跋,曾慥编;《阳春白雪》八卷《外集》一卷,旧抄本,鲍渌饮手校并跋,赵闻礼选。

合计所得,共六十余种善本词集。

十四、吴昌绶双照楼

吴昌绶,生卒年未详,字印丞,或作印臣,又字伯宛,号甘遁、松邻等,仁和(今浙江杭州)人。清光绪三年(1877)举人,官内阁中书等,民国时曾供职于北洋司法部和陇海铁路局。藏书处曰双照楼。著有《松邻遗集》等,刻有《松邻丛书》,编有《劳氏碎金》《宋金元词集见存卷目》附《双照楼续辑宋金元百家词目》等。

《宋金元词集见存卷目》录已知宋、金、元词集目近二百家,为现知最早的专录词集书目的目录。自序(光绪丙午)云:

> 词学专集不易孤行,自选本流传,而原集日益湮晦。……明季梅禹金,国初毛斧季、陆敕先,道、咸间劳巽卿特为精审,多见于陆氏、丁氏所藏。吾友武进董比部得彭文勤知圣道斋旧藏《南词》六十四家、《汲古未刻词》二十二家,中多罕觏秘笈。昌绶尽获其副,复就丁氏假录,益以鄙所斠辑众宋元诸集裁篇别出者。海丰吴抚部、归安朱侍郎、北海郑中书矜孤陋,咸相裨助,搜眘三载,凡为百种,合之汲古、四印所刊,除去缊复,尚不满二百家。远者将九百年,近者将五百数十年。天壤留贻,略止此数。卢、钱《补志》之所录,朱、陶《词综》之所采,存佚未见,颇有异同。网罗放矢,窃余奢望,因亟写定此目,以质同志,冀发箧藏,匡厥未逮。

《书目》首列毛氏汲古阁刻六十一种词集名目和四印所刻词集五十四种名目,共计一百十五种,此略。又附《双照楼续辑宋金元百家词目》,分宋、金、元三代,每个时代中,对所著录的词集,首列刊校辑本,次抄本,再次集本。除去毛刻和王刊复见者,又得九十八种,其中宋七十一家、金四家、元二十四家(按:陈深《宁极斋乐府》为宋人,实二十三家)。以上统计数字均据《书目》所载,与吴氏自云有出入。据此,吴氏藏词集已过二百种,有刊本,有校辑本,也有传抄本,《双照楼续辑宋金元百家词目》载两宋词集计有:

其一，校辑本：

1. 《乐章集》三卷《补遗》一卷，乐安柳永耆卿。明梅鼎祚抄本，以陆氏校宋本、海丰吴氏刻《山左人词》校补。

2. 《张子野词》二卷《补遗》二卷，吴兴张先子野。《知不足斋丛书》本，以葛刻《安陆集》、侯刻《子野词》校补。

3. 《东坡乐府》二卷，眉山苏轼子瞻。朱氏无著庵重定编年本。

4. 《淮海长短句》三卷《补遗》一卷，高邮秦观少游。明张綖刻《淮海集》本校补。

5. 《东山寓声乐府》三卷《补遗》一卷，共城贺铸方回。钱塘王氏惠迪吉斋辑本，四印斋刻，先后补抄，未见原辑。《铁琴铜剑楼书目》有残宋本一卷，当即侯刻、王辑所自出。

6. 《于湖先生长短句》五卷《拾遗》一卷《补》一卷，历阳张孝祥安国。武进董氏诵芬室景宋乾道本，以《南词》校补。

7. 《日湖渔唱》一卷《西麓继周集》一卷，句章陈允平君衡。钱塘何氏梦华馆抄本，重校，秦刻从选本搜集，少二十余首。

8. 《西麓和周词》，依强焕本为次，与杨、方和《清真集》次序多寡不同。

9. 《东泽绮语债》一卷《清江渔谱》一卷，鄱阳张辑宗瑞。《绮语债》，董氏、丁氏皆有抄本，从《花庵词选》出。《渔谱》，《江湖后集》辑，《大典》本重校补。

10. 《白云小稿》一卷，开封赵崇嶓汉宗。《江湖后集》辑，《大典》本重校补。

11. 《蘋洲渔笛谱》二卷《补遗》一卷，弁阳周密公谨，《知不足斋丛书》本校补，鲍刻从汲古景宋本出，中有阙叶，惜无可补。

12. 《稼轩词补》一卷，历城辛弃疾稼轩。万载辛启泰刻《辛忠敏集》，从《大典》补词三十六首，内一首已见元刻，今删去。

13. 《和清真词》一卷，乐安杨泽民。吴刻《山左人词》、北海郑氏石芝勘校本。

14. 《鄱阳词》一卷，鄱阳洪皓光弼。旧抄，《鄱阳集》本重校补。

15. 《钓月词》一卷，临濮赵闻礼立之。乌程汪曰桢辑本，谢城又次斋《宋元十家词》仅见传抄，四印斋已刻四家，余皆入此目中。

16. 《紫微词》一卷，金华吕本中居仁，阳湖吕景端辑本。

17. 《大声集》一卷，□□万俟雅言。附田为词，二家自《直斋书录解题》及诸选本，皆以字传,而佚其名,从《碧鸡漫志》考补,并为辑存,以见大晟遗制。

以上得十七种,有刻本,也有抄本,不过有校,有辑,如《白云小稿》《钓月词》《紫微词》《大声集》,已属吴氏辑录本,非传录集本。

其二,抄本,

1. 出武林(当作进)董氏旧抄《南词》本有十二种:

《半山老人词》一卷,临川王安石介甫;《竹友词》一卷,临川谢薖幼槃;《浦江词稿》一卷,永嘉卢祖皋申之;《信斋词》一卷,丹阳葛郯谦问;《省斋诗余》一卷,衡阳廖行之天民;《竹斋词》一卷,吴兴沈瀛子寿;《竹洲词》一卷,新安吴儆益恭;《松坡词》一卷,豫章京镗仲远;《王周士词》一卷,长沙王以宁周士;《白雪遗音》一卷,三山陈怀民;《虚靖真君词》一卷,三十代天师张继先嘉闻;《蓬莱鼓吹》一卷,斗城夏元鼎宗禹。

其中一些略有注,如于《浦江词稿》云:“汲古本从《花庵词选》出,未全。此足本,凡九十五首。”于《省斋诗余》云:“《大典》本《省斋集》未全。”于《竹洲词》云:“《汲古未刻词》本未全。”

2. 出武进董氏藏《汲古未刻词》本有四种:

《虚斋乐府》一卷,长乐赵以夫用父;《晦庵词》一卷,新安朱熹元晦;《风雅遗音》二卷,永嘉林正大敬之;《文山乐府》一卷,庐陵文天祥宗瑞。

3. 出钱塘丁氏藏旧抄本有十三种:

《涧泉诗余》一卷,颍川韩淲仲止;《渭川居士词》一卷,渭川吕胜己季克;《松隐词》三卷,阳翟曹勋功显;《颐堂词》一卷,遂宁王灼晦叔;《篁嵁词》一卷,建阳刘子寰圻父;《双溪词》一卷,延平冯取洽熙之;《本堂词》一卷,鄞县陈著谦之;《相山居士词》一卷,濡溪王之道彦猷;《莲社词》一卷附《道情鼓子词》一卷,□□张抡材甫;《阮户部词》一卷,舒城阮阅闳休;《可斋词》六卷,覃怀李曾伯长孺;《文简公词》一卷,新安程大昌泰之;《须溪词》一卷,庐陵刘辰翁会孟。

其中一些略有注,如于《涧泉诗余》云:“《大典》本《涧泉集》未全,此足本,凡一百九十八首。”于《颐堂词》云:“卷末佚名题云:‘《颐堂词》六十五解,今取二十一解。’未知采人所删,当求《颐堂集》补之。”于《篁嵁词》云:“《篁嵁》《双溪》,陆氏并有汲古景宋本,未见,此本只三首,末首并未全。《花庵》所选八首皆在其外,存,俟校补。”于《双溪词》云:“此本从《典雅词》出,后阙十八首,有目可案,从《花庵词选》补三首。"于《莲社词》云:"《鼓子词》不见著录,此本增入《花庵》所选,改题《莲社词》,劳巽卿跋疑汲古毛氏所为,今别析为卷。"于《阮户部词》云:"此本补四首,注云:'下阙。'陆氏有汲古景宋本,丁藏当由此出。凡类是者取其近古,俟更为搜补也。"

4. 出自刊本的有三种:

《石湖词》一卷,吴郡范成大至能,《知不足斋丛书》本;《和石湖词》一卷,东吴陈三聘梦敬,同上;《箫台公余词》一卷,钱塘姚述尧进道,《西泠词萃》本。

5. 出自集本的有八种:

《宝晋斋词》一卷,襄阳米芾元章,《别下斋丛书》、《宝晋英光集》本;《阳春集》一卷,襄阳米友仁元晖,聚珍版《宝真斋法书赞》本;《履斋先生词》二卷,宁国吴潜毅夫,《开庆四明续志》本;《盘洲乐章》三卷,鄱阳洪适景伯,江阴何氏宋版《盘洲集》本;《诚斋乐府》一卷,庐陵杨万里廷秀,日本旧抄《诚斋集》本;《南湖诗余》一卷,秦川张镃功父,附张枢词,《知不足斋丛书》、《南湖集》本,旧名《玉照堂词》;《南涧词》一卷,颍川韩元吉无咎,聚珍版《南涧甲乙稿》本,旧名《焦尾集》,此从《大典》辑出;《雪山词》一卷,汶阳王质景文,聚珍版《雪山集》本。

其中一些略有注,如于《履斋先生词》云:"梅鼎祚辑《履斋诗余》未全,此足本,凡百三十首。"于《南湖诗余》云:"枢字斗南,功父孙,叔夏父。仁和许增辑其词于《山中白云》卷首,今录附此集后。"

6. 传抄集本的有十五种:

《演山词》二卷,南平黄裳冕仲,传抄《演山集》本;《雪坡词》一卷,高安姚勉成一,传抄《雪坡集》本;《云溪居士词》一卷,会稽华镇安仁,传抄《云溪集》本;《北湖词》一卷,富川吴则礼子副,传抄《北湖集》本;《龙云先生乐府》一卷,安成刘弇伟明,传抄《龙云先生集》本;《华阳居士长短句》一卷,金坛张纲彦正,传抄《华阳集》本;《苕溪词》一卷,归安刘一止行简,传抄《苕溪集》本;《方壶词》三卷,休宁汪莘叔耕,传抄《方壶存稿》本;《水云词》一卷,钱塘汪元量大有,传抄《湖山类稿》本,康熙间休宁汪森与《方壶词》合刻,未见;《海琼词》一卷,闽清葛长庚白叟,传抄《白玉蟾集》本;《鹤山长短句》三卷,蒲江魏了翁华父,传抄《鹤山全集》本;《鄮峰真隐词》四卷,鄞县史浩直翁,传抄《鄮峰真隐漫录》本;《凉州鼓吹》一卷,江山柴望秋堂,传抄《柴氏四隐集》本;《方是闲居士词》一卷,崇安刘学箕习之,传抄《方是闲居士小稿》本,《宁极斋乐府》一卷,吴郡陈深子微,传抄《宁极斋稿》本。

以上得两宋词集八十一种,除少数为刻本外,多为抄本,而且吴氏本人自作家全集本传抄的就有十五种,这十五种,即为吴氏本人的辑录本,这与其他藏家收藏的词集传自前人有所不同。

吴氏曾辑有宋金元明本词集四十种,意欲景刻,后因资绌中止,将已刻之木板及未刻之稿本售于陶湘,最终得以刊行问世。所据均为佳善之书,其中两宋词集计有:

吉州本欧阳文忠公《近体乐府》三卷、宋本《醉翁琴趣外编》六卷、宋本《闲斋琴趣外编》六卷、宋本《晁氏琴趣外编》六卷、宋本《酒边集》一卷、宋本《芦川词》二卷、宋本《于湖居士乐府》四卷、宋本《渭南词》二卷、宋本《鹤山先生长短句》三卷、宋本《可斋词》七卷、宋本《石屏长短句》一卷、宋本《梅屋诗余》一卷、宋本《东山词》一卷、宋本《山谷琴趣外篇》三卷、宋本《详注周美成词》十卷、宋本《稼轩词甲乙丙集》三卷、明小草斋抄本《辛稼轩长短句》十二卷、宋本《于湖先生长短句》五卷《拾遗》一卷、宋本《虚斋乐府》二卷、元人抄本《竹山词》一卷、宋本《后村居士诗余》二卷、元本《方秋崖词》四卷、宋本《中兴以来绝妙词选》十卷。

这二十余种,张孝祥、魏了翁两种与《双照楼续辑宋金元百家词目》著录版本同,赵以夫《虚斋乐府》与《词目》所载版本、卷数均不同。其他作家词集因已见于毛刻和王刊本收录,故不再著录,而此二十余种词集多景抄自宋刻本,版本较毛刻和王刊要优质得多。

据《中国古籍善本书目》载,今存有不少吴氏传抄和校跋的宋金元人词集,计有词集丛编:

1.《唐宋八家词》十卷,清鲍氏知不足斋抄本,吴昌绶跋。八家为:

唐温庭筠《金奁集》一卷补一卷、宋潘阆《逍遥词》一卷、宋范成大《石湖词》一卷《补遗》一卷、宋陈三聘《和石湖词》一卷、宋陈经国《龟峰词》一卷、宋向镐《乐斋词》一卷、宋王之道《相山居士词》一卷、宋倪偁《绮川词》一卷。

2.《南词》十六卷，董氏诵芬室抄本，吴昌绶、朱孝臧校。存十三家：

> 南唐李璟、李煜《南唐二主词》一卷、明王达《耐轩词》一卷、宋葛郯《信斋词》一卷、宋廖行之《省斋诗余》一卷、宋向镐《乐斋词》一卷、宋沈瀛《竹斋词》一卷、宋京镗《松坡词》一卷、宋吴儆《竹洲词》一卷、宋陈德武《白雪词》一卷、明李祯《侨庵诗余》一卷《附录》一卷、元沈禧《竹窗词》一卷《附录》一卷、元张埜《古山乐府》二卷、元倪瓒《云林乐府》一卷。

据《双照楼续辑宋金元百家词目》，其所抄《南词》实不止此，其中宋人有十六种、元人一种（即沈禧《竹窗词》），两者有出入，其中宋人七种除向镐《乐斋词》外，其余均见于《双照楼续辑宋金元百家词目》著录。

3.《宋元十家词》十二卷，清汪曰桢编，清又次斋抄本，清汪曰桢校，吴昌绶校。十家为：

> 宋王炎《双溪词》一卷、宋赵鼎《得全居士词》一卷、宋胡铨《澹庵长短句》一卷、宋汪元量《水云词》一卷、宋赵闻礼《钓月词》一卷、元刘秉忠《藏春词》一卷、元赵孟頫《松雪词》一卷《补遗》一卷、元赵雍《赵待制词》一卷、元姚燧《牧庵词》二卷、元倪瓒《清闷阁词》一卷。

按《双照楼续辑宋金元百家词目》于《钓月词》云："乌程汪曰侦辑本，谢城又次斋《宋元十家词》，仅见传抄，四印斋已刻四家，余皆入此目中。"按王炎、汪元量词集已见《双照楼续辑宋金元百家词目》著录，但版本不一。赵鼎、胡铨词集见四印斋刻本。

4.《清真倡和集》八卷，题吉庵居士辑，清道光二十五年王氏活字印本。清劳权、劳格校，吴昌绶跋。四家为：

> 宋钱塘周邦彦《清真词》二卷、宋三衢方千里《和清真词》二卷、宋乐安杨泽民《和清真词》二卷、宋四明陈允平《和清真词》二卷。

除方千里和词见于《双照楼续辑宋金元百家词目》（版本不一），陈允平、杨泽民则未见著录。

又《中国古籍善本书目》著录吴氏抄校的单行词集若干种，两宋人词集中吴氏抄本计有：

> 柳永《柳屯田乐章集》三卷，清宣统元年吴氏双照楼抄本；贺铸《贺方回词》二卷，吴氏双照楼抄本；王之道《相山居士词》一卷，清光绪吴氏双照楼抄

本；李石《方舟诗余》一卷，吴氏双照楼抄本；京镗《松坡词》一卷，吴氏双照楼抄本；汪晫《康范诗余》一卷，吴氏双照楼抄本；李曾伯《可斋词》六卷，吴氏双照楼抄本；陈允平《西麓继周集》一卷，清宣统元年吴氏双照楼抄本。

校本词集有：

> 向子諲《酒边集》二卷，明崇祯毛氏汲古阁刻《宋名家词》本，吴昌绶校并跋；张孝祥《于湖先生长短句》五卷拾遗一卷，抄本，吴昌绶校；魏了翁《鹤山长短句》一卷，清抄本，清劳权校并跋，朱孝臧、吴昌绶校补并跋；杨泽民《和清真词》一卷，清光绪二十一年江标刻《宋元名家词》本，郑文焯校并跋，吴昌绶校；陈允平《日湖渔唱》三卷补遗一卷续补遗一卷，清抄本，郑文焯、吴昌绶校；陈允平《西麓继周集》一卷，清光绪吴氏双照楼抄本，吴昌绶、朱孝臧校并跋。

抄本八种，校本六种，凡十四种，不少已见于《双照楼续辑宋金百家词目》著录。又朱孝臧校刻《彊村丛书》时，采用吴氏辑录的校补本有八，其中宋人有洪皓《鄱阳词》、韩元吉《南涧诗余》、张辑《清江渔谱》、赵崇嶓《白云小稿》四种，又陈与义《无住词》、汪晫《康范诗余》、陈允平《日湖渔唱》等也是吴氏传录后送给朱氏刊印的。这些作家的词集虽然均见于《双照楼续辑宋金元百家词目》等著录，版本也多不同。这样可得吴氏抄校的词集达一百多种，其中以抄本居重，象吴氏这样亲自传抄善本词集，这在藏书家中也是不多见的。

十五、其他藏家

除以上藏家藏词集量较多的外，还有一些藏家，所藏词集虽然不多，但也有精品的。

（一）杨绍和海源阁

杨绍和（1830—1876），字彦和，一字念徽，号协卿，又号筠岩，山东聊城人。清穆宗同治四年（1866）进士，改庶吉士，授翰林院编修，官至侍讲。著有《仪晋观堂诗抄》。为海源阁藏书第二代主人，所蓄宋刊善本，为海内之冠。同治时在京师为官，专心搜购，精善图籍，所得甚多。撰《海源阁书目》，又有《宋存书室宋元秘本书目》《楹书隅录》等。

《海源阁藏书目》和《宋存书室宋元秘本书目》著录的词集有：宋刊本《花间集》十

卷、元刊本《东坡乐府》二卷和《稼轩长短句》十二卷;又校本有《校元本东坡乐府》二卷、《校元本稼轩长短句》十二卷和《校宋本山谷词》一卷;抄本有《燕喜词》。

按:《楹书隅录》卷五录有题识文,如于元本《东坡乐府》云:"每半叶十行,行十八字,有竹坞、辛夷馆印、玉兰堂、古吴王氏梅溪精舍、石上题诗、扫绿苔、季沧苇藏书、振宜之印、沧苇、乾学徐健庵、歙鲍氏知不足斋藏书、鲍以文藏书记、顾广圻印、顾涧蘋藏书、思适斋、老荛曾藏、汪阆源家各印。"并录黄丕烈跋。后人据此可考知传承。其他词集也是如此。所藏元刊本《东坡乐府》和《稼轩长短句》,洵为珍品,王鹏运据此合刻入四印斋词集中。

(二) 孔广陶三十三万卷书堂

孔广陶(1832—1890),字鸿昌,号少唐,广东南海人。国学生,为郎中、编修。以业盐致富。家富藏书,自抄书甚多,藏书处为岳雪楼、三十三万卷书堂,有《三十有三万卷堂书目略》。

《三十有三万卷堂书目略》"贞号·集部·词曲类"载有两宋词集,计有:

> 《萧台公余词》一卷,旧抄本,一函一本,宋姚述元(当作尧);《石湖词》一卷和词一卷,旧抄本,合,一函一本,宋范成大、陈三聘;《白石道人歌曲》五卷,明翻元仿宋本,一函一本,宋姜夔;《山中白云词》八卷,龙尾山房重刊本,一函一本,宋张炎;《乐府雅词》三卷拾遗二卷,旧抄,仁和赵氏所藏足本,一函四本,宋曾慥。

得五种,以旧抄本为主。又《山中白云词》,云为龙尾山房重刊本,此刊本罕见。

第三节　两宋词集在近代传抄与庋藏情况的分析

一、传抄与庋藏词集综述

尽管两宋善本词集在近代不少已失传,但人们有意识地搜访、传抄、刻印,却使一些词集得以流传保存了下来,此据上一章所述,编成近代两宋词集的传抄刻印与收藏表如下:

其一,两宋词别集

藏家／作者和书名	公藏		私家藏														
	江南图书馆	京师图书馆	庄仲芳	瞿镛	韩应陛	劳权	瞿世瑛	杨绍和	丁丙	周星诒	蒋凤藻	陆心源	缪荃孙	李盛铎	沈德寿	蒋汝藻	吴昌绶
潘阆:《逍遥词》一卷	●					●			●			●			●	●	●
林逋:《和靖先生集词》									●								
柳永:1.《乐章词》一卷			●	●													
2.《乐章集》三卷《续添曲子》一卷						●								●			
3.《乐章集》一卷									●			●					
4.《柳屯田乐章》三卷	●								●								
5.《柳三变词》三卷										●							
6.《柳三变词》											●						
7.《柳耆卿词》											●						
8.《柳屯田乐府》三卷													●				
9.《乐章集》三卷《补遗》一卷																	●
10.《柳屯田乐章集》三卷																	●
张先:1.《张子野词》一卷《补遗》一卷			●														
2.《张子野词》一卷	●					●			●	●							
3.《安陆集》一卷《附录》一卷		●										●		●			
4.《子野词》一卷									●					●			
5.《张子野词》二卷《补遗》二卷									●					●		●	
6.《张子野词》											●						
晏殊:《珠玉词》一卷	●	●	●			●			●								
杜安世:1.《寿域词》一卷	●					●			●								
2.《杜寿域词》一卷									●								
欧阳修:1.《六一词》一卷	●	●	●						●								
2.《近体乐府》三卷												●			●		●
3.《醉翁琴趣外编》六卷																	●

续　表

藏家 作者和书名	公藏		私家藏														
	江南图书馆	京师图书馆	庄仲芳	瞿镛	韩应陛	劳权	瞿世瑛	杨绍和	丁丙	周星诒	蒋凤藻	陆心源	缪荃孙	李盛铎	沈德寿	蒋汝藻	吴昌绶
王安石：1.《半山词》一卷 2.《临川词》一卷 3.《半山老人词》一卷	●								●				●	 ● 		 ● 	 ●
王诜：《都尉词》一卷														●		●	
苏轼：1.《东坡词》一卷 2.《东坡乐府》二卷 3.《东坡词》二卷《拾遗》 　　一卷		● ● 	●					●	●			●		● ●			●
释仲殊：《宝月词》一卷														●		●	
舒亶：1.《舒信道词》一卷 2.《信道词》一卷													●	 ●			
黄庭坚：1.《山谷词》一卷 2.《山谷琴趣外篇》三卷 3.《山谷词》三卷 4.《山谷琴趣外编》三卷	● ● 	●	●			 ● 		●	● ●							●	 ●
秦观：1.《淮海词》一卷 2.《淮海居士长短句》三卷 3.《淮海集长短句》三卷 4.《淮海词》三卷 5.《淮海长短句》三卷《补 　　遗》一卷	 ● 	●			 ● ●				● ● 					● ● 			 ●
文同：1.《文湖州词》 2.《文湖州集词》一卷	●								 ●								
晁端礼：1.《闲适集》一卷 2.《闲斋琴趣外编》六卷														● ●		●	
李之仪：《姑溪词》一卷	●	●	●						●					●			
晁补之：1.《晁无咎词》一卷 2.《晁无咎词》六卷 3.《晁氏琴趣外编》六卷 4.《晁无咎词》五卷		● ● 							 ●					● ●			 ●

续 表

藏家 作者和书名	公藏		私家藏														
	江南图书馆	京师图书馆	庄仲芳	瞿镛	韩应陛	劳权	瞿世瑛	杨绍和	丁丙	周星诒	蒋凤藻	陆心源	缪荃孙	李盛铎	沈德寿	蒋汝藻	吴昌绶
晏几道:1.《小山词》一卷		●	●						●								
2.《晏小山词》一卷							●										
3.《小山词》二卷	●								●			●					
陈师道:《后山词》一卷	●								●								
张继先:1.《虚靖词》	●																
2.《虚靖真君词》一卷									●				●				●
米芾:1.《宝晋长短句》一卷													●				
2.《宝晋斋词》一卷																	●
贺铸:1.《东山词》二卷				●													●
2.《贺方回词》二卷						●											●
3.《东山词》(二种合一)							●										
4.《东山词》一卷									●					●			
5.《东山寓声乐府补抄》一卷									●								
6.《东山寓声乐府》三卷《补遗》一卷									●			●	●				
7.《东山寓声乐府》一卷														●		●	
赵令畤:1.《聊复集》一卷														●		●	
2.《聊复词》一卷														●			
毛滂:1.《东堂词》一卷		●	●			●			●			●		●			
2.《东堂词》二卷	●								●								
赵佶:《徽宗词》一卷														●			
黄裳:1.《演山先生词》二卷						●											
2.《演山词》二卷																	●
谢逸:《溪堂词》一卷	●	●	●						●			●		●			
谢薖:《竹友词》一卷	●								●					●			●
王观:《冠柳词》一卷														●		●	

续　表

作者和书名＼藏家	公藏		私家藏														
	江南图书馆	京师图书馆	庄仲芳	瞿镛	韩应陛	劳权	瞿世瑛	杨绍和	丁丙	周星诒	蒋凤藻	陆心源	缪荃孙	李盛铎	沈德寿	蒋汝藻	吴昌绶
周邦彦:1.《片玉词》二卷《补遗》一卷	●	●							●			●					
2.《清真词》二卷						●											●
3.《片玉集》十卷						●								●			
4.《片玉词》二卷													●				
苏庠:1.《苏养直词》一卷													●				
2.《后湖词》一卷														●		●	
万俟雅言:1.《大声集》五卷														●		●	
2.《大声集》一卷																	
3.《雅言大声集》一卷																	●
田为:词																	●
叶梦得:《石林词》一卷	●	●							●			●		●	●		
王质:《雪山词》一卷													●	●			●
李纲:1.《梁溪词》一卷附《补遗》						●											
2.《梁溪词》一卷									●							●	
李光:《庄简词》一卷									●								
曹组:1.《曹元宠词》一卷													●				
2.《箕颍集》一卷														●		●	
张元干:1.《芦川词》二卷					●				●					●			●
2.《芦川词》一卷	●	●							●							●	
阮阅:1.《阮户部词》一卷									●		●						●
2.《巢令君阮户部词》一卷									●					●			
吕本中:《紫微集》																	●
邓肃1.《栟榈乐府》							●										
2.《栟榈词》一卷									●								

续　表

作者和书名	公藏		私家藏														
	江南图书馆	京师图书馆	庄仲芳	瞿镛	韩应陛	劳权	瞿世瑛	杨绍和	丁丙	周星诒	蒋凤藻	陆心源	缪荃孙	李盛铎	沈德寿	蒋汝藻	吴昌绶
陈与义：1.《无住词》一卷		●	●						●								
2.《简斋词》一卷	●			●					●					●			
3.《陈简斋词》							●										
刘一止：《苕溪词》一卷													●	●			●
洪皓：《鄱阳词》一卷																	●
曹勋：1.《松隐词》一卷									●								
2.《松隐词》三卷									●					●			●
李弥逊：《筠溪乐府》一卷		●							●			●					
朱敦儒：1.《樵歌词》三卷					●				●			●					
2.《樵歌拾遗》一卷									●					●			
3.《樵歌》二卷														●			
4.《樵歌》一卷														●		●	
李处全：《晦庵词》一卷									●								
米友仁：《阳春集》一卷									●								●
康与之：《顺庵乐府》一卷														●		●	
王安中：《初寮词》一卷	●	●				●											
葛胜仲：《丹阳词》一卷				●					●					●	●		
向子諲：1.《酒边词》二卷		●	●				●										
2.《酒边集》一卷	●								●			●					●
3.《酒边词》一卷																	
4.《酒边集》二卷																	●
李清照：《漱玉词》一卷				●	●				●			●			●		
赵鼎：1.《得全居士集词》一卷									●					●			
2.《得全居士词》一卷																	●
韩元吉：1.《南涧词》一卷													●				●
2.《南涧诗余》一卷																	●

续　表

藏家／作者和书名	公藏		私家藏														
	江南图书馆	京师图书馆	庄仲芳	瞿镛	韩应陛	劳权	瞿世瑛	杨绍和	丁丙	周星诒	蒋凤藻	陆心源	缪荃孙	李盛铎	沈德寿	蒋汝藻	吴昌绶
陆游:1.《放翁词》一卷		●	●						●				●				
2.《放翁词》二卷												●					
3.《渭南词》二卷														●			●
张纲:《华阳居士长短句》一卷																	●
华镇:《云溪居士词》一卷																	●
吴则礼:《北湖集》一卷																	●
范成大:1.《石湖词》一卷	●		●						●					●	●	●	●
2.《石湖词》一卷《补遗》一卷																	●
陈三聘:1.《和石湖词》一卷	●		●		●				●						●		●
2.《和范词》一卷														●		●	
王之道:《相山居士词》一卷	●					●			●					●	●	●	●
蔡伸:1.《友古词》一卷		●							●								
2.《友古居士词》一卷	●								●	●	●						
张孝祥:1.《于湖词》三卷		●															
2.《于湖词》一卷			●														
3.《于湖先生长短句》五卷《拾遗》一卷					●					●							●
4.《于湖词》二卷									●								
5.《于湖先生长短句》												●					
6.《于湖先生长短句》五卷														●			
7.《于湖先生长短句》五卷《拾遗》一卷《补》一卷																	●
8.《于湖居士乐府》四卷																	●
韩淲:《涧泉诗余》一卷	●								●				●	●		●	●
李石:《方舟诗余》一卷																	●

续　表

藏家／作者和书名	公藏		私家藏														
	江南图书馆	京师图书馆	庄仲芳	瞿镛	韩应陛	劳权	瞿世瑛	杨绍和	丁丙	周星诒	蒋凤藻	陆心源	缪荃孙	李盛铎	沈德寿	蒋汝藻	吴昌绶
辛弃疾：1.《稼轩词》四卷		●	●						●			●					
2.《稼轩长短句》十二卷		●						●		●		●				●	
3.《稼轩词》八卷									●								
4.《稼轩乐府》十二卷									●								
5.《稼轩长短句》											●						
6.《稼轩词补》一卷																	
7.《稼轩词甲乙丙集》三卷																	●
8.《辛稼轩长短句》十二卷	●																●
9.《稼轩词丙集》														●			
吕胜己：《渭川居士词》一卷	●				●	●	●		●			●					
沈瀛：《竹斋词》一卷									●				●				
陈著：《本堂词》一卷									●								
周紫芝：《竹坡词》三卷			●						●				●				
林正大：1.《风雅遗音》							●										
2.《风雅遗音》二卷	●								●				●				●
3.《风雅遗音》一卷													●		●		
曹冠：《燕喜词》一卷						●	●	●	●								
程垓：《书舟词》一卷	●	●	●														
王廷珪：《芦溪词》													●				
吴儆：《竹洲词》一卷	●								●				●				●
杨万里：《诚斋乐府》一卷																	
向滈：《乐斋词》一卷	●					●			●			●	●			●	●
赵磻老：《拙庵词》一卷	●								●			●	●				
沈端节：《克斋词》一卷			●						●			●	●				
周必大：《近体乐府》一卷	●					●			●			●					
冯取洽：《双溪词》一卷						●			●								●

续　表

藏家 作者和书名	公藏		私家藏														
	江南图书馆	京师图书馆	庄仲芳	瞿镛	韩应陛	劳权	瞿世瑛	杨绍和	丁丙	周星诒	蒋凤藻	陆心源	缪荃孙	李盛铎	沈德寿	蒋汝藻	吴昌绶
袁去华：1.《袁宣卿词》一卷 2.《宣卿词》一卷						● 			● ●			● 	● 				
廖行之：《省斋诗余》一卷	●								●			●	●	●			●
姚述尧：《箫台公余词》一卷	●						●	●				●		●			
扬无咎：《逃禅词》一卷	●	●							●					●			
李曾伯：1.《可斋词》 2.《可斋词》一卷 3.《可斋词》六卷 4.《可斋词》七卷	● 								 ● 					 ● 			 ●
毛开：1.《樵隐词》一卷 2.《樵隐诗余》一卷	● 	● 	● 						 ●			● 					
黄公度：1.《知稼翁词》一卷 2.《知稼翁词》		● 				● 			● 	● 	 ●	● 					
陈深：《宁极斋乐府》一卷	●								●								●
吕渭老：1.《圣求词》一卷 2.《吕圣求词》一卷	 ●	● 															
石孝友：《金谷遗音》一卷														●			
葛立方：《归愚词》一卷		●							●					●			
王灼：《颐堂词》一卷														●			●
葛郯：《信斋词》一卷	●								●					●		●	●
王以宁：《王周士词》一卷	●								●				●				●
高登：《东溪词》一卷	●								●								
张抡：1.《莲社词》一卷 2.《道情鼓子词》一卷 3.《道情鼓子词》 4.《莲社词》一卷附《道情鼓子词》一卷	● 					● 				 ● 	 ● 		● ● 	● ● 		● 	 ●

续 表

藏家 / 作者和书名	公藏		私家藏														
	江南图书馆	京师图书馆	庄仲芳	瞿镛	韩应陛	劳权	瞿世瑛	杨绍和	丁丙	周星诒	蒋凤藻	陆心源	缪荃孙	李盛铎	沈德寿	蒋汝藻	吴昌绶
陈克:《赤城词》一卷													●				
赵师侠:1.《坦庵词》一卷		●	●						●								
2.《坦庵长短句》一卷														●			
管鉴:《养拙堂词》一卷	●					●			●			●		●	●		
张镃:1.《玉照堂词》一卷														●		●	
2.《南湖诗余》一卷																	●
刘拟:《招山乐章》一卷														●	●		
李好古:1.《碎锦词》一卷附《补遗》						●						●					
2.《碎锦词》一卷	●											●					
胡铨:1.《澹庵词》一卷	●								●					●			
2.《澹庵长短句》一卷									●								●
王千秋:《审斋词》一卷		●	●			●			●					●			
杨炎正:《西樵语业》一卷		●	●						●					●			
京镗:《松坡词》一卷																	●
朱熹:《晦庵词》一卷																	●
程大昌:1.《文简公词》一卷						●			●				●				
2.《文简词》一卷												●					
洪适:《盘洲乐章》三卷																	●
韩玉:《东浦词》一卷	●	●			●				●				●	●			
赵长卿:1.《惜香乐府》十卷		●	●						●								
2.《仙源居士惜香乐府》十卷												●					
曾觌:《海野词》一卷		●							●								
倪偁:《绮川词》一卷	●					●			●			●				●	●
丘崈:1.《文定公词》一卷	●					●			●								
2.《文定词》一卷												●					

续　表

藏家＼作者和书名	公藏		私家藏														
	江南图书馆	京师图书馆	庄仲芳	瞿镛	韩应陛	劳权	瞿世瑛	杨绍和	丁丙	周星诒	蒋凤藻	陆心源	缪荃孙	李盛铎	沈德寿	蒋汝藻	吴昌绶
高观国:《竹屋痴语》一卷		●	●		●				●			●		●			
姚勉:《雪坡词》一卷																	●
刘克庄:1.《后村诗余》二卷									●					●			
2.《后村先生长短句》四卷														●			
3.《后村别调》一卷									●								
4.《后村乐府》一卷									●								
5.《后村诗余》一卷									●								
6.《后村居士诗余》二卷																	●
程珌:《洺水词》一卷									●								
黄机:《竹斋诗余》一卷	●	●							●								
刘镇:《随如乐府》一卷														●		●	
吴礼之:《顺受老人词》五卷														●		●	
谢懋:《静寄居士词》一卷													●				●
洪瑹:《空同词》一卷						●			●					●			
魏了翁:1.《鹤山长短句》一卷							●							●			●
2.《鹤山先生长短句》一卷																	●
史浩:《鄮峰真隐词》四卷																	●
吴潜:1.《履斋词》一卷									●			●					
2.《履斋先生诗余》一卷									●								
3.《履斋先生遗集》一卷									●								
4.《履斋诗余》一卷														●		●	
5.《履斋先生词》二卷														●			
6.《履斋先生诗余》一卷附《续集》一卷																	●
严仁:《清江欸乃词》一卷														●		●	
刘过:1.《龙洲词》一卷	●																
2.《龙洲词》					●				●								

续　表

作者和书名 ＼ 藏家	公藏		私家藏														
	江南图书馆	京师图书馆	庄仲芳	瞿镛	韩应陛	劳权	瞿世瑛	杨绍和	丁丙	周星诒	蒋凤藻	陆心源	缪荃孙	李盛铎	沈德寿	蒋汝藻	吴昌绶
洪咨夔:《平斋词》一卷		●	●						●					●			
李公昂:《文溪词》一卷									●					●			
姜夔:1.《白石道人歌曲》四卷《别集》一卷		●	●						●					●			
2.《白石词集》一卷									●								
3.《白石先生词》一卷									●		●						
4.《白石道人歌曲》五卷										●							
5.《白石道人歌曲》												●					
6.《白石词》一卷	●														●		
7.《白石词补遗》一卷														●			
8.《白石词选》一卷														●			
陈亮:1.《龙川词》一卷《补遗》一卷		●							●								
2.《龙川词》一卷									●			●	●	●			
杨泽民:1.《和清真词》二卷						●											●
2.《和清真词》一卷						●			●				●	●			●
刘学箕:《方是闲居士词》一卷																	●
姜特立:《梅山词》一卷									●								
方千里 1.《和清真词》二卷						●											●
2.《和清真词》一卷		●				●			●				●				
史达祖:《梅溪词》一卷				●	●					●		●					
汪莘:1.《方壶词》三卷									●			●					●
2.《方壶词》一卷														●		●	●
孙道绚:《孙夫人词》一卷														●		●	
严羽:《沧浪词》一卷	●								●					●			
柴望:《凉州鼓吹》一卷																	●
赵以夫:1.《虚斋乐府》二卷	●								●					●			●
2.《虚斋乐府》一卷														●		●	●

续　表

藏家　　　作者和书名	公藏		私家藏														
	江南图书馆	京师图书馆	庄仲芳	瞿镛	韩应陛	劳权	瞿世瑛	杨绍和	丁丙	周星诒	蒋凤藻	陆心源	缪荃孙	李盛铎	沈德寿	蒋汝藻	吴昌绶
侯寘:《懒窟词》一卷		●							●			●	●	●			
郭应祥:《笑笑词》一卷														●			
刘子寰:《篁嵊词》一卷									●			●	●				●
卢炳:1.《烘堂词》一卷 2.《烘堂词》一卷 3.《烘堂集》一卷	●				●				● ● ●					●			
方岳:1.《秋崖词》四卷 2.《秋崖小稿》一卷 3.《方秋崖词》四卷 4.《秋崖先生词稿》一卷									●					● ● ●		●	 ●
朱雍:《梅词》一卷						●			●	●	●						
卢祖皋:1.《蒲江词》一卷 2.《蒲江词稿》一卷		●							●								 ●
刘辰翁:《须溪词》一卷									●								●
黄昇:1.《散花庵词》一卷 2.《玉林词》一卷		●							●					 ●			
葛长庚:《海琼词》一卷														●	●	●	
张榘:《芸窗词》一卷									●								
张辑:1.《东泽词》 2.《东泽绮语》一卷附《补遗》 3.《清江渔谱》一卷 4.《东泽绮语》一卷 5.《东泽绮语债》一卷	●				 ● ●				 ●					 ●	 ●	 ●	 ● ●
赵必琭:《覆瓿集》一卷									●								
夏元鼎:《蓬莱鼓吹》一卷	●				●							●					●
赵崇嶓:《白云小稿》																	●
朱淑真:《断肠词》一卷			●	●					●								

续 表

作者和书名	公藏		私家藏														
	江南图书馆	京师图书馆	庄仲芳	瞿镛	韩应陛	劳权	瞿世瑛	杨绍和	丁丙	周星诒	蒋凤藻	陆心源	缪荃孙	李盛铎	沈德寿	蒋汝藻	吴昌绶
王炎:《双溪词》一卷	●								●			●	●				●
陈德武:1.《白雪词》一卷									●					●			●
2.《白雪遗音》一卷																	●
陈经国:《龟峰词》一卷	●					●			●						●		●
陈允平:1.《西麓继周集》一卷					●	●			●			●	●				●
2.《和清真词》二卷						●											●
3.《日湖渔唱》一卷《补遗》一卷《续补遗》一卷									●					●			●
4.《日湖渔唱》一卷														●			
5.《和清真词》一卷														●			
许棐:《梅屋诗余》一卷						●			●	●	●						●
赵彦瑞:1.《介庵词》一卷		●							●						●		
2.《介庵琴趣外篇》六卷																●	
欧良:《抚掌词》一卷	●					●			●			●					
戴复古:1.《石屏长短句》一卷					●												●
2.《石屏词》一卷		●							●					●			
周密:1.《蘋洲渔笛谱》二卷			●						●					●			
2.《草窗词》二卷《补遗》二卷			●						●					●			
3.《弁阳老人词》一卷					●												
4.《草窗词》一卷									●					●		●	
5.《草窗词》二卷														●			
6.《蘋洲渔笛谱》二卷《补遗》一卷																	●
王沂孙:1.《花外集》一卷			●						●					●			
2.《碧山乐府》一卷														●	●		
3.《玉笥山人词》一卷														●			

续　表

作者和书名	公藏		私家藏														
	江南图书馆	京师图书馆	庄仲芳	瞿镛	韩应陛	劳权	瞿世瑛	杨绍和	丁丙	周星诒	蒋凤藻	陆心源	缪荃孙	李盛铎	沈德寿	蒋汝藻	吴昌绶
吴文英：1.《梦窗稿》四卷《补遗》一卷	●	●							●								
2.《梦窗甲稿》一卷												●					
3.《梦窗词》四卷《补遗》一卷														●			
4.《梦窗甲稿》一卷《乙稿》一卷															●		
汪晫：《康范诗余》一卷						●											●
蒋捷：《竹山词》一卷	●	●							●					●			●
李彭老：《筼房词》一卷														●		●	
李莱老：《秋崖词》一卷														●		●	
赵闻礼：《钓月词》一卷													●	●			●
文天祥：1.《文山词》一卷 2.《文山乐府》一卷														●		●	
何梦桂：《潜斋词》一卷									●								
汪元量：《水云词》一卷									●				●	●		●	●
张炎：1.《山中白云词》八卷	●	●							●			●					
2.《山中白云词》							●										
3.《玉田词》二卷									●								
4.《玉田集》二卷									●								
5.《山中白云词》一卷														●			
6.《玉田词》一卷														●		●	
7.《山中白云词》六卷														●			
傅干：《注坡词》十二卷															●		
陈元龙：《详注周美成词片玉集》十卷																	●
《章华词》一卷									●			●	●				
《适斋集》一卷 《适斋词》一卷														●		●	

续　表

作者和书名 ＼ 藏家	公藏		私家藏														
	江南图书馆	京师图书馆	庄仲芳	瞿镛	韩应陛	劳权	瞿世瑛	杨绍和	丁丙	周星诒	蒋凤藻	陆心源	缪荃孙	李盛铎	沈德寿	蒋汝藻	吴昌绶
《双海词》一卷														●		●	
《和清真词》一卷														●		●	

其二,选集、合集、丛编、词话:

作者和书名 ＼ 藏家	公藏		私家藏														
	江南图书馆	京师图书馆	庄仲芳	瞿镛	韩应陛	劳权	瞿世瑛	杨绍和	丁丙	周星诒	蒋凤藻	陆心源	缪荃孙	李盛铎	沈德寿	蒋汝藻	吴昌绶
黄大舆:1.《梅苑》十卷	●	●			●				●					●			
2.《群贤梅苑》十卷												●					
赵闻礼:1.《阳春白雪》八卷《外集》一卷				●					●					●	●		
2.《阳春白雪》九卷							●										
黄昇:1.《花庵词选》二十卷	●	●							●		●			●			
2.《花庵词选》(《唐宋诸贤绝妙词选》)十卷													●				
3.《中兴以来绝妙词选》十卷				●													●
周密:1.《绝妙好词笺》七卷	●	●										●					
2.《绝妙好词》七卷									●								
曾慥:1.《乐府雅词》三卷《补遗》二卷				●					●					●			
2.《乐府雅词》三卷《拾遗》二卷					●							●		●		●	
王灼:1.《碧鸡漫志》五卷		●															
2.《碧鸡漫志》一卷	●								●								
3.《碧鸡漫志》											●						

续　表

藏家　　作者和书名	公藏		私家藏														
	江南图书馆	京师图书馆	庄仲芳	瞿镛	韩应陛	劳权	瞿世瑛	杨绍和	丁丙	周星诒	蒋凤藻	陆心源	缪荃孙	李盛铎	沈德寿	蒋汝藻	吴昌绶
张炎:1.《乐府指迷》一卷 2.《词源》二卷									● ●			●					
沈义父 1.《沈氏乐府指迷》一卷 2.《乐府指迷》一卷	●								●			●					
陈恕可:《乐府补题》一卷	●			●					●								
宋元诸家词(一本)							●										
宋元人词(七本)							●										
明抄本词集(别集五十一家,总集三部)							●										
宋元词集,校本,十五本							●										
《典雅词》,五册													●				

　　据表,计得两宋词别集一百九十三家三百六十余种,另有词集丛编、词选集、词话等十余种。其中为明、清(道光前)所不载的词别集有:

　　　　舒亶《信道词》、米芾《宝晋斋词》、赵佶《徽宗词》、王质《雪山词》、李光《庄简词》、曹组《箕颖集》、阮阅《阮户部词》、吕本中《紫微集》、洪皓《鄱阳词》、张纲《华阳居士长短句》、华镇《云溪居士词》、吴则礼《北湖集》、刘镇《随如乐府》、谢懋《静寄居士词》、史浩《鄮峰真隐词》、刘学箕《方是闲居士词》、孙道绚《孙夫人词》、柴望《凉州鼓吹》、赵崇嶓《白云小稿》、王炎《双溪词》、陈克《赤城词》。

凡二十一种,这些并不同于民国时重新辑录的同名词集,它们多是源自清乾隆时澹容居士辑的《宋名家词续抄》,子目详前章“蒋汝藻”条。按:傅增湘《藏园群书经眼录》卷十九云民国三(1914)年六月在上海于蒋氏处见到《宋名家词续抄》,云:“清抄本,蓝格,八行十八字。分五集:一集北宋十二家,题乾隆戊申孟秋澹容居士辑录;二集南宋十家,题乾隆丁未澹容居士辑录;三集南宋十家,题乾隆丁未澹容居士辑录;四集南宋十家,题乾隆己酉澹容居士辑录;后集五家,方外二家、名媛三家,题乾隆己酉我娱斋辑录。"澹容居士其人待考,二集、三集是乾隆五十二年(1787)抄成,一集是五十三年抄成,四集、五集是五十四年抄成,所收五十家为毛氏汲古阁所未刻的词集,除前文列的一些外,还有《聊复词》《都尉词》《雅言大声集》《冠柳词》《顺庵乐府》《筼房词》《随如乐府》《顺受老人词》《静寄居士词》《招山乐章》《宝月词》等,均为较重要的词集,清中期以后就失传了(民国时重新辑录的同名词集不计),这些词集当来自宋刊本或明抄本,理由是,所著录的书名和卷数不少与陈振孙《直斋书录解题》中记载的多一致,多为一卷。除了这些失传的词集外,其他还有与现今存有的词集有差异的,如《闲适集》一卷、《樵歌》一卷等,也是如此。明末毛晋《毛氏汲古阁藏书目录》所载的词集就多同《直斋》著录,说明宋刊《百家词》在明末还有,而这些失传的词集在清初内府仍藏有,因此说澹容居士采录的这些词集是有来源的,只是这套词集民国初尚存,其后流传不详。

　　近代两宋词别集保存两百家左右,与道光前家数大体相当,但种数却大为减少。即使是家数,其中不少的来源也是有差别的,即清代道光前这些词集多传自宋、明刊本或抄本,而近代的则有不少是清末民国初的辑录本,或传抄自集本者,这类大约占三成,从事这样工作的多为近代有名的学者,如缪荃孙《目录词小说谱录目》卷二载两宋抄本词集五十二种,其中有四十一种为缪氏传抄或影抄本。又如吴昌绶《双照楼续辑宋金元百家词目》,"抄本"一项载其传抄的两宋词集达五十五种,曾景抄宋金元明本词集四十种拟刊印,其中两宋词集有二十三种,此外,《中国古籍善本书目》载有吴氏双照楼传抄的两宋词集有十种左右,合计有近百种,其中有书名同而版本实不同者。吴氏《武进陶氏续刊景宋元本词目序》(民国七年)云:"昌绶自光绪晚季,专意搜香宋以来名家词,在南中,则石莲、艺风、彊村诸先生相与论次。暨来京师,授经大理助之尤勤。女儿蕊园十余岁时,抄校日为常课,灵清旧居积卷累至数尺。"以传抄词集为日课,积卷累至数尺,用心之劳,用力之勤,由此可见。

二、词集的传抄与校勘

　　近代,除传抄外,还体现在对词集校刊方面,不少是名家的批校,此例举两家说明之。

（一）劳格

劳氏生平详前。静嘉堂文库藏有曾为劳氏所藏或批校的宋人词集,这些主要是几种词集的合抄本,略述于下：

其一,八种词集合一册,抄本,无格栏,十行二十字,劳氏批校。八种为丘崈《文定公词》、姚述尧《箫台公余词》、陈经国《龟峰词》、向镐《乐斋词》、倪偁《绮川词》、《抚掌词》、王炎《双溪集》、吕胜己《渭川居士词》。略述二三如下：1.《龟峰词》,末朱笔题云："乾隆丁亥十月,借钱唐汪氏振绮堂本对写,廿七日完。"又云："咸丰壬子八月朔,据知不足斋、魏柳洲先生抄本校。柳洲名之琇,工诗精医,曾校定《名医类案》,鲍氏刊行,所著《续名医类案》,收入《四库全书》,诗名《柳洲遗稿》,吾杭之耆旧也。蟫庵词隐劳权识。"又墨笔题云："柳洲手写此词,乌丝栏中有'知不足斋正本'字迹,似主人所委抄也。末志校录岁月一行,为奚铁生处士隶书,绝精。"于《沁园春·思古今》"不恨穷途"校云："前抄本作'思古人',前本有缺字。"按《全宋词》据紫芝漫抄《龟峰词》词题作："予以为古今词人抱负所有,妍媸长短,虽已自信,亦必当世名钜为之印可,然后人信以传。昔刘叉未有显称,及以《雪车》《冰柱》二篇为韩文公所赏,一日之名,遂埒张、孟。予尝得叉遗集,观其余作,多不称是。而流传至今,未就泯灭者,以韩公所赏题品尔。今才士满世,所负当不止叉如,然而奖借后进,竟未有如韩公者。才难,不其然,有亦未易识。诵山谷之诗,不觉喟然。因作《思古人》一曲。他时倘遇知己,无妨《反骚》。"缺字当与此长序有关。2.《乐斋词》,末墨笔题云："戊子十一月初三日剪烛校一过。"又云："庚戌冬初,据知不足斋校本校,《词纬》本校。巽卿。"又朱笔题云："壬子八月朔,又据柳洲抄本校。《直斋书录解题》录此词,名乃作'滴',二字古自通用,殆直斋所见长沙本如此,故当随本所耳。"向镐,一作向滴。戊子为道光八年(1828),庚戌为道光三十年,壬子为咸丰二年(1852),知三次校刊,前后历时二十四年。3.《抚掌词》,末朱笔题云："《抚掌词》,卷前不署姓名,从《典疋词》传出,盖南渡人词也。欧良,乃编集者之名。此本去'后学'二字,遂以当作者矣。末附《效李长吉十二月宫乐词》,此系乐府,故不得入词,原本所有仍补入之。良,南城人,官司户。见刘后村为作诗集序。咸丰癸丑五月廿三日午后,据曝书亭抄本《典疋词》校过,饮香词隐劳巽卿记于沤喜亭池上。"《典疋词》即《典雅词》。《抚掌词》作者不详,《御选历代诗余》视欧氏为作者,由此知欧良实为编者。据《江西通志》卷五十一"选举三",知欧氏登景定三年进士。又刘克庄《后村先生大全集》卷一百九"题跋"《欧良司户文卷》云:"盱江欧君示余古文八、赋一、古律诗十四、俪语四,其言质而绮,简而不烦,如高人韵士深衣幅巾,见者屈膝,不待有衮及绣,自然贵重。"可知其人。

其二,六种词集合一册,抄本,无格栏,有朱、墨、蓝等色笔校补,包括廖行之《省斋诗余》、管鉴《养拙堂词》、仇远《无弦琴谱》、高启《扣弦集》、杨基《眉庵词》、凌云翰编选《遗山乐府》,为宋、元、明人词集,每种后均有劳氏题识。如《省斋诗余》末墨笔云:"己酉八月依毛斧季校本手录。巽卿。"又蓝笔题云:"咸丰己未六月二十一日,《大典》本《省斋集》校过,多所改正,惜不及半耳。秋井草堂记。"《养拙堂词》墨笔题云:"《直斋书录解题》载《养拙堂词集》一卷,但云管鉴明仲撰,而不著其籍贯,与此本相同。《直斋》所据,盖长沙书坊所刻《百家》本也。此本从吴兴丁葆借得,为毛斧季手校。乘暇手写一帙,以补宋词之阙。道光己酉七月十二日校毕志,蟫庵词隐劳权。"叙说参校的本子,可资参考。

另有韩淲《涧泉诗余》,抄本,无格栏,一册。十行。钤有"巽""权"等印,有墨、朱、蓝三色笔批校。其中书末墨笔题云:"咸丰丙辰四月十八日,借丁月湖家旧写本校。"又蓝笔题云:"此本共百九十五阕,《大典》本《涧泉集》九十八阕,据补《摊破浣溪沙》一调。丁巳十二月朔日灯前记。"按《摊破浣溪沙·题杨梅》"生与真妃姓氏",补写在衬页。劳氏所校抄本词集精细,除了取用不同的版本校对外,还参校有词集选本等,其中还有一些曾为毛扆校过的词集,其文献价值是不可低估的。

(二) 王国维

王国维(1877—1927),字静安,号观堂、永观,浙江海宁人。早年赴日本留学,不久因病归国。辛亥革命后随罗振玉赴日本,留居五年,以清朝遗老自居。回国后曾任清华大学研究院教授。所著颇丰,后人辑有《王忠悫公遗书》等。王氏在词学方面的著作主要是《人间词》和《人间词话》以及《唐五代二十一家词辑》。又撰有《词录》一书,为词集目录,成书于清光绪三十四年(1908),载唐五代至元词别集、总集约三百五十种,略有提要。其中著录两宋词别集二百二十五种,另有宋代词总集、选集等,所录多为通行刊本。此外,王氏也传抄了不少词集,不仅如此,还有批校的词集。

东洋文库藏有王氏传抄和批校的词曲集有二十余种,其中两宋词集有十余种,多

有题跋,如于抄本王炎《双溪诗余》跋云:

> 壬子夏日,于董氏诵芬室见《双溪文集》明嘉靖刊残本,幸诗余尚全,因假归,令儿子潜明影写之,夏至后四日国维记。

> 《双溪集》传世甚稀,竹垞纂《词综》时未见此书,此本乃嘉靖十二年所刊,前有潘滋序,计为书十七卷,与文渊阁之二十七卷本编次不同,目录家亦罕著录,词虽不甚工,亦一家眷属也,同日又记。

壬子为民国元年(1912),潜明为王国维长子,时年十四岁①,知是旅居日本时所为。又有光绪三十四年(1908)抄《南词》本谢薖《竹友词》(朱丝栏),宣统元年(1909)过录清厉鹗手抄《宋元四家词》本陈克《赤城词》(绿丝栏)、杨万里《诚斋乐府》(朱丝栏)、陈深《宁极斋乐府》(朱丝栏)等。所传抄的词集,有的略有批校,如朱丝栏抄本《半山老人歌曲》:

> 《桂枝香》"登临送目"眉批:歌,《乐府雅词》作"唱"。

> 《菩萨蛮》"数家"眉批:二(疑三)四句,《花庵词选》作"花是去年红,吹开一夜风"(底本作:"今日是何朝,看予度石桥。")

> 《渔家傲》"平岸"眉批:"柔",《花庵词选》作"揉"。

校文不是太多。又有《梅苑》,为栋亭刻本,取黄丕烈藏抄本校对,校文较多,因不是王氏抄本,此略。此择二三种述之如下:

其一,柳永《乐章集》。王氏跋云:"宣统改元夏五,假得仁和劳巽卿先生手抄毛斧季较宋本《乐章集》,既校录于毛刻上,复抄此,且及毛刻无而抄本所有之词,别为一册,抄毕附记。"此为红格抄本,别为一册者为所抄词作,计有:《早梅芳》"海霞红"、《惜春郎》"玉肌琼艳新妆饰"、《传花枝》"平生自负"、《法曲第二》"青翼传情"、《一寸金》"井络天开"、《过涧歇》"酒醒"、《轮台子》"雾敛澄江"、《八六子》"如花貌"、《如鱼水》"帝里疏散"、《满江红》"匹马驱驱"、《西施》"自从回步百花桥"、《临江仙引》"画舸"、《瑞鹧鸪》"吴会风流"、《长寿乐》"繁红嫩翠",凡十四首。按:王氏校汲古阁本《乐章集》全文,民国时罗庄曾辑录,载于一九三六年二月《国立北平图书馆馆刊》第十卷第一号,罗庄识语云王氏取毛扆校宋本和叶申芗《闽词抄》校之,毛本原用朱笔,叶本用墨笔。《王国维

---

① 参见王仲闻、唐圭璋《全宋词审稿笔记》附王亮撰《王仲闻先生生平著述简表》。

全集》第十四卷附编之三"人间校词札记"全文迻录①，可参看。另有王氏识跋语若干，除前文引录的外，再择录数则如下：

> 此刻固多讹谬，然亦有胜于校宋本者，识者别之。

> 同日又得观梅禹金抄本，又一蒋香泉所藏旧抄本。梅抄在此刻与校宋本之间，蒋抄甚古而讹缺太多，二本皆伯宛舍人物，劳抄则渠转假诸傅沅叔学使者也。时端午后一日，梅雨初霁，几案笔砚间皆有润泽之气，在北地为罕见矣。

> 斧季手校本前在归安陆氏皕宋楼，去岁已归日本岩崎氏。劳氏抄本并录陆敕先校语，不知陆校即在毛本上，抑又一本也。附志。

> 毛抄编次并此刻无而抄本所有曲子十二首，另录写一册。又识。

> 此本据总目系九卷，与《直录解题》合，则亦从宋本出也。二宋本相校，此亦今日最善之本矣。

> 宣统元年二月朔日，以叶申芗《闽词抄》本校勘一过。人间。

知后又自吴昌绶处得梅禹金抄本、蒋香泉藏旧抄本，以及自傅增湘处得劳氏抄本等用以校勘，又云为毛刻本不载者十二词另写一册，按实十四首，详前文。关于毛扆校宋本《乐章集》的情况，笔者已有论述，参见第九章第四节。

其二，黄庭坚《山谷词》。见《王国维全集》第十四卷附编之三"人间校词札记"，有王国维识跋，云：

> 宣统改元夏四月，从吴伯宛舍人假得宁州祠堂本，仁和劳季言先生以《山谷琴趣》本校于上。今以之校毛刻，并录劳校。朱笔《琴趣》本，墨笔宁州本也。国维校毕记。

宁州祠堂本为黄庭坚全集本，附有词。《王国维全集》迻录全部校文，除字词校异外，还标明宁州本的次第。

其三，王以宁《王周士词》。王以宁，一作以凝，字周士，湘潭（今属湖南）人，一作长沙本。徽宗朝由太学生仕鼎澧帅幕，高宗建炎中以宣抚司参谋制置襄邓。此为绿丝栏抄本，除文字校异外，又略有评析，如夹纸题云："是编依毛晋汲古阁书抄迻录，凡三十

---

① 《王国维全集》，浙江教育出版社、广东教育出版社 2010 年版。

一首。以凝词句法精壮,'和虞彦恭寄钱逊叔'《蓦山溪》一阕、'重午登霞楼'《满庭芳》一阕,绝无南宋浮艳虚薄之习,其他作亦多类是也。"此段文字又见于《观堂别集》之《跋王周士》一文。按:《彊村丛书》收有此种,凡三十二首。王以宁生活在南北宋之间,于国破家亡之际,词具慷慨悲凉、豪迈沉雄之气。

王氏成就主要体现在对唐五代词的辑校,对两宋词集的传抄校藏,除东洋文库所藏的外,散藏于国内各图书馆的,还有一些。

第十四章　缪荃孙与近代词集的编校与汇刊

近代词集的大规模刻印，是光绪以后的事。稍前有丁丙，不仅富藏词集，而且也编印词集。丁中立《先孝松生府君年谱》称光绪十四年（1888）丁丙编辑有《续宋名家词》，云："府君刊《西泠词萃》竟，复辑宋人词集汲古毛氏所未采者，得六十家，编为续集。若潘阆《逍遥词》、谢邁《竹友词》、葛郯《信斋词》、廖行之《省斋诗余》、王之道《相山居士词》、向镐《乐斋词》、沈瀛《竹斋词》、陈与义《简斋词》、李曾伯《可斋词》、程大昌《文简公词》、张辑《东泽绮语》、韩淲《涧泉诗余》、吴潜《履斋词》、冯取洽《双溪词》，皆秘本也，拟刊未果。"按《西泠词萃》收宋元明人六家词集，即宋周邦彦《片玉词》、元张天雨《贞居词》、明凌云翰《柘轩词》、宋朱淑真《断肠词》、宋姚述尧《箫台公余词》、宋仇远《无弦琴谱》，分别于光绪十一年至十三年刻成，六人均为钱塘人，旨在存乡邦文献。而《续宋名家词》最终并未见付梓。光绪年间至民国初年，出现了大规模的词集刊刻，其中又以两宋词集为主，如王鹏运的《四印斋所刻词》和《四印斋汇刻宋元三十一家词》、朱孝臧的《彊村丛书》、江标《宋元名家词》、吴重熹《吴氏石莲庵刻山左词》、吴昌绶《仁和吴氏双照楼景刊宋元本词》、陶湘《武进陶氏续刊景宋金元明本词》和《景汲古阁抄宋金元词》等，两宋词集基本上被网罗其中，笔者在《宋金元词籍文献研究》中有详细地考证和论述，可参看，此不赘言。近代两宋词集的编辑和刻印，是继毛晋之后的又一个高峰。与毛晋孤军单干不同，此时更多地是体现了集群协作、共襄其事的作风。除词集丛编的主持人外，还有如缪荃孙、况周颐、曹元忠、陈方格等等，彼此互通有无，搜访传录，校勘复核，不一而足。学人藏家们孜孜不倦地搜觅、传录、校勘、刻印，不仅使得一些词集孤本再现人世，而且使得已知的二百多种两宋词集基本上有了通行的印本，为词学的繁荣提供了便利。尤其是缪荃孙,近代所编刻的几部大型词集丛编,他都参与了其中。

缪荃孙传详前。缪氏为中国近代图书馆的奠基人,缪氏"一生与刻书为缘,孤稿秘籍,多赖流布,广人见闻,裨益文化之功,可谓至钜。"(《艺风藏书再续记》田洪都跋),在图书的搜集、传抄、刊印与传播方面,贡献卓著。

第一节　词集的寻访与传抄

缪氏《目录词小说谱录目》卷二载两宋抄本词集五十二种,其中有四十一种为缪氏传抄或影抄本(详前一章),缪氏所藏所抄词集,存世者尚有不少,其中词集丛编有:

1.《宋金元人词》,为清光绪三十四年缪氏艺风堂抄本,缪荃孙校,存国家图书馆,计有:

> 宋贺铸《东山寓声乐府》三卷《补遗》一卷、宋刘克庄《后村诗余》二卷、宋刘克庄《后村长短句》五卷、宋陈深《宁极斋乐府》一卷、金李俊民《庄靖乐府》一卷、元吴澄《吴文正公词》一卷、元刘将孙《养吾斋诗余》一卷、元姚燧《牧庵诗余》二卷、元曹伯启《汉泉词》一卷、元陈栎《定宇诗余》一卷、元宋褧《燕石近体乐府》一卷、元朱晞颜《瓢泉诗余》一卷、宋向镐《乐斋词》一卷、元赵雍《赵待制遗稿》一卷、元谢应芳《龟巢词》一卷《补遗》一卷、元倪瓒《清闷阁乐府》一卷、明王行《半轩词》一卷、元梁寅《石门先生乐府近体》一卷。

存宋五家、金一家、元十一家、明一家,末题云:"光绪戊申三月抄,荃孙。"光绪戊申即光绪三十四年(1908),《续修四库全书》收有此书,可参看。《艺风老人日记》云:"(光绪三十四年)四月二十七日,况夔生来。写出宋元人十八家词交订。"即指此。

2.《典雅词》,此书今存台湾,详《国立中央图书馆善本书目》(增订二版)。南图藏有民国时美国国会图书馆摄制的北平图书馆藏善本书胶片,钤有"荃孙""艺风堂藏书""古书流通处""国立北平图书馆收藏"印,又《懒窟词》四种末均题有"尊岳校读"及钤有"近知词人"印。《艺风藏书续记》卷七云:

> 《典雅词》五册:传抄汲古阁本,首册,陈允平《西麓继周集》。二册,曾(当作曹)冠《燕喜词》,赵磻老《拙庵词》,李好古《碎锦词》。三册,冯与洽《双溪

词》，袁去华《宣卿词》，程大昌《文简公词》。四册，胡铨《澹庵长短句》，□□□《章华词》，刘子寰《篁嵊词》，阮阅《户部词》。五册，黄公度《知稼翁词》，陈亮《龙川词》，候寘《懒窟词》。如《燕喜》《澹庵长知句》，皆无单行之本，亦罕见之秘笈也。

凡十四种，按缪氏《目录词小说谱录目》卷二载有陈允平《日湖渔唱》一卷《补遗》一卷《续补遗》一卷，云是传写《典雅词》本，据此，则有十五种。《艺风老人日记》载光绪三十二年(1906)十一月二十五日，况周颐借阅《典雅词》，次年五月二日归还，知此书抄成于光绪年间。

3.《宋元三十一家词》，见《艺风老人日记》，云："(民国二年)六月十九日，写宋元三十一家词、明湖四家词、《侯鲭词》。"所抄子目不能详，或已见《目录词小说谱录目》著录。

缪氏抄存的大量词集，其中不少是受他人之托而寻访抄写的。如王鹏运托缪氏寻访朱敦儒的《樵歌》，王氏刊有朱敦儒《樵歌拾遗》，为不足本，王氏跋(癸巳)云："《樵歌》三卷，求之屡年，苦不可得。此卷抄自知圣道斋所藏汲古阁未刻词本，先付梓人。它日当获全帙，以慰饥渴。珠光剑气，必不终湮。书此以为左券。"引以为憾。缪氏访寻到足本后，交了王氏，《樵歌》足本得以行世，王氏又跋(光绪庚子)云："右朱希真《樵歌》三卷，长洲吴小匏抄校本。初余校刻《樵歌拾遗》，即欲求其全帙刻之而不可得。甲乙之际，小山太史归田，属访之南中，逾五年而后如约。亟校，付手民，以酬夙愿。词三卷，凡若干阕，《拾遗》所录，悉载卷中。"此事《艺风老人日记》也有记载，云："(光绪二十五年)十二月廿四日，撰《樵歌跋》。"缪氏跋文今存，云：

> 吾友临桂王佑遐给事汇刻宋元人词，抄得知圣道斋所藏汲古阁未刻词内《樵歌拾遗》三十四首，先梓以行。今年正月，新安友人以吴枚庵本见贻，如获瑰宝。三卷计二百五十五首，首尾完善，亦无序跋，不知源出何所？第与《拾遗》相校，均在其中。同为汲古阁本，何以别出《拾遗》，殊不可解。惟《贵耳录》所举二词俱在，想无甚佚矣。清光绪庚子付刻，辛丑印行。

又《艺风老人日记》云："(光绪二十五年二月)十四日校《樵歌》。"又"(二月)十八日，京师王佑遐信寄《樵歌》。"又："(二十七年四月)七日，古微、王佑遐信寄《樵歌》四册。"均与借阅《樵歌》三卷本相关。后朱祖谋又刻《樵歌》，也以此抄本为校。

又如吴昌绶、陶湘景刊诸词集,于《景宋本渭南词》云:"宋本《渭南居士文集》五十卷,嘉定三年,放翁子承事郎知建康府溧阳县主管劝农事子遹刻。……四十九至五十,为词二卷。半叶十行,行十七字,缪艺风先生从南中摹寄,未详原本所在。"又于《景元本凤林书院草堂诗余》云:"缪艺风先生昔在京师得元刻上卷,纸墨粗率。江安傅沅叔有何梦华景抄本,行款正同。伯宛初据以上版,阅数年,沅叔复得元刻全本,重加改补。"又于《景元人抄本竹山词》云:"此昔年艺风先生橅寄伯宛者,前有题字四行,不著姓名。称此稿得之于唐士牧家藏本,至正乙巳秋七月录。末有明人题,及'杨五川''梦羽'二印,亦士礼居旧藏。半叶十行,行二十字。其词凡次行以下皆低一字,特为创格。伯宛曾据以校汲古刻,订补极多。惜辗转迻写,不能尽如原本耳。"所得多是佳善之本。除词别集外,还有全集本,如欧阳修《近体乐府》三卷,据宋庆元二年吉州刊全集传抄,详缪氏跋文。

第二节　参与汇刻的词集丛编

缪氏为近代文化名人,曾任南、北两大图书馆负责人,结交广,见识博,喜藏书刻书。就词集而言,抄藏就有不少,前文已列述。近代几大词集丛编的辑印,多与其有关联,或代为访书,或出借所藏,或参与校勘等,可以说,论近代词集的刻印,不涉及到缪氏,那是不可能的。

一、王鹏运四印斋所刻词

王鹏运(1849—1904),字幼霞,一作佑遐,号半塘老人、鹜翁等,临桂(今广西桂林)人。清同治九年(1870)举人,历官至礼科掌印给事中。光绪二十八年(1902)请归,寓居扬州。

王氏编印有《四印斋所刻词》和《四印斋汇刻宋元三十一家词》等,其中后者有缪荃孙光绪十九年序,又有王氏跋云:"是役也,订讹补阙,燹笙中翰最勤。其以藏书假我者,则陆存斋观察,盛伯希司成,缪筱珊、黄仲弢两太史,杨凤阿阁读,刘樾中舍人也,例得并书。"知从缪氏处采录有词集。据《艺风老人日记》载："（光绪）十九年十二月二十九日，王柚霞（即幼霞）送《宋元三十一家词》来。"盖寄来求序。其中宋人二十四家、元人七家。所刻多为罕见者，或前此未刻的词集。缪氏藏有《典雅词》，为传抄毛氏汲古阁本，存十四种，据《艺风老人日记》载，光绪三十二年十一月二十五日，况周颐借阅《典雅词》，次年五月二日归还。缪氏藏书后归藏北平图书馆，今存台湾。王鹏运云缪氏等人以"藏书假我"，其中所刻赵磻老《拙菴词》、袁去华《宣卿词》、佚名《章华词》等，当抄自《典雅词》。

又有《花间集》，《艺风老人日记》载：（光绪十九年）"七月十七日，撰宋本《花间集》跋。"又："七月十八日，录宋本《花间集》跋。"又："七月廿日，录《花间集》跋交王佑遐。"此为影刻宋鄂州本《花间集》，见《四印斋所刻词》，有王鹏运跋（光绪癸巳），而缪氏跋今未见。按《花间集》今存于世的宋刊本有二：一是高宗绍兴十八年（1148）晁谦之建康郡斋刻本，其二是孝宗淳熙年间鄂州刻本，均藏中国国家图书馆。其中前者有晁谦之跋，缪氏所指的宋本《花间集》为绍兴刊本，所撰跋文则不能详。在刊刻的词集中，王氏曾托缪氏寻访词集，如朱敦儒的三卷本《樵歌》，所据即为缪氏访得的长洲吴小匋抄校本而刻成。

二、朱孝臧《彊村丛书》

朱孝臧（1857—1931），又名祖谋，字古微，号沤尹、彊村等，归安（今浙江湖州）人。清光绪九年（1883）进士，改庶吉士，为侍讲学士，擢礼部侍郎，出为广东学政。光绪二十九年以病乞解职，寓沪上，卜居吴门，往来其间。著有《彊村语业》《彊村词剩稿》《彊村集外词》等。辑有《彊村丛书》《宋词三百首》《湖州词征》《国朝湖州词录》等。

缪氏参与《彊村丛书》之中词集的校勘颇多，据《艺风老人日记》载，其所校所抄词集计有：

1. 光绪三十四年三月至十月所校词集有：《方壶词》、《清閟阁词》、《石门乐府》、《李庄靖词》、《养吾斋词》、《瓢泉诗余》、《邓峰真隐词》、《龟巢词》、《姚牧庵词》、《赵待制词》、《宁极斋词》、《文正公词》、《张南湖词》、《王周士词》、《竹轩词》、周必大《乐府》、《赤城词》、《南涧词》、《半山词》、《虚靖真君词》、《莲社词》、《道情鼓子词》、《乐斋词》、《燕石词》、《汉泉词》、《宝晋词》、《龟峰词》、《可斋词》、《信斋词》、《后村词》、《渭川词》、《贺东山词》、《苏养直词》、《舒信道词》等。

2. 宣统二年四月廿一日至五月十七日校《后村长短句》。

3. 民国元年正月至八年正月校阅补抄的词集有：《东坡乐府》、《梦窗词》、《后村词》、《花间集》、《诚斋乐府》、《清真词》、《草窗词》、《兵要望江南》、《东浦词》、《片玉集》、《花庵北宋词》、《草堂词前集》等。

涉及到的宋元人词集多达四十余种，有的不止校一次，如光绪三十四年四月廿日，交陈子高《赤城词》；同年四月廿三日，又校。至于校《后村词》，费时尤多，详见后文。其中亦有委托抄校者，如光绪三十四年三月五日交抄《鄂峰真隐词》，七月三日以《省斋词》托抄。按朱氏《鄂峰真隐大曲跋》云："四库《鄂峰真隐漫录》本，乃天一阁范氏所进呈者。范氏藏底本，今归缪氏艺风堂。去年腊月借校一过，卷中率信笔芟薙，殆写进时出于妄人之手。词曲亦多窜改字句，鄙刻正与符合，始知经进本亦未足尽据也。"又《艺风堂友朋书札》有朱祖谋与缪氏者，其二云：

> 艺风姻年老前辈大人阁下：一昨奉书，敬永道履胜常为慰。《中州乐府》
> 粗校一遍，略有异同，尊藏抄本固极精，毛本亦不可多得，未敢率尔加墨，已别
> 为疏记，他日刊成再呈请教益。元本是否《中州集》全部？九峰书院所刻小
> 传，间有脱误，转不如毛本之善，专指小传而言。录出拟携沪就尊处元本一
> 校，方敢付梓也。

不过，对缪氏参与校抄的词集等，《彊村丛书》中，朱氏相关的序跋文中提到的并不多，《艺风老人日记》中却有详细地记载，有助于今人考核相关词集校刊等情况。

三、吴昌绶、陶湘《景刊宋金元明本词》

吴昌绶，生卒年未详，字印丞，或作印臣，又字伯宛，号甘遁、松邻等，浙江仁和（今杭州）人。清光绪三年（1877）举人，官内阁中书等，民国时曾供职于北洋司法部和陇海铁路局。著有《松邻遗集》等，刻有《松邻丛书》，编有《劳氏碎金》《宋金元词集见存卷目》附《双照楼续辑宋金元百家词目》。吴氏以景刊词集著称，曾影写宋元明词集四十种，后因资拙，将已刻十七种和未刻二十三种一并售予了陶湘。陶湘（1870—1939），字

兰泉,号涉园,江苏武进人,生于浙江慈溪。清光绪时曾于浙江任知府,清末至民国在上海、北京等地任银行经理,晚年为故宫图书馆编纂。藏书处有涉园、百川书屋等,藏书多达三十余万卷。编有《闽板书目》《明毛氏汲古阁刻书目录》《内府写本书目》《清代殿板书目》等十余种书目。喜刻书,刻有《儒学警悟》《百川学海》《景宋金元明本词》《景汲古阁抄宋金元词》等,所刻之书楮墨极其精良。

吴氏《武进陶氏续刊景宋元本词目序》(民国七年)云:"昌绶自光绪晚季,专意搜畬宋以来名家词,在南中,则石莲、艺风、彊村诸先生相与论次。息来京师,授经大理助之尤勤。"其间得吴重熹、缪荃孙、朱孝臧、董康诸人相助。伦明《辛亥以来藏书纪事诗》云:"君收得汲古阁影抄宋元词集,未刻者数十家,今双照楼所刻者是也,今板归陶兰泉。其未刻者,兰泉别以摄影法续之。"《艺风老人日记》载与吴氏相关的词集列于后:

1. 光绪年间:十九年九月十日至十四日,校《可斋词》。二十年六月廿四日,编影宋本《花间集》。

2. 宣统年间:二年十二月八日,送《贺方回词》与吴氏。三年正月十一日,诣吴氏观毛抄本《酒边集》;闰六月十二日,吴氏还《凤林书院词》;九月七日,还《琴趣》三编、《小坡词》与吴氏,吴氏送《草堂词》来。

3. 民国年间:元年八月一日,吴氏来信索宋元版词;八月四日,影《松雪词》,将寄吴氏。二年一月六日,抄《于湖长短句》五卷补遗一卷。一月十三日,校《于湖词》;一月十四日,校《于湖词》;二月五日,跋《草堂诗余》;三月廿日,校《草堂诗余》前集上;三月廿一日,校《草堂诗余》前集下;四月廿九日,校《鹤山长短句》三卷;四月廿三,寄《于湖词》;五月,交石潜《鹤山长短句》三卷;六月十二日,寄影宋抄本《于湖词》;七月廿九日,吴氏送毛抄词二种、山谷词一本、《可斋词》一本,新印词五部;八月二十六日,校定《山谷琴趣》;九月廿七日,寄山谷词与吴氏;十二月七日,影写《清真词》。三年十月七日,吴氏送元词一册;十二月十一日,接吴氏信,寄印宋《花间词》来;十二月十九日,送吴刻《花间》送古微。四年九月五日,交《东山词》《天下同文集》与吴氏。七年七月十七日,校《段菊轩词》。八年二月十四日,陈注《片玉词》影写本交吴氏;二月望日,跋《详注片玉词》。

以上涉及到的词集有十四五种,占吴、陶二人影刻词集近半,其间多为宋元本词集,吴氏、陶氏于题跋中也屡次提及得缪氏之助,如陶湘《叙录》于《景宋本渭南词》云:

"缪艺风先生从南中摹寄,未详原本所在。"又于《景元本凤林书院草堂诗余》云:"缪艺风先生昔在京师得元刻上卷,纸墨粗率。江安傅沅叔有何梦华景抄本,行款正同。伯宛初据以上版,阅数年,沅叔复得元刻全本,重加改补。"又于《景元人抄本竹山词》云:"此昔年艺风先生橅寄伯宛者,前有题字四行,不著姓名。……伯宛曾据以校汲古刻,订补极多。惜辗转迻写,不能尽如原本耳。"知得缪氏之力不少。

四、陶子麟《景汲古阁抄宋金元词》等

陶子麟(1857—1928),名或作子霖、子林、子龄等,湖北黄冈人。为清末至民国初期著名刻工之一。陶氏身兼刻工与出版家的双重身份,刊刻图书并经营销售。叶德辉《书林清话》卷九"古今刻书人地之变迁"云:"晚近则鄂之陶子龄,以工影宋刻本名,江阴缪氏、宜都杨氏、常州盛氏、贵池刘氏所刻诸书,多出陶手。"其中为缪荃孙刻书颇多,如《藕香零拾》《对雨楼丛书》等。清末至民国初年,影刻的词集有《景刊宋金元明本词》,为缪荃孙刻《晁氏琴趣外篇》六卷,又有《景汲古阁抄宋金元词》七种,此书原为缪氏艺风堂藏书,为陶子麟所刻,也因资绌中止,售板于陶湘。

《艺风老人日记》载与之相关的词集有:

1. 民国元年:十月二日,交《放翁词》《芦川词》于石潜寄子麟。十月二十六,又订《放翁词》。十一月十日,校卷一词毕。十一月十三日,校后集上卷词十页。接陶子霖信寄《醉翁琴趣》。十二月,陶子霖寄《倚松集》二卷、《近体乐府》《醉翁琴趣》各二部。校《倚松》《近体》与子霖数字。

2. 民国二年:正月二十日,子霖寄《放翁词》来。正月二十一日,求《放翁词》,正月二十四日,发老陶信,寄《放翁词》校本。二月,陶子林《放翁词》来,三月四日,老陶来交《芦川词》。三月十八日,寄陶子麟《芦川词》二册。

3. 民国六年:十二月十三日,陶子麟寄宋金词板来。

4. 民国七年:七月十七日,校《段菊轩词》。七月十八日,校《知稼翁词》。七月十九日,校《东浦词》。七月十九日,校《东浦词》。八月十六日,校《初寮词》《空同词》。八月二十二日,送《空同词》《初寮词》与饶心彤。八月十六日,校《初寮词》《空同词》。八月二十二日,送《空同词》《初寮词》与饶心彤。按饶心彤为陶氏书坊的刻工之一。

5. 民国八年：正月十五日，朱瑾甫来，查《石湖词》，宋板亦缺一册叶，非子龄之误。

其中提到的《放翁词》《芦川词》《草堂诗余》《近体乐府》《醉翁琴趣》等均指吴、陶出资影刻的词集。今吴、陶景刊本后多刻有其名。而《段菊轩乐府》《东浦词》《初寮词》《空同词》《知稼翁词》则属于《景汲古阁抄宋金元词》中之物。

五、吴重憙《吴氏石莲庵刻山左人词》

吴重憙（1838—1918），字仲怿，一字仲饴、少文、敬美，晚号石莲，海丰（今山东无棣）人。清同治元年（1862）举人，历官开封知府、福建按察使、江宁布政使、河南巡抚等。辛亥后居天津、北京。著有《石莲阁诗》十卷词一卷、《石莲阁乐府》《金石汇目》等。藏书甚富，手抄批校，多珍本秘笈，藏书处为石莲阁，有《海丰吴氏藏书目》、《石莲阁藏书目》。辑有《九金人集》《吴氏石莲庵刻山左人词》等。

所刻《山左人词》，有光绪二十七年（1901）海丰吴氏刻本，收宋、清人词集及词话各九种，宋人九家为：柳永《乐章集》、李之仪《姑溪词》、晁补之《琴趣外篇》、王千秋《审斋词》、侯寘《懒窟词》、赵磻老《拙庵词》、辛弃疾《稼轩词》、周密《草窗词》、李清照《漱玉词》。所收均为乡邦文献，《艺风老人日记》载与之相关的词事有：

1. 光绪二十五年：四月五日，校《姑溪词》。五月二十五日，校《姑溪词》三卷。六月三日，校《姑溪词》毕。交《稼轩词》与梁慕韩校。十一月十六日，校《草窗词》一卷。十八日，校《草窗词》毕。十一月廿日，梁慕韩来交《稼轩词》，陈作霖送《山右石刻编》二三来，换《稼轩词》去。十二月廿一日，送《漱玉词》与陈作霖。十二月廿三日，陈作霖送《山右石刻编》卷二，及索辛词来，又送辛词中册去。

2. 光绪二十七年：正月十日，校侯寘词。正月十一日，校王千秋词。接丁修甫《拙庵词》。一月十五日，校《拙轩词》。正月廿九日，校晁补之词六卷。二月廿六日，交《琴趣外篇》与吴仲饴。三月六日，送《乐章集》与吴仲饴，《山右词》已刻毕。自光绪二十七年至二十八年，校柳耆卿《乐章集》，前后达一年半多，详见后文。

3. 光绪三十年：八月二十日，（吴仲饴）寄《和清真词》备刻。十一月十七日，《和清真词》送况周颐校。十一月廿二日，拜吴仲饴，未晤。交《和清真词》《明秀集》清样。送四谱一册，又借去《遗山乐府》一册。

4. 光绪三十一年:四月十九日,还《清真词》《明秀集》版片。八月四日,寄《张次山词》。九月九日,吴仲饴送宋词两种来。九月十二日,诣吴仲饴处,出视《宋元人词目》。十一月十一日,接吴仲饴信,寄《东浦词》。

5. 民国七年四月十七日,校《漱玉》《断肠》两词。

吴氏所刊九家宋人词集,缪氏全参与其校,其中以校《乐章集》最用力。详后文。吴氏与缪荃孙多往还,时相请益,《艺风堂友朋书札》载有与吴重憙书札,其十三云:

> 王禹偁、李师中、柳永、晁补之、冲之、端礼、李冠、杨适、李郿、侯寘、王千秋、韩维、赵磻老,宋待访十三人,不知《宋六十家词》中能得一、二否?冯选不在手下,请拨冗一检,如有录者,可向王氏抄取也。内柳永、晁补之、晁端礼、王千秋、侯寘五家,竹垞翁及见专集,汲古或取一二,未可知也。柳屯田注乐安人,不知青州外别有乐安否?并示,弟再启。

其中所言词集如《和清真词》《拙轩词》《东浦词》《明秀集》并不见《山左词人》中,或因非山左人而未收。

第三节　精心校勘

缪荃孙不仅访书、抄书,而且参与大量词集的校勘活动。《艺风老人日记》云:"(宣统三年)九月十八日,重刊吴讷《唐宋百家词》,明抄,朱丝阑本。《左刻明乐府》,元刊本,极佳。"云重刊吴讷《唐宋百家词》,惜未成行。除自己刊印外,缪氏还应邀参与了近代几乎所有的大型词集刊印的活动。据前文知,所参与校勘的两宋词集有七八十种,其中有些不止一次的校勘。而且是精心校对,此以朱祖谋刊刘克庄词集和吴重憙刻柳永词集为例以见一斑。

一、刘克庄词集

缪氏参与了朱孝臧《彊村丛书》中四十余种宋元人词集的校勘。《彊村丛书》最早辑刻于宣统三年,分甲编、乙编、丙编三辑,共收二十二种附一种。民国六年、十年、十一年又有三次汇辑刊印,每次都较前次有所增加,三次所收词集分别为一百十七种、一百七十一种和一百七十二种(参见拙著《宋金元词籍文献研究》相关章节)。《艺风老人日记》云:"(民国七年)三月六日,成都王雪丞菊存来,朱古微来,古微寄赠词刻。"朱氏所赠,即为民国六年汇刊本,所收一百十七种,其中缪氏参校的就达三分之一强,也有个别词集是托他人所校。此据《艺风老人日记》列所校刘克庄词集详情如下:

1. 光绪三十四年:七月廿五日,校《后村词》乙卷。七月廿六日,校《后村词》乙卷。七月廿七日,校《后村词》乙卷。七月廿八日,校《后村词》乙卷。七月廿八日晚后,校《后村词》乙卷。七月廿九日,校《后村词》两卷,跋《后村词》。

2. 宣统二年:四月廿一日,校《后村长短句》一。四月廿三日,交朱古微信与宋澄之并《苕溪集》六册、《后村长短句》卷一。五月六日,校《后村长短句》五卷毕。五月十七日,校《后村长短句》四卷。

3. 民国二年:九月六日,补写《后村词》。九月十一日,新校补《后村词》与朱古微。九月廿日,朱古微寄还《后村词》。九月廿一日,覆勘《后村词》。

从光绪三十四年(1908)七月到民国二年(1913)九月,前后长达五年,知《后村词》刻成前后,缪氏均有校补之事。缪氏所撰跋文今未见,朱氏《后村长短句跋》云:

> 《后村先生长短句》,汲古阁刊本为《别调》一卷,今通行者也。林秀发编《后村居士集》五十卷,诗余为二卷,曾见残宋本。鲍渌饮得明抄《后村词》,以为胜于毛刻,未获寓目。缪小珊前辈藏抄本《后村大全集》一百九十六卷,乃爱日精庐故籍,张月霄录自范氏天一阁者,长短句五卷,视林本几倍之。仅《水调歌头》"君看郭西景"一阕,未之编入。吾郡陆氏丽宋楼旧有此本,今流入东瀛,天一祖本亦久亡佚,惟艺风秘笈孤庋人间矣。亟谋录副,授梓人,以中有阙文,尚俟斠补。适老友吴伯宛以刘燕庭藏抄《大全》本长短句寄示,视张本为完善,间有讹脱,即援张本参校写定,兼取残宋本、汲古本及《阳春白雪》改补若干条,举其异同之足备参考者疏记如右。刊既成,又见夏悔生同年藏《后村集》残抄本,为卷六十,与诸本又别。词仅存目,编次同《大全》本,卷末《西江月》后有《朝中措》四阕,张、刘二本并阙,惜乎无从采获。海内同志,或发医藏,俾成完帙,跂予望之已。壬子九日,疆村遗民朱孝臧跋。

> 癸丑秋仲,吾郡张石民得旧抄《后村集》六十卷本于沪上小珊前辈,录张、

刘二本所阙《西江月》结拍二句、《朝中措》四阕见示,遂补刻之,孝藏又记。

前文作于民国元年,后文作于民国二年,知缪氏藏有抄本《后村大全集》一百九十六卷和旧抄《后村集》六十卷,由《艺风老人日记》知,缪氏于光绪三十四年七月,用一周时间校后村词,而宣统二年又重校,民国元年至二年又补抄、覆校,可见用工之勤。

朱氏跋中提到的诸种刘克庄集本,今均有存书,分别述于下:

其一,五十卷本。今存有宋刊五十卷本《后村居士集》,见《宋集珍本丛刊》中,前有林希逸淳祐九年序,据序知,此稿得之刘克庄,林希逸刻之郡斋。其中卷十九、卷二十为诗余二卷,存词一百二十二首。文渊阁《四库全书》所收也是五十卷本,据抄本录入,所收词卷数及词作次第与宋本同。

其二,一百九十六卷本。此种属宋刊二百卷本者,其中目录四卷,《四部丛刊》本影印的是无锡孙氏小绿天藏赐砚堂旧抄本,前有二序及总目,其中总目是一个简目,即卷某至卷某为诗,或序、或题跋等等,宋刊目录四卷当是详列篇目,后人传抄时省略成简目。又有《宋集珍本丛刊》本,书中钤有"秦伯敦父""臣恩复""石研斋秦氏印"等印,原为秦氏藏抄本,此本无序,也无目。书前有张金吾《爱日精庐藏书志》之《后村先生大全集》一百九十六卷的提要,书末有题识,谈范氏藏本与《四库》本的差异,缪氏所用当为此本,即张月霄藏书。此本所载长短句的卷数及次第与丛刊本同,缺字处也多同,略有差异,如卷一八九《满江红》"不见西山,料他日面无惭色",丛刊本"不见"作"一见",张藏本意较胜。朱氏刻本所据为抄本,又以宋本、张月霄抄本、毛晋刻本校的,核以《彊村丛书》本校记,张藏本有批校字,与朱氏校字一本作某某同。如卷一《沁园春》"我梦见君"一词,"戴飞霞冠"之"戴"张本作"带","掀髯啸"之"髯"张本作"然",其余张本同朱本。又如卷四《贺新郎》"南国秋容晚",张藏本"壶山"作"湖山"、"刘遍"作"刘边"、"福星见"作"福星现"。从彊村本校记来看,文字上出入较多的是毛晋刻本,宋刊所收不全,且与张藏本出入有限,也就是说《大全集》系统的出入不大。

其三,六十卷本。《宋集珍本丛刊》收有明谢氏小草斋抄本《后村集》,凡六十卷。前有林希逸咸淳六年(1270)九月序,知刘氏集为多次编集刊刻,先成前集,刊之郡庠,二十年后,又成后、续、新三集。又云刘氏"季子季高既成负土之役,各取先生四集合为一部而汇聚之,名《后村全集》六十卷。"核以六十卷本所载,除卷四十二至五十五为诗话、卷五十六至六十为长短句外,前四十一卷所载均为文类,而没有录其诗,这种编辑方式罕见。与一百六十卷本相较，不仅文有溢出，词保存的也完整。所存长短句五卷，与《大全》本所存五卷每卷收录的词及次第是一样的，两种《大全集》本词之最后一卷末《西江月》"思邈方书去失"下片缺"邈饮不能从，难伴诸公上雍"十一字，又其后的四首《朝中措》词也残缺，朱氏跋云见夏悔生藏《后村集》残抄本，六十卷，词仅存目，编次同《大全》本，卷末《西江月》后有《朝中措》四阕，知与明抄本同，但有缺。又云《朝中措》四阕"张、刘二本并阙，惜乎无从采获。"《彊村》本有此四词，是据缪氏所藏旧抄六十卷本补刻的。其中第三首《朝中措》"仙风道骨北山翁"之"忻□醉面桃红"句，《彊村》本作"作□醉面桃红"，一字不同，其他缺字均同，疑是误"忻"为"作"字。其他在文字上也略有出入者，如卷五十七《水调歌头·和仓部弟寿词》"岁晚太玄草"，张藏本题无"和"字，丛刊本、彊村本则同明抄本。又《沁园春·送孙季蕃吊方漕西归》"岁暮天寒"，"西"字，《大全》本均作"四"，当误，彊村本则同明抄本。又卷五十七《木兰花慢·赵守生日》"郡人元未识"，张藏本、彊村本作"赵叟"，丛刊本同明抄本，考词中云"郡人元未识，新太守、定何如"，知称"赵守"为妥①。

二、柳永词集

吴氏《山左人词》收宋人词集九家，缪氏全都参与了校勘，其中以校《乐章集》用力最多。缪氏《艺风老人日记》载其词事有：

1. 光绪二十七年：二月二日，校柳耆卿《乐章集》一卷。三月六日，送《乐章集》与吴仲饴，《山右词》已刻毕。三月十一日，校《乐章集》。三月十二日，校《乐章集》。三月十三日，校《乐章集》。三月十四日，校《乐章集》。三月十五日，校《乐章集》。三月十六日，校《乐章集》。三月十七日，校《乐章集》。三月十八日，校《乐章集》。三月十九日，

---

① 据钱钟联《后村词笺注》卷三，与此词有关的知福建兴化军者姓赵的太守有赵子遥（淳祐七年）、赵汝固（绍定三年）、赵崇彪（嘉熙间）三人，不能确指。《大全集》卷一二五"杂启·答守倅时官"《有赵守寺丞》《赵守乐语》《赵守计院》《赵守重阳节仪》《赵守至节仪》《赵守年仪》等，所指当为同一人。明抄《后村集》卷六十有《鹊桥仙·乡守赵寺丞生日》"去年无麦"和《鹊桥仙·乡守赵计院生日》"蒲鞭渐弛"等，《大全集》卷一○六《赵崇彪诗》云："委斋以嘉熙间通守于莆，与其民相尔汝，视其士如亲戚，余时与方德润、王实之皆闲退杜门，而通守顾之良厚……盖君去莆时年甫五十七，壮志未衰，荣途在前……君名崇彪，字伯虎，委斋，其自号云。"疑为此人。

录《乐章集》校刊记并辑逸。三月廿日,录《乐章集》校勘记毕交仲饴。三月廿五日,撰柳词校勘记跋。四月三日,核《乐章集》校勘记。七月八日,校《乐章集》一卷。十二日,刻柳词札记。

2. 光绪二十八年:正月三日,读新校《乐章集》。正月廿七日,覆勘《乐章集》。一月廿九日,撰《乐章集》校札记。一月三十日,撰《乐章集》校札记。二月三日,覆勘《乐章集》。二月四日,覆勘《乐章集》。二月十日,重勘《乐章集》。二月十一日,重勘《乐章集》。二月十七日,送《乐章集》校勘记。二月十八日,送《乐章集》校勘记、梅本《乐章集》与吴方伯。四月廿九日,曹元忠交《乐章集补遗》。五月四日,校《乐章集》。五月五日,校《乐章集》毕。五月六日,交《乐章集》与丁得洲。五月十一日,送吴刻《乐章集》与曹元忠。六月廿九日,校《乐章集补遗》。七月二日,勘《乐章集》,补错。七月四日,送《乐章集校勘记》清样及帐与吴仲饴。七月五日,吴仲饴还款并借《乐章集》拓印。七月十三日,发曹揆一信,寄《乐章集》四部。七月十五日,还吴仲饴《乐章集》板。七月十七日,送《乐章集》与质堂、翼谋、少棠、春台。七月廿三日,又送《乐章集》与邓熙之。七月廿六日,又付印《乐章集》,价十元(以后多是送人)。九月二日,发《乐章集》校勘记。

前后历时一年半多,涉及到《乐章集》的校对、印刷、覆校、补遗、题跋等,所校情况,详见《乐章集校勘记》及《补遗》。《校勘记》及《补遗》最初并未附在吴氏刻本后,而是单独印行的,笔者寓目的为蓝印本,《乐章集校勘记》为缪荃孙撰,《补遗》则为曹元忠撰。缪氏题识云:

> 宋人词集,校订至难,而柳词为最。如《倾杯乐》八首,"楼锁轻烟"一首,九十四字,分段。"离谯殷勤"一首,九十五字;"木落霜洲"一首,一百四字,均不分段。"禁漏花深"一首,一百六字,分段。"冻水消痕"一首,一百七字,分段。"水乡天气"一首、"金风淡荡"一首,一百八字;"皓月初圆"一首,一百十六字,均不分段。或作《古倾杯》,或作《倾杯》。宜兴万红友云:柳集"禁漏"一首属仙吕宫,"皓月""金风"二首属大石调,"木落"一首属双调,"楼锁""冻水""离谯"三首属林钟商,"水乡"一首属黄钟调,或因调异而曲异也。然又有同调而长短大殊者,只可阙疑。又云:《乐章集》讹舛最多,实难勘定。宁甘阙陋之嘲,不能为柳氏功臣,亦不敢为柳氏罪人也。……今吴仲饴同年重刻此集,因取明梅禹金抄校三卷本,次序与毛本同,唯分三卷,多《西施》一阕,不全,又

《八六子》一题。又一明抄本、《花草粹编》、《啸余图谱》、红友《词律》、《天籁阁词谱》，秀水杜小舫《词律校勘记》引宋本校之，脱行、夺句、讹字、颠倒字，悉为举出，得百许事，编《校勘记》一卷、《逸词》一卷。刻既成。吴兴陆纯伯观察以宋本次第及讹字注于新刻本，悉刺取入记，而另刻之，列宋本目录于前。宋本有而汲古脱者十二首，悉按原次补入校勘记。另辑《逸词》十首，而声律非所知，尚不敢自居为柳氏功臣也。杜、陆两宋本，不知有汲古所藏否？朱竹垞《词综》注云九卷，将来如遇各本，当校之，必有所得出此刻之外者，或于柳氏不无小补云。

按：陆树藩，字纯伯，为陆心源长子，知所用宋本，是转录自陆氏皕宋楼藏本，缪氏《校勘记》前列"宋本乐章集目"，宋本分上、中、下三卷，此举缪氏校例四则于下：

《笛家》"花发西园"："笛家"，宋本作"笛家弄"。　"触目尽成感旧"，宋本作"触目伤怀，尽成感旧"。　"别久"二字，万氏云应属下段。　"帝城当日，兰堂夜烛，百万呼卢。画阁春风，十千沽酒，未省宴处。能忘弦管，醉里不寻花柳"，万氏云：当改作："帝城当日，未省宴处。能忘弦管，醉里不寻花问柳，兰堂夜烛，百万呼卢。画阁春风，十千沽酒，岂知秦楼，玉箫声断，前事难重偶。"盖谓因久别而追思当日宴处，即听弦管，醉里必寻花柳，从未忘此二事者，故上加"未省"二字，"未省"者，不解所谓也。下既以"兰堂"四句实证彼时欢会之胜，而下以"岂知"二字接言，不料如今若此寂寥也。一转移，则文从字顺矣。　"弦管"字，宋本作"管弦"。　"一饷泪沾襟袖"，宋本作"一饷消凝，泪沾襟袖"。（卷上）

《宣清》"残月朦胧"：九十二字，《词律》同，宋本百二十字，天籁本同。"归来轻寒森森"，宋本"森森"作"凛凛"。　"醉魄犹喋"，宋本"魄"作"魂"。"命舞燕翻翻"，宋本作"命舞燕翩翩，歌珠贯串，向玳筵前，尽是神仙流品。至更阑，疏狂转甚，更相将，共凤帏鸳寝"，凡增廿四字，梅本同。　"玉钗乱横，信任散尽高阳，这欢娱，甚时重恁"，宋本作"玉钗乱横，任散尽高阳，这欢娱，甚时重恁。"（卷中）

宋本有《西施》自从黑步一阕，原缺。　梅本存"自从回步百花桥，便独处、清宵凤衾鸳枕"十六字，下缺四行，毛本全弃去。（卷下）

《夜半乐》"艳阳天气":不分段,万氏云:应分三段,"斗双语"为第一段,"笑争睹"为第二段。 "芳草郊灯明闲凝竚",杜校宋本作"汀","明"字衍。"嫩红光数",宋本作"软红无数"。 "竞斗草、金敛笑争睹",宋本"敛"作"钗"。 "等闲度空",抄本作"空度"。(续添曲子)

朱祖谋《乐章集跋》(甲寅)云:"海丰吴氏重梓毛本,缪小珊、曹君直引梅禹金及诸选本一再校勘。又采案吾郡陆氏藏宋本入记而别刊之。考《皕宋楼藏书志》称曰:毛斧季手校本,非宋椠也。以校劳氏抄本,篇次悉同,而字句颇有乖违,往往与万红友说合。或传写者据《词律》点窜,已非斧季真面。杜小舫校《词律》、徐诚斋编《词律拾遗》,兼举宋本,又与毛校不尽合符。兹编显有脱讹。杂采周、孙二抄,恐非宋椠,未可尽为依据。缪、杜诸所据本又未寓目,无从折衷。"陆氏皕宋楼藏书今多存于日本静嘉堂文库,其中有汲古阁刻《宋名家词》,残存十多种,为朱笔批校题识,其中《乐章集》有批校的词涉及到三十二首,末题云:"癸亥中秋,借含经堂宋本校一过,卷末续添曲子,乃宋本所无,又从周氏、孙氏两抄本校正,可称完璧矣。毛扆。"知毛扆使用是清徐元文含经堂藏宋本,考《含经堂藏书目》载柳永《乐章集》二卷,但未注明版本,毛扆借阅的或指此本。其中于《笛家》一词毛氏批语云"触目尽,目后补伤怀",又云"遣改遗",又云"一饷泪,饷后补消凝"。又《宣清》一词于"凤楼鸳寝"之"凤楼""鸳寝"间朱笔增补"歌珠贯串,向玳筵前,尽是神仙流品,至更阑,疏狂转甚,更相将凤帏"二十五字。与缪氏转录的陆树藩藏宋本略有出入,也就是说毛扆采用的宋本与陆氏藏宋本有不同。至于陆氏藏宋本,不知其归属。

其后曹元忠应师缪氏之命,辑柳氏逸词,复取《花庵词选》《草堂诗余》《阳春白雪》《乐府指迷》《梅苑》《全芳备祖》等参校,书末有曹氏跋文。此举三例如下:

《笛家弄》"花发西园":元忠按:万氏移下半阕"帝城当日"下接"未省宴处"二语,而以"兰堂夜烛"四语移在"岂知秦楼"之上,其说甚辨,特以宋朱雍《梅词》用耆卿此韵者校之,则次弟悉与《乐章集》脗合,无所用其更改耳。至"韶光明媚"句朱作"天然疏秀","秀"字是韵,知柳词必作"韶光明秀",似当据改。(卷上)

《集贤宾》"小楼深巷":就中堪人属意,最是虫虫。元忠按:虫虫,当时妓名,本集《征部乐》调"但愿我虫虫,心下把人看待,长似初相识"、《玉楼春》"虫

娘举措皆淹润"是也。宋本于"虫虫"字皆改去,此等处,似皆不如梅本。(卷中)

　　《望远行》"长空降瑞寒风剪":万氏云:"乱飘僧舍,密洒歌楼"二句宜倒,元忠按:郑谷诗云:"乱飘僧舍茶烟湿,密洒歌楼酒力微。江上晚来堪画处,渔人披得一蓑归。"此词"好是渔人,披得一蓑去,江上晚来堪画",全本郑诗,则"乱飘"二句,恐不必倒转,且万氏但据本集"绣帏睡起"一调,不知彼是中吕宫,此是仙吕宫,细校两词句法调法,似无庸强合也。(卷下)

缪、曹二人校勘柳词,主要以宋本为据,旁及毛刻本和其他抄本,以及《词律》、词选集等,涉及到异文别句、分段用韵、句法字意等,辨析决疑,多有可取之处,所校刊的《乐章集》,也为后人所称道取用。

　　近代刻印的词集,从清光绪年间持续到民国初,在近二十年中,缪氏参与的校勘词集、访寻词集等活动,据《艺风老人日记》载,不少于二百多天次,几乎涉及到近代刻印的所有词集丛编。同时也应看到,近代刊刻的词集丛编,不少是有时间跨度的,也就是说,词集丛编印成的时间大体可确认,而其中不少词别集的刻成时间并不能确知,有的是因无序跋文,而《艺风老人日记》则详细地记载这方面的信息,据此可以得到一个较明确的答案。此外,在词集取校的版本方面,也可窥见一二。而近代宋元人词集的编辑、校勘、刻印、参与人员等词事活动,也可以据以考知不少。

第十五章　郑文焯与近代手批本词集

　　近代手批词集最富者,当数郑文焯。郑氏(1856—1918),字俊臣,一字小坡,号叔问,别号大鹤山人、冷红词客、樵风客等。奉天铁岭(今辽宁)人,或作广东南海人。清光绪元年(1874)举人,官内阁中书。后屡次应会试不举,遂绝意仕进,客居苏州小城东孝义坊三十余年,主讲存古学堂。辛亥后,鬻画行医自给。著有《大鹤山房全集》等,词集有《冷红词》《比竹余音》《樵风乐府》《苕雅》等。藏书处为石芝西堪、大鹤山房、半雨楼、双铁庵,富藏金石书画经籍等。

　　郑氏手批两宋人词集,不仅种类繁多,而且内容丰富。龙榆生辑《大鹤山人词话》序云:

> 高密郑叔问先生(文焯),毕生专力于词,为近代一大家数。复精声律,善批评。凡前人词集,经先生批校者,散在海内藏家,不可指数。以予所见,有《东坡乐府》《清真集》《白石道人歌曲》《梦窗甲乙丙丁稿》《花间集》等,各家或一本,或屡经批校至三四本,莫不朱黄满纸,具有精意。

按:王修《诒庄楼书目》卷八"集部"载郑氏批校姜夔《白石道人歌曲》四卷《别集》一卷,云:"鄱阳姜夔尧章著,仁和许增迈孙校刊。有老芝审音、冷红簃、侍儿可可掌记、秘阁校官、善竹楼、鹤语诸印,又郑文焯墨笔跋。"又载张先《安陆集》一卷,有郑氏与朱祖谋的跋。傅增湘《双鉴楼善本书目》卷四"集部"载有郑氏手批校本周邦彦《片玉词》二卷《补遗》一卷,又张炎《词源》二卷,检《中国古籍善本书目》,国家图书馆藏有郑氏批注本《词源》二卷(榆园丛刻本),有郑氏跋,傅氏所载当指此。周子美编《嘉业堂抄校本目录》卷四载有郑文焯校订周邦彦《清真词》一卷,又有《梦窗词校议》一卷,均为稿本。据

《中国古籍善本书目》载,北京市文物局藏有郑氏批校四印斋刊本《清真集》二卷《集外词》一卷,南京图书馆藏郑氏校跋杨泽民《和清真词》一卷(江标刻《宋元名家词本》),上海图书馆藏郑氏校陈允平《日湖渔唱》一卷,《西麓继周集》一卷(清抄本),又《花间集》(四印斋刊本),国家图书馆和复旦大学图书馆分别藏有郑氏著《绝妙好词旁证》一卷,均为稿本,其中前者又有《校录》一卷。此外河北大学刘崇德先生藏有郑氏批本《清真集》(四印斋刊本),又南京图书馆藏有郑氏手批苏轼《东坡乐府》(《彊村丛书》本),河北大学图书馆藏有过录郑氏批语的《清真集》。又台湾出版了两种郑氏手批本柳永《乐章集》,一为世界书局 1969 年影印本,一为广文书局 1973 年影印本。又原杭州大学藏有郑氏手批吴文英《梦窗词》,1996 年台湾中央研究院中国文史哲研究所筹备处据此影印。

　　以上知现存的郑氏所批两宋人词集有八九家,即使是同一作家,郑氏手批本在二种或以上者,不在少数,已知柳永、苏轼、周邦彦等,都是如此。郑批周邦彦词集,刘崇德先生有专文论述。[①] 郑批吴文英词集,已见吴熊和先生之文。[②] 此就柳永、苏轼二家,略论一二。

第一节　柳永《乐章集》

　　清陈锐《袌碧斋词话》"郑文焯论柳词"引郑氏言云:"柳三变乃以专诣名家,而当时转述其俳体,大共非訾,至今学者竟相与咋舌瞠目,不敢复道其一字。独梦华推为北宋巨手,扬波于前;又得君推澜于后,遂使大声发海上,亦足表微千古。凡有井水处,庶其思源泉混混,有盈科后进之一日乎?"推崇柳词之意溢于言表。郑文焯手批柳永词集有二,一为世界书局影印本,所批底本为《彊村丛书》本,原为张瑞金藏书,收入杨家骆主编的《增订中国学术名著第一辑·增补词学丛书第一集》中(以下简称张藏本)。一为

① 分别见《关于郑文焯批校本〈清真集〉》,《河北大学学报》1996 年 3 期;《词学的宝藏:郑文焯批校本〈清真集〉再现人间》,《河北大学学报》2008 年第 8 期。
② 吴熊和:《郑文焯手批〈梦窗词〉》,《文史》第 41 辑,中华书局,1996 年。

广文书局影印本,底本为《吴氏石莲庵刻山左人词》本(以下简称广文本)。

张藏本卷上有眉批云:"大鹤于词中神力所注处,为全章摺细,悉以墨尖注明,名曰柳家词眼。"此本所批主要是版本的校异,均批在眉端,如卷上:

《黄莺儿》"园林晴昼谁为主":映,天籁本作隐。 又:终朝,顾本、陈本均作黄昏。 又:恣,毛误恐。

《斗百花》"满搦宫腰":纪,宋本作几。 又:当,梅本无。 又:"举措"句疑属下阕。

《甘草子》"秋尽叶剪红绡砌":聚,毛本作惹,焦本作甃。

《曲玉管》"陇首云飞":词牌下:此双拽头调也。(底本作二段)(以上卷上)

《宣清》"残月朦胧":宋本作"魂"(指魄) 又:宋本作"横处"(底本乱横)

《锦堂春》"坠髻慵梳"(作《雨中花慢》):宋本作事事(底本是事)(以上卷中)

手批的文字并不多,主要批于上卷、中卷,只二首,而下卷无,以此知手批亦是兴会所至,随意而为。据校之本,有宋本,毛刊本,又有顾本、陈本、焦本,除毛本外,其他恐都是转引缪氏校本和朱氏校本之语,未必亲见其书。

较张藏本而言,广文本批的内容要丰富得多。而且同一页上,往往会有增批之字,知是反复批阅而成。扉页云:"己亥(1899)之岁中春校过。己酉(1909)秋再斠。"又有戊申(1908)、辛亥(1911)等,前后长达十余年。取校之本有宋本、梅禹金抄校本,参校之书有顾汝所、陈钟秀校《草堂诗余》、明抄《花草粹编》、《啸余图谱》、《梅苑》、《全芳备祖》、《花庵词选》、《阳春白雪》、《乐府指迷》等。又云:"于词中神力所注处,为全章枢纽,悉以墨围点黜,名曰柳家词眼。"知用力之深。就郑氏批语而言,主要谈及以下几点:

一、柳词的地位

书前有一篇题识文,云:

耆卿词,以属景切情、绸缪宛转、百变不穷,自是北宋倚声家妍手。其骨气高健,神均疏宕,实惟清真能与颉颃。盖自南唐二主及正中后,得词体之正者,独《乐章集》可谓专诣已。以前此作者所谓长短句,皆属小令,至柳三变,乃演赞其未备，而曲尽其变，讵得以工为俳体而少之？尝论乐府原于燕乐，故词者，声之文也，情之笔也。匪娴于声，深于情，其文必不足以达之。三者具而后可以言工，不綦难乎？求之两宋，清真外，微耆卿，其谁与？世士恒苦其音节排奡，几不可句读。言如母珠，又不复易于撷拾类之。词之可以字句剽袭，用是以蝶黩相诟病，诚勿学为淫佚，美之者，或附于秦七黄九之末，诚不自知其浅妄，甚可闵笑也。顾《乐章集》，读者既鲜，世无善本，今从吴兴陆氏所藏宋椠考定篇目，复据明顾汝所校《草堂诗余》及梅禹金抄校诸本冥索旁搜，折衷一是，承诸宋本者十之七八，拟别录一帙，选集中其绝妙之作三十解，以供简炼，合周、苏、辛、吴、姜为六家词选正宗。再选六一、子野、二晏四家小令，庶灿然大备，以约失之者鲜矣。宣统元年岁次己酉始秋，石芝西崦主人记于吴小城东墅。

这是篇总论，较为全面地论述了柳词的特色，对柳词赞赏有加，盖郑氏此时写词，专习柳、周词作法，因此对两家词的心得也较多些。

郑氏云柳词传承南唐二主和冯延巳，得词体之正。题识云："戊申春晚发明柳三变词义，为北宋正宗。"柳词就内容而言，主要有三，即男女情事，羁旅行役，都市风情。自宋以来论柳词往往多偏重于鄙其词之俚俗，这类词主要局限于男女情事。也有赞赏之语，如黄裳、范镇之言，云柳词反映了仁宗朝的太平，侧重于都市风情词。郑氏又题云："屯田词自李端叔、刘潜夫、黄叔旸诸家评泊，多以其俳体为诟病久已。惟张端义《贵耳集》引项平斋言'诗当学杜，词当学柳，杜诗柳词皆无表德，只是实说'云云，柳作得一知音，不惜歌苦矣。"不过，这种声音在两宋是较微弱的。自从仁宗的非议，柳词在两宋的评论中总体评价并不高的。词是和乐的诗体，被视为词之正宗代表的词人如温庭筠、李煜、秦观、周邦彦等，莫不音乐谐婉，情致细美。柳词也是如此，但历来说正宗代表词人时，少有提及柳永的，或蔽于前人的说法。因此，从音乐文学的角度来看，柳词是完善的，足以当得上是正宗的作家。

二、柳词的骨气

自来评宋人词，对周邦彦评价很高，而对柳氏则远逊之。郑氏指出两宋词人中，声情文俱到者,实为周、柳二人,云:"其骨气高健,神均疏宕,实惟清真能与颃颉。"又云:"学者能见柳之骨,始能通周之神,不徒高健可以气取,淡苦可以言工,深华可以意胜,哀艳可以情切也。必先能为学人之词,而后可语专诣,知此盖寡,词虽小道,吁!亦难已。"骨气,这里是指气势、气韵。柳之骨,即指柳词的骨气,这在柳氏慢词中最容易体会得出来,有气势,有神韵,叶恭绰辑《郑大鹤先生论词手简》之一云:"玉田崇四家词,黜柳以进史,盖以梅溪声韵铿訇,幽约可讽,独于律未精细。屯田则宋专家,其高浑处不减清真,长调尤能以沉雄之魄,清劲之气,写奇丽之情,作挥绰之声,犹唐之诗家有盛、晚之别。"柳、周为盛,姜、史为晚,时代气势有别。龙沐勋辑《大鹤山人论词遗札》"与夏映庵书二十四则"之二十四云:"昔梦华谓柳词曲处能直,疏处能密,鼻处能平,语似近之。……近制两解,觉结处微得周、柳掉入苍茫之概。急起直追,或能得其仿佛邪。"清劲高浑,沉雄苍茫,与词有骨气有关,如《抛球乐》一词:

> 晓来天气浓淡,微雨轻洒。近清明、风絮巷陌,烟草池塘,尽堪图画。艳杏暖、妆脸匀开,弱柳困、宫腰低亚。是处丽质盈盈,巧笑嬉嬉,争簇秋千架。戏彩球罗绶,金鸡芥羽,少年驰骋,芳郊绿野。占断五陵游,奏脆管繁弦声和雅。　　向名园深处,争栊画轮,竞羁宝马。取次罗列杯盘,就芳树绿影红阴下。舞婆娑,歌宛转,仿佛莺娇燕姹。寸珠片玉,争似此、侬欢无价。任他美酒,十千一斗,饮竭仍解金貂赏。恣幕天席地,淘淘尽醉,太平且乐,唐虞景化。须信艳阳天看未足,已觉莺花谢。对绿蚁翠蛾,怎生轻舍。

郑氏眉批云:

> 结拍与《破阵乐》"渐觉云海沉沉,洞天日晚"语意俱有掉入苍茫之概。骨气雄逸,与徒写景物情事意境不同。

据"太平且乐,唐虞景化",词当作于仁宗朝,词中描述的是清明节前寒食日的情形,是日,男女老少,不分贵庶,出城上坟,拜扫踏青。宋孟元老《东京梦华录》卷七"清明节"云:"节日,亦禁中出车马,诣奉先寺道者院,祀诸宫人坟。莫非金装绀幰,锦额珠帘,绣扇双遮,纱笼前导,士庶阗塞。诸门纸马铺皆于当街,用纸衮叠成楼阁之状。四野如市,往往就芳树之下,或园囿之间,罗列杯盘,互相劝酬。都城之歌儿舞女遍满园亭,抵暮而归。……缓入都门,斜杨御柳,醉归院落,明月梨花。诸军禁卫,各成队伍,跨马作乐四出,谓之摔脚。其旗旌鲜明,军容雄壮,人马精锐,又别为一景也。"词中描述的,重在写百姓的嬉游欢闹,而《破阵乐》"露花倒影"一词的时令背景,同《抛球乐》,也是写京城迎春出游的欢闹,上自帝王,下至百姓。柳词能于长调中铺叙这种欢闹的场,既有总括泛写,又有细笔勾描,黄裳《演山集》卷三十五《书乐章集后》:"予观柳氏乐章,喜其能道熙(当为嘉)祐中太平气象,如观杜甫诗,典雅文华,无所不有。是时予方为儿,犹想见其风俗,欢声和气洋溢道路之间,动植咸若,令人歌柳词,闻其声,听其词,如丁斯时,使人慨然有感。呜呼!太平气象,柳能一写于乐章,所谓词人盛世之黼藻,岂可废耶?"黄氏所指就是柳永的这类词,读其词,使人有亲临其境之感,在描述都城的太平盛况时,柳氏多采用层层铺叙的手法,多方位,多角度的渲染,意境开阔,气象恢宏,形成一种气势,雄浑苍茫。这与其写男女情景与羁旅行役是不同的,后两者格调不似这类词昂扬高亢。

气骨又是与清空相关联的。郑文焯《鹤道人论词书》云:"所贵清空者,曰骨气而已。其实,经史百家悉在熔炼中而出以高澹,故能骚雅,渊渊乎文有其质。"清空,是张炎在《词源》中提出的一个美学范畴,用以评价姜夔之词,意在是说清空能遗貌取神,气韵流动。郑氏题云:

> 柳以楚楚而谐府,周以师师而解褐。两家名句又皆流播禁中,托诸歌伎,固一时嘉话。然屯田以献《醉蓬莱》见黜于仁庙,待制以作《少年游》被谪于祐陵。且贤俊作曲子为相公晏殊所讥,歌席赠舞鬟为郎官张果所谱。是知词客流连风月,固宜骨疏江湖,高逸自持,无怨凉独甚,未可与朝贵抗声比迹也。

所谓"骨疏江湖,高逸自持",在这一点上,柳、周与姜、吴诸人是有相似之处的,这是习性使之然,也是遭际所沾染。"柳卒于润州,周卒于处州,一客一官,虽涯有异,固潦倒江南以终,则一也。"(又一题识)即柳、周二人虽时代相异,而仕途蹉跎,潦倒困厄,流连风月,却有相同之处,在词的创作方面,也显示出相同的气息。

三、柳词的意境

郑氏题识云:"耆卿词,以属景切情、绸缪宛转、百变不穷,自是北宋倚声家妍手。"又题云:

> 柳词浑妙深美处,全在景中人、人中意,而往复回应,又能托寄清远,达之

眼前，不嫌凌杂，诚如化人城郭，唯见非烟非雾光景，殆一片神行，虚灵四荡，不可以迹象求之也。襄尝笑樊榭笺《绝妙好词》，独取其中偶句，或研炼字目为词眼，实则注意字面之雕润耳。余玩索是集，每于作者着意机括转关处，辂案揣得，以墨围点之，真词中之眼，如画龙点睛，神观超越，使观者目送其破壁飞去而已，乌得不惊叹叫绝！叫绝！又记。

如《夜半乐》一词：

> 冻云黯淡天气，扁舟一叶，乘兴离江渚。渡万壑千岩，越溪深处。怒涛渐息，樵风乍起，更闻商旅相呼。片帆高举，泛画鹢、翩翩过南浦。　　望中酒旆闪闪，一簇烟村，数行霜树。残日下，渔人鸣榔归去。败荷零落，衰杨掩映，岸边两两三三，浣纱游女。避行客，含羞相笑语。　　到此因念，绣阁轻抛，浪萍难驻。叹后约丁宁竟何据，惨离怀，空恨岁晚归期阻。凝泪眼，杳杳神京路，断鸿声远长天暮。

郑氏批云：

> 案集末又有《夜半乐》一首，与此句调无异，且同属中吕调，惟次首结句多一字，较胜，以第一、二段收句皆作八字句，其气骨更雄浑也。

> 清空流宕，天马行空，一气掀举，为柳屯田绝唱，屡欲和之，不敢下笔。

词分作三段，为羁旅行役之作，然不是以专抒写离情别恨为主，前二段在写景，均是写舟中所见所闻，描绘了越地的风俗画，前段是商旅图，是远景的点染，景象开阔，气势恢宏，清陈锐《袌碧斋词话》"梦窗用柳词法"评"怒涛渐息"以下五句云："此种长调，不能不有此大开大阖之笔。"第二段是渔家图，是近景的描绘，写夕阳晚景，人们收工的场面，"败荷""衰杨"点明时令，为夏末秋初之时，为下段抒情作铺垫。蔡嵩云《柯亭词论》云："柳词胜处，在骨气，不在字面。其写景处，远胜其抒情处，而章法大开大阖，为后起清真、梦窗诸家所法，信为创调名家。"龙沐勋辑《大鹤山人论词遗札》"与夏映庵书二十四则"之二十一云：

> 周、柳词高健处惟在写景，而景中人自有无限凄异之致，令人歌笑出地。

> 正如黄祖叹祢生，悉如吾胸中所欲言，诚非深于比兴，不能到此境也。

此词中可见景中人，可得人中意。

四、柳词的用韵

柳永是深于音乐的词人，故其作能婉谐，深得歌妓们的欢迎。郑氏题云：

> 中多存旧谱，故音拍繁促，乃词家本色。南渡后乐部放失，古曲坠逸大半，虚谱亡解，赖是以传，亦家音所宜究心者也。

按：龙沐勋辑《大鹤山人论词遗札》"与夏映庵书二十四则"之六云：

> 前夕填得《木兰花曼（当作慢）》一解，即守柳体短协下四字句法。因细绎《乐章集》中，多存北宋故谱，故繁音促拍，视他家作者有别。南渡后乐部放失，古曲坠佚，太半虚谱无辞。白石补亡，仅数阕尔。赖柳集传旧京遗音，亦倚声家所宜研讨者也。

又戴正诚辑《大鹤先生手札汇抄》"致彊村"之五云：

> 承示柳词"舍"字非协。至"云起"三句句句用韵，易致转折怪异之音。按清真《解连环》起调，确直连三句为韵。梦窗赋此解，犹墨守惟谨。盖两宋大家，如柳、周、姜、史词，往往句中夹协，似韵非韵。于句投尤多见之。屯田是句似亦偶合，不须深究谱例。但取其音拍铿訇，讽入吟口，无复凝滞。即依永和声，已得空积勿微之旨。下室当咏摇嗟叹时，初无容心也。

对柳词用韵是持以肯定的态度，词谱失传，南宋姜夔十七首词有旁谱，为自度曲，而北宋则不见存，柳、周是精于乐律的，从其用韵考见北宋词谱，不失为一法。词末题云：

> 宋本妙处，有鳝音谱者，如《破阵乐》之"远"字、《定风波》之"课"字、《雨霖铃》之无"方"字，皆足考订旧律，不翅一字千金。至若《宣清》之增多廿四字，《倾杯乐》之多十五字，删二处，亦能决疑祛惑，以视坊刻诸选本颠倒舛脱，令人摸索而不敢遽斠订者，所得岂浅尟哉？□□睹十万卷廎宋椠原本，陆氏褱对勘，或虑有未尽详者，翊日得汲古秘本，尽得搜校，当益胜任而愉快矣。光绪丁丑三年八月老芝审音。

按：《破阵乐》"露花倒影"之"相将归远"，吴本、库本"远"作"去"，非韵。《定风波》"自春来惨绿愁红"之"拘束教吟课"，吴本"课"作"咏"，非韵；库本作"和"。《雨霖铃》"寒蝉凄切"之"方留恋处"，吴本无"方"字。（《宣清》吴氏刻本自"歌珠贯穿"至"更相将"凡二十四字脱去。《倾杯乐》"离燕殷勤"之"惨黛蛾、盈盈无绪,共黯然消魂,重携素手,话别临行",其中"蛾"至"话"十五字,吴本、库本均缺,但缺字并不标示出。)郑氏批词中论此类较多,举数例于下,如《如鱼水》"轻霭浮空"一词,上下片共十八句,其中有十二句是用韵的。郑氏批云:

> 是调声拍繁促,夹叶处自然成韵,视梦窗之《夜合花》、梅溪之《玉簟凉》更
> 觉凄异,此以双墨圈识其音节,俾和者宗焉。

双墨圈识者有"塘""杨""望""香""莺""湘""茫""光""将""商""郎""乡""忘"。《词谱》卷二十三云:"此调只有此词,其平仄无他首可校。"万树《词律》卷十四云:"柳词僻调难得如此严整者。愚谓'中'字恐是'里'字,'乍雨过'下当作'兰芷汀洲望里'为一句,'依约似潇湘'为一句,正与后结二句相符。盖此调前段'绕岸'下后段,'画舫'下字句无不合辙,'兰芷'句必系六字耳。或曰人方以君为穿凿,似此词颇顺妥,即如其旧,亦无不可,若执此说,则穿凿之毁更不免矣,相与一笑。"又《引驾行》"红尘紫陌"一词,郑氏眉批云:

> 今将韵句研朱识之。 又:审是调起句,疑原作"紫陌红尘","尘"字是
> 均,"人"字亦确是均,红友失考。"谁人",宋本作"离",此句似断似连。 又:
> "晴"字是夹协。 又:"生"字亦夹协。 又:"销凝"当是过片起句,叶均。
> 又:"限",宋本作"眠"。 又:"萦"字亦夹协。 又:案《凤归云》亦至第五句
> 始起调入均,自是旧谱,不得疑有脱误,万氏谓无此词格,不自知其疏浅也。
> 又:"村"字却是均,但一气连贯而下,长调多如是。

又词牌下批云:

> 万氏云:自起首至"西征"廿三字方起均,无此词格。或云"人"字均,不
> 确。"和气"下更有讹字,"村"字作叶,亦未必然。案:"谁"字为"离"之讹。

按:《词律》卷七云:"用平韵。此调更难核订,自首起至'西征'方起韵,无此词格。或云'人'字是韵,无理,不确也。'和气'下更有讹字。'村'字作叶,亦未必确。然且前段比前词多二十余字,其讹无疑。只自'摇鞭'至'盈盈',与后'屈指'至末,确是相合耳。噫!《引驾行》有此三词,长短平仄俱备而不能订正,殊怏怏也。"据此,郑氏批语中曾受万氏影响,多有认同,而"案《凤归云》"云云,又反倒责备万氏疏浅,盖所批时间不一,前后看法有变。另两首《引驾行》为晁补之"梅梢琼绽"和柳永"虹收残雨",然而晁词上下

片只有五十二字,柳词一为百字,一为百二十五字,过于悬殊。万氏以为晁词"或逸去后段,决非全璧,世远调湮,又作者甚少,无可考矣。"《词谱》亦云:"五十二字词,即一百字词前段。"又《词谱》载四首,除此三首外,又载晁氏"春云轻锁"一首,为百字。

除以上几点外,郑氏评语还涉及其他,如于《巫山一段云》"六六真游洞""琪树罗三殿""清旦朝金母""阆苑年华永""萧氏贤夫妇"诸词眉批云:"此五阕盖咏当时宫词之类,而托之游仙,唐诗人常有此格,特词家罕见之。"又于《定风波》"自春来惨绿愁红"批云:"喁喁如儿女私语,意致如抽丝千万绪,尽成文理,真妍手也。"评批细腻,见解独特,可助柳词一谈。

第二节　苏轼《东坡乐府》

所批词集为《彊村丛书》本,扉页内侧墨笔题云:"辛亥秋樵风客舟校于小城东墅,时江南警息四至,洲苇悄然。"墨笔眉批并圈点。钤有"郑记""石芝西堪""郑读"等印。所批共十五首,若加上校字、圈读等,有五十余首。所批有录词之本事,点明旨意,或校议字词。龙榆生《东坡乐府笺》曾引录,然文字有出人。如卷一《江城子·湖上与张先同赋》:

凤凰山下雨初晴。水风清,晚霞明。一朵芙蕖,开过尚盈盈。何处飞来双白鹭,如有意,慕娉婷。　　忽闻江上弄哀筝。苦含情,遣谁听? 烟敛云收,依约是湘灵。欲待曲终寻问取,人不见,数峰青。

郑氏批有三则:

1. 宋袁文《瓮牖闲评》云:东坡倅钱塘日,忽刘贡父相访,因拉与同游西湖,时二刘方在服制中。至湖心,有小舟翩然至前,一妇人甚佳,见东坡,自叙:"少年景慕高名,以在室,无由得见,今已嫁为民妻,闻公游湖,不避罪而来。善弹筝,愿献一曲,辄求一小词,为终身之荣,可乎?"东坡援笔而与成之。

2. 此词意似非无谓之作,当与《卜算子》为邻女记事同一佳话。

3. "江上",袁文记作"筵上",当从之,西湖不得谓"江上"也。此盖以末句用"江上数峰青之意",而经后人改之,不知当时因有本事也,必用"江上",

亦滞,古人断不出此。

关于此词本事,张邦基《墨庄漫录》卷一也有记载,云:"东坡在杭州,一日游西湖,坐孤山竹阁前临湖亭上。时二客皆有服,预焉。久之,湖心有一彩舟渐近亭前,靓妆数人,中有一人尤丽,方鼓筝,年且三十余,风韵闲雅,绰有态度。二客竞目送之,曲未终,翩然而逝。公戏作长短句云……"对女子的长相与年纪较前者记录得更明确,按张氏引录也作"江上"。

此词写通判杭州时,那两位守孝的兄弟竟然为弹筝女所吸引,神不守舍,一直目送彩船远去,而所弹奏的筝曲之声还隐隐约约地传来。于是苏轼就写了这首词,以嘲谑兄弟二人。或云二人是刘敞、刘攽兄弟,二刘兄弟也是北宋颇有名气的文人。词中"一朵芙蕖,开过尚盈盈",是比喻弹筝的女子,"开过"是就其成熟性而言。"双白鹭"是比喻守孝的二位兄弟,因着白色孝服,故以白鹭作喻。"如有意,慕娉婷",是说兄弟二人竟然也为之动情,大是出乎意料。下片则是专就兄弟二人情为所迷而运笔,为女子的美貌所倾倒,为女子的乐曲所吸引。"欲待曲终寻问取",竟然心存有结好于美人的想法,遗憾的是落花有意,流水无情。"人不见,数峰青",化用唐人诗句,最具神韵。一则写出美人蓦然而来,倏乎而去,来无踪,去无影,神秘莫测。一则写守孝兄弟二人痴迷伤情,情天恨海,永将相伴。词中嘲谑兄弟二人守孝期间公然迷恋女色,有违礼制,孔子云"吾未见好德如好色者也",或可说明这个问题。郑氏云"此词意似非无谓之作,当与《卜算子》为邻女记事同一佳话",也就是肯定了其有所指。

郑氏的解读,以辨音律见长,如释《阳关曲》,于《阳关曲·答李公择》"济南春好雪初晴"有批四则:

1. 入腔,犹今剧之引子。

2. 《阳关曲》本名《小秦王》入腔,盖第一叠也。集中凡三解,昔人并编入诗,失考已甚。旧谱七言如《解红》《杨柳枝》《玉楼春》之类,后人多误以为诗歌,飞卿集旧本亦沿其讹,赖有宫调订之。

3. 《阳关曲》原于王维"渭城朝雨"之作,其第三句第五字用入声,第四句五字平声,皆音吕所系,坡公三解并守是律。昔人所谓《阳关》第四声,即"西出阳关无故人"之句,其声文至哀宛动人,故云。

4. 晁以道谓:"绍圣初,与东坡别于汴上,东坡酒酣,自歌《阳关曲》,则公非不能歌,但豪放,不喜剪裁以就声律耳。"此放翁语。今集中无送晁之作。

又于《阳关曲·中秋作》:"暮云收尽溢清寒"批有七:

1. 本名《小秦王》入腔,即《阳关曲》。

2. 苕溪渔隐云:唐初歌词多是五、七言诗,中叶后至五代渐变为长短句,今所存者止《瑞鹧鸪》《小秦王》二阕。《瑞鹧鸪》是七言八句,犹依字易歌,若《小秦王》必须杂以虚声,乃可歌耳。

3. 东坡《书林次中所得李伯时归去来、阳关二图后》:"两本新图宝墨香,尊前独唱《小秦王》。为君翻作《归来引》,不学《阳关》空断肠。"是知坡公以《小秦王》为《阳关曲》,又见之诗矣。

4. 今剧齣,出场有四句七言,似诗非诗,谓之引子,此旧乐之入腔。《小秦王》今得传者,与《阳关》首二句无异,或即起调之入腔,毛本所注,必非亡谓,疑原本自注有之。

5. 故寇莱公离别词名《阳关引》。

6. 顾从敬《诗余笺注》云:《阳关引》,近世又诗入《小秦王》,更名《阳关曲》,然此诗"渭城朝雨诗"耳,若寇词自是宋慢曲,不可唱《小秦王》调也。

7. 又《古阳关》,用王维《送元二》诗加入衬语,至一百三字,调似北曲,不类词,今《词谱》载之,云无名氏作。

郑氏的解读,涉及到了三方面的问题:

其一,《阳关曲》是否属词。苏轼《阳关曲》共三首(另一首是"受降城下紫髯郎"),或作诗,或作词,因此其诗集、词集均见收录。《东坡题跋》卷三《书彭城观月诗》云:"'暮云收尽溢清寒,银汉无声转玉盘。此生此夜不长好,明月明年何处看?'余十八年前中秋夜,与子由观月彭城作此诗,以《阳关》歌之。今复此夜,宿于赣上,方迁岭表,独歌此曲,聊复书之,以识一时之事,殊未觉有今夕之悲,悬知有他日之喜也。"苏氏本人也认作诗,但可以用《阳关曲》歌之,陆游《老学庵笔记》卷五引晁说之话云哲宗绍圣初与东坡话别,酒酣,东坡自歌《古阳关》,所歌之词不详。按沈括《梦溪笔谈》卷五云:"今声词相从,唯里巷间歌谣及《阳关》《捣练》之类稍类旧俗。"知北宋确实流行有《阳关》一曲,不仅苏轼会唱,其门弟子也懂,黄庭坚《山谷题跋》卷二《题古乐府后》就云自己所作的乐府诗(四句七言)可用《阳关曲》演唱,又李之仪《姑溪居士前集》卷四十《跋吴师道小词》云："长短句于遣词中最为难工,自有一种风格,稍不如格,便觉龃龉,唐人但以诗句,而用和声抑扬以就之,若今之歌《阳关》是也。至唐末,遂因其诗之长短句而以意填之,始一变以成音律。"也就是在用《阳关曲》唱诗句时,须加和声"抑扬以就之",否则便不能唱。《四库全书总目》于《东坡词》云："此本乃毛晋所刻,后有晋跋云得金陵刊本,凡混入黄、晁、秦、柳之作,俱经芟去。然刊削尚有未尽者,如开卷《阳关曲》三首已载入诗集之中,乃钱李公择绝句,其曰以《小秦王》歌之者,乃唐人歌诗之法,宋亦失传,惟《小秦王》调近绝句,故借其声律以歌之,非别有词调谓之《阳关曲》也,使当时有《阳关曲》一调,则必自有本调之宫律,何必更借《小秦王》乎? 以是收之词集,未免泛滥。"否认《阳关曲》的存在,这是不确切的。郑氏以为《阳关曲》是词,但必须与《小秦王》挂钩,参见后文。

其二,《阳关曲》和《小秦王》的关系。黄庭坚《山谷题跋》卷二《题古乐府后》云:"古乐府有'巴东三峡巫峡长,猿鸣三声泪沾裳',但以抑怨之音和为数叠,惜其声今不传。余自荆州上峡入黔中,备尝山川险阻,因作前二叠,传于巴娘,令以《竹枝》歌之。前一叠可和云'鬼门关外莫言远,五十三驿是皇州',后一叠可和云'鬼门关外莫惆怅,四海一家皆弟兄',或各用四句入《阳关》,《小秦王》亦可歌也。"很明显,《阳关曲》和《小秦王》是两种曲子。按此两曲均源自唐代,前者源自王维的《送元二使安西》,其声情哀怨,令人欲断肠,属骊声。而《小秦王》之乐的声情是与《阳关曲》相反的,明胡震亨《唐音癸签》卷十三"唐各朝乐"云:"《小秦王》,即《小破阵乐》也。"《小秦王》和《秦王破阵乐》均源于唐初的"秦王破阵曲",颂扬李世民的军功威武,属凯歌,其声慷慨激昂。后世演化变异,入宋时已近于骊歌了,如此才能与《阳关曲》声情相近而互用之,郑氏以《阳关曲》为《小秦王》入腔,其说本于毛晋刻本的注云:"本名《小秦王》,入腔即《阳关曲》。"郑氏云:"今剧齣,出场有四句七言,似诗非诗,谓之引子,此旧乐之入腔。《小秦王》今得传者,与《阳关》首二句无异,或即起调之入腔,毛本所注,必非亡谓,疑原本自注有之。"即以为前者为后者的组成部分。又批引苏轼《书林次中所得李伯时归去来阳关二图后》云苏氏认二者合一,按宋王十朋《集注分类东坡先生诗》卷十一此诗注云:"次公今云:《小秦王》曲,即《阳关》之遗声。……先生又有《哨遍》,此岂《归来引》之谓乎?"又宋施元之原注、清邵长蘅删补《施注苏诗》卷二十七云:"曲谱《小秦王》入腔,即《阳关》也。按先生有《归去来引》传于世,亦名《哨遍》。"毛晋刊本注云即源自宋人注说。而郑氏的解读更为细致,以为是剧曲的引子。胡仔《苕溪渔隐丛话·后集》卷九云:"右丞此绝句,近世人又歌入《小秦王》,更名《阳关》,用诗中语也。旧本《兰畹集》载寇莱公《阳关引》,其语豪壮,送别之曲当为第一,亦以此绝句填入词云。"依胡仔之言,两者本是同一支曲,只是称呼上的不同,不过胡仔在卷三十九云:"若《小秦王》,必须杂以虚声,乃可歌耳。"知《小秦王》和《阳关曲》在唱法上原本是有差异的,后来存在借用,就出现二而合一的现象,也就造成了一些混淆。至于属于慢曲的《阳关引》等,不是一回事。

其三,《阳关曲》歌唱之法。这是备受争议的一个问题,最早记载其唱法的是苏轼,《东坡题跋》卷二《记阳关第四声》云:

> 旧传《阳关》三叠,然今歌者每句再叠而已,通一首言之,又是四叠,皆非是。或每语三唱,以应三叠之说,则丛然无复节奏。余在密州,有文勋长官以事至密,自云得古本《阳关》,其声宛转凄断,不类向之所闻。每句皆再唱,而第一句不迭,乃唐本三叠盖如此。及在黄州,偶读乐天《对酒》诗曰:"相逢且莫推辞醉,新唱《阳关》第四声。"注:第四声,"劝君更尽一杯酒"。以此验之,若第一句叠,则此句为第五声矣,今为第四声,则第一句不叠,审矣。

依此,第一句不叠,其余三句均叠,故称三叠。但其中若云第三句"劝君更尽一杯酒"为第四声,那么,不仅第一句不叠,连第二句也不能叠,否则,迭唱第三句时就不是第四声了,其唱法仍然未能说清楚。元李冶《敬斋古今黈》卷四云:

> 王摩诘《送元安西》诗云:"渭城朝雨浥轻尘,客舍青青柳色新。劝君更尽一杯酒,西出阳关无故人。"其后送别者多以此诗附腔,作《小秦王》唱之,亦名《古阳关》。予在广宁时学唱此曲,于一老乐工某乙,云:"渭城朝雨和剌里离赖浥轻尘,客舍青青和剌里离赖柳色新。劝君更尽一杯酒不和,西出阳关和剌里来离来无故人。"当时予以为乐天诗有"听唱阳关第四声",必指"西出阳关无故人"一句耳,又误以所和"剌里离赖"等声便谓之叠。旧称《阳关》三叠,今此曲前后三和,是叠与和一也。后读乐天集诗中自注云:"第四声谓'劝君更尽一杯酒'。"又《东坡志林》亦辨此云:"以乐天自注验之,则一句不叠为审。"然则"劝君更尽一杯酒"前两句中果有一句不叠,此句及落句皆叠。又叠者不指和声,乃重其全句而歌之。予始悟向日某乙所教者未得其正也。因博访诸

谱,或有取《古今词话》中所载叠为十数句者,或又有叠作八句而歌之者。予谓《词话》所载,其辞粗鄙重复,即不足采,而叠作八句虽若近似,而句句皆叠,非三叠本体,且有违于白注,苏《志》亦不足征。乃与知音者再谱之,为定其第一声云"渭城朝雨浥轻尘",依某乙中和而不叠;第二声云"客舍青青柳色新",直举不和;第三声云"客舍青青柳色新",依某乙中和之;第四声云"劝君更尽一杯酒",直举不和;第五声云"劝君更尽一杯酒",依某乙中和之;第六声云"西出阳关无故人",及第七声云"西出阳关无故人",皆依某乙中和之。止为七句,然后声谐意圆,所谓三叠者,与乐天之注合矣。

据此,可知唱《小秦王》时增加的和声(即虚声)的方式和规律。王灼《碧鸡漫志》卷四"何满子"云:"歌八叠,疑有和声,如《渔父》、《小秦王》之类。"知《小秦王》当时是唱八叠,《古今词话》所云不错,李氏以十叠、八叠为非,这是不对的。应该说用《阳关曲》唱是三叠,用《小秦王》演唱,就可能是八叠,知其叠法是不一,由于后来出现两种曲子的借用,以至误二为一,就存在了混乱现象。魏了翁《木兰花慢》:"问梅花月里,谁解唱、《小秦王》。向三叠声中,兰桡荃棹,桂醑椒浆。"所谓的《小秦王》三叠,应该是借用《阳关曲》名后而如此,至少可知到了南宋,就已经是这样了。文中李氏同时还提出了叠唱是指和声(或虚声),还是诗句的问题,李冶认定的是叠唱诗句,而非和声。其试验,也不过是除首句外,其余三句各叠一次,以应三叠之说。按《钦定词谱》卷一云:"《阳关曲》,本名《渭城曲》。宋秦观云:'《渭城曲》绝句,近世又歌入《小秦王》,更名《阳关曲》。'属双调,又属大石调。按唐《教坊记》有《小秦王》曲,即《秦王小破阵乐》也,属坐部伎。"又于王维《阳关曲》末云:"按此亦七言绝句,唐人为送行之歌。三叠,其歌法也。苏轼论三叠歌法云(略)。查元《阳春白雪集》有大石调《阳关三叠》,词云:'渭城朝雨,一霎裛轻尘。更洒遍、客舍青青,弄柔凝,千缕柳色新。更洒遍、客舍青青,千缕柳色新。休烦恼,劝君更尽一杯酒,人生会少,自古富贵功名有定分。莫遣仪容瘦损。休烦恼,劝君更尽一杯酒,只恐怕西出阳关,旧游如梦,眼前无故人。只恐怕西出阳关,眼前无故人。'与苏论吻合,并附录之。"据此第一句不叠,其余三句叠二次,与李冶的试验同。只是较李冶增饰了词语,成为长短句了,不再是绝句,这是后来演化的结果。郑氏于卷三《减字木兰花》"天台旧路"之"别酒频倾,忍听《阳关》第四声"批云:"第四声,即王维渭城诗'西出阳关无故人'之句,其音节哀急,闻者断肠。"这与白居易诗注及苏轼所云不同，应该不是笔误，只是郑氏未作详细说明，所指有待考索。

辨声调，还有《醉翁操》，为琴曲，此词原本也作为声诗，收入苏轼的文集中，词有序云："琅邪幽谷，山川奇丽，泉鸣空涧，若中音会。醉翁喜之，把酒临听，辄欣然忘归。既去十余年，而好奇之士沈遵闻之，往游，以琴写其声，曰《醉翁操》，节奏疏宕，而音指华畅，知琴者以为绝伦。然有其声而无其辞。翁虽为作歌，而与琴声不合。又依楚辞作《醉翁引》，好事者倚其辞以制曲。虽粗合韵度，而琴声为词所绳约，非天成也。后三十余年，翁既捐馆舍，遵亦没久矣。有庐山玉涧道人崔闲，特妙于琴。恨此曲之无词，乃谱其声，而请于东坡居士以补之云。"词云：

> 琅然，清圆，谁弹？响空山。无言，惟翁醉中知其天。月明风露娟娟。人未眠，荷蒉过山前。曰有心也哉此贤。泛声同此。　　　醉翁啸咏，声和流泉。醉翁去后，空有朝吟夜怨。山有时而童巅，水有时而回川，思翁无岁年。翁今为飞仙，此意在人间。试听徽外三两弦。

郑氏批云："今世传琴谱，犹有此掺，恐于此词律度未合，近谱但能传中吕一宫，取第三弦为宫位，几不知旋相为宫之义例，此掺惜当时失载宫谱及调弦法，古节队（当为坠字）佚久已。坡公寀音补词，俾此曲传世，有山高水长之妙，孰谓髯仙疏于声律邪？诵是叙，可以知其匪特工词，且于琴旨亦深得其均度焉。"按苏轼《与陈朝请》云："示谕学琴，足以自娱，私亦欲尔，但老懒不能复劳心耳。有庐山崔闲者，极能此，远来见客，且留之，时令作一弄也。"词作于谪居黄州时，表达了对恩师欧阳修的怀念。更重要的是借此传达了在遭受政治上的打击与迫害的情况下，如何善待自己的问题。词就《醉翁操》琴曲发端，于咏词牌本意时，专注于"琴心"上做文章。"惟翁醉中知其天"，即点明其主旨。欧阳修能身处困厄，而不为所伤，所谓"醉翁之意不在酒，而在乎山水之间也，山水之乐，得之心而寓之酒也"（《醉翁亭记》）。这就是令词人追慕的地方。"荷蒉"二句典出《论语》，其大意是说孔子在卫国击打着磬，有个背着草筐的人路过孔子居住的门前，说："有心思啊，击磬的声音呀。"过了一会又说："鄙陋啊！硁硁敲击的声。没有人了解自己，这就作罢了。《诗》云：'水深就穿着衣服涉水，水浅就撩起衣服涉水。'"原本是指在乱世中如何处理好仕或隐的问题，也就是说要根据现实情况，相时而动，大可不必知其不可为而为之。在这里，更多的是偏重于对官场的厌弃，对退隐的向往。滁州琅邪的山水之美，欧氏"苍颜白发，颓然乎其间者，太守醉也"，是醉心其间，时欧氏才四十，已是"苍颜白髪",这多少是和来自政治上的迫害有关联。苏轼也有同感,在黄州,他已四十余岁,"乌台诗案"带给词人的创伤也是惨痛的。"翁今"三句,指出哲人已去,而其处世的方式、态度却因琴曲而遗留给了后人,表明了词人欲以老师为表率,虽身处逆境,而能于山水之乐中释放自己的不良情绪,从而求得达观自在,词人贬谪到黄州后的作品也可说明这一点。此词原本归于诗,后有辛弃疾的仿作之词,遂为词中的一个曲牌。词本是配和音乐而演唱的一种歌曲,是乐谱、音律、词句三位一体的样式,今天我们所能了解的绝大多数只有后两者,而乐谱则付之阙如了。苏轼的这首词及其序,至少讲述了这三者的关系,也为后人了解词体提供了一些知识点。对其唱法,今人无法得知,郑氏批谓今传的琴谱中尚存有,只是奏法不详。其间虽标注有"泛声如此"一句,但具体的操作还是不详。泛声,指演奏音乐时为使乐音和谐,合于节奏,就会配衬轻弹缓奏的虚声,称作泛声,又叫散声或和声、虚声。往往不易用实词表示。《钦定词谱》卷二十二于此词末注云:"此本琴曲,所以苏词不载,自辛稼轩编入词中,复遂沿为词调。在宋人中,亦只有辛词一首可校。此词以元、寒、删、先四韵同用,辛词以东、冬、江三韵同用,犹遵古韵,填者审之。"不过苏词音律和谐,曲意深厚,有"山高水长"之妙,余音缭绕,蕴味深长。

　　又《南乡子·沈强辅雯上出犀丽玉作胡琴,送元素还朝,同子野各赋一首》:

　　　　裙带石榴红,却水殷勤解赠侬。应许逐鸡鸡莫怕,相逢,一点灵犀必暗通。　　何处遇良工,琢刻天真半欲空。愿作龙香双凤拨,轻拢,长在环儿白雪胸。

郑氏批有二:

　　1. 此题疑"胡琴送元素"为又一首,故毛本作"赠行"。

　　2. 案:《采桑子》在润州甘露寺多景楼饮席作,题叙云"有胡琴者,姿色尤好",又称"景之秀妓之妙,真为希遇"云云,是知胡琴为妓名,非赋乐器也。"各赋一首"者,谓与子野各作以送元素,有子野送元素词可证并同,均元素亦由杭过京口,故坡公有润州和元素之作,皆在甲寅之秋。胡琴为润州名妓,盖以善弹为名者。

按《采桑子》"多情多景仍多病"有序,各本序文详略不一,《彊村丛书》本作:"润州甘露寺多景楼,天下之殊景也。甲寅仲冬,余同孙巨源、王正仲参会于此,有胡琴者姿色尤好，皆一时英秀，景之秀、妓之妙，真为希遇。饮阑，巨源请于余，曰：'残霞晚照，非奇材不尽。'余作此词。"故郑氏于《采桑子》批云："胡琴为润州妓可证。"而毛晋汲古阁刻本作"润州东景楼与孙巨源相遇"，考张先词《南乡子·送客过余溪，听天隐二玉鼓胡琴》："相并细腰身，时样宫妆一样新。曲项胡琴鱼尾拨，离人，入寒弦声水上闻。　　天碧染衣巾，血色轻罗碎摺裙。百卉已随霜女妒，东君，暗折双花借小春。"题中"胡琴"是指乐器，即琵琶，苏词序中所指也是如此，指弹琵琶的歌女，而非人名。考《东坡集·续集》卷五《与蔡景繁》云："前某尝携家一游，时家有胡琴婢，就室中作濩索《凉州》，凛然有冰车铁马之声。婢去久矣，因公复起一念，果若游此，当有新篇，果尔者，亦当破戒奉和也。"可知《南乡子》序中"有胡琴者姿色尤好"，其中胡琴也不是歌女之名，因其为弹胡琴者，用以称呼。又证以宋吴聿《观林诗话》云："东坡在湖州，甲寅年，与杨元素、张子野、陈令举由苕雪泛舟至吴兴。东坡家尚出琵琶，并沈冲宅犀玉，共三面胡琴。又州妓一姓周，一姓邵，呼为二南。子野赋《六客辞》。"又谢采伯《密斋笔记》卷三："杨元素、张子野、陈令举至吴兴，东坡目为三面胡琴。又州妓有姓周、邵者，呼为二南，子野赋六客词。"都是指乐器，而卢宪《嘉定镇江志》卷二十一"文事"云："东坡与王存正仲、孙洙巨源会多景楼，以胡琴侑酒。巨源曰：'残霞晚照，恐非奇才不尽。'"则已误作人名了，郑氏所云也是误解。

参考文献

一、词集词学类

《典雅词》(残)，宋佚名辑，南京图书馆藏清丁氏八千卷楼藏乌丝栏抄本

《典雅词》(残)，宋佚名辑，上海图书馆藏清吴氏拜经楼旧藏抄本，吴氏梅影书屋珍藏

《典雅词》(残)，宋佚名辑，国家图书馆藏清劳权抄本(胶卷)

《典雅词》(残)，宋佚名辑，日本静嘉堂文库藏毛氏汲古阁影宋抄本

《典雅词》(残)，宋佚名辑，民国美国国会图书馆摄制北平图书馆善本书(胶卷)

《唐宋名贤百家词》，明吴讷辑，天津古籍出版社1989年影印明朱丝栏抄本

《百家词》，明吴讷辑，林坚之校，天津古籍出版社1992影印本，下同

《宋名家词》(残)，明毛晋辑，静嘉堂文库藏毛氏汲古阁刻本，清毛扆、陆贻典朱笔批校

《宋六十名家词》，明毛晋辑，上海古籍出版社1992年影印本，下同

《词苑英华》，明毛晋辑，全国图书馆文献缩微复制中心影印明末毛氏汲古阁刻本，下同

《名家词集》，清侯文灿辑，清康熙刻本，亦园藏板

《十名家词集》，清侯文灿辑，清康熙刻本，亦园藏板

《名家词》，清侯文灿辑，台湾商务印书馆1981年影印《宛委别藏》本，又《粟香室丛书》本

《星凤阁抄五代宋人词》，清赵之玉辑并校补，清赵氏星凤阁抄校本(东洋文库藏胶卷)

《省斋诗余》等五种合一册，静嘉堂文库藏抄本，劳格校

《白石先生词》等二种合一册，静嘉堂文库藏抄本

《拙庵词》等七种合一册，静嘉堂文库藏抄本

《文定公词》等八种合一册，静嘉堂文库藏抄本，劳格校

《履斋先生遗集》等二种合一册，静嘉堂文库藏抄本，吴绣谷校

《词学丛书》，清秦恩复辑，清嘉庆、道光年间刻本

《四印斋汇刻宋元三十一家词》，清王鹏运辑，上海古籍出版社1989年影印本

《四印斋所刻词》，清王鹏运辑，上海古籍出版社1989年影印本

《彊村丛书》、附《彊村遗书》，朱孝臧辑并撰，上海古籍出版社1989年影印本

《宋元名家词》，清江标辑，清光绪乙未湖南思贤书局刻本

《宋金元人词》，清缪荃孙辑，《续修四库全书》影印清光绪三十四年缪氏艺风堂抄本

《吴氏石莲庵刻山左人词》，清吴重憙辑，清光绪辛丑刻本，下同

《景刊宋金元明本词》，吴昌绶、陶湘辑，上海古籍出版社 1989 年影印本

《景汲古阁抄宋金元词》，陶子麟辑，民国陶湘景印本

《校辑宋金元人词》，赵万里辑，民国二十年中央研究院历史语言研究所排印本

《全宋词》，唐圭璋辑，中华书局 1986 年

《南唐二主词》，李璟、李煜撰，《唐宋名贤百家词》本

《阳春集》，南唐冯延巳撰，《四印斋所刻词》本

《乐章集》，宋柳永撰，《宋六十名家词》本

《乐章集》，宋柳永撰，《吴氏石莲庵刻山左人词》本

《乐章集》，宋柳永撰，郑文焯手批，台湾广文书局 1973 年影印《吴氏石莲庵刻山左人词》本

《乐章集》，宋柳永撰，郑文焯手批，台湾世界书局 1969 年影印杨家骆主编《增订中国学术名著第
　　一辑·增补词学丛书第一集》本

《校宋本乐章集、校宋本乐章集所增词》，宋柳永撰，王国维抄校，红格抄本

《乐章集校勘记》，缪荃孙撰，补遗，曹元忠撰，蓝印本

《乐章集校注》，宋柳永撰，薛瑞生校注，中华书局 1997 年

《珠玉词》，宋晏殊撰，《宋六十名家词》本

《欧阳文忠公近体乐府》，宋欧阳修撰，《景刊宋金元明本词》本

《醉翁琴趣外篇》，宋欧阳修撰，《景刊宋金元明本词》本

《六一词》，宋欧阳修撰，《宋六十名家词》本

《半山老人歌曲》，宋王安石撰，王国维批校，朱丝栏抄本

《张子野词》，宋张先撰，《知不足斋丛书》本

《东坡词》，宋苏轼撰，《宋六十名家词》本

《东坡词》，宋苏轼撰，《景印文渊阁四库全书》本

《东坡乐府（存卷上）》，宋苏轼撰，影宋抄本（复制件）

《东坡乐府》，宋苏轼撰，中华书局上海编辑所 1959 年影印元刻本

《东坡乐府》，宋苏轼撰，《中华再造善本丛书》本

《东坡乐府》，宋苏轼撰，《四印斋所刻词》本

《东坡乐府》，宋苏轼撰，郑文焯手批，《彊村丛书》本

《东坡词、拾遗》，宋苏轼撰，宋曾慥辑，《百家词》本

《东坡乐府笺》，宋苏轼撰，龙沐勋校笺，台湾商务印书馆 1999 年

《苏轼词编年校注》，宋苏轼撰，邹同庆、王宗堂校注，中华书局 2002 年

《宋傅干〈注坡词〉》，宋苏轼撰，宋傅干注，北京图书馆出版社 2001 年影印本

《傅干〈注坡词〉》，宋苏轼撰，宋傅干注，巴蜀书社 1993 年

《山谷琴趣外篇》，宋黄庭坚撰，《四部丛刊》本、《景刊宋金元明本词》本

《山谷词》，宋黄庭坚撰，《宋六十名家词》本

《山谷词》，宋黄庭坚撰，夏敬观手批，《宋六十名家词》本

《山谷词》，宋黄庭坚撰，马兴荣、祝振玉校注，上海古籍出版社 2001 年

《淮海居士长短句》，宋秦观撰，《彊村丛书》本

《淮海词》,宋秦观撰,《宋六十名家词》本

《淮海居士长短句》,宋秦观撰,徐培均笺注,上海古籍出版社 1992 年

《东山词》,宋贺铸撰,《名家词》本

《东山寓声乐府》,宋贺铸撰,《四印斋所刻词》本

《东山词》,宋贺铸撰,钟振振校注,上海古籍出版社 1989 年

《小山词》,宋晏几道撰,清朱彝尊手批,汲古阁刊《宋名家词》本

《小山词》,宋晏几道撰,《宋六十名家词》本

《东堂词》,宋毛滂撰,《宋六十名家词》本

《溪堂词》,宋谢逸撰,《宋六十名家词》本

《片玉词》,宋周邦彦撰,清朱彝尊手批,汲古阁刊《宋名家词》本

《片玉词》,宋周邦彦撰,《宋六十名家词》本

《清真集》,宋周邦彦撰,《四印斋所刻词》本

《片玉词》,宋周邦彦撰,上海古籍出版社 1988 年《词林集珍》本

《详注周美成词片玉集》,宋周邦彦撰,宋陈元龙注,福建人民出版社 2008 年影印《宋元闽刻精
　　华》本,又《宛委别藏》本、《景刊宋金元明本词》本

《片玉集》,宋周邦彦撰,宋陈元龙注,《彊村丛书》本

《清真集》,宋周邦彦撰,吴则虞校点,中华书局 1981 年

《片玉集》,宋周邦彦撰,李永宁校点,辽宁教育出版社 2001 年

《清真词选笺释》,杨铁夫撰,民国二十一年排印本

《清真集校注》,宋周邦彦撰,孙虹校注,薛瑞生订补,中华书局 2002 年

《清真集笺注》,宋周邦彦撰,罗忼烈笺注,上海古籍出版社 2008 年

《石林词》,宋叶梦得撰,《宋六十名家词》本

《樵歌》,宋朱敦儒撰,《四印斋所刻词》本

《樵歌》,宋朱敦儒撰,邓子勉校注,上海古籍出版社 1998 年

《竹坡老人词》,宋周紫芝撰,《宋六十名家词》本

《于湖先生长短句》,宋张孝祥撰,《景刊宋金元明本词》本

《芦川词》,宋张元干撰,《景刊宋金元明本词》本

《芦川词》,宋张元干撰,《宋六十名家词》本

《渭南词》,宋陆游撰,《景刊宋金元明本词》本

《稼轩长短句》,宋辛弃疾撰,《景刊宋金元明本词》本

《介庵词》,宋赵彦端撰,《宋六十名家词》本

《宝文雅词》,宋赵彦端撰,《唐宋名贤百家词》本

《介庵琴趣外篇》,宋赵彦端撰,《彊村丛书》本

《涧泉诗余》,宋韩淲撰,静嘉堂文库藏抄本,劳格校

《坦庵词》,宋赵师侠撰,《宋六十名家词》本

《笑笑词》,宋郭应祥撰,《唐宋名贤百家词》本

《燕喜词》,宋曹冠撰,《四印斋所刻词》本

《松坡居士词》,宋京镗撰,《百家词》本

《书舟词》,宋程垓撰,《百家词》本

《近体乐府》,宋周必大撰,《宋六十名家词》本

《归愚词》,宋葛立方撰,《宋六十名家词》本

《石湖词》,宋范成大撰,《知不足斋丛书》本

《箫台公余词》,宋姚述尧撰,《彊村丛书》本

《和清真词》,宋方千里撰,清朱彝尊手批,汲古阁刻《宋名家词》本

《洺水词》,宋程珌撰,《宋六十名家词》本

《双溪诗余》,宋王炎撰,王国维批校,抄本

《鄮峰真隐大曲》,宋史浩撰,《彊村丛书》本

《日湖渔唱》,宋陈允平撰,《词学丛书》本

《石湖词》,宋范成大撰,《知不足斋丛书》本

《白石道人歌曲集》,宋姜夔撰,《彊村丛书》本

《姜白石词编年笺校》,宋姜夔撰,夏承焘笺校,上海古籍出版社 1998 年

《白石词》,宋姜夔撰,上海古籍出版社 1988 年《词林集珍》本

《竹屋痴语》,宋高观国撰,《宋六十名家词》本

《竹斋诗余》,宋黄机撰,《宋六十名家词》本

《逃禅词》,宋扬无咎撰,《宋六十名家词》本

《平斋词》,宋洪咨夔撰,《宋六十名家词》本

《吕圣求词》,宋吕滨老撰,《唐宋名贤百家词》本

《圣求词》,宋吕滨老撰,《宋六十名家词》本

《惜香乐府》,宋赵长卿撰,《宋六十名家词》本

《后村词》,宋刘克庄撰,《彊村丛书》本

《竹山词》,宋蒋捷撰,《景刊宋金元明本词》本

《竹山词》,宋蒋捷撰,《宋六十名家词》本

《花外集》,宋王沂孙撰,《知不足斋丛书》本

《花外集》,宋王沂孙撰,吴则虞笺注,上海古籍出版社 1988 年

《花外集》,宋王沂孙撰,上海古籍出版社 1988 年《词林集珍》本

《草窗词》,宋周密撰,《知不足斋丛书》本

《蘋洲渔笛谱》,宋周密撰,《知不足斋丛书》本

《蘋洲渔笛谱》,宋周密撰,上海古籍出版社 1988 年《词林集珍》本

《梅溪词》,宋史达祖撰,《四印斋所刻词》本

《梅溪词》,宋史达祖撰,上海古籍出版社 1988 年《词林集珍》本

《山中白云词》,宋张炎撰,清江昱疏证,《彊村丛书》本

《山中白云》,宋张炎撰,清康熙龚氏玉玲珑阁刻,清佚名批并录清吴蔚光批

《山中白云》,宋张炎撰,清康熙龚氏玉玲珑阁刻、乾隆元年宝书堂印本,清许廷诰批并跋、清许元
  恺跋并录清吴蔚光批

《山中白云》,宋张炎撰,清康熙六十一年曹炳曾城书室刻本,清邵渊耀批并录清吴蔚光、许廷诰
  批跋

《山中白云·乐府指迷》,宋张炎撰,清康熙六十一年曹炳曾城书室刻本,清赵宗建批跋并录清吴
    蔚光批
《山中白云》,宋张炎撰,清常熟翁氏藏抄本
《山中白云词》,宋张炎撰,吴则虞校辑,中华书局 1983 年
《山中白云词笺校》,宋张炎撰,黄畲笺注,浙江古籍出版社 1994 年
《山中白云词》,宋张炎撰,葛渭君、王晓红校辑,辽宁教育出版社 2001 年
《山中白云词》,宋张炎撰,上海古籍出版社 1988 年《词林集珍》本
《梦窗稿》,宋吴文英撰,《宋六十名家词》本
《梦窗词集》,宋吴文英撰,《彊村丛书》本
《梦窗词》,宋吴文英撰,上海古籍出版社 1988 年《词林集珍》本
《断肠词》,宋朱淑真撰,《四印斋所刻词》本
《草堂余意》,明陈铎撰,上海古籍出版社影印《惜阴堂汇刻明词》本

《花间集》,后蜀赵崇祚编,《四印斋所刻词》本
《乐府雅词》,宋曾慥编,静嘉堂文库藏抄本,黄丕烈批校
《乐府雅词》,宋曾慥编,《词学丛书》本
《唐宋诸贤绝妙词选》,宋黄昇编,《四部丛刊》本
《中兴以来绝妙词选》,宋黄昇编,《景刊宋金元明本词》本
《花庵选词》,宋黄昇编,《词苑英华》本
《阳春白雪》,宋赵闻礼编,《词学丛书》本
《绝妙好词》,宋周密编,北京图书馆出版社 2003 年《中华再造善本》影印明毛氏及古阁藏抄本
《绝妙好词》,宋周密编,清康熙二十四年柯崇朴小幔亭刻本
《绝妙好词》,宋周密编,清康熙小瓶庐印本
《绝妙好词》,宋周密编,清雍正三年项絅群玉书堂刻本
《绝妙好词笺》,宋周密编,清查为仁、厉鹗笺,清乾隆十五年查氏澹宜书屋刻本
《绝妙好词笺》,宋周密编,清查为仁、厉鹗笺;《续抄》一卷,清余集辑;《又续抄》一卷,清徐楙补
    录,清道光八年钱塘徐楙爱日轩刻本
《绝妙好词笺》,宋周密编,清查为仁、厉鹗笺;《续抄》一卷,清余集辑;《又续抄》一卷,清徐楙补
    录,清同治十一年会稽章氏刻本
《绝妙好词笺》,宋周密编,清查为仁、厉鹗笺;《续抄》一卷,清余集辑;《又续抄》一卷,清徐楙补
    录,清光绪刻本
《乐府补题》,宋陈恕可编,《知不足斋丛书》本
《凤林书院草堂诗余》,佚名编,《景刊宋金元明本词》本
《增修笺注妙选群英草堂诗余》,佚名编,日本株式会社同朋舍昭和五十五年影印元惠宗至正三
    年庐陵泰宇书堂刊配补本,又北平图书馆影抄元庐陵泰宇刻本(胶卷)
《增修笺注妙选群英草堂诗余》,元何士信编,至正辛卯双璧陈氏刊行(缩微胶卷)
《增修笺注妙选群英草堂诗余》,《景刊宋金元明本词》本,又《四部丛刊》本
《精选名贤词话草堂诗余》,《四印斋所刻词》本

《草堂诗余》,明世宗嘉靖三十三年杨金刻本

《精选名贤词话草堂诗余》,《四印斋所刻词》本

《类编草堂诗余》,明顾从敬编,题明开云山农校正,明嘉靖二十九年刻本

《类编草堂诗余》,明韩俞臣校正,明古吴博雅堂刻本

《类编草堂诗余》,明胡桂芬辑,明万历三十五年黄作霖等刻本

《类编草堂诗余》,题明昆石山人校辑,明刻本

《类选笺释草堂诗余》,明顾从敬辑;《续选草堂诗余》,明钱允治笺释;《类编笺释国朝诗余》,钱允治辑,明陈仁锡释,明万历四十二年刻本

《草堂诗余》,明末毛氏汲古阁刻《词苑英华》本。

《新刊古今名贤草堂诗余》,明李谨辑,明嘉靖十六年刘时济刻本

《草堂诗余》,《景印文渊阁四库全书》本

《草堂诗余》,明杨慎评点,明闵暎璧刻朱墨套印本

《草堂诗余》,明杨慎评点,《忏花庵丛书》本

《重刻类编草堂诗余评林》,明唐顺之解注,明田一隽编,明李廷机评,明万历十六年书林詹圣学刻本

《新锓李太史注释草堂诗余旁训评林》,明李廷机批评,明万历间刻本

《新锓订正评注便读草堂诗余》,明董其昌评,明曾六德参释,明万历三十年乔山书舍刻本

《新刻李于麟先生批评注释草堂诗余隽》,明吴从先编,明书林萧少衢师俭堂刻本

《新刻题评名贤词话草堂诗余》,佚名编,明李攀龙补遗,明陈继儒校正,明万历四十三年书林余文杰刻本

《古香岑草堂诗余四集》,明沈际飞编,明万历四十二年翁少麓刻本

《花草粹编》,明陈耀文编,明刻本

《词综》,清朱彝尊编,中华书局影印清康熙刻本

《御选历代诗余》,清王奕清等编,浙江古籍出版社 1998 年影印本

《宋七家词选》,清戈载编,清光绪十一年刻本

《曼陀罗华阁重刊宋七家词选》,清戈载编,清杜氏曼陀罗华阁刻本

《词辨》,清周济编,清光绪四年刻本

《宋四家词选》,清周济编,滂喜斋刻本

《碧鸡漫志》,宋王灼撰,《知不足斋丛书》本

《词源》,宋张炎撰,《词学丛书》本

《乐府指迷》,宋沈义父撰,《四印斋所刻词》本

《词旨》,元陆行直撰,《四印斋所刻词》本

《词品》,明杨慎撰,明嘉靖刻本

《渚山堂词话》,明陈霆撰,台湾广文书局 1973 年《古今诗话续编》影印明嘉靖刊本

《词苑丛谈》,清徐釚撰,《词话丛编》本

《古今词话》,清沈雄撰,《词话丛编》本

《古今词论》,清王又华撰,《词话丛编》本

《白雨斋词话》,清陈廷焯撰,《词话丛编》本

《褒碧斋词话》,清陈锐撰,《词话丛编》本

《海绡说词》,陈洵撰,《词话丛编》本

《大鹤山人词话》,龙榆生辑,《词话丛编》本

《郑大鹤先生论词手简》,叶恭绰辑,《词话丛编》本《大鹤山人词话》附

《大鹤山人论词遗札》,龙沐勋辑,《词话丛编》本《大鹤山人词话》附

《大鹤先生手札汇抄》,戴正诚辑,《词话丛编》本《大鹤山人词话》附

《词籍序跋萃编》,施蛰存主编,中国社会科学出版社 1994 年

《宋金元词话全编》,邓子勉编,凤凰出版社 2008 年

《明词话全编》,邓子勉编,凤凰出版社 2012 年

《词林韵释》,《词学丛书》本

《啸余谱》,明程明善撰,《续修四库全书》本

《词海评林》,明毛晋编,《词苑英华》本

《词律》,清万树撰,清杜文澜校,《四部备要》本

《钦定词谱》,清王奕清等编,中国书店 1979 影印本

《词林正韵》,清戈载撰,清道光翠薇花馆刻本

《宋词四考》,唐圭璋撰,江苏古籍出版 1985 年

《全宋词审稿笔记》,王仲闻撰,唐圭璋批注,中华书局 2009 年影印

《唐宋词通论》,吴熊和撰,浙江古籍出版社 1998 年

《词集考》,饶宗颐撰,中华书局 1992 年

《词学史料学》,王兆鹏撰,中华书局 2004 年

《唐宋词书录》,蒋哲伦、杨万里编撰,岳麓书社 2007 年

《中国词学大辞典》,马兴荣等主编,浙江教育出版社 1996 年

《宋金元词籍文献研究》,邓子勉撰,上海古籍出版社 2008 年

二、书目书志类

《直斋书录解题》,宋陈振孙撰,现代出版社 1987 年影印本《中国历代书目丛刊》(第一辑)本

《秘阁书目》,明钱溥撰,《四库全书存目丛书》本

《文渊阁书目》,明杨士奇撰,《丛书集成初编》本

《内阁藏书目》,明孙能传、张萱等撰,《续修四库全书丛书》本

《菉竹堂书目》,明叶盛撰,《四库全书存目丛书》本

《晁氏宝文堂书目》,明晁瑮撰,《四库全书存目丛书》本

《百川书志》,明高儒撰,《丛书集成续编》本

《万卷堂书目》,明朱睦㮮撰,《丛书集成续编》本

《徐氏家藏书目》,明徐𤊻撰,《续修四库全书丛书》本

《濮阳蒲汀李先生家藏目录》,明李廷相撰,《丛书集成续编》本

《脉望馆书目》,明赵琦美撰,《丛书集成续编》本

《赵定宇书目》,明赵用贤撰,《明代书目题跋丛刊》本

《世善堂藏书目》,明陈第撰,《续修四库全书丛书》本

《江阴李氏得月楼书目》,明李鹗翀撰,《丛书集成续编》本

《国史经籍志》,明焦竑撰,《四库全书存目丛书》本

《澹生堂藏书目》,明祁承㸁撰,《丛书集成续编》本

《笠泽堂书目》,明王道明撰,北京图书馆出版社2003年影印《稿抄本明清藏书目三种》

《玄赏斋书目》,明董其昌撰,《明代书目题跋丛刊》本

《明书经籍志》,明杨士奇、清傅维麟编,台湾成文出版社有限公司1978年印行《书目类编》本

《古今书刻》,明周弘祖撰,《丛书集成续编》本

《行人司重刻书目》,明徐图撰,《己卯丛编》本

《内板经书纪略》,明刘若愚撰,《明代书目题跋丛刊》本

《汲古阁毛氏藏书目录》,明毛晋撰,抄本

《隐湖题跋》,明毛晋撰,《明代书目题跋丛刊》本

《汲古阁珍藏秘本书目》,清毛扆撰,《士礼居丛书》本

《也是园藏书目》,清钱曾撰,《丛书集成续编》本

《钱遵王述古堂藏书目录》,清钱曾撰,《四库全书存目丛书》本

《读书敏求记》,清钱曾撰,《四库全书存目丛书》本

《钱遵王读书敏求记校证》,清钱曾撰,清管庭芬、章钰校证,中华书局影印《清代书目丛刊》本

《千顷堂书目》,清黄虞稷撰,《丛书集成续编》本

《曝书亭藏书》,清朱彝尊撰,佚名校补,清抄本

《潜采堂书目四种》,清朱彝尊撰,抄本

《四库全书总目提要》,清永瑢等撰,中华书局影印本

《续文献通考》,清乾隆敕撰,浙江古籍出版社2000年

《季沧苇藏书》,清季振宜撰,清嘉庆乙丑镌,士礼居藏板

《含经堂藏书目》,清徐元文撰,铁琴铜剑楼传抄本

《佳趣堂书目》,清陆漻撰,《丛书集成续编》本

《楝亭书目》,清曹寅撰,《丛书集成续编》本

《积学斋书目》,清徐乾学撰,积学斋抄本

《传是楼宋元板书目》,清徐乾学撰,《续修四库全书丛书》本

《传是楼宋元板书目》,清徐乾学撰,《丛书集成续编》本

《天一阁书目》,清康熙佚名抄本,清林佶题

《恬裕斋藏书记》,清瞿镛撰,抄本

《铁琴铜剑楼藏宋元本书目》,清瞿镛撰,清光绪丁酉元和江氏刻本

《铁琴铜剑楼藏书目》,清瞿镛撰,《续修四库全书丛书》本

《铁琴铜剑楼藏书题跋集录》,瞿良士辑,上海古籍出版社2005年

《钮非石日记》,清钮树玉撰,辽宁教育出版社1998年

《爱日精庐藏书志》,清张金吾撰,《续修四库全书丛书》本

《天一阁藏书总目》,清阮元编,清嘉庆刻本

《天一阁藏书目》,清范懋柱编,清文选楼刊本

《四明天一阁藏书目录》,清佚名撰,《续修四库全书丛书》本

《百宋一廛书录》,清黄丕烈撰,中华书局影印《清代书目丛刊》本

《百宋一廛赋》,清顾千里撰,清黄丕烈注,中华书局影印《清代书目丛刊》本

《求古居宋本书》,清黄丕烈撰,《丛书集成续编》本

《荛圃藏书题识》,清黄丕烈撰,潘祖荫辑,中华书局影印《清代书目丛刊》本

《孝慈堂书目》,清王闻远撰,《丛书集成续编》本

《竹崦庵传抄书目》,清赵魏撰,《丛书集成续编》本

《知圣道斋读书跋》,清彭元瑞撰,《丛书集成初编》本

《知圣道斋书目》,清彭元瑞撰,《丛书集成续编》本

《钦定天禄琳琅书目后编》,清彭元瑞等编,《续修四库全书丛书》本

《清吟阁书目》,清瞿世瑛撰,《丛书集成续编》本

《稽瑞楼书目》,清陈揆编,《丛书集成初编》本

《劳氏碎金》,清劳权、劳格撰,吴昌绶辑,《丛书集成续编》本

《结一庐书目》,清朱学勤撰,《丛书集成续编》本

《朱氏结一庐书目》,清朱学勤撰,《丛书集成续编》本

《楹书隅录》,清杨绍和撰,《续修四库全书丛书》本

《海源阁书目》,清杨绍和撰,光绪戊子元和江氏师魭室刻本

《宋存书室宋元秘本书目》,清杨绍和撰,《续修四库全书丛书》本

《安雅楼藏书目》,清唐翰撰,商务印书馆影印《中国著名藏书家书目汇刊》本

《读有用书斋藏书志》,清韩应陛撰,稿本

《云间韩氏藏书目附书影》,石印本

《周氏传忠堂藏书目》,清周星诒撰,《丛书集成续编》本

《秦汉十印斋藏书目》,清蒋凤藻撰,抄本

《三十有三万卷堂书目略》,清孔广陶撰,《四库未收书辑刊》本

《铁华馆家藏书目》,吴县蒋氏藏,抄本

《带经堂书目》,清陈徵芝藏,民国顺德邓实校刊本

《映雪楼藏书目》,清庄仲芳撰,稿本

《汲古阁校刻书目、书目补遗、汲古阁刻版存亡考》,清顾湘编,清郑德懋辑补,抄本;又《丛书集成
　　续编》本

《天一阁见存书目》,清薛福成编,清光绪乙丑仲夏无锡薛氏刊本

《旧山楼书目》,清赵宗建撰,稿本

《皕宋楼藏书志》,清陆心源撰,《续修四库全书丛书》本

《仪顾堂题跋、续跋》,清陆心源撰,《续修四库全书丛书》本

《抱经楼藏书志》,清沈德寿撰,中华书局影印《清人书目丛刊》本

《章氏四当斋藏书目》,章钰撰,民国二十七年燕京大学图书馆铅印本

《艺风藏书记》,缪荃孙撰,中华书局影印《清人书目丛刊》本

《艺风藏书续记》,缪荃孙撰,中华书局影印《清人书目丛刊》本

《目录词小说谱录目》,缪荃孙撰,商务印书馆影印《中国著名藏书家书目汇刊》本

《传书堂善本书目》,蒋汝藻撰,抄本

《传书堂藏善本书志》,王国维撰,台北艺文印书馆 1974 年影印王氏手稿本

《木犀轩收藏旧本书目》,李盛铎撰,商务印书馆影印《中国著名藏书家书目汇刊》本

《天津延古堂李氏旧藏目》,李盛铎撰,商务印书馆影印《中国著名藏书家书目汇刊》本

《木犀轩收藏旧本书目录》,李盛铎撰,稿本

《诒庄楼书目》,王修撰,民国铅印本

《故宫善本书目》,张允亮编,民国二十三年故宫博物院排印本

《寒云手写所藏宋本提要廿九种》,袁克文撰,北京图书馆出版社 2003 年影印《宋版书考录》本

《宋金元词集见存卷目·附双照楼续辑宋金元百家词目》,吴昌绶撰,上海鸿文书局丁未石印本

《词录》,王国维撰,徐德明整理,学苑出版社 2003 年(附影印原手稿)

《郋园读书志》,叶德辉撰,民国十七年铅印本

《书林清话》,叶德辉撰,岳麓书社 1999 年

《雁影斋题跋》,李希圣撰,民国二十五年石印本

《宝礼堂宋本书录》,张元济编,商务印书馆 2003 年《张元济古籍书目序跋汇编》本

《藏园群书经眼录》,傅增湘撰,中华书局 1983 年

《双鉴楼善本书目》,傅增湘撰,刻本

《目睹天一阁书目》,林集虚编,民国二十七年刻本

《鄞范氏天一阁书目内编》,冯贞群编,民国二十六年重修天一阁委员会活字印,二十九年印成

《景宋金元明本词叙录》,陶湘撰,《景刊宋金元明本词》本

《远碧楼经籍目》,刘体智撰,朱丝栏抄本

《静嘉堂秘籍志》,日本河田罴撰,北京图书馆出版社 2003 年影印《日本藏汉籍善本书志书目集成》本

《国立北平图书馆善本书目乙编续目》,民国二十六年排印本

《京师图书馆善本书目》,民国铅印本

《江南图书馆善本书目》,民国铅印本

《萃文书局书目》,广陵书社 2005 年影印《江南旧书店古书价格目录》本

《中国善本书目提要》,王重民撰,上海古籍 1983 年

《嘉业堂抄校本目录》,周子美编,华东师大出版社 1986 年

《国立中央图书馆典藏国立北平图书馆善本书目》,国立中央图书馆 1969 年

《中国古籍善本目录》(集部),上海古籍出版社出版 1996 年

《中国丛书综录》,上海图书馆编,上海古籍出版社 1986 年

《广丛书综录》,阳海清主编,湖北人民出版社 1999 年

《文献家通考》,郑伟章撰,中华书局 1999 年

《宋人别集叙录》,祝尚书撰,中华书局 1999 年

《宋人总集叙录》,祝尚书撰,中华书局 2004 年

《闲闲书室读书记》,林夕撰,广西师范大学出版社 2011 年

三、文集文评类

《重编东坡先生外集》,宋苏轼撰,明焦竑编,《宋集珍本丛刊》本

《集注分类东坡先生诗》,宋苏轼撰,宋王十朋集注,《四部丛刊》本

《施注苏诗》,宋施元之原注,清邵长蘅删补,《景印文渊阁四库全书》本

《东坡题跋》,宋苏轼撰,《津逮秘书》本

《苏轼文集》,宋苏轼撰,中华书局 1999 年

《苏东坡全集》,宋苏轼撰,中国书店 1992 年

《姑溪居士文集》,宋李之仪撰,《丛书集成初编》本

《山谷集》,宋黄庭坚撰,《景印文渊阁四库全书》本

《山谷老人刀笔》,宋黄庭坚撰,《四库全书存目丛书》本

《山谷题跋》,宋黄庭坚撰,《津逮秘书》本

《淮海集》,宋秦观撰,《四部丛刊》本

《济南集》,宋李廌撰,《景印文渊阁四库全书》本

《演山集》,宋黄裳撰,《景印文渊阁四库全书》本

《后山居士文集》,宋陈师道撰,《北京图书馆古籍珍本丛刊》本

《东莱先生诗集》,宋吕本中撰,《四部丛刊》本

《增广笺注简斋诗集》,宋胡穉撰,《四部丛刊》本

《后山诗注》,宋任渊撰,《四部丛刊》本

《石林居士建康集》,宋叶梦得撰,《丛书集成续编》本

《华阳集》,宋张纲撰,《四部丛刊》本

《斐然集》,宋胡寅撰,中华书局 1993 年

《水心先生集》,宋叶适撰,《四部丛刊》本

《云溪居士集》,宋华镇撰,《景印文渊阁四库全书》本

《重校鹤山先生大全文集》,宋魏了翁撰,《四部丛刊》本

《芦川归来集》,宋张元干撰,上海古籍出版社 1978 年

《于湖居士文集》,宋张孝祥撰,《四部丛刊》本

《攻媿集》,宋楼钥撰,《四部丛刊》本

《莆阳知稼翁集》,宋黄公度撰,《宋人集》本

《陆放翁全集》,宋陆游撰,中国书店 1992 年

《诚斋集》,宋杨万里撰,《四部丛刊》本

《文忠集》,宋周必大撰,《景印文渊阁四库全书》本

《益公题跋》,宋周必大撰,《津逮秘书》本

《双溪类稿》,宋王炎撰,《景印文渊阁四库全书》本

《方壶存稿》,宋汪莘撰,《北京图书馆古籍珍本丛刊》本

《后村先生大全集》,宋刘克庄撰,《四部丛刊》本

《后村居士集》,宋刘克庄撰,《宋集珍本丛刊》影印宋刊本

《后村集》,宋刘克庄撰,《宋集珍本丛刊》影印明谢氏小草斋抄本

《拙轩集》,宋张侃撰,《景印文渊阁四库全书》本

《牟氏陵阳集》,宋牟巘撰,《景印文渊阁四库全书》本
《勿轩集》,宋熊禾撰,《景印文渊阁四库全书》本
《伯牙琴》,元邓牧撰,《知不足斋丛书》本
《养吾斋集》,元刘将孙撰,《景印文渊阁四库全书》本
《水云村集》,元刘埙撰,《景印文渊阁四库全书》本
《双湖先生文集》,元胡一桂撰,《续修四库全书丛书》本
《金华黄先生文集》,元黄溍撰,《四部丛刊》本
《清容居士集》,元袁桷撰,《四部丛刊》本
《龟巢稿》,元谢应芳撰,《景印文渊阁四库全书》本
《东里集》,明杨士奇撰,《景印文渊阁四库全书》本
《升庵集》,明杨慎撰,《景印文渊阁四库全书》本
《古穰集》,明李贤撰,《景印文渊阁四库全书》本
《曝书亭集》,清朱彝尊撰,《四部备要》本
《樊榭山房集》,清厉鹗撰,《四部丛刊》本
《揅经室集、外集》,清阮元撰,《四部丛刊》本
《陈迦陵文集》,清陈其年撰,《四部丛刊》本
《思适斋集》,清顾广圻撰,中华书局《清人书目题跋丛刊》本
《惜抱轩诗集》,清姚鼐撰,《四部丛刊》本
《潜研堂诗集》,清钱大昕撰,《四部丛刊》本
《艺风堂友朋书札》,清缪荃孙等撰,上海古籍出版社 1980 年

《赤城集》,宋林表民编,《北京图书馆古籍珍本丛刊》本
《苏门六君子文粹》,宋陈亮辑,《景印文渊阁四库全书》本
《全蜀艺文志》,明周复俊编,《景印文渊阁四库全书》本
《明文海》,清黄宗羲辑,《景印文渊阁四库全书》本

《本事诗》,唐孟棨撰,《历代诗话续编》本
《潜溪诗眼》,宋范温撰,《永乐大典》本
《后山诗话》,宋陈师道撰,《百川学海》本
《增修诗话总龟》,宋阮阅撰,明抄本
《苕溪渔隐丛话》,宋胡仔撰,清耘经楼藏板
《风月堂诗话》,宋朱弁撰,《宝颜堂秘笈》本
《石林诗话》,宋叶梦得撰,《百川学海》本
《云庄四六余语》,宋杨囷道撰,《宛委别藏》本
《庚溪诗话》,宋陈岩肖撰,《百川学海》本
《艇斋诗话》,宋曾季狸撰,《琳琅秘室丛书》本
《西清诗话》,宋蔡絛撰,北京图书馆出版社 2004 年影印《中国诗话珍本丛书》本
《观林诗话》,宋吴聿撰,《守山阁丛书》本

《诗人玉屑》，宋魏庆之撰，上海古籍出版社 1978 年

《精选古今名贤丛话诗林广记》，宋蔡正孙撰，明宏治刻本

《浩然斋雅谈》，宋周密撰，清乾隆武英殿活字印本

《吴礼部诗话》，元吴师道撰，中华书局 1986 年《历代诗话续编》本

四、史籍子杂类

《嘉定镇江志》，宋史弥坚修，宋卢宪纂，《宋元方志丛刊》本

《新安志》，宋罗愿纂，《宋元方志丛刊》本

《淳熙三山志》，宋梁克家撰，《宋元方志丛刊》本

《景定建康志》，宋马光祖修，宋周应合纂，《宋元方志丛刊》本

《东都事略》，宋王称撰，《景印文渊阁四库全书》本

《太平治迹统类》，宋彭百川撰，广陵刻印社影印本

《续资治通鉴长编》，宋李焘撰，上海古籍出版社 1986 年影印本

《黄氏日抄》，宋黄震撰，《景印文渊阁四库全书》本

《名贤氏族言行类稿》，宋章定撰，《景印文渊阁四库全书》本

《琴川志》，元卢镇撰，《宛委别藏》本

《宋史》，元脱脱等撰，中华书局校点本

《明一统志》，明李贤等撰，《景印文渊阁四库全书》本

《万姓统谱》，明凌迪知撰，《景印文渊阁四库全书》本

《明史》，清张廷玉等撰，中华书局校点本

《湖广通志》，清迈柱等修，《景印文渊阁四库全书》本

《福建通志》，清郝玉麟等修，《景印文渊阁四库全书》本

《浙江通志》，清嵇曾筠等修，《景印文渊阁四库全书》本

《江南通志》，清赵宏恩等修，《景印文渊阁四库全书》本

《艺风老人日记》，缪荃孙撰，北京大学出版社影印本

《清碑传合集》，上海书店 1988 年影印本

《明道杂志》，宋张耒撰，《说郛》百二十卷本

《东轩笔录》，宋魏泰撰，《稗海》本

《侯鲭录》，宋赵令畤撰，《知不足斋丛书》本

《清波杂志》，宋周煇撰，《四部丛刊》本

《后山谈丛》，宋陈师道撰，上海古籍点校本

《梦溪笔谈》，宋沈括撰，《津逮秘书》本

《玉壶野史》，宋释文莹撰，中华书局校点本

《曲洧旧闻》，宋朱弁撰，明抄本

《泊宅编》，宋方勺撰，《读画斋丛书》本

《类说》，宋曾慥撰，文学古籍刊行社 1956 年影印明刻本

《绀珠集》，宋朱胜非撰，清抄本

《石林燕语》，宋叶梦得撰，《郎园先生全书》本

《避暑录话》，宋叶梦得撰，《郎园先生全书》本

《能改斋漫录》，宋吴曾撰，清乾隆武英殿活字印本

《扪虱新话》，宋陈善撰，《儒学警悟》本，又上海书店 1990 年影印本

《西塘集耆旧续闻》，宋陈鹄撰，《知不足斋丛书》本

《贵耳集》，宋张端义撰，《津逮秘书》本

《瓮牖闲评》，宋袁文撰，《励志斋丛书》本

《墨庄漫录》，宋张邦基撰，中华书局 2002 年

《容斋随笔》，宋洪迈撰，《四部丛刊》本

《夷坚志》，宋洪迈撰，中华书局整理本

《陶朱新录》，宋马纯撰，《墨海金壶》本

《密斋笔记》，宋谢采伯撰，《琳琅秘室丛书》本

《项氏家说》，宋项安世撰，《广雅丛书》本

《百菊集谱》，宋史铸撰，《景印文渊阁四库全书》本

《谈薮》，宋庞元英撰，抄本

《挥麈录》，宋王明清撰，《四部丛刊》本

《玉照新志》，宋王明清撰，上海古籍出版社出版

《桯史》，宋岳珂撰，《四部丛刊》本

《野客丛书》，宋王楙撰，上海古籍出版社 1991

《鹤林玉露》，宋罗大经撰，中华书局 1983 年

《江行杂录》，宋廖莹中撰，《历代小史》本

《游宦纪闻》，宋张世南撰，《知不足斋丛书》本

《齐东野语》，宋周密撰，中华书局 2004 年

《烬馀录》，元徐大焯撰，《望炊楼丛书》本

《日损斋笔记》，元黄溍撰，《墨海金壶》本

《钱塘遗事》，元刘一清撰，广陵古籍刻印社 1990 年影印本

《敬斋古今黈》，元李冶撰，《武英殿聚珍版书》本

《嫏嬛记》，题元伊世珍撰，台湾新兴书局 1998 年《笔记小说大观》本

《新编醉翁谈录》，宋罗烨撰，日本昭和十五年文求堂影印观澜阁藏宋本

《绿窗新话》，题皇都风月主人编，明抄本

《西湖游览志余》，明田汝成撰，《笔记小说大观》本

《丹铅余录》，明杨慎撰，明刻本

《说略》，明顾起元撰，明刻本

《春明梦余录》，明孙承泽撰，《景印文渊阁四库全书》本

《槎庵小乘》，明来斯行撰，台湾学生书局 1971 年影印明刻本

《徐氏笔精》，明徐㶿撰，台湾学生书局 1971 年影印明崇祯五年刊本

《皇宋书录》，宋董史撰，《知不足斋丛书》本

《赵氏铁网珊瑚》,明赵琦美撰,《景印文渊阁四库全书》本
《清河书画舫》,明张丑撰,《景印文渊阁四库全书》本
《书画汇考》,清卞永誉撰,《景印文渊阁四库全书》本

《古今合璧事类备要》,宋谢维新编,明嘉靖丙辰三衢夏相刻本
《岁时广记》,宋陈元靓编,《十万卷楼丛书》本
《五灯会元》,宋释普济撰,中华书局整理本
《诗经世本古义》,明何楷撰,《景印文渊阁四库全书》本
《缪荃孙研究》,杨洪升撰,上海古籍出版社出版 2008 年

后　记

　　本书是以两宋词集在宋代至近代的传播与接受为研究对象，是对两宋词集传播与接受的群体性考察，是宏观性的研究。基于以词集为研究对象，凡两宋人词集的刻本、稿本、抄本以及手批本，均是笔者网罗与研究的对象。同样，词集得以传承，更有赖于藏书家的贡献，前人书目书志中记载的词集信息也是相当丰富的。这类书，笔者一般也是见者必翻阅，并随手抄录相关的资料，历年来积累了颇为丰富的材料。

　　记得往年在复旦大学攻读博士学位期间，撰写的博士论文为《宋金元词籍文献研究》，上海大学的董乃斌先生为拙稿撰写的评阅文，其中提及可以在此基础上，可写一部词的研究史、接受史，董先先的建议，晚学很受启发。2006 年博士毕业，次年即以《两宋词集的接受史研究》为题，申报国家社科基金项目，很荣幸地被立项，三年后，于2010 年按时结题。2009 年至 2010 年间，笔者到日本早稻田大学访学，翻阅了一些日本公、私图书馆所藏的词集，又在相关的章节中补充了一些材料；同时又陆陆续续地将相关章节整理成文章，正式发表。

　　此书的出版，得到了华东师范大学出版社王焰社长、庞坚先生、陈庆生女士、朱学博先生以及同门钟锦兄的支持与指正，在此，一一深表谢意！拙稿结题以来，至今已有五年了。其间虽然又不断地补充完善，但遗憾总是会相伴的，凡此，则期待着方家同仁的批评指正！

邓子勉

2015 年 5 月于南京

图书在版编目(CIP)数据

两宋词集的传播与接受史研究/邓子勉著. —上海:华东师范大学出版社,2015.8
ISBN 978 - 7 - 5675 - 4024 - 8

Ⅰ.①两… Ⅱ.①邓… Ⅲ.①宋词—诗词研究 Ⅳ.①I207.23

中国版本图书馆 CIP 数据核字(2015)第 195410 号

两宋词集的传播与接受史研究

著　　者　邓子勉
项目编辑　陈庆生
特约审读　朱学博
装帧设计　卢晓红

出版发行　华东师范大学出版社
社　　址　上海市中山北路 3663 号　邮编 200062
网　　址　www.ecnupress.com.cn
电　　话　021 - 60821666　行政传真 021 - 62572105
客服电话　021 - 62865537　门市(邮购)电话 021 - 62869887
地　　址　上海市中山北路 3663 号华东师范大学校内先锋路口
网　　店　http://hdsdcbs.tmall.com

印 刷 者　常熟高专印刷有限公司
开　　本　787×1092　16 开
印　　张　27.25
字　　数　450 千字
版　　次　2015 年 11 月第 1 版
印　　次　2015 年 11 月第 1 次
书　　号　ISBN 978 - 7 - 5675 - 4024 - 8/I·1428
定　　价　76.00 元

出 版 人　王　焰